A^{t}V

ROBERT MERLE (1908–2004) hat mit der Romanfolge »Fortune de France« über das dramatische Jahrhundert der französischen Religionskriege sein wohl bedeutendstes Werk vorgelegt. Er erzählt darin die Geschichte dreier Generationen der Adelsfamilie Siorac, zunächst auf Burg Mespech in der Provinz Périgord, später am Hof in Paris. Die insgesamt 13 Romane der Folge überspannen den Zeitraum von 1550 bis in die vierziger Jahre des 17. Jahrhunderts. In deutscher Übersetzung liegen jetzt vor:

> Fortune de France
> In unseren grünen Jahren
> Die gute Stadt Paris
> Noch immer schwelt die Glut
> Paris ist eine Messe wert
> Der Tag bricht an
> Der wilde Tanz der Seidenröcke
> Das Königskind
> Die Rosen des Lebens
> Lilie und Purpur
> Ein Kardinal vor La Rochelle

Tizianisch schön sitzt die römische Kurtisane Teresa im Fenster zur Straße, und in schweigender Erregung defilieren die Edelleute Roms an ihr vorüber, doch nur wenigen vornehmen Herren schenkt sie ihre Gunst. Zu diesen wenigen gehört der französische Gesandte Pierre de Siorac, Henri Quatres charmanter, kluger Diplomat, der sich damit seine schwierige politische Mission beim Vatikan versüßt. Das Nützliche dergestalt immer mit dem Angenehmen verbindend, reist er zwischen Paris, Rom und dem düsteren Escorial hin und her. Der Papst und der spanische König sind die beiden Häupter der katholischen Liga in Europa, die den französische König lieber tot als lebendig sähen, denn dieser »Ketzer« mit der hugenottischen Vergangenheit, dem »Paris eine Messe wert« war, will nichts Geringeres als das Ende des Blutvergießens zwischen Katholiken und Protestanten. Er will sein großes Toleranzedikt durchsetzen, das den Protestanten in Frankreich Glaubensfreiheit sichert – auf daß endlich der Tag anbricht.

Robert Merle

Der Tag bricht an

Roman

Aus dem Französischen
von Christel Gersch

Aufbau Taschenbuch Verlag

Titel der Originalausgabe
La Pique du jour

ISBN 3-7466-1209-8

1. Auflage 2005
Aufbau Taschenbuch Verlag GmbH, Berlin
© Aufbau-Verlag GmbH, Berlin 2004
La Pique du jour © Robert Merle
Die Originalausgabe ist 1985 bei den Éditions de Fallois in Paris erschienen
Umschlaggestaltung Preuße & Hülpüsch Grafik Design
unter Verwendung des Gemäldes
»Bildnis der Marchesa Brigida Spinda-Doria«, 1606,
von Rubens, akg-images
Druck Oldenbourg Taschenbuch GmbH, Plzeň
Printed in Czech Republic

www.aufbau-taschenbuch.de

ERSTES KAPITEL

»Mein Pierre«, sagte Miroul, als er mich am Freitag, dem 25. März, in aller Frühe weckte, »wollt Ihr wissen, was mir den ganzen letzten Tag und die ganze Nacht durch den Kopf ging?«

»Herr Junker«, sagte ich gähnend, »soll ich Euch das wirklich fragen? Verratet Ihr's mir nicht sowieso?«

»Gut denn: Am 22. März ist Heinrich IV., unser Henri, in seine Hauptstadt und in den Louvre eingezogen. Aber Ihr, Herr Marquis, steht da wie zuvor, weil Euer Haus seit den Barrikaden[1] noch immer von den Leuten der Liga besetzt ist.«

»Des einen Freud, des anderen Leid. Ich wette, dort hat sich irgend so ein Lausekerl von den ›Sechzehn‹ eingenistet wie ein Kuckuck, und ich werde ihn mit Büttelgewalt aus meinem Eigentum verjagen müssen.«

»Nicht nötig, Moussu[2].«

»Ah, sieh an!«

»Habt Ihr vielleicht gehört, welches Ungemach drei ligistische Frauenzimmer vor Verdruß darüber traf, daß Paris sich Henri ergeben hat?«

Diga me.[3]

»Die erste, Dame Lebrun, Tuchhändlerin in der Grand'rue Saint-Denis, fiel vor Schreck tot um, als sie den König *intra muros*[4] sah. Der zweiten, Kammerjungfer des Erzligisten Beri, blieb die Sprache weg. Die dritte, Ehefrau des Advokaten Choppin, verlor den Verstand. Wozu Monsieur de l'Etoile, der mich gestern mit seinen Neuigkeiten letzte, meint, daß diese wenigstens nicht viel verloren hat.«

---

1. Am 12. Mai 1588 hatte die von der Liga des Herzogs von Guise gegen den König aufgehetzte Pariser Bevölkerung zum erstenmal »Barrikaden« in der Stadt errichtet (siehe Band *Noch immer schwelt die Glut*). Die »Sechzehn« waren das gleichfalls ligistisch gesinnte Komitee der Vertreter der 16 Pariser Stadtbezirke.

2 Die okzitanische Form von *Monsieur*.

3 *Dis-moi* (Sag mir).

4 (lat.) innerhalb der Mauern.

»Guter Witz! Fahr fort. Mir schwant, wir nähern uns meinem Haus.«

»Da sind wir schon, Moussu. Besagter Choppin nämlich ist zufällig der Onkel eines gewissen Bahuet, welcher dank der ›Sechzehn‹ bis heute unrechtmäßig und unerlaubt in Eurem Hause sitzt.«

»Klein ist die Welt!«

»Winzig klein! Denn wißt Ihr, wer dieser Bahuet ist?«

»Ich höre.«

»Der ehemalige Sekretär des Chevalier d'Aumale.«

»Beim Ochsenhorn! Ein Glück nur, daß der König mir Stillschweigen darüber befahl, daß ich den Chevalier beseitigt habe. Sonst könnte man glauben, ich hätte ihn aus privater Rache erschossen. Aber diesen Bahuet, den werde ich jetzt schnellstens aus meinem Bau verscheuchen.«

»Nicht nötig, Moussu.«

»Miroul, du wiederholst dich.«

»Nein doch! Wie ich gestern hörte, steht dieser Bahuet auf der Liste jener 140 Personen, die der König als stärkste Parteigänger der ›Sechzehn‹ aus seiner guten Stadt verbannt. Das Edikt tritt heute zur Mittagsstunde in Kraft.«

»Dann brauche ich also nicht gleich hinzulaufen.«

»Im Gegenteil, Moussu. Seit gestern wimmelt die Stadt von königlichen Offizieren, die ein Dach überm Kopf suchen, und wer ein leerstehendes Haus sieht, der nimmt es in Beschlag.«

»Guter Gedanke, Herr Junker.«

»Herr Marquis, darf ich Euch erinnern, daß wir vereinbart hatten, untereinander nicht ganz so förmlich zu sein? Was mich angeht, so möchte ich für Euch ›Miroul‹ sein wie immer und nicht ›Monsieur de La Surie‹ oder ›Herr Junker‹.«

»Und ich für dich ›mein Pierre‹ und nicht ›Moussu‹, weil dein ›Moussu‹ noch immer nach dem perigordinischen Diener klingt, der du nicht mehr bist. *Usted està de acuerdo?*«

»Sí, señor. Quiero decir: Sí, Pedro.«

»Està bien.«[1]

»Mein Pierre«, sagte Miroul, »um beim Spanischen zu bleiben: Was macht Ihr mit Doña Clara?«

---

1 (span.) Sind Sie einverstanden? – Ja, Herr. Ich meine: Ja, Pierre. – So ist es gut.

»Wenn sie will, kann sie hier, in der Rue des Filles-Dieu, wohnen bleiben. Schließlich möchte ich nicht, daß sie mit meiner Angelina zusammentrifft, falls meine Gemahlin einmal die Lust anwandelt, mein Gut Chêne Rogneux zu verlassen und sich in meinem Stadthaus aufzuhalten.«

»Und Héloïse?«

»Ha, Miroul! Schelm du! Sie bleibt natürlich in Doña Claras Diensten. Und Lisette ebenso.«

»Was Lisette betrifft, mein Pierre, tut Ihr nicht mir einen Gefallen, sondern Monsieur de l'Etoile. Aber, gerechter Gott, das alles auf Eure Kosten! Denn dann zahlt Ihr ja weiterhin Miete für ein Haus, das Ihr nicht mehr bewohnt!«

»Wozu hat man Freunde, wenn man ihnen nicht dient?«

»Mein Pierre, das ist tiefsinnig. Das schreibe ich mir auf.«

»Woher weißt du, daß dieser Bahuet verbannt wird?«

»Vom Schreinermeister Tronson, dem er Geld schuldet. Weshalb der es sich zurückholen will, bevor Bahuet die Stadt verläßt. Er würde uns gern begleiten.«

»Kann er nicht allein gehen?«

»Er traut sich nicht. Dieser Bahuet ist ein gewalttätiger Bursche, der sich mit üblem Gelichter umgibt.«

»Getreu den Manen des Chevalier d'Aumale.«

»Ha, mein Pierre! ›Den Manen des d'Aumale‹! Ein hübsches *gioco di parole*[1]!«

»Da es mir ungewollt unterlief, schenk ich es dir.«

»Danke. Ich bewahre es mir zu späterem Gebrauch.«

»Bitte. Aber nun Schluß mit der ›Kindbetterei‹, wie der König zu sagen pflegt. Schick Pissebœuf zu Tronson, mag er nur kommen, sobald er kann. Und ruf Lisette, daß sie mich ankleidet.«

»Das, mein Pierre, kann ich auch.«

»Nichts da! Ein Junker hat mich im Krieg zu wappnen, nicht mir die Hosen anzuziehen. Das ist Weiberpflicht.«

»Reizende Pflicht!« sagte Miroul, und sein braunes Auge blitzte ebenso wie sein blaues. Und zierlich und elegant mit seiner Wespentaille entfleuchte er nach diesem Stich.

Mein Nachbar in der Rue des Filles-Dieu, »Hauptmann« Tronson (was er lediglich in der Bürgermiliz war, die Herren von Handwerk und Handel hatten sich nämlich gegenseitig mit

---

1 (ital.) Wortspiel.

militärischen Titeln beehrt, als sie während der Belagerungszeit die Pariser Stadtmauern verteidigten, die der König allerdings gar nicht angriff), dieser »Hauptmann« also war, wie der Leser sich erinnern wird, ein wahrer Berg von einem Mann, so breit wie hoch, feist wie ein Mönch, großmäulig und prahlerisch wie sonst keiner guten Mutter Sohn in Frankreich. Vom Gewerbe her war er Sargschreiner, doch schlug er raffgierig Münze aus allem und verzehrte sich, seit es Frieden war, vor Sorgen, daß seine Särge nicht mehr in solchen Mengen begehrt sein könnten wie unter der Belagerung. Im übrigen ein waschechter Pariser, der wie so viele andere mit den Gezeiten unserer Bürgerkriege, ob Ebbe, ob Flut, obenauf geschwommen war: In der Bartholomäusnacht hatte er auf der Seite Karls IX. gestanden, unter Heinrich III. bei den Barrikadenbauern, unter Mayenne Ligist und Papist, ohne fromm zu sein, mit den »Sechzehn« war er scharf auf ein großes Massaker unter den »Politischen« der guten Stadt und auf die abschließende saftige Plünderung ihrer schönen Häuser. Und jetzt, da die Liga an Stand einbüßte und Henri Terrain gewann, vor allem als er sich zum katholischen Glauben bekehrte, bekehrte sich auch Tronson, warf die ligistische Haut ab und wandelte sich zum »Politischen«, indem er die weiße Schärpe anlegte und sich jenen anschloß, die den königlichen Truppen bei Nacht die Tore der Hauptstadt öffneten. Was ihn, zumindest in der Rue Saint-Denis, zum Jahrhunderthelden machte.

Von der Filles-Dieu-Kirche schlug es sechs, als unser Held, von Kopf bis Fuß gepanzert und gewappnet, vor meiner Haustür erschien; die zwei Gesellen, die ihn begleiteten, trugen zusammengestoppelte Waffen.

»Nanu, Herr Marquis!« sagte er mit einer Vertraulichkeit, die mich grätzte, »im bloßen Wams? Und nur mit dem Degen gegen eine verzweifelte Bande? Euch gilt Euer Leben wohl nicht viel!«

»Meister«, sagte ich, »mein Schwert und mein Recht, denke ich, sollten genügen.«

»Vorsicht! Dieser Bahuet war einer von den ›Sechzehn‹! Eine blutrünstige Brut!«

»Wahrlich«, sagte ich spöttisch, »wer kennte sie besser als Ihr, Gevatter? Es gab eine Zeit, da machtet Ihr den ›Sechzehn‹ Reverenzen mit nacktem Hintern.«

»Die Zeiten ändern sich«, sagte Tronson würdevoll.

»Und wer sich mit ihnen ändert, heißt Wetterfahne.«

»Herr Marquis«, sagte Tronson ernst, »es liegt nicht an der Wetterfahne, wenn sie sich dreht: Es liegt am Wind.«

Obwohl ich schmunzeln mußte, ging ich doch auf Abstand zu dem dreisten Schlawiner, der sich einbildete, er könne mir von oben herab kommen, weil er mich in meiner Verkleidung als Tuchhändler gekannt hatte. Und wohl wissend, daß seine Beleibtheit nicht mithalten könne, beschleunigte ich den Schritt, so daß ich ihm und seinen Gesellen bald zwei Klafter voraus war, neben mir Miroul und hinter uns Pisseboeuf und Poussevent, einstige Arkebusiere der hugenottischen Truppe von Monsieur de Châtillon, die geruht hatten, meine Pferdeknechte zu werden, freilich unter der Bedingung, daß sie nicht so geheißen würden. Ihr steifer Gang verriet mir, daß Miroul sie angewiesen hatte, unter ihren Kleidern Kettenhemden anzulegen.

»Herr Marquis«, sagte Miroul, der mich in Hörweite der beiden nie anders ansprach, »mich beschäftigt ein Ehrenpunkt, den ich nicht zu lösen weiß.«

»Diga me.«

»Ihr wißt, wie geschickt ich immer im Messerwerfen war.«

»Und ob! Damit hast du mir mehr als einmal das Leben gerettet.«

»Danke für dieses Gedenken.«

»Der Dank ist ganz meinerseits, Monsieur de La Surie. Fahrt bitte fort.«

»Indessen«, fuhr Miroul fort, »ist das Messer eine ehrlose Waffe und das Messerwerfen eine Kunst (hier senkte er die Stimme), die ich in meiner Jugend als Landstreicher erlernte. Jetzt aber, da ich ein Gütchen besitze und dessen Namen trage, und nachdem der König mich geadelt hat, frage ich mich, ob ich mich des Messerwerfens nicht als schandbar und eines Edelmanns unwürdig enthalten muß.«

»Das ist zu bedenken«, sagte ich ernst. »Immerhin, Waffe ist Waffe. Nur ihr Gebrauch kann sie schändlich machen, von vornherein ist sie es nicht. Angenommen, irgendein Schuft, in jeder Hand eine Pistole, schießt mit der einen, ohne Euch zu treffen, und Ihr werft Euer Messer, bevor er mit der anderen schießen kann – was wäre daran verwerflich? Oder denkt an mein Duell mit der Vasselière im Hôtel Montpensier: Hätte sie mich verwundet zu Boden gestreckt und sich angeschickt, mir den Garaus zu machen – hättest du ihr dann nicht dein Messer zwischen die Schulterblätter geschleudert?«

»Mit Wonne«, sagte Miroul zähneknirschend.

»Entweder«, fuhr ich fort, »ist jegliche Waffe schandbar, und man begibt sich nackt und bloß unter die Wölfe – oder jede Waffe, die uns vor Übeltätern schützt, ist gut. Vergebens verbot die Kirche einst die Armbrust als verräterisch und heimtückisch: Sie blieb trotzdem noch vierhundert Jahre im Gebrauch. Und was, Monsieur de La Surie, ist denn der große Unterschied zwischen einem Pfeilschuß und einem Messerwurf?«

»Ihr habt recht«, sagte La Surie. »Herr Marquis, Euer Urteil erleichtert mein Gewissen und nimmt meinen Stiefeln den Stein, welchen die Lateiner *scrupulum* nannten. Nun weiß ich, daß ich meine Messer werfen kann, ohne gegen meinen Adel zu verstoßen.«

Das Haus, welches die »Sechzehn« mir vor sechs Jahren geraubt hatten, als ich mit meinem geliebten Herrn Heinrich III. aus der Capitale fliehen mußte, lag bequeme zwei Schritt vom Louvre, in der Rue du Champ Fleuri, die parallel zur Rue de l'Autruche verläuft.

Ich vermute, daß die Rue du Champ Fleuri, wie ihr Name erkennen ließ, auf Gelände erbaut wurde, das einst zu den Gärten des Schlosses gehört hatte, bot doch die ummauerte Hauptstadt nicht viel freien Raum. Ich hatte das schöne Anwesen von den Geldern gekauft, die ich zum Lohn für meine geheimen Missionen von Heinrich III. erhielt, dem großmütigsten und freigebigsten König, den es je gab. Nicht, daß ich hiermit andeuten will, daß Heinrich IV., unser Henri, geizig wäre, wie behauptet wurde. Höchstens könnte man sagen, daß er entschieden sparsamer war, weil er so viele Mittel benötigte, um den Krieg gegen die Liga und gegen Spanien weiterzuführen, und daß er seine Adligen weniger gut bedachte als seine Kriegsinvaliden oder auch deren Witwen.

Wie alle anderen Pariser Straßen (ausgenommen die Brücke Notre-Dame) hat die Rue du Champ Fleuri keine Hausnummern, so daß ein Briefbote einen nur findet, indem er sich bei den Nachbarn erkundigt. Um die Adresse auf einem Sendschreiben anzugeben, bedarf es darum eines Zusatzes. Zu der Zeit, als ich erst Chevalier war, lautete die meine:

Monsieur le Chevalier de Siorac
Edelmann
wohnhaft in Paris, Rue du Champ Fleuri
gegenüber der alten Nadlerei.

Wobei das Kuriose hieran war, daß die Nadlerei längst zugemacht, den Handel eingestellt und ihr Schild abgenommen hatte, so daß sie auch nicht leichter zu finden war als mein Haus.

Gewiß hatte ich während der ganzen Belagerungszeit in Paris gelebt, jedoch als Tuchhändler getarnt, und hatte es daher nicht gewagt, den Fuß in die Rue du Champ Fleuri zu setzen, damit die Gevatterinnen mich nicht etwa erkannten, die unter dem Vorwand, ihre Blumen vorm Fenster zu gießen, jedweden Passanten mit ebenso flinken Augen wie Zungen begutachten. Und so betrat ich meine Gasse an diesem hellen Morgen denn mit sehr beklommener Brust, doch wie pochte mir das Herz, als ich beim Näherkommen sah, daß mein Kutschentor weit offenstand! Weil ich nun dachte, Bahuet packe in meinem Hof seine Siebensachen, bat ich Miroul, am Haus vorüberzugehen und einen Blick durch besagtes Tor zu werfen, was er mit seiner gewohnten Behendigkeit tat.

»Moussu«, sagte er, als er wiederkam, »er packt nicht seine Sachen, er packt Eure!«

»Was sagst du?«

»Es ist die schiere Wahrheit, Moussu: Dieser Bahuet schafft Eure Möbel, Teppiche, Kisten und Kasten weg; er lädt alles auf zwei große Wagen.«

»Was für ein Schubiak! Beim Ochsenhorn, dem ziehe ich die Ohren lang!«

»Gemach, Moussu!« sagte Miroul. »Er hat an fünfzehn Kerle um sich, die ziemlich wild aussehen und allesamt bewaffnet sind.«

»Was höre ich?« sagte »Hauptmann« Tronson, der schnaufend zu uns stieß, »fünfzehn? Herr Junker, habt Ihr fünfzehn gesagt? Aber wir sind nur sechs!«

»Mädchen«, sagte ich zu einer schmucken Jungfer, die mit einem Henkelkorb am Arm des Weges kam, »weißt du, was das für Männer sind, die man im Hof des Herrn Bahuet sieht?«

»Wahr und wahrhaftig«, sagte sie sehr gedämpft in ihrem

hurtigen Pariser Tonfall, »Taugenichtse sind es! Das könnt Ihr mir glauben! Schiffergehilfen, übles Volk. Und es ist eine Schande, daß derlei sich in einer so feinen Straße, zwei Schritt vom Louvre, herumtreibt. Aber, Monsieur«, fuhr sie fort, indem sie bald mein Gesicht, bald meine Kleidung ins Auge faßte, »auch wenn Ihr mit Eurem Degen vornehm ausseht, tragt Ihr doch ein Wams aus grobem Leder. Seid Ihr nun Edelmann oder nicht? Was sucht Ihr hier? Wer sind die anderen da? Und was wollt Ihr von Herrn Bahuet?«

»Mädchen«, sagte ich, indem ich ihr die Wange tätschelte, »auf den Mund gefallen bist du nicht, wie? Die anderen da sind gute Leute und ich ebenso. Hier hast du einen Sou, geh und trink ihn auf meine Gesundheit.«

»Einen Sou!« sagte sie und machte große Augen. »Ha, Monsieur! Dafür erzähl ich Euch alles, was Ihr wissen wollt, über sämtliche Bewohner unserer Gasse! Aber, Monsieur«, fuhr sie fort, »solltet Ihr eines Tages eine Kammerfrau benötigen, denkt an mich, ich heiße Guillemette und wohne in dem Haus rechts von der alten Nadlerei. Meine gute Herrin ist während der Belagerung gestorben, ich bin stellenlos und muß mit sechzehn Jahren noch meinen Eltern zur Last fallen.«

Hiermit machte sie lächelnd einen artigen Knicks und ging.

»Nettes Weib!« sagte Pissebœuf zu Poussevent. »Bei der möcht ich unterkriechen.«

»Arkebusier«, sagte Miroul, der gern den Moralapostel spielte, seit der König ihn geadelt hatte, »laß deine anzüglichen Reden! Herr Marquis«, fragte er, mir zugewandt, »was machen wir nun?«

»Miroul«, sagte ich, indem ich ihn unterhakte und beiseite zog, »offen gestanden, die Sache gefällt mir nicht: Ein schiefer Blick, und diese Strolche dort gehen aufs Ganze. Der Büttel, das siehst du ja, hat Angst vor ihnen. Und wenn es zum Handgemenge kommt, ist auf Tronson wenig Verlaß. Auf seine Gesellen noch weniger. Das heißt, wir wären vier gegen fünfzehn, und fünfzehn, das ist viel, Miroul! Soll ich unser Leben riskieren wegen ein paar Möbeln, so kostbar sie mir auch sind?«

»Aber was dann?« fragte Miroul. »Sie rauben lassen?«

»Nein, Miroul! Geh zum Louvre, such Vitry, und flüstere ihm, was hier los ist; sag ihm, er möge mit einem Dutzend Arkebusieren zu unserer Verstärkung kommen.«

»Mein Pierre«, sagte Miroul, und sein blaues Auge blickte argwöhnisch, sein braunes besorgt, »und was machst du, während ich fort bin?«

»Ich werde mit Bahuet reden.«

»Das ist gefährlich, mein Lieber. Vor allem, wenn du die Pfoten in den Rattenkäfig dort steckst.«

»Ich weiß, mein Lieber. Geh unbesorgt.«

Als ich nun sah, daß Guillemette mit ihrem leeren Korb neugierig um uns herumstrich, ging ich und faßte sie bei ihrem rundlichen Arm.

»Mädchen, zwei Sous für dich«, raunte ich ihr ins Ohr, »wenn du mir Schreibzeug und einen kleinen Laufjungen beschaffst.«

»Ha, Monsieur, zwei Sous! Ihr seid wahrlich kein Knauser! Ich bin im Nu wieder da.«

Wie der »Hauptmann« Tronson das hörte, trat er in seiner gepanzerten Gewichtigkeit auf mich zu.

»Herr Marquis«, sagte er mit völlig neuem Respekt, »ich verstehe all dieses Hin und Her nicht. Beliebt mir ein Licht aufzustecken.«

»Ich will Bahuet mit ein paar Zeilen bewegen, mich hier aufzusuchen.«

»Herr Marquis, Ihr begebt Euch in Gefahr!«

»Du mußt sie nicht teilen. Ich will ihn auf jeden Fall sprechen.«

»Dann, Herr Marquis, beliebt ihn an seine Schuldigkeit mir gegenüber zu erinnern.«

»Wieviel schuldet er dir?«

»Hundert Ecus. Er hätte sie mir schon vor drei Jahren zurückzahlen sollen.«

»Beim Ochsenhorn, drei Jahre! Warum hast du nicht gegen ihn prozessiert?«

»Herr Marquis, Ihr macht Witze! Niemals hätte der Gerichtshof mir gegen einen von den ›Sechzehn‹ Recht gegeben, nachdem die den Gerichtspräsidenten Brisson hingerichtet hatten. Und Bahuet hätte mich einsperren lassen!«

»Und jetzt, seit der Wind sich gedreht hat?«

»Das Gericht ist langsam. Bis dahin ist Bahuet längst über alle Berge. Und wer soll ihn fassen, wenn er zu Mayenne flüchtet oder zu den Spaniern nach Flandern?«

»Das stimmt. Gevatter, wenn der Bursche sich hergetraut, lege ich ein Wort für dich ein.«

Da sah ich Guillemette auch schon mit einem Jungen und Schreibzeug kommen, ich kehrte Tronson den Rücken, gab der Kleinen ihre zwei Sous, dann setzte ich mich auf einen der beiden Torsteine, welche die Einfahrten vor den Kutschenrädern schützen, und schrieb:

Maître Bahuet,
Ihr werdet mit Eurem Wagenzug außerhalb der Stadtmauern großen Ärger bekommen. Wenn Ihr mich zur Stunde vor der alten Nadlerei aufsuchen wollt, kann ich Euch einen Rat geben, wie Ihr diese Gefahren vermeidet.
S.

»Gnädiger Herr«, sagte Guillemette, die sich über meine Schulter beugte, »ich kann ja nicht lesen, aber es ist ganz wunderbar, wie schön Ihr schreiben könnt. Trotzdem, ein Edelmann seid Ihr nicht, auch wenn Ihr einen Degen tragt.«

»Warum nicht?«

»Wenn Ihr's wärt, würdet Ihr das Billett einem Sekretär diktieren, anstatt Euch so anzustrengen.«

»Gut gedacht, Mädchen. Aber nun geh. Ich habe zu tun. Hier ist dein Schreibzeug.«

Sie legte es in ihren Korb und tat, als ob sie ginge, doch ein Haus weiter versteckte sie sich im Eingang.

»Laufbursche«, sagte ich zu dem Jungen, der noch keine zehn sein mochte, aber recht aufgeweckt dreinsah, »dieses Billett bringst du dem Herrn Bahuet. Du fragst nach ihm, übergibst es aber nur ihm persönlich. Hier ist ein Sou für dich.«

»Ein Sou!« rief Guillemette, indem sie aus ihrem Versteck hervorschoß, »Monsieur, das ist zuviel! Für einen so kurzen Auftrag reicht ein halber Sou.«

»Da seh sich einer diese Ziege an, will mir meinen Lohn beschneiden!« sagte der Junge entrüstet.

»Ziege!« keifte Guillemette, indem sie mit erhobener Hand gelaufen kam. »Bengel! Dir geb ich was hinter die Löffel!«

»Still, Mädchen!« sagte ich, faßte sie beim Arm und hieß sie kehrtmachen. »Mach du deine Einkäufe, Guillemette, und steck deine Nase nicht in fremde Angelegenheiten!«

Doch wie zuvor entfernte sie sich nur ein paar Schritte und

versteckte sich abermals, die Szene zog sie an wie der Magnet den Feilspan. Womit sie nicht allein war, denn als die ersten Sonnenstrahlen die Taubenhäuser und Giebel der Rue du Champ Fleuri übergoldeten, öffneten die Frühaufsteherinnen ihre Fenster, beugten sich über ihre Töpfe mit Basilikum und Majoran und beäugten unsere kleine Truppe, wortlos, aber auch ohne sich irgend etwas entgehen zu lassen.

Der kleine Laufbursche war unterwegs, und ich hieß Tronson und meine Leute, sich noch weiter zurückzuziehen und sich möglichst gut zu verbergen, damit Bahuet sie nicht sähe, wenn er zu mir herauskäme; auch sollten sie sich nicht rühren, bevor ich sie riefe. Hierauf bezog ich, in voller Sicht der unbehaglichen Burschen, vor der Haustür der alten Nadlerei Posten, indem ich mich lässig gegen die hölzerne Tür lehnte und mir mit einer kleinen Schere die Fingernägel zu schneiden begann. Zugegeben, Leser, ich spielte ein bißchen Theater – nachdem ich mich zuvor freilich mit einem Griff unter mein Cape versichert hatte, daß die beiden Dolche, die ich nach italienischer Art rücklings im Gürtel trug, locker in ihrer Scheide saßen, denn sollte es unversehens zum Handgemenge kommen, das wußte ich, hätte ich weder Zeit noch Raum, den Degen zu ziehen, dann würde mir nur ein Dolch helfen. In derselben Voraussicht hatte ich auf ein Kettenhemd verzichtet, das einen im Kampf steif und schwerfällig macht, und lieber ein Wams aus Büffelleder angelegt, das eine Klinge aus nächster Nähe meines Erachtens nicht so leicht aufschlitzen und durchbohren konnte. Und schließlich hatte ich mich in die Türleibung gestellt, die schmal und tief war und mich also rechts wie links deckte, dazu war hinter mir die Tür. Doch weshalb, zum Teufel, setzte ich mich derweise schlimmster Gefahr aus, anstatt zu warten, bis Miroul wiederkam und Vitry mit seinen Männern eintraf? Was soll ich darauf erwidern, außer daß einer, der wie ich vom fünfzehnten bis zum vierzigsten Jahr ein abenteuerliches Leben geführt hat, dran gewöhnt ist, seine eigene Tapferkeit auf die Probe zu stellen und sich somit zu vergewissern, daß er mit dem Alter noch keinen Rost angesetzt hat.

Was nun die kleine Schere und meine Nagelschneiderei anging, so wollte ich mir damit beweisen, daß meine Hände nicht zitterten, und Bahuet von meiner Seelenruhe überzeugen. Doch als dieser, flankiert von zwei finster blickenden Strolchen, aus meinem Hoftor trat und auf mich zukam, steckte ich besagte Schere ein, und sowie sie auf zwei Klafter heran waren, zog ich meine ledernen Handschuhe an, damit sie mich vor versehentlichen Schnitten schützten, denn bekanntlich haben Dolche keine Garden.

Dieser Bahuet, den ich in aller Muße betrachten konnte, während er sich näherte, war mittelgroß, aber ziemlich breit in den Schultern, trug einen dicken schwarzen Schnauzbart, dessen Enden um die Mundwinkel herniederhingen, und seine Miene wirkte füchsisch und verschlagen. Mir fiel auf, daß er ein wenig seitlich ging wie eine Krabbe, während seine Augen scheel nach rechts und links spähten. Jedermann sichtbar trug er einen Dolch im Gurt und seine Leute Messer. Leser, war es nicht ein Skandal, frage ich dich, daß eine große Stadt wie Paris so schlecht überwacht wurde und der Büttel so schlapp und feige war, daß derlei Kniekehlenschneider zwei Schritt vom Louvre in Waffen herumspazieren konnten, ohne daß man sie an den Galgen schickte?

»Gevatter«, sagte ich lächelnd, indem ich wieder meine lässige Haltung einnahm, doch mit einer Hand rücklings den einen Dolchgriff umfaßte, »mein Name tut nichts zur Sache, da ich deinen weiß: Du heißt Bahuet, warst seinerzeit Sekretär des Chevalier d'Aumale, den Gott im Himmel bewahre! und hast dank der ›Sechzehn‹ das Haus von Monsieur de Siorac, einem notorischen ›Politischen‹, besetzt, welches du heute verlassen mußt, weil Navarra dich aus Paris verbannt.«

»Gevatter«, sagte Bahuet, und seine scheelen Augen verdüsterten sich, »das weiß jeder.«

»Aber ich weiß außerdem Dinge«, sagte ich mit bedeutungsvoller Miene, »die dir in deiner jetzigen Lage sehr nützlich sein könnten: Sie kosten dich nur fünf Ecus.«

»Fünf Ecus!« sagte Bahuet, indem er höhnisch auflachte und seinen Sbirren spöttische Blicke zuwarf. »Habt ihr gehört, Kameraden? Fünf Ecus verlangt der Schuft! Der will verkaufen, was er mir sowieso geben muß.«

Damit zückte er seinen Dolch und setzte mir die Spitze auf die Brust. Ich war leicht verdutzt, muß ich sagen, denn die fünf Ecus hatte ich lediglich verlangt, um meinen Schritt glaubhaft zu machen.

»Gevatter«, sagte ich, »übel lohnst du meine Mühe, dich vor

Gefahren zu warnen, die auf dich lauern. Was, zum Teufel, habe ich dir getan, daß du mein Leben bedrohst, wo ich herkomme, um deins zu retten?«

»Sieh an!« sagte Bahuet, »du hast ein gutgeöltes Mundwerk, wie ich sehe, und eine flinke Zunge! Aber ich schätze es nicht, wenn einer seine Nase in meine Angelegenheiten steckt. Und ich glaube auch nicht, daß du hier bist, um mir zu helfen.«

»Na schön«, sagte ich, doch flatterten mir ein wenig die Schläfen, weil ich seine Klinge so bedrohlich nahe fühlte, »wenn ihr meine Hilfe verschmäht, schweige ich und gehe.«

»Gehen will er!« rief Bahuet lachend, einen bösen Funken in den falschen Augen. »Habt ihr gehört, Kameraden, verdrücken will sich der Gauner! Ohne uns seinen Namen zu nennen noch seinen Stand, noch die Botschaft, die er angeblich für mich hat.«

Und hiermit drückte er seinen Dolch fester gegen mein Wams, zwar ohne es wirklich zu durchbohren, doch spürte ich die Spitze durchs Leder hindurch, keinen Daumen breit von meinem Herzen.

»Los, Bahuet!« sagte der Rüpel zu meiner Rechten, der im übrigen schrecklich nach Schweiß und Knoblauch stank. »Bei Christi Tod, triff ihn in die Gurgel! Und daß du mir nicht das gute Büffelwams versaust: Da hab ich ein Auge drauf und will's als meine Beute, wenn du den Kerl umgelegt hast.«

»Und ich die Stiefel«, sagte der zu meiner Linken.

»Und ich den Degen«, sagte Bahuet hämisch lachend. »Wir sind uns einig.«

»Beim Ochsenhorn!« sagte ich, »ihr Herren, was habt ihr vor? Einen ehrbaren Mann am hellichten Tag zu erdolchen, zwei Schritt vom Louvre und vor soviel Zeugen!«

»Dämlicher Hund!« sagte Bahuet. »In einer Stunde bin ich weg aus Paris und meine Leute mit.«

»Aus Paris, ja, aber nicht heil und unversehrt, wie ihr jetzt seid«, sagte ich prompt, »denn der Marquis de Siorac, dessen Haus ihr sechs Jahre besetzt habt und dessen Möbel ihr jetzt fortschafft, hat Spione an allen Pariser Toren aufgestellt, und sowie er euren Weg weiß, fällt er mit starker Reiterei über euch her und bläst euch das Licht aus.«

»Schuft!« rief Bahuet erblassend, »woher weißt du das?«

»Von einer Kammerfrau des Marquis, die mein Liebchen ist.«

»Und wer bist du, bei Gottes Tod?«

»Franz Müller, Lothringer, ehemals Sergeant des Herzogs von Guise zu Reims und derzeit stellenlos.«

»Ah! Daher hat er Degen und Wams«, sagte der Stinker zu meiner Rechten.

»Aber wieso will der mir dienen?« fragte Bahuet.

»Weil ich Geld brauche«, sagte ich.

»Das Lied kenne ich! Aber ich glaub es nicht, Halunke. Alles Schwindel. Du siehst nicht aus wie einer, der fünf Ecus nachrennt. Schluß mit dem Gefackel, Kameraden. Den nehmen wir mit und quetschen ihm die Würmer aus der Nase. Hopp, Bursche!« sagte er, indem er mich beim Schlafittchen packte.

Woraus ich ersah, daß es Zeit war, vom Honigseim zum Essig zu wechseln, ich stemmte mich gegen die Tür hinter mir und versetzte ihm einen Tritt in den Unterleib, daß er mitten auf die Gasse flog. Dann griff ich mir meine zwei Dolche, und vorgebeugt, fest auf meinen zwei Beinen, schwang ich sie rechts und links.

»Her zu mir, Leute!« schrie ich aus aller Kraft.

Nun wollten die zwei Strolche ihre Messer ziehen, doch schlug ich ihnen so scharf auf die Klauen, daß ihnen die Lust verging, sich mit mir anzulegen, zumal nun Pissebœuf und Poussevent mit blankem Schwert in der Hand gerannt kamen und ihnen derart über den Schädel droschen, daß sie Reißaus nahmen wie aufgescheuchte Hasen. Worauf Bahuet, der sich aufgerappelt hatte, sich aber noch immer gekrümmt die Eingeweide hielt, ihnen nachhinkte in meinen Hof und von seinen Spadaccini sogleich das Tor verrammeln ließ.

»Potztausend, Herr Marquis!« rief Tronson, der mit wackelndem Bauch und gezogenem Degen dem Sieg zu Hilfe eilte, »das läßt sich sehen! Die haben wir ganz schön verbleut!«

»Dank für deine willkommene Hilfe, Gevatter!« sagte ich kalt.

»Moussu lou Marquis«, fragte Pissebœuf auf okzitanisch, »soll ich dem Puter auch eins überbraten?«

»Nein, nein. Der ist doch nicht zum Kämpfen hier, nur zur Dekoration. Pissebœuf, lauf zum Louvre und sieh, warum der Herr Junker noch nicht kommt.«

»Nicht nötig, Moussu«, rief Pissebœuf, »der biegt eben um die Ecke von der Rue de l'Autruche, und hinter ihm kommt Monsieur de Vitry mit seinen Arkebusieren.«

»Gelobt sei die gebenedeite Jungfrau!« sagte Tronson.

»Die nichts mit unserem Geschäft zu tun hat«, sagte Pissebœuf leise auf okzitanisch, denn mein Pissebœuf, obgleich unverdrossener Schürzenjäger, war ein Hugenotte reinsten Wassers.

»Herr Marquis!« rief Miroul, indem er gelaufen kam, und sein braunes Auge sprühte vor Zorn, sein blaues starrte eiskalt, »was bedeutet das? Wer hat Euch das Wams zerschlitzt? Ha, Moussu!« setzte er auf okzitanisch hinzu, »Ihr habt Euch mit den Kerlen angelegt – ohne mich! Müßt Ihr denn immer vorpreschen wie ein verrückter Maikäfer?«

»Still, Miroul«, sagte ich leise auf okzitanisch. »Da kommt Vitry. Aber, beim Ochsenhorn, das ist ja gar nicht Vitry! Das ist Vic!«

Und ich lachte, denn Monsieur de Vic war Gouverneur von Saint-Denis gewesen, als der Chevalier d'Aumale bei Nacht die Stadt überfiel, dann aber im Glauben, er habe schon gewonnen, seine Truppen im Stich ließ, um mit der Raverie, einer hochklassigen Hure, zu vögeln. Worauf Vic im Gegenangriff die ihres Generals beraubten Ligisten in die Flucht schlug und Aumale von Miroul und mir aus einem Hinterhalt erschossen wurde. Das ärgerliche bei der Sache war nur, daß wir bei unserer Tat keine Zeugen gehabt hatten und der König mir hierüber Schweigen gebot, weil Monsieur de Vic sich schon allenthalben mit der Tat brüstete und zum Lohn auch die Abtei von Bec erhielt, deren Titular der Chevalier gewesen war. Doch als der König mir die zehntausend Ecus zurückzahlte, die ich ihm vorgeschossen hatte, um Monsieur de Vitry auf seine Seite zu ziehen – Monsieur de Vitry, sage ich jetzt, nicht Monsieur de Vic –, da verdreifachte er diese Summe.

»Ha, Sire«, sagte ich, »das ist zuviel!«

»Graubart«, sagte er damals (denn so hatte er mich getauft, weil ich mir einen Vollbart hatte stehenlassen, um bei meinen Geheimmissionen so echt wie möglich als Tuchhändler durchzugehen), »Graubart«, sagte er unter vier Augen zu mir, »das ist der Balsam auf deine Wunde, daß du nicht Abt von Bec geworden bist.«

»Ha, Monsieur de Vic!« rief ich, indem ich dem »Sieger über d'Aumale« lachenden Auges entgegenschritt und ihn herzhaft umarmte, »Ihr kommt zur rechten Zeit. Die Schufte haben sich in meinem Hof hinter geschlossenem Tor verschanzt. Es sind ihrer fünfzehn, allesamt gut bewaffnet, und sie wollen mir meine Möbel entführen.«

»Marquis«, sagte Monsieur de Vic lautstark und soldatisch, »der Fall ist klar wie Quellwasser: Ich schieb ihnen einen Sprengsatz unters Tor, und wenn das Tor in Stücke fliegt, beim Donner, wird alles niedergehauen und gehängt.«

»Hoho, Herr Abt von Bec!« sagte ich lächelnd, »das wäre nicht sehr christlich, abgesehen davon, daß der König bestimmt kein Massaker so nahe beim Louvre will, wo er doch ganz auf Milde setzt. Außerdem würde Euer Sprengsatz mein schönes Tor zerstören und meine Möbel beschädigen, die ich ja gerade retten will. Ich glaube, Seine Majestät wüßte mir Dank für den Gebrauch sanfterer Mittel.«

»Und welche, Sakrament? Welche?« rief mit seiner Stentorstimme Monsieur de Vic, der ebenso prahlmäulig war wie Tronson, doch, anders als der Schreiner, im Kampf die Tapferkeit selbst.

»Monsieur de Vic, ich habe eine Idee, wie es sanfter gehen könnte«, sagte ich, »beliebt nur, mir die Leine ein wenig locker zu lassen.«

»Wie Ihr wollt«, sagte Monsieur de Vic mürrisch. »Nur vergeßt nicht, Siorac, wenn es schiefgeht – ich bringe Euch die Bande im Handumdrehen an den Galgen.«

Ich trug also Pisseboeuf auf, in die Rue du Chantre zu laufen, an welche ein Stück meiner Hofmauer grenzt, unter besagter Mauer zu wachen und mir durch einen Laufjungen zu vermelden, wie viele der Taugenichtse sich darüber flüchteten, sobald ich einen Aufruf an sie gerichtet hätte. Und als Pisseboeuf davonschoß wie ein Pfeil, trat ich vor mein Hoftor.

»Bahuet!« rief ich mit starker Stimme. »Der Mann, dem du das Wams zerschlitzt hast, das bin ich selbst, der Marquis de Siorac, dessen Haus du unrechtmäßig besetzt hast und dem du jetzt die Möbel rauben willst. Bahuet, ich habe Monsieur de Vic bei mir, den Gouverneur von Saint-Denis, der aller Welt bekannt ist für seine Tapferkeit, und dazu gut zwanzig Arkebusiere. Monsieur de Vic will einen Sprengsatz ans Tor legen und euch wegen Rebellion alle ausräuchern. Bist du jedoch reuig und räumst meine Möbel wieder ein und öffnest uns, wird dir freier Abzug gewährt, ebenso deinen Leuten, soweit sie nicht mit dem Polizeileutnant angebandelt haben. Das schwöre ich bei meinem Edelmannswort!«

Kaum hatte ich dies gesagt oder vielmehr aus voller Kehle geschrien, gebot ich mit beiden Händen Stille, ganz unnütz allerdings, denn nicht allein unsere Männer, die Arkebusiere, Tronson, Miroul und Vic hielten den Atem an, auch die ganze Gasse – die Gevatterinnen und Gevatter an den Fenstern, meine ich, wagte sich doch niemand aufs Pflaster hinunter aus Furcht, in das Scharmützel verwickelt zu werden –, alles verharrte stumm und spannte das Ohr, um Bahuets Antwort zu hören – doch vergebens, denn lange Minuten verstrichen, und der Kerl gab keinen Laut.

»Schockschwerenot! Der Schuft will uns leimen!« sagte schließlich Monsieur de Vic und steilte seine Schnurrbartspitzen. »Arkebusier, eine Rakete! Dahin! Unters Tor! Und Beeilung!«

»Ach, meine Herren, meine Herren!« Tronson schob plötzlich seinen Schmerbauch zwischen Vic und mich, »ein so schönes Tor zu sprengen ist ein wahres Verbrechen! Ich, der Schreinermeister Tronson von der Rue Saint-Denis, sage Euch das! So gute Arbeit, beste Eiche, ohne Astlöcher, dicht gekörnt und massiv, mit schönem Gesims, nicht aufgebracht, sondern aus dem Holz herausgearbeitet! Ungeachtet, daß die Explosion auch die Eisenbeschläge verbiegen wird, die beste Schmiedearbeit sind, und Eure Mauer erschüttern wird, womöglich stürzt sogar das Gewölbe ein, wenn der Schlußstein verletzt wird! Meine Herren, hundert Jahre braucht es, bis ein Tor so wetterfest und beständig wird wie dieses, da bekämt Ihr nicht einmal einen Nagel hinein! Und ein solches Werk so langer Zeit in einer Sekunde zu vernichten, wahr und wahrhaftig, es wäre ein Jammer und eine höchst unheilige Zerstörung!«

»Die Pest über den Schwätzer!« sagte Monsieur de Vic. »Sollen wir ewig vor einem Tor Maulaffen feilhalten, nur weil ein Halunke es von innen versperrt?«

»Monsieur de Vic«, rief nun aus einem Fenster ein Gevatter, der einen ebenso stattlichen Schnurrbart hatte wie der Gouverneur von Saint-Denis, »hört auf den Schreinermeister, es ist reine Vernunft! Und das sage ich Euch, Tischlermeister Gaillardet! Ein so schönes Tor wie das da gibt's auf der ganzen Rue du Champ Fleuri nicht mehr.«

»Monsieur de Vic!« rief aus einem anderen Fenster eine Matrone, deren Brüste auf dem Fensterbord lagen wie zwei Säcke Korn. »Wir wissen alle, Monsieur de Vic, was für ein tapferer Held Ihr seid! Aber eine Sprengung in der Rue du Champ Fleuri, das laßt schön bleiben! Uns würden ja alle Fensterscheiben zerspringen, und, Jesus! wer bezahlt uns die? Und woher soll man heutzutage Glas nehmen? Und zu welchem Preis?«

Hierauf erscholl von allen Seiten ein solcher Beifall, daß ich schon den Moment kommen sah, da meine guten Nachbarn mir um meines schönen Tores und ihrer Fensterscheiben willen verwehren würden, mein Eigentum überhaupt zu betreten.

»König Henri hat schon recht«, knurrte Vic an meinem Ohr. »Das Volk ist eine Bestie, besonders das Pariser Volk. Es gibt keins, das streitlustiger und aufsässiger ist. Wenn ich sprenge, macht mir das Pack hier einen Aufruhr. Und wenn ich schuld bin an einem Aufruhr, was sagt dann der König?«

»Meister Gaillardet«, rief ich zu dem schnurrbärtigen Gevatter hinauf, der zuvor gesprochen hatte, »ließe sich nicht ein Feld des Tores mit der Axt einschlagen, so daß man die Hand durch das Loch stecken und die Riegel öffnen könnte?«

»Vielleicht«, sagte Meister Gaillardet.

»Fünf Sous für dich, wenn du es versuchst!«

»Zehn, Herr Marquis, bei dem harten Holz.«

»Topp!«

»Herr Marquis«, flüsterte Guillemette, indem sie mich am Ärmel zupfte, »zehn ist zuviel. Der will Euch ausnehmen.«

»Schon wieder du, Guillemette!« sagte ich leise. »Was suchst du noch immer hier?«

»Es kommt ja nicht alle Tage vor, daß man auf unserer Gasse einen solchen Aufmarsch erlebt!« erwiderte die Schelmin. »Wer weiß, womöglich gibt es noch Tote!«

»Herr Marquis«, rief Gaillardet, indem er seine breiten Schultern zum Fenster hinauslehnte und seinen furchteinflößenden Schnurrbart strich, »ich muß nur mein Holzbein anschnallen und meine Axt holen, dann bin ich Euch zu Diensten!«

»Beim Ochsenhorn, Moussu!« sagte Miroul an meinem Ohr, »was macht Pissebœuf so lange? Er ist vor einer guten halben Stunde gegangen, aber von einem Laufjungen, der uns meldet, was in der Rue du Chantre passiert, ist kein Schwanz zu sehen!«

»Geduld!« sagte ich. »Pissebœuf ist kein Döskopf.«

»Herr Marquis«, rief aus einem Fenster eine hübsche Person mit tief ausgeschnittenem Mieder, »kennt Ihr mich noch? Ich bin es, Jeannette, die Haubenmacherin von Frau Angelina. Ich war vor sechs Jahren bei Euch.«

»Wahr und wahrhaftig!« ließ die großbusige Matrone sich vernehmen, »wenn man sieht, wie schamlos das junge Ding Haut zeigt, kann man wohl wetten, daß die was anderes macht als Hauben!«

»Ha, so spricht der Neid!« rief die Junge mit blitzenden Augen. »Wer hat, der hat!« Und flugs nutzte sie ihren Vorteil, um sich vor den Nachbarn damit zu spreizen, daß sie quasi zu meinem Gesinde gehört hatte. »Herr Marquis, wie geht es dem Waffenmeister Giacomi?«

»Er ist tot, leider, im Krieg gefallen.«

»Und seine Gemahlin, die Frau Larissa?«

»Auch tot, von einem Gehirnfieber dahingerafft.«

»Und Frau Angelina?«

»Gesund und munter. Unsere Kinder ebenso.«

Nachrichten, die sich augenblicks wie ein Lauffeuer in der Rue du Champ Fleuri verbreiteten, die ja von etlichen betuchten Bürgern und wohlgeborenen Edelleuten bewohnt war, welche sich dir, Leser, in dieser Erzählung bislang nur nicht zeigten, weil sie es unter ihrer Würde erachteten, am Fenster nach allem Neuesten Ausschau zu halten, sich hierin aber nichtsdestoweniger auf ihr zahlreiches Gesinde verließen.

»Sapperlot!« sagte Monsieur de Vic, die Schultern reckend, »wo zum Teufel bleibt dieser lausige Tischler? Wie lange braucht der, um seine Axt zu holen?«

»Meiner Treu, Monsieur de Vic!« rief die dicke Gevatterin aus ihrem Fenster, »wenn Ihr ein Holzbein hättet, würdet Ihr vielleicht auch eine Weile brauchen, bis Ihr die Treppe hinunterkämt.«

Alles lachte, und mit kaum verhohlener Schadenfreude, weil die gute Frau sich getraut hatte, einen königlichen Offizier zu rüffeln, ohne daß der etwas dawider tun konnte.

»Ich könnte rasen, Siorac!« sagte Vic, indem er mich beiseite zog. »Tagtäglich sehne ich mich nach meiner Guyenne zurück! Diese Pariser sind das unverschämteste Volk der Schöpfung, das hat vor nichts Respekt, nicht vor Adel noch König. Und man muß es erdulden, man kann doch nicht alle hängen.«

»Betet, Vic!« sagte ich lachend, »betet, daß der Himmel die rebellischen Instinkte ändere! Betet, wozu sonst seid Ihr Abt von Bec!«

»Aber ich bin gar nicht Abt von Bec!« versetzte Vic wie entrüstet. »Auf meine Bitte hat der König meinem Sohn die Abtei gegeben. Und meine Mutter war auch nicht Comtesse de Sarret! Comtesse war nur ihr Vorname. Und ich bin auch nicht Admiral von Frankreich, sondern Vize-Admiral.«

»Was ist der Unterschied?«

»Der, daß ich nie und nimmer den Fuß auf ein Schiff setzen werde, ich vertrage das Meer nicht.«

»Herr Marquis«, sagte Miroul, »da kommt Gaillardet.«

Und wirklich, majestätisch, eine große Axt in der Hand, kam der Tischlermeister aus seinem Haus über die Gasse gehumpelt, entbot Vic und mir ein kleines Kopfnicken (eine Verbeugung, nehme ich an, hätte sein Holzbein nicht mitgemacht), trat auf mein Tor zu und strich mit seinen Fingern langsam darüber, kräftigen, breiten Fingern und doch wundersam zart bei dieser Liebkosung, die sie dem Holz angedeihen ließen.

»Diese Eiche«, sagte er endlich nicht ohne Feierlichkeit und mit einem Ernst, wie wenn ein ehrwürdiger Doktor der Medizin seine Diagnose verkündet, »diese Eiche ist mindestens hundert Jahre alt und hart wie Eisen.«

»Hab ich's nicht gesagt?« Tronson blickte befriedigt in die Runde.

»Jetzt spreche ich, Gaillardet«, bemerkte dieser kühl. »Und außer daß sie sehr hart ist, ist sie sehr dick. Ich laufe große Gefahr, wenn ich da mit der Axt hineinschlage, daß ich mir meine Schneide verderbe.«

»Die Schneide läßt sich wieder schärfen, Gevatter«, sagte Tronson.

»Aber nicht, wenn sie mir splittert.«

»Dann muß sie neu geschliffen werden«, sagte Tronson, »indem man tiefer ins Metall greift.«

»Wenn es wenig ist, ja! Aber wenn viel splittert, nicht! Dann kann ich den Keil wegwerfen. Und wo kriege ich in den heutigen Zeiten einen neuen her? Und zu welchem Preis, jetzt, wo alles so teuer ist?«

»Hab ich es doch geahnt!« rief Monsieur de Vic außer sich. »Beim Donner, Arkebusier, spreng mir sofort dieses Tor!«

Doch erhob sich hierauf ein so zorniges Schimpfen und Murren und schwoll von Fenster zu Fenster derart, daß der Arkebusier zauderte. Wahrscheinlich entsann er sich auch, wie die Pariser am Tag der Barrikaden, die Heinrich III. verjagten, wer weiß wie viele arme Schweizer erschlagen hatten, nur weil sie mit gezündeter Lunte auf ihren Arkebusen durch die Gassen gezogen waren. Und weil ich nicht wollte, daß meine Heimkehr in einen Aufstand ausarte, bei welchem meine Nachbarn blutige Nasen und zersplitterte Fensterscheiben ernten würden, legte ich meine Hand rasch auf Vics Arm.

»Erlaubt, Herr Vize-Admiral, daß ich Eurem Befehl widerspreche. Es hat keine Not. Solange das Tor geschlossen ist, kann Bahuet meine Möbel nicht entführen. Und vielleicht willigt Meister Gaillardet ein, seinen Axtkeil für einen Ecu aufs Spiel zu setzen.«

Diese wahrhaft unerhörte Freigebigkeit machte großen Eindruck auf sämtliche Bewohner der Gasse und namentlich auf den Tischlermeister.

»Was?« sagte er, und ihm zitterte der Schnurrbart, »einen Ecu, Herr Marquis? Was nennt Ihr einen Ecu? Einen Carolus?«

»Einen Carolus, bewahre! Einen Henricus! Auf die Hand und unbekaut! Hier ist er!« sagte ich, indem ich die Münze aus meinem Beutel zog. »Was meinst du? Gefällt er dir?«

»Darf ich ihn anfühlen?« fragte Gaillardet.

»Fang auf!« sagte ich und warf Gaillardet das Geldstück zu, der es in seinen großen Händen fing, die gegerbt waren wie Leder und die Münze doch mit großer Behutsamkeit, ja Zärtlichkeit streichelten.

»Wahr und wahrhaftig!« sagte er schließlich, indem er mit schmerzlicher Miene den Kopf seitlich neigte, »allerbesten Dank, Herr Marquis. Aber da lacht mir einmal ein Lohn wie nie, und ich muß vor dem schönen Ecu demütig die Augen niederschlagen. Denn, ehrlich gestanden, so gut meine Axt auch sei, die ich von meinem seligen Vater geerbt habe, zweifle ich doch sehr, daß sie ankommt gegen dieses Tor, oder es wäre ein Wunder!«

Kaum hatte er ausgesprochen und besagtes Wunder beschworen, da öffnete sich das Tor ganz von selbst, es taten sich beide Flügel auf, ohne daß man irgend sah, wer sie bewegte, denn bis auf die beiden Karren mit ihren Pferdegespannen stand der Hof leer.

»Warte«, sagte Miroul auf okzitanisch, »das kann eine Falle sein.«

Doch im selben Moment erscholl hinter einem der Flügel eine wohlbekannte Stimme.

»Monsieur de Vic, ich bin es, Pissebœuf, Arkebusier von Monsieur de Siorac. Beliebt Euren Männern zu befehlen, sie sollen nicht auf mich schießen, wenn ich zum Vorschein komme.«

»Komm schon, komm, verdammt!« rief Monsieur de Vic mit Donnerstimme. »Aber wer ist das, zum Teufel, der da hinter dem anderen Flügel hervorlugt?«

»Das ist Caboche, der Koch vom Herrn Bahuet«, sagte Pissebœuf. »Er hinkt auf einem Bein, darum konnt er nicht über die Mauer springen nach der Rue du Chantre, wie's alle anderen nach dem Aufruf von Monsieur de Siorac gemacht haben.«

»Der Koch von Bahuet! Schockschwerenot, den hängen wir!« brüllte Vic.

»Mit Verlaub, nein, Monsieur de Vic«, rief Pissebœuf. »Er war unbewaffnet, und ich hab ihm das Leben versprochen! Man kann den armen Caboche doch nicht hängen, bloß weil er nicht auf die Idee kam, dem Bahuet Gift in die Suppe zu streuen.«

Der kleine Witz in gascognisch gefärbtem Französisch (was hoch in Mode war, seit Navarra in Paris den Ton angab) ergötzte die Leute an den Fenstern, zumal sie sehr erleichtert waren, daß die Geschichte ohne Schießerei, ohne Sprengung und zerplatzte Scheiben ausging.

»Gnade bewilligt!« entschied Monsieur de Vic, worauf er sich mir zuwandte. »Was bin ich froh, Siorac, daß ich diese Kiste erledigt habe! Zu Eurer Zufriedenheit und der Seiner Majestät. Ich werde ihm alles berichten.«

»Habt vielen Dank, Herr Vize-Admiral!«

»Auf meine Kosten«, setzte Pissebœuf auf okzitanisch hinzu, aber sehr leise für den Fall, daß der sich entfernende Vic, der aus der Guyenne stammte, unsere Sprache verstand.

»Herr Marquis«, sagte neben mir »Hauptmann« Tronson, »sind das alle Eure Möbel?«

»Ich glaube, ja«, sagte ich, nachdem ich die beiden Karren umrundet hatte.

»Tja«, meinte Tronson, »dann habt Ihr nicht nur Euer Eigentum wieder, sondern macht obendrein schöne Beute mit diesen zwei Karren und den vier Pferden, die Euch ja keiner mehr nehmen kann, wo Bahuet auf der Flucht ist und außerstande, sie jemals zurückzufordern.«

»Kann sein«, sagte ich kühl, weil ich sah, worauf er hinauswollte, »kann sein, daß ich schöne Beute mache, sofern mein Haus durch die Wirtschaft dieses Schufts nicht allzu großen Schaden genommen hat.«

Hiermit trat ich ein und unterzog die Räume einen nach dem anderen der genauesten Prüfung, wobei Tronson mir nicht von der Seite wich, noch auch Miroul, meine zwei Arkebusiere und wer, Leser, wer noch? Natürlich Guillemette, die mit ihrem noch immer leeren Henkelkorb überm Arm hinter dem dicken Poussevent hereingeschlüpft war und nun mit gespitzten Ohren und großen Augen flink wie ein Eichhörnchen in alle Ecken und Winkel spähte.

»Das Haus«, sagte ich endlich, »ist furchtbar schmutzig, aber wirklich beschädigt ist nichts.«

»Da seht Ihr's«, sagte »Hauptmann« Tronson, »die Beute ist ganzer Profit für Euch, und der kann sich bei den Pferden, die jung und gut gebaut sind, auf tausend Ecus belaufen und bei den beiden Karren auf fünfhundert. Im ganzen bringt Euch das an fünfzehnhundert Ecus in den Beutel.«

»Gevatter«, sagte ich lächelnd, »willst du mein Schatzmeister werden?«

»Wie käme ich dazu?« sagte Tronson. »Nein, ich bleibe bei meinem Schreinergewerbe. Aber Ihr, Herr Marquis, beliebt Euch doch zu erinnern, daß ich bei Bahuet ein Sümmchen offen habe.«

»Das ich«, sagte ich frostig, »nicht verpflichtet bin, dir zu erstatten, schließlich bin ich nicht Erbe des Besagten und gelange in seinen Besitz durch Kriegs- und Beuterecht.«

»Das ist wahr«, sagte Tronson, seinen Speichel schluckend, »andererseits aber hatte ich mit Euer Gnaden während der Belagerung doch ehrbaren und freundschaftlichen Umgang, welcher Tatsache der Herr Marquis, wie ich ihn kenne, Rechnung tragen wird.«

»Und ob du mich kennst, Tronson«, sagte ich. »Also, nenn deine Forderung!«

»Zweihundert Ecus.«

»Zweihundert Ecus, beim Ochsenhorn! Auf einmal sind es zweihundert! Dein Sümmchen hat binnen Stundenfrist ja tüchtig zugenommen, Meister Schreiner. Vorher waren es noch hundert.«

»Das kommt, Herr Marquis, weil ich die Zinsen nicht mitgerechnet hatte, die in drei Jahren aufgelaufen sind.«

»Pest verdammte! Die Zinsen sollen das Kapital in drei Jahren verdoppelt haben? Es gibt keinen Juden, der zu solchem Wucherzins zu leihen wagte! Und erzähle mir nicht, Bahuet habe dem zugestimmt!«

»Herr Marquis, werd ich Euch mit Bahuet vergleichen? Wo ich für Euch so unterwürfige, dankbare und achtungsvolle Freundschaft hege?«

»Sankt Antons Bauch, deine Freundschaft kommt mich teuer zu stehen! Aber die Zeit drängt. Ich will nicht mit dir schachern. Nimm dir das schwarze von den Pferden und zieh ab, eh ich mich anders besinne. Poussevent, Pissebœuf, helft dem Meister Tronson beim Ausspannen!«

»Ha! Allerschönsten Dank, Herr Marquis!« rief Tronson, der mir ohne seinen Bauch und seinen Küraß wohl eine Verbeugung bis zur Erde gemacht hätte.

»Mein Pierre«, sagte Miroul, sowie der Schreinermeister fort war, »das war Torheit. Du schuldest diesem Kerl nichts.«

»Dieser Kerl wohnt dicht bei meinem Haus in der Rue des Filles-Dieu und genießt das Ohr der Nachbarschaft. Da ich das Haus behalte, will ich ihn nicht zum Feind.«

»Schöner Feind! Eine Memme!«

»Aber mit sehr redseliger Zunge!«

»Trotzdem, Pierre, seit du Papist geworden bist, finde ich, neigst du mehr und mehr dazu, deine gute hugenottische Sparsamkeit zu vergessen. Diesem Raffzahn das schwarze Pferd zu schenken, das beste der vier!«

»Braucht Ihr eine Brille, Herr Junker?« sagte ich aufgebracht. »Das schwarze Pferd hat einen Augenfehler und krumme Hinterbeine. Dafür bekommt Tronson keine hundert Ecus.«

»Allewetter, mein Pierre, du hast es hinter den Ohren!«

»Böse Katz, böse Ratz!«

»Was soll das heißen?« fragte Guillemette, die ihr hübsches Schnäuzchen kühn zwischen Miroul und mich steckte.

»Na«, sagte ich, »ist die Katze böse, wird es auch die Ratte. Und du, Mäuschen, was hast du hier zu knuspern?«

»Gnädiger Herr, ich habe mir Zimmer für Zimmer gut angesehen, und ich denke, ich werde acht Tage brauchen, bis das Haus sauber ist, denn alles ist schmierig, verrußt, verdreckt und stinkt.«

»Guillemette«, sagte ich, die Brauen rümpfend, »habe ich dich angestellt? Sind wir uns vielleicht schon handelseinig?«

»Sind wir, Herr Marquis!« sagte die Kleine ohne ein Wimpernzucken, »aber zu Bedingungen.«

»Zu Bedingungen, sieh einer an!« sagte ich auflachend. »Sie stellt mir Bedingungen! Und welche?«

»Daß Ihr mir vier Ecus im Monat zahlt, dazu Essen und Schlafen.«

»Das läßt sich hören.«

»Und daß Ihr Euren zwei Arkebusieren sagt, sie sollen mir nicht den Hintern tätscheln, wie sie es versucht haben.«

»Fuchtig ist sie auch noch! Bist du Jungfrau?«

»Nein, gnädiger Herr. Jungfrau bin ich nicht mehr, aber deshalb laß ich mich trotzdem nicht mit jedem ein.«

»Alsdann, nicht Pissebœuf, nicht Poussevent. Und Monsieur de La Surie?«

»Auch nicht.«

»Sehe sich einer die Frechheit an!« sagte Miroul lachend.

»Und ich?« fragte ich.

»Das bleibt zu überlegen«, sagte Guillemette, indem sie mich von Kopf bis Fuß musterte.

»Ha, mein Pierre!« sagte Miroul auf okzitanisch, »die ist resolut, sie redet zum Herrn wie eine Herrin. Hältst du es für weise, sie einzustellen?«

»Weise nicht. Aber muß man immer weise sein?«

Es war Ende März, als ich von Angelinas Hand – von ihrer Hand, sage ich, und der Leser weiß, warum ich das betone – einen wunderschön gedrechselten Brief erhielt, worin sie mir schrieb, daß sie mit unseren Kindern lieber nicht in Paris leben wolle, solange die Versorgung dort so schwierig sei – auf meinem Gut Chêne Rogneux dagegen so günstig – und solange in der Hauptstadt noch die Fieberseuche wüte, die angeblich schon mehr Opfer gefordert habe als während der Belagerungszeit der Hunger. Ich konnte Angelina für diese Entscheidung, die ich ihrem Ermessen anheimgestellt hatte, wahrlich nicht tadeln, zumal sie mich sehr lieb und inständig bat, sie, sooft ich könne, in

Montfort l'Amaury zu besuchen, weil meine Abwesenheit, wie sie sagte, »ihre Tage grau und ihre Nächte trostlos« mache.

Ich verheimlichte ihr Nichtkommen vor Doña Clara, meiner spanischen Witwe, denn hätte sie es erfahren, hätte sie sicherlich verlangt, daß ich entweder in die Rue des Filles-Dieu zurückkehrte oder sie in der Rue du Champ Fleuri aufnähme.

Hatte ich mit ihr, wie Augustinus sagt, die lichte Schwelle der Freundschaft auch nie übertreten, fühlte ich mich ihr doch sehr verbunden, so wie sie mir, und nur zu gern hätte sie mich ganz für sich gehabt. Was ich nicht wollte, vor allem um meine Angelina nicht zu kränken, aber auch, weil Doña Clara sich bei all ihrer Hochherzigkeit im längeren Zusammenleben als wenig behaglich erwies, gehörte sie doch zu jenen leidenschaftlichen und herrschsüchtigen Damen, die, weil sie sich ständig durch irgend etwas gestochen fühlen, ihrerseits stechen und nichts dagegen tun, daß ihre Stacheln in der Wunde schwären, die sie einem zugefügt haben.

Gleichwohl wollte ich den Umgang mit ihr nicht abbrechen, auch nicht, daß sie heimkehrte nach Spanien, weshalb ich, wie gesagt, meine vorige Wohnung in der Rue des Filles-Dieu weiterhin zur Miete und Héloïse und Lisette im Dienst behielt, erstere, weil sie meinen Miroul über die Trennung von seiner Florine tröstete, der Gesellschafterin meiner Angelina, und die zweite, weil Monsieur de l'Etoile, der sie wegen der Eifersucht seiner Gemahlin nicht im Haus hatte behalten können, mich gebeten hatte, sie bei mir einzustellen, wo er sie täglich besuchen konnte. Gewiß beklagte ich in meinem hugenottischen Herzen die Kosten für diese zweite Wirtschaft, doch was blieb mir anderes übrig?

Am 24. Mai des Jahres 1594 erhielt ich von Madame de Guise, der Witwe des zu Blois Ermordeten, ein Sendschreiben, worin sie mich um einen Besuch in ihrem Stadtpalais bat. Daß ich mich dieses Tages und sogar der Stunde so genau entsinne, liegt daran, daß ich kurz vorher, nämlich gegen elf Uhr, als ich mich anschickte, mein Mittagsmahl einzunehmen, erfuhr, daß in der vergangenen Nacht, als eine Verirrung der Jahreszeit gleichsam, ein schrecklicher, tödlicher Frost die Weinberge um Paris getroffen und alles bis in die Wurzeln vernichtet hatte. Sofort bat ich meinen Miroul, nach den Hängen von Montmartre hinauszureiten und zu sehen, was daran sei, und als er mir die traurige Nachricht brachte, daß dort tatsächlich nichts mehr zu retten sei, ahnte ich, daß auch unsere Rebstöcke auf Chêne Rogneux und auf La Surie verloren seien: Eine Befürchtung, die sich nur zu bald bestätigte, das Unheil hatte, wie wir im darauffolgenden Monat hörten, nahezu ganz Frankreich heimgesucht, nur nicht die Provence und das Languedoc.

Nun baute ich auf Chêne Rogneux ja nur Wein für den Bedarf meines Hauses an, und so beklagte ich den Verlust für meine Tafel nicht zu sehr, denn ich gehöre nicht zu den Jüngern der »Göttlichen Flasche«, sowohl aus natürlicher Mäßigkeit wie auch, weil ich Bacchus für den schlimmsten Feind der Venus halte und nicht verstehe, wie ein Mann so schlappschwänzig sein kann, das Vergnügen an einem Krug Wein den Wonnen vorzuziehen, welche wir auf unserem Lager mit der schönsten Hälfte der Menschheit teilen.

Dennoch begriff ich, daß dieser erbarmungslose Frost zahllose Winzer ins Elend stürzte und mit ihnen das ganze Reich, war doch Wein eine der Waren, die den Hauptteil unseres Handels mit England, Holland und Deutschland ausmachten. Es war dies also der Gipfel des Unglücks und des Schadens für unser armes Land, das durch ein halbes Jahrhundert Bürgerkrieg schon verarmt genug war.

Mit dieser Nachricht und voll der schmerzlichsten Gedanken setzten Miroul und ich uns an jenem 24. Mai zu Tisch, ziemlich schweigsam beide, und in dieser melancholischen Stimmung wurde mir von einem kleinen Laufjungen, der an meine Tür klopfte, ein wunderliches Billett überbracht:

Monsieur de Siorac,
da ich mich erinnere, wie Ihr in der Verkleidung eines Tuchhändlers auf Befehl meines königlichen Cousins während der Belagerung von Paris mich sowie die Damen Nemours und Montpensier mit Lebensmitteln versorgtet und weil ich die Geschicklichkeit, mit welcher Ihr Euch dieser Aufgabe entledigtet, sehr bewundert habe, wünsche ich, daß Ihr mich heute nachmittag besucht – falls Euch dies genehm wäre –, damit ich Euren klugen Rat in einer Angelegenheit erfragen kann, die mir sehr am Herzen liegt.

Eure sehr gute Freundin,
Catherine, Herzogin von Guise.

Dieses Billett verdutzte mich, und weil ich zunächst nicht wußte, was ich davon halten sollte, schob ich es Monsieur de La Surie hin, der es mit gewölbten Brauen las.

»Sankt Antons Bauch!« sagte er, »man muß zugeben, daß diese hohen Damen recht zivile Formen haben, Euch zu befehlen. ›Wünsche ich‹ oder ›falls Euch dies genehm wäre‹ oder ›Eure sehr gute Freundin‹.«

»›Eure sehr gute Freundin‹«, sagte ich, »ist ein gebräuchlicher Ausdruck, wenn ein Fürst oder eine Fürstin sich an einen Edelmann wendet. Wenn Heinrich III. mir einmal schrieb, unterzeichnete auch er mit ›Euer sehr guter Freund‹. Aber«, setzte ich hinzu, indem ich das Schreiben abermals überflog, »Frau von Guise ist tatsächlich sehr höflich, so dringlich, ja sogar gebieterisch ihr Hilferuf auch anmutet.«

»Aber was drängt denn so? Was will sie von dir? Und welche Angelegenheit mag das sein, die ihr so am Herzen liegt?«

»Sie wird es mir, hoffe ich, in einer Stunde sagen.«

»Du gehst also hin?«

»Unverzüglich. Wie käme ich dazu, einer so hohen Dame nicht zu gehorchen?«

»Nimmst du mich mit, Pierre?«

»Nein, Miroul«, sagte ich, obwohl ich wußte, wie ihn das betrübte. »Es könnte sein, daß die Herzogin vor einem Zeugen nicht offen reden will, namentlich vor einem von mir mitgebrachten.«

Es verstand sich von selbst, daß die drei Lothringer Prinzessinnen (auch wenn zwei es nur durch Eheschließung waren) auf seiten der Liga standen. Doch obwohl sie dem feindlichen Lager angehörten, hatte der König mir seinerzeit, während der Belagerung der Stadt, den Auftrag erteilt, sie zu verproviantieren, sowohl aus natürlicher Gutmütigkeit und großer Liebe zur Weiblichkeit wie aus politischem Kalkül und weiser Voraussicht. Und so treulich ich meine Pflicht gegen jede der drei auch erfüllt hatte, hegte ich für sie doch sehr unterschiedliche Gefühle. Die erste betete ich an, die zweite verabscheute ich. Und wiewohl die dritte – jene eben, die jetzt meine Hilfe suchte – mir sehr gefiel, kannte ich sie nur wenig.

Die erste Frau von Nemours – Gegenstand meiner glühenden, platonischen Anbetung – hieß beim Pariser Volk, das ja gern über alles und alle lästert, die »Königinmutter«, weil sie

Gemahlin, Mutter und Großmutter dreier Herzöge von Guise war, die alle drei unter der Ägide der Heiligen Liga nach dem Thron Frankreichs getrachtet hatten. Der einzige Überlebende dieser Dynastie war ihr Enkel Charles, dreiundzwanzig Jahre alt und just der Sohn jener Herzogin, die ich besuchen ging.

Die zweite war die Montpensier, Tochter von Madame de Nemours, die bei den »Politischen« nur die Hinkefuß hieß und die mich bei unserer ersten Begegnung regelrecht gezwungen hatte, zu ihr ins Bett zu steigen. Als sie indessen von Mademoiselle de La Vasselière erfuhr, mit welchem Eifer ich Heinrich III. diente, versuchte sie vergeblich, mich umzubringen, und setzte Jahre später die Ermordung meines sehr geliebten Herrn ins Werk, ein verbrecherisches Unterfangen, das ihr nur zu gut glückte.

Die dritte – aber muß ich über sie erst Worte verlieren, da ich eben an ihr Tor klopfe und von zwei langen Lakaien in Guise-Livree, mit einem großen Lothringer Kreuz auf dem Rücken, auch sogleich zu ihr geführt werde?

Die Herzogin erwartete mich nicht etwa im großen Saal, sondern in einem kleinen Kabinett, wo ein gutes Feuer brannte – schließlich war dieser Mai geradezu winterlich kalt –, und für eine Dame ihres Ranges war sie, möchte ich sagen, recht bescheiden gekleidet. Ihr mattgrünes Brokatgewand war mit wenigen Goldborten galoniert, den Ausschnitt zierte ein im Nacken aufgestellter Venezianer Spitzenkragen, und während die Prunkkleider unserer hohen Damen am Hof für gewöhnlich so mit Steinen überladen sind, daß die Ärmsten sich kaum bewegen können, ließ besagtes Gewand der Herzogin alle Bewegungsfreiheit, zumal Frau von Guise, wie mir schien, sich um des häuslichen Behagens willen auch nicht von Zofen in eine dieser unmenschlichen Baskinen hatte einschnüren lassen, welche die Taille unserer Schönen schmaler machen, ihren Busen anheben und ihre Hüften bauschen.

Was ihren Schmuck anging – ein großer, diamantenumkränzter Rubin an der rechten Hand, ein dreireihiges Perlenkollier um den lieblichen Hals, wippende goldene Ringe an den niedlichen Ohren –, so werden Sie einräumen, schöne Leserin, daß dies wenig war für eine Herzogin und daß Frau von Guise an diesem frühen Nachmittag anderen Prinzessinnen ein Beispiel erstaunlicher Schlichtheit gegeben hätte.

Drei Jahre älter als ich, war sie derzeit sechsundvierzig, und obwohl unsere entzückenden Galane am Hof behaupteten, eine Frau über Dreißig sei ihrer Aufmerksamkeit nicht mehr wert, gestehe ich unumwunden, wäre ich Herzog gewesen, ich hätte ihr die meine mit größtem Vergnügen zugewendet. Groß gewachsen war sie nicht – ihr Sohn, Charles von Guise, hatte ihre Kleinheit zu seinem Unglück geerbt –, doch bei ihr war diese ein zusätzlicher Reiz, so zierlich und dennoch rundlich, wie sie war, so lebhaft und ungekünstelt in ihren Manieren, dazu diese lavendelblauen Augen und ein geradezu naiver Freimut, ein Mund, der von Güte sprach, und herrliche blonde Haare, üppig und gelockt, in welche man gern zärtlich beide Hände getaucht hätte.

»Ha, Monsieur!« sagte sie, indem sie mir ihre Hand zum Kuß reichte, die zart, mollig und sehr klein war, »wie danke ich Euch, daß Ihr meinem Hilferuf so schnell gefolgt seid! Zumal ich Euch«, fuhr sie in ihrer unverblümten Art fort, »während der Belagerungszeit ja nur sah, wenn Ihr Proviant brachtet, da wart Ihr ja viel zu emsig um meine geliebte Frau Schwiegermama bemüht, als daß Ihr geruht hättet, mich zu besuchen. Aber, bitte, nehmt doch Platz, Marquis, im Stehen läßt sich schlecht reden.«

Ich verneigte mich abermals, und weil ich im stillen bemerkt hatte, wie sehr in diesen Worten die Herzogin hinter der Frau zurücktrat, die mich zunächst wohl ein wenig ins Unrecht setzte, aber auch einige Eifersucht auf Madame de Nemours verriet, verzichtete ich auf den mir gewiesenen Lehnstuhl und griff mir leichthändig ein Taburett, stellte es vor den Reifrock von Madame de Guise und ließ mich so demütig wie keck zu ihren Füßen nieder, was bei ihr gemischte Gefühle hervorzurufen schien, die sich indessen bald zu meinen Gunsten wendeten.

»Frau Herzogin«, sagte ich leise, während ich sie in verehrungsvollen Blicken badete, »ich bin Madame de Nemours allerdings sehr verbunden, denn bestimmte Dienste, die sie mir auftrug, erforderten einen häufigeren Umgang mit ihr als mit Euch oder mit Madame de Montpensier. Doch beteure ich, daß ich Euch ebensooft und mit ebenso großer Freude besucht hätte (wobei meine Augen zeigten, daß diese Freude noch größer gewesen wäre), hättet Ihr mich nur gerufen und meine Ergebenheit erprobt. Hierzu hätte meine persönliche Neigung mich nicht minder bewegt wie meine Pflicht, weiß ich doch, welch ungemein große Zuneigung mein Herr für Euch hegt.«

»Was? Hat er Euch das gesagt?« rief die kleine Herzogin und errötete unter dem Ansturm meiner Komplimente, die auf sie eindrangen wie Fußvolk unter der Deckung der königlichen Reiterei.

»Ha, Madame!« sagte ich, »mehr als einmal hörte ich Seine Majestät sagen, daß er keine Dame am Hof mehr liebe als Euch.«

»Marquis, ist das wahr?« rief sie auf dem Gipfel der Freude.

»Wahr wie das Evangelium, Madame«, sagte ich. »Das schwöre ich bei meiner Ehre.«

Hierauf schwieg die Herzogin einen Augenblick, um diese Milch erst einmal zu schlecken, und dabei hatte ich ihr nicht einmal alles eingeschenkt, denn der König hatte seiner Porträtskizze einen kleinen Zug hinzugefügt, den ich ihr besser vorenthielt, den ich zum Vergnügen meines Lesers aber hier anführen will: »Meine liebe Cousine«, setzte damals der König mit feinem Sinn hinzu (Frau von Guise war durch ihre Mutter Marguerite von Bourbon tatsächlich seine Cousine linker Hand), »ist in allem, was sie sagt und tut, von einer Direktheit, die viel mehr ihrem liebenswerten Naturell und ihrem Wunsch, zu gefallen, entspringt als etwa der Plumpheit, Dummheit oder dem Willen, zu verletzen, und gerade dieses Geradlinige macht mir ihre Gesellschaft erfreulich und angenehm.«

»Ha, Monsieur!« fuhr die kleine Herzogin, von dem königlichen Lob noch ganz durchdrungen, fort, »wie mich die liebreiche Gesinnung Seiner Majestät erfreut! Wie sie mich erleichtert und hoffen läßt! Um es Euch nämlich nicht länger zu verhehlen: Ich mache mir furchtbare Sorgen um meinen Ältesten, um Charles, den Prinzen von Joinville. Ich fürchte so sehr, daß er beim König schlecht angeschrieben ist, weil doch die Generalstände zur Zeit der Belagerung ihn zum König gewählt hatten, um Henri auszubooten. Ein gewählter König von Frankreich! Und dies auf Anregung, auf Anstiftung sollte ich besser sagen, des Herzogs von Feria und des päpstlichen Legaten. Eines Spaniers und eines Italieners! Unglaublich, nicht wahr? Mein Herr Sohn, habe ich ihm gesagt, wenn Ihr einwilligt, daß diese dämlichen Pariser Euch ›Sire‹ nennen, will ich Euch niemals wiedersehen! Ein gewählter König von Frankreich! Gewählt von einem Rumpf von Generalständen! Und unter Ägide zweier Ausländer! Wo, sagt mir, ist Eure Armee? habe ich zu ihm gesagt. Wo sind Eure Siege? Wieviel Adel habt Ihr hinter Euch? Seid Ihr wie Navarra ein großer Hauptmann, der seit zwanzig Jahren im Harnisch steckt? Auf wieviel beläuft sich Eure Kriegskasse? Ich werde es Euch sagen: auf vierhunderttausend Ecus Schulden, die Euer seliger Vater Euch hinterlassen hat. Denn was bezieht Ihr schon groß aus Eurem Gouvernat Champagne? Das Ihr übrigens unrechtmäßig innehabt, denn der abscheuliche Heinrich III. hat es nach der Ermordung Eures armen Vaters dem Herzog von Nevers gegeben. Und sagt mir doch, wer regiert denn wirklich in Reims? Ihr oder Hauptmann Saint-Paul, der noch spanischer ist als der Herzog von Feria? Und angenommen, Philipp II. hievt Euch tatsächlich auf Frankreichs Thron – wißt Ihr auch, daß er Euch dann mit seiner Tochter Clara Eugenia Isabella verkuppeln wird? Ihr werdet hispanisiert werden bis ins Ehebett, verflixt! *Qué dolor! Qué vergüenza!*[1] Soll eine kastilische Möse den französischen Schwengel beherrschen? Und begreift Ihr nicht, daß diese lächerliche Wahl zum König von Frankreich Euch nichts als Neid und Haß seitens der Euren einbringen wird? Bei Eurem Onkel Mayenne, der den Thron für sich will oder wenigstens für seinen Sohn. Bei Eurer Tante Montpensier, die auf ihren Bruder Mayenne schwört. Bei Eurer Großmutter Nemours, die das Szepter für ihren Sohn Nemours haben will. Und nicht genug damit, daß Royalisten und ›Politische‹ sich lauthals über Euch lustig machen, schmäht Euch nun ungescheut auch noch die eigene Familie. Eure gute Großmutter nennt Euch einen ›kleinen Rotzbengel ohne Nase‹. Und Eure teure Tante Montpensier verbreitet, daß Ihr ins Bett scheißt, wenn Ihr mit ihren Ehrendamen schlaft.«

Diese lange Suada schmetterte die Herzogin mit einer Geschwindigkeit hervor, die mich sprachlos machte, sozusagen ohne Luft zu holen, wobei ihre blauen Augen funkelten und Wangen und Hals sich immer röter färbten.

»Was das Bettscheißen betrifft«, fuhr sie, zu Atem gekommen, leiser fort, »so ist es sogar wahr. Ein dummer Zufall,

---

1 (span.) Welch ein Schmerz! Welch eine Schmach!

Marquis, eine Darmverstimmung, die dem Ärmsten nicht die Zeit ließ, sich zu erheben und den Nachtstuhl zu erreichen. Aber was seine Nase anlangt, Monsieur – Ihr kennt doch den Prinzen von Joinville, nicht wahr? –, ist das nicht die pure Verleumdung?«

»Unbedingt, Frau Herzogin«, sagte ich ernst. »Prinz von Joinville hat eine Nase – nicht so groß, nicht so lang und nicht so gebogen wie die Seiner Majestät, aber doch immerhin eine Nase.«

»Würdet Ihr sagen«, rief die kleine Herzogin, und ihr lebhaftes Gesicht verriet offene Besorgnis, »daß der Herzog eine Stumpfnase hat?«

»Durchaus nicht!« versetzte ich entschlossen. »Die Nase des Herzogs endet vielleicht ein wenig kurz, doch just dies gibt seiner Physiognomie etwas Liebenswertes und Gewitztes.«

»Ha, Monsieur!« sagte die Herzogin, »wie hübsch Ihr das ausdrückt!« Und indem sie dankbar niederblickte zu mir, dessen Kinn sich in Höhe ihrer Knie befand, reichte sie mir ihre Rechte, und zugleich ergötzt und gerührt von ihrer Naivität, nahm ich ihr Patschhändchen in meine großen Hände und bedeckte es mit Küssen, was die hohe Dame mit abwesender Miene zuließ, ehe sie mir ihre Finger wie verwirrt entzog und unvermittelt in ihrer leidenschaftlichen Rede fortfuhr. »Gott sei Dank«, sagte sie, »hat Charles sich gehütet, die Waffen gegen den König zu erheben, und ist nach der Champagne abgereist, um Reims wieder ganz in Besitz zu nehmen, bevor Hauptmann Saint-Paul die Garnison dort vollends hispanisieren kann. Aber reicht das, Marquis? Oh, nein, nein! Mein Sohn Charles muß sich um jeden Preis mit Seiner Majestät aussöhnen, damit er im Reich und am Hof den Platz einnehmen kann, der seinem großen Namen gebührt!«

»Madame«, sagte ich, »der Name Guise ist in der Tat groß. Er hat Widerhall in der Welt, und lange Zeit war er Stütze und Banner der sogenannten Heiligen Liga! Demzufolge wäre Seine Majestät sicherlich hocherfreut, wenn der Prinz von Joinville sich ihm anschließen würde. Indessen sollte dieser Anschluß so bald wie möglich erfolgen, ich meine, noch bevor Reims und die Champagne sich von selbst Seiner Majestät unterwerfen, über den Kopf Eures Herrn Sohnes hinweg, so daß er ohne Pfand dastünde wie zuvor.«

»Das ist es ja, wo mich der Schuh drückt«, rief die kleine Herzogin, die mir jetzt, da wir zur Sache kamen, gar nicht mehr so naiv vorkam. »Aber Ihr werdet mir doch wohl zustimmen, Marquis, daß der Herzog von Guise, wenn er dem König außer seinem Namen Reims und die Champagne mitbringt, entsprechende Entschädigungen erwarten kann?«

»Gewiß, nur sollte der junge Herzog nicht etwa so maßlose Forderungen stellen wie sein Onkel Mayenne, der für seine Unterwerfung nicht weniger als die Generalleutnantschaft verlangte! Worauf er vom König eine klare Abfuhr erhielt. Allerdings, Madame, gehen die Verhandlungen weiter, und unterwirft sich der Onkel, der immerhin eine Armee hat, könnte die Unterwerfung des Neffen in den Augen des Königs ein wenig an Wert verlieren.«

»Schon wahr«, meinte die Herzogin, »dennoch, Marquis, werdet Ihr hinsichtlich besagter Entschädigungen wohl einräumen, daß mein armer Charles im Königreich ja nicht nackt dastehen kann.«

»Madame«, sagte ich lachend, »das räume ich millionenmal ein. Natürlich muß der Herzog von Guise angemessen gewandet sein, fragt sich nur, auf welches Gewand er sich spitzt.«

»Das weiß ich nicht«, sagte die Herzogin, die es sehr wohl zu wissen schien, »das mögt Ihr den Herzog selber fragen, wenn Ihr mir die Gunst erweisen wollt, Monsieur, ihn in Reims zu besuchen, sofern es meinem königlichen Cousin genehm ist.«

Mir verschlug es die Sprache, muß ich sagen, wie geradezu und ungeniert sie dieses Ansinnen stellte, ich wußte gar nicht, was ich darauf erwidern sollte.

»Madame«, sagte ich, als ich mich faßte, »Reims liegt nicht zwei Meilen vor Paris, sondern mitten in ligistischem Gebiet! Überschwemmt zudem von spanischen Soldaten, die, weil Flandern gleich nebenan liegt, kommen und gehen wie bei sich zu Hause. Die gute Stadt zu erreichen ist keine Kleinigkeit und erst recht nicht, sie zu betreten und zum Herzog von Guise vorzudringen, denn Hauptmann Saint-Paul dünkt sich sehr erhaben und hält sich für den einzigen Herrn der Stadt.«

»Monsieur«, sagte die Herzogin mit der reizendsten Schmollmiene, »ich weiß doch, wie tapfer Ihr Eure geheimen Missionen immer bestanden habt, und denke, Ihr könnt mir diese nicht abschlagen, wo es darum geht, sowohl dem König zu dienen als auch mir. Falls man mich nicht belogen hat«, setzte sie mit verschmitztem Lächeln hinzu, indem sie mir abermals ihre kleine Hand hinstreckte, »als man mir sagte, Ihr wäret aus einem Stoff gemacht, daß Damen, wenn sie Euch nur recht bitten, alles über Euer Herz vermögen.«

Das war nun zwar mit grobem Faden genäht, schmeichelte mir aber trotzdem. Und, Leser, du kennst wie ich die Macht, welche die Schönheit dieses süßen Geschlechts über uns hat: Je offensichtlicher seine Künste, desto mehr verfangen sie bei uns.

»Madame«, sagte ich, indem ich ihre Hand küßte, doch etwas zurückhaltender als vorher, schließlich stand das Geschenk, das sie mir damit machte, in keinem Verhältnis zu den Gefahren, die sie mir damit aufhalsen würde, »man hat Euch nicht belogen. Erlaubt gleichwohl, daß ich Euren Auftrag nicht annehme, bevor ich meinen königlichen Herrn nicht gefragt habe, was er davon hält.«

»Aber«, sagte die Herzogin, sichtlich enttäuscht, daß ich ihr nicht schnurstracks gehorchte, »der König belagert zur Stunde das ligistische Laon, das sich ihm nicht ergeben will.«

»Laon«, sagte ich, »liegt nicht so weit von Reims, als daß ich, sofern Seine Majestät einwilligt, Eurem Herrn Sohn nicht einen Brief von Eurer Hand überbringen könnte, der mich vor ihm legitimiert.«

»Hier ist er«, sagte sie, indem sie aus ihrer Schoßtasche ein Schreiben zog und es mir, noch leibwarm, in die Hände legte. »Damit meinem Herrn Sohn keine Zweifel bleiben, daß er von mir ist, habe ich ihn eigenhändig geschrieben, in meiner eigenen Rechtschreibung, denn die kann niemand nachahmen, weil ich, wie mein seliger Mann sagte, noch mehr Fehler mache als Katharina von Medici.«

»Wie denn, Frau Herzogin!« sagte ich verdutzt, »Ihr habt meine Entscheidung schon vorweggenommen!«

»Marquis«, sagte sie lächelnd, indem sie aufstand, um mich zu verabschieden, »ich weiß recht gut, daß man mich am Hof für einfältig hält, weil ich rundheraus rede, ohne Umschweife und Hinterhalt. Aber so dumm bin ich doch nicht, daß ich Männer nicht einzuschätzen wüßte, und ich beurteile sie nicht nach ihren Worten, sondern nach den Augen. Die Euren, Marquis, sind bald zärtlich, bald schalkhaft, aber immer offen.«

Hiermit und um den Schmeicheleien, mit welchen sie mich überhäufte, noch eine hinzuzufügen, beliebte die kleine Herzogin mich vertraulich unterzuhaken und zur Tür ihres Kabinetts zu geleiten.

Die Reise von Paris nach Laon machte ich zusammen mit Monsieur de Rosny, was mir sehr behagte, weil seine Eskorte im Gegensatz zu meiner so stark war, daß ich bei Ansicht des kleinsten ligistischen Pelotons, das durchs Land strich, nicht sofort mit verhängten Zügeln Reißaus nehmen mußte.

Ich fand die Befestigungen, mit welchen der König die Stadt Laon umzingelte, um sie zur Aufgabe zu zwingen, weit gediehen, und als wir bei den Vorposten auf Monsieur de Vitry trafen (mit welchem ich, wie sich der Leser erinnern wird, die Übergabe von Meaux aushandelte), war er gern bereit, uns zum königlichen Zelt zu begleiten. Unterwegs nun erzählte er, Seine Majestät sei die Hänge und Steigungen der Berge, zwischen denen die Stadt liegt, derart oft abgelaufen, um alle Schanzgräben zu visitieren und zu begradigen, daß er jetzt darniederliege, zwar sonst gesund und munter, aber seine Füße seien wund, geschwollen und blutig vom vielen Kraxeln und Marschieren.

Monsieur de Rosny, der trotz seiner hohen Tugenden nicht ohne Dünkel war, hätte den König, glaube ich, lieber allein besucht, weil aber Vitry, der mich sehr liebte, Seiner Majestät hatte melden lassen, daß ich mitgekommen sei, empfing er uns beide gemeinsam. Und weil er da tatsächlich auf zwei Strohsäcken lag, einer über dem anderen, ohne jede Bettstelle – Henri Quatre lebte im Krieg immer spartanisch wie ein einfacher Hauptmann –, ließ er uns von einem Diener zwei Polster bringen, auf welchen wir an seinem Kopfende bequem knien konnten. Wie Vitry gesagt hatte, fanden wir ihn, Gott sei Dank, fröhlich und munter, das Gesicht wie gegerbtes Leder, die Augen lebhaft und unter der langen Bourbonennase den scherzenden, genießerischen und spottlustigen Mund.

»Ha, meine Freunde!« rief er, »seid mir sehr willkommen, zumal ich Eure Gesichter gerötet sehe vom Wind und lustig wie Krammetsvögel im Weinberg. Was mich anlangt, so geht es mir ganz vortrefflich, aber gewiß staunt Ihr nicht schlecht, mich hier so zu sehen, wißt Ihr doch, daß ich's nicht gewohnt bin, die Kindbetterin zu machen, und daß ich vielmehr meine, wer zuviel schnarcht und zuviel frißt, wird nichts Großes zustande bringen. Denn woher sollen einer Seele, welche in trägen Fleischesmassen versackt, edle und großmütige Regungen kommen?«

Worauf er lachte und wir lachten, wohl wissend, daß er das Porträt Mayennes gezeichnet hatte, des schlagflüssigen und gichtigen Fettsacks, der mehr Zeit bei Tisch zubrachte als Henri in den Federn.

»Aber, bei Sankt Grises Bauch!« fuhr er fort, »damit ihr nicht denkt, daß ich hier den Weichling spiele, sollt Ihr meine Füße sehen.«

Hiermit zog er seine Beine aus dem Bett, die dünn und muskulös waren, und indem er dem Diener befahl, die Verbände abzunehmen, zeigte er uns seine Füße, die tatsächlich nichts als Blasen und Beulen, Schwielen und Schründen waren, und alles blutunterlaufen.

»Seht ihr«, sagte er mit einer Mischung aus Prahlerei und Gutmütigkeit, die mich entzückte, »das hab ich nun davon, daß ich gestern den ganzen Tag und die ganze letzte Nacht bergauf, bergab getrabt bin, lauter steile und steinige Pfade, um jedermanns Arbeit zu kontrollieren und zu berichtigen. Denn meine Befestigungen sollen so stark wie möglich werden, sowohl um die Stadt einzuschließen wie um gegen Angriffe Mayennes und des spanischen Mansfeld gerüstet zu sein, denn ich weiß doch, die wollen mich überfallen, sei es um der Stadt Lebensmittel und Verstärkung zu bringen, sei es um mich hier gänzlich zu vertreiben. Mein Freund«, fuhr er, an Monsieur de Rosny gewandt, fort, »Ihr müßt Euch unverzüglich ansehen, wie ich unsere Stellungen ausgebaut habe seit meiner Ankunft hier, die Forts und Redouten, die ich zur Deckung der Flanken habe errichten lassen, und vor allem die Batterie-Plätze, die Schanzen, die Plattformen und anderen Stellplätze für Geschütze, denn ich weiß doch, wie begierig Ihr seid, Euch in allen Kriegskünsten zu unterrichten und besonders im besten Gebrauch von Kanonen, worin ich Euch exzellieren sehen will, wie Ihr wißt.«

Worauf Monsieur de Rosny, dem der König bereits angedeutet hatte, daß er ihn zum Großmeister seiner Artillerie machen wolle, sobald der Posten frei würde, sich prompt erhob und wortlos ging.

»Graubart«, sagte der König mit feinem Lächeln zu mir, sowie Rosny fort war, »ich nehme an, ich sehe dich hier nicht ohne Grund, weil ich dir befohlen hatte, in Paris zu bleiben und Augen und Ohren offenzuhalten, falls in meiner Abwesenheit Intrigen gegen mich angezettelt würden.«

Also erzählte ich dem König meinen Vers, das heißt mein Gespräch mit Frau von Guise, und obwohl der König von seinen Dienern stets verlangte, ihre Berichte kurz und bündig abzufassen, erweiterte ich den meinen um nahezu alle Details, die der Leser kennt, weil ich wußte, wenn es um eine Frau ging und nun gar um seine teure Cousine, würde sein Ohr geduldig sein. Zum Schluß übergab ich ihm den Brief, den Madame de Guise mir für ihren Sohn mitgegeben, denn sie hatte ihn weder verschlossen noch gesiegelt, so daß ich mir ihres Wunsches gewiß sein durfte, der König möge ein Auge drauf werfen, bevor er über meine Mission entschied.

»Graubart«, sagte der König lächelnd, sowie er ihn überflogen hatte, »es ist ein Jammer, daß unsere Fürsten ihre Töchter nicht besser erziehen: Ich kann dieses Gekrakel kaum entziffern, so strotzt es von Fehlern, und so ungelenk ist die Schrift. Aber dumm ist meine liebe Cousine nicht, und von den Geschäften versteht sie mehr als ihr Sohn.«

»Sire«, sagte ich erstaunt, »beliebt mir zu erklären, was Euch zu diesem Urteil führt.«

»Zuerst die vortreffliche Wahl, die sie mit ihrem Gesandten getroffen hat. Sodann die Folgerungen, die sie aus der Tatsache zieht, daß die Einwohner von Troyes in der Champagne ihren Sohn und die Ligisten zum Tor hinausgejagt und sich mir ergeben haben.«

»Aber Sire, davon hat sie mir kein Wort gesagt! Vielleicht wußte sie es da noch nicht.«

»Sie wußte es. Ich hab es ihr durch Vic melden lassen.«

Es verschlug mir die Sprache, daß die kleine Herzogin mich hereingelegt hatte, und ich schaute stumm.

»Laß dich hängen, Graubart!« sagte der König, aus vollem Hals lachend. »Seit heute weißt du, daß auch die Naivsten ihre kleinen Listen haben.«

»Sire«, sagte ich, wieder gefaßt, »vielleicht kann man es Madame de Guise nicht ganz verübeln, daß sie mir die Übergabe von Troyes verschwiegen hat, denn wahrscheinlich dachte sie, wenn ich davon erführe, würde sie ihre Sache schmälern und mithin meine Lust, ihr zu dienen. Aber, Sire, wenn Ihr meint, daß die Mission, die sie mir auftrug, für Euch nicht mehr so wichtig ist – denn nur, um Euch nützlich zu sein, nahm ich sie unter dem Vorbehalt Eurer Zustimmung an –, dann lasse ich sie sofort fahren.«

»Tu das nicht, Graubart«, sagte der König ernst. »Wer weiß im Krieg je, ob er siegt? Und selbst wenn ich Mayenne und Mansfeld schlage und Laon nehme, und wenn auch die anderen picardischen Städte sich mir ergeben, ist es doch längst nicht gesagt, daß Reims es ebenso macht, vor allem, solange Hauptmann Saint-Paul dort stärker ist als der Herzog von Guise. Geh also, nimm Rücksprache mit dem Herzog und bewege ihn zum Übertritt, denn auch wenn er mir Reims nicht mitbringt, wird er selbst von unschätzbarer Bedeutung sein, in Frankreich sowohl wie in Rom, wo der Papst sich reichlich Zeit läßt, meine Exkommunizierung aufzuheben und meine Bekehrung anzuerkennen.«

»Sire«, sagte ich, ganz begeistert, daß Seine Majestät meiner Mission so großen Wert beimaß, »morgen früh breche ich auf.«

»Übermorgen«, sagte der König. »Zuerst mußt du deinen Schwager Quéribus bitten, daß er dich begleitet, er ist nämlich ein Verwandter von Guise, außerdem hat er eine schöne, starke Eskorte. Und dann läßt du dir vom Herzog von Nevers erzählen, wie es steht mit diesem Hauptmann Saint-Paul. Denn liebt er ihn auch nicht gerade, so kennt er ihn um so besser.«

ZWEITES KAPITEL

Obwohl sein Name in diesen Memoiren schon gefallen ist, tritt Ludwig von Gonzaga, Herzog von Nevers, hier zum erstenmal leibhaftig auf. Natürlich war ich ihm oft am Hof begegnet, wo er zur Zeit Heinrichs III. eine ebenso geschätzte wie ungewöhnliche Erscheinung war, strenger Katholik, doch nicht ligistisch, den Hugenotten feindlich gesinnt, aber ohne sie schlachten zu wollen, und dem Papst treu ergeben, ohne daß er indes bereit war, ihm die Rechte der gallikanischen Kirche zu opfern.

Von seinem Vater her, dem Herzog von Mantua, Italiener, wurde er Herzog von Nevers durch seine Vermählung mit Henriette von Kleve, welche besagtes Herzogtum geerbt hatte. Seitdem lebte er am französischen Hof, in der Entourage Katharinas von Medici, und betrachtete sich schließlich als Franzose. Loyal diente er Heinrich III. und Heinrich IV., unserem Henri, seit seiner Bekehrung und hatte sich im November vergangenen Jahres beim Papst um die Anerkennung ebendieser Bekehrung bemüht – doch vergebens, was ihn ziemlich gegrätzt hatte. Doch hätte es dieser Vergrätzung kaum bedurft, weil er schon an sich von essigsaurem und schrecklich pedantischem Wesen war, sehr eingenommen von seinem hohen Rang, streitsüchtig auf Teufel komm raus, kurz, ein Mann der Zwistigkeiten, Zänkereien und Prozesse. Oft dachte ich, daß bei ihm der Charakter von innen her Gesicht und Körper modelliert haben müsse, denn er war klein von Wuchs, engbrüstig und krumm, sein Gesicht hager und gefurcht, der Mund zynisch, die Zunge bissig, der Blick flammend. Allerwege schwarz gekleidet, schwieg er in Gesellschaft zumeist, hielt aber die Ohren gespitzt und sandte scharfe Blicke in die Runde. Wenn er einmal nicht mit diesem oder jenem prozessierte, haderte er mit dem eigenen Gewissen, mit welchem er zum Beispiel endlos debattierte, einst, ob er Heinrich III. noch dienen dürfe nach dessen Aussöhnung mit Heinrich IV., oder später dann Heinrich IV., nachdem dieser konvertiert war. Im übrigen war er ein geistvoller Mann und sehr gelehrt, vornehmlich im Ingenieurswesen, und hatte der Belagerungs- und Befestigungskunst viel Zeit und Studien gewidmet.

»Monsieur«, sagte er steif, als er mich endlich zu empfangen geruhte, nachdem ich eine volle Stunde in seinem Vorzimmer hatte warten müssen, »ohne die dringliche Bitte Seiner Majestät hätte ich Euch nicht vorgelassen, denn Euer Vater ist ein verstockter Hugenotte, und Ihr, Ihr seid gleichfalls ein Hugenotte, der nur katholisch getüncht ist.«

»Monseigneur«, sagte ich, mich knapp verneigend, nicht ohne Vehemenz, »auch wenn mein Vater Hugenotte ist, hat er doch Heinrich II. und Karl IX. auf den Schlachtfeldern ungemein tapfer gedient. Nie fand er sich bereit, die Waffen gegen Heinrich III. zu erheben, sooft die Chefs der Reformierten auch dazu aufforderten. Und bevor Heinrich IV. an die Macht kam, stand er dem legitimen Herrscher des Reiches trotz seines hohen Alters mit Armen und Talern großmütig zur Seite. Weshalb Ihr den Baron von Mespech denn zur Kategorie der ›nichtaufständischen Hugenotten‹ rechnen könnt, für welche Ihr in Eurem berühmten Bericht von 1572 eine mildere Sanktion vorsaht: nämlich den Einzug eines Sechstels von ihrem Vermögen. Doch, Monseigneur, mein Vater hat Heinrich IV. aus freien Stücken weitaus mehr gegeben, um seinen Kampf gegen die Liga und gegen Spanien zu unterstützen. Und was die anderen vier lebenden Kinder des Barons von Mespech und meiner Mutter Isabella, geborener von Caumont, betrifft, so sind sie heutigentags ebenso wie ich zum Katholizismus bekehrt. Und ich wage mit allem schuldigen Respekt zu sagen, Monseigneur, daß es keinen Grund gibt, an der Aufrichtigkeit dieser Bekehrung mehr als an der des Königs zu zweifeln.«

Der Herzog von Nevers hörte dies mit undurchdringlichem Gesicht an, während er mich mit Blicken durchbohrte. Doch sowie ich endete, schienen sich diese zu besänftigen, und als er zu sprechen anhob, klang seine Stimme nicht mehr ganz so schneidend.

»Monsieur«, sagte er, »Eure Rede ist gewandt und ehrenhaft gleichermaßen, und Ihr appelliert nicht vergeblich an meine Einsicht, bin ich doch stets bestrebt, mein Urteil nach Aufklärung gegebenenfalls zu ändern. Gleichwohl bezeichnete

Euch Heinrich III. mir gegenüber als einen Edelmann, der ›die Segel gestrichen‹ habe, um ihm dienen zu können.«

»Mein armer, sehr geliebter Herr«, sagte ich mit einem Lächeln, »beurteilte es so, weil er selbst überaus fromm war, wie Ihr wißt, Monseigneur. Er wallfahrtete, er geißelte sich, er zog sich zur Meditation in Klöster zurück. Ich aber, der ich ein recht lauer Hugenotte war, wie sollte ich, als ich mich bekehrte, ein glühender Katholik werden? Immerhin waren meine Familie und ich von den Priestern grausam verfolgt worden! Und endlich, Monseigneur, da Ihr empfänglich seid für Vernunft, darf ich fragen, ob es vernünftig ist, meinen Glauben so genau erforschen zu wollen, wenn ich in Betracht nehme, daß Ihr bei Eurer kürzlichen Gesandtschaft in Rom den drei Bischöfen, die Euch begleiteten, zu Recht untersagtet, sich der Prüfung des Inquisitionskardinals zu unterziehen, wie es der Heilige Vater gefordert hatte?«

»Das ist doch wohl ein großer Unterschied!« sagte der Herzog von Nevers mit geschwelltem Kamm und Blitze schleudernden Augen. »Drei französische Bischöfe der päpstlichen Inquisition überantworten zu wollen, einzig weil sie zur Bekehrung des Königs Hilfe geleistet haben, das kam einer tödlichen Beleidigung sowohl des Königs von Frankreich wie auch meiner Person, seines Gesandten, gleich.«

»Sicherlich«, sagte ich. »Doch was mich betrifft, der ich nicht so hoch fliege und dessen gegenwärtige Mission keine geistliche ist, so sehe ich nicht, weshalb die Glut meines katholischen Glaubens legitimerweise in Frage gestellt werden müßte.«

»Sie wird es, wenn ich es entscheide«, sagte der Herzog von Nevers mit Augen, schwarz wie seine Kleider, und einem unerträglichen Hochmut.

»In dem Fall«, sagte ich, als ich mich faßte, »wolle Eure Exzellenz mich beurlauben, denn ich weiß nicht, ob mein königlicher Herr Euch Befugnis verliehen hat, mich Eurer Inquisition zu unterwerfen.«

Hiermit entbot ich dem teufelsschwarzen Herzog eine tiefe Verbeugung, und ohne seine Einwilligung abzuwarten, machte ich auf dem Absatz kehrt.

»Aber, bitte, bitte, Monsieur«, rief er, »nehmt doch Platz! Mein Reden bezweckte lediglich, Euer Metall zu prüfen, und es befriedigt mich, daß Euer Eisen dem meinen auf Biegen und Brechen standhält.«

Beim Ochsenhorn, dachte ich, *se la scusa non è vera, è ben trovata*[1] und bezeugt einen beweglichen Geist. Doch was mich anging, so glaubte ich eher, der kleine Streithahn von Herzog fürchtete dem König zu mißfallen, wenn er mich weiterhin vor den Kopf stieß. Und mit diesem Gedanken kam ich Nevers' verspäteter Höflichkeit nach und setzte mich, worauf ich zugleich entschlossen und entgegenkommend, mit einer Miene huldvollen Stolzes gleichsam, seinen guten Willen abwartete.

»Monsieur«, fuhr er fort, und nun war seine Stimme ein sanft fließender Bach, nicht ohne daß freilich etwas Spitziges und Stechendes in seinen Augen blieb, »zuerst möchte ich Euch in Erinnerung rufen, daß Ihr mich ›Eure Hoheit‹ anzureden habt und nicht ›Eure Exzellenz‹, denn ich bin regierender Herzog.«

»Monseigneur«, sagte ich, indem ich mich verneigte, »ich glaubte, Ihr hättet Euer Herzogtum Rethel Eurem Sohn abgetreten.«

»Ich habe es ihm zur Apanage abgetreten«, sagte der Herzog von Nevers, »aber die Regierung führe ich.«

»Dann bitte ich Eure Hoheit vielmals um Entschuldigung«, sagte ich mit neuerlicher Verneigung. »In der Tat«, fuhr ich fort, um die Initiative des Gesprächs endlich an mich zu ziehen, »hatte ich Eure Hoheit um diese Audienz ersucht, um mich über die Champagne samt Rethel zu unterrichten, ist diese nördliche Provinz für Seine Majestät doch von höchster Bedeutung, weil sie den flandrischen Spaniern Einfallsbahnen darbietet und sich derzeit in Händen des Herzogs von Mayenne, des jungen Herzogs von Guise und des Monsieur de Saint-Paul befindet.«

»Monsieur de Saint-Paul!« bellte plötzlich der Herzog wie rasend vor Wut und warf die Hände hoch, »Monsieur de Saint-Paul!« wiederholte er, indem er aufsprang und um sich selbst kreiselte wie ein kleines schwarzes Insekt in einem Glas, wobei er wie toll mit den Fingern schnippte. »Ha, Monsieur de Siorac! Ha, Marquis! Es heißt aus einem Teufel zwei machen und aus zwei Teufeln drei, diese unsägliche Person als *Monsieur de*

---

[1] (ital.) Ist die Ausrede auch nicht wahr, so ist sie doch gut erfunden.

und *Saint* zu bezeichnen, die weder Monsieur noch de, noch *Saint* ist, vielleicht nicht einmal Paul, sondern der widerwärtigste und unerträglichste kleine Wurm, der jemals auf Gottes Erden kroch!«

Das »ließ sich hören«, wie Tronson gesagt hätte, und sogleich beschwor ich den Herzog, diese erste Skizze Saint-Pauls zum vollendeten Porträt zu erweitern und ihn mir von Kopf bis Fuß zu schildern, denn daß Seine Majestät diesem nicht wohlwolle, könne er sich denken, und da ich in dieser Affäre nur Auge und Arm des Königs sei, bedürfe ersteres der Aufklärung und der zweite gehöriger Wappnung. Was nicht heißen soll, Leser, daß ich vorhatte, besagten Herrn umzubringen, eine so traurige Figur er auch sein mochte. Für solche Aufträge war ich nicht der Mann. Und wenn Miroul und ich den Chevalier d'Aumale in Saint-Denis erschossen hatten, so doch nur, weil er auf mich anlegte, bevor ich ihn zu loyalem Duell überhaupt hatte fordern können, denn ich hatte ihm nie vergessen, daß er bei der Plünderung von Saint-Symphorien ein armes Kind von zwölf Jahren geschändet hatte.

»Er ist ein Rüpel«, fuhr der Herzog von Nevers fort, indem er wieder Platz nahm und mir durch ein Zeichen bedeutete, es ihm gleichzutun (denn aus Respekt war auch ich aufgestanden, als er emporgesaust war wie ein Springteufel aus dem Kasten), »ein Rüpel ohne allen Glauben, ohne Gesetz, ohne Namen, ohne Habe – schlicht der Sohn eines Haushofmeisters des Herrn von Nangis, welcher die Schwäche hatte, ihn zum Pagen zu nehmen und im Waffenhandwerk auszubilden, worin der Schuft nun trefflich reüssierte, fehlt es ihm doch nicht an Kühnheit, Witz und Geschick. Und durch Gunst des Herzogs von Guise, des Narbigen meine ich, avancierte er schließlich zum Obristen der ligistischen Armee und heiratete – unter dem Namen eines Monsieur de Saint-Paul – eine reiche, schöne und sehr vornehme Witwe. Ihr lächelt, Monsieur?« unterbrach sich der Herzog, indem er mir einen zornigen Blick zuwarf.

»Beliebe Eure Hoheit, sich über dieses Lächeln nicht zu pikieren«, sagte ich, »mir ging nur durch den Sinn, wie viele dieser Ligisten leider Gottes dank unseren Bürgerkriegen aufsteigen konnten wie Schaum auf den Wogen. Ich brauche nur an die ›Sechzehn‹ zu erinnern, die sich während der Belagerung wie die wahren Könige von Paris benahmen.«

»Ach, die!« sagte der Herzog. »Es gibt schlimmere, viel schlimmere! Nach der Exekution des Narbigen zu Blois und der Verhaftung seines Sohnes, des Prinzen von Joinville, wurde ich von Heinrich III. zum Gouverneur der Champagne ernannt, sowohl zum Lohn für meine Treue wie auch, weil mein Herzogtum Rethel an diese Provinz angrenzt. Doch ich konnte mein Gouvernement gar nicht in Besitz nehmen, denn Mayenne und seine spanischen Verbündeten aus dem nahen Flandern hielten Reims und das gesamte Umland besetzt; ich konnte deshalb nicht einmal nach Rethel gelangen, das ich, wie gesagt, meinem Sohn zur Apanage gegeben hatte! Und weil nun der Prinz von Joinville von Heinrich III. und dann von Heinrich IV. gefangengehalten wurde, ernannte Mayenne besagten Widerling Saint-Paul zum Generalleutnant der Champagne und wenig später sogar zum Marschall von Frankreich. Ihr hört ganz recht! Dieser Niemand wurde Marschall von Frankreich, und im Rausch seiner neuen Glorie und seines unerhörten Aufstiegs brachte er die Champagne zum Zittern, riß mehrere Festungen meines Sohnes an sich und usurpierte den Titel Herzog von Rethel.«

»Beim Ochsenhorn!« rief ich, baß erstaunt. »Welch unerhörte Dreistigkeit!«

»Ha, Monsieur!« schrie der kleine Herzog, indem er, beide Hände um die Lehnen geklammert, auf seinem Sitz hin und her hüpfte, »was glaubt Ihr, was dieser Taugenichts in seiner maßlosen Schamlosigkeit noch fertigbrachte! Geschrieben hat er mir! Er hatte die Stirn, mir diesen Brief hier zu schreiben«, setzte er hinzu, indem er ein Blatt aus der Tasche zog, »›Monsieur‹ – beachtet, Marquis, daß für diesen Stallknecht ein regierender Herzog nicht einmal ›Monseigneur‹ heißt –, ›Monsieur‹ also, ›wenn Ihr wünscht, daß die Euren Rethel in Frieden genießen, so habt Ihr einen Sohn und eine Tochter zu verheiraten und ich ebenso. Verheiraten wir sie mitsammen, und wir können uns einigen.‹ Ihr hört ganz recht! Nicht allein, daß er meinem Sohn mein Herzogtum raubte, dieser Wurm wollte sich auch noch in meine Familie einschleichen!«

»Und was hat Eure Hoheit ihm geantwortet?« fragte ich.

»Daß die Gonzaga ein ruhmreiches italienisches Fürstengeschlecht aus uralten Zeiten sind?«

»Oh, nicht doch!« sagte der Herzog, »damit hätte ich dem

49

Rüpel zuviel Ehre erwiesen! Marquis«, fuhr er mit ernster Miene fort, »ich bin Christ, und ein konsequenter Christ, aber es gibt Situationen, meine ich, wo der Christ in mir hinter dem Herzog zurückstehen muß.«

»Sehr richtig«, sagte ich, indem ich meine Miene nach der seinen richtete.

»Ich antwortete also folgendes«, sagte der Herzog, indem er aufstand (was ich selbstverständlich auch gleich tat): »›Hauptmann‹ (Ihr könnt Euch wohl denken, daß ich ihn nicht Marschall anredete, der Titel wurde ihm schließlich nicht vom König verliehen), ›Hauptmann, Euer Schreiben stopfe ich Euch in den Rachen, sowie ich Euch in die Hand bekomme. Sodann werde ich meinen Männern befehlen, Euch an der erstbesten Eiche aufzuknüpfen, mit einer pappenen Herzogskrone auf dem Kopf.‹ Aber, leider, Marquis, so viele Hinterhalte ich dem Schuft auch bereitete, er entkam jedesmal. Und jetzt ist er in der Champagne so mächtig, daß sogar der Prinz von Joinville ihn sich nicht gefügig machen kann.«

Als ich Seiner Majestät diese Schilderung am nächsten Tag wiederholte, hörte er mir zu, indem er auf seinen kurzen, muskulösen Beinen unablässig durchs Zelt stapfte (im Sitzen hielt er es keine zwei Minuten aus), und als ich meinen Vers beendet hatte, verharrte er und wandte mir seine lange Nase zu.

»Graubart«, fragte er mit lauerndem Blick, »und wie denkst du jetzt über Saint-Paul?«

»Eines Tages, Sire, wird sich der junge Herzog von Guise Euch unterwerfen, und eines Tages vielleicht sogar Mayenne, aber dieser Hauptmann Saint-Paul nie und nimmer.«

»Warum, Graubart?«

»Weil er von so tief unten gekommen und so hoch gestiegen ist: Marschall von Frankreich, Generalleutnant einer Provinz und beinahe Herzog von Rethel – der weiß genau, daß er nicht einen dieser Titel behalten kann, wenn er mit Euch verhandelt. Deshalb hat er sich zum Spanier gemacht.«

»Gut räsonniert«, sagte der König. »Und der Herzog von Nevers?« frug er mit kleinem Blitzen in den Augen, »wie kamst du mit dem zurecht?«

»Anfangs schlecht. Dann gut.«

»Nevers ist eine Kastanie«, sagte lachend der König. »Außen nichts wie Stacheln. Aber innen zart. Außerdem ist er der einzige Große im Reich, der mir vollkommen loyal dient. Ha, diese Großen, Graubart! Je mehr man ihnen zugesteht, desto mehr Scherereien machen sie einem! Der Herzog von Bouillon, der mir so viel verdankt, hetzt die Hugenotten wegen meiner Bekehrung gegen mich auf. Der Herzog von Mercœur versucht, mit spanischer Hilfe die Bretagne von Frankreich abzutrennen, ein Tor, der die Uhr um ein Jahrhundert zurückstellen will. Der Herzog von Epernon ruft meine Feinde zu Hilfe, um sich aus der Provence ein unabhängiges Herzogtum herauszuschneiden. Und der Marschall von Biron ...«

»Was, Sire? Biron?«

»Ja, ja, Biron!« rief der König. »Biron, Graubart, besteht nur aus Eitelkeit und Prahlerei und führt vor jedem, der es hören will, die ausgefallensten Reden! Fehlt nur noch, daß er behauptet, er hätte mir die Krone aufgesetzt! Und fordert quasi das Gouvernement Laon, sobald ich die gute Stadt genommen habe. Schon redet er davon, wie er sie befestigen will, und droht mir einen Tanz an, sollte ich sie ihm verweigern! Was ich übrigens tun werde: Ich setze doch nicht in eine Flandern so nahe Stadt einen derart anmaßenden Menschen, der imstande wäre, mir beim kleinsten Zwist mit spanischer Hilfe endlose Händel anzurichten ... Ha, Graubart! Regieren ist kein Zuckerschlecken, vor allem in diesem Land.«

»Aber das Volk liebt Euch, Sire.«

»Ach, das Volk, das Volk«, sagte der König und schüttelte mit bitterer Miene den Kopf. »Gestern hat es dich beschimpft. Heute jubelt es dir zu. Und wirst du morgen geschlagen, feiert es den Sieger. Nein, Graubart, dem Volk kann man nicht trauen, den Großen auch nicht, aber vor allem«, setzte er gedämpft hinzu, indem er sich umblickte, »vor allem nicht den Jesuiten.«

»Sire«, sagte ich, »es fehlt Euch nicht an guten Dienern, die Euch sehr lieben und sehr treu ergeben sind.«

»Gewiß, gewiß!« rief Henri, ohne sich darum zu scheren, daß dieses Wort den Hugenotten verriet, »aber das ist persönliche Treue: Nur sehr wenige haben wirklich den Sinn für die großen Interessen des Reiches.«

»Ich hoffe, Sire«, sagte ich lächelnd und mit einer Verneigung, »Ihr werdet erlauben, daß ich mich eines Tages zu diesen zählen darf.«

»Das beantworte ich dir, wenn du von Reims zurückkommst!« Und wieder lachend, setzte der König hinzu: »Auf, Graubart, spute dich! Reite mit verhängten Zügeln! Und mühe dich zum Wohl des Reiches!«

Und wie ich mich sputete! Gemeinsam mit meinem Schwager Quéribus und seiner »starken und schönen Eskorte«, deren Befehl er mir überließ. Stark war sie durch ihre Anzahl, vierzig gute Pferde, und schnell. Ich schickte Aufklärer voraus und auch nach beiden Seiten, und als einer mir atemlos meldete, wir hielten geradewegs auf eine große ligistische Schwadron zu, schwenkte ich seitab und umrundete sie, ohne daß der Feind, der uns bald sah, uns einholen konnte und mehr von uns zu schnappen bekam als den Staub unserer Hufe.

Nach dieser unerquicklichen Begegnung drosselten wir das Tempo und bewegten uns vorsichtiger mit unseren vorzüglichen Tieren, und obwohl der Weg von Laon nach Reims nicht sehr weit war, höchstens eine Tagesreise, schlugen wir uns, sooft wir konnten, seitlich durch Busch und Wald, trabten nur vor Morgen und bei einfallender Dunkelheit, biwakierten über Tag im Freien und machten um Dörfer und Marktflecken einen großen Bogen.

Als wir dann vor Tau und Tag von einer Anhöhe fern in diesigem Grau die Mauern von Reims erspähten, ließ ich die Eskorte absitzen und die Harnische ablegen, um uns nicht kriegerisch gewappnet vor Reims zu zeigen und von den Wällen beschossen zu werden.

»Schön und gut, mein Herr Bruder!« sagte Quéribus, »aber wie kommen wir nun rein in die Stadt?«

»Wie jedermann: Wir bitten am Tor um Einlaß.«

»Was? Auf die Gefahr hin, daß man uns gleich bei der Ankunft den Garaus macht oder uns wenigstens einsperrt, um Lösegeld zu erpressen?«

»Bei solchen Missionen muß man viel wagen«, sagte ich lächelnd. »Immerhin spricht zweierlei für uns: daß Ihr ein Vetter des jungen Herzogs von Guise seid und daß ich ihm einen Brief seiner Mutter zu überbringen habe.«

»Ersteres«, sagte Quéribus, »wäre nur von Vorteil, wenn Saint-Paul ein Edelmann wäre. Aber ein Typ dieses Schlages achtet doch Blutsbande nicht!«

»Und was das zweite angeht«, sagte Monsieur de La Surie, »so wette ich, daß Saint-Paul uns, das Messer an der Kehle, zwingen wird, ihm den Brief auszuhändigen, daß er ihn liest und dann in Stücke reißt und daß er uns womöglich als Ketzerbrut abmurkst.«

Worauf ich keine Antwort gab, sondern nur die Eskorte drängte, sich schnellstens zu entwaffnen und wieder aufzusitzen, weil ich die Stadt bei Tagesanbruch erreichen wollte. Offen gestanden, ich wäre lieber auf der Anhöhe geblieben, wo ein angenehmes Lüftchen ging und die jungen Pappelblätter bewegte. Während die Harnische auf die Maultiere geladen wurden, ließ ich Brot und Wein austeilen und empfahl den Soldaten, einen Ochsen auf ihre Zunge zu legen, ja die Lunten ihrer Arkebusen nicht zu zünden und sich den Einwohnern der Stadt bescheiden und freundlich zu zeigen, keinesfalls zu zürnen oder zu streiten oder Hand an den Schwertknauf zu legen. Endlich war das letzte Maultier beladen, der letzte Bissen verzehrt, und ich rief zum Aufbruch, allerdings ohne Trompetenschall, und indem ich selbst aufsaß, ritt ich an die Spitze, Quéribus zur Rechten, Monsieur de La Surie zur Linken.

»Miroul«, sagte ich, »du hast, glaube ich, recht: Wir dürfen das Sendschreiben der Herzogin nicht gleich erwähnen, sonst bringen wir uns selbst in die Klemme. Aber wir können, zum Beispiel, von der furchtbaren Geldverlegenheit der Dame sprechen und von der Hilfe, die sie von ihrem Sohn erwartet, was der Prinz von Joinville sicherlich glauben wird – hat er doch selbst, wie der König mir sagte, vierhunderttausend Ecus Schulden.«

»Fünfhunderttausend«, sagte Quéribus. »Die haben Großvater und Vater ihm hinterlassen. Es kam die Guises teuer zu stehen, daß sie Könige von Frankreich werden wollten.«

»Außer dem kleinen Mißgeschick«, sagte Miroul, »daß sie einer nach dem anderen ermordet wurden.«

»Und was den Brief angeht«, fuhr ich fort, »der auch uns ans Messer liefern könnte, so werde ich ihn erst einmal sicher unterbringen.«

Und indem ich die beiden weiter gen Reims ziehen ließ, trabte ich an den Schluß der Kolonne zu Pissebœuf und zog ihn beiseite.

»Pissebœuf«, sagte ich leise auf okzitanisch, »ich habe für den jungen Herzog von Guise einen Brief seiner Mutter bei mir. Wenn der Saint-Paul in die Hände fiele, könnte es für uns übel ausgehen. Würdest du ihn an dich nehmen? Die Ligisten werden doch kaum alle vierzig Mann unserer Eskorte durchsuchen.«

»Selbst dann sollen sie ihn nicht finden«, sagte Pissebœuf. »Wo ist das Papier?«

»Warte, bis die Eskorte um die nächste Kehre biegt, damit keiner sieht, wie ich ihn dir gebe. Weißt du, wo du ihn versteckst?«

»Cap de Diou!« sagte Pissebœuf, »ich wär heute arm wie Hiob, wenn ich nicht gelernt hätte, meine kleine Beute nach dem Kampf vor Langfingern zu schützen. Liebe Zeit!« fuhr er fort, als die Biege uns den Blicken entzog und ich ihm den Brief übergab, »mehr ist es nicht? Das ist kein Kunststück. Taler sind schwerer zu verstecken, die haben Gewicht, blinken und klingeln aneinander.«

Hierauf schlossen wir zum Gros der Eskorte auf.

»Mein Herr Bruder«, sagte ich zu Quéribus, »auf ein Wort bitte.«

Worauf Monsieur de La Surie, eifersüchtig und mißmutig, sein Pferd zügelte, bis die Eskorte ihn einholte, und uns beide einen Steinwurf vorausreiten ließ.

»Herr Bruder«, sagte ich, »sehe ich es richtig, daß Ihr mich an Schönheit, Eleganz, Manieren, Kleidern, Fecht- und Kriegskünsten weit übertrefft?«

»Das seht Ihr richtig«, sagte Quéribus, dem es nicht an Humor mangelte. »Aber?«

»Wieso ›aber‹?«

»Mein ›aber‹ wartet auf die Galle nach soviel Honigseim.«

»Nun, besagte Galle ist so bitter nicht. Nämlich: Räumt Ihr ein, daß wiederum ich Euch durch ein gewisses Geschick übertreffe, mit schwierigen Personen umzugehen und sie nach meiner Nase zu lenken?«

»Und wenn ich Euch Umgang und Lenkung zugestehe?«

»Dann bitte ich: Laßt mich Saint-Paul gegenüber die Würfel werfen und die Karten ausgeben, indem Ihr ein Übelsein vortäuscht, das Euch erlaubt, zu schweigen, und mir das Spiel zu führen.«

»Das heißt, Ihr wiederum haltet mich für einen guten Komödianten?«

»Und ob. Habe ich doch einmal gesehen, wie Ihr fast in Ohnmacht fielt, nur um das Mitleid einer gewissen Dame zu erwecken.«

»Monsieur«, sagte Quéribus lächelnd, »bei rechter Überlegung will ich Euch bei Saint-Paul gern die Vorhand lassen: Ihr lenkt auch mich sehr gut.«

»Ich danke Euch!«

»Kann ich Monsieur de La Surie rufen?« fragte Quéribus. »Er schmollt, und ich möchte ihn einweihen.«

»Macht nur!« sagte ich, worauf er sich im Sattel umwandte und Miroul winkte.

»Monsieur de La Surie«, sagte er, als der an unserer Seite war, »ich habe mit dem Marquis de Siorac vereinbart, daß ich ein Übelsein vortäusche, sobald die Unterredung mit Saint-Paul sich heikel anläßt, und damit ich nicht zu Boden sinken muß, möchte ich, daß Ihr dann in meiner Nähe seid und mich in Euren Armen auffangt.«

»Wird gemacht, Herr Marquis«, sagte Miroul sofort aufgeräumt, denn er begriff, daß ich Quéribus mein Ansinnen ohne Zeugen hatte vortragen wollen.

Mittlerweile waren wir eine halbe Meile vor Reims, alle drei im bloßen Wams, was nun offensichtlich nichts Kriegerisches hatte. Noch war die Sonne nicht aufgegangen, doch zeigte sich schon ein heller Schein im Osten.

»Uns in Saint-Pauls Klauen zu begeben heißt wahrlich, den Wolf bei den Ohren zu packen«, sagte Quéribus.

»Beten wir«, sagte lachend Miroul, »beten wir, daß Guises Hand uns diesen Klauen entreißt!«

Als ein Mann von seltener Unerschrockenheit und bereit, mir aus Anhänglichkeit bis in den Tod zu folgen, war Miroul in diesen Minuten kregel und fidel wie ein Buchfink, Quéribus ruhig, wenn auch etwas blaß. Und was mich betraf, so verspürte ich jenes bizarre Gemisch aus Angst und Überspanntheit, wie es mich stets vor naher Gefahr überkommt: Aber dieses Gefühl macht nun schon so lange den Stoff meines Lebens aus, daß es mir, glaube ich, fehlen würde, wenn es mir einmal abhanden käme.

Unser Nahen blieb den Spähern durch eine Reihe dichter Bäume verborgen, und da ich meinerseits sah, daß wir, wenn wir geradewegs weiterzogen, vor ein Tor mit einem daneben liegenden Turm gerieten, in welchem Saint-Paul seine Spanier logiert haben dürfte, hielt ich es für klüger, einen weiten Umweg zu machen und uns an einem westlicher gelegenen Tor einzustellen, das vielleicht nur von Bürgermilizen bewacht wäre. Und ich tat gut daran, denn obwohl besagtes Tor überwölbt war von Wachräumen und flankiert von Wällen, die sich bei unserem Nahen mit Musketen spickten, legte man nicht auf uns an. So ritt ich denn zu besagtem Tor, wo hinter einer Luke ein behelmtes Gesicht erschien. Ich zügelte mein Pferd und zog meinen Federhut.

»Meine Herren Bürger von Reims, der Herr Marquis von Quéribus gibt sich durch mich die Ehre, Euch um Zutritt zu Eurer Stadt zu bitten, denn er wünscht Monseigneur von Guise zu besuchen, mit welchem er verwandt ist.«

»Monsieur«, sagte der Behelmte, »ich bin nur Sergeant und darf Euch nicht einlassen. Doch beliebt ein wenig zu warten. Ich lasse den Stadtleutnant holen.«

Hiermit zog er seinen Kopf von der Luke zurück, und ich blieb allein, allein mit den Musketen, meine ich, die von den Wällen herab auf mich zielten, die sich aber eine nach der anderen aufrichteten, denn zum Glück wurde ich nun mit Fragen statt mit Pulver bestürmt.

»Monsieur, woher kommt Ihr? Seid Ihr von der Liga? Kommt Ihr von Navarra? Wie steht es in Paris? Wart Ihr in Laon?«

»Ihr Herren von Reims«, sagte ich, indem ich sie abermals mit ausholendem Hutschwenk grüßte, »erlaubt, daß ich warte, bis der Leutnant der Vogtei kommt, um Eure Fragen zu beantworten.«

»Monsieur, wer seid Ihr?« rief eine Stentorstimme.

»Monsieur«, versetzte ich nach einem Schweigen, »ich bin echtbürtiger Franzose, worauf ich in gegenwärtigen Zeiten nicht wenig stolz bin.«

Dieser Satz, den ich nicht ohne Absicht noch Spitze gesagt hatte, wurde mit Lachen und Beifallszeichen aufgenommen, was mich überzeugte, daß Saint-Paul in diesen Mauern nur durch Gewalt und Zwang herrschte.

»Monsieur«, fuhr die Stimme fort, »seid Ihr Edelmann?«
»So ist es, Monsieur.«
»Zu wem gehört Ihr?«

Doch auf diese Frage war meine Antwort vorbereitet.
»Zur Frau Herzogin von Guise, die Gott behüte!«
»Die Gott behüte!« wiederholten einige Stimmen da oben, aber nicht alle.

Ha! dachte ich, sogar die Guises sind in ihrem Gouvernement nicht mehr allzu populär! Womöglich war die Frucht reif für meinen Herrn?

»Monsieur!« rief eine andere Stimme, verhaltener als die vorige, »kommt Ihr, uns von Ihr wißt schon wem zu befreien?«

Nach dieser Frage herrschte auf den Wällen Stille, und sie schien mir für unsere Sicherheit sehr gefährlich, ob ich antwortete oder nicht.

»Monsieur«, sagte ich, »woher soll ich wissen, wen Ihr meint?«

Und um ein so heikles Fragespiel abzubrechen, ließ ich meine Stute wenden, die, des langen Stehens leid, so froh war, sich zu tummeln, daß sie mich beinahe abgeworfen hätte, so daß ich sie wieder zur Ordnung rufen mußte, indem ich sie alle Exerzitien durchführen ließ, die ich sie gelehrt hatte, und dieses Schauspiel fesselte die Bürgermilizen, so daß sie stumm blieben, bis ein neues Gesicht an der Luke des Tores erschien.

»Monsieur«, rief die Stimme, »bitte sitzt ab und tretet zur Fußgängerpforte herein, welche wir Euch öffnen, und dann kommt, mir Euer Anliegen zu erklären. Ich bin der Leutnant Rousselet.«

Da hieß es sich fügen, wenn auch widerwillig. Beim Ochsenhorn! dachte ich, dahin hat die Liga nun unser Frankreich gebracht. Reisen, wie man will – daran ist nicht mehr zu denken. Jede Stadt ist jetzt ein eigenes Königreich mit ihrem kleinen König, ihren eigenen Grenzen, ihren eigenen Gesetzen.

Ich ging also durch die Pforte, indem ich meine Pompea am Zügel führte, und drückte dem Stallknecht, der sie mir abnahm, sogleich zwei Sous in die Hand, damit er mir die Ärmste gut abrieb, denn sie war nach den Übungen, die ich ihr auferlegt hatte, in Schweiß gebadet. Und als ein Sergeant mich höflich zur Wachstube geleitete, traf ich endlich den Leutnant. Er schickte seine Leute hinaus, um mit mir allein zu reden; zuerst aber betrachtete er mich eine Weile und ich ihn ebenso; und als ein jeder, schien mir, vom anderen befriedigt war, lächelte er schließlich, und ich lächelte auch.

Der Stadtleutnant ist in Reims, was in Paris der Vogt der Kaufleute ist oder anderswo der Bürgermeister, gewählt jedenfalls von den Einwohnern der Stadt und daher eine große Autorität. Wie ich noch in Laon hörte, war sein Amtsvorgänger, Leutnant Julien Pillois, ein spanisch gesinnter Erzligist gewesen, der jene, die ihn gewählt hatten (und die sich dem König nach dessen Bekehrung hatten unterwerfen wollen), verriet und durch einen Trick Saint-Paul zum Herrn von Reims machte. Weshalb die Bürger 1593, als der Verräter starb, Rousselet wählten, den Saint-Paul, wie ich hörte, mit großem Argwohn sah.

Der gute Rousselet war ein Mann, von dem ich sagen sollte, daß er angenehme Manieren und ein rundes Äußere hatte, lebhafte nußbraune Augen, ein braunes, zur Röte neigendes Gesicht und eine fröhliche Miene, die mir behagte, denn wie Henri Quatre habe ich nicht viel übrig für schwerblütige und griesgrämige Leute, weil ich mir sage, wenn einer sich nicht mal selber liebt, wie soll er dann seinen Nächsten lieben und ihm dienen können? Kurzum, ich fand diesen Rousselet nach meinem Geschmack, und weil mein Instinkt mir riet, seinem guten Gesicht zu trauen, sagte ich meinen Namen und woher ich kam.

»Mein Gott, Herr Leutnant«, setzte ich hinzu, »wie viele Aufhaltungen und Hindernisse, um einen Franzosen in eine französische Stadt einzulassen! Und noch dazu einen Verwandten Eures Gouverneurs!«

»Das kommt, Herr Marquis, weil der Herzog von Guise leider nur Gouverneur dem Namen nach ist, jedenfalls solange er Monsieur de Saint-Paul nicht dazu bringen kann, die zweihundert Spanier abzuziehen, die dieser im Turm am Marstor einquartiert und vier spanischen Hauptleuten unterstellt hat. Diesen Turm zwang Monsieur de Saint-Paul uns für die Spanier zu bauen, und er hat die Absicht, an den anderen vier Toren der Stadt ebenfalls Garnisontürme zu errichten. Was uns, den Bürgern von Reims, große Sorgen macht. Denn gelingt dies Saint-Paul, kann er uns völlig seinem Joch unterwerfen, das schon jetzt kein leichtes ist, und dazu dem Philipps II., das noch schlimmer sein wird. Dann ist es mit den Freiheiten unserer guten Stadt ganz vorbei.«

»Aber der Herzog ist doch wohl nicht allein nach Reims gekommen?« fragte ich.

»Bah!« sagte Rousselet, »er hat höchstens sechzig Mann! Was ist das gegen die zweihundert Arkebusiere am Marstor? Die obendrein Spanier sind, das heißt, die besten Soldaten der Welt!«

»Monsieur Rousselet«, sagte ich, »wenn ich Euch recht verstehe, könnten Eure Bürgermilizen dem Herzog von Guise gegebenenfalls zur Hand gehen gegen den Unterdrücker?«

»Herr Marquis«, sagte Rousselet schulterzuckend und mit nußbraunem Blick gen Himmel, »meine lieben Mitbürger taugen zwar, um, geborgen hinter guten Mauern, zu schießen, aber nicht, um gegen kastilische Infanterie zu bestehen.«

»Trotzdem«, sagte ich nach einer Weile Schweigen, »wenn die Eskorte von Monsieur de Quéribus die seines Cousins Guise verstärken würde ... vierzig Arkebusiere immerhin, sehr kriegserfahrene Leute, und zusammen mit den sechzig Herzoglichen ...«

»Ha! Monsieur«, sagte Rousselet kopfschüttelnd, »Eure vierzig Soldaten kommen leider nicht in Betracht. Laut ausdrücklichem Befehl von Monsieur de Saint-Paul erhalten sie gar keinen Zutritt zur Stadt. Hier darf ein für allemal nur herein, was spanisch ist. Mit Mühe und Not wird Monsieur de Saint-Paul erlauben, Herrn von Quéribus, Euch und zwei oder drei Eurer Leute die Fußgängerpforte zu öffnen.«

»Beim Ochsenhorn!« rief ich, »was für eine Tyrannei!«

Doch weiter kam ich nicht, denn an der Tür klopfte es, und der Sergeant, der mich hergeführt hatte, steckte den Kopf herein.

»Herr Leutnant, gleich kommt der Baron de La Tour!«

»Schon!« rief Rousselet, indem er erschrocken aufsprang. »Herr Marquis«, fuhr er leise fort, »nehmt Euch in acht vor diesem La Tour. Er ist tatsächlich Baron, aber Saint-Paul trotzdem völlig ergeben. Und ebenso spanisch, obwohl er Franzose ist.«

Kaum hatte er ausgesprochen, trat, ohne anzuklopfen, auch schon dieser La Tour herein, hochfahrend die Miene, der Blick argwöhnisch; er behielt den Hut auf dem Kopf, als wir, Rousselet und ich, ihn grüßten. Abgesehen von seinem huldreichen Empfang, mißfiel mir der unwirsche Kerl total; nicht, daß er häßlich war, aber sein Gesicht trug jenen unleidlichen Dünkel zur Schau, den sich einige unserer Erzligisten von ihren spanischen Herren abgeguckt hatten, zu deren Knechten sie sich machten.

»Herr Baron«, sagte Rousselet, »dieser Edelmann gehört zum Gefolge des Marquis von Quéribus, welcher ein Cousin des Herrn Herzogs von Guise ist und Eintritt für sich, seine Edelleute und seine Eskorte verlangt.«

»Monsieur«, sagte der Baron mit hochmütigem Blick auf mich, »ich hoffe, Ihr könnt mir erklären, warum Ihr, von Paris her kommend, die Stadt erst umrundet habt, um Euch am Westtor einzustellen anstatt am Marstor, wie es der kürzeste Weg gewesen wäre.«

»Aber, Monsieur«, sagte ich, indem ich mich naiv stellte und abermals grüßte, »wir sahen, daß das Marstor von spanischen Soldaten besetzt ist, und weil keiner von uns ihre Sprache spricht, dachten wir, wir könnten uns besser mit Franzosen verständigen, und wählten ein anderes Tor.«

Obwohl der Baron seine hochnäsige Miene wahrte, sah ich doch, daß meine Antwort ihn aus dem Konzept gebracht hatte und daß er nicht wußte, war sie Widerwort und Spott, oder sollte er sie meiner Einfalt zuschreiben. Unschlüssig, was er denken solle, schluckte er seinen Ärger.

»Monsieur«, sagte er in rauhem Ton, »der Befehl des Herzogs von Rethel (wahrhaftig, so nannte der Laffe diesen Saint-Paul!) duldet keine Ausnahme. Die Eskorte des Marquis von Quéribus darf unsere Mauern nicht betreten. Und besagter Marquis wird nur mit vier seiner Leute eingelassen. Sergeant«, setzte er herrisch hinzu, »begleitet diesen Edelmann zur Pforte, damit er Herrn von Quéribus die Entscheidung mitteilt.«

Das wurde in einem Ton gesprochen, für den ich bei jeder anderen Gelegenheit Rechenschaft gefordert hätte. Doch ging es jetzt nur darum, zum Herzog von Guise vorzudringen, was mir angesichts der Dinge fraglich zu werden begann.

Mein Quéribus, schon überdrüssig, den Reiher am Grabenrand zu spielen, brauste auf wie wild, als er aus meinem Mund hörte, daß seine Eskorte nicht eingelassen werde, dünkte es ihn doch unerträglich, sich seinem Cousin dem Herzog mit so kärglicher Suite zu präsentieren, daß sogar ein Bürgersmann sich geschämt hätte. Ich betrachtete die Sache mit anderem Auge. Ohne unsere Männer sah Quéribus sich nackt und bloß. Ich sah uns ohne sie wehrlos. Doch schließlich konnte ich ihn beschwichtigen, und als ich meine inständige Bitte wiederholte, den Umgang mit unseren Feinden mir zu überlassen, willigte er ein, unsere Arkebusiere vor den Mauern von Reims biwakieren zu lassen und mit vier unserer Leute einzutreten. Er wählte sich zwei Edelmänner. Ich wählte Pissebœuf und Poussevent, und mit Zustimmung von Quéribus vertraute ich den Befehl über die Eskorte Monsieur de La Surie an, der untröstlich war, mich allein in den Wolfsrachen zu lassen, aber durchaus verstand, daß er unter Umständen unser Rückhalt sein könnte, zumal ich ihn reichlich mit Geld ausstattete, damit er Gefälligkeiten der Milizen vom Westtor erkaufen konnte. Endlich, nach weiß ich wie vielen Umarmungen, Schulterklopfen und Küssen von Bart zu Bart, schieden wir, was mich betraf, mit sehr beklommener Brust, und was ihn, mit Tränen am Wimpernsaum.

Als Baron de La Tour den Marquis von Quéribus erblickte, grüßte er nach spanischer Art aufs magerste, was Quéribus noch magerer erwiderte, dann führte er uns, sofort von einem Peloton spanischer Arkebusiere umstellt, durch ein Labyrinth von Gassen (deren Verlauf ich mir dennoch einzuprägen suchte) zu einem großen, sehr ansehnlichen Haus, wo er uns im Oberstock einlogierte.

»Meine Herren«, sagte er hochfahrend und rauh, »diese Etage ist Euer. Es wird Euch an nichts fehlen. Doch versucht nicht, ins erste Geschoß hinunterzusteigen oder auf die Straße zu gelangen. Ihr werdet auf kastilische Soldaten treffen, die Eure Sprache nicht verstehen und Euch nicht durchlassen werden.«

»Monsieur!« rief Quéribus entrüstet, »soll ich hieraus verstehen, daß wir Gefangene sind? Und auch noch bewacht von Spaniern?«

»Nicht ganz, Monsieur«, sagte Baron de La Tour mit äußerster Kälte. »Doch da es sich um Edelleute handelt, die kommen, woher Ihr kommt, und dienen, wem Ihr dient, sind gewisse Vorsichtsmaßregeln geboten, wenigstens bis der Herzog Euch gesprochen hat.«

»Und wann, Monsieur, werden wir den Herzog sehen?« fragte ich im harmlosesten Ton, damit mein lieber Quéribus sich nicht noch mehr aufrege.

»Ja, heute noch, meine Herren«, sagte La Tour und lächelte zum erstenmal, allerdings erschien mir sein Lächeln noch bedrohlicher als seine Schroffheit.

Ich kann nicht sagen, daß die Gemächer, die er uns anwies,

schäbig gewesen wären oder der Bequemlichkeiten ermangelten, welche unserem Rang gebührten. Der einzige unstreitige Nachteil war, daß wir nicht hinauskonnten, wovon ich mich überzeugte, kaum daß La Tour verschwand, indem ich ins Treppenhaus hinaustrat, wo ich mich sofort *cara a cara*[1] einem Dutzend spanischer Hellebardiere gegenübersah, deren Sergeant mir in seiner Sprache ziemlich artig erklärte, er habe Befehl, uns nicht fortzulassen. Und als ich, um mein Gesicht zu wahren, mich nach Pissebœuf und Poussevent erkundigte, sagte er, sie seien im Marstall und versorgten unsere Pferde, er schicke sie mir nach getaner Pflicht herauf.

Ich kehrte also in unseren goldenen Käfig zurück, und als ich meinen Quéribus, wiewohl stumm vor Zorn, im Begriff fand, mit Hilfe seiner Herren Toilette zu machen, um den Besuch des Herzogs von Guise würdig zu empfangen, beschloß ich, es ihm gleichzutun, und begab mich in mein Zimmer, das eine Ecke des Hauses einnahm und hinten einen Rundbogen hatte, der auf etwas wie einen Turm an der Außenwand deutete, in welchem eine Wendeltreppe zur unteren Etage und vielleicht zum Erdgeschoß führen mochte. Was mich in dieser Idee bestärkte, war die niedrige kleine Tür in besagtem Rundbogen, eine dunkle Eichentür, mit Eisenbändern beschlagen. Ich rüttelte daran, vergeblich, sie mußte also von außen verschlossen sein. Wie schade, dachte ich, daß ich in dieser Lage keinen Sprengstoff zur Hand habe, obwohl ein solcher Radau uns nur die zirka zwanzig spanischen Soldaten auf den Hals gehetzt hätte, die das Gebäude bewachten. Wenigstens war dies die Zahl, die Pissebœuf nannte, als er aus dem Pferdestall heraufkam, indem er auf okzitanisch hinzusetzte, das seien selbst für uns wackere Degen der Lumpen zuviel. Worauf er sich erbot, mir beim Umkleiden als Zofe nützlich zu sein.

Gleichwohl hatte er die Augen überall und sah auch, daß ich oft nach jener erwähnten niedrigen Tür in dem Rundbogen blickte.

»Moussu«, sagte er wiederum auf okzitanisch, »dahinter liegt eine Wendeltreppe.«

»Gewiß«, sagte ich. »Das dumme ist nur, daß die Tür verschlossen ist.«

---

1 (span.) von Angesicht zu Angesicht.

»Verriegelt oder mit einem Schlüssel verschlossen?« fragte Pissebœuf hellwach.

»Weiß ich nicht.«

»Moussu, das ist nämlich ein großer Unterschied, wie die Frau des Eisenschmieds sagte, als sie in Abwesenheit ihres Mannes sich das Schloß von einem gutgebauten Burschen auffeilen ließ.«

Hiermit ließ er meine Hosen fallen, so daß ich allein hineinschlüpfen mußte, lief zu besagter Tür, bückte sich und legte erst ein Auge dran und dann das andere.

»Moussu«, sagte er triumphierend, »nur ein wenig Geduld. Ich denke, das kriege ich auf.«

»Wahrhaftig?«

»Wahrhaftig! Wie Meister Tronson sagt: Das hat den Fuß noch nicht gehoben, da seh ich schon die Sohle.«

»Wovon redest du?«

»Von dem Schloß! Moussu«, fuhr er mit unendlich stolzer Miene fort, »Pissebœuf wäre nicht Pissebœuf, wenn er vor so einem beschissenen kleinen Schloß kapitulieren würde. Moussu, wie heißt auf spanisch: Ich muß noch mal in den Pferdestall?«

»Tengo que regresar a la caballeriza.«

»Moussu, mit Eurer Erlaubnis und der unserer Wächter gehe ich! Und bin gleich zurück mit allem, was ich brauche.«

Dieses »gleich« dauerte gute zehn Minuten, und in deren Verlauf ereignete sich etwas, das meine Gedanken änderte, denn durchs Fenster, das ich gleich anfangs dem schönen sonnigen Morgen geöffnet hatte, hörte ich Gesang, von Viola und Laute begleitet, weiblichen Gesang, klar und köstlich wie liebliches Gewässer. Hatte ich vorher den Kopf mit den Widrigkeiten unserer Lage voll gehabt, fühlte ich mich durch diese kristallenen Töne jäh befreit und gereinigt. Und ganz entzückt, mit pochendem Herzen, den Kopf von diesem Gesang erfüllt, der belebend und verjüngend durch alle Bahnen meines Körpers strömte, eilte ich, halb angekleidet, zum Fenster und versuchte die Sirene zu erspähen. Weil ich aber nur einen großen Platz unter mir sah, über den Karren rollten, sagte ich mir, daß die Nachtigall sich wohl in den Gemächern unter mir befand und daß ihr Gesang durch ihre eigenen, ebenfalls der Sonne geöffneten Fenster zu mir heraufdrang.

Immer noch lauschend, vollendete ich meinen Anzug – zu Ehren des Herzogs der schönste, den ich im Gepäck hatte: ein mattblaues Wams, besetzt mit zwei Reihen Perlen –, und im Geist nun weniger mit den Gefahren der Stunde beschäftigt als mit dem melancholischen Gesang der Unbekannten, ergab ich mich den tollsten Träumen, glaubte ich doch sicher, daß eine so wunderbare Stimme nur der allerschönsten Brust entströmen könne. Aber so geht es nun einmal mit der Einbildung eines Mannes, der das andere Geschlecht vergöttert: Das sage ich ohne alle Prahlerei, denn ich glaube gewiß, wenn ich verdammt würde, mein Haupt auf den Richtblock zu legen – wie das in diesem Reims leicht geschehen konnte –, und ginge mit auf den Rücken gebundenen Händen meinen letzten Gang durch die Straßen, würden meine Augen sich inmitten der Gaffer noch immer an ein liebliches Antlitz und einen runden Busen heften.

So weit war ich, als meine Zimmertür aufging.

»Moussu«, sagte Pissebœuf, hinter dem, nun auch vom Treppensteigen schnaufend, der dicke Poussevent erschien, »ich habe alles, was ich brauche.«

»Was soll denn das?« rief ich verwundert. »Ein bißchen Mehl, ein Stück dickes Papier und ein Draht?«

»Moussu, das genügt«, sagte Pissebœuf, und stolz auf sein Latein, setzte er hinzu: »*Credite mihi experto*«,[1] schließlich war er, wie schon erwähnt, Kirchendiener gewesen, bevor er Hugenotte wurde und das Waffenhandwerk ergriff.

»Herr Marquis«, sagte einer der Edelleute von Quéribus, welcher in der Tür erschien, »soeben meldete ein spanischer Hauptmann die Ankunft des Herzogs, und Euer Herr Schwager bittet Euch zu kommen.«

»Vielen Dank, Monsieur«, sagte ich artig. »Pissebœuf, schließ gut hinter mir zu, und mach dich ans Werk.«

Doch ehe ich die Schwelle überschritt, säumte ich und lauschte abermals, doch vergebens. Laute, Viola und Gesang waren verstummt.

Daß das Gefieder meines lieben und höfisch eleganten Quéribus das meine an Glanz überstrahlte, kann sich der Leser vorstellen, und sowie ich mich zu ihm gesellte, hieß er die beiden Herren hinter uns Aufstellung nehmen, beklagte aber aufs

---

1 (lat.) Glaubt einem Erfahrenen.

neue diese klägliche Suite, die ihn geradezu entehrend dünkte, war er doch ganz der Mann des vorangegangenen Regimes (dessen Sprache er auch beibehalten hatte), liebte Pomp und Zeremonien und hatte sehr viel zu mäkeln an Navarras rauhbeiniger Einfachheit.

»Messieurs«, sagte er, »ich könnte rasen, daß wir den Herzog nicht würdiger empfangen können! Zwei Edelherren für zwei Marquis! Sapperlot, wie üppig! Ihr dürft versichert sein, daß ich das diesem Hanswurst aus niederem Haus, der sich Herzog von Rethel zu nennen wagt, bis ans Ende der Zeiten nachtragen werde! Das schlimmste aber ist, daß er dank dem Narbigen eine sehr wohlgeborene Dame heiraten konnte, schön wie die Liebe selbst, reich wie Krösus und von vollendeten Manieren.«

»Kennt Ihr sie denn?« fragte ich lächelnd.

»Nein! Aber ihre Familie. Sie ist eine geborene Caumont.«

»Was?« rief ich, »eine Caumont aus dem Périgord?«

»Mag sein.«

»Dann bin ich womöglich um ein paar Ecken mit ihr verwandt? Meine Mutter war doch auch eine Caumont«, sagte ich.

»Das wird Euch auch gerade etwas nützen!« sagte Quéribus grimmig, »Ihr werdet sie kaum zu Gesicht bekommen! Dieser Saint-Paul ist eifersüchtig wie ein Türke, heißt es, und sperrt die Ärmste im Hause ein. Meine Herren«, fuhr er gegen die beiden Edelleute fort, die unser ganzes Gefolge ausmachten, »bitte, setzt wie ich Eure Hüte auf, damit wir sie ziehen können, wenn der Herzog hereintritt, und vergeßt nicht, daß Ihr, wie auch der Marquis de Siorac und ich, dem Herzog als Prinzen von Joinville und angeblichem Nachkommen Karls des Großen, wie es alle Guises von sich behaupten, eine Verneigung schuldet, die nur wenig tiefer zu sein hat als die vor dem König, das heißt, wir beugen den Oberkörper halb hinab, die Hutfedern schweifen zehn Daumen überm Boden. Im übrigen ist unser Gesicht, wenn er eintritt, ernst, und die Augen bleiben so lange gesenkt, bis er das Wort an uns richtet.«

»Und Ihr, Herr Bruder«, raunte ich ihm ins Ohr, »beliebt Euch zu erinnern, wenn der Herzog Euch durch eine Frage oder ein Wort in Verlegenheit bringen sollte, daß Ihr eine Schwäche oder Ohnmacht vortäuscht, damit ich die Dinge übernehmen kann?«

»Beim Himmel!« sagte Quéribus, »wie könnte ich es vergessen? Aber der Teufel soll mich holen, wenn ich begreife, wie Ihr bei Euren Missionen mit allen solchen Aufregungen zurechtkommt!«

In dem Augenblick flog krachend die Tür auf, und Baron de La Tour erschien.

»Meine Herren! Der Herzog!« rief er mit schallender Stimme.

Hierauf stellte er sich neben die Tür, entblößte das Haupt, beugte den Oberkörper halb vor, genau wie Quéribus gesagt hatte, hielt die Augen gesenkt und die Hutfedern zehn Daumen überm Fußboden. Und eilends taten wir das gleiche.

»Meine Herren!« sagte eine näselnde, mir völlig unbekannte Stimme, »ich grüße Euch!«

Ich hob die Augen. Es war der »Herzog von Rethel«! Beim Ochsenhorn, welch würdelose Übertölpelung! In welche Pfanne wurden wir gehauen! In welch widerwärtigem Mehl gewälzt! Ich sah meinen Quéribus erbleichen und erröten, und einen Moment schien es, als wollte er nach seinem Degenknauf greifen, was freilich Torheit gewesen wäre, denn der »Herzog« hatte starke Begleiter und wartete, glaube ich, nur auf eine Drohgebärde oder ein ärgerliches Wort unsererseits, um uns vollends zu braten.

Zum Glück entsann sich Quéribus meines Vorschlags und wählte eine Ohnmacht, die er hervorragend mimte, mit flatternden Nüstern, verdrehten Augen, bebenden Lippen! Derlei Spielchen hatte er sich, wie gesagt, beigebracht, um bei Hofe die Herzen grausamer Damen zu rühren. Ich gab seinen Herren also ein Zeichen, ihn aufzufangen und zu einem Lehnstuhl zu führen, dann trat ich vor und entbot Saint-Paul erst einmal eine neuerliche Verneigung, um Muße zur Überlegung zu gewinnen, wie ich ihn anreden sollte, denn »Monseigneur« dünkte mich unmöglich und schlicht »Monsieur« angesichts dieser unerhörten Anmaßung sehr unklug.

»Herr Marschall von Frankreich«, sagte ich also (denn wenn ich schon ins Feuer mußte, dann besser einen militärischen als den Adelstitel), »ich bitte Euch vielmals um Entschuldigung für das plötzliche Übelsein meines Schwagers, des Marquis von Quéribus, er leidet an solch ärgerlichen Anfällen von Jugend auf.«

Dabei ließ ich es nicht bewenden. Weil ich mir sagte, daß

Höflichkeit bei dieser Art von Hochstapler die beste Verteidigung war, spann ich Komplimente nach der Elle seiner Eitelkeit und palaverte derweise gute fünf Minuten, indem ich ihn allerdings neugierigst ins Auge faßte.

Er war, wie der junge Herzog von Guise, klein von Wuchs, doch während der Prinz von Joinville mir etwas schmächtig erschien, hatte Saint-Paul einen stämmigen, muskulösen Körper, Hals und Schultern verrieten viel Kraft. Dazu war sein Gesicht ziemlich beeindruckend, eine hohe, gewölbte Stirn, eine große Schnabelnase, ein etwas vorspringendes Kinn, üppige, gewellte Haare, nach hinten gekämmt und so reinlich gelegt, daß nicht eins übers andere stand, der Kinnbart säuberlich rasiert und der dicke Schnurrbart beiderseits männlich gezwirbelt: das Ganze über einer breiten, mächtigen Halskrause, wie sie von Erzligisten zum Spott über die strengen, kleinen Krausen der Hugenotten getragen wurde. Ich würde sagen, Sorgfalt und Mühe, welche diese majestätische Erscheinung bewirkt und geleckt hatten, bezeugten landesweit die törichte Arroganz dieses »Herzogs von Rethel«. Indessen fehlte es den Augen nicht an Geist, war auch der Blick drohend und argwöhnisch, jedoch nicht so sehr grausam als vielmehr voller Verachtung fürs ganze Menschengeschlecht. Und daß es diesem unerschrockenen Usurpator wenig Skrupel bereitete, den echten Herzog beiseite zu drängen, den Provinzgouverneur zu gouvernieren und dessen Verwandten in Haft zu nehmen, all das gab mir zu denken, was uns hier wohl blühen mochte.

Ich spürte genau, daß Saint-Paul meine Komplimente und meine Ergebenheit schlürfte wie Sahne, doch ohne dadurch geblendet zu sein, bohrten sich seine füchsischen Augen in meine. Und kaum hatte ich meinen Sack Höflichkeiten geleert, ließ sich schroff und militärisch seine näselnde Stimme vernehmen.

»Monsieur, wir sind im Krieg«, sagte er. »Ihr kommt aus dem feindlichen Lager. Ihr dient dem König von Navarra. Ich hingegen, der ich das volle Vertrauen der Heiligen Liga und Philipps II. genieße und vom Herzog von Mayenne zum Generalleutnant von Reims und der Champagne ernannt worden bin, herrsche in dieser Stadt dank einer spanischen Garnison, welche ich hierher verlegt habe. Ich bin also berechtigt zu fragen, was Ihr hier zu tun habt?«

»Aber, Herr Marschall von Frankreich«, sagte ich, so sanftmütig ich konnte, »obliegt es nicht Seiner Gnaden, dem Herrn Herzog von Guise und Gouverneur von Reims, dies den Marquis von Quéribus selbst zu fragen, der außerdem sein Verwandter ist?«

»Irrtum, Monsieur«, sagte Saint-Paul in schneidendem Ton und ganz von oben herab. »Bei wem logiert Ihr in Reims? Ich werde es Euch sagen: In meinem Haus! Wer bewacht Euch? Meine Hellebardiere. Wer befehligt zu Reims intra und extra muros? Ich! Wem gehorcht die Miliz? Mir! Wer hat das Rethelois besetzt, zu dessen Herzog ich mich gemacht habe? Abermals ich! Ich, der ich weder ein Freund noch ein Verwandter des Marquis von Quéribus bin.«

Hier ließ Quéribus aus seinem Sessel eine Art Knurren verlauten, doch als ich mich umwandte, ihm einen mahnenden Blick zuzuwerfen, schloß er brav die flammensprühenden Augen und sank in seine Ohnmacht zurück.

»Herr Marschall«, sagte ich, »ich vermag es nicht zu fassen, daß der Herzog von Guise, welcher der Sproß einer sehr hohen Familie und Neffe des Herzogs von Mayenne ist, so wenig für Euch zählt.«

»Er würde viel zählen«, bemerkte Saint-Paul trocken, »hätte seine Mutter sich nicht auf Navarras Seite geschlagen und wäre sie nicht, soviel ich weiß, sehr bemüht, ihm auch ihren Sohn zuzuführen. Monsieur«, fuhr er fort und bohrte seine blitzenden schwarzen Augen in meine, »genug der Umschweife! Ich frage Euch unumwunden: Seid Ihr deswegen hier?«

Der Vorteil von blauen Augen ist, daß sie manchmal voll sagenhafter Unschuld blicken können, und Gott sei Dank konnten es meine jetzt.

»Aber Herr Marschall!« rief ich, »ganz und gar nicht! Was für ein seltsames Mißverständnis! Wir sind hier, um dem Herzog von Guise eine Botschaft seiner Mutter zu überbringen, die rein nichts mit den Affären des Reiches zu tun hat, sondern, wenn ich recht verstand, allein die große finanzielle Verlegenheit Frau von Guises betrifft.«

»In dem Fall, Monsieur«, sagte Saint-Paul mit sehr scharfem Blick, »werdet Ihr nichts dagegen haben, hoffe ich, daß mein spanischer Hauptmann Euch nach meinem Fortgang durchsuchen läßt, um sicherzugehen, daß Ihr wirklich kein

Sendschreiben oder Dokument bei Euch habt, das die Heilige Liga beanstanden könnte.«

»Uns durchsuchen, aber Herr Marschall!« sagte ich wie indigniert.

»Ihr habt mich gehört, Monsieur!« sagte Saint-Paul, und die Worte kamen aus seinem Mund wie Musketenkugeln.

Hierauf machte er mit kargem Gruß kehrt und ging, die Schultern gestrafft, und seine Stiefel knallten auf den Fliesen. Baron de La Tour folgte ihm auf dem Fuß wie dem Löwen ein Schakal. Die Tür schlug zu, und ich stürzte zu Quéribus und hielt ihm die Hand vor den Mund.

»Um Gottes willen«, flüsterte ich, »kein Wort! Die Tür hat Ohren! Es geht um unser Leben!«

Sein Blick bekundete, daß er verstanden habe, und ich gab ihn frei, nicht ohne daß er mir zur Vergeltung für meine Gewalt leicht in die Hand biß. Das war wieder ganz mein Quéribus: mit über Vierzig noch verspielt wie eine Ratz.

»Monsieur«, sagte er halb ärgerlich, halb amüsiert, »schämt Ihr Euch gar nicht, diesen Schuft mit ›Herr Marschall von Frankreich‹ anzusprechen?«

»I bewahre«, sagte ich, »ich nenne jeden Marschall, der die Macht hat, mich filzen zu lassen. Übrigens ist es mir nur recht: In diesem Hühnerhof wird der Fuchs nicht fündig werden. Wartet einen Augenblick, ich will Pissebœuf warnen.«

Der aber ganz harmlos auf dem Teppich saß und mit Poussevent Würfeln spielte, er hatte gleich begriffen, daß dies nicht der geeignete Moment war, eine Tür zu sprengen.

»Moussu«, sagte beruhigend Pissebœuf, indem er des Respekts halber aufstand, seinen scherzenden Ton aber beibehielt, ohne den er sich gefühlt hätte, als hätte er die Ehre verloren, »wenn Pissebœuf junge Hunde versteckt, findet sie nicht mal die Hündin, und hätte sie eine noch so feine Nase.«

So gascognisch großmäulig dies auch war, behielt er doch recht, denn die Durchsuchung, langwierig, lästig und sehr methodisch – ganz spanisch eben –, erbrachte nichts, obwohl sie unsere beiden Knechte mit erfaßte und die Kerkermeister so weit gingen, selbst das Sattelzeug unserer Pferde im Stall noch zu durchforschen.

»Warum nicht noch die Ärsche?« sagte Pissebœuf.

Nachdem die Inquisiteure fort waren, ging ich zu Pissebœuf

in mein Zimmer, fiel, vom nächtlichen Ritt noch wie gerädert, in einen Sessel und verfolgte halb schläfrig, halb neugierig sein findiges Tun. Schöne Leserin, sollte Ihr böser Ehegemahl eines Tages Ihre eherne Treue zu Unrecht verdächtigen und Sie in Ihren Gemächern einsperren, indem er Sie doppelt einschließt, den Schlüssel aber außen stecken läßt, dann benutzen Sie zu Ihrer Befreiung das Rezept von Pissebœuf: Sie nehmen ein wenig Mehl, kneten es mit etwas Wasser zu einem bündigen Teig; den walzen Sie auf einem Stück Papier breit, das Sie unter der Tür hindurchschieben, direkt unter das Schloß. Dann fahren Sie mit einem Stück Draht in besagtes Schloß und bewegen behutsam den Schlüssel, bis er fällt. Wenn Ihre Hand so geschickt ist wie die von Pissebœuf, wird besagter Schlüssel genau auf dem Papier landen und das klebrige Mehl verhüten, daß er weiter weg rollt. Nun ziehen Sie das Papier vorsichtig auf Ihre Seite zurück, und Sie besitzen den Schlüssel zur Freiheit, der Ihnen erlaubt, bei einfallender Dunkelheit und maskiert aus dem Haus zu gehen und Ihrem Beichtiger zu erzählen, welche Schofelei dieser Narr von Gemahl Ihnen angetan hat. Natürlich muß der Spalt unter der Tür groß genug sein, um Papier und Schlüssel hindurchzulassen. Und natürlich bleibt die Schwierigkeit, wenn Sie wieder im Haus sind, die Dinge in den ursprünglichen Zustand zu versetzen und sich in Ihren Gemächern selbst einzusperren, da der Schlüssel ja draußen steckte. Vielleicht finden Sie eine einverständige Person, die Sie zurückbegleitet und einschließt? Was mich angeht, so erlaube ich mir anzuregen, daß diese Person Ihr Beichtvater sein könnte, denn da er bereits die Sorge um Ihre Seele trägt, muß ihm doch auch daran gelegen sein, Ihren hübschen Leib vor ehelicher Gewalt zu beschützen.

Ich sagte Pissebœuf meinen allerbesten Dank und alles Lob, das sein Wagestück und seine Pfiffigkeit verdienten, und gab ihm für seine Mühen einen Ecu, dann schickte ich ihn sowie Poussevent, sich von unseren nächtlichen Strapazen auszuruhen. Allein nun und den Schlüssel zu der kleinen Tür in Händen, schwankte ich, ob ich ihn nicht gleich erproben sollte, besann mich jedoch meiner Müdigkeit und streckte mich aufs Lager, wo ich vorm Eindämmern noch sehr die Abwesenheit meines Miroul bedauerte, denn seit wir fünfzehn waren, hatte er alle Gefahren mit mir geteilt und mir stets unsäglich gut beigestanden mit seinem Rat und seinen Armen.

Beim Erwachen sah ich auf meiner Uhr, die ich seit meinen Tuchhändlerszeiten an einer Kette auf der Brust trug, daß ich nur knappe zwei Stunden geschlafen hatte, und weil ich immer noch bleiern müde war, spritzte ich mir kaltes Wasser ins Gesicht und holte Pissebœuf aus seinem Verschlag, damit er mir unterm Cape meine Dolche nach italienischer Art rücklings in den Gürtel steckte.

Daß er mich begleite, wie er sich sogleich erbot, lehnte ich ab, ich hieß ihn vielmehr dableiben und Monsieur de Quéribus ausrichten, er möge nicht Zehen noch Finger rühren, solange ich fort war.

Ich glaube sicher, daß Pissebœuf bei dieser Gelegenheit zu gern meinen Miroul gespielt hätte, doch hatte ich ihn nie auf diesen Fuß gestellt. Und wiewohl sein langes, hageres Gesicht Enttäuschung verriet, schwieg er, als ich unter seinem besorgten und mißbilligenden Blick, doch ohne daß er den geringsten Einspruch erhob, den Schlüssel ins Schloß drückte, den seine Kunst mir verschafft hatte, die, ehrlich gestanden, ein wenig nach Diebeshandwerk roch, sind doch die Grenzen zwischen Soldat und Langfinger ohnehin fließend. Der einzige Unterschied, den ich sehe, ist, daß man den Arkebusier für Taten lobt, die den Räuber an den Galgen bringen.

Das Herz klopfte mir nicht wenig, als ich besagten Schlüssel umdrehte, auf die Wendeltreppe hinaustrat und die Tür hinter mir verschloß, nicht etwa damit Pissebœuf mir nicht folgte, sondern für den Fall, daß der Kerkermeister in meiner Abwesenheit überprüfte, ob die Tür verschlossen war.

Wie vermutet, bediente die Wendeltreppe, die ich auf Katzensohlen hinunterschlich, nicht nur den Oberstock, wo wir eingesperrt waren, sondern auch die Etage darunter, woher besagter Gesang gedrungen war, und das Erdgeschoß. Wenn die Wendeltreppe hier zwei Türen hatte, so führte die eine sicherlich zu den Prunk- und Empfangsgemächern und die andere auf eine Gasse hinaus, wie ich mich versicherte, indem ich sacht das Guckloch aufschob und hindurchlinste. Leider aber war diese Tür abgeschlossen, und der Schlüssel, den ich hatte, öffnete sie nicht. Vor soviel Vorsicht stutzte ich. Das roch gewaltig nach Eifersucht und kehrte sich eher gegen die Nachtigall, die ich gehört hatte, als gegen uns. Lautlos schloß ich das Guckloch und lehnte mich an die Mauer, um nachzudenken.

Natürlich durchschaute ich den Plan dieses Hauses einigermaßen, ich kannte ihn schließlich von anderen Adelshäusern: An der Längsfront lag die sogenannte Ehrentreppe, die zu den beiden oberen Etagen hinauf und hinunter auf einen Hof führte, den rechts und links die Pferdeställe flankierten und den zur Straße hin eine hohe Mauer mit dem Kutschentor begrenzte. Durch letzteres waren wir hereingekommen, konnten aber nicht mehr hinaus, weil dort alles von Spaniern wimmelte. Dafür war der kleine Eckturm unbewacht, in dem ich mich befand und von dem man auf eine Gasse hinterm Haus gelangen konnte, eine gute Möglichkeit, dachte ich, um heimlich Besucher zu empfangen oder sich selbst davonzustehlen. Doch um diesen Ausgang zu versuchen, brauchte man selbstverständlich den passenden Schlüssel.

Hierüber brütete und brütete ich, bis ich die Stufen zu meinem Kerker nachdenklich und betrübt wieder hinaufstieg. Doch als ich wie ungewollt vor dem Nachtigallenkäfig im ersten Stock innehielt, kam mir der Einfall, meinen Schlüssel an diesem Schloß zu versuchen, und zu meinem Staunen öffnete er es mühelos. Warum ich so staunte, weiß ich nicht einmal, denn es hatte ja durchaus Logik, für die erste und zweite Etage denselben Schlüssel zu benutzen und für die Tür zur Gasse einen anderen, den freilich wichtigsten der drei, weil er in die Freiheit führte.

Leser, ich will nicht verhehlen, daß ich, so tapfer ich auch zu sein glaube, dennoch zauderte, in diese Etage einzudringen. Das hieß, dachte ich, mein Leben aufs Spiel setzen, und zwar ganz unnütz, denn auf diesem Weg käme ich ganz gewiß nicht aus dem Haus. Hingegen böte es Saint-Paul, wenn er mich in seinen Privatgemächern beträfe, den besten Grund der Welt, mich zu erledigen. Alsdann, sagte ich mir, geh nicht!

Im selben Augenblick nun erklangen, zwei Schritt von mir, Viola, Laute und Gesang aufs neue, und ich begriff, daß das reizende Konzert durch die Ankunft Saint-Pauls nur unterbrochen worden war, die eine Kammerfrau erspäht haben mochte, und daß es jetzt weiterging, nachdem man seines Weggangs sicher war. Woraus ich folgerte, daß der Lump die Zerstreuung wohl nicht schätzte, die mich bezauberte.

Ob begründet oder nicht, diese Vermutung gab den Ausschlag. Schöne Leserin, Sie werden mir zugestehen, daß ich wenigstens einen guten Grund gefunden hatte, zu handeln, wie es mich verlockte ... Ich öffnete also besagte Tür, und indem ich den Schlüssel von innen umdrehte, sperrte ich mich selber ein. Doch gibt es Kerker und Kerker, und dieser hier gefiel mir besser als der obere, zumal ich mir schmeichelte, daß meine mögliche Verwandtschaft mit Madame de Saint-Paul ihn noch versüßen könnte.

Auf leisen Sohlen schlich ich durch einen dunklen Flur, jeden Moment gefaßt, auf einen Lümmel von Lakai zu stoßen. Und weil ich meine Anwesenheit unmöglich erklären konnte, fragte ich mich wahrhaftig, was ich dann tun würde. Den armen Kerl zu erstechen wäre mir erbarmungslos erschienen, mich mit ihm zu prügeln noch schlimmer.

Den Kopf mit derlei Erwägungen voll, hörte ich etwas vor mir und wich seitab in den erstbesten Raum, der nun ein sehr helles Kämmerchen war, und weil die Helligkeit mich blendete, sah ich zuerst gar nichts, dann aber sehr deutlich eine Kammerjungfer, die mir den Rücken zuwandte und, halb bekleidet, ihr Gesicht in einer Schüssel wusch.

Ich schloß hinter mir die Tür, und bei diesem Geräusch warf die Kleine einen Blick in den Spiegel vor sich, und als sie mich gewahrte, rundete sich ihr Mund vor Angst und Schrecken zu einem vollendeten O. Damit sie vor allem nicht schrie, war ich mit einem Satz bei ihr und hielt ihr den Mund zu, doch weil sie sich mit einer Energie wehrte, die ich nicht erwartet hatte, warf ich sie kurzerhand rücklings auf ihr Lager und mich darüber, damit sie nur ja still blieb.

»Mädchen«, flüsterte ich ihr ins Ohr, »ich will dir nichts Böses. Ich bin einer der Edelmänner, die Monsieur de Saint-Paul heute morgen im Oberstock eingesperrt hat, und wenn du um Hilfe rufst, ist mein Leben verwirkt.«

Und um meine friedlichen Absichten zu bekräftigen, küßte ich sie am Hals und hinter den Ohren. Und wie ich nun spürte, daß sie tatsächlich unter mir weich wurde, meinte ich, ich könnte die Hand, die ihr den Mund zuhielt, auch durch meinen Mund ersetzen. Was ich tat – und was Wunder wirkte, denn schon wurde mein Kuß erwidert, und gut erwidert, während das Mädchen gleichzeitig die kräftigen roten Arme um meine Taille schlang, als ob sie in meinem Körpergewicht endlich Annehmliches fand und dies zu steigern trachtete. Und weil ich hieraus entnahm, daß der Friedensvertrag zwischen uns geschlossen war, war ich über den raschen Abschluß so beglückt – zumal nach so kurzen Verhandlungen –, daß ich das Reden auf später verschob. Und da auf beiden Seiten gleich guter Wille war, besiegelte ich unser Bündnis denn, wie es Ort, Stunde, die verriegelte Tür, ihre wenigen Kleider und unsere gemeinsame Neigung nahelegten. Indessen hatte ich acht, daß dem so jungen und bereitwilligen Blut aus der Lust keine Folgen erwüchsen, wofür sie mir dankte, als wir nach stummer Ausgelassenheit wieder Worte fanden.

»Monsieur«, sagte sie, den hübschen Kopf an meiner Schulter wie ein Kind, »ich müßte mich schämen, wenn Ihr mich für ein leichtes Mädchen hieltet, das sich dem ersten besten hingibt. Eigentlich bin ich gut und ehrbar, und daß ich nicht mehr Jungfrau bin, kommt daher, daß diese Sachen in meinem Dorf ohne großes Nachdenken passieren. Und was mich angeht, sowieso nur einmal, und da beschützte mich die gebenedeite Jungfrau, daß ich zum Glück nicht schwanger wurde.«

»Was? Nur einmal? Ein einziges Mal? Und warum kam der Bursche nicht wieder, wo dein Gesicht so schmuck und dein Leib so schön rund ist?«

»Es ging nicht«, sagte sie, »mein Vater gab mich zu Madame de Saint-Paul, und der Herzog ist so eifersüchtig, daß wir mit ihr im Haus eingesperrt leben wie Nonnen im Kloster. Kein Lakai, kein Diener, kein Kutscher darf uns dienen, der Herzog duldet um die Seine nur Frauenzimmer. Ha, Monsieur! Wie man darbt, den ganzen Tag keinen Schnurrbart zu sehen, höchstens von weitem, durchs Fenster! Und, beim Evangelium, seit einem Vierteljahr seid Ihr der erste Mann, der mir nahe kam.«

Ein Geständnis, über das ich hellauf lachte, obgleich es das Verdienst meiner Eroberung ein wenig schmälerte.

»Mädchen«, sagte ich, indem ich ihr halb gerührt, halb belustigt in die lauteren Augen sah, »ich bin sehr glücklich, daß ich dir gefalle. Aber, wahr wie das Evangelium, du hast dich nicht dem ersten besten hingegeben! Ich bin der Marquis de Siorac und durch meine Mutter mit den Caumont aus dem Périgord verwandt.«

»Mit den Caumont!« sagte Louison, »aber meine Herrin ist ja eine geborene Caumont! Und Gott weiß, wie oft sie davon redet, das geht in einem fort, so stolz ist sie auf ihre Familie, und für die niedrige Herkunft ihres Gemahls hat sie nur Verachtung übrig.«

»Deshalb siehst du mich hier, Kindchen«, sagte ich, »so gefährlich es auch sei. Ich glaube, deine Herrin ist ein bißchen meine Cousine, und ich bitte dich, geh und teile ihr das unter vier Augen mit, auf daß sie mir die Gnade eines Gesprächs erweise.«

»Herr Marquis«, sagte sie, und ihr Gesicht wurde tieftraurig und weinerlich, »ich tue, wie Ihr wünscht.«

»Aber, Louison, warum sagst du das so betrübt?«

»Ach, Monsieur, wenn Ihr erst meine Herrin seht, werdet Ihr mich nicht mehr wollen. Sie ist so schön! Obwohl«, setzte sie mit etwas Hämischem im Blick hinzu, »sie ist lange nicht so jung wie ich und lange nicht so gutmütig.«

»Kindchen«, erwiderte ich lachend, »geh schnell. Und glaube mir, daß ich dir gute Freundschaft wahre für deinen liebenswerten Empfang.«

Bevor sie gehorchte, kleidete sie sich sorgsam an und kämmte ihr Haar, nicht ohne eine Schmollmiene aufzusetzen und sich durch kleine Seitenblicke zu versichern, daß ich sie nicht aus den Augen ließ.

Die Kammer dünkte mich weniger hell und fröhlich, als sie ging, indem sie gleichsam eine leuchtende Spur hinter sich ließ und in der Luft etwas von Süße. Aber wahrscheinlich war diese Süße in mir, denn als ich meine Kleider und Haare ordnete, betrachtete ich mich im Spiegel über dem kleinen Waschbecken und sah ganz überrascht, wie erquickt und gelöst meine Züge waren trotz aller lauernden Gefahren.

Madame de Saint-Paul hatte ihre Musikantinnen fortgeschickt und empfing mich in einem kleinen Kabinett, hingestreckt auf eine Liegebank, ohne jede Schminke, die Haare weder gewaschen noch frisiert, und in einem Gewand, das unsere Damen »Déshabillé« nennen, vermutlich, weil es nichts zeigt, nur alles ahnen läßt. Doch war besagtes Déshabillé, offen gestanden, nicht lang genug, um nicht ein schmales Stückchen Bein und einen wunderhübsch gewölbten Fuß sehen zu lassen, der seinen Pantoffel abgeworfen hatte. Um es ehrlich zu gestehen: Dieser Fuß beschäftigte mich stark. Und wenn die Höflichkeit mich auch hinderte, die Augen nur auf ihn zu heften, stahl sich mein Blick doch von Zeit zu Zeit zu ihm hin, angezogen wie der Feilspan vom Magneten.

Nicht, daß der Rest der Person aber nicht ebenso angenehm zu betrachten gewesen wäre. Madame de Saint-Paul hatte sehr schöne kastanienbraune Haare, eine runde weiße Stirn, eine gerade Nase und entzückend geschürzte Lippen, die man nicht ansehen konnte ohne den Wunsch, sie mit den eigenen zu vermessen. Dazu die schönsten Augen der Welt, groß und tiefblau, gesäumt von schwarzen Wimpern, die einen auf sehr besondere Weise anblickten, denn Madame de Saint-Paul drehte gern ihren Hals und äugte von der Seite her, so daß das Blau der Iris den Augenwinkel füllte. So versandte sie gleich eingangs mehrere tödliche Treffer wie jene Parther, die, sich seitlich aufs Pferd schwingend, den Feind bereits im Lospreschen mit ihren Pfeilen beschossen. Was ihren Körperbau und ihre Wölbungen anging, würde ich kurzerhand sagen, daß es nichts auszusetzen gab, auch hierin war Madame de Saint-Paul vollkommen, von Kopf bis Fuß. Sie sehen, auf den Fuß komme ich immer zurück.

»Monsieur«, sagte sie mit einem Hochmut, der mich ein wenig affektiert anmutete, »es wundert mich, daß Ihr die Stirn habt, mit einem wer weiß wo aufgetriebenen Schlüssel bei mir einzudringen und vor allem unter dem Vorwand, mein Verwandter zu sein.«

»Madame«, sagte ich in bescheidenem Ton und mit tiefer Verneigung, »ich bitte ergebenst um Entschuldigung, daß ich, gedrängt durch meine Lage, die Regeln der Höflichkeit übertrat. Ich kam hierher mit meinem Schwager, um den Herzog von Guise zu besuchen, doch hat Monsieur de Saint-Paul uns wie Gefangene in den Oberstock eingesperrt, wo ich durchs offene Fenster eine himmlische Stimme singen hörte. Da ich nun dachte, es müsse die von Madame de Saint-Paul sein, und da ich von meinem Schwager, dem Marquis von Quéribus, erfuhr, daß Ihr eine geborene Caumont aus dem Périgord wäret, und weil auch meine Mutter Isabella eine geborene Caumont war, glaubte ich …«

»Ihr glaubtet zu Unrecht«, fiel sie mir stolzgeschwellt ins Wort, »denn allerdings bin ich eine Caumont, aber nicht aus dem Périgord. Und obwohl ich hörte, daß es eine gute alte Familie ist, haben wir doch nur den Namen gemeinsam.«

»Ha, Madame!« sagte ich, »ich bin untröstlich, der schmeichelhaften Hoffnung entsagen zu müssen, daß ich Euer Cousin sein könnte, welchselbe Hoffnung in dem Moment aufkeimte, als ich Eure göttliche Stimme vernahm, und die mit dem ersten Blick auf Euch ungemein wuchs! Aber«, setzte ich hinzu, indem ich meinen Augen einen melancholisch umflorten Ausdruck gab, »da ich für Euch nichts weiter bin als ein Edelmann, den Euer Gemahl gefangenzusetzen für gut befand, so beliebt, Madame, mich zu beurlauben.«

Hierauf machte ich ihr, ohne die Antwort abzuwarten, wie pikiert eine tiefe Verneigung und ging zur Tür.

»Nur gemach«, rief sie in sanfterem Ton, »so wie im Oberstock der Gefangene meines Gemahls seid Ihr hier der meine. Und Ihr werdet nicht gehen, ohne mir erklärt zu haben, wie Ihr durch eine doppelt abgeschlossene Tür zu mir gelangen konntet.«

Nun erzählte ich ihr, wie mein Knecht zu dem Schlüssel gelangt war, der ihre und meine Tür öffnete, aber leider nicht jene, die im Erdgeschoß auf die Gasse führte. Und während sie mir lauschte, beäugte sie mich auf ihre eigene Weise, indem sie den hübschen Kopf seitlich neigte und mich aus den Augenwinkeln betrachtete, was, wette ich, ihre schönen Augen in Geltung setzen und ihrem Blick etwas Bohrendes verleihen sollte, um die Aufmerksamkeit ihres Bewunderers zu bannen. Doch so stark mein Blick durch den ihren auch gebannt wurde, muß ich gestehen, daß er, wie schon gesagt, nicht selten abirrte, was sie sehr wohl bemerkte.

»Marquis«, sagte sie, nachdem ich die Schlüsselfrage beantwortet hatte, die sie trotz ihrer Künstelei sehr interessierte, »Marquis, wie seltsam Ihr doch seid! Was seht Ihr denn nur dort?«

»Um es offen zu gestehen, Madame«, sagte ich, indem ich mich verneigte, »Euren Fuß! Weil es nämlich der lieblichste kleine Fuß der Schöpfung ist.«

»Ach, Monsieur, laßt doch meinen Fuß!« sagte Madame de Saint-Paul, indem sie zugleich die Brauen runzelte und voll Entzücken lächelte.

Wahrlich, das Talent, einander widersprechende Empfindungen gleichzeitig auszudrücken, habe ich stets nur bei Frauen beobachtet, weshalb ich geneigt bin, an die unendliche Subtilität dieses Geschlechts zu glauben.

»Außerdem«, setzte sie hinzu, um nur das Thema nicht zu verlassen, »Füße hat doch jeder!«

»Madame«, sagte ich, den Köder im Sprunge schnappend, »es gibt Füße und Füße. Bevor ich den Euren kannte, hing mein Blick an anderen Schönheiten einer Dame, ich schwärmte von ihrem Antlitz, ihrem langen Haar, ihrem rundlichen Busen, was weiß ich noch! Aber bis zum heutigen Tag begann meine Anbetung nie so bodentief.«

»Monsieur«, sagte sie lächelnd, »Ihr müßt den Damen gefallen, Eure Zunge ist sehr gewandt!«

»In der Tat, Madame«, sagte ich in bescheidenem, doch vielsagendem Ton, »hat man sich über mangelnde Gewandtheit meiner Zunge nie beklagt.«

»Ha, Monsieur!« rief Madame de Saint-Paul mit sehr gekitzelter Miene und nonnenhaftem Kichern, »das ist zuviel! Ihr überschreitet die Grenze. Louison, hast du das gehört?«

»Madame«, sagte Louison, die hinter der Bank ihrer Herrin stand und es wenig zu schätzen schien, welche Wendung mein Gespräch mit dieser nahm, »ich habe es gehört. Und ich muß sagen, daß es schon etwas schamlos ist von dem Herrn Marquis, in der Weise über den Fuß von Madame zu reden, der letzten Endes doch nur ein Fuß ist, zum Gehen da wie alle Füße. Was sonst?«

»Still, Dummchen!« sagte Madame de Saint-Paul verärgert, »was verstehst du Bauerntrine von solchen Dingen; sie sind zu delikat für dein kleines Hirn!«

»Madame«, sagte Louison gekränkt, »ich bin nicht so bäurisch dumm, wie Madame glaubt! Ich weiß, was ich weiß! Und ich finde, Madame hat reichlich Geduld, wenn sie erträgt, daß der Herr Marquis, der nicht mal ihr Verwandter ist, ihr Flausen über ihren Fuß vorredet. Warum nicht gleich das Bein? Und alles übrige, wo er einmal im Zuge ist!«

»Unerhört!« rief Madame de Saint-Paul, rot vor Zorn und Scham, »du und deine Frechheit sind es, die ich nicht ertrage! Hinaus, dumme Gans! Auf der Stelle! In die Küche mit dir, da kannst du mit deinesgleichen schwatzen!«

»Madame«, sagte Louison, indem sie ging, aber langsam und mit ebensowenig respektvoll gesenkten Augen, wie es ihr Ton war, »ich bitte Madame um Vergebung, aber meine Eltern waren gute und ehrenwerte Leute, die nicht dem erstbesten, und sei er ein Edelmann, erlaubt hätten, die Stelzen ihrer Tochter mit Worten derart zu begrabschen.«

»Das ist die Höhe!« rief Madame de Saint-Paul, ergriff mit bewundernswerter Behendigkeit den einzigen ihr verbliebenen Pantoffel und warf ihn nach ihrer Zofe, was deren Rückzug etwas beschleunigte – obwohl ich mir sicher bin, daß Louison hinter der eilends geschlossenen Tür stehenblieb und lauschte.

Mich ergötzte die kleine Szene im stillen, rief sie mir doch ins Gedächtnis, wie es zwischen meiner Mutter, der geborenen Caumont, und ihrer Kammerfrau Cathau zuging. Und um mir das Lachen zu verbeißen, das unwillkürlich um meine Mundwinkel zuckte, ging ich den kleinen rotgoldenen Pantoffel aufheben, der vor die von Louison geschlossene Tür gefallen war, und indem ich ihn aufhob, klopfte ich mit dem Zeigefinger wie aus Versehen an die Tür, um der Kleinen zu zeigen, daß ich wußte, wo sich ihr hübsches Ohr befand.

»Hole die Pest dieses Luder! Meiner Treu! Morgen, das steht fest, schicke ich sie zurück in ihr lausiges Dorf!«

»Ah, Madame!« sagte ich ziemlich laut, »ich flehe Euch an, tut es nicht! Louison hat gesprochen, wie sie es versteht, aber ohne List und Tücke! Außerdem liebt sie Euch und pries mir ausgiebig Eure Schönheit, als sie mich zu Euch führte.«

Worauf ich mich ihr unter dem Vorwand, ihr den Pantoffel wiederzugeben, näherte, so daß mein Bart ihren Busen streifte, und leise sagte: »Madame, hütet Euch, sie wegzuschicken. Das Mädchen könnte Monsieur de Saint-Paul meinen Besuch und meine Unterhaltung mit Euch ausplaudern!«

Sei es vor Schreck über meine Worte, sei es, weil die scheinheilige Berührung meines Schnurrbarts sie erregt hatte, jedenfalls schlug Madame de Saint-Paul mit den Wimpern, nickte eifrig und schwieg, ein Schweigen, das mich, weil die Tür Ohren hatte, zu gefährlich dünkte, um es währen zu lassen.

»Madame«, sagte ich, »da Ihr durch meine Schuld ohne Kammerfrau seid, erlaubt, daß ich deren Amt übernehme und Euch beschuhe.«

Worauf sie wiederum zustimmend nickte, zu erregt noch, um sprechen zu können. Und du kannst dir denken, Leser, daß ich, als ich vor ihr niederkniete, mir alle Zeit ließ, die Pantoffeln an ihre Füße zu stecken, die ich streichelte, küßte und innigst knetete unter der Ausrede, sie wärmen zu müssen.

»Jetzt sind sie warm genug«, sagte endlich Madame de Saint-Paul, der es nicht an Witz fehlte. »Marquis, steht auf, setzt Euch hier auf den Schemel und beliebt mir zu erklären, warum Ihr soviel wagt, um zu fliehen?«

»Madame«, sagte ich, »sollen wir tatenlos hinnehmen, daß Monsieur de Saint-Paul uns in seinem Haus gefangenhält, obwohl wir herkamen, um den Herrn Herzog von Guise zu besuchen?«

»Auch ich bin Gefangene!« sagte Madame de Saint-Paul mit Bitterkeit. »Und das seit dem Tag, an dem ich von meinem Vater zur Ehe mit diesem Finsterling gezwungen wurde, ein Tyrannentausch, der Vater gegen den Gatten. Inzwischen ist mein Vater, der mein Unglück anrichtete, gestorben. Ich habe sein beträchtliches Vermögen geerbt, da liegt es, in jener Schatulle«, sagte sie, indem sie mit der Hand auf eine kleine, polierte Truhe mit Silberbeschlag wies. »Aber ich darf nicht einen Sou davon anrühren, nicht einmal für meinen Putz, weil Monsieur de Saint-Paul sich die Verfügung vorbehält. Ich weiß nicht, ob er eifersüchtiger auf mich oder auf dieses Kästchen ist, verbringt er doch, wenn er einmal kommt, mehr Zeit damit, meine Taler zu zählen, als mich zu liebkosen, was übrigens kein großer Verlust ist, denn er macht alles wie ein Bauernrüpel. Vor Widerwillen und Verzweiflung wollte ich schließlich aus diesem Kerker fliehen und benutzte seinen Schlaf, in den er einmal nach übermäßigem Weingenuß gefallen war, tastete ihn ab und stahl ihm den Schlüssel, den er beim Erwachen vergebens suchte, denn ich hatte ihn in das kleine Satinkissen gesteckt, das Ihr auf meiner Liegebank seht. Und kaum war er fort, holte ich den Schlüssel hervor und probierte ihn an der kleinen Tür zur Wendeltreppe: Aber er paßte nicht!«

»Madame«, sagte ich, und mir klopfte das Herz bei dieser Neuigkeit wie toll, »vielleicht paßte er nicht, weil er zu einer anderen Tür paßt, der, die auf die Gasse führt. In dem Fall, Madame«, setzte ich atemlos hinzu, »sind wir vielleicht gerettet, denn ich habe den Etagenschlüssel und Ihr den zum Hinterausgang.«

»Vielleicht seid dann *Ihr* gerettet, Monsieur«, sagte Madame de Saint-Paul frostig, »aber ich wäre doch töricht, wenn ich ohne diese kleine Schatulle fliehen würde, die all mein Vermögen enthält. Und wie soll ich sie mitnehmen ohne meine Kutsche und meine Pferde, die von spanischen Arkebusieren bewacht werden? Wie soll ich ohne starke Eskorte nach Paris kommen? Wie mich gegen die Truppen verteidigen, die Saint-Paul mir fraglos nachhetzen würde?«

Diese verzweifelten Worte lehrten mich, daß es mindestens ungehörig wäre, wenn ich Madame de Saint-Paul jetzt bitten würde, mir den Schlüssel zu geben, um mein Heil allein zu suchen. Und so sah ich sie eine Weile schweigend an.

»Madame«, sagte ich ernst, »Euer Unglück läßt mich nicht kalt. Ich begreife dessen ganzes Ausmaß. Aber, bitte, öffnet die Augen: Die Zeiten sind im Wandel begriffen. Herr von Guise ist mit dem Entschluß nach Reims gekommen, jene Autorität zurückzugewinnen, die Monsieur de Saint-Paul usurpiert hat. Es bahnt sich ein erbitterter Kampf zwischen ihnen an, der für den einen oder den anderen sogar tödlich enden kann. Ich habe genug gesagt, Madame«, setzte ich leise hinzu, »damit Ihr erkennt, auf welcher Seite ich stehe und wozu ich hier bin und daß ich mich aus allen Kräften bemühen und jede Gelegenheit nutzen werde, um diesem Kerker zu entkommen. Und sollte mir das glücken, Madame, das schwöre ich bei meiner Ehre, werde ich keine Ruhe kennen, bis ich auch Eure Flucht zum Guten geführt habe, mag Euer Gemahl tot oder am Leben sein.«

»Ha, Monsieur!« sagte Madame de Saint-Paul, indem sie aufsprang und mit gebreiteten Armen auf mich zutrat, neue Hoffnung, so schien mir, in den blauen Augen. »Ihr sollt den Schlüssel haben. Und ich kann sagen, daß mein Instinkt mich nicht trog, als er mir, und zwar auf der Stelle, eine Freundschaft für Euch einflößte, die, wie ich fühle, nur noch wachsen kann.«

Womit sie mir die Hände drückte und durch diesen Händedruck und den begleitenden Blick sagte, was ihre Worte offenließen. Und wenn der welterfahrene Leser nun meinen sollte, sie habe den Schwur, den ich ihr geleistet und von dem ja ihre Zukunft abhing, hiermit absichtlich beflügeln und in mir ein noch stärkeres Gefühl als Verehrung entfachen wollen, so wäre er entschuldbar. Ich hingegen will nichts von solchen Gedanken wissen. Wenn eine Dame mir andeutet, daß sie mich lieben könnte, erweckt dies in mir eine so köstliche Erregung, daß ich diese lieber, wenigstens für ein paar Tage, in der Schwebe lasse, als sie durch den weisen Skeptizismus im Keim zu ersticken, den man im Umgang mit den Menschen lernt. Das ist nicht willentliche Blindheit, sondern vielmehr der hellsichtige Schutz meiner Empfindungen. Denn mir scheint, daß man durch Vertrauen mehr Glück als durch Mißtrauen gewinnt. Zumindest habe ich dann das wunderbare Moment eines Liebesversprechens ausgekostet. Und erweisen sich der süße Blick der Schönen und ihre liebkosenden Hände später als Lug und Trug, kann ich ihr den Glauben und die Liebe immer noch entziehen.

DRITTES KAPITEL

Wer weiß, wie man auf die Idee kommt, daß ein Schurke ein besonders vorsichtiger Mensch sein muß. Fest steht vielmehr, daß es ziemlich unvorsichtige Schurken gibt, ja geradezu töricht unvorsichtige, aus übermäßiger Selbstgewißheit nämlich. Und ebendies war Saint-Pauls Achillesferse, wie es sich übrigens im weiteren Verlauf in unglaublichen Unverfrorenheiten zeigen sollte, die er sich gegen den Herzog von Guise herausnahm.

Hätte ich in seiner Haut gesteckt, wäre ich über das Verschwinden des Schlüssels, der die Tür zur Gasse öffnete, in größte Unruhe geraten, und selbst wenn ich einen zweiten dazu besessen hätte, was vermutlich der Fall war, hätte ich das Schloß doch umgehend auswechseln lassen. Er aber tat nichts dergleichen, sondern verließ sich darauf, daß die Etagentüren abgeschlossen waren. Allerdings mußte ihm eine Flucht von Madame de Saint-Paul aus den ehelichen Klauen ebenso unvorstellbar wie ihr selbst erscheinen, ohne Kutsche, ohne Kutscher, ohne Pferde, ohne Eskorte, vor allem aber ohne jede Aussicht, die Tore der Stadt zu passieren.

Als der Schlüssel, den Madame de Saint-Paul mir gegeben hatte, sich in meiner bebenden Hand drehte und geräuschlos das Schloß des Hinterausgangs öffnete, als ich die Klinke niederdrückte und der Flügel zur Gasse hin aufschwang, zog ich ihn rasch wieder heran, ohne auch nur einen Fuß hinauszusetzen, schloß wieder zu und lehnte die Stirn an die Tür, wie von Sinnen vor Freude. Denn dies, Leser, hieß ja nicht nur Freiheit für mich und meine fünf Gefährten, sondern auch, daß wir die heißersehnte Freiheit auf die eleganteste und für Saint-Paul rätselhafteste Weise erreichen konnten, weil er niemals erfahren würde, wie uns die Flucht gelang. Und nun, Leser, überspringe in Gedanken die paar Stunden, die uns von der Dämmerung und der von mir bestimmten Stunde trennten, um unserer Falle zu entrinnen, und du siehst mich tun, was du selbst tun würdest, sobald du mit deinen Gefährten, den Hut tief in die Stirn gedrückt, die Nase im Mantel vergraben, auf der Wendeltreppe wärst: Du würdest wie ich die Tür von Madame de Saint-Paul doppelt abschließen, eine Etage höher steigen, unsere Tür abschließen und den Schlüssel im Schloß stecken lassen, dann mit dem anderen Schlüssel die Tür zur Gasse öffnen und auch diese Tür wieder doppelt verschließen; all das mit wild klopfendem Herzen und unendlichem Jubel im Bauch bei der Vorstellung, wie Saint-Paul staunen wird, wenn er am nächsten Tag feststellen muß, daß die Vögel ausgeflogen sind, obwohl der Käfig genauso verschlossen ist wie vorher, obwohl jegliches Entkommen doch vollkommen unmöglich war, sowohl über die verrammelte Wendeltreppe wie durch die Fenster, die auf den von Spaniern bewachten Hof gingen, und erst recht über die Ehrentreppe, wo die Wachen so zahlreich waren wie die Stufen selbst.

Mein Vater, der sich auf dem Gebiet wahrlich auskannte, pflegte zu sagen, das Wichtigste, was ein Kriegsmann brauche, sei Scharfsinn, sodann Tapferkeit, sodann Glück. Worauf er hinzusetzte, wer die beiden ersten Tugenden besitze, dem werde das dritte oft obendrein beschert. Ich kann dieses Wort weder bestreiten noch bestätigen, denn im Gegensatz zum Baron von Mespech habe ich nur an einer Schlacht teilgenommen – einer schrecklichen allerdings – nämlich der von Ivry –, und das nicht als Anführer, sondern als Soldat. Indessen kann ich feststellen, daß mir bei meinen Missionen, sofern ich gut nachdachte, der Zufall immer wieder zu Hilfe kam, und in Reims ganz besonders. Denn es liegt ja wohl auf der Hand, daß unsere Situation in einer von Ligisten und Spaniern verseuchten Stadt weiterhin äußerst prekär war. Auch wenn es uns geglückt war, aus unserem goldenen Kerker auszubrechen, waren wir der Schweinerei doch keineswegs entronnen, wie es mir Pissebœuf auf okzitanisch zum einen Ohr flüsterte und Quéribus zum anderen auf französisch, als wir in einem dunklen Kutschentor innehielten zur Beratung.

»So, seid Ihr nun zufrieden?« flüsterte sehr grantig mein schöner Höfling. »Draußen sind wir! Aber wohin jetzt?«

»Das versteht sich von selbst«, sagte ich, »zum Haus des Herzogs von Guise.«

»Und wo liegt besagtes Haus?«

»Nach Louisons Auskunft bei der Kathedrale.«

»Das ist sehr genau!« höhnte Quéribus, »wie beim jüdischen Schneider die Elle.«

»Mit Verlaub, Moussu«, sagte Pissebœuf, »sollten wir nicht besser zu dem Stadttor gehen, durch das wir hereinkamen? Wir könnten uns mit Leutnant Rousselet bereden, der uns führen könnte, wohin wir wollen.«

»Der doch übrigens versprochen hatte«, sagte ich, »Guise unsere Ankunft zu melden, aber anscheinend hat er's nicht getan. Vielleicht konnte er nicht. Vielleicht ist er selbst eingesperrt worden. Ich meine, wir bleiben dem Tor besser fern, versuchen vielmehr, die Kathedrale zu finden, stellen uns dort unters Portal und warten, bis ein Diener oder Lakai in den Guise-Farben auftaucht, der uns das Haus seines Herrn ganz von selbst zeigen wird: Entweder es kommt einer heraus oder geht hinein.«

»Das läßt sich hören!« sagte Pissebœuf.

»Bei meinem Gewissen, diese Aufregungen bringen mich um!« zeterte Quéribus, unmutiger und unwirscher denn je; für die glanzlosen Wagnisse geheimer Missionen war er, wie gesagt, nicht der Mann. Und ehrlich gestanden, so gern ich ihn auch hatte, machte sein unbeherrschtes Betragen es mir in diesen Minuten sehr schwer, und schmerzlich vermißte ich meinen Miroul, der in allen Widrigkeiten kühlen Kopf behielt und immer einen Ausweg wußte.

»Und wen«, maulte Quéribus weiter, »sollen wir, ohne uns zu verraten, nun fragen, wie man zur Kathedrale kommt?«

»Mich natürlich, Herr Marquis«, sagte Pissebœuf. »Vertraut meiner Spürnase: Als ehemaliger Kirchendiener wittere ich Kirchen auf drei Meilen Entfernung.«

Der großmäulige Gascogner brauchte nicht lange zu wittern, die Kathedrale lag quasi vor unserer Nase, wie wir erkannten, als wir um eine Ecke bogen, denn das Haus Saint-Pauls grenzte unmittelbar an deren Kloster. Es waren also nur ein paar Schritte bis zum Domportal, wo aber bei unserem plötzlichen Auftauchen ein Halbdutzend schäbige und blutrünstig aussehende Kerle knurrten wie angekettete Doggen.

»Kameraden, was soll das?« sagte ich. »Gehört euch das Portal allein? Habt Ihr den Schutz der Engel und Heiligen gepachtet? Lächelt der Engel Gabriel nur für euch? Beim Ochsenhorn, muß man sich mit euch schlagen, um eine Viertelstunde Obdach zu finden? In dem Fall gnade euch Gott!« setzte ich hinzu, indem ich unversehens nach meinen italienischen Dolchen griff, »wir stechen zu, wenn man uns ärgert.«

Sogleich schälte sich der pfiffige Pissebœuf aus seinem Mantel und zeigte, indem er die Hände in die Hüften stemmte, die zwei Pistolen in seinem Gurt. Etwas langsamer tat Poussevent es ihm nach. Während Quéribus und seine Herren die Degen zogen, ein Zeichen, daß sie keinerlei Erfahrung im Handgemenge mit Banditen hatten, die nichts wie Tücken, Schliche und Konterfinten kennen. Ha! dachte ich, wäre mein Miroul doch hier mit seinen fabelhaften Messerkünsten!

Als die Taugenichtse uns so unnachgiebig mit geschwollenem Kamm sahen, knurrten sie, in puncto Ehre und Männlichkeit genauso kitzlig wie unsere Edelherren, nur noch lauter, und ich glaubte schon, jetzt ginge es los auf Hauen und Stechen, und man werde vielleicht Federn lassen. Aber nachdem beide Seiten eine Zeitlang gegeneinander die Zähne gefletscht hatten, beschwichtigte der Anführer, eine Art langes, rothaariges Skelett, seine Meute mit beiden Händen.

»Beim heiligen Rémi, Ihr Herren«, sagte er mit schleppender Stimme, »man sieht, Ihr seid nicht von hier, sonst würdet Ihr uns dieses Portal nicht streitig machen, das uns gehört, uns allein, jedesmal nach der Vesper. Aber heute abend haben wir Besseres vor, als über Euch herzufallen, und erweisen Euch die Huld, unser kleines Scharmützel auf später zu verschieben.«

Hiermit lüftete er spöttisch den löcherigen Hut und verzog sich samt seinen fünf Spießgesellen, deren keiner den Strick zum Hängen wert schien, rückwärts gehend und auf Katzensohlen.

»Meine Herren«, fügte er zum Schluß hinzu, »ich wünsch Euch schön heiße Kaldaunen, solang Ihr sie noch im Wanste habt.«

»Und dir«, rief Pissebœuf, »zwei Kugeln in deine mageren Arschbacken, solang wir dich nicht umgelegt haben.«

Nach so liebreichem Wortwechsel – aber drückten sich die Helden der *Ilias*, große Fürsten immerhin, soviel besser aus? –, nach diesem Wortwechsel, sage ich, verschwanden der Rotschopf und seine Männer im Seitenportal rechts von uns und überließen uns den Platz. Ich hieß meinen Pissebœuf, am Außenrand nächst ihnen mit gezogenen und entsicherten Pistolen zu wachen, um einem Überraschungsangriff ihrerseits vorzubeugen, und machte mich auf eine lange und unruhige Wartezeit gefaßt, denn es wurde dunkler und die Passanten seltener, so daß ich mir sagte, wenn es völlig finster würde, könnte ich eine Guise-Livree nicht einmal mehr erkennen, falls überhaupt eine kam.

Indessen verharrten die Banditen, von denen wir nur durch den rechten Mauerbogen unseres Portals getrennt waren, so vollkommen still in ihrem Winkel, daß mir der Gedanke kam, auch sie seien auf der Lauer, doch auf wen oder was, wer weiß? Wenn ich mich freilich ihrer Mienen entsann, schienen sie auf irgendeinen reichen Kaufmann zu warten, um ihn auszurauben. Worin ich irrte.

Unser Warten dauerte eine reichliche Stunde, und weil es dunkler und dunkler wurde, begannen wir einzudösen, als auf dem Platz rechter Hand von uns der schwankende Schein einer Fackel auftauchte, dann die Fackel selbst, am Arm eines Lakaien in den Guise-Farben, welcher einem Edelmann voranleuchtete, der hinter ihm in raschem Schritt und mit gezogenem Degen gegangen kam, gefolgt von zwei Soldaten, die ebenfalls blankgezogen hatten. Was mich belehrte, daß die Reimser Gassen nach Sonnenuntergang auch nicht sicherer waren als die in Paris. Das Gesicht des Edelmannes blieb mir zuerst durch den weißlichen Dunst verhüllt, der über dem Platz lagerte, doch als dieser in seinem eiligen Gang immer näher kam, sah ich es deutlicher und erkannte zu meiner Verwunderung Péricard. Nicht, daß es so verwunderlich war, ihn hier zu erblicken, denn nachdem er Heinrich von Guise treu gedient hatte, war es keine Überraschung, daß er nun dessen Sohn als Sekretär diente, aber ich hatte ihn das letztemal in Blois gesehen, und zwar in jener Morgenfrühe vor der Ermordung seines Herrn.

Im selben Augenblick, da ich ihn erkannte und sehr froh war bei der Idee, daß keiner uns besser zum Prinzen von Joinville führen konnte, tippte Quéribus mich an.

»Ja, das ist doch Péricard!« raunte er, auch ganz erstaunt.

Mehr konnte er nicht sagen, denn aus dem Seitenportal zu unserer Rechten stürzten die erwähnten Strolche, um über besagten Péricard herzufallen, voran der rothaarige Anführer.

»Tod, Tod!« schrie er, ein Messer schwingend, aus voller Kehle.

Bei diesem Schrei warf der Lakai die Fackel hin und nahm die Beine in die Hand: woran er übel tat, denn einer der Mordbuben setzte nach und schnitt ihm die Kehle durch, während Péricard und die beiden Soldaten zur nächsten Mauer eilten, um mit gedecktem Rücken wacker standzuhalten.

»Verdammt! Wollen wir da zusehen?« rief Quéribus, einmal schneller als ich, zog blank und sprang die Mörder von hinten an, sogleich gefolgt von den beiden Edelherren, mir, Pissebœuf und Poussevent.

»Pissebœuf, die Fackel!« schrie ich.

Er verstand sofort, erledigte den, der den Lakaien abgemurkst hatte, schnappte die Fackel und leuchtete uns mit einer Hand, während er mit der anderen jeden niedermachte, der ihm in die Quere kam.

Die Banditen waren so hitzig am Werk, daß sie von den Angegriffenen erst abließen, als wir hinzukamen. Und nun folgte ein heimtückisches Scharmützel mit Degen, Dolchen, Messern wohl über fünf Minuten lang, dann waren sie bezwungen, der lange Rote mit klaffender Wunde im rechten Arm, entwaffnet und gelähmt, indem sich der dicke Poussevent auf seinen Bauch setzte, die anderen tot oder verröchelnd, und bei den Unseren drei verwundet: ein Edelmann von Quéribus und die zwei Begleiter Péricards, welchselbiger uns in die Arme schloß, sowie er uns erkannte, und immer aufs neue Dankbarkeit schwor.

Ich unterbrach ihn, indem ich leise bat, uns auf verborgenem Weg zum Herzog von Guise zu führen, da ich Grund hätte, mich sogar im Hôtel Guise verstecken zu müssen, könnten sich doch leicht Spione dort eingeschlichen haben. Er versprach es, und weil der Rothaarige mir als der noch lebendigste der Bande erschien, hieß ich Poussevent und Pissebœuf ihn mitnehmen, um ihn zu verbinden.

»Cap de Diou!« sagte Pissebœuf, »den verbinden! Moussu, vergeßt Ihr, was er uns gewünscht hat? Mordiou! Ich hätte eher Lust, dem seine Kaldaunen zu lüften, als ihn zu verbinden!«

»Still, Pissebœuf!« sagte ich. »Er wird verbunden, und zwar schnell. Sein Leben, mußt du wissen, ist ab jetzt so kostbar wie deines.«

Der Rote, der, wie ich als erstes erfuhr, Malevault hieß, hörte diesen Dialog ohne ein Wimpernzucken, wahrscheinlich war es ihm Ehrensache, kühl bis ins Grab zu bleiben.

Doch als ich, nur mit ihm und Pissebœuf allein in einem kleinen Raum, seine Wunden mit Weingeist säuberte und verband, wie es sich gehörte, räusperte er sich.

»Monsieur«, sagte er mit rauher Stimme, »wieso versorgt Ihr mich so gut? Ihr schickt mich doch sowieso an den Galgen?«

»Unsinn!« sagte ich. »Wer redet von Galgen? Wenn ich nach einem Kampf ein Schwert am Boden finde, zerbreche ich es dann zur Strafe, daß es meinem Feind gedient hat, oder benutze ich es, wenn es sich meiner Hand fügt?«

»Verstehe ich recht«, sagte Malevault mit einem Blinken in den grünen Augen, »daß Ihr mich zu verwenden gedenkt?«

»Allerdings.«

»Und wie?«

»Indem ich dir Fragen stelle.«

»Also doch!« sagte Malevault mit bitterem Maul, »und meine Antworten schicken mich an den Galgen.«

»Nein. Sie retten dir das Leben. Ich schwöre es bei meiner Ehre. Pissebœuf hier ist mein Zeuge.«

»Der«, sagte Malevault mit schlauem Lächeln, »wie der redet, könnte er einer von uns sein.«

»Wir haben alle unsere Jugendsünden auf dem Kerbholz!« sagte Pissebœuf seufzend mit gespielter Reue. »Aber du kannst dem Edelmann vertrauen, Kamerad. Ein Schwur von ihm ist seine hundert Ecus wert.«

»Um Ecus kann es auch gehen«, sagte ich.

»Gut, also die Fragen«, sagte Malevault, die Augen halb gesenkt.

»Wußtest du, wer der Mann ist, den du ermorden solltest?«

»Nein«, sagte Malevault, »man hat ihn mir gestern morgen in der Frühmesse gezeigt und gesagt, wo ich ihn heute abend finde.«

»Wer ist ›man‹?«

»Weiß ich nicht«, sagte Malevault.

»Ich glaube«, sagte ich mit einverständigem Blick zu Pissebœuf, »das Schwert fügt sich doch nicht meiner Hand.«

»Ich kann Euch den Mann beschreiben«, sagte Malevault.

»Schon besser. Ich höre.«

»Er ist mittelgroß, aber sehr breit in den Schultern, hat eine stumpfe Nase, dünne Lippen wie ich und einen dicken schwarzen Schnauzbart.«

»Cap de Diou!« rief Pissebœuf, doch ich machte ihm schnell ein Zeichen, sich auf die Zunge zu beißen, denn wie er hatte ich nach der Beschreibung den »Sechzehner« Bahuet erkannt, der mein Haus in Paris rechtswidrig besetzt hatte und es nach dem Einzug des Königs in seine Hauptstadt verlassen mußte.

»Malevault«, fuhr ich fort, »weißt du, wann dieser Mann nach Reims kam?«

»Ende März, aus Paris, danach ist auch sein Akzent. Und mit einer Bande, die wir ausschalten mußten.«

»Warum?«

»Wir haben nicht dieselben Schutzpatrone«, sagte Malevault mit frommer Miene. »Die Pariser haben die heilige Genoveva, wir Reimser den heiligen Rémi. Außerdem geht das Geschäft schlecht, und wir wollen keine fremden Köter an unserem Freßnapf.«

»Und wie nahm das der Besagte auf?«

»Nicht krumm, er schwimmt in neuem Wasser.«

»Was meinst du damit?«

»Ich sah ihn im Gefolge des Barons de La Tour.«

»Cap de Diou!« rief Pissebœuf, dem ich wiederum das Zeichen machte zu schweigen, während ich laut zu ihm sagte, er solle Péricard holen gehen. Und als dieser kam, mahnte ich ihn auf lateinisch, er möge sich nichts anmerken lassen bei dem, was Malevault ihm auf mein Geheiß wiederholen werde. Doch blaß zu werden, konnte der arme Péricard sich nicht hindern, als der Name La Tour fiel, und ich sage gleich, warum.

Dieser Péricard, der dem Vater treu gedient hatte und jetzt dem Sohn diente, war ein wohlgestalter Mann, groß, mit schönem Gesicht, wenngleich schon ergraut, mit höflichen Manieren, und auch ein Mann von Geist, Geschick und Gewandtheit, der Liga wenig zugetan, aber sehr ergeben dem Haus Guise, das er, ebenso wie Frau von Guise, gerne mit dem König ausgesöhnt hätte, um es vor dem Untergang zu retten. Und ebendas war der Grund, denke ich, weshalb Saint-Paul versucht hatte, ihn mittels einer verbrecherischen Kette von La Tour über Bahuet bis Malevault heute ermorden zu lassen.

Als Péricard ging, um Prinz von Joinville über das Was und Wie der Geschichte zu unterrichten und um ein vertrauliches Gespräch für mich zu ersuchen, lächelte besagter Malevault mit halbem Mund.

»Anscheinend«, sagte er mit seiner schleppenden, heiseren Stimme, »habe ich den Fuß in ein Hornissennest gesetzt. Aber was bin ich, gnädiger Herr? Ein Schwert. Das sein Bestes tut, sich Eurer Hand zu fügen. Bin ich jetzt frei?«

»Gemach. Hat der Mann, der dir befahl, den Edelmann zu ermorden, gleich bezahlt?«

»Nein. Erste Hälfte bei Bestellung, die zweite hinterher.«

»Also verlierst du eine Hälfte.«

»Sieht so aus. Fünfzig Ecus.«

»Ein großer Verlust.«

»Ohne die Wunde im rechten Arm zu rechnen«, sagte Malevault mit dünnem Lächeln, »zum Glück bin ich Linkshänder.«

»Wann siehst du den Mann?«

»Morgen früh um sechs, in der Kirche von Saint-Rémi.«

»Kann sein«, sagte ich, »er kommt nicht allein.«

»Kann sein, ich auch nicht«, sagte Maulevault, die Augen unter schweren Lidern verborgen.

»Vielleicht ist seine Pistole schneller als dein Messer.«

»Vielleicht«, sagte Malevault ohne Wimpernzucken.

»Das gefiele mir nicht«, sagte ich. »Ich will nicht, daß Baron de La Tour soviel Geld an Männer seines Gefolges zahlen muß. Besagter Mann kommt ihn teuer zu stehen.«

»Er kann ihn billiger kommen, wenn Ihr wollt«, sagte Malevault, ein Blitzen in den Augen.

»Wieviel?«

»Fünfzig Ecus.«

»Fünfundzwanzig. Wenn dein Messer vor seiner Kugel durch die Luft pfeift, machst du an seinen Waffen gute Beute.«

»Na, topp!«

Sogleich warf ich Pissebœuf meinen Beutel zu, der Malevault fünfundzwanzig Ecus aufzählte. Worauf ich diesem eigenhändig die geheime Tür öffnete und ihn hinausließ.

»Was meinst du?« sagte ich zu Pissebœuf, als ich wiederkam, »wird er's tun?«

»Wird er. Schwere Jungs haben auch ihre Ehre. Aber, Moussu, ist es nicht böser Zufall, daß wir hier wieder auf diesen Bahuet treffen?«

»Tja, wohin hätte er von Paris sonst gehen sollen? Zu Mayenne? Mayenne verabscheute die ›Sechzehn‹, er hat mehrere gehängt, nachdem sie Gerichtspräsident Brisson hingerichtet hatten. Nein, nein! Bahuet konnte nur zu dem spanischfreundlichsten Erzligisten fliehen. Gleich und gleich gesellt sich gern.«

»Friede seiner Seele«, sagte Pissebœuf, »denn sie wird seinen Körper in Kürze verlassen. Trotzdem, Moussu, ich staune, daß Ihr, Marquis de Siorac, sonst so menschlich, gütig und christlich wie keiner anderen Mutter Sohn in Frankreich, seine Ermordung angestiftet habt!«

»Tut mir leid, Pissebœuf«, sagte ich, »auch wenn es mir sehr auf dem Gewissen liegt – ich denke, da müssen wir durch.«

Und nun will ich Ihnen, schöne Leserin, die Sie die vorliegenden Memoiren lesen, sagen, warum ich so entschieden habe, damit Sie die gute Meinung nicht verlieren, die Sie hoffentlich von mir haben. Wie Sie wissen, bin ich nicht blutdürstig, und obwohl dieser Bahuet ein unleugbarer Halunke war, hätte ich nicht den kleinen Finger gerührt, ihn in den Tod zu schicken, gäbe es nicht das Staatsinteresse. Bitte, entschuldigen Sie, schöne Leserin, wenn ich mich wiederhole, aber wenn Paris auch genommen war, ergab sich das Reich Heinrich IV. doch nicht von allein! Noch fehlten Hauptstücke: die nördlichen und östlichen Provinzen, welche die sogenannte Heilige Liga besetzt hielt und über welche sie die Spanier aus Flandern leicht nach Frankreich holen konnte. Laon und Reims waren also bestgeeignete Einfallsstraßen, um die Fremden aufs neue bis vor Paris zu führen. Deshalb belagerte der König Laon, und deshalb wollte er die Einigung mit dem Herzog von Guise in Reims, ein großer Bissen, in dem ein harter Knochen steckte: Saint-Paul, der uns, Quéribus und mich, glatt umgebracht hätte, hätte er sicher gewußt, daß wir um dieser Einigung willen vom König gesandt worden waren. Weil er aber hierüber noch Zweifel hegte und sich trotz aller Anmaßung doch scheute, einen Cousin des Herzogs von Guise zu töten, war er darauf verfallen, Péricard umzubringen, der von allen Dienern des Prinzen von Joinville am besten begabt war, eine günstige Einigung zwischen Heinrich IV. und dem Haus Guise zuwege zu bringen. Konnte er nicht stromab schlagen, schlug er eben stromauf in der Hoffnung, den Herzog einzuschüchtern. Es war also strikt notwendig, nunmehr ihn einzuschüchtern durch Bahuets Tod und mit demselben Eisen, das er engagiert hatte, das vorletzte Glied seiner mörderischen Kette durch das letzte auszulöschen.

Ich hatte zu Péricard gesagt, ich wolle den Herzog unter vier Augen sprechen; deshalb schien er sehr verwundert, daß ich Pisseboeuf mitnahm, als er mich zu dieser Audienz abholte, ohne doch die mindeste Verstimmung zu zeigen oder Fragen zu stellen. Er führte mich in die erste Etage des Hauses, in ein reichverziertes Gemach, dort fand ich den jungen Fürsten in Hemd und Hosen, wie er mit wütender Miene und dem Degen in der Hand Anstalt machte, eine Art Puppe mit Stichen zu durchbohren, die mit den Füßen am Boden und mit dem Hals durch ein Seil an der Decke befestigt war. Diese Übung mutete mich seltsam an und der Fechtkunst wenig zuträglich, weil die Puppe, aus deren Wunden Roßhaar austrat, sich weder regen noch gar parieren konnte, darum hielt ich auf der Schwelle verblüfft inne und schaute dem Herzog lange zu, ohne daß er in seinem närrischen Tun es merkte.

Großartige Figur machte er, ehrlich gestanden, nicht, denn er hatte von seinem Vater weder den hohen Wuchs geerbt noch die Schönheit, noch die katzenhafte Anmut, er war klein, schmächtig und linkisch, das Gesicht nicht häßlich, nicht schön, und wenn seine Großmutter Nemours auch heftig übertrieben hatte, als sie ihn einen »Rotzbengel ohne Nase« nannte, mußte man doch zugeben, daß seine Nase ein wenig stumpf war und seiner Physiognomie etwas Kindliches gab, das durch die lavendelblauen Augen und eine gewisse Naivität im Ausdruck noch verstärkt wurde, die er von seiner Mutter hatte.

»Was soll das mit der Puppe?« fragte ich leise Péricard, der neben mir verharrte und seinen Herrn in seiner Rage nicht zu stören wagte.

»Ich weiß nicht, aber ich wette, daß sie für ihn Saint-Paul darstellt«, sagte Péricard leise, doch so leise er auch sprach, mußte der Name Saint-Paul das Ohr des Prinzen erreicht haben, denn er wandte sich um, und da er uns erblickte, warf er den Degen auf sein Bett, kam mit ausgestreckten Händen auf mich zu und sprach mir mit rührender und schlichter Liebenswürdigkeit, die mich an seine Mutter erinnerte, seinen Dank dafür aus, daß ich seinem Sekretär mit den Meinen zu Hilfe geeilt war. Quéribus, setzte er hinzu, mache Toilette und werde erst zum Souper wieder erscheinen, so daß er mir jetzt sein Ohr leihen könne, wisse er doch von seinem Cousin bereits, daß ich von seiner Mutter einen Brief und eine mündliche Botschaft für ihn hätte.

»Was den Brief angeht, Monseigneur«, sagte ich, »beliebt Euch ein wenig zu gedulden, weil mein Arkebusier Pissebœuf ihn wegen der Leibesvisitation gut versteckt hat und nun erst hervorholen muß.«

Worauf mein Pissebœuf, nachdem er den Prinzen bodentief gegrüßt hatte, sich ohne weiteres auf einen Schemel setzte, seinen rechten Stiefel auszog und mit der Hand tief hineintauchte, als erstes eine Korksohle hervorzog, dann eine Filzsohle und zuletzt das Sendschreiben. Das übergab er mir, ich übergab es Péricard, Péricard übergab es kniefällig dem Prinzen – und der Prinz gab es umgehend zurück.

»Sapperlot! Wie das stinkt! Lest Ihr, Péricard!«

Sosehr Péricard auch die Damen liebte, hatte er doch ein derart duftendes Billett noch nie erhalten. Er entfaltete es mit spitzen Fingern, hielt es so weit wie möglich von seiner Nase weg und las:

Mein Herr Sohn,
der Überbringer dieses Briefes ist ein Edelmann, welcher mich während der Belagerung von Paris verproviantiert hat und ohne den ich sicherlich verhungert wäre. Er wird Euch berichten, in welchen Widrigkeiten und Verlegenheiten ich mich hinsichtlich unseres Hauses befinde und daß ich mir vor Sorgen die Nägel kaue. Habt die Güte, ihm gut zuzuhören. Er hat mein volles Vertrauen und wird Euch alles sagen, was ich selbst Euch sagen würde, wäre eine Reise nach Reims nicht zu strapaziös für meine kleine Person. Charles, liebt mich, wie ich Euch liebe, und bedenkt, noch ist es Zeit, unserem Hause aufzuhelfen. Möge der Himmel Euch schützen!

Catherine, Herzogin von Guise.

Dem Prinzen traten Tränen in die Augen, als er diese Worte hörte, und mit einem Ungestüm und einer Herablassung, die mir schmeichelten, kam er und umarmte mich.

»Ha, Siorac!« sagte er, »nie werde ich Euch vergessen, welche Mühen und Gefahren Ihr auf Euch nahmt, um meiner Mutter und meinem Hause zu dienen, obwohl Ihr, wie ich ja weiß, dem König treu seid.«

»Aber dies, Monseigneur«, erwiderte ich und steuerte sogleich aufs Ziel zu, »ist durchaus kein Widerspruch, und genauso begreift es Eure Frau Mutter, wenn sie wünscht, daß Ihr mit Seiner Majestät unverzüglich Euren Frieden macht. Denn das ist das Alpha und Omega ihrer Botschaft, die ich Euch zu übermitteln habe.«

»Auch ich wünsche nichts so sehr!« rief der Herzog, indem er hin und her durchs Gemach trippelte, plötzlich stehenblieb, mir zugewandt die Rechte hob und mit starker Stimme ausrief: »Dennoch gibt es Bedingungen!«

»Monseigneur«, sagte ich mit einer Verneigung, »so wahr ich mit Zustimmung meines Herrn hier bin, habe ich doch keine Befugnis, die Bedingungen einer Einigung zwischen Seiner Majestät und Euch zu erörtern.«

»Nennt sie ihm trotzdem, Péricard!« sagte der Herzog mit kindischem Eigensinn.

Péricard, der die Grenzen meines Auftrags besser begriff als sein Herr, zeigte mir durch ein kurzes Aufblicken, wie unsinnig er die Debatte fand, worauf er sich mit undurchdringlichem Gesicht vor dem Herzog verneigte.

»Monseigneur, der Herzog von Guise«, sagte er mit neutraler Stimme, »will, wie sein Vater, Gouverneur der Champagne sein. Er wünscht, wie sein Vater vor ihm, Großmeister des Königlichen Hauses zu sein. Er verlangt die Benefizien seines Onkels, des seligen Kardinals von Guise, insbesondere jene, die das Erzbistum Reims betreffen. Und endlich möchte er, daß der König seine Schulden bezahlt, welche sich auf vierhunderttausend Ecus belaufen.«

Von der letzten Forderung einmal abgesehen, erschien mir das alles so maßlos und, genauer gesagt, so über jede Vernunft und allen gesunden Menschenverstand, daß ich beschloß, gar nicht darauf einzugehen.

»Monseigneur«, sagte ich, mich verneigend, »ich werde dem König diese Bedingungen übermitteln, und ich zweifle nicht, daß Eure Gesandten zu gegebener Zeit mit seinen Gesandten darüber verhandeln werden. Im Moment jedoch solltet Ihr, ohne Zeit zu verlieren, energisch wieder Euer Reimser Gouvernement in Besitz nehmen, das Monsieur de Saint-Paul Euch vor der Nase wegschnappt.«

Es war ein Fehler von mir, von Nase zu sprechen, denn der Herzog fuhr sich sogleich mit beschämter Geste an die seine, die, genaugenommen, eher eine Ellipse von Nase war, worunter er sehr zu leiden schien, zuviel hatte man ihn schon deswegen gehänselt, sogar in der eigenen Familie.

»Und meines Erachtens, Monseigneur«, fuhr ich eiligst fort, »bedarf es Euererseits unverzüglicher Entschlüsse, noch heute nacht: Macht Euch zum Herrn des Westtores, das von der Bürgermiliz bewacht wird, und laßt unsere Eskorte in die Mauern ein, sie ist vierzig Mann stark und kann Euer Gefolge verstärken. Sodann muß nach Leutnant Rousselet gesucht werden, den Monsieur de Saint-Paul irgendwo eingekerkert hat, damit er Euch unsere Ankunft nicht melden könne. Schließlich gilt es, Monsieur de Saint-Paul aufzufordern, daß er die spanische Garnison aus dem Turm am Marstor abzieht, denn solange sie da ist, werdet Ihr der Stadt und Saint-Pauls niemals Herr werden.«

»Das habe ich doch getan!« rief der Herzog von Guise mit erneuter Rage. »Heute morgen! Im Ballspielhaus! Als ich mit ihm Paume spielte! Er war gerade gut gelaunt, weil er mir zehn Ecus abgewonnen hatte, und so sagte ich: ›Mein Großer‹ – ich nenne ihn immer ›mein Großer‹, weil er genauso groß ist wie ich –, ›mach mir und dem Volk die Freude‹, sagte ich, ›und laß die spanische Garnison abziehen aus Reims.‹ – ›Mein gnädiger Herr‹, gibt er mir, schon wieder mit unsäglichem Hochmut, zur Antwort, ›redet mir nicht davon! Das kommt gar nicht in Frage!‹

Kurzum, Siorac«, fuhr der Herzog flammenden Auges fort, »er wagt es, mir zu trotzen, mir, dem Herzog von Guise! Er, der Sohn eines Lakaien, der wer weiß welchen Niederungen entsprossen ist! Und noch am selben Tag, es ist unfaßlich, versucht er, meinen Verwandten gefangenzusetzen und meinen Sekretär zu ermorden.«

Und außer sich vor Zorn, griff der Herzog mit frappierender Behendigkeit nach dem Degen, welchen er zuvor auf sein Lager geworfen, und versetzte der Puppe einen so heftigen Stich, daß er sie durchbohrte.

»Siehst du, Péricard«, sagte der Prinz, indem er seine Klinge herauszog, »siehst du, welche Fortschritte ich gemacht habe? Jetzt treffe ich ihn jedesmal ins Herz.«

Der Prinz von Joinville stellte es Péricard und mir anheim, unsere nächtliche Expedition zu planen, und wir beschlossen als erstes, von den sechzig Mann des herzoglichen Gefolges nur die

Hälfte mitzunehmen, die übrigen würden im Haus bleiben mit dem Auftrag, sich zu wappnen und sofort jeglichen festzusetzen – gleichviel, ob Soldat, Lakai oder Kammerjungfer –, der versuchen sollte, sich davonzustehlen, könnten es doch Spione sein, die Saint-Paul über unsere Bewegungen informieren wollten. Zweitens sollten die beiden leichtverwundeten Edelherren von Quéribus die geheimen Räume nicht verlassen, zu denen nur der behandelnde Wundarzt Zutritt hätte. Drittens würden Quéribus und ich (sehr zu Quéribus' Leidwesen) Wämser aus Büffelleder anlegen und Helme aufsetzen, um als einfache herzogliche Offiziere durchzugehen. Viertens würden, zum selben Zweck, Pissebœuf und Poussevent (zu ihrer unsäglichen Entrüstung) in die Guise-Farben gekleidet und der Garde eingegliedert.

Der Mond stand voll und hoch und erhellte eine kalte Nacht, die nichts von Frühling ahnen ließ, und so zogen wir ohne Fackeln zum Westtor, wo die wackeren Bürgermilizen dösten, ohne daß auch nur ein Mann auf den Wällen Wache hielt.

»Wahrlich!« sagte der Herzog, als er in die Wachstube trat, »hätte der König heute nacht das Westtor angegriffen, er hätte die Stadt genommen! Sergeant«, fuhr er fort, indem er diesem seinen Dolch auf die Brust setzte, »sag bei deinem Leben, wo sich Leutnant Rousselet befindet.«

»Hier, Monseigneur«, sagte der Sergeant mit bebenden Lippen. »Monsieur de Saint-Paul hat ihn heute früh hier in einer Zelle gefangengesetzt, den Schlüssel zum Vorhängeschloß hat er mitgenommen.«

»Und wer, zum Teufel, hinderte euch«, schrie der Herzog, »das elende Vorhängeschloß mit einem Hammerschlag zu sprengen und euren Leutnant zu befreien?«

»Monseigneur«, sagte der Sergeant, »dem Menschen ist nur ein Hals gegeben für Luft und Odem, Essen und Trinken.«

»Welchselbiger Hals«, sagte Péricard, »dir gleich abhanden kommen wird, wenn du die Zellentür nicht öffnest.«

»Monseigneur«, fragte der Sergeant den Herzog von Guise, »gebt Ihr mir den Befehl?«

»Und ob!«

»Bei meinem Leben?«

»Soll ich dir's nehmen, damit du überzeugt bist?«

»Kameraden«, sagte der Sergeant zu den anderen vier oder fünf Männern in der Wachstube, »Ihr seid Zeugen, daß der Herr

Herzog von Guise mir bei meinem Leben befohlen hat, das Vorhängeschloß aufzubrechen! Rabourdin, hol einen Hammer!«

»Gevatter«, sagte Rabourdin, »befiehlst du es mir bei meinem Leben?«

»Und ob!«

»Gut. Bin gleich zurück.«

»Was für Formalisten diese Leute sind!« sagte der Herzog.

»Oder Geängstigte«, sagte Péricard leise. »Kameraden«, fuhr er gegen die Männer der Miliz fort, »was hat Monsieur de Saint-Paul gesagt, als er Leutnant Rousselet einsperrte?«

»Böse und schmutzige Worte«, sagte der eine nach einigem Zögern, »wir würden uns schämen, sie zu wiederholen.«

»Ebendeshalb will der Herr Herzog sie hören«, sagte Péricard.

»Gibt uns der Herr Herzog den Befehl?«

»Bei deinem Leben!« sagte der Herzog, und es war ihm anzumerken, daß er diese Wiederholungen in seinem kindlichen Gemüt überaus komisch fand.

»Kameraden, ihr seid meine Zeugen«, sagte der Mann. »Alsdann, Monseigneur, indem ich Euch und Euer Haus meines Respekts versichere: Der Herzog von Rethel hat gesagt ...«

»Herzog von Rethel!« sagte zähneknirschend Prinz von Joinville.

»Soll ich fortfahren, Monseigneur?«

»Und ob, bei deinem Leben!«

»Monsieur de Saint-Paul also, der kurze Zeit hierherkam, nachdem Baron de La Tour die beiden Edelmänner abgeholt hatte, die sich Verwandte des Herrn Herzogs nannten, setzte zuerst Leutnant Rousselet gefangen und sagte, Rousselet sei ein Verräter, weil er Leute in die Stadt eingelassen habe, die der Heiligen Liga nicht bekannt sind, und seien es selbst Eure Verwandten.«

»Weiter!« sagte der Herzog funkelnden Auges.

»Dann sagte er, er dulde nicht, daß die Einwohner von Reims ihm vorschrieben, was er zu tun habe: Er wisse sehr gut, daß sie diesem Grünschnabel, dem Herzog von Guise – um Vergebung, Monseigneur –, tagtäglich zusetzten, ihn zum Abzug der spanischen Garnison aufzufordern, doch das wolle er keinesfalls, und wenn der Herzog beharre, werde er statt der zweihundert Spanier zweitausend in unsere Mauern verlegen ...«

»Himmel!« sagte der Herzog und schlug sich mit der Hand vor den Mund, um nicht mehr zu verraten.

»Hier ist der Hammer, Monseigneur«, sagte Rabourdin, der schnaufend gelaufen kam, »doch befehlt einem Eurer Männer, daß er das Schloß aufschlägt. Ich habe mich schon genug kompromittiert, indem ich den Hammer holte.«

»Poussevent«, raunte ich Péricard ins Ohr.

»Poussevent!« sagte laut Péricard.

Und obwohl Poussevent kein solcher Hüne war wie der Schreinermeister Tronson, lag ihm der Hammer federleicht in Händen, und mit einem Schlag stand die Tür offen.

Der arme Rousselet kam, zwinkernd im Licht und etwas wackelig auf den kurzen Beinen, aus der Zelle, weil er seit dem Vorabend nichts gegessen, nichts getrunken hatte. Der Herzog, nicht fühllos, sah seine Schwäche, ließ Brot, Wein und Schinken zu seiner Stärkung bringen, und Rousselet fiel über das Festmahl her wie ein Wolf. Als er nun, sichtlich belebt, hörte, wie ich bedauerte, daß ich nicht vor die Stadt hinauskönne, um Miroul zu benachrichtigen, sagte er, Saint-Paul habe versäumt, ihn zu durchsuchen, als er ihn einsperrte, der Schlüssel zur Fußgängerpforte stecke noch in seiner Hosentasche. Knurrend vor Freude, schickte ich Pissebœuf sogleich zu Monsieur de La Surie hinaus, ihm zu sagen, er solle fünf Männer zur Wache bei Pferden und Gepäck lassen und mit den übrigen, kriegerisch gewappnet, so schnell und leise wie möglich zu uns stoßen. Was glücklich geschah, und der Herzog sah es mit großer Genugtuung.

Es heißt, ein Glück kommt selten allein. Mit diesem Aberglauben ist es wie mit jedem anderen: Er braucht sich nur einmal zu bestätigen, und man glaubt für immer dran. Was ich zur Stunde bestätige, da ich dies schreibe, denn kaum waren unsere Männer in den Mauern und Miroul zu unserer beiderseitigen Zufriedenheit wieder bei mir, erschien ein Reitersmann, der dem Prinzen von Joinville eine Botschaft seines Onkels überbrachte, des Herzogs von Mayenne (welcher bekanntlich die Heilige Liga anführte, aber längst nicht mehr so spanisch gesinnt war wie ehedem), nämlich daß er ihn am folgenden Tag zu Reims mit einer starken Eskorte besuchen käme, und sein Neffe möge, sowie er eingetroffen, dem unerträglichen Hochmut Saint-Pauls ein Ende machen. Diese neuerliche Verstärkung und Ermutigung versetzten den Herzog in eine so jungenhafte Hochstimmung, daß er am liebsten noch in derselben Nacht gegen Saint-Paul gezogen wäre, um den Abzug der spanischen Garnison zu erzwingen. Péricard gelang es jedoch, sein Ungestüm zu zügeln.

Weil nun beschlossen wurde, daß die dreißig Männer von Guise zu Rousselets Schutz bei diesem bleiben sollten, ließ ich den Herzog mit Péricard und meinen dreißig zum herzoglichen Haus ziehen, um noch einige Augenblicke bei dem essenden und trinkenden Leutnant zu verweilen, der mir endlos für seine Befreiung dankte, wohl wissend, daß sie mein Werk war. Wie gesagt, mir gefiel der kleine, runde Rousselet, dessen nußbraune Augen allmählich wieder Glanz und Fröhlichkeit gewannen, und als ich da mit ihm allein bei Tische saß und ihm zutrank, teilte ich ihm unter vier Augen Mayennes Ankunft mit, damit er es auch seinen Männern sage, um ihnen Mut zu machen, daß der Stern des Tyrannen im Sinken sei. Was er auch verstand. Trotzdem aber verzog er bei dem Namen Mayenne den Mund, und da Rousselet unter den Reimsern große Autorität genoß, versuchte ich ihm über seine Bürger ein wenig auf den Zahn zu fühlen.

»Nun, Herr Marquis«, sagte er leise, indem er sich umblickte, »Ihr könnt Euch doch vorstellen, wie die Reimser denken: Frieden wollen sie, Handel und Wandel. Wir sind diese Priester satt, die sich katholischer gebärden als der Primas von Gallien, die das Schlimmste über die Bekehrung des Königs sagen und nichts wie Mord und Bluttat predigen. Wir sind die Spanier satt und den, der sie hergeholt hat. Und ehrlich gestanden, haben wir für Mayenne und andere Guises auch nicht viel übrig, schließlich sind sie mit ihrem Aufruhr seit einem halben Jahrhundert an all unserem Ungemach schuld. Aber am meisten, Herr Marquis, sind wir diesen endlosen Bürgerkrieg satt, der uns vollkommen ruiniert, wir können unsere Wolle nicht mehr in Paris verkaufen. Kurzum ...«

Und als er verstummte, blickte ich ihm in die Augen.

»Kurzum?« fragte ich.

»Nun ja«, fuhr Rousselet noch leiser fort, indem er sein Gesicht dem meinen näherte, »was wir wollen, ist: uns dem König ergeben. Daß er uns Straffreiheit gewährt und dieselben Vorteile wie den anderen ligistischen Städten, die sich ergeben haben.«

»Und?« versetzte ich in demselben Ton, »warum nehmt Ihr

die Sache nicht selbst in die Hand? Warum schickt Ihr nicht eine Abordnung an den Hof, um mit dem König Rücksprache zu nehmen?«

»Mit dem König!« sagte Rousselet achselzuckend, indem er die nußbraunen Augen gen Himmel wandte, »wie sollten wir das wagen?«

»Über mich«, sagte ich gelassen, »und ich empfehle Euch dann Monsieur de Rosny, der Euch mit offenen Ohren anhören wird. Mein Freund«, fuhr ich fort, indem ich ihm die Hand auf den Arm legte, »ich wohne in Paris, dicht beim Louvre, in der Rue du Champ Fleuri. Nennt Euren Namen an meinem Tor, und meine Tür steht Euch offen.«

»Ich werde es nicht vergessen«, sagte Rousselet bewegt.

Hierauf sah er mich eine Weile schweigend an, dann plötzlich blinkten seine Augen, und über sein rundes Gesicht ging ein verschmitztes Lächeln.

»Ihr müßt zugeben, Herr Marquis«, sagte er vergnügt, »daß Saint-Paul sich nicht ganz geirrt hat, als er Euch einsperrte.«

»Und Euch!« sagte ich lachend.

Damit erhob ich mich zum Gehen, und als auch er des Respekts halber aufstand, besann ich mich, wie mein Herr Henri Quatre den Bürgersleuten begegnete und wie wunderbar einfach er mit ihnen umging (wodurch er sie sehr an sich band), und so umarmte ich ihn herzlich, worauf er rot wurde vor Freude und unser Einvernehmen besiegelt war.

Ich hatte Miroul bei diesem Gespräch nicht dabeihaben wollen, hätte seine Gegenwart Rousselet doch den Mund verschlossen. Nun aber erzählte ich ihm auf dem Rückweg meinen Vers desto froher. Quéribus ging neben uns, hörte aber nur mit halbem Ohr hin.

»Beim Ochsenhorn, Moussu!« sagte Miroul, »das nenne ich machiavellistisch! Ihr kommt hierher, um dem kleinen Guise zu helfen, daß er sich Saint-Paul vom Halse schafft, und nebenbei dringt Ihr gleich noch in Rousselet, daß er über Guises Kopf hinweg mit dem König verhandelt.«

»Und in beiden Fällen diene ich dem König«, sagte ich lächelnd. »Ich lege für ihn zwei Eisen ins Feuer: Verhandlung mit Guise oder aber mit den Bürgern von Reims.«

»Und wenn Rousselet nun nach Paris kommt, um sich mit Monsieur de Rosny zu besprechen?«

»Werde ich, ohne seinen Namen preiszugeben, Guise davon unterrichten.«

»Beim Ochsenhorn! Noch mal Machiavelli! Und warum?«

»Damit Guise, aus Furcht, die Reimser könnten ihm das Wasser abgraben, seine Forderungen an den König entschieden herunterschraubt.«

»Moussu, mir scheint, so fein ausgedacht Eure Mission an sich schon ist, verfeinert Ihr sie noch. Warum?«

»Weil ich gern möchte, Miroul«, sagte ich in gespielt leichtem, scherzendem Ton, »daß der König, wenn ich wiederkomme, sagt, daß auch ich, wie Nevers, den Sinn für die großen Interessen des Staates habe.«

»Mein Herr Bruder«, versetzte Quéribus verdrießlich, »gebe der Himmel, daß wir hier vor allem schnellstens zum Ende kommen! Ich habe bei dieser ganzen Mission bislang nur einen guten Moment erlebt: als ich mit blankgezogenem Degen gegen Péricards Mörder rannte. Im übrigen verstehe ich von all diesen Verwicklungen nicht die Bohne und begreife nicht, welches Vergnügen Ihr daran findet.«

Der Herzog war, als wir eintrafen, schon zu Bett, doch Péricard erwartete uns noch zu einem Nachttrunk. Den Monsieur de La Surie, hundemüde, wie er war, allerdings ausschlug, er ging sofort schlafen. Ich machte mir dies zunutze und fragte Péricard, wann der Prinz von Joinville am nächsten Morgen Saint-Paul treffen werde.

»Nach der Messe, in der Kirche Saint-Rémi.«

»Bitte, Péricard, laßt mich um sechs Uhr wecken und mir einen Mann bestellen, der mich vor besagtem Treffen zu dieser Kirche führt. Ich möchte mir mit ein paar meiner Leute die Örtlichkeiten ansehen. Wann wollte der Herzog von Mayenne hier sein?«

»Bei Tagesanbruch. Deshalb habe ich rings auf den Wällen Wachen postiert, damit sie mir seine Ankunft sofort melden.«

»Péricard«, sagte ich ernst, »bitte, habt acht, daß der Herzog mit starker Begleitung zur Messe geht. Es könnte sein, daß Saint-Paul in seiner grenzenlosen Verwegenheit irgend etwas Verzweifeltes unternimmt, bevor Monsieur de Mayenne eintrifft.«

»Das habe ich schon bedacht«, sagte Péricard.

Ich tauchte meine Lippen in den Kelch, schmeckte einen

leichten, prickelnden Wein, fand, daß es »nicht der schlechteste« war, wie Rabelais sagt, und betrachtete dabei Péricard. Diesem Mann, dachte ich, hat die Natur quasi alles geschenkt: Geist, Scharfsinn, Umsicht, körperliche Kraft, Schönheit, alles, nur nicht das Glück, als Herzog geboren zu sein, eine Position, die er doch soviel glänzender bekleiden würde als sein Herr.

Péricard, der das Feingefühl selbst war, schien meinen Gedanken zu erraten, denn auf einmal lächelte er mir zu, und durch dieses freundschaftliche Lächeln ermutigt, stellte ich ihm eine Frage, die gewiß unvorsichtig war, mir aber auf der Zunge brannte.

»Wißt Ihr, warum Mayenne seinen Neffen gegen Saint-Paul unterstützt? Das kann doch nicht im Interesse der Liga sein, da Saint-Paul ein besserer Ligist ist als Guise.«

»Nun ja, für Herrn von Mayenne«, sagte Péricard mit feinem Lächeln, »für den Herzog von Mayenne ... geht Blut über die Liga. Er hat mit eigener Hand einen seiner Hauptleute erdolcht, einen sehr tapferen Mann immerhin, weil der sich erkühnt hatte, um die Hand seiner Tochter anzuhalten, eine in seinen Augen verbrecherische Anmaßung. Was wird er demnach von einem Niedriggeborenen wie Saint-Paul halten, der sich einbildet, er könnte seinen Neffen von seinem Platz verdrängen?«

»Ahnt Saint-Paul das?«

»Keineswegs. Er ist von seiner spanischen Macht berauscht. Er glaubt zu sein, was zu sein er behauptet: der Herzog von Rethel.«

»Also, ich trinke auf den Herzog von Guise«, sagte Quéribus, der schon im Stehen zu schlafen schien.

»Ich trinke auf seine Sicherheit«, setzte ich hinzu, indem ich meinen Kelch hob, und plötzlich übermannte mich ein sonderbares Gefühl, das mir jenen Morgen vor fünf Jahren auf Schloß Blois in Erinnerung rief, als ich, verborgen hinter einem Vorhang, neben Heinrich III. zusah, wie unter den Dolchstichen der »Fünfundvierzig« der Vater desselben hohen Herrn zu Boden sank, auf dessen Gesundheit ich in dieser Nacht trank – voller aufrichtiger Wünsche für sein bedrohtes Leben.

Der ehrenhafte Péricard kam anderntags persönlich, mich zu wecken, und ich bat ihn, mir außer dem versprochenen Führer zwei Soldaten mitzugeben, die ebenso wie Pissebœuf und Poussevent die Guise-Farben trugen, um meinem frühmorgendlichen Ausflug mehr Glaubwürdigkeit zu verleihen. Miroul und ich schlüpften wieder in unsere Büffelwämser, Zeichen der Hauptleute, egal, welcher Partei sie angehörten.

»Bitte«, sagte Péricard, »stellt doch in der Kirche eine Wache an der Grablegung Christi auf, die in der Chorkapelle des südlichen Querschiffs steht, damit ein Bote Euch findet, falls ich einen schicken muß.«

Was ich tat. Besagte Grablegung, die ich in einer Apsis entdeckte, indem ich Feuer schlug, ist eine Gruppe aus sieben Statuen in Lebensgröße, die um den toten Christus geschart sind, im Begriff, ihn in ein Leintuch zu hüllen. Ich ließ Pissebœuf und Poussevent dort zurück, während Miroul und ich, unsere drei herzoglichen Soldaten im Gefolge, auf leisen, nahezu tastenden Sohlen eine Runde durch die Abteikirche unternahmen, die mich düster und trübselig anmutete, denn der eben anbrechende Tag war grau und durch die Fenster zusätzlich verdunkelt. So kam es, daß wir im nördlichen Querschiff beinahe über drei oder vier Gestalten gestolpert wären, die am Boden hockten und die Fliesen mit Wasser und Bürsten wuschen. Ich schlug Feuer und erkannte, daß es Laienbrüder waren. Verwundert über ihre Tätigkeit, in so kleiner Zahl vor allem (denn um den Boden der Abtei zu säubern, hätte es ihrer hundert bedurft), fragte ich nach dem Grund ihrer seltsamen Arbeit; aber sie antworteten nicht, ja, sie hoben nicht einmal den Kopf.

»Hauptmann«, sagte plötzlich eine Stimme hinter mir, »wem dient Ihr, und was wollt Ihr hier?«

Ich wandte mich um und sah, wie hinter einem Pfeiler hervor ein Mönch von hoher, majestätischer Statur, den mageren Leib von der Kutte umflattert, auf mich zukam, dessen Auftauchen mich stark verwirrte. Sein Gesicht konnte ich nicht erkennen, sowohl wegen der Düsternis wie auch wegen der Kapuze, die sein Haupt bedeckte.

»Ehrwürdiger Vater«, sagte ich mit tiefer Verneigung, »ich bin ein Hauptmann des Herrn Herzogs von Guise, und weil ich hörte, es habe in dieser Kirche heute früh ein Ärgernis gegeben, bin ich hier, mich danach zu erkundigen.«

»Ach, mein Sohn!« sagte der Mönch mit leiser, tiefer Stimme, »es ist viel schlimmer. In dieser ehrwürdigen Kirche, der ehrwürdigsten Frankreichs sicherlich, wurde hier doch einst Chlodwig vom heiligen Rémi getauft, hat sich im Morgengrauen eine schreckliche und gotteslästerliche Bluttat ereignet. Herr Bahuet, Sekretär des Barons de La Tour und wie sein Herr ein sehr guter Katholik und getreuer Verteidiger der Heiligen Liga, wurde ermordet. Seine Diener haben den Leichnam soeben fortgetragen, und die Laienbrüder waschen das vergossene Blut auf, damit es sich nicht in den Steinboden frißt.«

»Ha, ehrwürdigster Vater«, sagte ich, »welch traurige Nachricht! Und weiß man, wer die Tat vollbracht hat?«

»Laut seinen Dienern war es ein Verbrecher, dem Herr Bahuet aus christlicher Nächstenliebe Almosen zu geben pflegte. Mein Sohn, darf ich Euch um ein Gebet für unseren hingegangenen Bruder bitten?«

»Mein sehr ehrwürdiger Vater«, sagte ich (wohl wissend, was das heißen sollte), »ich werde es von Herzen gern tun, und beliebt, für Euer Gebet diesen kleinen Obolus anzunehmen.«

»Mein Sohn«, sagte der Mönch, indem er die Hände rasch aus den tiefen Ärmeln zog und mir seine skeletthaften Finger hinstreckte, die sich beim Berühren kalt anfühlten wie Eis, »im nördlichen Querschiff findet Ihr rechter Hand einen gemarterten Christus. Wenn Ihr vor Besagtem für das Seelenheil des Hingeschiedenen drei *Vaterunser* sprecht, erwirkt Ihr Euch Ablaß für dreihundert Tage. Nicht alle wissen das, darum sage ich es sehr guten Katholiken. Was mich angeht, so macht es mir Euer Obolus zur Pflicht, meine Messe heute für die Seelenruhe des unglücklichen Bahuet zu lesen. Mein Sohn, der Himmel segne Euch!«

Worauf er den knieenden Laienbrüdern in barschem Ton befahl, nicht zu lange bei der Arbeit zu säumen, und dann so schnell entschwand, als hätte ihn die Düsternis der Abtei verschluckt.

»Beim Ochsenhorn!« sagte Miroul, »kein Gesicht, keine Hände – fast hätte ich ihn für ein Gespenst gehalten, hätte er nicht Euer Geld eingesteckt. Moussu, lesen Mönche denn die Messe?«

»Ja, wenn hier die Bräuche der Cluniazenser gelten und sie die Weihe haben.«

»Moussu, wohin wollt Ihr?«

»Ich will mir diesen Christus ansehen.«

»Moussu«, sagte Miroul vorwurfsvoll, »Ihr wollt doch nicht vor einem Götzenbild beten?«

»Durchaus nicht.«

Ich fand die Statue unter einem Rundbogen auf einem Sockel und schlug Feuer, um sie zu betrachten. Ich fand den Christus sehr ergreifend dargestellt, wie er es wahrscheinlich in seinen letzten Stunden war, so mager und unglücklich und schon im Widerschein des nahen Todes.

»Und was sagst du, Miroul?«

»Mit seinem ausgemergelten Körper und seinem melancholischen Gesicht erinnert er mich an den atheistischen Abbé Cabassus, wie er den Weg zum Scheiterhaufen ging ...«

Und jäh stieg diese Erinnerung aus tiefem Vergessen auf und schnitt mir ins Herz: Die Hohenpriester hatten Jesus zum Tod verurteilt, weil sie nicht an seine Göttlichkeit glaubten. Und weil auch der Abbé Cabassus nicht daran glaubte, hatten die Inquisitoren ihn vor unseren Fenstern zu Montpellier verbrannt. Die Henker hatten das Lager gewechselt, aber der Wahnwitz war der gleiche.

Einer so nachdenklich und bedrückt wie der andere, kehrten wir zu den Arkebusieren im südlichen Querschiff zurück.

»Moussu«, sagte Pissebœuf, als er mich erkannte, »ein Bote von Monsieur Péricard sucht Euch im Kreuzgang, weil ich Euch dorthin gehen sah. Aber, keine Bange, wenn er Euch nicht findet, wird er wohl wiederkommen.«

Ich lehnte mich unweit von ihnen an einen Pfeiler, schloß die Augen und betete still, Gott möge mir meinen nicht geringen Anteil an der Ermordung Bahuets vergeben, welche das Wohl des Reiches mir leider auferlegt hatte. Nach beendetem Gebet drang an mein Ohr, wie Pissebœuf und Poussevent sich mit leiser Stimme auf okzitanisch über die Grablegung Christi unterhielten, wobei meine beiden guten Hugenotten sich als ebenso lüstern erwiesen wie der erstbeste Papist. Denn nicht für die gesamte Gruppe um den Gekreuzigten interessierten sich Pissebœuf und Poussevent, sondern nur für die Frauen, deren leiblicher Hülle es nicht an Eleganz und Anmut gebrach, soweit der Künstler sie mit seinem Meißel aus dem Marmor herausgearbeitet hatte.

»Und wer ist die da«, fragte Poussevent, »die rechts neben Maria, mit den vielen Reifen am Arm?«

»Das müßte Elisabeth sein«, sagte Pissebœuf, der sich als ehemaliger Kirchendiener etwas auf sein geistliches Wissen zugute hielt.

»Und wer ist Elisabeth?«

»Die Muhme von Maria.«

»Schön ist sie«, sagte Poussevent, »aber zu ernst.«

»Soll sie bei dem Anblick vielleicht lachen?«

»Trotzdem! Besser gefällt mir die Gevatterin rechts von Maria, die mit den Brüsten wie Melonen und mit dem dicken runden Bauch.«

»Das muß Anna sein, die Mutter von Maria.«

»Ihre Mutter!« sagte Poussevent, der nun doch einmal an Pissebœufs Unfehlbarkeit zweifelte. »Ihre Mutter, Mann! Siehst du das junge Gesicht?«

»Heilige altern nicht«, sagte Pissebœuf mit Autorität. »Das ist eben das Gute an Heiligen. Hast du Maria jemals anders als jung und schön gesehen? Dabei muß sie beim Tod ihres Sohnes an die Fünfzig gewesen sein.«

»Trotzdem!« meinte Poussevent. »Wenn das Anna sein soll, ist sie sehr frisch für ihr Alter. Aber die Hübsche, links davon, Cap de Diou! Ist das ein resches Weibsbild!«

»Das muß nach der kleinen Schale, aus der sie Jesus mit Duftwasser besprengt, Maria-Magdalena sein, eine Hure!«

»Eine Hure!« sagte Possevent. »Eine Hure, hier! Was müssen die Papisten ausschweifend sein, daß sie eine in ihren Tempel stellen, die ihren Arsch in Schenken feilbot! Und mit so tief ausgeschnittenem Mieder, daß du den halben Busen siehst!«

Womit er Feuer schlug und bei hochgehaltener Flamme das Objekt seiner Entrüstung betrachtete, ja sich nicht enthalten konnte, mit wenngleich zögernder und zitternder Hand darüberzustreichen.

»Pfoten weg, Poussevent!« sagte Pissebœuf, der meinen Blick auffing. »Wenn auch papistisch, aber ein Tempel ist ein Tempel, Mordiou[1]! Dumme Gedanken hier sind Frevel.«

»Und erst recht, bei Gottes heiligem Namen zu fluchen, selbst auf okzitanisch!« sagte Monsieur de La Surie in einem Ton und fast sogar mit einer Stimme wie der selige Sauveterre, wenn er unsere Leute rüffelte.

---

1 (okzitan.) Bei Gottes Tod!

»Holla! Da kommt wer«, sagte Poussevent.

Es war der Bote von Péricard, der mir ein Billett seines Herrn übergab und leise hinzusetzte, ich möge es gleich nach dem Lesen vernichten. Ich entfaltete es, mußte aber wiederum erst Feuer schlagen, um es zu entziffern.

Herr Marquis,
Monsieur de Mayenne ist kurz nach Eurem Fortgang mit hundertfünfzig Mann eingetroffen, die derzeit in unseren Mauern weilen. Jedoch wurde uns auch berichtet, daß Saint-Paul gestern, nachdem er Herrn von Guise auf dessen Forderung äußerst hochfahrend geantwortet hatte, all seinen auswärtigen Truppen, vornehmlich denen zu Mézières, wo er eine starke Zitadelle hat, den Marsch nach Reims befohlen hat. Er erwartet sie heute nachmittag, um die Reimser Bürger und Herrn von Guise unter Druck zu setzen.

Herr von Guise ist folglich entschlossen, unverzüglich zu handeln. Und da Herr von Mayenne heute die Frühmesse im Kloster Saint-Pierre-les-Dames hören will, dessen Äbtissin, Madame Renée von Lothringen, seine Tante ist, wird der Herzog von Guise seine Forderung an Saint-Paul unmittelbar nach der Messe, auf dem Heimweg, erneuern. Ich bitte Euch, kommt. Euer sehr ergebener Diener
Péricard.

Ich gab den Brief Monsieur de La Surie, damit auch er ihn im Schein meines Feuerzeugs lese, dann hielt ich das Papier an besagte Flamme und ließ erst los, als sie meine Finger leckte.

»Mein Freund«, sagte ich zu dem Boten, »versichert Péricard, daß wir dort sein werden.« Worauf ich ihm einen Sou gab, für welche Freigebigkeit Monsieur de La Surie mich tadelte, schließlich habe der Mensch nur seinem Herrn gehorcht.

Am Kloster Saint-Pierre-les-Dames angelangt – so geheißen, sagte mein Führer, weil dort Benediktiner-Nonnen lebten –, betrat ich die Kirche und postierte meine kleine Truppe nahe dem Ausgang, damit sie nach dem *Ite, missa est* schnell hinauskäme.

Nicht lange, und auch die hohen Herren trafen ein, als erster zu meinem Erstaunen Herr von Mayenne, allerdings in einer Sänfte, weil er so fett, gichtig und sogar schlagflüssig war, obwohl doch mit seinen knapp Vierzig jünger als ich. Doch er fraß für drei, ging zeitig zu Bett, schlief wie ein Murmeltier, erhob sich spät, und um zu erklären, warum er ihn im Krieg immer geschlagen hatte, sagte Henri Quatre: »Mein Cousin Mayenne ist ein großer Hauptmann, aber ich stehe früher auf.«

Seit der Ermordung seiner Brüder auf Schloß Blois war Mayenne der unbestrittene Chef der Liga und dank der revoltierenden Pariser zudem Generalleutnant von Frankreich geworden; dennoch war er bei den »Sechzehn« schlecht angesehen gewesen, weil er diejenigen von ihnen hatte hängen lassen, die die Hinrichtung des Gerichtspräsidenten Brisson betrieben hatten. Und seit jenem Tag hieß er bei ihren stürmischen Beratungen nur mehr »der dicke Eber Mayenne, der sich auf seiner Hure fläzt«.

Was die Spanier anging, die ihn im Namen der Heiligen Liga eigentlich mit Waffen und Geldern unterstützen sollten, so sparten und knauserten sie mit ihrer Hilfe, seit sie ihn verdächtigten, er wolle sich dem König anschließen. Was Mayenne nach der Bekehrung Henris auch getan hätte, hätte dieser ihn in der Generalleutnantschaft des Reiches bestätigt – die ihm freilich von rebellischen Untertanen verliehen worden war und nicht vom Souverän. Was nun das Volk anlangte, das seinen Vater François und seinen Bruder Heinrich angebetet hatte, weil es große, schlanke und elegante Männer gewesen waren, schön von Angesicht und mit liebenswürdigen Manieren, so hatte es nicht viel übrig für diesen tonnenförmigen Griesgram von Herzog, der von seinem Geblüt und Rang schrecklich eingenommen war und mit huldreichen Grüßen und Freigebigkeiten geizte. Dabei fehlte es Mayenne nicht an Geist noch an füchsischer Schläue, nicht an militärischer Weisheit noch politischem Geschick. Weil er aber nur sein Eigeninteresse im Auge hatte, war selbst sein Ehrgeiz noch beschränkt, passiv und unentschieden, gichtlahm gleichsam und in Fett versackt.

Kaum hatte er sich in der ersten Reihe neben seiner Tante, der Äbtissin, in einem extra großen Sessel niedergelassen (seine Schenkel wären über einen normalen Lehnstuhl hinausgequollen), als ich durch die Mitte des Schiffes Seite an Seite, in gleicher Größe, Guise und Saint-Paul kommen sah, den echten Herzog und den falschen, wobei jeder der beiden den anderen heimtückisch zu überholen versuchte, um als erster die erste Reihe zu erreichen.

Weil mir am Gang Saint-Pauls etwas merkwürdig Starres aufgefallen war, glitt ich, sobald die Messe sich dem Ende näherte, durch die stehende Menge zu Péricard.

»Sagt Eurem Herrn«, flüsterte ich ihm zu, »er möge sich versichern, ob Saint-Paul ein Kettenhemd trägt, bevor er ihn herausfordert.«

Péricard nickte, ich kehrte an meinen Platz neben dem Weihwasserbecken zurück, und als nach Schluß der Messe die beiden Herzöge unweit von mir durch den Mittelgang schritten, sah ich, wie Guise Saint-Paul vorangehen ließ, um zu hören, was Péricard ihm zuraunte, worauf er bejahend nickte und undurchdringlichen Gesichts das Weihwasser nahm, das Saint-Paul ihm mit den Fingerspitzen reichte.

Sosehr wir uns auch beeilten, die Kirche gleich nach ihnen zu verlassen, wurden wir doch von Guises Leuten überholt, dann abgedrängt von Saint-Pauls Gefolge, Baron de La Tour an der Spitze etlicher Schweizer. Der Baron wirkte ziemlich unruhig, vielleicht wegen Bahuets Ermordung, und ich war es angesichts der Schweizer nicht minder, weshalb ich Pissebœuf zwinkernd auf sie hinwies als den schwersten Brocken, den die Unseren zu kauen bekämen, sollte die Affäre ausgehen wie gedacht.

Was mich anging, so drängelte ich mich frech bis in die erste Reihe von Guises Gefolge, wo Quéribus zwischen zwei mir wohlbekannten Edelleuten schritt: François d'Esparbès und dem Vicomte d'Aubeterre, welcher mich wegen meiner Kleidung jedoch nicht erkannte und sich indigniert umwandte, als er sich von einem Hauptmann angerempelt fühlte.

»Donnerschock!« sagte er hochfahrend. »Was will der hier?«

Doch Quéribus hakte ihn unter.

»Ich kenne ihn«, flüsterte er. »Er ist, wo er sein soll.«

Nun faßte d'Aubeterre mich aufmerksamer ins Auge, erkannte mich und schwieg. Woraufauch d'Esparbès mich musterte, erkannte und, sich umblickend, sah, daß Monsieur de La Surie nebst unseren Männern uns dicht auf dem Fuß folgten.

»Wir sind wenige«, sagte er leise. »Wo ist Mayenne?«

»Er ist im Kloster geblieben«, sagte Quéribus, »bei seiner Tante.«

»Sieh einer an!« sagte d'Esparbès zwischen den Zähnen. »Der alte Fuchs hütet sich, bei dieser Affäre in Erscheinung zu treten.«

Doch d'Aubeterre hieß ihn mit einem Blick schweigen, und d'Esparbès verstummte, so daß wir fast hören konnten, was die Herzöge vor uns sprachen, während sie in Richtung des Notre-Dame-Klosters schritten, neben welchem, wie gesagt, das Haus von Saint-Paul lag.

Nach der Haltung der beiden Herren zu urteilen, verlief das Gespräch auf dem ganzen Weg durchaus freundschaftlich, der Herzog von Guise trieb sogar die Herablassung so weit, daß er Saint-Paul im Gehen vertraulich die linke Hand auf die Schulter legte. Nach dem freilich, was ich Péricard während der Messe zugeraunt hatte, begriff ich den Grund der liebreichen Berührung besser. Sofort sagte ich mir, daß sich, je nach dem ruhigen oder aufgebrachten Fortgang des Gesprächs, nun gleich zeigen werde, was Guise beschlossen hatte. Und so wunderte ich mich nicht, als die Stimmen der beiden Freunde jäh lauter wurden.

»Mein Großer«, sagte der Herzog von Guise, »ich bitte dich, mach dem Volk die Freude, und laß die spanische Garnison vom Marstor abziehen.«

»Gnädiger Herr«, sagte Saint-Paul unnachgiebig, »das kann und das wird nicht geschehen.«

Ein Schweigen folgte, und man konnte glauben, Guise verdaue den Rüffel, ohne sich zu rühren, doch in Wahrheit, wie sich zeigen wird, speicherte er seinen Essig nur im Mundwinkel, um seinen Zorn frisch zu halten.

»Mein Großer«, fuhr er nach einer Weile fort, ohne seinen freundlichen Ton aufzugeben, »vor allem hättest du die Garnison nicht verstärken dürfen, ohne mich zu fragen.«

»Es war meine Pflicht«, versetzte Saint-Paul stur. »Ich war in Eurer Abwesenheit verantwortlich für die Sicherheit der Stadt.«

Wieder Schweigen, und ich deutete mir Saint-Pauls Arroganz und Unbeugsamkeit so, daß er dachte, da Mayenne sich zurückhielt, anstatt die Forderung seines Neffen zu unterstützen, würde er in der Affäre neutral bleiben. Und diesen Rotzbengel von Neffen ohne Nase, der sich nie auf ein Schlachtfeld gewagt hatte, mußte er wohl ohnehin verachten. Saint-Paul dachte als Soldat. Sein Gefolge war dem des Prinzen allemal gewachsen, und was ihn selbst betraf, so konnte er sich, den Degen in der Hand, mit zehn kleinen Guises messen.

»Bevor du es tatest«, fuhr der Herzog mit schärferer Stimme fort, »hättest du meine Order einholen müssen.«

Wäre Saint-Paul so feinhörig gewesen, wie er eitel und stolz auf sich war, hätte er bei diesem neuen Ton die Ohren gespitzt. Doch abermals sah er in dem Herzog nur einen höfischen Laffen, der sich vor einem alten Soldaten aufplusterte. Dagegen half nur ein Mittel, nämlich besagten Rotzbengel beim Schopf zu packen und mit der Nase in die eigene Scheiße zu stuken. Was er unverzüglich tat.

Er hielt inne und stellte sich mit geschwollenem Kamm und gereckten Schultern fest auf seine muskulösen Beine.

»Ein Marschall von Frankreich hat nicht die Order eines Provinzgouverneurs einzuholen«, sagte er. »Es ist genau umgekehrt.«

Und um seine Worte zu unterstreichen, legte er die Hand an den Degengriff, doch, so könnte ich schwören, ohne jede Absicht, zu ziehen. Aber allein die Andeutung der Geste genügte. Der kleine Herzog wich, weiß vor Wut, einen halben Klafter zurück. Mit unerhörter Schnelligkeit zog er blank, und mit ebenso wütendem wie präzisem Angriff durchbohrte er Saint-Paul unter der linken Brustwarze. Saint-Paul schluckte, schnappte mit bebenden Lippen nach Luft und fiel. Er war tot.

Was nun folgte, war so konfus und geschah so überstürzt, daß ich mir nicht sicher bin, ob andere Zeugen der Szene sie nicht anders schildern könnten. Genau entsinne ich mich indessen, daß Guise so baff war, als Saint-Paul fiel, daß er den Degengriff losließ, so daß sein Degen in dem Toten steckenblieb. Wie er nun wehrlos dastand und Baron de La Tour mit gezückter Waffe auf ihn zustürzte, wäre er seinerseits durchbohrt worden, hätte nicht meine Klinge blitzschnell die des Barons abgewehrt, mit welchem ich sogleich ins Gefecht geriet, während Quéribus, d'Aubeterre und d'Esparbès blankzogen, den Herzog schützend umstellten und Pissebœuf und Poussevent, dem Rest seines Gefolges voran, auf die Schweizer losgingen, welche sie aber, glaube ich, glatt zusammengehauen hätten, wären sie nicht so verdattert gewesen durch den jähen Zusammenstoß zwischen ihrem Herzog und unserem, nachdem sie noch kurz zuvor Seit an Seite die Messe gehört, einander das Weihwasser gereicht und sich auf dem Heimweg untergehakt hatten. So kam es, daß die Schweizer wie auf dem Rückzug bis zu Saint-Pauls Haus kämpften, in welches sie sich durch die Fußgängerpforte retteten.

Inzwischen glückte es mir, den Degen des Barons so abzuschmettern, daß er zwei Klafter weit flog, und als Miroul lief und den Fuß darauf setzte, kehrte mir jener den Rücken und rannte davon, nicht ohne daß ich ihm zum Spaß einen Piekser in die Hinterbacke versetzte, mehr nicht, ich wollte mir ja nicht noch einen Mord aufs Gewissen laden.

Wir wähnten uns die Herren des Platzes, was ein Irrtum war. Die im Haus von Saint-Paul stationierten Spanier, die von den Schweizern hörten, daß er ermordet war, und ihn rächen wollten, brachen aus besagtem Haus hervor und hätten uns durch ihre Überzahl besiegt, wäre uns in diesem Augenblick nicht Mayennes Gefolge zu Hilfe gekommen und ebenso das Volk, das bei der Nachricht, daß Saint-Paul tot sei, das Haupt erhob, sich im Nu bewaffnete und uns wacker beistand. Mit dem Ergebnis, daß die Spanier in ihr Quartier zurückmußten, die weiße Fahne hißten und baten, sich samt Waffen und Gepäck in den Turm am Marstor retten zu dürfen, was ihnen auf Péricards weisen Rat hin zugestanden wurde. Unsere Männer geleiteten sie dorthin, um sie vor Übergriffen der Bevölkerung zu schützen, deren Eifer nun, da der Tyrann tot war, keine Zügel mehr kannte.

Nach all diesen Aufregungen wieder zu Hause, lud der Herzog von Guise seine Edelleute und uns zum Umtrunk ein und erhielt die unglaublichsten Komplimente, die meinen selbstverständlich auch, so verwundert ich im stillen war, daß das, was einem Edelmann als ein Verbrechen galt – einen Gegner niederzustechen, ehe er ziehen kann –, bei einem Herzog zur Tugend wurde. Die Zungen überschlugen sich im Lobpreis dieser erstaunlichen Tat, und mancher ging so weit zu meinen, der Herzog habe Saint-Paul beinahe zuviel Ehre angetan, indem er ihm seinen fürstlichen Degen in den Leib rammte.

So wenigstens ließ sich Mayenne vernehmen, als er zur Krönung des Ganzen, fett und majestätisch, hinzukam, von den Lakaien spornstreichs mit einem Sessel bedient, welchen sein riesiger Leib voll ausfüllte und wo er saß wie auf einem Thron, sogleich respektvollst von allen edlen Guisarden umringt: ein Weihrauch, der seine mächtigen Nüstern kitzelte, hielt sich der »Generalleutnant« doch für den König von Frankreich.

»Mein sehr geliebter Neffe«, sagte er, sowie er auf dem Sessel Platz genommen, »hat lediglich die Anmaßung und Arroganz Saint-Pauls bestraft. Und was mich betrifft, so bedaure ich nur eins: daß der Kujon von Fürstenhand starb und nicht von Henkershand.«

Weshalb man sich hätte wundern müssen, daß er nichts dafür getan hatte, seinen »sehr geliebten Neffen« von diesem Kujon zu befreien (den er selbst ja zum Marschall von Frankreich ernannt hatte). Was mich anging, so war mir inzwischen klar, daß diese Neutralität ihn in den Augen seiner spanischen Verbündeten reinwusch, die Saint-Pauls Tod sicherlich bitter beklagen würden, zumal Guise jetzt, als der Herr von Reims, die zweihundert kastilischen Arkebusiere aus dem Turm am Marstor unfehlbar nach Flandern zurückschicken würde.

Als der Herzog von Guise sah, daß Quéribus und ich aus Königstreue zu dem Ergebenheitshof um Mayenne ein wenig Abstand wahrten, trat er zu uns, hakte uns mit der liebenswürdigen und ungekünstelten Art seiner Mutter unter und zog uns mit in eine Fensternische, wo er uns zahllose Freundlichkeiten über die vorseherische Rolle sagte, die wir seit unserer Ankunft zu Reims spielten, denn wir hätten ihn in seinem Entschluß bestärkt, wir hätten Péricard das Leben gerettet und ich schließlich im Verlauf des Scharmützels auch seines.

»Siorac«, sagte er, Tränen am Wimpernsaum, indem er mich in die Arme schloß, »mein Leben ist Euer, denn Ihr habt es bewahrt. Bitte, verfügt künftig über mich, über meine Freunde, meine Verbindungen, meine Mittel, mein Schwert, alles ist Euer. Es gibt nichts, was Ihr von mir nicht fordern dürftet und was ich Euch nicht zur Stunde gewährte.«

Nun, ich weiß natürlich, was die Elle solcher höfischen Komplimente taugt, die, je überschwenglicher gesprochen, desto schneller vergessen sind – Luftblasen, die am selben Tag, da sie dem Mund entspringen, platzen. Doch weil ich die Bräuche kannte, sprach ich dem Prinzen mit tiefer Verneigung meinen unendlichen Dank für seine Dankesworte aus und beteuerte ihm meinerseits meine unwandelbare Liebe.

Péricard rettete mich aus diesen rhetorischen Ergüssen, indem er hinzutrat und dem Herzog, nicht ohne Sorge im schönen und ehrenhaften Gesicht, vermeldete, das Volk, das sich als Herr der Straße fühle, habe die Türen des Hôtel Saint-Paul erbrochen und sei am Plündern, eine Nachricht, die mich stark beunruhigte, auch Quéribus natürlich, jedoch aus anderen Gründen.

»Sapperlot!« sagte der Herzog scherzend, »laßt sie gewähren! Sollen sie wenigstens Beute machen, sie haben unter dem Tyrannen genug gelitten! Und wenn es nicht neben dem Kloster stünde, wünschte ich, daß von diesem Haus kein Stein auf dem anderen bliebe!«

»Hoho, mein Herr Cousin!« versetzte Quéribus höchst erregt, »das könnt Ihr nicht meinen! Wenig schert mich, was Madame de Saint-Paul dabei verliert, aber wir, wir haben in dem Anwesen unsere Pferde und im Oberstock unser Gepäck, das wir bei der Flucht nicht mitnehmen konnten. Ich bezweifle, daß die Plünderer zwischen dem, was der Witwe gehört und was uns, groß unterscheiden werden.«

»Außerdem«, fügte ich hinzu, »ist Madame de Saint-Paul als geborene Caumont aus alter perigordinischer Familie nicht nur meine Verwandte, ich bin ihr überdies zu großer Freundschaft verpflichtet, weil sie mir diesen Schlüssel anvertraut hat (womit ich ihn aus meiner Tasche zog), ohne den ich weder dem Kerker entschlüpfen noch Péricard, noch Euch, Monseigneur, hätte beistehen können. Ich verdanke Madame de Saint-Paul die Freiheit und habe ihr geschworen, für die ihre zu wirken, als ihr Mann noch lebte, also muß ich ihr nach seinem Tod erst recht zu Hilfe eilen. Wenn Ihr mich also beurlauben wollt, um sie und ihre Habe vor der Plünderung zu bewahren.«

An der Miene des Prinzen sah ich sehr wohl, daß er wenig Lust hatte, die Frau seines Feindes billig davonkommen und jene kleine Schatulle fortschaffen zu lassen, die, wie sie gesagt hatte, ein bedeutendes Vermögen enthielt. Doch waren seine Beteuerungen, mir jeden Dienst zu leisten, seinem Mund zu frisch enteilt und klangen uns noch in den Ohren, als daß er sie so schnell vergessen konnte. Auch verfehlte es seinen Eindruck auf ihn nicht, was ich von meiner angeblichen Verwandtschaft mit Madame de Saint-Paul sagte.

»Ich wußte gar nicht«, sagte er, »daß Madame de Saint-Paul so wohlgeboren ist. Selbstverständlich ändert das alles, und ich, der Herzog von Guise, kann sie nicht ausrauben lassen, ohne eine edle Familie zu verletzen. Siorac, Ihr habt recht. Eilt, Marquis. Eilt und sammelt Eure Männer. Ich gebe Euch Péricard zum Beistand mit und alles, was Ihr von meinen Leuten benötigt.«

So wappneten wir uns denn, die fünfunddreißig Mann unserer Eskorte, welche Péricard um zehn der seinen verstärkte, und mit gezündeten Lunten marschierte unsere Truppe zu dem Haus beim Notre-Dame-Kloster, wo wir auf den ersten Blick erkannten, daß wir zu wenige waren gegen die Plünderer, von denen es dort wimmelte wie Ratten im Käse, so daß Péricard sofort einen Laufjungen zu Rousselet schickte, er möge mit den Bürgermilizen vom Westtor und den dreißig Soldaten herbeieilen, die der Herzog ihm zu seinem Schutz überlassen hatte.

Was mich anging, so fürchtete ich angesichts dieses Packs für Madame de Saint-Paul das Schlimmste, und mit Miroul, Pissebœuf, Poussevent und sechs unserer wackersten Soldaten begab ich mich auf die Rückseite des Hauses, wo ich mit meinem Schlüssel die kleine Tür öffnete und Miroul zum Oberstock hinaufstieg, um den Schlüssel zu holen, den wir im Schloß hatten stecken lassen und der, wie der Leser gewiß noch weiß, auch zu Madame de Saint-Pauls Gemächern führte.

Kaum eingedrungen, überprüfte ich den Abzug meiner Pistolen, doch steckte ich sie wieder in den Gürtel und ergriff statt ihrer meine Dolche, um die Raubgesellen lautlos zu überrumpeln. Meine kleine Truppe machte es auf mein Geheiß ebenso, doch muß man bei solcherart Unternehmungen, wie der König sagte, »viel auf den Zufall setzen«. Und wenn der uns zunächst auch lachte, indem zwei auf dem Weg betroffene Maraudeure stillschweigend erledigt wurden, so konnte der dritte vorm Aushauchen doch noch »Hilfe!« rufen, also daß nun Alarm gegeben war, und so sahen wir denn beim Eintritt in den kleinen Salon Madame de Saint-Paul schreckensbleich an einer Wand stehen, während ein Räuber ihr mit der Linken eine Pistole vor die Brust hielt.

»Malevault!« schrie ich verblüfft und bedeutete meiner Truppe zurückzubleiben. »Zum Teufel, dich hier zu treffen, hätte ich nicht erwartet!«

»Ein Wunder wär's«, sagte Malevault, »wenn Ihr mich nicht hier treffen würdet. Marquis, beliebt die Finger von Euren Pistolen zu lassen, wenn Ihr nicht wollt, daß Madame de Saint-Paul ein Loch im Busen hat, es würde ihren Charme beschädigen.«

Was half es? Ich mußte meine Hände sinken lassen und an meinen Händen die nutzlosen Dolche. Dabei hatte Malevault nur fünf, sechs Kumpane bei sich, mit schlechten Messern bewaffnet; so kriegsmäßig gerüstet, wie wir waren, hätten wir sie im Handumdrehen niedergemacht ohne diese flammende Pistole, die das rothaarige Skelett auf sein Opfer richtete.

»Na schön!« sagte Malevault und hob die schweren Lider. »Wir können uns einigen.«

»Einigen? Worüber?« fragte ich.

»Über die kleine Schatulle hier«, sagte Malevault, der tatsächlich den Fuß darauf gestellt hatte. »Ich würde sie gern mitnehmen als meine Beute.«

»Aber das ist alles, was ich habe!« rief Madame de Saint-Paul kreideweiß.

»Das war es, Madame«, sagte Malevault mit spöttischer Höflichkeit, ohne aber den Pistolenlauf auch nur einen Deut zurückzunehmen.

»Malevault«, sagte ich, mich dumm stellend, »ich weiß wirklich nicht, wie du Madame de Saint-Paul um die Schatulle bringen willst, wenn ich hier bin.«

»Ich schon«, meinte Malevault.

»Wirf einen Blick durchs Fenster«, sagte ich, »das Haus ist von unseren Leuten umstellt.«

»*Einen* Ausweg gibt es«, sagte Malevault mit dünnem Lächeln, »da, wo Ihr hereingekommen seid und wozu Ihr offenbar den Schlüssel habt.«

»Aber den habe ich.«

»Schön. Ihr gebt mir den Schlüssel, und wir ziehen ab, samt Schatulle und Madame de Saint-Paul, die ich freilasse, sobald wir in Sicherheit sind.«

»Mein Pierre«, raunte hinter mir eine wohlvertraute Stimme auf okzitanisch, »halt ihn mit Reden hin, und sowie ich dir eine Hand auf die Schulter lege, bück dich blitzschnell.«

»Malevault«, sagte ich, »deine Undankbarkeit macht mich staunen: Gestern abend habe ich deine Wunde gereinigt und verbunden, ich habe dich vorm Strick bewahrt, habe dir fünfundzwanzig Ecus gegeben, und heute hast du die Stirn, dich derart aufzuführen.«

»Ha, Marquis!« sagte Malevault, leicht auflachend, »Ihr macht Witze. Die fünfundzwanzig Ecus hab ich redlich verdient, weil mein lumpiges altes Messer schneller war als Bahuets funkelnagelneue Pistole hier«, fuhr er fort, indem er, um sie vorzuzeigen, sie kurz von Madame de Saint-Pauls Busen nahm. »Wie versprochen, so gehalten; aber jeder Tag hat sein Geschäft. Und dieses heute ist meins: Madame de Saint-Paul gegen einen kleinen Kasten.«

»Und wer garantiert mir«, wandte ich ein, »daß du Madame de Saint-Paul freiläßt, sobald du in Sicherheit bist?«

»Marquis«, sagte Malevault, indem er sich hochmütig reckte und mich halb ernst, halb scherzend ansah, »so wahr ich zum heiligen Rémi bete, ich habe meine Ehre.«

In dem Moment fühlte ich eine Hand sich von hinten auf meine Schulter legen, rasch bückte ich mich, hörte über meinem Kopf ein Pfeifen, dem ein dumpfer Aufprall folgte, und sah Mirouls Messer in Malevaults Brust wippen. Der riß weit die Augen auf, ließ seine Pistole fallen und sank ohne einen Seufzer zu Boden. Meine Leute feuerten wie wild auf ihn und die anderen Plünderer, doch ich gebot der Schießerei Einhalt und tat gut daran, denn die Nicht-Getroffenen stürzten davon und brüllten, sie seien überfallen worden, womit sie alle, die sich in dem Stockwerk befanden, in Panik versetzten, und als man es befreien wollte, stand es leer. Also befahl ich den Arkebusieren, sich mit der Waffe in Händen an die Fenster zu stellen, doch ohne zu schießen, weil ich mir dachte, daß Rousselet, anstatt die Plünderer anzugreifen, lieber verhandeln und ihnen freien Abzug anbieten werde, damit unsere Pferde verschont blieben. Was er auch so klug war zu tun, als Stadtleutnant war er nicht auf Blutvergießen erpicht.

Nun, wir retteten zwar unsere Pferde, auch Kutschenpferde für Madame de Saint-Paul, dafür aber war unsere Habe im Oberstock unbarmherzig geplündert worden, und mein armer Quéribus hatte seine sämtlichen schönen Kleider verloren, darunter ein Seidenwams mit dreireihigem Perlenbesatz, das er sich zur Krönung des Königs hatte machen lassen und das vom ganzen Hof bewundert worden war; dazu seinen kostbarsten Schmuck, im besonderen ein Paar goldener Ohrringe mit großen Diamanten, ein Geschenk von Heinrich III. – alles war den verdammten Raubzüglern in die Hände gefallen.

Mein armer Quéribus wankte bei dieser heillosen Entdeckung und sank wie von Sinnen auf sein Lager, bald schrie er seinen

Zorn heraus, bald vergoß er Sturzbäche von Tränen, dick wie Erbsen. Schöne Leserin, wenn Sie erlauben, möchte ich hier einen Einschub machen, um Ihnen in Erinnerung zu rufen, daß es nicht mein sehr geliebter Herr Heinrich III. war, der als erster die Ohren seiner Höflinge geschmückt sehen wollte, sondern sein älterer Bruder Karl IX., der diese italienische Mode in Frankreich heimisch machte, und dieser Bruder, wie übrigens auch mein reizender Quéribus, hätte bei dem bloßen Wort »schwul« blankgezogen, denn seine Liebe galt ausschließlich Frauen. Geck und Liebesknabe sind, Gott sei Dank, nicht unbedingt dasselbe! Das soll einmal gesagt sein, ich selbst war in jungen Jahren ein wenig geckenhaft und lege auch mit meinen Vierzig noch immer größte Sorgfalt auf meine Kleidung. Dennoch trug ich, *ausus vana contemnere*,[1] zeitweilig auch meine unschöne Tuchhändlertracht und machte mich häßlich im Dienst des Königs.

Während mein Quéribus seinem untröstlichen Leid nachhing, lief ich eine Etage tiefer, um Madame de Saint-Paul zu besuchen. Und wie klopfte mir das Herz vor köstlicher Erwartung des nahen Wiedersehens, hatte ich ihr doch Leben und Besitz gerettet und geholfen, sie von einem tyrannischen Gemahl zu befreien. Ha! Leser, welch ein Verrat! Verlassen hatte ich eine schmeichelnde Circe. Was ich wiederfand, war eine Gorgone, und all ihre Haarsträhnen züngelten gegen mich wie Schlangen mit Medusenblicken.

»Marquis«, sagte sie, indem sie mich aus kalten Augen maß, »welch ein Wahnwitz hatte Euch gepackt, zuzulassen, daß Euer Junker sein Messer auf diesen Halunken warf. Hätte er ihn verfehlt, weilte ich nicht mehr unter den Lebenden.«

»Madame«, sagte ich, »Ihr setzt mich in Erstaunen! Ich durfte meinen Junker machen lassen, weil ich seine unfehlbare Hand kenne. Wäre ich andererseits auf den Handel mit diesem Räuber eingegangen, hättet Ihr mit Sicherheit Euer Vermögen verloren und vielleicht auch Ehre und Leben.«

»Das bezweifle ich«, sagte sie. »Ich glaube nicht, daß der Kerl mit meiner Schatulle und mir weit gekommen wäre, das Haus war umstellt.«

»Oh, nein, Madame«, sagte ich ziemlich hart, »das war es

---

1 (lat.) mit dem Mut zur Verachtung der Eitelkeiten.

nicht. Der Hinterausgang war frei geblieben. Und hätte Malevault auf seiner Flucht entweder Eure Schatulle oder Euch herausgeben müssen, hätte er jedenfalls nicht die Schatulle geopfert.«

»Das sagt Ihr so«, versetzte Madame de Saint-Paul mit schnippischer Miene.

»Madame«, sagte ich nach einer Weile Schweigen, »wenn man Euch hört, dann habe ich Euch bisher so miserabel gedient, daß ich es kaum wage, von der Erlaubnis zu sprechen, die ich beim Herzog von Guise für Euch erwirken konnte, Reims frei zu verlassen und Euch in eine Stadt Eurer Wahl zu begeben, in Eurer eigenen Kutsche, mit Euren Kammerfrauen und unter dem Schutz meiner Eskorte.«

»Deutlicher gesprochen: Ich werde verjagt!« sagte Madame de Saint-Paul mit unfaßlichem Dünkel.

»Madame«, sagte ich, »sosehr ich Euren Gesang bewundert habe, weiß ich doch nicht, ob Euer jetziges Lied mir sonderlich gefällt: Es ist gar zu anders als jenes, das mich bezauberte. Glaubt mir, es hätte Euch weit Schlimmeres geschehen können, als Reims frei und samt Eurer Habe zu verlassen.«

»Ach ja! Und der Leichnam meines geliebten Mannes bleibt nackt und bloß auf dem Pflaster liegen!« sagte sie, die Augen gen Himmel gekehrt.

»Madame«, sagte ich, »Ihr scheint Euren Gemahl, nun, da er tot ist, mehr zu lieben, als da er lebte. Aber seinethalben dürft Ihr beruhigt sein. Der Herzog hat befohlen, ihn in einen Sarg zu betten und würdig in die Stadt zu überführen, die Ihr für Euren Rückzug wählt.«

»Was ja wohl auch das mindeste ist, scheint mir«, entgegnete sie mit Schärfe, »was Ihr nach Eurem feigen Mord tun konntet.«

»Madame!« schrie ich entrüstet, »ich habe an diesem Mord keinen Teil.«

»Aber damit einverstanden wart Ihr.«

»Madame«, sagte ich wütend, »nicht mehr und nicht weniger als Ihr, die Ihr sehr wohl wußtet, auf welcher Seite ich stehe, als Ihr mir den Schlüssel gabt, der die Tür meines Kerkers öffnete und mir erlaubte, alles zu tun, um Reims, Herrn von Guise und Euch von einem Tyrannen zu befreien.«

»Ha, Monsieur!« rief sie aufgebracht, »beschimpft nicht einen Toten!«

»Einen Toten«, sagte ich zähneknirschend, »den Ihr gestern in meinem Beisein ›einen unheilvollen Rüpel‹ nanntet. Aber, Madame, ich sehe schon, Worte verwehen, und die Euren entschweben so leicht, daß Ihr sie von einem Tag auf den anderen vergeßt, wie übrigens Eure zärtliche Freundschaft, Eure betörenden Blicke, Euren Händedruck ... Gut denn, wir sind quitt. Morgen früh werde ich Euch, wie versprochen, ohne Euch mehr als nötig zu sehen oder anzusprechen, dorthin geleiten, wohin Ihr wollt.«

»Nach Mézières«, sagte sie kühl.

»So, nach Mézières. Weil dort eine Zitadelle Eures geliebten Verstorbenen ist. Aber, Madame«, fuhr ich fort, »erlaubt mir einen Rat: Wenn der König Laon nimmt, wird der Herzog von Guise mit ihm die Übergabe von Reims verhandeln müssen, und ist Reims einmal übergeben, Madame, und mit Reims die Champagne, was wird dann aus Mézières, wenn Ihr meinem Herrn die Stadt nicht beizeiten aus eigenen Stücken übergebt?«

»Monsieur, ich überlege es mir«, sagte Madame de Saint-Paul.

»Dann überlegt schnell, Madame. Was mich betrifft, so wäre ich nicht abgeneigt, würde der König mir den Befehl erteilen, Mézières im Sturmangriff zu nehmen.«

Nach diesem Partherpfeil verließ ich zähneknirschend und mit geballten Fäusten die Füchsin, ohne ein Aufwiedersehen, ohne einen Gruß und so von Zorn übermannt, daß ich kaum des Gebrauchs meiner Augen mächtig war, um aus dem Gemach herauszufinden. Stampfenden Schrittes eilte ich durch den dunklen Gang der Etagentür zu, da hörte ich eilige Schritte hinter mir, und als ich mich jäh, mit gezückten Dolchen, umwandte, stand ich Louison gegenüber, die mich in ihre Kammer zog.

VIERTES KAPITEL

Getreu meinem Versprechen und mit zusammengebissenen Zähnen eskortierte ich die Dame am nächsten Morgen nach Mézières, und obwohl die Heuchlerin ein ums andere Mal die süße Huld am Kutschenfenster spielte, gönnte ich ihr kein Wort, keinen Blick, nicht einmal einen Abschiedsgruß, als ich vor den Stadtmauern kehrtum befahl; ich dachte nicht daran, auch nur eine Zehenspitze in die Höhle zu setzen, wo diese Schlange künftighin über ihre Schatulle zu wachen gedachte.

Weil ich nun in Laon, das der König weiterhin belagerte, nicht mit einem Frauenzimmer im Gefolge erscheinen wollte, beschloß ich, erst einmal nach Paris zu gehen. Kaum jedoch hatten wir in meinem Hause im Champ Fleuri Platz genommen, um einen Schluck zu trinken und einen Bissen zu essen, stutzte meine quicke, kleine Guillemette, als sie meiner Louison ansichtig wurde.

»Wer ist das?« fragte sie mit gerümpftem Mäulchen.
»Du siehst doch«, sage ich, »ein Frauenzimmer.«
»Und woher?«
»Aus Reims. Ich habe sie mitgebracht. Sie ist meine Kammerjungfer.«
»Von wegen«, sagt Guillemette, »Eure Hure ist sie.«
»Guillemette«, sage ich, »noch ein Wort, und ich lasse dir vor der versammelten Eskorte den blanken Hintern versohlen.«
»Gnädiger Herr, beliebt mich zu entschuldigen: Es ist keine Hure. Es ist ein Luder.«
»Was erlaubst du dir!« schrie ich wütend.
»Bitte um Vergebung, gnädiger Herr. Es ist kein Luder, ein dreckiges Aas ist das.«
»Guillemette, beim Ochsenhorn!«
»Wahr und wahrhaftig, Monsieur, Ihr müßt nicht recht bei Troste sein, Euren Rüssel in so einen fetten, stinkenden Misthaufen zu stecken.«
»Gnädiger Herr«, sagte jetzt Louison, einen Kopf größer als

Guillemette, nachdem sie deren Sturmfeuer mit gekreuzten Armen und gleichmütigem Gesicht an sich hat abprallen lassen, »darf ich etwas fragen?«

»Bitte, Louison.«

»Seid Ihr mit dem Zwerg intim?«

»Nein.«

»Schwört Ihr's bei der gebenedeiten Jungfrau?«

»Bei der gebenedeiten Jungfrau und allen Heiligen.«

»Dann ist die Sache klar.«

Womit sie auf Guillemette zumarschierte und ihr links und rechts ein paar schallende und so kräftige Ohrfeigen verpaßte, daß die Kleine wie benommen zu Boden fiel. Da nahm Louison sie, als wär's ein Packen Kleider, hievte sie sich über die Schulter und sagte in ruhigem Ton, sie wolle sie unter der Pumpe zu sich bringen.

»Ha! Mein Pierre!« rief Miroul, der Tränen lachte, »wahr und wahrhaftig, die Reimserin fängt an, mir zu imponieren. Auch wenn du sie nicht dazu engagiert hast, wird die gute Louison unserem kleinen Pariser Spatzen doch einmal den frechen Schnabel stutzen. Was, Gott sei's getrommelt, kein Schade wäre! Ihr vorlautes Mundwerk ging mir schon eine Weile auf die Nerven.«

Trotzdem, wer weiß, wie das *cara a cara* unserer beiden Mägde geendet hätte, wären nicht auch noch Lisette und Héloïse dazugekommen, weil Doña Clara Delfin de Lorca mein Haus im Viertel Saint-Denis Hals über Kopf verlassen hatte, um nach Spanien heimzukehren. Die beiden hatten nicht allein und unbeschäftigt dort bleiben wollen und erboten sich, mit meiner Erlaubnis das Gesinde im Champ Fleuri noch ein bißchen zu mehren. Und samt ihren hübschen, fröhlichen Gesichtern brachten sie mir einen Brief von Doña Clara mit, der allerdings bei weitem nicht so hübsch war.

Monsieur,

ich werde Euch ewige Dankbarkeit dafür wissen, daß Ihr mein armes seliges Söhnchen und mich während der Pariser Belagerung bei Euch aufgenommen und, wenn es für mein Kind auch zu spät war, so doch mich vorm Hungertod bewahrt habt. Von meinen Landsleuten der Not meiner Witwenschaft preisgegeben, konnte ich nur dank Eurer sehr großmütigen und christlichen Gastfreundschaft in der Fremde überleben, was ich

Euch zu vergelten bemüht war, indem ich trotz meines Ranges Eurer Wirtschaft und Eurem Gesinde vorstand. Dies wäre mir freilich besser gelungen, hättet Ihr selbst Euer Haus mit strafferer Hand geführt.

Eure maßlose Duldsamkeit gegenüber Euren Leuten aber und insonders Euren Kammerfrauen, die unziemlichen Vertraulichkeiten, welche sie sich gegen Euch herausnehmen durften, Euer offenkundiges Einverständnis mit dem sündigen Verhältnis, welches die eine mit Monsieur de l'Etoile pflegte, kurzum, diese große Liebe, die Ihr ihnen (wie übrigens allen Frauen) ohne jeden Unterschied des Blutes, des Ranges wie auch des Bildungsstandes bezeigt, so daß die dummen Schnepfen ganz vernarrt in Euch sind, all das überzeugte mich schließlich, daß ich der Aufgabe, Eure Dinge in Ordnung zu halten, doch nicht gewachsen bin. Denn, wenn Ihr die Frage erlauben wollt, was kann aus einem Hausstand werden, wo der Herr von vornherein gesonnen ist, niemanden auszupeitschen, und sofern er einmal rügt, dies mit freundlichem Lächeln und nachsichtigen Blicken tut?

Lächeln, Blicke, Komplimente – übertriebene, ehrlich gesagt – wurden auch mir reichlich zuteil, doch weil ich deren wahren Sinn anfangs mißverstand, faßte ich zu Euch eine außerordentliche Freundschaft, die allerdings nur grausam enttäuscht werden konnte, als Ihr Euch mit einemmal hinter der Treuepflicht zu Eurer Frau Gemahlin verschanztet, um Euch Banden zu verweigern, die zu erstreben Ihr mich doch sozusagen erst gelehrt hattet. Mehr noch, als Ihr Euer Haus im Champ Fleuri zurückbekamt, batet Ihr mich, in der Rue des Filles-Dieu wohnen zu bleiben, unter dem Vorwand, daß Eure Frau Gemahlin Euch in Eurem Stadthaus besuchen könnte.

Diese Behauptung erwies sich leider als ebenso falsch und lügnerisch, das sage ich ganz unverhohlen, wie Eure eheliche Treue. Euer Gesinde ist nun einmal geschwätzig, und da es Eure beklagenswerten Laster mindestens ebensosehr bewundert wie Eure liebenswerten Tugenden, wie hätte ich da von all Euren Abenteuern nichts erfahren – in Paris mit der Montpensier, in Boulogne mit Alizon, mit Mylady Markby in Saint-Denis, mit Babille auf Mespech, mit Eurer »schönen Kaufmannswitwe« in Châteaudun! Wo vielleicht noch? In Reims? Da für Euch ja wohl an jegliche Stadt der Gedanke irgendeiner Liebelei geknüpft sein muß! Denn für Euch, was ich abermals nur beklagen kann, ist es einerlei, ob Kammerjungfer, Bürgersfrau oder hohe Dame, und im täglichen Leben mit mir, die immerhin sehr wohlgeboren ist – bin ich doch die Base eines spanischen Granden –, schient Ihr niemals auch nur den kleinsten Unterschied zwischen mir und Eurer letzten Magd zu machen. Wenn man boshaft sein wollte, könnte man sagen, Ihr strahlt für jede Weibsperson gleichermaßen wie die Sonne. Wem aber eine erhabenere Seele zu eigen ist, wie könnte dem an einer Liebe gelegen sein, der alles recht kommt, was in der Welt einen Unterrock trägt?

Nach dem Friedensschluß konnte ich mich einer kleinen Erbschaft versichern, die mir die Heimkehr nach Spanien erlaubt. Und da ich nicht das Gefühl habe, Euch künftighin irgend von Nutzen zu sein, außer ein gemietetes Haus zu unterhalten, wo Monsieur de l'Etoile seinen schamlosen Gepflogenheiten nachgeht, gestatte ich mir, von Euch Abschied zu nehmen mit unendlichem Dank für die wunderbare Güte, mit welcher Ihr mir das Leben gerettet und erhalten habt. Welches sich indessen sehr verdüstern könnte, wenn ich bliebe, bin ich doch überaus enttäuscht und abgestoßen von Euren Lügen, Eurer Kälte und Eurem Fernsein. Und da der Entschluß nun gefaßt ist, kann ich Euch nur mehr auf immer Lebewohl sagen, nun, da ich endlich erwacht bin aus dem seltsamen Traum, der mich hatte hoffen lassen, Euch, Monsieur, bis ans Ende der Zeiten

> Eure anhängliche und ergebene Dienerin zu sein.
> Doña Clara Delfin de Lorca

»Nun, Miroul«, sagte ich, »was hältst du von diesem gepfefferten Hühnerbraten?«

Worauf Miroul das Briefchen unter mehrmaligem Schmunzeln las.

»Schonkost ist es nicht«, meinte er.

»Findest du es nicht merkwürdig«, sagte ich, »daß sie l'Etoile zweimal wegen seines Verhältnisses mit Lisette verklagt, obwohl sie sich mit mir das gleiche erhoffte?«

»Was ist daran merkwürdig?« sagte Miroul. »Fremde Sünden lasten auf der Seele schwerer als eigene. Aber was ist denn, mein Pierre? Ihr macht eine klägliche Miene: Geht Euch Doña Claras Abschied so nahe?«

»Ich weiß nicht. Halb erleichtert er mich, halb schmerzt er mich. Ich hatte Doña Clara ziemlich gern. Sie war schön, und ihre Tugenden flößten mir Respekt ein, obwohl sie, entgegen dem, was sie von den meinen sagt, zumeist nicht sehr liebenswert waren. Doch wenn ich es genau nehme, Miroul, war ich ihrer Haßliebe auch reichlich leid und vor allem ihrer Rechthaberei. Es war ja, als trüge sie ständig ein Tribunal mit sich herum, ihren Nächsten zu beurteilen und zu verdammen. Vermutlich stand ihr der Nächste gar nicht so nahe, wie es ihr die Religion befahl.«

»Amen«, sagte Miroul. »Mein Pierre, was habt Ihr vor mit dem Haus in der Rue des Filles-Dieu, das nun leersteht?«

»Ich behalte es und setze einen mir ergebenen Mann hinein.«

»Nur damit Monsieur de l'Etoile es weiterhin bequem hat?« Miroul lächelte.

»Das Haus liegt dicht an der Porte Saint-Denis, ich kann mich gegebenenfalls dort verstecken, in meine Verkleidung als Tuchhändler schlüpfen und die Hauptstadt unbemerkt verlassen.«

»Wann gehen wir nach Laon zum König?«

»Morgen vor Tag. Sag es unserer Eskorte und den Herren des guten Quéribus, damit sie ihn rechtzeitig wecken.«

»Ich eile. Mein Pierre«, setzte er zwischen Tür und Angel hinzu, so daß seine Gestalt sich im Lichtschein zierlich und elegant abzeichnete, als wäre er immer noch zwanzig. »Bedauert Ihr jetzt, nachdem Doña Clara fort ist, die Frucht nicht doch gepflückt zu haben, die Euch so leicht zugefallen wäre? Immerhin war sie sehr schön.«

»Ach, Miroul, wozu es bedauern? Die Kastanie war gar zu stachelig.«

»Offenbar meint Ihr wie Theokrit, man soll einer Kuh nicht nachlaufen, sondern die zunächst stehende melken?«

»Pfui, Miroul! So von einer Frau zu reden!«

»Ist es nicht trotzdem schade um eine verpaßte Gelegenheit?«

»Damit ist das Leben gepflastert.«

»Beim Ochsenhorn!« sagte lachend Miroul. »Das ist ein Gedanke! Der richtet den Menschen auf!«

Ich entsinne mich, daß es schon dunkel war, als wir im Feldlager vor Laon eintrafen, und der erste, auf den ich dort stieß, war Monsieur de Rosny, der mich warmherziger als gewohnt begrüßte, fühlte er sich doch als der wichtigste Mann nach dem König, dem er freilich seit zwanzig Jahren hervorragend und ergeben diente.

»Ha, Siorac!« sagte er, ohne mich jedoch zu umarmen, solche höfischen Liebenswürdigkeiten widerstrebten dem Hugenotten in ihm, »wie gut, daß Ihr kommt! Es heißt nämlich, daß Mayenne und Mansfeld mit seinen Spaniern uns in Kürze angreifen wollen, um uns zu schlagen oder wenigstens zur Aufgabe der Belagerung zu zwingen. Und, bei Sankt Antons Bauch! da kommen wackere Degen wie Ihr uns gerade recht. Ihr seid doch einverstanden, wieder unter mir zu kämpfen wie in der Schlacht von Ivry?«

»Monsieur de Rosny«, sagte ich, »nichts wäre mir lieber, denn wie könnte ich je vergessen, welchen ruhmvollen Anteil Ihr an jenem Sieg hattet?« – ein Kompliment, das ihm geradewegs ins Herz ging, denn niemand am Hof war eitler als er (womit ich seine hohen Tugenden keineswegs schmälern will). »Aber, Monsieur de Rosny«, fuhr ich fort, »Ihr seht mich ein wenig betrübt, denn ich komme mit Neuigkeiten von Reims, kann sie aber dem König erst morgen vortragen, weil er längst schlafen wird.«

»Das ist nicht gesagt«, versetzte lächelnd Rosny. »Der König ist Soldat und kann schlafen und wachen, wie er will. Es vergeht keine Nacht, ohne daß er mitten aus dem Schlaf aufspringt und zum soundsovielten Mal seine Gräben und Batterien visitieren geht.«

Und so war es. Quéribus und ich hatten im Zelt kaum unser Mahl beendet, als durch die finstere Nacht ein Page gelaufen kam und mich zum König führte. Ich fand ihn im Begriff, sich niederzulegen, nachdem er eine Stunde zuvor schon einmal aufgestanden war, um einen Tunnelbau zu inspizieren, den er nur bei Nacht vorantreiben ließ, damit die Belagerten nicht sehen konnten, welche Erdmassen dort abgefahren wurden.

»Ha, Graubart!« sagte er und gab mir die Hand zum Kuß, die wie üblich nach Knoblauch roch, »dein Kommen ist ein Lächeln Fortunas! Holla, Page, schnell ein Polster her! An mein Bett! Für den Marquis de Siorac.«

Und nicht, daß besagtes Polster ein Luxus gewesen wäre, denn der Zeltboden war steinhart, und ohne das fest gestopfte Satinkissen hätten meine Knie ziemlich gelitten. Was aber sein Bett anging, so weiß der Leser ja schon, daß es nicht eben von königlicher Prunkliebe zeugte, da es aus zwei übereinandergelegten Strohsäcken bestand, die ein paar Bretter vor der Bodenfeuchte schützten.

»Alsdann, Graubart«, fragte der König ohne Umschweife in seinem gewohnten frotzelnden Ton, »wie steht es mit meinem Cousin Herzog von Guise und mit Saint-Paul?«

Ich trug mein Verslein also munter und bündig vor, wie er's liebte, betonte aber gewisse Details, weil ich ihn durch meinen Korb bei Madame de Saint-Paul zu belustigen hoffte, was auch tatsächlich gelang.

»Ach, Graubart«, sagte er, »tröste dich mit dem Gedanken, daß es mit dieser Art Krieg dasselbe ist wie mit dem anderen: Immer kann man nicht siegen, oft genug verliert man sogar, denn man hat es mit einem Gegner zu tun, der sich das Recht herausnimmt, seine Versprechen nicht zu halten, die er auch gar nicht schriftlich gibt, nicht einmal mit klaren Worten, sondern nur durch einen Blick, ein Lächeln, einen Wimpernschlag – und nachher kann er den Sinn, den unsereins daraus gelesen hat, immer bestreiten. Welcher Mann«, fuhr er seufzend fort, »ist darauf nicht schon hereingefallen? Aber«, setzte er mit jener Heiterkeit hinzu, die ihn allseits so beliebt machte, »vergiß nicht: Nie schlägt Fortuna dir eine Tür vor der Nase zu, ohne dir eine andere zu öffnen.«

Hierauf lachte er, aber nicht so fröhlich wie sonst. Er war, glaube ich, zu müde von seinem anstrengenden Tagewerk und der mehrmals unterbrochenen Nacht.

»Graubart«, sagte er, »das in Reims hast du gut gemacht. Und Saint-Pauls Tod ist eine gewonnene Schlacht. An ihm verliert die Liga einen sehr tüchtigen Hauptmann, kampferprobt, verschlagen und energisch. Dicke Hoden gibt's nur in Lothringen, sagt das Chanson, aber seine waren durch und durch spanisch und um so gefährlicher für uns. Was nicht heißt, daß der kleine Guise, wo er Reims erst einmal hat, es jetzt an mich herausrücken wird, ohne zu feilschen und ohne abzuwarten, was aus Laon wird. Laon, Graubart, ist der Schlüssel zu allem. Wenn ich Laon nehme, brauche ich meinen Sack nur noch aufzuhalten, und die picardischen Städte werden allesamt hineinpurzeln, bald auch Reims, und mit Reims die Champagne. Glück muß man haben!«

Hiermit gähnte er, als wollte er sich den Kiefer ausrenken, und streckte die muskulösen Beine.

»Genug geschwätzt!« sagte er, trotz seiner maßlosen Müdigkeit lächelnd. »Meine Glieder sind schwer, die Nacht ist kurz. Bis morgen, Graubart!«

Er schloß das rechte Auge, dann das linke, sein Atem verlangsamte sich, und er schlief ein, wie wenn man eine Kerze ausbläst. Ich konnte nur staunen, daß sein Körper ihm gehorchte wie der gehorsamste Untertan.

Wenn ich zum Lobe Henri Quatres darlegen sollte, wodurch er sich in der Kriegführung auszeichnete, würde ich sagen, daß er vor allem überaus fleißig war und alles im Auge behielt. Nie gab er einen Befehl, dessen Ausführung er nicht überwachte. Er war immer für die unterschiedlichen Ansichten und Ratschläge seiner Feldmeister zugänglich, aber im gegebenen Augenblick entschied er, handelte ohne Zaudern, verlor vor Widrigkeiten nicht den Mut und legte in den schwierigsten Situationen eine unerschütterliche Siegeszuversicht an den Tag.

Im Kampf gab er seiner Kavallerie den Löwenanteil, weil er wußte, daß sie besser war als die spanische, und stürmte mit einer draufgängerischen Verwegenheit voran, daß die Edelleute, die seinem Glück vertrauten, durch sein Beispiel zu größter Kühnheit mitgerissen wurden. Andererseits bewies er kühlen und klaren Kopf beim Einsatz seiner Kanonen und wußte sie bei Belagerungen wie in Schlachten hervorragend aufzustellen. In der Befestigungskunst, insonders bei der Umzingelung einer Stadt, war er, meine ich, unvergleichlich. Er lief sich die Füße wund, wie man sah, um von früh bis spät die Gräben zu kontrollieren, ließ hier vertiefen, dort Winkelungen verschärfen, ließ Wälle und Gegenwälle aufwerfen, Minen und Konterminen graben, Redouten zum Schutz der Batterien erhöhen, die Schießscharten genau berechnen, um seine Geschütze bestens auszurichten und dem Feind seine Überlegenheit vor Augen zu führen. Und schließlich, das sei als letztes gesagt, obgleich es nicht sein geringstes Verdienst war: So entschlossen und unnachgiebig er im Kampf war, so gnädig war er als Sieger. Immer war er zu Verhandlungen mit den Belagerten bereit, bot ihnen die mildesten Konditionen, ließ Hungerleidende abziehen – wie während der Pariser Belagerung –, und war die Stadt genommen, stellte er seine Soldaten unter strengen Befehl, um Raub, Mord und Vergewaltigung zu verhindern.

Durch die mitunter unmäßige Freigebigkeit meines geliebten Herrn Heinrichs III. verwöhnt, fanden die Großen den Nachfolger geizig und undankbar. Ha, Leser, wie falsch das war und wie übelwillig! Henri streute das Geld tatsächlich nicht mit vollen Händen über seine unersättlichen Granden aus – ohnehin wurden sie desto aufsässiger, je mehr er ihnen bewilligte –, aber dafür gab er seinen Invaliden, zahlte ihnen Pensionen bis ans Lebensende, um sie dafür zu entschädigen, daß sie in seinem Dienst Arme oder Beine verloren hatten, und war überhaupt der um sein Volk am meisten besorgte König, den es je gab. Als Beispiel führe ich den wunderbaren Ausspruch an, den er am Abend nach der Schlacht von Ivry gegenüber einem Offizier tat, der ihn fragte, ob er denn nicht froh sei, die Liga geschlagen zu haben. Henri schüttelte traurig den Kopf.

»Wie soll ich mich freuen«, sagte er, »wenn ich meine Untertanen tot auf dem Feld liegen sehe? Ich verliere doch mehr, als ich gewinne.«

Wie sein Vorgänger exzellierte Henri in der Diplomatie, der offenen wie der geheimen. Erstere soll den Chronisten überlassen bleiben und jenen, die daran beteiligt waren. Die zweite darf ich nicht rühmen, ohne mir den Mund mit Eigenlob zu spülen. Dafür kann ich hier aber sagen, was ich noch nirgends gedruckt gefunden habe: Um sich über die Absichten des Feindes Klarheit zu verschaffen, verstand er es bewundernswert, sowohl Aufklärer als auch Spione einzusetzen.

Da er wußte, daß Mayenne sein Lager bei La Fère aufgeschlagen hatte – die Stadt liegt einen halben Tagesritt von Laon entfernt –, zwang Henri seine Armeeführer, sosehr sie auch murrten, tägliche Kundschafterritte mit starken Reiterschwadronen in jene Richtung zu unternehmen. Mehr noch, um den Großen ein Beispiel zu geben, beteiligte er sich selbst an diesen täglichen Aufklärungen, um überraschenden Aktionen des Gegners zuvorzukommen. Auf diese Weise konnten wir zweimal ligistische Truppen zurückschlagen, die von La Fère aus versuchten, Männer, Lebensmittel und Munition nach Laon einzuschleusen.

Was die Spione anging, verstand Henri es nicht nur sehr gut, geeignete Leute auszuwählen, er schickte auch mehrere oder wenigstens zwei an denselben Ort, ohne daß einer vom anderen wußte. Und wenn er sie bei ihrer Rückkehr getrennt voneinander anhörte, vermochte er ihre Aussagen vorzüglich abzuwägen, um das Falsche vom Wahren zu unterscheiden oder zumindest das Wahrscheinliche vom Ungewissen.

Während ich diese Zeilen schreibe, spüre ich, wie Sie, schöne Leserin – leider nicht körperlich –, hinter mir stehen und mich am Ellbogen zupfen.

»Monsieur«, höre ich Sie klagen, »schon wieder geht es um Krieg! Dabei wissen Sie, daß mein sanftmütiges Geschlecht im Krieg nicht vorkommt ...«

»Nur bei der Einnahme einer Stadt als unschuldiges Vergewaltigungsopfer«, werfe ich ein.

»Bitte, Monsieur, unterbrechen Sie mich nicht! Der Krieg hat für mich nun einmal nicht denselben Reiz wie Ihre persönlichen Abenteuer. Und ich verhehle nicht, daß das alles meinem empfindsamen Herzen gegen den Strich geht. Ich kann es schon nicht ertragen, wenn eine Katze eine Maus zerfleischt. Mit wieviel mehr Abscheu wende ich mich von einem Schauplatz ab, wo so viele Menschen umkommen.«

»Gewiß, Madame«, sage ich, »das alles weiß ich, und Sie sehen mich deshalb auch sehr bekümmert. Trotzdem, bedenken Sie bitte, daß dem Bild, das ich von unserer Zeit zu entwerfen versuche, die Farben der Wahrheit fehlen würden, wenn ich diese Momente ausließe, in denen Frankreichs Schicksal, ja sogar seine Existenz, auf Messers Schneide stand.«

»Monsieur, Sie sind ein schrecklicher Schulmeister! Sie haben mir den Zustand des Königreichs nun schon tausendmal erklärt. Mir dröhnen die Ohren. Ich weiß, ich weiß, bei allen Heiligen: Wenn Henri Laon nicht nimmt, fällt Paris der fremden Invasion zum Opfer!«

»Und Sie der spanischen Gewalttätigkeit! Hören Sie, Madame, bei meiner großen Schwäche für Sie muß ich Sie aber doch einmal ermahnen! Nehmen Sie die gegenwärtige Lage bitte nicht ganz so leicht! Es wird ein für allemal Schluß sein mit Ihrem schönen Pariser Leben, Ihren guten Mahlzeiten, Ihren

Bequemlichkeiten, Ihrer Seelenruhe, ja mit Ihrer Ehre, wenn der König und eine Handvoll seiner loyalen Untertanen den Feind nicht vor Laon besiegen ...«

Im Krieg schleppt sich lange Zeit alles dahin, und plötzlich geht es holterdiepolter. Drei lange Monate führten wir nun die Belagerung, lauerten, wachten, schickten Spione nach La Fère, machten Aufklärungsritte rund um Laon, aber die Stadt ergab sich nicht. Die Stadt wartete auf Mansfeld, und kein Mansfeld kam. Sicherlich war das ehemals so rasche Spanien durch die palavrige und papierwütige Herrschaft Philipps II. furchtbar langsam geworden, aber trotzdem begriff niemand, wo Mansfeld blieb. Vielleicht, daß er einen Brief seines Herrn erwartete und der Brief nicht eintraf. Vielleicht, daß Mansfeld, der immer die Brüsseler Geusen im Auge hatte, nicht das andere Auge auf Laon richten wollte, um nicht ins Schielen zu geraten – oder die eine Stadt zu verlieren, ohne die andere zu gewinnen. Vielleicht aber hatte er sogar Philipps II. Befehl erhalten und wollte, anstatt sich gehorsam in Marsch zu setzen, lieber Laons Kapitulation abwarten. Vielleicht war er nämlich gar nicht so begierig, sich mit Henri Quatre zu messen, ein so guter Feldherr er immer sein mochte und in so glanzvollem Ruf die spanische Infanterie auch stand, die unzweifelhaft die beste der Welt war.

Eines Tages im Juli rief der König zum Kriegsrat in sein Zelt, woran ich nur teilnehmen durfte, weil Monsieur de Rosny mich seiner Suite eingegliedert hatte. Zugegen waren der Marschall von Biron, von dem hier bereits die Rede war, der treffliche Givry, der ein paar Tage darauf vor Laon sein Leben lassen sollte, Saint-Luc, einst der Liebling König Heinrichs III., inzwischen allseits für seine Tapferkeit respektiert, der liebenswerte Marivault, der mit Givry die Kavallerie befehligte, und schließlich der rauhbeinige Vignolles, der dem Leser vielleicht noch im Gedächtnis ist, wie er vorsorglich Schloß Plessis-les-Tours besetzte, als die hochberühmte Begegnung und Aussöhnung zwischen Heinrich III. und dem zukünftigen Heinrich IV., unserem Henri Quatre, stattfand.

»Meine Herren«, sagte der König, indem er wie immer auf seinen dünnen Beinen ungeduldig umherstapfte, »soeben erhalte ich Nachricht aus La Fère. Mansfeld ist zu Mayenne gestoßen, nach übereinstimmender Aussage von drei getrennt operierenden Spionen. Sie wollen, bevor sie einen Generalangriff unternehmen, einen Entsatzversuch wagen und starke Kavallerie, Infanterie und große Mengen Munition nach Laon werfen. Zu dieser Expedition soll so viel an Fußvolk und Reiterei aufgeboten werden, daß man jedes angetroffene Aufklärungspeloton aufreiben kann.«

»Sie werden scheitern!« rief Marschall von Biron, ein Mann mittlerer, aber kraftvoller Statur, dunkel an Haut und Haaren, mit stechenden schwarzen Augen.

Er hätte sicherlich länger gesprochen, war er doch ein großer Redner vor dem Herrn, doch der König erteilte Vignolles das Wort.

»Sire«, sagte Vignolles, außer Biron vielleicht der erfahrenste Hauptmann unter den Anwesenden, »wieso greift Mansfeld nicht sofort mit allen Kräften an?«

»Laut meinen Spionen«, sagte mit blitzenden Augen Henri, »gibt er an, seine Truppen seien erschöpft nach dem Marsch von Flandern nach La Fère und müßten sich vor einem Generalangriff erst erholen. Ich meine, der wahre Grund ist, daß Mansfeld seine Kräfte schonen will. Er hat zwei Armeen, die eine hält Flandern unterm Joch, die andere soll uns unters Joch bringen, das heißt, er hat eigentlich nur eine. Deshalb will er mich mit den geringsten Kosten zur Aufgabe der Belagerung zwingen, indem er die Festung mit Lebensmitteln, Männern und Munition entsetzt.«

»Und glaubt Ihr, Sire«, sagte Marivault, »wenn ihm das mißlingt, daß er sich dann zum Generalangriff mit allen seinen und Mayennes Kräften entschließen wird?«

»Vielleicht nicht«, sagte der König in seiner frotzelnden Art, aber scharfen Auges. »Vielleicht doch. Vielleicht wiederholt er aber auch das sehr geschickte Manöver des Herzogs von Parma: Als ich Paris belagerte, rückte er mit großen Kräften an und zwang mich zur Aufgabe; er warf massenhaft Männer und Munition in die Stadt, dann entzog er sich mir kampflos durch den Rückmarsch nach Flandern.«

»Heißt das«, sagte der brave Givry, der Mathematik studiert hatte und sich nie genugtun konnte, klarzustellen, daß zwei und zwei vier sind, »Ihr werdet die Belagerung Laons auf keinen Fall aufheben?«

»Auf keinen Fall«, sagte der König mit Nachdruck. »Was auch heißt: Selbst wenn Mansfeld seine Armee schonen will und nur mit einer Backe drangeht, weil er immer noch nach Flandern schielt, ist für uns jeder Kampf gegen spanische Infanterie hochgefährlich. Biron wird das Wagestück übernehmen«, entschied der König, damit die Geister diese Gefahr gar nicht erst lange umkreisten, »der Mansfeld-Expedition einen Hinterhalt zu legen und sie zu überrumpeln. Marschall von Biron, Ihr entscheidet, welche Truppen Ihr in welcher Anzahl benötigt, und brecht auf, sowie Ihr bereit seid.«

Ein Anflug von Verdruß im Gesicht des Königs, als er das Zelt verließ, brachte mich auf den Gedanken, daß er, noch immer draufgängerisch und abenteuerlich wie mit zwanzig Jahren, nicht allzu froh war, den Befehl dieser Gegenexpedition nicht selbst führen zu können, und vor allem, ihn Biron geben zu müssen. Denn glückte dem der Coup, würde das seine natürliche Überheblichkeit maßlos und in einer Weise steigern, daß er bei seinem intriganten und unruhigen Wesen zur Gefahr für den Thron werden konnte. Doch der König wußte, wo sein Platz war: an der Spitze der Armee vor Laon, das er um keinen Preis aufgeben wollte – auch nicht um den, sich bei einem Hinterhalt Lorbeeren zu verdienen.

Monsieur de Rosny wollte bei diesem Unternehmen, koste es, was es wolle, dabeisein. Zuerst schlug es ihm der König ab, weil Rosny gerade erst von Paris gekommen war und noch vielerlei zu berichten hatte. Da wiederholte er seine Anfrage, bis er beim drittenmal die Erlaubnis erhielt, und ich, der ich zu seiner Suite gehörte, mußte mit, ohne daß ich die geringste Lust dazu hatte, meinte ich doch, dem König auch nützlich zu sein, ohne daß ich den Stoßdegen schwang. Für Monsieur de Rosny jedoch kam es, abgesehen von seiner natürlichen Ruhmessucht, gar nicht in Betracht, abseits zu stehen, weil der König ihm das Amt des Großmeisters der Artillerie versprochen hatte. Und hätte er jetzt nicht alles darangesetzt, mit von der Partie zu sein, hätte der ganze Hof gemault, daß er für einen Großmeister doch etwas bläßliche Nägel habe. Aber so ist es mit der Tapferkeit unserer Edelleute: da sie von einem erwartet wird, muß man sie auch deutlich beweisen. Und sogar ich, der ich wirklich keine heuchlerische Ader habe, zeigte meinen Leuten lachende Miene, als ich mich im Zelt kampfesmäßig rüstete.

Biron, der, abgesehen von seinen unerträglichen Aufschneidereien, das Waffenhandwerk aus dem Effeff beherrschte, wählte für den Hinterhalt die Besten der Besten: tausendzweihundert Elite-Fußsoldaten und achthundert Schweizer, das heißt zweitausend Mann Infanterie, dazu dreihundert Mann leichte Kavallerie, nämlich zweihundert Lanzenreiter und hundert Edelleute für seine engste Entourage, die meisten vom königlichen Haus.

Gegen sechs Uhr abends brachen wir auf und nahmen die Landstraße von Laon nach La Fère durch einen Wald, den wir gänzlich durchquerten. An seinem Saum dann, zwei bis drei Meilen vor La Fère, hielten wir auf Birons Befehl und lagerten uns geräuschlos außer Sicht, Biron postierte nur ein paar Wachen vorn und an den Flügeln.

Ha, Leser! War das eine tödliche Warterei! Was für ein ewiges Nägelkauen und Kopfkratzen dieses Waffenhandwerk doch ist: eine Minute Kampf und neunundfünfzig Minuten Langeweile! Zwanzig Stunden, sage ich, jawohl, zwanzig Stunden lagen wir an jenem Waldsaum im Hinterhalt, bekamen nichts wie Kälte zu schlucken, mußten den Mund halten, schliefen, ohne die Rüstung abzulegen, nur auf einem Auge, kauten zur Beschäftigung Reiser, die wir von den Bäumen abrissen, oder versuchten, Ameisen zweier Ameisenhaufen zum Kampf gegeneinander zu treiben. Vergeblich, beide Parteien hatten ihre Provinzen, ihre Straßen und unterirdischen Zitadellen, und wollte man sie gegeneinander hetzen, drehten sie, weiser als wir, nach ihrer jeweiligen Wohnstatt ab und weigerten sich stur, aufeinander loszugehen. Allerdings, das muß man zugeben, haben Ameisen keine Religion und mithin keine Ketzer, also auch keinen Grund, sich gegenseitig auszurotten.

Endlich – da war es vier Uhr nachmittags – meldeten unsere Aufklärer, daß auf der Straße von La Fère ein endloser Heerbann gezogen komme; es sehe geradezu aus, als wolle uns die ganze feindliche Armee ans Fell. Bei dieser Nachricht flüsterten manche – ich werde ihre Namen nicht nennen –, wir sollten den Rückzug antreten, aber Monsieur de Biron dachte nicht daran, sondern schickte den gewissenhaften Fouquerolles auf Kundschaft. Und als der mit verhängten Zügeln wiederkam, meldete er, was jenen langen Zug bilde, seien gar keine in Korps marschierenden Truppen, sondern eine Unmenge Karren voller Lebensmittel, Pulver und Munition, eskortiert von etwa sechzehnhundert Pikenieren und Lanzenträgern, sämtlich mit dem spanischen Helm auf dem Kopf und angeführt von mindestens vierhundert Mann Reiterei.

Die Anzahl schien also hüben und drüben ungefähr gleich, und der Angriff wurde beschlossen. Nun entbrannte zwischen unseren Chefs großer Streit, wie der erfolgen solle. Die einen waren dafür, die Feinde in den Wald hereinzulassen, ihnen den Rückzug abzuschneiden und sie vom Ende her zu schlagen, die anderen wollten sie gar nicht erst hineinlassen, sondern gleich am Kopfe packen, den ihre Kavallerie bildete, denn, so gaben sie nicht ohne Grund zu bedenken, ein Reiterangriff im Waldesdickicht könne nicht glücken.

Die so argumentierten, waren Givry, Montigny und Marivault, sie befehligten unsere Reiter, und ihre Gründe waren so einleuchtend, daß sie schließlich auch Marschall Biron überzeugten, also geschah es, wie sie gesagt hatten. Am Saum des Waldes, wo wir versteckt lagen, saßen wir so lautlos auf, wie es ging, brachen plötzlich im Galopp, die Stoßdegen gezückt, hervor und hielten scharf zu auf ihre Reiter, die ganz gemächlich Schritt gingen. Gleichwohl erwehrten sie sich wacker, und das Gefecht war hart, aber kurz, nicht aus Mangel an Tapferkeit, sondern weil sie zu Pferde nicht so gut waren wie wir. Sie stoben also auseinander, ohne jedoch wirklich zu fliehen, und verteilten sich beiderseits ihrer Karren, worauf ihre Infanterie mit bewunderswerter Schnelligkeit Stellung bezog und so grimmig und gut focht, daß wir uns ihrer Reichweite entziehen mußten.

Schäumend vor Zorn und flammenschleudernden Auges befahl uns Biron, die Infanterie auf der linken Flanke anzugreifen, und bei Gott! um uns den Weg der Pflicht zu weisen, gehe er mit seinen Pferden die rechte Flanke an: Angespornt von seinen Vorwürfen und seinem Beispiel, stürmten wir also erneut, und nun so gut, daß der Rest der feindlichen Kavallerie aufgab, nicht aber die Fußsoldaten, die sich zwischen ihre Karren zurückzogen und, sekundiert von Pikenieren und Musketieren, in Igelstellung so viele und so mörderische Salven feuerten, daß wir schließlich keine mehr schlucken mochten.

Biron sah es, warf nun seine Infanterie vor, halb Schweizer, halb Franzosen, um diesem Igel zu Leibe zu rücken, die aber wurde so stachelig empfangen, daß sie ihm nicht beikommen konnte, also daß das Scharmützel länger und länger währte. Und da Biron fürchtete, die Dauer der Attacke könnte dem Feind erlauben, uns mit einem Gros überlegener Kräfte in den Rücken zu fallen, befahl er seiner gesamten Kavallerie, abzusitzen – du hast richtig gelesen, Leser! – und zu Fuß weiterzukämpfen, die Pistole in einer Hand, den Stoßdegen in der anderen.

Was wir taten. Und weil Biron, immerhin Marschall von Frankreich, es als erster vormachte und weil diese unerhörte Neuheit uns mitriß und die Spanier vor Verblüffung lähmte, griffen wir sie zu sechshundert mit einem solchen Ingrimm und von so vielen Seiten gleichzeitig an, daß ihre Piken nutzlos wurden, weil es nun Mann gegen Mann ging, sozusagen Kragen an Kragen, und das mit einem Furor, daß sie endlich aufgaben und in den Wald flüchteten. Und auf diesem ungeordneten Rückzug nun gab es eine Schlächterei, daß zwölfhundert der Ihren auf der Strecke blieben.

Monsieur de Biron stieg wieder in den Sattel, und weil er noch immer fürchtete, das Gros des nunmehr gewarnten Feindes werde uns überrumpeln, wenn wir uns zerstreuten, befahl er lautstark, daß bei seinem Leben keiner die Flüchtigen verfolge, und er konnte seine Leute derweise tatsächlich sammeln, nicht jedoch verhindern, daß etliche unserer Soldaten die Karren plünderten, die meisten Lebensmittel fortschleppten, verstreuten und sich gewaltig die Bäuche vollschlugen. Unter anderen ist mir von dieser Plünderung ein Bild im Gedächtnis geblieben, und das war mein dicker Poussevent, dem von einem Hieb in die Kopfschwarte das Blut über Stirn und Nase troff und der, unbekümmert um diese Wunde, die in der Tat nicht schwer war, nur stark blutete, sich einen riesigen Klumpen Butter ergattert hatte. Er griff mit seinen pulverschwarzen Händen hinein und stopfte sich batzenweise das Maul, ohne einen Bissen Brot dazu, woran es doch auf den Karren wahrlich nicht fehlte, so daß er sich das ganze Gesicht vollschmierte, das im Nu von einem ziemlich unappetitlichen Gemisch aus Blut und Butter starrte.

Schließlich aber gelang es Monsieur de Biron, alle zusammenzurufen und geordnet ins Lager zurückzuführen. Hochzufrieden mit uns, den Schwanz gestielt wie Hunde, die von der Jagd kommen, trafen wir ein und wurden vom König umarmt, schultergeklopft, geliebkost und gelobt, wie nur er es verstand, der mit solcher Münze nie geizte. Freilich mangelte es ihm an der anderen sehr, denn sein Schatzmeister, Herr von O, der in Paris geblieben war, sowohl als dessen Gouverneur, als auch wegen einer schmerzhaften Harnverhaltung, schickte ihm weder Geld noch Lebensmittel. Nun, Sie können sich denken, Leser, daß Marschall von Biron dem König in unser aller Beisein einen epischen Bericht gab, in welchem er sämtlichen Lorbeer an sich raffte, wobei er seine Suada mit so viel Eitelkeit, Aufschneiderei und Großmäuligkeit darbot, daß es sich anhörte, als hätte er den Feind ganz allein besiegt. Mehr als einer runzelte die Stirn, andere lachten hinter vorgehaltener Hand, und dies alles verdarb dem König, sosehr er sich hütete, es zu zeigen, die Laune, denn, wie gesagt, die Maßlosigkeit seines Marschalls begann ihn zu beunruhigen.

»Nun, schöne Leserin, hat dieser Kriegsbericht Sie sehr gelangweilt?«

»Ach, Monsieur, mir bricht das Herz, wenn ich an all die Toten denke, besonders an diese Tausende Spanier.«

»Beim Ochsenhorn, Madame! Warum ausgerechnet die?«

»Weil sie so fern ihrer Heimat gestorben sind und, Gipfel der Schande, ihre armen Leichname den Raben zum Fraß überlassen wurden.«

»Madame, dafür können wir nicht, wir verteidigen unser Land; es ist die Schuld des spanischen Königs, der dank der Liga die Finger in den französischen Teig gesteckt hat und ihn jetzt ganz verschlingen will.«

»Ich weiß, ich weiß. Aber etwas anderes, Monsieur, wenn Sie erlauben?«

»Ich höre.«

»Warum schmeicheln Sie nur immer dem weiblichen Geschlecht? Was mich angeht, muß ich mich nicht gerade für häßlich halten, aber glauben Sie wirklich, daß alle Ihre Leserinnen schön sind?«

»Ja, Madame. Das behaupte ich: Sie sind schön, wenn sie mich lesen.«

»Wie meinen Sie das?«

»Madame, Sie verstehen schon.«

»Unsinn! Ist das vielleicht eine Antwort? Aber noch etwas,

bitte. Warum sprechen Sie jetzt so wenig von Ihrer Angelina? Warum kommt sie nicht wenigstens einmal nach Paris zu Besuch?«

»Ach, Madame! Da rühren Sie an einen empfindlichen Punkt.«

Am Tag nach jenem siegreichen Kampf ließ der König mich rufen, bevor sein Rat zusammentrat, und tadelte mich in seiner halb witzelnden, halb ernsthaften Art, daß ich an der Aktion teilgenommen hatte.

»Graubart«, sagte er, »du bist ein närrisches Huhn: Was hattest du in dem Gewühl zu suchen? Schön hätte ich dagestanden, wenn du mir vor Laon abgesegelt wärst, wo ich für dich Besseres weiß, als sich mit den Spaniern zu prügeln! Ich will, daß du nach Paris gehst, sobald Mansfeld mir nicht mehr auf die Pelle rückt.«

»Was, Sire, Mansfeld?« sagte ich. »Mansfeld hat so viele Leute verloren und einen so großen Konvoi! Hat er denn noch immer nicht genug?«

»Kann schon sein«, sagte Henri ziemlich besorgt.

Und als nun die Ratsmitglieder in sein Zelt traten und ich mich zum Gehen anschickte, machte er mir zu meinem Erstaunen ein Zeichen zu bleiben.

»Meine Herren«, sagte er, »heute morgen, vor Tag, berichteten zwei meiner Spione übereinstimmend, daß Mansfeld und Mayenne durch ihre Niederlage den Mut durchaus nicht verloren haben. Sie wollen, ganz im Gegenteil, Rache nehmen für ihre Verluste, mit ihrem Gros gegen uns marschieren und uns mit Nachdruck zur Aufgabe der Belagerung zwingen, sie warten nur noch auf Truppenteile, die in Kürze zu ihrer Verstärkung eintreffen müssen.«

Ich sah, wie sprachlos hierauf die schon erwähnten tapferen Hauptleute waren – Biron, Givry, Marvault, Saint-Luc, Vignolles und zwei, drei andere, deren Namen ich nicht mehr weiß –, so als könnten sie es einfach nicht glauben, hatten sie doch gemeint, mit Mansfeld fertig zu sein. Doch wagte zunächst keiner, dem König zu widersprechen, denn es hatte sich bereits mehrmals erwiesen, daß seine Spione zuverlässig berichtet hatten, was sich in La Fère tat. Marschall von Biron jedoch, beleidigt in seinem Stolz, daß der Spanier sich durch ihn nicht besiegt fühlte, wollte sich damit nicht abfinden, ihm schwoll der Kamm.

»Sire«, sagte er mit unglaublichem Hochmut, »Eure Spione sind Spitzbuben, die ihre Berichte aus dem Weinkrug schöpfen. Ich glaube ihnen kein Wort. Der Spanier ist auf der Straße von Laon nach La Fère von mir, Biron, geschlagen worden, und wer von Biron geschlagen ist, der kommt ihm kein zweitesmal in die Quere.«

Es gab finstere Mienen hier und da, es gab heimliches Lachen, die anderen Hauptleute fühlten sich durch diesen Großprotz um ihren Anteil am Sieg betrogen, und auch ich muß sagen, je länger ich mir diesen Biron betrachtete, desto weniger gefiel er mir, vor allem seine sehr tief liegenden Augen nicht. Es war geradezu, als hätte er sie verbergen wollen, damit niemand lesen könne, was in seiner schwarzen Seele vorging. Der Gerechtigkeit halber sei jedoch angemerkt, daß Biron, als er acht Jahre darauf wegen Verrats am König und an der Nation in der Bastille enthauptet wurde, vorher verfügte, daß ein Frauenzimmer, das er geschwängert hatte, ein Haus erhielt, welches er bei Dijon besaß, nebst einer Summe von sechstausend Ecus, um ihr Kind großzuziehen. Ein Beweis, daß er in seiner Schwärze auch ein paar lichte Winkel hatte.

Um auf den gegenwärtigen Streit zurückzukommen, so war der König von Birons Impertinenz sicherlich nicht erbaut, doch da er über seinen Marschall seit langem im Bilde war, ließ er sich weder zu Ärger noch Spott herbei.

»Ich möchte trotzdem wissen, wie es steht«, sagte er undurchdringlichen Gesichts. »Givry, nehmt Euch dreihundert Reiter, die schnellsten und bestausgeruhten der Armee, und nähert Euch La Fère, so weit Ihr irgend könnt. Und kommt erst wieder, wenn Ihr Euch über die Absichten des Feindes im klaren seid.«

Der König hatte den armen Givry, Feldmeister der leichten Kavallerie, dazu ausgewählt (der, wie du weißt, Leser, nur noch vierzehn Tage zu leben hatte), denn Seine Majestät liebte und schätzte ihn sehr als treu, bescheiden und als äußerst erfinderischen Kopf. Er war ein schöner und geistvoller Mann, der Griechisch und Latein konnte und sehr beschlagen war in der Mathematik, ein seltenes Verdienst, weil diese Wissenschaft von der Sorbonne verachtet wurde und daher in Frankreich so gut wie ausgestorben war.

Nach drei Stunden brach Monsieur de Givry auf und kam drei Tage später mit der Versicherung wieder, daß er jenseits der Oise nichts vom Feind habe sichten können, was für sein Gefühl darauf hindeute, daß Mansfeld entweder in La Fère bleiben wolle, ohne anzugreifen, oder sogar nach Flandern zurückkehren werde. Hierauf lockerte der König seine Wachsamkeit ein wenig und beschloß, auf Mittag in Saint-Lambert einen Pachthof zu besuchen, der zum Krongut Navarra gehörte und wo er als Knabe sich an Früchten, Käse und Rahm gelabt hatte. Seine Majestät war voller Vorfreude bei dem Gedanken, die in der Kindheit so sehr geliebten Stätten wiederzusehen.

Die König nahm nur an dreißig Berittene mit, da ich aber Monsieur de Rosny unterstand, war ich mit von der Partie und ergötzte mich daran, wie Seine Majestät durch alle Ställe und Gärten lief und glücklich ausrief, er erkenne alles wieder. Er nahm mit den guten Leuten, die den Hof bewirtschafteten, ein frugales Mahl ein, und obwohl es noch mitten am Tag war, warf er sich gestiefelt, wie er war, auf ein Bett und schlief im Nu ein, erschöpft von den Visitationsgängen der vorangegangenen Nacht.

Monsieur de Rosny nun brannte die Junisonne zu heiß, er schwang sich in den Sattel, um in dem großen Wald zwischen Laon und La Fère Schatten zu suchen, und ich begleitete ihn. Wie wir uns dort im Schrittempo unter den Bäumen ergingen, die Zügel lose auf dem Widerrist unserer Pferde, die Halskrausen gelöst, die Wämser aufgeknöpft und kaum gesprächig, so drückend war die Hitze noch unterm kühlen Laubdach, hörten wir plötzlich wirren Stimmenlärm, unterbrochen von Rufen und Gewieher. Damit unsere Pferde nicht darauf antworteten und uns verrieten, saßen wir ab, übergaben die Tiere den Knechten und näherten uns auf Katzensohlen diesem stetig anschwellenden Lärm, bis wir schließlich durchs Laub die Landstraße von La Fère nach Laon wenig unter uns liegen sahen und auf der Straße eine endlose Kolonne von Infanteristen mit spanischem Helm, die in geordnetem, stillem Marsch dahinzogen, ich meine, ohne Trommelwirbel und Fanfaren. Die darauffolgende Artillerie aber war bei weitem nicht so schweigsam, die Karrenführer schrien lauthals »Hü!« und »Hott!« und knallten mit den Peitschen, und dieses Knallen schallte hoch und weit durch den Wald.

»Herrgott, Siorac!« rief Monsieur de Rosny – es war, soweit ich weiß, das einzige Mal, daß dieser gute Hugenotte beim heiligen Namen des Herrgotts schwor –, »es wird höchste Zeit, daß wir uns aus diesem Wald fortmachen, wollen wir hier nicht unsere Stiefel lassen! Und der König, bei Gott! Der König ahnt von nichts! Schnell, Siorac, schnell!«

Und so langsam wir gekommen waren, so hurtig eilten wir jetzt, bis wir schweißtriefend die Pferde erreichten, warfen uns in die Sättel und jagten mit verhängten Zügeln zum Pachthof von Saint-Lambert, wo wir den König, längst erwacht, im Obstgarten fanden, wie er mit einer Hand einen Pflaumenbaum niederbog und mit der anderen Pflaumen pflückte, wovon er Wangen und Hände vollhatte und, nach den Beulen seines Wamses zu urteilen, auch alle Taschen.

»Bei Gott, Sire!« rief Rosny, schon wieder schwörend, so außer sich war er, »sie kommen von La Fère, uns mit ganz anderen Pflaumen aufzuwarten!«

»Was ist? Was ist?« sagte der König, indem er unsere zerzausten und verschwitzten Gestalten verwundert betrachtete und uns gleichzeitig wie mechanisch die soeben gepflückten Pflaumen zusteckte, die wir, durstig, wie wir waren, und trotz des Ernstes der Stunde mit vollen Backen kauten. Und bis heute, Leser, bis heute fühle ich ihren köstlichen Geschmack noch im Mund, denn diese Pflaumen waren gewiß die süßesten und saftigsten, die ich im Leben jemals aß.

»Was ist los?« fragte der König, da wir vor Kauen stumm waren. »Was ist?« wiederholte er und packte Rosny am Arm.

»Ach, Sire!« sagte Monsieur de Rosny und verschluckte die Pflaume, die er im Mund hatte, samt dem Kern, »die gesamte feindliche Armee ist auf dem Weg von La Fère nach Laon!«

»Sankt Grises Bauch!« rief der König, »seid Ihr sicher?«

»Sire! Unbedingt sicher!« riefen wie aus einem Munde Rosny und ich. »Wir sahen es mit eigenen Augen!«

»Ha, Givry! Givry!« rief der König. »Ha, meine Kundschafter! Ihren Auftrag so zu verfehlen! Ohne Euch wäre ich überrumpelt worden! Holla! Die Pferde!«

Der Knecht brachte sein Tier, er sprang in den Sattel und galoppierte in Richtung des Feldlagers, indem er allen zurief, die er traf, sie sollten sich wappnen und in sein Quartier nachkommen. Er ritt so schnell, daß er seinem ganzen Gefolge weit voraus war, nur Rosny, ich und ein paar andere, die gleich schnelle Pferde hatten wie er, konnten ihn einholen und flankierten ihn rechts und links, um ihn vor einer Schießerei von den Seiten her zu schützen. Als der König uns gewahrte, verlangsamte er seinen Galopp ein wenig, raffte mit einer Hand die Zügel, um aus seinem Wams ein Papier zu ziehen, auf welchem er die Standorte seiner Armee verzeichnet hatte, und schickte uns, Rosny, Quéribus, Saint-Luc, Vignolles, La Surie und mich, jeden in ein anderes Quartier, mit den Befehlen, sei es an die Kavallerie, sich zu wappnen und aufzusitzen, sei es an seine Infanterie, sich kampfbereit zu formieren.

Und wir stoben davon, jeder in eine andere Richtung, und als ich zurückkam ins königliche Quartier, herrschte dort ein unbeschreibliches Tohuwabohu von Reitern und Infanteristen, Befehle wurden geschrien, es wurde geflucht, Fanfaren schmetterten, Trommelwirbel rollten, und ich sah, der Verzweiflung nahe, wie sich am Horizont, deutlich sichtbar, die feindliche Kavallerie schon zu Schwadronen formierte, sobald die einzelnen Kolonnen auf dem Terrain eintrafen. Unfehlbar sah es auch der König, doch nie war er so bewundernswert kaltblütig, entschlossen und tatkräftig wie mit dem Hintern im Sattel und dem Kurzschwert in der Faust. Er eilte hierhin, eilte dorthin, hatte die Augen überall, sammelte seine Scharen, reihte sie zur Schlacht, spornte und ermunterte durch Scherze, Ulkereien und gute Laune und belebte aller Mut durch das unerschütterliche Vertrauen in sich und seine Waffen, das sein Gesicht ausstrahlte.

Trotzdem meine ich, wenn Mansfeld jetzt angegriffen hätte, da unsere Armee sich noch im ersten Wirrwarr und Durcheinander befand, hätte er größte Chancen gehabt, uns zu schlagen. Aber Mansfeld machte alles nach spanischer Art: langsam und schwerfällig. Und wie Monsieur de Rosny es eines Tages ausdrückte: Im Krieg verdirbt man sich Vorteile ebensosehr durch zuviel bedachte Vorsicht wie durch zu wildes Losstürmen.

Später stellte sich heraus, daß Mansfeld nicht hatte angreifen wollen, bevor nicht alle seine Truppen eingetroffen waren, und daß er große Verzögerungen und Verspätungen hatte hinnehmen müssen, weil seine Artillerie auf der Landstraße von La Fère nach Laon durch umgestürzte, zerstörte Karren und tote Pferde behindert worden war, die noch vom letzten Kampf dort lagen. Jedenfalls, bis sein Heer vollständig, kampfbereit und zur Schlacht aufgestellt war, war es auch das unsere, doch inzwischen ging der Tag zur Neige, und weder seins noch unseres wollte anfangen, weil es ohnehin bald dunkelte, so daß beide Lager einander gegenüberstanden, ein jedes mit Trompeten- und Trommelschall je nach nationaler Art. Und ich, der ich dieses friedliche Gegenüber kaum zu fassen vermochte, dachte an die *Ilias* und stellte mir die prahlerischen Schimpfreden vor, die Homer hier losgelassen hätte, die eine von Mansfeld an Henri, die andere von Henri an Mansfeld, jedoch jeweils in der Sprache der beiden Generäle, so daß keiner den anderen verstanden hätte.

Am nächsten Morgen redete Monsieur de Biron, brodelnd und brausend wie stets, nur davon, man müsse Mansfeld den Bart kitzeln gehen, damit er sich rühre.

»Ich weiß nicht«, sagte der König mit feinem Lächeln, »was ich gewinne, wenn ich ihn zwinge loszuschlagen.«

Immerhin schickte Mansfeld gegen Mittag ein paar Arkebusiere aus, sich eines Wäldchens zu bemächtigen, das, Gott weiß warum, zwischen beiden Lagern unbesetzt geblieben war – vielleicht daß sein Besitz dem, der es genommen hätte, wenig gebracht hätte. Marivault, der mit Givry die leichte Reiterei befehligte, kam bei Henri sogleich um die Erlaubnis ein, sie verjagen zu dürfen.

»I was, i was!« sagte der König. »Wäre mir an dem Wäldchen gelegen, hätte ich dich längst mit zweihundert Berittenen hingeschickt. Aber darauf ist Mansfeld nicht spitz, er will sich doch nicht mit meiner Kavallerie anlegen. Er weiß ganz genau, daß sie der seinen überlegen ist, weil sie durchweg aus französischem Adel besteht.«

Dieses Wort machte sogleich die Runde unter unseren Reitern, und mit stolzgeschwelltem Kamm und gesteilter Rute drangen sie noch ungeduldiger drauf, loszupreschen. Aber der König gebot ihnen ausdrücklich, nichts ohne seinen Befehl zu unternehmen; er ließ das Wäldchen, dem sich die Spanier näherten, nur mit Musketenfeuer bestreichen. Worauf auch der Feind zu feuern begann, und so entspann sich eine Schießerei von unglaublicher Dichte und währte mit ohrenbetäubendem Gedröhn und Getöse fast bis zur Dunkelheit. Ein Hauptmann sagte mir nachher, seines Erachtens seien von beiden Seiten etwa fünfzigtausend Schuß abgefeuert worden, allerdings ohne große Wirkung, weil beide Heere außer Musketenreichweite standen.

In der folgenden Nacht zog Mansfeld still und heimlich ab nach La Fère. Kaum daß man dies feststellte, wurde der König geweckt, und Biron wollte dem Feind auf seinem Rückzug nachsetzen und den Buckel verbläuen.

»Nein«, sagte Henri. »Im Krieg gewinnen ist gut, aber zuviel gewinnen wollen ist unklug. Mansfelds Fangzähne sind unversehrt. Wollt Ihr ihn zwingen zu beißen? Er zieht ab, der Sieg ist unser. Das genügt.«

Und als ein Edelmann nun in abfälligem Ton sagte, Mansfeld habe gezeigt, daß er doch reichlich blasse Nägel habe, stutzte ihn der König zurecht.

»Ganz und gar nicht. Graf Mansfeld ist keine Memme«, entgegnete er. »Er ist nur klug. Er hat in unserem Hinterhalt an tausend gute Soldaten verloren. Hätte er uns jetzt angegriffen, hätte er die Hälfte seiner Armee geopfert, ohne überhaupt sicher zu sein, daß er uns besiegt. Und wie hätte er dann Flandern weiter befrieden sollen? In Wahrheit hatte Mansfeld, als er hierherkam, nur eines im Sinn: uns seine Stärke vorzuführen, damit wir die Belagerung aufgeben. Und deshalb, weil er nicht wirklich zuschlagen wollte, hat er auf die Schlacht verzichtet. Er hat nur getan, als ob.«

Der König sagte dies mit einem Lächeln, wie man es von ihm kannte und das zu verstehen gab, daß er sich genausowenig gerührt hatte wie Mansfeld, weil er dieses »als ob« sehr wohl durchschaut hatte und es hochzufrieden war, hatte es ihm doch den Sieg beschert, ohne ihn einen Schlag zu kosten.

So zerstrubbelt, wie er war, als ihm der Abzug Mansfelds gemeldet wurde, nur mit Pantoffeln an den Füßen und dem übergeworfenen Schlafrock am Leib, war er doch soeben erst von seinem Strohsack aufgesprungen, trat der König aus seinem Zelt ins Freie, angelockt sicherlich von der Nacht, die nach der Tageshitze erfrischend und lieblich und von einem Vollmond überglänzt war, in dessen Helle sich deutlich erkennbar die Umrisse der Mauern und Türme von Laon abzeichneten. Nach ihnen wandte Henri die Augen, indem er dem Wachsoldaten die rechte Hand auf die Schulter legte.

»Arkebusier, wie ist dein Name?« fragte er.

»Jean Savetier, Sire«.

Henri warf den Kopf zurück, sog die Luft in vollen Zügen ein und sättigte sich an der Frische der Nacht.

»Schuster«, sagte er vergnügt, »das ist ein guter Name. Denn ab jetzt beschuht mich der Sieg. Laon ist an dem Punkt, mir wie eine reife Pflaume in den Mund zu fallen. Dann folgen die picardischen Städte. Dann Reims und die Champagne.«

Tatsächlich kapitulierte Laon am 26. Juli, und von seinem Beispiel angesteckt, wie es der König erwartet hatte, oder auch aus Furcht, eine vergleichbare Belagerung zu erleiden, ohne daß Mayenne und Mansfeld sie mehr entsetzen konnten, traten Château-Thierry, Doullens, Amiens und Beauvais in Verhandlung und ergaben sich dem König. Aus gleichen Gründen nahm der kleine Guise Rücksprache mit Seiner Majestät wegen der Übergabe von Reims, und ohne lange abzuwarten, welche Ergebnisse dies erbrachte, unterwarfen sich die Städte Rocroi, Saint-Dizier, Joinville, Fisme und Montcornet. Der Herzog von Nevers nahm sein Herzogtum Rethel wieder für seinen Sohn in Besitz. Und in starker Begleitung begab ich mich zu Unterhandlungen mit Madame de Saint-Paul, der ich außer der Vergebung des Königs Leben, Haus und Vermögen zusichern konnte und den Einwohnern der Stadt die verlangten Rechte. Die Gespräche führte ich mit Abgesandten der Dame, und als im Prinzip alles unter Dach und Fach war, ließ sie mir melden, daß sie mich gern sehen wolle; doch weil ich mir von der Heuchlerin nichts als Listen und Fallstricke erwartete, lehnte ich rundweg ab.

Der Handel, sage ich, war nur im Prinzip geschlossen, denn die Dame forderte für die Übergabe von Mézières eine unerhörte Summe, nicht für die Übergabe schlechthin, sondern – und nun, schöne Leserin, sperren Sie Ihre reizenden Ohren auf – für die Befestigungen, mit welchen ihr ligistischer Gemahl Mézières umgeben hatte. Henri sollte der Dame also die Festungswerke bezahlen, die besagter Gemahl gegen ihn hatte aufrichten lassen! Haben Sie jemals etwas so Schamloses gehört? Zudem war besagter Preis durchaus nicht gering: Madame de Saint-Paul, engherzig im Geben, aber äußerst großherzig im Nehmen, hatte ihn auf achtzigtausend Ecus hochgeschraubt. Sie haben richtig gelesen: achtzigtausend Ecus! Ich weigerte mich folglich, den Vertrag zu unterzeichnen, und galoppierte nach Laon, um dem König den Fall zu unterbreiten, worauf ich ihm zur Ablehnung riet und mich erbot, die Stadt binnen vierzehn Tagen zu stürmen.

»Graubart«, sagte der König, indem er mir einen freundschaftlichen Klaps auf die Schulter gab, »du bist ein Dummkopf: Mézières mit Gewalt zu nehmen würde mich weit mehr kosten als achtzigtausend Ecus, ganz abgesehen von den Verlusten an Männern. Wie viele gute Soldaten sind mir vor Laon gefallen, auch Givry, was mich sehr betrübt. Und soll ich vor Mézières dich verlieren?«

Hierauf schwieg ich einen Moment, die Kehle wie zugeschnürt.

»Aber Sire«, sagte ich dann mit erstickter Stimme, »diese Leute übergeben Euch die Städte nicht, sie verkaufen sie Euch.«

»Ah bah! So sind die Menschen! Nicht nur die Männer, auch die Frauen«, sagte der König, den allein die schöne Gabrielle d'Estrées teurer zu stehen kam als alle die Städte, die sich für Geld ergaben. »Aber wenn es dich zu hart ankommt, Graubart«, fuhr Henri fort, »der bigotten Dame so viele schöne Taler in den Rachen zu werfen, schicke ich Frémin, den Handel an deiner Statt abzuschließen.«

Was auch geschah, und die Dame war so halsstarrig, daß das Feilschen bis Oktober währte, wobei Frémin immerhin herausschlug, daß die achtzigtausend Ecus auch die Unterhaltskosten der Garnison deckten.

Doch mit all den Städten, die sich im Norden und Osten ergaben, besaß der König noch längst nicht das ganze Reich. Noch immer fehlten die Bretagne, die der Herzog von Mercœur, und die Provence, die der Herzog von Epernon besetzt hielt, ebenso Burgund, das Mayenne die Treue wahrte, von einer Reihe ligistischer Städte hier und dort zu schweigen.

In den Tagen nach Mansfelds Rückzug, noch bevor Laon sich ergab, lud Monsieur de Rosny mich zum Essen in sein Zelt, und in großer Leutseligkeit dehnte er die Einladung auf Monsieur de La Surie aus, obwohl letzterer nur Junker war, eigentlich ein zu niedriger Rang, um an eines so großen Mannes Tisch zu sitzen. Denn Rosny betrachtete sich bereits im Spiegel seiner großen Zukunft, fest überzeugt, daß das Amt des Großmeisters der Artillerie, welches ihm der König versprochen hatte, nur die erste Stufe einer Leiter war, die ihn auf den zweiten Rang im

Staat emportragen würde: was auch geschah, wie du, Leser, natürlich weißt, als er vom König zum Herzog von Sully und Pair von Frankreich ernannt wurde.

Neun Jahre jünger als ich, war Rosny derzeit erst vierunddreißig, doch das flaumige Blondhaar lichtete sich bereits um seine hohe, einem Dom vergleichbare Stirn. Den lebhaften, lachenden und durchdringenden blauen Augen über den breiten Wangenknochen fehlte es nicht an Gutmütigkeit, trotz all seines überheblichen Betragens. Wie oft hörte ich am Hof seine Eitelkeit schmähen! Worin ihn tatsächlich niemand übertraf außer Biron. Doch Biron trieb die Anmaßung bis zu Torheit und Verrat, während Rosny stets maßvoll und besonnen blieb und sein ganzes Sein in den Dienst des Königs und des Staates stellte, auch seine Eitelkeit sogar, aus welcher er, ebenso wie aus seinem Ehrgeiz, die notwendigen Triebkräfte für sein unermüdliches Wirken schöpfte.

»Was ist los, Siorac?« fragte er, als wir bei Tische saßen, »Ihr seht etwas grämlich aus, wo die Dinge des Reiches doch so trefflich stehen. Leidet Ihr am Magen wie der König?«

»Seine Majestät«, sagte ich, »leidet am Magen, weil er zuviel und zu schnell, gleichviel, was und wann, ißt. Außerdem nascht er wie Heinrich III. Marzipan und Dragees in Mengen. Doktor Dortoman sollte Seiner Majestät Einhalt gebieten.«

»Bah!« sagte Rosny, »der König hört nicht auf Vernunft! Er treibt seinen Körper ständig mit der Peitsche, malträtiert seinen Magen, indem er ihn stopft, seine Füße, indem er zuviel umherrennt, seinen Hintern, indem er zuviel galoppiert.«

An einem kleinen Glitzern in Mirouls blauem Auge sah ich, daß er vor Lust brannte, diesen Satz zu vervollständigen. Doch imponierte ihm Rosnys Großartigkeit zu sehr, und er zügelte sich.

»Aber nach Eurem rosigen Gesicht zu urteilen, Siorac«, fuhr Rosny fort, »seid Ihr gesund und munter wie sonst keiner guten Mutter Sohn in Frankreich. Was habt Ihr für einen Grund, so trübe Miene zu machen?«

»Immerhin den, daß der König mir vor einer Woche versprach, mich nach Paris zu schicken«, sagte ich, »und nicht mehr daran zu denken scheint.«

»Er denkt dran«, sagte lächelnd Monsieur de Rosny, und dieses Lächeln schob seine breiten Wangen bis unter seine fröhlichen Augen. »Er hat nur keine freie Minute, weil er voll damit beschäftigt ist, denen in Laon die Hölle heiß zu machen, weshalb ich beauftragt bin, Euch heute das Was, Wie und Warum mitzuteilen.«

»Das läßt sich hören!« sagte ich, indem ich mich auf meinem Schemel aufrichtete und Miroul einen freudigen Blick zuwarf.

»Siorac«, begann Rosny, »habt Ihr im vergangenen Jahr von dem Attentat gehört, das Barrière auf das Leben des Königs machte und das, Gott sei Dank, gescheitert ist?«

»Davon hörte ich, ja«, sagte ich. »Aber damals war ich in Paris und die Stadt in Händen der ›Sechzehn‹, weswegen ich keine Einzelheiten kenne.«

»Die Einzelheiten und Umstände, Siorac, sind angetan, Euch zu erbauen. Am 26. August des vergangenen Jahres kam ein italienischer Edelmann, Ludovico Brancaleone, in Melun zum König und sagte, er sei in Lyon Zeuge eines Gesprächs zwischen einem gewissen Barrière und einem Jakobiner namens Serafino Bianchi geworden, in dessen Verlauf jener Barrière den Jakobiner fragte, ob man den König töten dürfe, nachdem er vom Papst exkommuniziert worden sei. Der Mönch – vielleicht, um der Ehre seines Ordens aufzuhelfen, die seit der Ermordung Heinrichs III. durch den Jakobiner Jacques Clément schwer beschädigt war – hatte Brancaleone aber in seinem Gemach versteckt, damit er dem König von dem Gespräch berichte, weil er sich schon hatte denken können, was Barrière ihn fragen werde. Worauf er sein Bestes versuchte, um besagten Barrière von seinem heillosen Plan abzubringen, doch anscheinend ohne ihn zu überzeugen. Und als jener zum Abschied sagte, er werde einen großen Pariser Doktor konsultieren, galoppierte Brancaleone nach Melun, um Seine Majestät zu warnen. Und er tat gut daran, denn am selben Tag, dem 26. August, wie gesagt, sah er Barrière auf der Straße vorm Haus des Königs umherstreichen. Er benachrichtigte den Leutnant der Vogtei, der Barrière festnahm, einkerkerte und bei der Durchsuchung ein fußlanges Messer bei ihm fand, beidseitig schneidend, mit sehr scharfer Spitze und frisch geschliffener Klinge.«

»Beim Ochsenhorn!« sagte ich im Gedanken an Jacques Clément. »Schon wieder ein Messer!«

»Es ist die Waffe der Straßenräuber«, sagte Monsieur de La Surie, »und keine eignet sich besser zum Mord. Sie ist leicht zu verstecken, leicht zu handhaben, und jeder Stich ist verhängnisvoll, sofern das Opfer nicht ein Kettenhemd unterm Wams trägt.«

»Ach, was hilft es!« sagte Rosny, »alle Welt hält ihm vor Augen, daß er seit seiner Bekehrung vogelfrei ist, aber der König will von Vorsichtsmaßregeln nichts wissen. ›Bin ich eine Schildkröte‹, sagt er, ›daß ich mich panzern soll?‹ Doch ich fahre fort: Barrière wurde dem ordentlichen und außerordentlichen Verhör unterzogen, und er machte Geständnisse, die, und nun sperrt bitte Eure Ohren gut auf, Marquis de Siorac, die ans Mark Eurer Mission rühren.«

»Und hätte ich zehn Ohren, könnte ich Euch nicht besser lauschen.«

»Barrière erklärte, als er die Frau verlor, die er liebte, habe er sterben wollen; weil er aber nicht Hand an sich legen wollte aus Furcht vor der Verdammnis, habe er beschlossen, Heinrich von Navarra zu töten, den alle Prediger, die er gehört hatte, ihm als Tyrannen schilderten, als falschen Bekehrten und Ketzer. In Lyon, wo er sich befand, habe er in dieser Sache einen Priester, einen Kapuziner und einen Karmeliter befragt, die ihn alle zu seinem Vorhaben ermutigten. Ein Jakobiner jedoch, es handelte sich um den schon erwähnten Serafino Bianchi, habe sich dagegen ausgesprochen, was Barrière verunsichert, aber nicht überzeugt habe, so daß er nach Paris ging, um den gelehrtesten Mann zu konsultieren, den er finden könnte. In der Hauptstadt nun erkundigte er sich, welches die eifrigsten Prediger der Liga seien, und wurde an Monsieur Aubry verwiesen, Pfarrer von Saint-André-des-Arts, welcher ihn sogleich in seinem Plan ermutigt und dann zu dem ›großen Doktor‹ geschickt habe, den er zu sprechen begehrte.«

»Und das war?«

»Ehrwürden Pater Varade, Rektor des Jesuitenkollegs.«

»Aha! Ein Jesuit also!«

»Der in der Tat ein sehr gelehrter Mann ist.«

»Und ein sehr eifernder«, sagte Monsieur de La Surie.

»Ha, sehr eifernd, gewiß«, sagte Rosny. »Aber ist es nicht eine Tautologie, zu bekräftigen, daß Varade Jesuit und Eiferer ist? Doch weiter. Ihr werdet übrigens sehen, zu welchen unglaublichen Exzessen der Eifer besagten Jesuiten trieb. Denn sowie Barrière ihm sein Vorhaben dargelegt hatte, lobte er ihn herzlich, daß er sich zu einer so schönen und so heiligen Tat entschlossen habe, ermunterte ihn, in seinem Mut nicht zu wanken, und empfahl ihm, vorher zu beichten und das Abendmahl zu nehmen, denn wenn er gefaßt und hingerichtet werde, sei ihm im Himmel die Märtyrerkrone sicher.«

»Sankt Antons Bauch!« sagte ich, »einen Menschen zum Abendmahl zu schicken, bevor er einen Königsmord begeht! Welch grauenvolle Verhunzung der christlichen Religion!«

»Dieses Detail«, sagte Monsieur de La Surie, »ist wirklich so abscheulich, daß man es kaum glauben kann.«

»Leider muß man es glauben«, sagte Monsieur de Rosny. »Es steht schwarz auf weiß in den Akten des Kriminalprozesses geschrieben. Pasquier, De Thou und Condé haben es dort gelesen. Nun, Siorac«, fuhr er fort, »Ihr bleibt stumm?«

»Mit Verlaub, Monsieur«, sagte ich, »mir geht nicht aus dem Sinn, was Ihr zu Beginn Eures Berichtes sagtet: daß der König seit seiner Bekehrung vogelfrei sei. Wie meint Ihr das?«

»Nun, seit seiner Bekehrung fliegt er von Sieg zu Sieg, schlägt Liga und Spanier, wo immer er sie trifft, nichts hält ihn mehr auf in der unaufhaltsamen Rückeroberung des Reiches, und allmählich finden einige brave ligistische Geister ...«

»Daß ihnen nur das Messer bleibt«, sagte Miroul.

»Ihr glaubt also«, sagte ich, »daß die Jesuiten ...«

»Die Jesuiten«, sagte Rosny, die Brauen wölbend, »oder die Karmeliter, oder die Kapuziner, oder die Jakobiner! Es gibt in diesem Land so viele Mönche aller Sorten, aller Kutten! Und so viele Klöster, die sogar der König nicht ohne Erlaubnis des Abtes betreten darf.«

»Und worin«, sagte ich nach einer Weile, »soll meine Mission bestehen angesichts der Dinge, die Ihr beschreibt?«

»Das kommt darauf an.«

»Kommt worauf an?« fragte ich erstaunt.

»Wer das Ziel definiert. Denn ich will Euch nicht länger verhehlen, mein lieber Siorac, daß der König die Sache etwas anders sieht als ich.«

»Soso«, sagte ich lächelnd, »darf ich, bei allem schuldigen Respekt vor dem künftigen Großmeister der Artillerie, zunächst erfahren, was der König vorhat?«

»Er will Euch als Beobachter zu einem Prozeß entsenden, der am Pariser Hohen Gerichtshof statthat, und zwar zwischen der Sorbonne und der Geistlichkeit der Hauptstadt einerseits und den Jesuiten andererseits.«

»Wie sonderbar! Die Sorbonne attackiert die Jesuiten! Wo sie doch immer so ligistisch war!«

»Schlichter Futterneid«, sagte Rosny mit spöttischem Lächeln. »Die ehrwürdigen Doctores der Sorbonne finden, daß die Jesuiten ihnen mit ihrem Kolleg zu viele Schüler wegschnappen.«

»Und die Pfarrer?«

»Daß die Jesuiten sie um zu viele Beichtkinder und folglich um zu viele Weihgaben und Legate bringen.«

»Und was erhoffen sich die Sorbonne und die Pfarrer von dem Prozeß?«

»Daß die Jesuiten aus Frankreich verbannt werden.«

»Amen«, sagte ich. »Und was sagt der König dazu?«

»Der König ist neutral.«

»Nach der Rolle, die der Jesuit Varade bei Barrières Attentat gespielt hat, hätte ich gedacht, er wäre interessierter.«

»Nun ja, die Sache ist nicht so einfach, Siorac«, meinte Rosny und zeigte durch seinen Ton, daß er mehr nicht sagen wollte.

»Wenn der König neutral ist«, sagte ich, »was mache ich dann in Paris?«

»Genauestens den Ablauf des Prozesses studieren.«

»So«, sagte ich lächelnd, »das ist also der königliche Auftrag an mich. Und Eurer, Monsieur de Rosny?«

»Genau studieren, welche Ziele die Jesuiten verfolgen.«

»Das ist eine Riesenaufgabe!« sagte ich.

»Aber zur Sicherheit des Königs unbedingt erforderlich.«

»Ha, Monsieur!« sagte ich wie erschrocken, »wie meint Ihr das?«

»Wie ich es sage. Gewisse Leute bleiben dabei, die Bekehrung des Königs anzuzweifeln, und predigen nach wie vor seinen Tod.«

»Aber warum nur? Warum?« rief mein Miroul so erregt, daß er seine bisherige Zurückhaltung vergaß.

»Weil sie ganz genau wissen, daß sie bei Henri, solange er lebt, niemals die Ausrottung der Hugenotten mit Feuer und

Schwert durchsetzen können. Diesen blutrünstigen Plan haben sie unter Franz I. gefaßt, und obwohl seither ein halbes Jahrhundert vergangen ist, halten sie daran fest. Etliche dieser Geistlichen wurden in barbarischen Kollegien erzogen und haben von daher einen harten und grausamen Charakter. Und den verlieren sie nie.«

»Moussu«, sagte Miroul versonnen und grüblerisch, als wir wieder im Zelt waren und auf unseren Strohsäcken ruhten, »Was meint Ihr zu diesen beiden Aufträgen?«

»Daß ich auf den zweiten gut verzichten könnte.«

»Moussu«, sagte Miroul, »Ihr dient dem König, nicht Monsieur de Rosny. Nichts verpflichtet Euch, seinen Auftrag zu übernehmen.«

»Nur die Freundschaft und die Dankbarkeit, die ich Monsieur de Rosny schulde. Und die Tatsache, daß er mit seiner Furcht sicherlich recht hat. Einmal hat man schon versucht, den König zu ermorden, und man wird es wieder versuchen, auch dann noch, wenn der Papst ihm eines Tages Absolution erteilt. Rosny ist nicht der einzige, der das sagt und denkt.«

»Trotzdem geht Ihr diesen Teil der Mission nur mit einer Backe an.«

»Nein, nein, mit beiden. Aber das Herz in den Hacken.«

»Das Herz in den Hacken? Ha, Moussu! Das sieht Euch aber nicht ähnlich!«

»Versteh mich recht, Miroul! Nicht, daß ich keinen Mut hätte. Was mir fehlt, fürchte ich, sind die nötige Geschicklichkeit und Schläue.«

»Ach, Moussu, die habt Ihr allemal!«

»Ja, fürs gewöhnliche Leben! Aber reicht das, um Jesuiten auf die Schliche zu kommen?«

Leser, nun bin ich also wieder in Paris, in der Rue du Champ Fleuri, und ich will dir nicht verschweigen, wie froh ich bin, nach dem unbequemen Leben im Feldlager vor Laon wieder in meinem Haus zu wohnen, das ich um so mehr liebe, je länger ich seiner durch die »Sechzehn« und Bahuet beraubt war. Henri Quatre konnte über den Einzug in seine Hauptstadt gewiß nicht glücklicher sein, als ich es im Wiederbesitz meiner häuslichen Laren bin.

Der Hase, denke ich, fühlt sich wohl in seinem Bau, den er

sich selbst gegraben hat, wo er jeden Gang, jeden Winkel kennt und zwei oder drei Ausgänge, versteckt unterm Dickicht. Dort schläft er, liebt seine Häsin, zieht seine Jungen auf, weiß sich vor Feinden geschützt. So geht es auch uns Menschen, unser Haus ist sicherlich dasjenige unter allen vergänglichen Gütern, an dem wir im Lauf unseres kurzen Lebens am innigsten hängen.

Wie du dich erinnern wirst, Leser, hatte ich dieses schöne und helle Stadthaus dank der Freigebigkeit erworben, mit welcher mein geliebter Herr, König Heinrich III., mich für meine Missionen belohnte. Und dieses Anwesen bietet wahrhaftig alle Behaglichkeiten, die man in Paris von einem Adelshôtel erwartet, vornehmlich die Nähe zum Louvre, den ich auch bei größtem Fahrverkehr zu Pferde in einer halben Minute erreiche und binnen fünf Minuten zu Fuß. Und wenn Sie, schöne Provinzbewohnerin, jetzt eine Schippe ziehen und fragen, warum ich für einen so kurzen Weg überhaupt mein Pferd satteln lasse, so antworte ich, daß dies sicherlich nicht aus Faulheit oder Angeberei geschieht, sondern um mich in den kotigen Gassen der Hauptstadt nicht bis über die Knie zu beschmutzen.

Die Rue du Champ Fleuri im Westen und die Rue du Chantre im Osten begrenzen mein kleines Reich, an ersterer befindet sich der Haupteingang, der auf einen gepflasterten Hof führt, wo rechts und links meine Pferdeställe liegen und die Remise für Kutsche und Karren. Und über den Ställen liegen der Heuboden und die Gesindekammern. Der Leser weiß vielleicht noch, daß ich die Mauer zur Rue du Champ Fleuri hin bedeutend hatte erhöhen lassen, weil ich befürchten mußte, von der Liga überfallen zu werden. Was auch geschah. Und nachdem die Vasselière zum gleichen Zweck in der alten Nadlerei, auf der gegenüberliegenden Gassenseite, einen gedungenen Mörder postiert hatte, damit er mich erschieße, mietete ich das Haus, um es mit eigenen Leuten zu besetzen.

Am Ende des erwähnten gepflasterten Hofes erhebt sich das Wohnhaus, welches ungefähr genauso aufgeteilt ist wie das von Madame de Saint-Paul zu Reims, mit einer Ehrentreppe, die zum ersten und zweiten Stock führt, und einer Wendeltreppe im Eckturm, die ebenfalls die beiden Etagen bedient und dazu den Oberstock, wo die Kammerfrauen schlafen. Und jede in einem Raum für sich, was sie als großen Luxus erachten, denn in so manchem Adelspalais schlafen sie zu dritt in einem

Bett. Sie können sich ausdenken, welche Ruhe die Ärmsten dort finden!

Im zweiten Stock sind alle Zimmer miteinander verbunden, weshalb ich mir dasjenige zunächst der Wendeltreppe zum Schlafgemach gewählt habe, damit ich hinauskann, ohne durch das benachbarte Zimmer gehen zu müssen, welches Monsieur de La Surie bewohnt. Louison habe ich genau über mir einquartiert, so daß sie dieselbe Wendeltreppe benutzen kann, eine Annehmlichkeit, die wir teilen wie manchmal auch unseren Schlaf.

Hinter dem Haus liegt ein ziemlich großer Garten (groß für Pariser Verhältnisse, versteht sich), umgeben von Mauern, von denen ich jene zur Rue du Chantre hin aus genanntem Grund ebenfalls hatte erhöhen lassen. Was die kleine Fußgängertür betrifft, die dort hinausführt, so besteht sie aus massiver Eiche und ist mit Eisen beschlagen, so daß es mindestens eines Sprengsatzes bedürfte, um sie zu aufzubrechen.

Im Garten bauen wir Gemüse an, und unten an der Südmauer befinden sich ein Hühnerhof, Kaninchenställe, ein Holzstoß, ein Geräteschuppen und das Gärtnerhaus. Zunächst dem Wohnhaus befindet sich ein Brunnen, der unerschöpflich ist und klares, sehr gutes Wasser gibt, sonst hätte ich das Haus nicht gekauft, denn ich halte das Wasser der Seine für gefährlich und verseucht, weil die Anwohner all ihren Unrat in den Fluß kippen, ganz zu schweigen von den Leichen meuchlings Ermordeter, die man dort täglich treiben sieht.

Herr über den Garten wie auch über die Feuerstätten im Haus, die er im Winter mit Scheiten bestückt, am Brennen hält und reinigt – dieser gute Geist, sage ich, ist der »arme Faujanet«, der auf Mespech unser Faßbinder war. Mein Vater überließ ihn mir, als das Alter ihm die Ausübung seines Gewerbes zu erschweren begann, und ich bilde mir ein, daß er glücklich bei uns ist, nur daß er nie den Fuß vor die Tür setzt, so sehr ängstigt ihn die große, lärmende Stadt. Das »armer« in der Benennung »mein armer Faujanet« entstammt okzitanischem Brauch und hat einen Beiklang von Zuneigung, auf den der Betreffende empfindlich hält, und als ich ihn einmal versehentlich einfach mit »Faujanet« ansprach, fragte mich der »Arme« mit Unruhe im Blick und bebenden Lippen: »Moussu, habe ich Euch in irgend etwas beleidigt?«

Faujanet kann sich schwerlich rühmen, schön zu sein, so dunkelhäutig und weißhäuptig, wie er ist, dazu klein, hohlbrüstig und auf einem Bein hinkend, weil eine Kugel in Cérisolles schneller war als er. Dennoch genießt er als alter Heeressoldat Franz' I. trotz seiner Jahre nicht geringe Achtung bei Pissebœuf und Poussevent, die auch okzitanisch sprechen, nur ein wenig anders, weil sie Gascogner sind, und oft sieht man sie im Garten in der Runde sitzen, lange schwarze Pfeifen schmauchen und epische Erinnerungsberichte tauschen.

Faujanet ist liebenswürdig, wie man es nur im Périgord sein kann, und kommt eine Jungfer zum Brunnen, um ihre Eimer zu füllen, humpelt er eilends herbei, setzt mit der rechten die Pumpe in Gang und tätschelt der Kleinen mit der linken die Hinterseite – was die Mädchen ohne Murren geschehen lassen, dünkt es sie doch nicht ehrenrührig, eine kleine Freiheit zu genehmigen, wo man ihnen schwere Arbeit abnimmt.

Ich hatte zuerst gezaudert, ihm die Hühnerhaltung zu genehmigen, wie sie fast alle Pariser betreiben, weil ich fürchtete, in aller Herrgottsfrühe vom Hahnenschrei geweckt zu werden. Doch als ich sah, daß die Nachbarhähne das ohnehin besorgen und daß ab sechs Uhr obendrein alle Kirchenglocken ringsum ein höllisches Getöse anstimmen, gab ich seiner Bitte statt, unter der Bedingung freilich, daß Hühner- und Kaninchenställe am äußersten Ende des Gartens gebaut werden.

Obwohl ich Hunde liebe, hätte ich wegen ihres unaufhörlichen Gebells lieber auf deren Anschaffung verzichtet, doch werden immer so viele Adelshäuser bei Nacht überfallen und ausgeraubt, daß ich drei Doggen gekauft habe, groß wie Kälber und ziemlich scharf. Über Tag halte ich sie an der Kette und lasse sie zur Nacht frei, eine im gepflasterten Hof und zwei im Garten. Aus demselben Grund gehen auch meine Leute, Monsieur de La Surie und ich nie schlafen, ohne Stichwaffen und geladene Pistolen an unserem Kopfende greifbar zu haben.

Als ich den finsteren Bahuet aus meinem Haus verjagte, nahm ich seinen Koch, den Auvergnaten Caboche, in Dienst, weil mir sein Gesicht und sein Bauch gefielen. Suppen und Braten, die er uns auftischte, rechtfertigten mein Vertrauen, und sobald er sicher war, daß er bleiben könne, bat er mich, seine Frau Mariette zu seiner Hilfe einzustellen und auch, damit sie »nach Senf gehe«, wie man in Paris sagt. Was sie vortrefflich besorgt, indem sie mit meinem Geld genauso besonnen und sparsam wirtschaftet wie mit ihrem eigenen. Mariette ist ziemlich klein, aber sie hat breite Schultern, einen kurzen Hals, turmharte Brüste, schwarze Augen, schöne Zähne und einen großen Mund, dem die Wörter wie Sturzbäche entspringen, wenn sie mit dem Fleischer oder dem Bäcker um das Gewicht streitet.

Meine Kutsche benutze ich wenig, desto mehr aber meinen Karren, den ich von Zeit zu Zeit um Furage zum nahen Heuhafen schicke, wo täglich große Kähne aus den stromauf liegenden Dörfern anlegen und Futter für die hunderttausend Pariser Pferde abladen. Und als Caboche mir zu bedenken gab, daß ich für meinen Karren, damit er in dem heillosen Pariser Gedränge nicht zu Schaden komme, einen ganz anderen Kutscher brauchte als Poussevent, der mit Holpern und Stolpern und Krachen fuhr, ließ ich mich belehren und mir seinen Vetter namens Lachaise vorstellen, einen Herkules, frisch aus der Auvergne gekommen, der seine schweren Ackergäule, so meinte Caboche, wie »ein Gespann Schmetterlinge« geführt habe und wunderbar seine Peitsche zu schwingen wisse, ein kostbares Talent in Paris, wo die Kutscher ein überaus streitsüchtiges Volk sind. Und ich nahm Lachaise auf den ersten Blick.

Schließlich, da die Montpensier, sei es aus Laune, sei es aus Bosheit oder aus beidem, ihren hünenhaften Lothringer Lakaien Franz hinausgeworfen hatte – der Leser wird sich erinnern, daß er mich vor den blutigen Attentaten seiner Herrin bewahrt hatte und ich ihn zum Dank dafür während der Pariser Belagerung durchgefüttert habe –, stellte ich auch ihn noch samt seinem Liebchen Greta ein. Er hat bei mir sozusagen das Amt des Majordomus inne, aber nur im Wohnhaus, seine Autorität erstreckt sich nicht auf Garten und Ställe, denn das ertrügen weder Faujanet noch Pisseboeuf und Poussevent, weil Franz nie Soldat war und auch nicht Okzitanisch spricht, sondern Lothringisch. Also regiert er mit sicherer Hand die Kammerfrauen, indem er zugleich höflich, entschieden und unbestechlich ist, denn seine treue Liebe zu Greta schirmt ihn gegen alle lächelnden oder schmollenden Mienen ab. Er wohnt mit seiner Frau in der alten Nadlerei, die, wie gesagt, meinem Kutschentor im Champ Fleuri gegenüber liegt, und wacht, mit jederart Waffen wohlversehen, zur Nacht. Außerdem schlafen im

Erdgeschoß besagter Nadlerei meine beiden Pagen, die sich vor Laon, so jung sie noch sind, einer wie der andere als ebenso flink wie tapfer bewiesen haben.

Und das müssen sie sein, genauso wie Franz; wenn Räuber uns eines Nachts überfallen und plündern wollen, dient mir die alte Nadlerei doch sozusagen als Vorposten, so daß es ihnen obliegt, die Taugenichtse zu stellen und mit ihnen die ersten Schüsse zu wechseln.

Weil Guilleris in der Schlacht von Ivry den Tod fand und Nicolas mich bald darauf verließ, um seiner verwitweten Mutter auf dem Hof beizustehen, sind besagte zwei Pagen, Thierry und Luc, zwar neu in meinem Dienst, stehen aber ihren Vorgängern an Schönheit, Ungebärdigkeit und Dreistigkeit nicht nach. Monsieur de La Surie lenkt sie mit straffer Hand, die manchesmal zulangt und ihnen sowohl öffentliche Prügel als auch Karzer verordnet. Wie gesagt, ich unterziehe meine Leute solchen Strafen nicht. Aber Thierry und Luc sind aus gutem Haus und Kind adliger Eltern, die es mir sehr verargen würden, wenn ich ihren Sprößlingen den Stock ersparte. Da es den beiden Schlingeln verboten ist, sich bei unseren Kammerfrauen einzuschmeicheln, flattern sie in ihrer Freizeit im Champ Fleuri und anderen Gassen umher. Sie sollen da und dort willige Blütenkelche gefunden haben.

Da wir einmal bei diesem Kapitel sind, will ich bekennen, daß ich nie habe begreifen können, warum unsere heilige Religion so großen Wert auf Keuschheit legt, die den Wegen der Natur doch so fern liegt, daß es nahezu unmöglich ist, ihre Anforderungen zu erfüllen. Das Ende vom Lied ist doch nur eine doppelte Moral, jene, die man in der Kirche verkündigt, und jene, die man außerhalb praktiziert, und mitunter, ohne das Pfarrhaus zu verlassen.

Immer wieder beobachte ich, daß Enthaltsamkeit den Menschen bitter und trübsinnig macht, oft auch tätlich und hartherzig gegen den Nächsten. Und weil ich nun einmal gern fröhliche Gesichter um mich sehe, drücke ich vor so manchem die Augen zu, was Onkel Sauveterre gewiß entrüstet hätte. Aber, du liebe Zeit, wie Cabusse sagte, man soll das arme Tier nicht zu sehr zügeln!

Vielleicht erinnert sich der Leser, daß Héloïse fast verhungert war, als sie während der Pariser Belagerung zu uns kam, und daß ich sie auf Bitten von Pisseboeuf, Poussevent und Miroul anstellte, die sie ebenso begehrenswert fanden wie sie unser Brot. Als dann der Frieden kam und Miroul vom König geadelt und zu Monsieur de La Surie wurde, meinte er, daß ein Monsieur de La Surie nicht mehr wie einst Miroul von derselben Traube naschen könne wie seine Knechte. Und als bei unserer Rückkehr von Reims Guillemette untröstlich über Louisons Ankunft war, wußte er sie zu überzeugen, daß sie mangels eines Marquis sich durchaus auch mit einem Junker begnügen könne. Was schließlich Lisette anlangt, die, wie man wohl nicht vergessen hat, während der Belagerung um ein Haar von Landsknechten gebraten und verspeist worden wäre, so nahm ich sie, wie der Leser weiß und wie Doña Clara es mir oft genug vorwarf, einzig meinem großen und vertrauten Freund Pierre de l'Etoile zuliebe ins Haus.

Wenn der Leser mit mir die Zahl meiner Mägde errechnen will, kommt er auf sechs: Héloïse, Lisette, Guillemette, Louison, Mariette und Greta. Und was die Männer angeht, sind es ihrer acht: Faujanet, Pisseboeuf, Poussevent, Franz, Caboche, Lachaise und die beiden Pagen Thierry und Luc. Ich kann durchaus verstehen, wenn mein Leser nun findet, daß mein Gesinde – gerade einmal vierzehn Personen – für einen Marquis etwas kärglich ist. Das ist wahr. Aber wie oft beobachte ich, daß Edelleute desto schlechter bedient werden, je mehr Bediente sie haben. Mir jedenfalls sträuben sich die Haare, wenn ich in Adelshäusern dieses Gewimmel unverschämter Lakaien sehe, die lediglich der Repräsentation und Eitelkeit halber da sind und, anstatt zum reibungslosen Ablauf der Dienste beizutragen, diesen durch ihre Vielzahl, ihre Tölpelei und Faulheit nur behindern.

In meinem Hauswesen hat jeder sein Amt, seine Pflichten und seinen Vorgesetzten. Franz befehligt die Diener innerhalb des Hauses, Monsieur de La Surie die Diener außerhalb. Und ich, der König dieses kleinen Reiches, urteile über ihre Vergehen in letzter Instanz. Meine Macht ist wie meine Gnade, nämlich riesengroß, denn entlasse ich einen dieser armen Leute, verdamme ich ihn so gut wie zum Hungertod. So kann ich, nachdem Franz oder Monsieur de La Surie einen Übeltäter mit harten Worten und gerunzelter Stirn abgestraft haben und dieser blaß und zitternd vor mir erscheint, wie Doña Clara nicht ohne Übertreibung sagte, ihn »mit freundlichem Lächeln und nachsichtigen Blicken« zurechtweisen.

Ich zahle meinen Leuten keinen höheren Lohn als andere Häuser, aber wenigstens zahle ich ihn jeden Monat, denn es scheint mir ein schändlicher Mißbrauch zu sein, sie jahrelang arbeiten zu lassen, ohne daß sie einen Heller sehen, wie es in diesem Reich so viele hohe Herren und christliche Damen halten, die behaupten, es sei überflüssig, ihnen etwas in die Hand zu drücken, das besorgten sie schon selbst, indem sie uns bestehlen würden. Aber treibt man sie nicht erst zu solchen täglichen Diebereien, wenn man sie in die Notlage bringt, nicht einen Sou im Beutel zu haben, und ihnen obendrein ein schlechtes Vorbild gibt, indem man einbehält, was man ihnen schuldet?

Was mir bei meinen Leuten vielmehr lästig und zuwider ist, hat nicht so sehr mit ihrem Lohn zu tun, auch nicht mit ihrer Verköstigung, sondern daß ich mich gezwungen sehe, sie in ruinöse Livreen zu kleiden, in meinen Farben, mit goldenen Litzen und sonstigen Kinkerlitzchen, und mich überall in ihrer Begleitung zu zeigen, besonders im Louvre, wo ich bei Herren und Damen sehr schief angesehen würde, käme ich allein. Wenn der König mich zu einem Gespräch empfängt, das vielleicht fünf Minuten dauert, muß ich mit Monsieur de La Surie, Thierry und Luc, Pissebœuf und Poussevent, Lachaise und Franz, alle in vollem Ornat, an seiner Tür erscheinen. Und selbst diese siebenköpfige Suite wäre noch dürftig für einen Marquis, wären Franz und Lachaise nicht zum Glück solche Riesen, daß sie die mangelnde Länge meines Gefolges sozusagen durch körperliche Größe wettmachten.

Dies, Leser, ist also das Porträt meines Pariser Stadthauses, der Bestand meines Gesindes und, wenn ich es so nennen darf, die Philosophie meines Regiments. Natürlich weiß ich, daß mein Tableau anrührender wäre, zeigte es auch meine Gemahlin und meine Kinder. Anfangs war ihre Entfernung um ihrer Sicherheit willen erfolgt, denn nachdem sich in Paris die Tyrannei der »Sechzehn« installiert hatte, durfte ich mich dort nur noch in Verkleidung bewegen. Als dann aber der König in Paris einzog und ihre Heimkehr möglich gewesen wäre, wollte Angelina trotzdem nicht in die Hauptstadt zurückkehren, vielleicht, weil die Fremdheit, die uns nach Larissas Tod entzweit hatte, nicht gänzlich ausgeräumt war – bei mir bestand der

Zweifel fort und bei ihr der Groll –, vielleicht aber auch, weil Angelina, wenn meine ständigen Missionen mich fortrufen von Paris, sich in meiner Abwesenheit auf dem Land weniger einsam fühlt als in der Stadt, denn sie liebt mein Gut Chêne Rogneux und die tröstliche Zuneigung, mit welcher Gertrude, Zara und mein lieber Bruder Samson sie täglich umgeben.

Als meine Liebe in ihrer ersten Blüte stand, erschien sie mir so stark, daß ich mir niemals hätte vorstellen können, in eine solche Lage zu geraten. Doch so ist es nun. Zuerst litt ich unendlich, bis das Leiden eines Tages von selbst aufhörte und mir nur das Staunen über sein Aufhören blieb. Obgleich das Leben, das ich führe, weit von jenem entfernt ist, das ich mir einst zum Ziel gesetzt oder mir erträumt hatte, habe ich mich daran gewöhnt. Trotzdem weiß ich nicht, auch wenn ich nun über die Vierzig bin, ob ich mich bescheiden sollte nach den Worten des Dichters Marot: »Ich entsage dem Geschenk der Liebe, das man so teuer erkauft«, könnte es doch gut sein, daß gerade das Teure – ich meine Glück sowohl wie Schmerz – in den Augen der Menschen seinen Wert ausmacht. Und so manches Mal denke ich, daß mein Leben trüb und eingegrenzt wäre, würde mir das Herz in der Brust nur noch bei überraschenden Aktionen höher schlagen oder bei den kleinen Triumphen hernach.

Die erste Person, die ich in Paris zu sehen begehrte, war mein lieber, alter Freund, der ehrwürdige Doktor der Medizin, Fogacer, der in meinen jungen Jahren an der Ecole de Médecine zu Montpellier mein Mentor war und mich, wie er es gern ausdrückte, »an den sterilen Zitzen des Aristoteles« genährt hatte. Der Grund für mein Begehr war, daß Fogacer, obwohl Atheist und den Knaben zugetan und folglich zwiefach dem Scheiterhaufen geweiht, die Klugheit besessen hatte, Leibarzt bei Monseigneur Du Perron zu werden, und über seine Hauptaufgabe hinaus, welche darin bestand, die heikle Verdauung des Bischofs zu regeln, seine scharfen Augen und wachen Ohren gebrauchte, um alles wahrzunehmen, was in seiner Umgebung geraunt und geflüstert wurde.

Ich erfragte seine Wohnung am Hof, wo er zahlreiche Freunde hatte, weil er wie ich einer der Ärzte Heinrichs III. gewesen war, und als ich hörte, daß er inzwischen in der Rue de la Monnaie wohne – hinter der Kirche Saint-Germain-l'Auxerrois gelegen –, sandte ich ihm meinen Pagen Thierry mit einem Billett, worin ich ihn bat, mich nach dem Mittagsmahl zu empfangen. Und benötigte Thierry für den Gang auch zwei Stunden statt einer, hatte ich doch nicht das Herz, ihn zu tadeln, so ganz fogacerisch war wieder einmal das Briefchen, das er mir brachte.

Mi fili,[1]
besuche mich Schlag drei Uhr (meine Siesta ist mir wie meiner *ancilla formosa*[2] nun einmal heilig), und du sollst mich ganz Ohr oder vielmehr ganz Zunge finden, sobald du aus Neugier, wie ich wette, ebenso wie aus Freundschaft in meiner Klause auftauchst. Du weißt, *mi fili,* mich zum Plaudern veranlassen heißt *piscem natare docere*[3], so sehr bin ich hierzu disponiert. Eile denn herbei, Sohn. Du wirst mich antreffen und *dicenda tacenda locutum*[4] hören, und hiermit grüßt dein wie stets getreuer und dich liebender Diener
Fogacer.

Lachend streckte ich das Briefchen Miroul hin, der sich seinerseits daran ergötzte, so ähnlich sah es dem, der es geschrieben und der uns »Schlag drei« in seinem kleinen, aber behaglichen Reich in der Rue de la Monnaie empfing, lang, dünn, mit seinen Spinnenarmen und endlos langen Beinen anmutig im schwarzen Gewand, etwas immer noch jugendlich Übermütiges im Gesicht, denn mochten seine Haare mit den Jahren auch mehr Salz als Pfeffer zeigen, strebten seine Brauen doch diabolisch wie je zu den Schläfen auf und pointierten sein geneigtes, langsames und gewundenes Lächeln.

»Ha, *mi fili*!« sagte er, »welch ein Jammer, daß du so eilend und weilend bald da, bald dort in königlichen Diensten über Berg und Tal schweifst, denn allzuoft raubt dies mir das Vergnügen, dein lichtes Antlitz zu schauen! Monsieur de La Surie, Euer Diener! Nehmt bitte Platz!«

»Ehrwürdiger Doktor der Medizin«, sagte La Surie, »nennt mich doch bitte Miroul, unter welchem Namen Ihr mich von jeher gekannt.«

1 (lat.) mein Sohn.
2 (lat.) schöne Dienerin.
3 (lat.) einen Fisch das Schwimmen lehren.
4 (lat.) Dinge, die es zu sagen gibt, und solche, die zu verschweigen sind.

»Und geschätzt, Miroul, und geschätzt«, sagte Fogacer mit graziöser Verneigung. »Holla, Jeannette! Bring eine Flasche guten Meßwein!«

»Nanu?« fragte ich erstaunt, »ist das dieselbe Jeannette, die ich in Saint-Denis bei Euch sah?«

»Nein, eine andere«, sagte Fogacer. »Das schlimme an den Jeannettes ist, daß sie einen verlassen müssen, sobald ihnen mehr Bart am Kinn sprießt, als ihre Röcke ehrenhalber gestatten.«

»Ist es nicht immer ein Leidwesen«, sagte Monsieur de La Surie undurchdringlichen Gesichts, »sich von einer guten Kammerjungfer zu trennen?«

»Es tut weh, zweifellos«, sagte Fogacer, die schwarzen Brauen rümpfend, die fein gezupft und wie mit dem Pinsel gezogen waren, »aber was hilft es? Ich habe die Welt nicht erschaffen, die dafür mich geschaffen hat, wie ich bin. Und wie ich mich annehme«, setzte er mit trotziger Kopfbewegung hinzu. »Doch genug davon! *Mi fili*, was muß ich über dich hören!«

»Nämlich?«

»Du habest bei dem Mord an Saint-Paul mit Guise unter einer Decke gesteckt?«

»Unter einer Decke gesteckt, ist übertrieben. Ich habe den Degen des kleinen Herzogs nur nicht behindert.«

»Auch sollst du bei Madame de Saint-Paul, der du immerhin Leben und Habe gerettet hast, grausam abgeblitzt sein?«

»Stimmt.«

»Aber gedrängt von dir, hat sie Mézières dem König übergeben?«

»Stimmt auch.«

»Und schließlich hast du ihr das hübscheste ihrer Mädchen entführt?«

»Sankt Antons Bauch!« rief ich verblüfft, »woher weißt du das, Fogacer? Es war stockfinster, als wir in Paris eintrafen, und niemand am Hof weiß etwas von Louisons Ankunft hier.«

»Die Kirche«, versetzte ernst Fogacer, »weiß immer mehr als der Hof. Und ich bin gewissermaßen Kirche, da ich über die heiligen Innereien eines Bischofs wache.«

»Vielleicht, Moussu«, sagte La Surie, »hat ein Mann Eurer Eskorte geredet, und ein Priester hat es aufgeschnappt. Priester machen gern lange Ohren.«

»Meine sind auch lang«, sagte Fogacer mit seinem gewundenen Lächeln. »Und meine Zunge kann es werden, wenn meine Freunde mir genug zusetzen. Sprich, *mi fili*. Ich sehe deine Wangen gleichsam von Fragen geschwellt.«

»Nur von einer, Fogacer!« sagte ich lächelnd. »Aber einer, die es in sich hat. Was denkst du über die Jesuiten?«

»Gebenedeite Jungfrau!« rief Fogacer, die Brauen steilend, »die Jesuiten! In welches Hornissennest willst du jetzt wieder die Nase stecken?«

FÜNFTES KAPITEL

Und bei diesen Worten steilte Fogacer die Brauen, hob die spinnenlangen Arme gen Himmel und ließ sie graziös auf seine Sessellehnen sinken.

»Die Jesuiten, mein Pierre«, sagte er mit seiner Flötenstimme, »sind wie die Zungen des Äsop: Es gibt nichts Besseres und nichts Schlimmeres auf Erden.«

»Nichts Besseres?« fragte ich staunend.

»Zweifellos. In erster Linie sind sie fabelhaft gelehrt und sprechen ein Ciceronisches Latein, angesichts dessen unsere Pfarrer sämtlich vergehen müßten vor Scham, wenn sie es denn verstünden. Mehr noch, sie verstehen sich ebensogut auf fremde Sprachen, und kaum haben sie den Fuß in ein fernes Land gesetzt, lernen sie das Idiom der Eingeborenen, denn mit dem Wissen, in welchem ihnen die Palme gebührt, geben sie sich längst nicht zufrieden. Sie sind verwegene Reisende, die vor nichts zurückschrecken, nicht vor Piraten noch vor Meeren oder Wüsten. Den Degen führen sie meisterlich, wer wüßte es besser als du, *mi fili*, der du mit Samarcas die Klinge kreuztest, wobei er dir deine Jarnac-Finte abzuluchsen versuchte, ohne dich die seine zu lehren, die berüchtigte Jesuitenfinte nämlich, welcher der arme Mundane und viele andere zum Opfer fielen. Wo aber Eisen machtlos ist, glänzen sie mit ihrer wohlgeschliffenen Sprache, und im wendigen und finessenreichen Verhandeln sind sie unübertrefflich. Ihre Glaubenstreue ist ehern. Sie beweisen sich als furchtlose Proselyten, und um die Indianer zum wahren Glauben zu bekehren – oder was sie dafür halten«, fügte Fogacer mit gewundenem Lächeln ein –, »scheuen sie nicht Marterpfahl noch Scheiterhaufen. Und, um es nicht zu verschweigen: Oft genug gehen sie derweise zugrunde, doch nicht in Todesnöten, sondern vielmehr in der freudigen Zuversicht, vermittels ihrer Henker die Märtyrerkrone zu erringen.«

»Wahrhaftig«, sagte ich, »all das ist bewundernswert.«

»Und ist doch noch nichts«, sagte Fogacer. »Denn die Jesuiten erstrahlen in unvergleichlichem Glanz – unvergleichlich, sage ich – in zwei Bereichen, die ihnen heute den neidvollen Haß der Priester und der Sorbonne eintragen ...«

»Und die sind?« fragte Monsieur de La Surie, weil Fogacer eine Pause einlegte.

»Beichte und Unterricht.«

»Beichte?« fragte Monsieur de La Surie, und sein braunes Auge sprühte, das blaue blieb kühl, »das wundert mich. Ich beichte einmal im Jahr, und das läuft jedesmal nach demselben Schema ab: Mein Sohn, welches sind Eure Sünden? – Mein Vater, das und das. – Mein Sohn, das sind große Sünden. – Mein Vater, ich bereue. – Mein Sohn, Ihr werdet zehn *Pater* und zehn *Ave* beten. Und vergeßt nicht ein Almosen für meine Armen. – Hier ist es, mein Vater. – Mein Sohn, ich erteile Euch Absolution.«

»Ha!« sagte lachend Fogacer, »das nennt man auf italienisch *caricare il ritratto!*[1] Fraglos gibt es solche Pfarrer in Paris, doch sind ihre Beichtabnahmen im Vergleich mit denen der Jesuiten, was der grandiose David des Michelangelo im Vergleich mit einem selbstgeschnitzten Hirtenstab ist! *Mi fili, crede mihi experto Fogacero!*[2] Denn eines Tages wollte ich es wissen und fragte einen Jesuiten, den ich mit offenen Augen und Ohren um Monseigneur Du Perron hatte kommen und gehen sehen, ob er mir die Beichte abnehmen wolle. Er willigte ein, und kaum waren wir allein, spielte er die ganze Tonleiter vertraulichster Freundschaft, war so zugänglich, so liebenswürdig, ja so einschmeichelnd, als er mir die wohlwollendsten Fragen sowohl über mich wie über meine Freunde und meinen Herrn Du Perron stellte, daß ich, der ich doch ihn hatte einschätzen wollen, mich augenblicks durchschaut fühlte bis zum Grund, mit einem Wort, ich war von seiner Kunst und seinen Zaubermitteln derart umsponnen, daß ich ihm um ein Haar gestanden hätte, daß ich schwul bin. Du magst dir ausdenken, *mi fili*, was diese Schlange aus meinem Geheimnis gemacht hätte! Ständig hätte er über meinem Haupt ein Schwert schweben lassen, um mich zu erpressen, mich zu seiner Kreatur und seinem Spion im Hause

---

1 (ital.) das Abbild übertreiben.

2 (lat.) Mein Sohn, glaube mir, dem erfahrenen Fogacer.

Monseigneur Du Perrons zu machen. Ich schlotterte vor Angst, als er meine Wohnung verließ, und habe Jeannette strikt verboten, wenn sie ihn durchs Guckloch erblicken sollte, ihm noch jemals die Tür zu öffnen, denn ich hatte sehr wohl beobachtet, wie äußerst neugierig er die Ärmste beim Kommen und beim Gehen betrachtete, besonders ihre Hände und Füße, die für ein Frauenzimmer ja in der Tat ein bißchen groß sind.«

»Ein Abenteuer, das ich mir merken werde«, sagte ich, »denn auf ähnliches muß auch ich gefaßt sein, wenn ich mir über sie Klarheit verschaffen will.«

»Dann behüte dich Gott, *mi fili*!« sagte Fogacer. »Diese Leute haben das Beichten zu einer Kunst entwickelt, nicht allein, daß sie es verstehen, deine Seele am Haken zu fassen, beglücken sie dich durch ihr Eindringen in dein Innerstes in einer Weise, daß du dich ihnen immer noch mehr öffnen möchtest. Deshalb kehren mittlerweile alle vornehmen Pariser dem Pfarrer ihres Sprengels den Rücken und drängen sich, ihre Sünden ihnen zu bekennen, dergestalt, daß niemand sich mehr in guten Händen wähnt, der nicht einem Jeuiten beichtet.«

»Das muß die Pfarrer allerdings gegen sie erbittern«, sagte Monsieur de La Surie, »zumal es große Macht bedeutet, denn vermittels der Beichte schleicht sich der Beichtiger *sensim sine sensu*[1] ins Innerste der Familie ein.«

»Deren Kinder sie ohnehin schon unterrichten«, sagte Fogacer, »ihr kennt ja den hervorragenden Ruf ihrer Schulen. Aber wer könnte euch hierüber mehr erzählen als Jeannette, die hier in Paris, im Collège de Clermont, Rue Saint-Jacques, zur Schule ging?«

»Ach!« rief Monsieur de La Surie wie erstaunt, ein spöttisches Lächeln in den Mundwinkeln, »die guten Patres haben am Collège de Clermont ein Mädchen zugelassen! Zwischen lauter Knaben! Ich glaube, ich träume.«

»Herr Junker«, sagte Fogacer und spielte mit gestelzten Brauen den Wütenden, »hätte ich nicht vor langem das Schwert gegen das Skalpell getauscht, solltet Ihr mir für diese Frechheit Rechenschaft geben.«

»Meine Herren! Meine Herren!« rief ich und gab in dem Spiel den Schiedsrichter, »laßt doch die Degen in der Scheide,

---

1 (lat.) gleichsam unmerklich.

bei Sankt Antons Bauch! Wer wird sich um das Geschlecht eines Frauenzimmers streiten, das gar keins haben kann, weil es ein Engel ist?«

Worauf wir lachten.

»Holla, Jeannette! Holla, mein Engel!« rief Fogacer, »komm her und sage den Herren, was du über das Collège de Clermont berichten kannst, wo du in den zwei vergangenen Jahren lerntest.«

»Nur das Allerbeste«, sagte Jeannette, indem sie sich vor uns aufpflanzte, die in der Tat etwas großen Hände vorm Bauch verschränkt. »So grausam ich von meinen Schulmeistern an der Sorbonne behandelt und auch tagtäglich geschlagen worden war«, fuhr sie mit ihrer dunklen, kratzigen Stimme fort, »so liebevoll waren zu mir die guten Patres.«

»Das bezweifle ich nicht«, sagte La Surie.

»Ich meine das im guten Sinn«, sagte Jeannette errötend, den Schatten der langen schwarzen Wimpern auf den Wangen.

»Das Wort liebevoll kann gar nicht in bösem Sinn verstanden werden!« sagte Fogacer salbungsvoll.

»Ich weiß, ich weiß«, sagte Jeannette. »Aber, wahrhaftig, meine Herren, da Ihr mich danach fragt, kann ich nur sagen, was Wissenschaft, Geduld, Güte und väterliche Zuneigung angeht, kommt niemand den Patres vom Collège de Clermont gleich, außer vielleicht mein sehr geliebter Herr, der ehrwürdige Doktor Fogacer.«

»Welch galantes Kompliment!« sagte lachend Monsieur de La Surie, »und hübsch gedrechselt, und paßt dem ehrwürdigen Fogacer wie ein Jesuitenrock.«

»Still, Miroul!« sagte ich. »Jeannette, fahr bitte fort.«

»Ha, Monsieur!« sagte sie, »so wahr die Universität für mich die Hölle war, so wahr erlebte ich das Collège de Clermont als Paradies. An der Universität büffelten wir von früh bis spät, ohne Spiele, ohne Abwechslung, ohne jede Pause, und wurden für ein Ja oder Nein von wütenden Lehrern geprügelt, ohne daß einem je ein gutes Wort oder eine Belohnung zuteil wurde. Meiner Treu! Ich glaubte zu träumen, als ich in der Rue Saint-Jacques zu den Patres kam, die einfach gütig waren, voller Aufmerksamkeit für jeden einzelnen und wirklich väterlich. Tausendmal lieber ermutigen sie, als zu strafen, Prügel sind bei ihnen sehr selten, und sie werden auch nicht von ihnen selbst ausgeteilt, sondern vom Pedell, dessen Schläge sie mäßigen und oft deren Anzahl verringern, was ihnen die Dankbarkeit des Bestraften einbringt. Aber wer seine Sache gut machte, ha, Monsieur! wie wurde der gelobt, mit freundlichen Blicken, mit Auszeichnungen bedacht: Ehrenbänder, Kreuze, Medaillen! Und mit einer ganzen Hierarchie von Graden wie in der Armee des antiken Rom, auf die wir alle ganz begierig waren, *Decurion, Centurion, Primipile, Imperator.*«

»Jeannette«, fragte ich lächelnd, »warst du einmal Imperator?«

»Ach, Monsieur! Dazu mußte man mindestens die Palme in lateinischen Versen erringen. Aber ich war ein Jahr lang *Centurion*, was auch schon viel war. Und in Spiel und Sport war ich einmal *Primipile*.«

»Was für Spiele? Was für Sport?« fragte Miroul verwundert.

»Alle Arten! Im Collège de Clermont gab es aus Platzmangel aber nur Fechten.«

»Fechten?« fragte ich. »Fechten, das aus der Universität verbannt wurde!«

»Nicht bei uns. Wir hatten einen Pater, der ein hervorragender Waffenmeister war. Und spielte sich ein Adelssohn mit dem Degen in der Hand zuerst ein wenig auf, lehrte er ihn schnell Bescheidenheit, indem er ihm besagten Degen aus der Hand schlug und höflich sagte: ›Tut mir leid! Damit, mein Sohn, wärt Ihr tot gewesen!‹ Was die anderen Sportarten betrifft, Paumespiel, Reiten und Schwimmen, so praktizierten wir sie auf dem Land, in einem Haus des Collège, das für uns ein zauberischer Aufenthalt war. Und wie wir uns mühten, ihn zu verdienen! Alles Latein, das ich kann, rührt von daher.«

»Und was gab es am Collège de Clermont außer dem Fechten?« fragte ich.

»Ergötzliche Spiele und Komödien.«

»Spiele und Komödien?« rief ich. »Fogacer, hättet Ihr das gedacht?«

»Ich denke von den guten Patres alles Gute«, sagte Fogacer mit seinem gewundenen Lächeln, »so daß mich nichts mehr erstaunen kann.«

»Komödien mit Kostümen?« fragte La Surie.

»Und ob!« sagte Jeannette. »In Kleidern, die wir selbst anfertigten, mit allem Drum und Dran. Einmal hatte ich die Rolle

König Heinrichs III. zu spielen, mit einer Pappkrone auf dem Kopf und einem Bilboquet in der Hand, umgeben von seinen als Teufel verkleideten Lustknaben, und der heilige Jacques Clément stieß ihm sein Messer in den Leib.«

»Heiliger Jacques Clément!« sagte ich.

»So nannten ihn voller Verehrung die guten Patres.«

»Bitte, fahr fort.«

»Nachdem Jacques Clément zugestochen hatte, stürzten sich die Teufel auf ihn und streckten ihn zu Boden, aber die Engel hoben ihn auf, bekränzten ihn mit der Märtyrerkrone und trugen ihn auf ihren Schultern empor zum Himmel. Die Märtyrerkrone war aus Pappe, die Engelsflügel auch.«

»Wie wurde der Himmel dargestellt?«

»Durch das Podest der Treppe, die zur Aula führte.«

»Und der Herrgott?«

»Durch ein Kreuz, das in einem durchlöcherten Schemel steckte. Dorthin wurde der heilige Jacques Clément von den Engeln getragen und zur Rechten besagten Kreuzes auf einen anderen Schemel gesetzt.«

»Anders ausgedrückt: Er thronte im Himmel zur Rechten Gottes?«

»Ja.«

»Beim Ochsenhorn!« sagte La Surie. »*Che bella ricompensa per un assassino!*«[1]

»Die guten Patres wollten es so«, sagte Jeannette.

»Und wer spielte den Jacques Clément?«

»Jeder von uns reihum, die Patres wollten keinen ausschließen.«

»Und Heinrich III.? Und die Teufel?«

»Jeder, der Strafe verdient hatte. Und es gab keine schlimmere Buße, ausgenommen«, setzte Jeannette erschaudernd hinzu, »die ›Kammer der Meditation‹.«

»Das klingt nicht unfreundlich«, sagte ich.

»Was aber es nicht war«, meinte Jeannette, »auch wenn die guten Patres diese Strafe selten verhängten, und niemals länger als vierundzwanzig Stunden. Aber ich, der ich einmal dort war, kann Euch versichern, daß sie in mir tiefste Schrecken hinterließ.«

---

1 (ital.) Was für ein schöner Lohn für einen Mörder!

»Warum? Wurdest du geprügelt?«

»Nein, gar nicht. In der ›Kammer der Meditation‹ wird niemand geschlagen. Nicht einmal angerührt, auch nicht mit einer Fingerspitze. Man ist dort ganz allein, aber die vier Wände sind von unten bis oben, in natürlicher Größe und unglaublich plastisch, mit entsetzlichen Teufeln bemalt, welche die Verdammten in der Hölle peinigen. Und weil man die ganze Zeit fasten muß, erscheinen einem diese Gestalten belebt durch die tanzenden Flammen der an den Mauern befestigten Lampen. Und außerdem sprechen sie.«

»Sie sprechen?«

»Ja! Ich habe es mit diesen meinen Ohren gehört! Sie flüstern, murmeln, grollen und lachen gellend. Und die Verdammten stoßen herzzerreißende Klagen aus, die Stimmen kommen aus allen vier Ecken des Raumes, ein einziges Ächzen und Jammern. Aber das schlimmste war ...«

»Was? Noch Schlimmeres?«

»Ja! Das schlimmste war, daß plötzlich, in einer großen Stille, eine Stimme erscholl, die den ganzen Raum mit schaurigem Getöse erfüllte, und mich ermahnte zu bereuen, wenn ich nicht auch bis ans Ende der Zeiten die grausamsten Qualen erleiden wolle.«

»Ein nettes Meditationsthema«, meinte La Surie, »und gute Schalltrichter in den Mauern, welche die verstellten Stimmen der guten Patres übertragen.«

»Holla!« sagte Fogacer, die Brauen wölbend, »man muß wahrlich ein Herz von Stein und einen unfrommen Geist haben, um von offensichtlichen Mirakeln nicht berührt zu sein.«

»Jeannette«, sagte ich, »was hattest du verbrochen, um solche Strafe zu verdienen?«

»Ich hatte den Rektor in aller Beisein gefragt, warum man im Collège nicht für den König von Frankreich bete, da er sich doch bekehrt und seine Hauptstadt eingenommen habe.«

»Und was antwortete der Rektor?«

»Daß aus meinem Mund der Böse spreche. Daß die Bekehrung dieses stinkenden Bocks von Béarnaiser[1] nichts sei wie Lug und Trug und üble Täuschung. Daß der Béarnaiser, und söffe er alles Weihwasser von Notre-Dame, drum doch nicht

---

1 Henri Quatre stammte aus der Pyrenäenprovinz Béarn.

steiler pissen würde: Es glaube niemand an seine Aufrichtigkeit. Daß der Papst ihn nicht absolviert habe und auch nicht absolvieren werde. Daß allein der Gedanke eine Blasphemie sei, der Papst könnte ihn jemals in den Schoß der Kirche aufnehmen. Und stiege selbst ein Engel Gottes vom Himmel hernieder und sagte zum Papst: ›Nimm ihn auf‹, würden alle Rechtgesinnten diese Botschaft noch immer für höchst verdächtig halten.«

»Waren das seine Worte?«

»*Verbatim.*«[1]

»Und haben sie dich überzeugt?«

»Nein«, sagte Jeannette. »Ich fand es merkwürdig, daß die guten Patres behaupteten, bessere Katholiken zu sein als jene Bischöfe, die Heinrich IV. bekehrt haben. Aber weil der Rektor, die Lehrer und alle Schüler gegen mich verbündet waren, entsetzte mich der Gedanke, wieder in die ›Kammer der Meditation‹ zu müssen. Also strich ich die Segel und bekannte meinen Irrtum.«

»Was geschah dann?«

»Ich wurde gefeiert und gehätschelt wie das verlorene Lamm aus der Bibel, aber fortan war für mich der Zauber gebrochen. Nicht, daß ich die guten Patres nicht mehr geliebt und ihnen nicht – bis heute – die größte Dankbarkeit bewahrt hätte für ihren guten Unterricht. Aber von Stund an fühlte ich mich belauert und beargwöhnt, und als der ehrwürdige Doktor Fogacer mich in seinen Dienst zu nehmen geruhte, war ich überglücklich, ihm folgen zu dürfen.«

Hiermit machte uns Jeannette einen Knicks von etwas linkischer Grazie und ging.

»Wirklich«, sagte La Surie, »da habt Ihr eine sehr gelehrte Kammerjungfer, die Euch lateinisch radebrecht wie ein Pfaffe.«

»Ihr Latein war es auch«, sagte Fogacer ohne ein Wimpernzucken, »das mich als erstes fesselte.«

»Das dachte ich mir«, sagte La Surie, der den Spott aber, gottlob, nicht weiter trieb.

»Nun denn, Fogacer, mein Freund«, sagte ich, als die beiden mich stumm anblickten, »ist das nun, wie die Zungen des Äsop, das Beste und das Schlimmste der Jesuiten?«

1 (lat.) Wörtlich.

»Das Beste schon«, sagte Fogacer, »doch nur ein kleiner Teil vom Schlimmsten. Doch was das angeht«, setzte er, die Brauen wölbend, hinzu, »so erwarte von mir nicht, daß ich mich darüber auslasse, der ich von christlicher Barmherzigkeit durchdrungen bin und von meinem Nächsten nur Gutes denken möchte. Außerdem fürchte ich nichts so sehr wie die Devoten und Bigotten, die ich für unerbittliche Leute halte, und möchte, nicht einmal vor meinem besten, mir so vertrauten und unwandelbaren Freund Übles über sie reden. Nach dem Schlimmsten, *mi fili*, fragt bitte einen Unvorsichtigeren als mich.«

»Pierre de l'Etoile?«

»Ach, nein! Hinsichtlich der Jesuiten ist L'Etoile sehr zurückhaltend, so mutig er auch in politischen Dingen sein mag. Nein, ich dachte an den großen Advokaten, der die Sache der Sorbonne gegen die heilige Gesellschaft verficht.«

»Antoine Arnaud?«

»Genau den.«

Ich nahm mir vor, Maître Antoine Arnaud gleich am nächsten Tag aufzusuchen, konnte es aber nicht, denn gegen zehn Uhr erhielt ich gebieterische Zeilen der Herzogin von Guise, von ihr eigenhändig und in ihrer kuriosen Orthographie abgefaßt:

Meusieu,
Ich bin euch tötligböse das Ihr mih deart fernachläßigt. Schohn dreitage seit Ihr In Paris, un Nochimmerkein besuch fon euch! Wen Ihr nich heutigtags komd un mir um elfur zufüsen werfd, dürft Ihr euch nie mer mein egebenendiner nenen.
                                            Catherine,
                                    Herzogin von Guise

Mochte dieses Billett auch bemitleidenswert aussehen, schmeichelte es doch meiner Eitelkeit, daß die kleine Herzogin nach mir verlangte, ohne daß für unser Gespräch der geringste Anlaß bestand. Schließlich war so viel Zeit verstrichen, seit ich Reims verlassen hatte, um vor Laon zu kämpfen, daß sie durch ihre Kuriere längst wissen mußte, was sich zwischen Saint-Paul und ihrem Sohn Charles, beziehungsweise zwischen diesem und dem König, abgespielt hatte. Zudem mußte Frau von Guise selbst gespürt haben, daß sie mit diesem in der Formulierung so strengen, im Grunde aber so liebreichen Briefchen sich weit vorwagte, weil sie sich nicht getraut hatte, es einem

Sekretär zu diktieren, sondern es mit der eigenen molligen, aber ungeschickten Hand hingekrakelt hatte.

Wie man sich denken kann, stellte ich mich natürlich mit erschwindelter Demut und sämtlichen Anzeichen der Reue (auf welche sie nicht hereinfiel) Schlag »elfur« bei ihr ein und nützte den Elan meines tiefen Bedauerns, mich ihr »zufüsen« zu werfen, ihre beiden Patschhändchen zu ergreifen und diese mit zerknirschten Küssen zu bedecken.

»Ha, Madame!« sagte ich, »ich wäre untröstlich, wenn Euer Herz sich dauerhaft gegen den ergebensten und liebendsten Eurer Diener verhärten würde.«

»Liebend ist zuviel, Monsieur«, sagte die kleine Herzogin und gab sich etwas hochfahrend, unternahm aber nur wenig, mir ihre Hände zu entwinden, die ich, immer zwischen zwei Worten, glühend küßte. »Hört, Monsieur«, fuhr sie fort, »Ihr werdet mich noch böse machen. Gebt meine Hände frei, setzt Euch bitte hier auf das Taburett und erklärt mir, wie es möglich ist, daß Ihr schon drei Tage in Paris seid und mich erst jetzt, und erst auf meinen Befehl hin, besuchen kommt.«

»Madame«, sagte ich, die Augen bußfertig gesenkt, »Ihr seht mich verzweifelt, aber vor meiner Abreise von Laon gab mir der König einen geheimen Auftrag, der keinen Aufschub duldete. Doch war ich just im Begriff, Euch zu schreiben und um ein Gespräch zu bitten, als Euer streitbares Billett mich erreichte.«

»Streitbar, Monsieur!« rief sie, wiederum hochfahrend, »habt Ihr die Stirn, das streitbar zu nennen? Ihr wißt wohl nicht, daß ich nur mit Personen meines Ranges streite?«

»Madame«, sagte ich, mich verneigend, »gewiß bin ich ein wenig unter Euch geboren. Darf ich aber sagen, ohne der Unverschämtheit geziehen zu werden, daß es nicht so sehr Euer Rang ist, der mich blendet, sondern Eure entzückende Schönheit?«

Sie war über die Kühnheit dieses Kompliments zugleich so baff, so entrüstet und so beglückt, daß ihr einen Moment die Sprache wegblieb. Und auch ich wurde stumm, ließ aber meinen Blick beredter als alle Worte auf ihr ruhen. Und, ehrlich gestanden, ich brauchte mir dabei keinen Zwang anzutun, so liebenswert erschien sie mir nach all den mir gemachten Avancen. Und wenngleich klein, war sie doch ebenso zierlich wie wohlgerundet, frisch und betörend mit ihren Lavendelaugen und ihrer naiven Unverblümtheit, ihrem süßen Mund und diesen wunderschönen und reichen blonden Haaren, die sich um ihren molligen Nacken lockten.

»Monsieur!« rief sie stirnrunzelnd, doch blickte sie längst nicht so zornig, wie es ihre Brauen anzeigten, »ich weiß wirklich nicht, woher Ihr die Verwegenheit nehmt, in dieser Weise zu mir zu sprechen. Hättet Ihr meinem Sohn Charles in Reims nicht so bedeutende Dienste geleistet – ich ließe Euch mir aus den Augen verjagen!«

»Mich verjagen, Madame!« rief nun ich, »mich verjagen, der ich Euch mit Leib und Seele ergeben bin! Wenn Ihr den verjagt, der Euch liebt, wer wird Euch dann dienen?«

Man muß einräumen, daß dieses an eine hohe Dame gerichtete »der Euch liebt« der Gipfel der Dreistigkeit war. Doch wie ich sah, hatte ich bereits so viele Freunde in der Festung, daß ich glaubte, mir diesen Sturm auf ihre Mauern erlauben zu können, ohne daß ein Ausfall zu fürchten stand, der mich zum Rückzug zwänge.

»Monsieur«, sagte sie, nachdem sie ihre Stimme wiedergefunden, »man kann nicht verhehlen, daß es schon Tollheit ist, so mit mir zu reden, mir, der Herzogin von Guise, die ich nach der Königinwitwe die höchste Dame im Reich bin.«

»Frau Herzogin«, sagte ich, indem ich mich erhob und ihr eine tiefe Verneigung machte, »niemand respektiert Euren Rang mehr als ich. Beliebt jedoch zu beachten, Madame, daß ich keineswegs so niederer Herkunft bin, daß Ihr mich mit Füßen treten dürftet wie einen Wurm. Immerhin war meine Mutter eine geborene Caumont-Castelnau, und bekanntlich nahmen die Castelnaus an den Kreuzzügen teil. Und was meinen Vater angeht, so schmiedete er seinen Adel auf den Schlachtfeldern, was wohl ebensoviel, ja vielleicht sogar mehr wert ist, als wäre er ihm fix und fertig in die Wiege gelegt worden.«

»Monsieur«, sagte die kleine Herzogin mit einer Verwirrung, die ihrem guten Herzen zu vollem Lob gereichte, »das weiß ich alles. Und ich weiß auch, daß mein Schwiegervater, Franz von Guise, Euren Herrn Vater, was Klugheit und Tapferkeit betrifft, all seinen anderen Hauptleuten vorzog. Ich habe meinen Rang ja auch nur so hoch gehißt«, setzte sie mit allerliebster Einfalt hinzu, »um mich sozusagen vor Euren Erklärungen in Sicherheit zu bringen.«

»Mein Gott, Madame!« sagte ich, indem ich voll Wonne ihre

schwache Verteidigung auskostete, die sie zudem auch noch selbst entblößte, indem sie ungewollt gegen sich und für mich Partei nahm, »was ist ungehörig daran, wenn ich sage, daß ich Euch liebe? Ihr seid Witwe. Es kann die Ehre eines Gemahls sowenig wie die Eure verletzen. Und stehe ich auch nicht hoch genug, daß ich um Eure Hand anhalten dürfte, bin ich deshalb zu niedrig, um Euch mit allem ehrerbietigen Respekt die tiefe Liebe auszudrücken, die ich zu Euch gefaßt habe?«

Ich muß gestehen, daß ich selbst ganz verwundert war, so ernste Worte so leicht dahingesprochen zu haben. Aber so ist es nun mal mit den Fallen, in die man unvermeidlich tappt. Ohne das kleine Billett, das sie mir gesandt hatte und das mir kostbar war samt seiner Orthographie, hätte ich nie zu träumen gewagt, daß die Herzogin sich mir hingeben könnte. Doch in der Wüstenei meines Lebens – Doña Clara war abgereist, Angelina so fern – hatte diese neue Idee mit unglaublicher Stärke Besitz von mir ergriffen und augenblicklich ein so heftiges Begehren entfacht, daß es, um sie zu erobern, sich in jenen leidenschaftlichen Empfindungen äußerte, die ich auch gewiß für sie hegen würde, sollte es sich erfüllen. Sehen Sie, schöne Leserin, so nimmt die Sprache der Liebe immer die Wirklichkeit vorweg. Wenn Sie einem Mann, der Ihnen gefällt, antworten: »Ja, ich liebe Sie«, sind Sie Ihrer Gefühle nicht sicherer als derer, die er Ihnen gestanden hat.

Nun, die kleine Herzogin, rosig überlaufen und aufgewühlt, hatte sichtliche Mühe, zu Atem und vor allem zu Stimme zu kommen, zumal sie trotz ihrer Weltläufigkeit wahrhaftig nicht mehr wußte, was sie sagen sollte, hatte sie doch das Stadium schon überschritten, da sie behaupten konnte, gekränkt zu sein, aber jenes noch nicht erreicht, da sie einwilligen durfte. Daß dieser Gedanke ihr dennoch gefiel, erkannte ich mit so großer innerer Bewegung, daß auch ich verstummte, vor ihr niederfiel und ihre Hände küßte, aber nicht mehr mit jenem Furor wie zuvor, sondern mit einer ehrfürchtigen Zärtlichkeit, die ihr sagen sollte, daß meine Achtung für sie, wenn sie nachgeben würde, durchaus nicht geringer wäre.

»Monsieur«, sagte sie endlich mit nahezu erloschener Stimme, ohne diesmal Zorn vorzutäuschen, »beliebt Euch zu setzen, und erzählt mir im einzelnen, wie Euer Aufenthalt zu Reims verlief, denn mein Sohn ließ mir nur das Wesentliche melden, mit großem Lob für Euch, doch ohne genauer zu sagen, welche Rolle Ihr dort spieltet.«

So nahm ich denn wieder Platz auf dem Taburett zu ihren Füßen, um meinen Vers aufzusagen und unser verlegenes Schweigen durch einen Bericht zu überstimmen, dem weder sie noch ich viel Aufmerksamkeit schenkten, weil unsere ineinander versenkten Blicke derweil ein Zwiegespräch führten, das uns tausendmal wichtiger war als meine nichtigen Worte. Es war dies einer der köstlichen Momente bebender Vorwegnahme, von dem Liebende wünschten, er würde ewig währen. Ein freilich seltsamer Wunsch, hat diese Vorwegnahme doch nur Sinn, wenn Handeln sie ablöst und mithin beendet. Was auch geschah, und was ebenso köstlich war, aber von einer anderen Köstlichkeit, denn sie vollendete jene, die wir vorher bei unserer stummen Zwiesprache empfunden hatten, ohne sie doch vergessen zu machen.

Der Aufruhr war gestillt, und ich glaubte meinen Augen nicht zu trauen, als ich die Herzogin in meinen Armen ruhen sah, nackt in ihrer Blöße und auf zerwühlten Laken, die aus zartblauer Seide waren, sicherlich um ihre azurblaue Iris und ihr blondes Haar zur Geltung zu bringen. Und weil ich in ihren schönen Augen nun etwas wie heimliche Furcht vor der Zukunft las, übersäte ich ihr Gesicht mit kleinen Küssen, um sie zu versichern, daß auf wildeste Stürme bei mir unfehlbar Zärtlichkeit folgte. Und als ich sah, daß sie diese Sprache mit jenem feinen Gespür verstand, wie es die Frauen besitzen und mit dem sie die nebensächlichsten Dinge wahrnehmen und zu entziffern wissen, und weil mir schien, daß dieses Entziffern sie tröstete und ermutigte, schob ich meinen linken Arm unter ihre Taille und legte meine Wange auf ihre Brust, und so lag ich denn eine Weile in einer Stimmung, die Gebet und Anbetung sehr nahekam. Ich weiß wohl, daß unsere Religion, die so viel von Liebe spricht und sie so wenig praktiziert, eigentlich nur die Liebe zum Herrn im Auge hat; doch wage ich meinen Leser zu fragen: Ist es Liebe zum Schöpfer, wenn wir die Kreatur nicht lieben? Und versinken wir nicht in der Bitternis und Grätzigkeit fruchtloser Einsamkeit, wenn wir die Liebe derart entfleischlichen, daß wir sie unberührbaren Wesen ohne Wärme und Gegenseitigkeit weihen?

Ungefähr diese Gedanken erfüllten meinen Sinn, als die Herzogin sich mit verzagter Stimme vernehmen ließ.

»Monsieur«, sagte sie, »werdet Ihr es überall erzählen?«

»Ich, Madame?« sagte ich wie entrüstet, und meinen linken Arm hervorziehend, stützte ich mich neben ihrem schönen Gesicht auf den Ellbogen und blickte in ihre Augen. »Madame«, sagte ich, »haltet Ihr mich für so niederträchtig? Glaubt Ihr, ich würde wie ein Herrchen vom Hof vor jedem, der es hören will, die mir privatim erwiesenen Zärtlichkeiten sogleich herausposaunen? Ha, Madame, eher würde ich mir die Zunge abschneiden, als irgendeinem auch nur mit einem Wort zu verraten, was Ihr mir gewährtet.«

»Monsieur, schwört Ihr das?«

»Bei meinem Seelenheil«, sagte ich ernst.

»Ha, mein Pierre!« sagte die kleine Herzogin. »Hatte ich Euch doch richtig eingeschätzt. Schon als Ihr den Tuchhändler spieltet, hielt ich Euch für einen richtigen Mann, nicht wie diese albernen Gecken, die Ihr nanntet.«

»Habt Ihr, Madame, meine Verkleidung also damals denn durchschaut?«

»Bitte, Lieber!« sagte sie, »wir sind an einem Punkt, wo Ihr das ›Madame‹ lassen könntet.«

»Mein Engel«, sagte ich, »ich tue alles, was Ihr wollt, hierin wie in allem anderen.«

»Mein Pierre!« rief sie und lachte plötzlich hellauf, »ist es nicht seltsam, daß Ihr mich in dem Moment Engel nennt, in dem ich aufhöre, einer zu sein?«

»Mein Lieb«, sagte ich, nachdem wir uns über diesen Spaß nach Herzenslust ausgelacht hatten, »ich habe Euch geschworen, mir über unser schönes Geheimnis den Schnabel zuzunähen. Aber werdet Ihr es auch nicht Eurem Beichtvater eröffnen, der dann mit seinem Rüssel in unseren Wonnen wühlen und Euch womöglich befehlen würde, sie zu beenden?«

»Mein Pierre«, sagte sie mit hübsch gerümpften Brauen, »das hätte mir tatsächlich mit dem Pfarrer von Saint-Germain-l'Auxerrois passieren können, dem ich in den vergangenen drei Jahren meine Sünden beichtete. Wahrhaftig, war das ein Tyrann! So schonungslos gegen meine arme kleine Seele! Was er mir alles androhte! Liebe Zeit, wenn ich seinen roten Händen entkam, war ich wie zerbrochen, des Lebens überdrüssig und häßlich obendrein!«

»Häßlich, mein Lieb! Nein, häßlich! Das kann ich mir nicht vorstellen.«

»Mein Pierre, ich schwöre es!« sagte sie und kicherte schelmisch. »Am Ende war ich es leid, mich quälen zu lassen, und gab ihm den Abschied. Und seitdem leitet Ehrwürden Pater Guignard mein Gewissen.«

»Ach, ein Jesuit!« sagte ich lachend. »Ein Pater vom Collège de Clermont! Auch Ihr, meine Liebe, folgt also der Mode, einen Jesuiten zum Gewissensrat zu nehmen.«

»Ha!« sagte die kleine Herzogin, indem sie mir die Arme um den Hals schlang und ihren wonnigen Busen an meine Brust drückte, »es ist eben so, daß Pater Guignard – Gott segne ihn! – mir die Religion so angenehm macht und so leicht zu befolgen, daß ich ihn nicht mehr missen möchte. Freilich hat er bei unserer ersten Begegnung versucht, mich gegen Henri einzunehmen. ›Halt, Monsieur!‹ habe ich gesagt, ›kein Wort gegen meine Familie, oder ich werde böse!‹ – ›Eure Familie, Madame?‹ fragte der gute Pater, ›dieser rückfällige und exkommunizierte Béarnaiser Ketzer gehört zu Eurer Familie?‹ – ›Allerdings, Monsieur‹, sagte ich, ›Ihr wißt wohl nicht, daß er mein Cousin linker Hand ist! Und daß er sich bekehrt hat!‹ – ›Aber‹, sagte Guignard, ›seine Bekehrung ist doch nur Schein und ohne jede Bedeutung, da der Papst sie nicht anerkannt hat.‹ – ›Der Papst‹, sagte ich, ›wird sie anerkennen, wenn wir ihn erst entspanisiert haben!‹«

»Entspanisiert!« rief ich. »Das habt Ihr gesagt, mein Engel – zu einem Schüler des Ignatius von Loyola! Zu einem Agenten Philipps II.! Meine Liebe, meine Liebe, Ihr übertrefft alle Frauen der hohen Gesellschaft an Geist und Tapferkeit! *Entspanisieren*, beim Ochsenhorn! Das merke ich mir. Der Papst – entspanisiert! Und wie nahm es Guignard?«

»Mit einer komischen Grimasse und ziemlich kleinlaut, aber er sagte nichts mehr gegen den König, und seitdem ist er für mich der wunderbarste Beichtvater der Schöpfung.«

»Wunderbar, Madame! Ich werde eifersüchtig.«

»Wie ungezogen Ihr seid!« rief sie, »habe ich Euch das ›Madame‹ nicht verboten?«

Und mit ihrer gewohnten Ungezwungenheit wollte sie mir zum Spaß einen Klaps mit ihrer molligen kleinen Hand geben, die ich jedoch abfing und küßte, dann ihren Arm, ihre Brust, denn Küsse sind, wie du, Leser, weißt, äußerst bewegliche Tierchen. Woher es kam, daß unser Gespräch in den folgenden Minuten ganz aufhörte, verständlich zu sein.

»Mein Lieb«, sagte ich, als es das wieder wurde, »kommen wir auf die Jesuiten zurück, und sagt mir, warum Pater Guignard so wunderbar ist.«

»Das habe ich doch gesagt, mein Pierre: Seine Religion ist so angenehm leicht zu befolgen.«

»Wieso?«

»Zum Beispiel als Fasten kam, beklagte ich mich natürlich, daß ich nicht wie gewohnt essen dürfe. ›Madame‹, sagte er, ›man muß sich zwingen.‹ – ›Ha, Pater! Damit helft Ihr mir nicht im geringsten. Ihr sprecht wie der Pfarrer von Saint-Germain-l'Auxerrois!‹ Das ärgerte ihn, und er sagte: ›Madame, bitte, vertraut mir nur. Ich werde bei unseren Autoren nachlesen, und ich hoffe, ich werde für Euch einen Weg ohne Sünde finden.‹ Und wirklich kam er am nächsten Tag stolz mit einem dicken Buch in der Hand. ›Madame‹, sagte er, ›ist es nicht so, daß Ihr nicht schlafen könnt, weil der nüchterne Magen Euch keine Ruhe läßt?‹ – ›Genauso ist es!‹ sagte ich. – ›Nun‹, sagte er, ›dann müßt Ihr nicht fasten. Seht Ihr, hier steht geschrieben: *Wenn jemand nicht einschlafen kann, weil er nicht zu Abend gegessen hat, muß er dann fasten? Er muß es nicht.*‹ – ›Fein‹, sagte ich, ›und wer hat das geschrieben?‹ – ›Unser Pater Emmanuel Sa in seinen *Aphorismen für Beichtiger*.‹ – ›Und‹, sagte ich, ›sind alle Eure Patres dieser Ansicht?‹ – ›Keineswegs. Viele unserer Patres, und ich als erster, meinen das Gegenteil.‹ – ›Ach!‹ sagte ich verwirrt, ›und welcher Meinung soll ich nun folgen? Ihrer, Eurer oder der von Emmanuel Sa?‹ – ›Der von Emmanuel Sa‹, sagte Pater Guignard, ›denn es ist eine *wahr scheinende Meinung.*‹ – ›Eine *wahr scheinende* Meinung!‹ rief ich. ›Mein Pater, das ist zu tiefsinnig für mich. Was ist eine *wahr scheinende* Meinung?‹ – ›Eine Meinung erscheint wahr, sobald sie, und sei es auch nur von einem einzigen ausgewiesenen Gelehrten vertreten wird. Und wenn das Beichtkind einer *wahr scheinenden* Meinung folgt …‹ – ›Mein Pater‹, sagte ich entzückt, ›darf es das?‹ – ›Ja, wenn sie ihm frommt. In dem Falle muß der Beichtvater Absolution gewähren, auch wenn er eine gegenteilige Ansicht vertritt. Was, wie Ihr wißt, Madame, mein Fall ist‹, setzte er demütig, mit niedergeschlagenen Augen und leise seufzend hinzu.«

»Schön geseufzt!« sagte ich lachend.

»Ungezogener, spottet nicht!« sagte die kleine Herzogin, ihr Händchen hebend, das ich aber diesmal nur einfing, ohne es zu küssen, um nicht neuerlich ein Gespräch zu unterbrechen, das mir soviel Erhellendes brachte.

»Man muß zugeben«, fuhr sie fort, weil sie sah, daß ich ganz Ohr war, »daß Pater Guignard ein sehr gewandter Mann ist, er löst alle meine Schwierigkeiten im Handumdrehen.«

»Welche zum Beispiel noch?« fragte ich.

»Namentlich die meinen Sohn betreffenden. Ich machte mir nämlich furchtbare Sorgen, als ich hörte, daß er Saint-Paul niedergestochen hat, ohne daß dieser auch nur blankziehen konnte, weil ich mir sagte, daß der Unglückselige mitten in all seinen Sünden gestorben und also verdammt ist und mein Sohn auch, denn er hat ja nicht nur seinen Körper getötet, sondern sozusagen seine Seele mit. Kurzum, die Geschichte ließ mir keine Ruhe, und ich eröffnete mich Pater Guignard, der mir sogleich jeden Zweifel nahm. ›Madame‹, sagte er, ›hierzu gibt es die *wahr scheinende* Meinung eines unserer Patres, nämlich daß man ein Duell anfangen oder annehmen kann, wenn es darum geht, sein Eigentum zu retten. Was ja leider der Fall war.‹ – ›Aber, Ehrwürden‹, sagte ich, ›mein Sohn hat Saint-Paul gemeuchelt.‹ – ›Oh, durchaus nicht‹, sagte Pater Guignard und hob abwehrend die Hände. ›Einer unserer Patres, auch ein guter Gelehrter, sagt, meuchlerisch töten heißt einen Mann töten, der nichts argwöhnt. Tötet man aber hinterrücks seinen Feind, so tötet man ihn nicht meuchlerisch, denn als Euer Feind muß er von Euch etwas argwöhnen.‹«

»Wie bewundernswert!« sagte ich. »Nie hätte ich bei den guten Patres soviel Wissenschaft vermutet. Und nie wäre ich auf die Idee gekommen, daß es den ruchlosen Meuchelmord einerseits und andererseits den gottesfürchtigen Meuchelmord gibt.«

»Es ist aber die Wahrheit«, sagte die kleine Herzogin mit so köstlich naiver Miene, daß ich mich daran nicht satt sehen konnte. »Aber«, fuhr sie fort, »geradezu unendliche Dankbarkeit faßte ich für den guten Pater, als er mir eine Gewissensfrage löste, die von großer Bedeutung für mich war und die Euch betraf.«

»Mich?« fragte ich staunend.

»Mein Pierre«, sagte sie wimpernschlagend und rosig anlaufend, »Ihr müßt wissen, daß Ihr mir schon in Eurer Verkleidung als Tuchhändler nicht mißfielt, obwohl Ihr nur Augen für meine Schwiegermutter Nemours hattet.«

»Süße Herzogin«, sagte ich, »Madame de Nemours liebte ich wie eine Mutter, während ich Euch wahrlich nicht wie eine Mutter betrachtete.«

»Wahr ist, Monsieur«, sagte sie mit gespielter Kühle, »daß Ihr jede Frau, jung oder alt, mit so sanften, zärtlichen, bewundernden und begehrlichen Augen betrachtet, daß man denken muß, Ihr wärt in sie vergafft. Aber lassen wir das. Werde ich eifersüchtig sein auf meine Frau Schwiegermama, wenn ich Euch habe? Und«, setzte sie mit der süßesten Miene hinzu, indem sie mich umschlang, »Euch festhalte am Halsband meiner Arme.«

Worauf ich den Kopf neigte und besagte Arme küßte, wortlos, brachte ich doch vor Bewegung über ihre Worte nicht einen Ton hervor.

»Ha, mein Pierre, hört mit diesen Küssen auf!« rief sie, »oder ich komme mit meiner Rede nie zum Schluß … Ihr könnt Euch wohl denken, wie ich mich verwünschte, mitten in der Belagerungszeit von einem Tuchhändler zu träumen! Nicht, daß ich mir nicht einzubilden versuchte, es könnte unter Eurem Kleid auch wohl ein Prinz stecken. Verlorene Liebesmüh! Ich büßte für diese Lüge zur Beruhigung meines Gewissens. Ihr mögt Euch daher vorstellen, wie froh ich war, als der König uns an dem Tag besuchte, an welchem er Paris einnahm, und Ihr mit ihm kamt in Eurer wahren Gestalt. Nur daß ich schrecklich enttäuscht war, welche zärtlichen Blicke Ihr Madame de Nemours zuwandtet, und mir nicht einen einzigen!«

»Mein Lieb«, sagte ich, »Ihr wart sehr frostig gegen mich.«

»Wie sollte ich nicht! Ihr saht mich ja gar nicht an! Nur dann beim Gehen, da warft Ihr mir plötzlich einen Blick von einer Unverfrorenheit zu, daß ich baff war, und furchtbar zornig.«

»Madame, ich bin beschämt!«

»Sehr zu Unrecht«, sagte die kleine Herzogin und lachte so hell, daß es mich entzückte. »Ohne diesen Blick wäre ja nichts passiert, weil er mich auf einmal doch wieder in meine Träume versetzte und sie mir millionenmal näher rückte. Jedenfalls gelangte ich zu gewissen, Euch betreffenden Entscheidungen. Weil ich aber noch zögerte, sie ins Werk zu setzen, eröffnete ich mich Pater Guignard.«

»Was, meine Liebe!« fragte ich erschrocken, »Ihr habt zu Eurem Beichtvater von mir gesprochen?«

»Ohne Euren Namen zu nennen.«

»Und was hat er gesagt?«

»Ich sagte ihm, ich sei in einen wohlgeborenen Edelmann verliebt, der jedoch nicht hoch genug stehe, um mich heiraten zu können, obwohl er nicht vermählt sei.«

»Aber, meine Liebe, das bin ich!«

»Gewiß, Marquis! Doch sollte ich meinem Jesuiten etwa die blanke Wahrheit sagen? Dann wäre er mir ja gleich mit der Sünde des Ehebruchs gekommen. Gott behüte! Ich hatte schon Mühe genug, seinen Widerstand zu entwaffnen.«

»Weil er zuerst dagegen war?«

»Wie wild! Nicht einmal wiedersehen sollte ich Euch! Aber ich vergoß Bäche von Tränen. ›Mein Vater‹, sagte ich, ›Ihr bringt mich wirklich um mit Eurer Tyrannei! Ich schlafe nicht mehr. Ich esse kaum mehr. Wozu brauchtet Ihr mich vom Fasten zu dispensieren, wenn ich sowieso nichts anrühre! Ha, ein schöner Beichtiger seid Ihr! Laßt mich in allem verhungern!«

»Liebste«, fragte ich gleichfalls lachend, »das habt Ihr ihm gesagt?«

»Und ob!« rief sie lachend. »Das habe ich ihm voll vor den Bug gesetzt! Mitten ins Gesicht! Und er war sprachlos.«

»Und was hat er dann gesagt?«

»Er werde bei den guten Patres nachlesen, um zu sehen, ob es da eine *wahr scheinende* Meinung gebe, die mir helfen könnte.«

»Und fand er sie?«

»Wenn nicht, läge ich dann in Euren Armen?«

»Vielleicht trotzdem«, meinte ich.

»Oh, wie böse Ihr seid!« sagte sie, meine Hand drückend, »denkt Ihr, ich habe kein Gewissen?«

»Nein, mein Engel«, sagte ich. »Ihr habt alles: ein Gewissen und einen Liebhaber.«

»Ja, das ist wirklich wahr!« sagte sie mit so schöner und naiver Schlichtheit, daß ich Küsse und Liebkosungen diesmal nicht zurückhielt. Doch Schluß damit, Leser. Ich will dich weder langweilen noch neidisch machen mit unserem kindischen Glück, zumal du in meine kleine Herzogin jetzt bestimmt genauso verliebt bist wie ich. Und dabei ist sie hier ja nur Papier, Wort und Erinnerung. Aber könntest du den Glanz in ihren blauen Augen sehen – du würdest sie anbeten.

»Liebste«, sagte ich endlich, »Ihr habt mir noch nicht verraten, welcher *wahr scheinenden* Meinung ich es nun verdanke, zu sein, wo ich bin.«

»Ich weiß nicht mehr«, sagte die Herzogin, »wie der Name des guten Paters war, der sie vertritt. Jedenfalls meint er – hört gut zu! –, wenn man im nahen Umkreis der Sünde lebt und sich nicht ohne große Schwierigkeiten daraus lösen kann, darf man darin verbleiben, und der Beichtiger muß einen absolvieren.«

»Mein Engel«, sagte ich, »mir scheint, wir verbleiben beide im allernahesten Umkreis der Sünde.«

»Das scheint mir auch«, sagte die kleine Herzogin versonnen. »Aber was hilft es? Könnte ich mich denn ›ohne sehr große Schwierigkeiten‹ daraus lösen? Und muß mir, dem guten Pater zufolge, also nicht vergeben werden? Aber, mein Pierre«, rief sie plötzlich, »wie selbstsüchtig ich bin! Ich denke nur an mich! Und Ihr, mein Pierre? Wie schrecklich, wenn Euer Seelenheil in Gefahr wäre! Habt Ihr einen guten Beichtvater?«

»Gut? Ich weiß nicht. Er ist sehr unbeugsam.«

»Gebenedeite Jungfrau!« sagte die kleine Herzogin, »dann müßt Ihr ihn gleich morgen wechseln!«

»I bewahre, mein Engel«, sagte ich lächelnd.

»Warum nicht?«

»Weil ich nicht glaube, daß mein Seelenheil in der Hand eines Beichtvaters liegt, ob unbeugsam oder nicht, sondern in Gottes Hand.«

»Ach, alter Hugenott!« sagte sie wie entrüstet. »Wie wenig Achtung er hat vor der Mittlerrolle unserer Heiligen Kirche! Pater Guignard hat schon recht, wenn er sagt: Kratzt an einem Konvertiten, und zum Vorschein kommt der Ketzer. Das Heringsfaß stinkt immer wieder nach Hering …«

»Madame«, sagte ich mit gespieltem Ernst, »sollte ich stinken, wie Ihr sagt, mache ich mich augenblicks aus dem Staub.«

»Ha, Schelm!« sagte sie und schmiegte sich in meine Arme. »Weiß er nicht, daß ich verrückt nach ihm bin?«

Schöne Leserin, es legt mir jemand die Hand auf die Schulter und tadelt mich, daß ich in dieser Chronik viel zuviel Schwäche für Sie zeige. Doch wer sagt das? Herren natürlich! Damen niemals! Würde eine einzige Leserin mir schreiben und sagen, sie fühle sich durch ein Übermaß meiner Zuvorkommenheiten belästigt, müßte ich diese sofort einstellen, sehr betrübt natürlich, daß ich wegen der Empfindlichkeit einer einzelnen aufhören müßte, ihnen allen die Dankbarkeit auszudrücken, die mich bei dem Gedanken erfüllt, daß es sie gibt, die unserem grauen Alltag Wärme, Farbe und Lebensfreude schenken.

So erlauben Sie denn, schöne Leserin, bevor ich einen solchen Brief erhalte – den ich niemals zu erhalten hoffe –, mit diesen kleinen Zwiesprachen fortzufahren, die eine meiner Freuden beim Schreiben sind. Und wenn sie auch Ihnen nicht mißfallen – wer sollte uns dann wohl hindern, unseren unschuldigen Umgang fortzusetzen?

Ob mein Umgang mit der Herzogin von Guise unschuldig war oder nicht, das wollen wir, Sie und ich, dem alleinigen Befinden des ehrwürdigen Paters Guignard anheimstellen, welches sich auf die *wahr scheinende* Meinung eines einzigen guten und gelehrten Doktors seiner illustren Gesellschaft gründet, unabhängig davon, ob er selbst diese Meinung teilt. Überlassen wir jenen das Urteil, die sich unsere Richter dünken! Mögen sie uns vergeben oder verdammen! Ich aber meine, daß ihre Entscheidungen sehr wenig ändern, in diesem Leben wie im anderen. Für mich, wie ich es der Herzogin ja auch sagte, gibt es nur einen Richter, und leider ist noch nie jemand, der vor ihm erscheinen mußte, hernach zurückgekehrt auf die Erde, uns zu unterrichten, ob sein Urteil gütig oder erbarmungslos ist. Darum erlaube ich mir zu denken, daß er als vollkommenes Wesen vollkommen auch in seiner Gnade ist, welche sogar die Vorstellung unserer duldsamsten Zensoren noch übersteigt. Zorn, Neid, Haß, Rache, all das sind menschliche Leidenschaften. Welch ein Jammer, fände man sie droben wieder!

Dennoch, Leserin, ehe wir unsere sterbliche Hülle abwerfen, sind wir lebendig, Sie und ich. Ich, um diese Zeilen zu schreiben, und Sie, damit Ihre schönen Augen sie lesen. Wenn ich darum versuche, die Summe meiner bisherigen Lieben zu ziehen, würde ich sagen, so zahlreich die Damen auch waren, die ich geliebt habe, so selten und flüchtig waren doch die Augenblicke des Glücks. Daher bin ich wenig geneigt, mich ihrer zu erinnern, weil meine Erinnerungen zugleich soviel Trauriges, ja Schmerzliches bergen: die kleine Hélix in der Jugendblüte gestorben, meine Fontanette aufgehängt, meine treue Freundin Alizon, damit es einmal gesagt sei, nach der Pariser Belagerung von der Fieberseuche dahingerafft. Soweit meine armen

Toten. Doch mit den Lebenden steht es nicht viel besser: Madame de Joyeuse auf ihre alten Tage in Frömmelei versunken, die Thomassine von Schmerzen gelähmt, meine schöne Kaufmannswitwe zu Châteaudun neuvermählt und verprügelt, Mylady Markby von Königin Elisabeth eingekerkert.

Was meine Angelina angeht, käme es einer Entweihung gleich, von ihr im selben Atemzug zu sprechen wie von den einstigen Geliebten. Ich liebe sie immer noch. Und ich denke, wohl oder übel werde ich sie immer lieben. Aber welche Hiebe hat sie mir beigebracht! Und wie weit, wie weit sind wir jetzt einer vom anderen entfernt!

»Und Louison?«

Ha, schöne Leserin, müssen Sie mir hier mit Louison kommen, der ich gewiß einigen Dank schulde, die aber meine Seele doch unendlich dürsten läßt! Nein, nein! Mein Dasein – wie ich es von dem Ihren nicht hoffe – war öde wie Arabiens Wüste, als am flirrenden Horizont jene Oase, ein so frisches und klares Wasser auftauchte, daß ich mich auf einen Schlag verliebte wie lange nicht mehr.

Doch nun hören Sie meinen Miroul, als ich schließlich in die Rue du Champ Fleuri heimkam.

»Ach, Moussu! Da seid Ihr! Vier gräßliche Stunden hat sich Euer Teller nun langweilen müssen! Hat die Herzogin Euch gefüttert?«

»Nein.«

»Dann muß Euer Gespräch so fesselnd gewesen sein, daß sie es vergaß.«

»Das war es.«

»Aber, Moussu, bitte, setzt Euch doch. Vier Stunden! Vier volle Stunden, ohne einen Bissen zu essen, ohne einen Schluck zu trinken! Beim Ochsenhorn! Langt zu! Ihr seht ausgelaugt aus. Moussu, warum sagt Ihr nichts? Träumt Ihr? Der Kapaun ist vorzüglich, nehmt nur, nehmt! Und kostet den Bayonner Schinken. Ist er nicht zart? Na, Gott sei Dank, Ihr eßt für vier, vier ungegessene Stunden. Wahrlich, es ist kein Wunder, daß Ihr so stumm seid, Ihr müßt Euch die Zunge ja fusselig geredet haben bis zur Wurzel bei Eurer guten Herzogin.«

»Was soll das, Miroul?« sagte ich schroff.

»Ich meine, Ihr werdet so viel haben sprechen müssen, daß Ihr nicht mehr Piep sagen könnt.«

»In der Tat.«

»Moussu, störe ich? Wollt Ihr allein sein mit Eurem Braten? In Eurem eigenen Saft schmoren? Oder wollt Ihr mir vielleicht begreiflich machen«, setzte er hinzu, indem er aufstand, »daß ich nicht mehr Euer inniger Freund und Vertrauter bin?«

»Mein Miroul«, sagte ich, indem ich ihn rasch bei der Hand faßte, »mein Freund bist du und wirst es immer bleiben, und es ist keiner, der mir näher steht. Aber ...«

»Aber mit Vertrauen nichts da!« sagte lachend Miroul, »weil Ihr es geschworen habt. Moussu, das genügt. Ich verstehe. Glück will Verschwiegenheit. Ha, mein Pierre! Wie freue ich mich für dich ob dieses Schweigens!« fuhr er fort, indem er mich auf beide Wangen küßte. »Wahrhaftig, sah ich es doch auf den ersten Blick! So abgekämpft, aber die Augen voller Leben und doch wie im Traum, die Miene entspannt, und im Gang etwas Federndes, auch wenn die Glieder lahm sind! Und zu alledem kein Wort! Kein Sterbenswörtchen! Was schon an sich ganze Bände spricht. Und das dir, mein Pierre, der für gewöhnlich nicht auf den Mund gefallen ist! Ich kann es kaum glauben. Trotzdem, ein Wörtlein nur, Herr Marquis!«

»Herr Junker, ich höre.«

»Es kann nicht sein, daß Ihr mit der guten Herzogin in diesen verflossenen vier Stunden nicht irgend etwas gesprochen habt, was *ad usum puerorum*[1] taugen sollte.«

»Ich habe ihr von Reims erzählt. Die Geschichte kennst du so gut wie ich. Und sie hat mir von ihrem jesuitischen Beichtvater erzählt.«

»Ach! Ein ergiebiges Thema!«

Hierauf, da er mich mehrmals drängte, gab ich ihm zum besten, was er mit steigendem Ergötzen hörte, je mehr es sich um die *wahr scheinenden* Meinungen drehte.

»Mein Pierre!« sagte er, »man muß doch staunen, was es für Zufälle gibt! Während die hübsche Herzogin Euch von ihrem Beichtiger erzählte, wollte Euch der Pfarrer von Saint-Germain-l'Auxerrois besuchen, und enttäuscht, Euch nicht anzutreffen, sagte er, daß er Schlag vier Uhr wiederkäme.«

»Mein Gott!« sagte ich mit einem Blick auf meine Uhr. »Es ist gleich soweit! Und den Teufel auch, wenn ich wüßte, was

---

1 (lat.) für Kinder.

der gute Mann von mir will, höchstens daß er mich emsiger in der Kirche zu sehen wünscht.«

Ich hatte tatsächlich kaum den letzten Bissen hinuntergeschluckt, als Franz den Herrn Pfarrer Courtil hereinführte. Ich erhob mich, ging ihm lachenden Gesichts entgegen und versicherte ihn, seine Rechte drückend, meiner guten Freundschaft, wobei ich gewahrte, daß sein Gesicht sehr besorgt aussah.

Besorgt, sage ich, nicht etwa umgetrieben, denn der stämmige Pfarrer Courtil erweckte nicht den Anschein, sich mit metaphysischen Ängsten zu plagen. Sein breites Gesicht glänzte rot wie Schinken, und die blanken schwarzen Augen, der rote Mund, die kräftigen Kiefer verrieten samt dem Schmerbauch, der seine Soutane lieblich rundete, daß er mit beiden Beinen im Diesseits stand.

Nach den Barrikaden und während der Pariser Belagerung hatte er ligistische Predigten gehalten, aber ohne in exzessive Schimpfkanonaden zu verfallen, wie so viele andere. Und da er beim Einzug des Königs sich dem Troß der spanischen Garnison nicht angeschlossen hatte, kam ihm der königliche Gnadenerlaß zugute, und seitdem betete er auf der Kanzel für Seine Majestät, ohne sich um die Aufhebung Seiner Exkommunikation zu bekümmern.

»Franz!« sagte ich, nachdem ich dem Besucher Platz geboten hatte, »bring dem Herrn Pfarrer Courtil einen Becher von unserem guten Cahors-Wein, damit Monsieur de La Surie und ich mit ihm anstoßen können.«

»Herr Marquis«, sagte Pfarrer Courtil, »das nehme ich gern an, aber um der Ehre des Anstoßens willen, denn Wein trinke ich wenig, außer zur Messe. Übrigens ist der hier sehr gut«, setzte er zungenschnalzend hinzu.

»Franz«, sagte ich, »laß zwei Flaschen ins Pfarrhaus von Saint-Germain-l'Auxerrois bringen.«

»Besten Dank, Herr Marquis«, sagte Courtil. »Es ist mir eine große Ehre.«

»Herr Pfarrer, Ihr wißt doch – Ihr könnt immer auf meine gute Gesinnung zählen!«

»Und auf die meine«, sagte Monsieur de La Surie und hob ebenfalls artig sein Glas.

»Herr Marquis, ich bin Euer Diener«, sagte Courtil. »Und auch der Eure, Herr Junker.«

Worauf er seinen Wein in einem Zuge austrank und, derweise gestärkt, auch gleich zum Angriff überging.

»Herr Marquis«, sagte er, »seit Ihr wieder im Champ Fleuri zu Hause seid, sah ich Euch wohl in der Messe, aber nie zur Beichte, und das bekümmert mich.«

»Herr Pfarrer«, sagte ich und warf Miroul einen Blick zu, »das kommt, weil ich immer nur zu Ostern beichte, und an Ostern war ich beim königlichen Heer zu Laon.«

»Herr Marquis«, fuhr Courtil nach einem Schweigen fort, während dessen er meine Antwort mit feiner Waage zu wägen schien, »darf ich in aller Offenheit fragen, ob es für Euer Ausbleiben nicht noch einen anderen Grund gibt?«

»Welchen zum Beispiel, Herr Pfarrer?« fragte ich, vorsichtig eine Pfote auf diesem Terrain vorstreckend, weil ich mich im stillen fragte, ob der gute Mann mich etwa auch wie meine hübsche Herzogin verdächtigte, noch nach Hering zu stinken.

»Zum Beispiel«, sagte Courtil, »daß Ihr bei jemand anderem beichtet?«

Ha! dachte ich, nach Miroul spähend, endlich verstehe ich, mein Gevatter! Und mir scheint, dein Braten wird gesalzen sein.

»Herr Pfarrer«, sagte ich ernst und wie in meine Tugend gehüllt, »vom Reisen einmal abgesehen, würde ich mich pflichtvergessen fühlen, wenn ich einem anderen als dem Pfarrer meines Sprengels beichten würde.«

»Mein Sohn!« rief Courtil, »mögen Gott und alle Heiligen Euch für dieses Gefühl segnen! Und wollte Gott, es würde von allem geteilt, was Hof und Stadt an Prominenz zählt. Leider ist dem nicht so. Und eben da drückt mich der Schuh. Denn tagtäglich sehe ich meinen Beichtstuhl von meinen höchsten Gemeindemitgliedern gemieden. Ich fürchte, trotz meiner Gebete zu Gott dem Allmächtigen, daß dies kein Ende nimmt und ich wahrhaftig damit rechnen muß, meine besten Pfarrkinder eins nach dem anderen zu verlieren, dermaßen greift diese Mode um sich – was sage ich – diese Wut, bei den Jesuiten zu beichten.«

Der gute Pfarrer sprach das Wort »Jesuiten«, als hätte er »Ketzer« gesagt. Es klang wie ein Peitschenhieb auf bloßem Fleisch.

»Aber, Herr Pfarrer«, sagte Miroul, um gleichfalls ein wenig wider den Stachel zu löcken, »obwohl auch ich wie Monsieur de Siorac meine, daß man nur seinem Pfarrer beichten soll, beliebt mir doch zu erklären, warum es so verdammenswürdig ist, einen anderen als seinen Pfarrer zum Beichtvater zu nehmen.«

»Weil der Schaden immens ist«, sagte Courtil feurig, »für den Pfarrer sowohl wie für den Penitenten.«

»Ich verstehe«, sagte Miroul, »wenn der Penitent nicht seinem Pfarrer beichtet, ist er gegen ihn auch weniger freigebig und wendet seine Großzügigkeiten, womöglich seine Legate, dem anderen zu, der sein Gewissen lenkt. Aber inwiefern erleidet der Penitent Einbußen?«

»Ach, Herr Junker«, sagte Courtil in schmerzlichem Ton, »die Einbußen sind unzweifelhaft! Wer seinen Sprengel verläßt, um andernorts zu beichten und zu kommunizieren, verläßt den Tempel von Jerusalem und opfert in den Bergen von Samaria.«

»Um Vergebung, Herr Pfarrer«, meinte Miroul, »mag Euer Vergleich auch Euer Wissen ehren, ist er doch eher biblisch als überzeugend. Warum sind die Sakramente, wenn sie nur von einem Priester erteilt werden, in den Bergen von Samaria weniger wert?«

»Weil man dort allein ist, Monsieur!« rief Courtil, beide Hände gen Himmel hebend. »Wenn dieses Sakrament ›Kommunion‹ heißt, so doch gerade, weil man es in seiner Kirche empfängt, inmitten der Gemeinschaft der Gläubigen. Ihr müßt wissen, Monsieur«, fuhr er beschwörend fort, »daß wir die Vergebung der Sünden hauptsächlich durch die Macht des gemeinschaftlichen Gebetes erwirken, welches die ganze Kirche zum Himmel sendet und ihn gleichsam zwingt, sich unseren Bitten zu öffnen!«

Die Naivität dieser Ansicht konsternierte und ergötzte mich zugleich, da ich aber weder das eine noch das andere Gefühl äußern konnte, blieb ich stumm wie zuvor und ließ meinen Miroul machen. Was er mit seiner gewohnten Gewandtheit tat, im braunen Auge ein Funkeln, das blaue blieb kalt.

»Ha, Herr Pfarrer!« rief er, »wie schön! Und wie treffend mir diese Metapher erscheint! Die Himmelspforte, die dem einsamen Penitenten verschlossen bleibt, die sich aber durch den vereinigten und gewaltsamen Druck aller Gläubigen zwingen läßt – das spricht zum Herzen und zur Vorstellungskraft! Monsieur, Ihr habt mich völlig überzeugt, ich strecke die Waffen.«

»Herr Junker«, sagte Courtil, die Augen von Bescheidenheit leuchtend, »ich danke dem Himmel, daß er mich die rechten Worte finden ließ, Euch zu rühren. Und da Ihr mir die Ehre erweist, sie treffend zu nennen, werde ich sie gleich in meiner Sonntagspredigt verwenden.«

»Der ich unfehlbar beiwohnen werde«, sagte ich, »und in der ersten Reihe, denn was mich angeht, so will ich meiner Gemeinde und meinem Pfarrer treu bleiben, ohne der Mode zu verfallen, die ihn seiner besten Penitenten beraubt.«

»Herr Marquis, beraubt ist das richtige Wort«, sagte Courtil. »Ich muß gestehen, daß ich diese Jesuiten (und wieder klang das Wort wie Peitschenschlag) nicht ausstehen kann, die der Kirche soviel Schaden zufügen. Und wißt Ihr, weshalb?«

»Weshalb?« fragte ich mit ungeheuchelter Begier.

»Weil sie nicht weltlich sind und auch kein richtiger Orden, weder Fisch noch Fleisch, weder gutes Fleisch, sollte ich sagen, noch ehrbarer Fisch! Sie nennen sich regulär, aber wo sind ihre Kutten, ihre Klöster? Sie tragen Soutane wie wir, leben in der Zeit, verbreiten sich in der Welt. Mehr noch, wenn es darauf ankommt, legen sie weltliche Kleider an, gürten sich mit dem Schwert, reiten große Pferde, nicht bescheidene Maultiere wie wir, reisen über Berge und Täler, fahren über die Meere … Zudem weigern sie sich, die Autorität der Bischöfe anzuerkennen, gehorchen einzig ihrem General, der ein Spanier ist, und dem Papst, der ein Italiener ist. Sie brechen das Privileg der Universität und eröffnen Schulen, wo sie die Kinder durch vorgetäuschte Sanftmut verführen, und gleichzeitig korrumpieren sie deren Eltern durch skandalösen Sündenerlaß.«

»Skandalös, Herr Pfarrer?« fragte ich, die Brauen wölbend.

»Leider, Herr Marquis, daran ist nicht mehr zu zweifeln: Wenn der Penitent adlig, reich und eine Persönlichkeit der Gesellschaft ist, vergeben und absolvieren die Jesuiten alles: Duell, Meineid, Verrat, Raub und«, setzte er mit untröstlicher Miene hinzu, »auch Sodomie und Ehebruch, ich sage es mit Erschauern. Und, Monsieur, mit solchen verdammenswerten Praktiken werden sie in Paris geehrt und angebetet wie kleine Götter, beherrschen die Gewissen und bereichern sich unerhört.«

»Bereichern, Herr Pfarrer? Ich dachte, sie hätten Armut gelobt?«

»Ach, Herr Marquis, Ihr kennt diese verwünschten Casuisten nicht! Sie haben zwei Gelübde. Ein einfaches Gelübde, das sie ablegen, wenn sie in ihre Gesellschaft eintreten, die sich schamlos ›Gesellschaft Jesu‹ nennt, und dieses Gelübde erlaubt ihnen, Erbschaften und Legate anzunehmen. Haben sie diese kassiert und können sie weiter nichts erwarten, sprechen sie ein zweites feierliches Gelübde. Was mich angeht, so sage ich ganz offen, daß ich ihrem Armutsgelübde nicht traue. Arm, die Jesuiten! Schlicht, die Jesuiten! Guter Gott, was muß man hören in diesem Tal der Tränen! Unterm härenen Hemd verstecken die Jesuiten den Purpur! Unter der Asche die Glut des Ehrgeizes! Unter heiligen Worten die Gier von Erbschleichern! Ihr seht die Scheinheiligen mit gesenkten Augen gehen, aber sie schlagen den Blick nur zu Boden, um verstohlen Ausschau nach Gütern und Ehren zu halten!«

Die Pest! dachte ich, welch eine Eloquenz! Und wie wenig christlich sie mich dünkt! Wer würde vermuten, daß hier ein Priester über einen anderen Geistlichen spricht? Wie flammend und gewalttätig ist der Haß der Kirche, nicht allein gegen die Ketzer!

»Herr Pfarrer«, sagte ich, »ist das nur Eure Meinung?«

»Durchaus nicht!« rief Courtil in streitbarem Ton. »Ihr dürft versichert sein, daß dies die Meinung aller Pfarrer und aller Bischöfe ist: der ersteren, weil die Jesuiten ihnen die Beichtkinder wegnehmen. Der zweiten, weil die Jesuiten ihre Weisungen verachten. Deshalb haben wir Teil an dem Prozeß, den die Sorbonne gegen diese verwünschte Sekte führt, damit sie verjagt wird aus dem Reich und heimkehrt, wo sie hingehört: nach Spanien.«

Beinahe hätte ich »Amen« gesagt, doch ich schwieg, wollte ich doch nicht, daß Pfarrer Courtil sich meiner Zustimmung rühmen könne. In dieser Affäre bewegte ich mich auf Katzenpfoten, die Ohren gespitzt und den Schnurrbart gesteilt, denn ich durfte mich nicht als Feind der Jesuiten darstellen, brächte mir dies doch ihrerseits eine Feindschaft ein, die sicherlich nicht harmlos wäre und mich bei meinen Nachforschungen nur behindern würde. Im übrigen, das sei hier unverhohlen gesagt, mißfielen mir weder die Sanftmut, mit welcher sie ihre Schüler behandelten, noch ihre neuen Lehrmethoden, noch die wunderbare Wendigkeit ihrer Talente als Beichtiger. Im Gegenteil. Gewiß erkannte ich, daß ihre Geschmeidigkeit nur ein Mittel war. Ein Mittel auch ihr Reichtum. Und ebenso ein Mittel ihre erstaunliche Verführungskraft. Doch das endliche Ziel, dem diese Mittel dienten, stellte sich mir bisher nicht in klaren Konturen dar, obwohl mir allmählich etwas schwante, was ich aber noch nicht zu formulieren wagte, um keine voreiligen Schlüsse zu ziehen.

Weil ich dem Pfarrer Courtil aus diesen Gründen nicht beipflichten konnte, fand ich ihn abermals mit guten Worten und vor allem mit einer Spende von zehn Ecus ab, die er sofort einsackte, und wieder einmal konnte ich nur staunen, wie tief die Taschen einer Soutane sind, denn um, sagen wir, nur ein Schnupftuch herauszuziehen, muß die Hand hinein bis zum Ellbogen.

»Moussu«, sagte Miroul grinsend, nachdem Courtil gegangen war, »wißt Ihr, daß Monsieur de l'Etoile die ganze Zeit in Lisettens Kammer festsitzt, weil er dem Pfarrer nicht vor Augen kommen wollte?«

»Wem behagte ein so angenehmer Kerker nicht?« sagte ich lachend. »Lauf, Miroul, befreie ihn. Auf daß seine Frau Gemahlin sich wegen seines langen Ausbleibens nicht sorge.«

Du kannst dir denken, Leser, daß ich L'Etoile, kaum daß er erschienen war und wir die üblichen Komplimente gewechselt hatten, auf den großen Prozeß anzusprechen versuchte, der Hof und Stadt beschäftigte, doch ängstlich wie ein Hase, blieb mein guter L'Etoile gänzlich zugeknöpft und moralisierte nur wie gehabt über den Verfall der Sitten, war er in seiner Kritik doch nie so streng, als wenn er sich in den Armen meiner Kammerjungfer ergangen hatte. Aber auch wenn er wie stets seinen bitteren Mund zog und die Brauen düster krauste, schien mir in seinen Augen ein Rest von Sinneslust zu glimmen, die sein Reden Lügen strafte.

Immerhin aber gab er über Ignatius von Loyola eine Anekdote zum besten, die freilich auf keiner Seite seines berühmten Tagebuchs zu finden ist, und ich denke mir, daß er sie nicht etwa vergessen hat, sondern daß er sie zensierte, weil sie den Gründer der Gesellschaft Jesu nicht im besten Lichte zeigt.

»Mein lieber Siorac«, sagte er, »es wird Euch nicht unbekannt sein, daß der heilige Ignatius von Loyola ursprünglich Hauptmann im spanischen Heer war. Deshalb gab er später dem obersten Chef des Ordens, den er gründete, den Namen

General.[1] Und daß sein böses oder eher gutes Geschick es wollte, daß er durch Granateneinschlag bei der Verteidigung Pamplonas gegen die Franzosen am rechten Bein verwundet wurde. Zuerst war er deshalb mächtig wütend auf uns, aber durch die Verwundung zum Hinkefuß geworden, fühlte er sich gleichzeitig von der Gnade erleuchtet und gab sowohl das edle Waffenhandwerk als auch das sehr liederliche Leben auf, das er bis dahin geführt hatte.«

»Das wußte ich nicht«, sagte Miroul, »aber es freut mich zu hören, daß er wegen seiner Humpelei nicht wie vorher jedem Weiberrock nachlaufen konnte. Das rechte Bein einen Daumen kürzer, und schon beschreitet man den Weg der Heiligkeit ...«

»Herr Junker, erlaubt, daß ich fortfahre«, sagte Pierre de l'Etoile mit verkniffener Miene. »Auf dem Rücken eines Maultiers begab sich der also bekehrte heilige Ignatius nach Montserrat, um unter Francisco Jiménez de Cisneros die Theologie zu studieren, und er begegnete unterwegs einem gelehrten Mauren, mit welchem er zunächst sehr angeregt disputierte. Doch dann erwähnte er den Namen der Jungfrau Maria.

›Woher wißt Ihr, Señor‹, rief der Maure, ›daß Miriam (so der arabische Name Marias) eine Jungfrau war?‹

›Aus den Heiligen Schriften‹, sagte der heilige Ignatius stur.

›Ich glaube nicht, was diese Schriften hierzu behaupten‹, sagte der Maure. ›Mag es noch hingehen, daß die Empfängnis sich ohne Mitwirken eines Mannes vollzog – Gott der Herr ist allmächtig –, doch mit der Geburt wird es ein ander Ding. Mit dem Austritt des Kindes aus dem Mutterleib wird das Hymen zerstört. Und also war Miriam keine Jungfrau mehr.‹

›Elender Ungläubiger!‹ rief Ignatius und griff nach seinem Schwert, ›sei gestraft für diese unerträgliche Blasphemie!‹

Und mit gezücktem Schwert stürzte er auf den Mauren los, der jedoch Reißaus nahm, und so scharf der heilige Ignatius ihn auch verfolgte, hat er ihn doch nicht erwischt.«

Worauf wir lachten.

»Ich frage mich«, sagte ich dann, »ob wir lachen sollten. Bei rechter Überlegung erschreckt mich ein so kriegerischer Heiliger. Ich denke an den Jesuiten Samarcas, der dem Engländer

---

1 Dieses »General« ist die verkürzte Form von »Generalvorsteher« und hat nicht den Sinn, der hier unterstellt wird (Anm. d. Autors).

Mundane mit seiner berüchtigten Finte die Brust durchbohrte. Und jetzt erfahre ich, daß Samarcas sich dabei auch noch auf den Schutzheiligen seines Ordens berufen konnte.«

Am folgenden Tag bemühte ich mich, Antoine Arnauld zu sprechen, und sandte ihm einige Zeilen durch einen meiner Pagen, der zwei Stunden später wiederkam (Arnauld wohnte fünf Minuten von meinem Haus). Er brachte mir ein sehr höfliches Billett des berühmten Advokaten, worin dieser bat, ich möge mich doch noch acht Tage mit meinem Besuch gedulden, er arbeite an seinem Plädoyer gegen die Jesuiten und könne niemanden sehen, bevor er es nicht abgeschlossen habe, immerhin sei der Ausgang dieses Prozesses für den König und die Nation von allergrößter Bedeutung.

Sechs Tage später, als ich mich nach dem Abendessen in meinem Zimmer auskleidete, klopfte es an meiner Tür, die, wie der Leser sich wohl erinnert, auf die Wendeltreppe des Eckturms ging, welche Bequemlichkeit ich mit Louison teilte, die in der Kammer über mir wohnte, so daß sie zu mir herunter- oder ich zu ihr hinaufkonnte, ohne jemanden zu stören.

»Bist du es, Louison?« fragte ich, verwundert über das Klopfen.

Und als ich ihre Stimme zur Antwort hörte und öffnete, trat sie herein, aber nicht im Nachtgewand wie sonst, sondern ganz und gar angekleidet. Was mich jedoch weit mehr überraschte, war der entschlossene Ausdruck im Gesicht meiner blonden Reimserin.

»Herr Marquis«, erklärte sie auf meine verwunderte Frage, was sie wolle, »als ich gestern mit Mariette zum Markt ging, traf ich einen Putzmachermeister aus Reims, den ich kenne und der mich, wenn er übermorgen in die Champagne heimkehrt, freundlicherweise mitnehmen und in seinen Dienst stellen würde, wenn Ihr so gütig wärt, mich freizugeben.«

Sie brachte dies in einem Atemzuge vor, die Hände in den Hüften, mit klar erhobenem Blick.

»Louison«, sagte ich, »das erfordert eine Erklärung. Nimm Platz und sage mir, warum du mich verlassen willst.«

»Herr Marquis«, sagte sie, indem sie sich steif und sehr aufrecht setzte, die Hände im Schoß verschränkt und das Gesicht wie Marmor, »es ist nicht so, daß ich Euch verlassen will, aber ich will gehen.«

»Meine Liebe, kommt das nicht auf dasselbe hinaus?«

»Überhaupt nicht«, erwiderte Louison und verharrte stumm und still wie ein Bildwerk. Ich getraute mich nicht einmal, die Hand nach diesem Bildwerk auszustrecken, so kalt erschien es mir.

»Louison«, beharrte ich, »was hat das zu bedeuten? Willst du fort aus dem großen Paris? Sehnst du dich nach deiner Provinz?«

»Nein, Monsieur.«

»Hat dir jemand etwas zuleide getan?«

»Nein«, sagte sie mit einiger Wärme. »In diesem Haus begegnet mir jeder ehrenhaft. Ich werde es vermissen.«

»Und Guillemette?«

»Ach, die!« sagte sie, sich belebend, »eine Ohrfeige dann und wann genügt, sie wieder Respekt zu lehren.«

»Meine Liebe, willst du, daß ich deinen Lohn erhöhe?«

»Nein, Herr Marquis, ich bin nicht geldgierig. Ihr bezahlt mich gut.«

Hierauf wurde sie wiederum zu Stein.

»Louison«, sagte ich, »bist du dem Putzmachermeister so verbunden, daß du uns verlassen willst?«

»Das wirklich nicht, Herr Marquis«, sagte Louison feurig, »weder diesem Kaufmann noch sonst jemandem.«

»Louison«, sagte ich etwas streng, »dann bin ich mit meinem Latein am Ende. Und wenn du mir jetzt nicht unumwunden sagst, warum du gehen willst, verdammt, dann kann ich dir deinen Abschied nicht geben.«

»Herr Marquis«, sagte sie wie entrüstet, »da wärt Ihr ein schöner Tyrann, wenn Ihr mir den nicht gäbt.«

»Dann bin ich eben ein Tyrann! Oder aber du läßt mich wissen, warum du es dir in den Kopf gesetzt hast, ein Haus zu verlassen, wo du nicht viel Arbeit, aber guten Lohn hast und dich geachtet fühlst.«

»Nicht von allen.«

»Was?« sagte ich, »nicht von allen? Nenne mir den Schuft, der dich zu mißachten wagt!«

»Herr Marquis«, sagte sie, größte Verwirrung im schönen Gesicht, »es ist kein Schuft, es seid Ihr.«

»Ich?« fragte ich verblüfft. »Ich mißachte dich, Louison?«

»Monsieur, seit fünf Tagen verriegelt Ihr mir Eure Tür bei

Tag und Nacht. Ich kann diese Tür schon nicht mehr sehen, so oft habe ich mich daran gestoßen.«

»Ich war müde.«

»Um Vergebung, gnädiger Herr, aber Ihr lügt ein bißchen.«

»Vielleicht hatte ich Sorgen.«

»Um Vergebung, gnädiger Herr. In den letzten drei Tagen bin ich Euch jedesmal um die Mittagsstunde bis zu einer gewissen grünen Tür nachgefolgt, zu welcher Ihr den Schlüssel habt.«

»Donnerschlag! Das ist Verrat!« rief ich zornig.

»Monsieur«, sagte sie ungerührt, »das ist kein Verrat. Ich weiß nicht, wer dort wohnt, und will es auch nicht wissen. Das geht mich nichts an. Ich bitte um meinen Abschied, weil ich mich von Euch gekränkt fühle. Nicht, weil Ihr Eurer Wege geht, sondern weil Ihr mich nicht mehr begehrt.«

Das verschloß mir den Mund, und es nötigte mich zu einiger Einkehr bei mir selbst. Weil eine Kammerjungfer von tief unten kommt, uns dient und sich unseren Begierden willig hingibt, vergessen wir, daß auch sie eine Frau ist und ebenso eifersüchtig und verletzlich in ihrer Ehre wie eine hohe Dame. Wenn ich es recht bedenke, handelte meine arme Louison nicht unvernünftig und nicht ohne Würde.

»Louison«, sagte ich sanftmütig, indem ich mich erhob, »verzeih mir bitte, wenn ich dich ohne böse Absicht gekränkt habe. Es ist wahr, daß ich eine Dame liebe und an keine andere mehr denken kann. Wenn du deshalb gehen willst, steht es dir frei. Ich gebe dir deinen Abschied und dazu ein gutes Wegegeld, das dir als Mitgift dienen mag, wenn du dich verheiraten willst. Trotzdem sollst du wissen, daß ich dich mit großem Bedauern freigebe, denn ich schätze deine Ergebenheit sehr und bin dir sehr zugetan.«

»Ich Euch ja auch!« rief sie und faßte meine Hände, Tränen in den Augen. »Ach, gnädiger Herr!« fuhr sie fort, »einen besseren Herrn als Euch finde ich auf der Welt nicht mehr, so großmütig, freigebig, nachsichtig, heiter und immer einen Scherz auf den Lippen und gegen mich so zärtlich und liebevoll.«

Vor Überraschung, daß sie mich lobte, wie ich für gewöhnlich die Frauen lobe, mit der Schöpfkelle nämlich, konnte ich sie nur stumm umarmen und auf beide Wangen küssen, und ehrlich gestanden, hatte ich selber feuchte Augen, als ich die Tür hinter ihr schloß. Was? werden Sie sagen, Tränen wegen einer Kammerjungfer, weinen um eine nichtige Liebelei! Ach, Leser, das Menschenherz ist sonderbar. Solange Louison da war, schien es mir selbstverständlich, mit ihr zu schmusen, wann immer ich Appetit auf sie hatte, so daß ich dieser Bequemlichkeit nicht den Wert beimaß, der ihr gebührte. Doch sowie ich begriff, daß ich sie nun verlor, fühlte ich mich plötzlich verlassen in meinem Haus und um meine angenehmen Gepflogenheiten gebracht, so verliebt ich in meine hübsche Herzogin auch war und so treu ich ihr auch zu bleiben gedachte.

Am Tag darauf ging meine arme Louison, zwar durch mein Wegegeld erleichtert, doch ebenso gegen ihr Gefühl, wie ihr Abschied mir widerstrebte. Ich gab ihr einen Brief an Péricard mit, um ihm Glück und Erfolg bei den Verhandlungen zu wünschen, die er mit den Abgesandten des Königs zur Übergabe von Reims führte, und geleitete sie mit allem Gesinde bis an unser Tor.

Zum Glück blieb mir keine Zeit, ihr lange nachzutrauern, denn ein Billett von Maître Antoine Arnauld, das Franz mir übergab, änderte den Lauf meiner traurigen Gedanken, indem es mich einlud, den großen Advokaten um zehn Uhr zu besuchen. Und wer gesellte sich durch glücklichen Zufall dieser guten Nachricht zu, wenn nicht mein spinnenhafter Fogacer in seinem schwarzen Kleid, ein Lächeln auf den Lippen.

»Ha, *mi fili*!« sagte er, als er hörte, mit wem ich an diesem Vormittag sprechen würde, »geh hin, bei allen Teufeln, aber drück den Hut in die Stirn und hülle dich trotz der Julihitze in einen Mantel, denn jenes Haus wird von unseren spanienfreundlichen Jesuiten und ihren Freunden mit größtem Argwohn beobachtet, kocht in seiner Hexenküche doch eine Suppe, die sie aus Frankreich vertreiben könnte.«

»Und was sagst du zum Suppenkessel?«

»Antoine Arnauld? Ha, der! Wie die Jesuiten ganz Geschmeidigkeit sind, ist er das leibhaftige Gegenteil. Er ist Auvergnate! Aus jenem Basalt der Auvergne gehauen, mit dem man Straßen pflastert! Man mag hundert Jahre darauf treten und nutzt ihn doch nicht ab. Und was sein advokatisches Talent angeht, weißt du ja wohl Bescheid, *mi fili*.«

»Nein.«

»Ein Vulkan, aber einer der alten Art. Er brodelt, geifert, speit Feuer, er hat die überquellende Beredsamkeit aus Lava und Glut! Arme Jesuiten!«

»Und der Mann selbst?«

»Er ist gerade vierunddreißig, aber welch ein unermüdlicher Arbeiter! Er spart, weiß Gott, nicht an Schweiß und Lampenöl, brütet über seinen Plädoyers bis Mitternacht und knapst sich noch Schlaf ab, um seine Frau zu schwängern, der er schon vierzehn Kinder gemacht hat.«

»Und seine Tugend?«

»*Mi fili!* Verglichen mit ihm, erscheint eine Gerade krumm! Er steht in eherner Treue zu seiner Nation, zur gallikanischen Kirche, zum König und zu seiner Gesinnung.«

»L'Etoile doch auch«, sagte ich, »und der alte De Thou, und, weiß Gott, ebenso auch ein großer Teil der Amtsbourgeoisie.«

»Aber De Thou ist alt und gebrechlich«, sagte Fogacer mit seinem gewundenen Lächeln, »und L'Etoile bleibt auf Abstand zum Feuer, um sich den Schnurrbart nicht zu versengen. Arnauld hingegen scheut nicht Flamme nicht Frost. Empört über die königsmörderischen Predigten des Pfaffen Boucher und des Jesuiten Commolet während der Pariser Belagerung, verfaßte er ein niederschmetterndes Pamphlet gegen die ›Sechzehn‹, gegen den päpstlichen Legaten und den Herzog von Feria, und dieses Pamphlet betitelte er *Der Anti-Spanier.* Er zeichnete es nicht mit seinem Namen, aber sein Talent zeichnete es für ihn, und scharf von den ›Sechzehn‹ bespitzelt, die schon die Messer wetzten, ihn auszulöschen, flüchtete er, als Maurer verkleidet, aus Paris.«

»Ha! Das gefällt mir!« sagte ich.

»Wie soll es dir nicht gefallen«, sagte Fogacer, »bist du, mein Freund, doch selbst Verkleidungen zugetan.«

»Nein«, sagte ich, »meine Bewunderung gilt diesem hohen Kampfesmut der Feder, den ich der Tapferkeit des Schwertes an die Seite stelle.«

»Und gegenwärtig«, sagte Fogacer, »ersetzt dieser Kampfesmut sogar das Schwert, denn wie Jeanne d'Arc will unser Anti-Spanier die Fremden aus Frankreich verjagen!«

»Eher unser Vercingetorix«, sagte La Surie, »weil er der Vulkanwelt entsprungen ist.«

Ich lobte Miroul für diesen Beitrag, was ihn freute und darüber tröstete, daß er mich nicht zu Maître Arnauld begleiten konnte, bei welchem ich pünktlich um zehn erschien und zuerst von seiner Frau Gemahlin empfangen wurde, die mich ebenso kräftig dünkte wie schön. Und Kraft hatte sie, weiß Gott, nötig, um vierzehn Kinder in die Welt zu setzen, eins nach dem anderen, denn nach ihrem Aussehen mochte sie knapp über Dreißig sein. Und, schöne Leserin, zur Stunde, da ich dies schreibe, am Beginn des neuen Jahrhunderts, höre ich, daß sie es sogar auf zwanzig gebracht hat. Zwanzig Kinder, sage ich, und die Mutter soll noch immmer gesund und kräftig sein, wie ich sie an jenem Tag im Juli 1594 sah. Woraus ich schließe, daß diese Pariserin an kräftiger und ausdauernder Konstitution ihrem auvergnatischen Ehemann nicht nachstand, zu dessen Kabinett sie mich sogleich führte, ohne daß sie selbst auch nur die Zehenspitze hineinzusetzen wagte, so als sei es das Allerheiligste.

»Herr Marquis«, sagte Antoine Arnauld, indem er sich erhob, »ich bin Euer ergebenster Diener. Erlaubt nur, daß ich einen Satz noch beende, der mir an der Federspitze hängt und den ich verlieren könnte, wenn ich ihn nicht gleich aufs Papier banne.«

»Aber bitte, bitte, ehrwürdiger Maître!« sagte ich, »seien wir doch nicht so zeremoniell, mein Périgord liegt Eurer Auvergne nicht so fern, als daß wir uns nicht als Landsleute fühlen dürften. Also, halten wir es ganz zwanglos miteinander, auf die alte französische Art.«

»Herr Marquis«, sagte er, wieder Platz nehmend, »habt Dank für Eure Ehrbarkeit.«

Und schon ging er daran, ›seinen Satz aufs Papier zu bannen‹, was mir Muße ließ, ihn zu betrachten. Er war mir nicht sehr groß vorgekommen, als er stand, doch jetzt im Sitzen fand ich ihn imposant, die Schultern mächtig, die Brust gewölbt, die Gliedmaßen, schien es, strack und muskulös, das Gesicht mehr breit als lang, die Augen jettschwarz, die Haare rabenschwarz, die Haut dunkel, basaltisch, möchte ich sagen, und der ganze Mann so behaart, daß ihm die Haare quasi in Büscheln zur Nase herauswuchsen, welchselbe Nase lang war und das Kinn breit, die Lippen nicht dünn, aber fest aufeinander. Sein Wams war aus schwarzem Samt, hoch geknöpft trotz der Hitze, und die Krause hugenottisch klein. Im übrigen erinnerte Arnauld mich insofern an meinen Onkel Sauveterre, als auch bei ihm unter erhabener Strenge etwas wie Feuer glomm.

Schmucklos war sein Arbeitskabinett trotzdem nicht, es ging

mit vier prächtig gerahmten Fenstern zum Garten hinaus, hatte schöne Tapisserien an den Seitenwänden und an der dritten eine Täfelung aus kostbarem Holz, die von oben bis unten, von rechts nach links, mit Türchen verschlossene Fächer aufwies, die vermutlich nur mittels einer geheimen Mechanik zu öffnen waren und wahrscheinlich seine wichtigsten Papiere bargen. Ich stelle mir dies vor, weil ich ebensolche Geheimfächer auf Schloß Blois, im Arbeitskabinett Katharinas von Medici, gesehen hatte. Da Antoine Arnauld seinerzeit ihr Generalprokurator gewesen war, wird er diese Fächer gewiß oft bewundert haben. Und nach dem Tod der Königinmutter ließ er sie sich in seinem schönen Pariser Haus nachbauen, samt der verborgenen Trittleiste, mittels derer man sie öffnete. Was bezeugt, daß es ihm an Geld nicht mangelte. Und daß er daran auch nicht sparte, um sein Heim zu verschönern.

»Es ist getan, Herr Marquis«, sagte Arnauld und legte die Feder aus der Hand, nicht ohne einige Befriedigung auf dem strengen Gesicht. »Nun bin ich ganz Ohr für Euch und stehe Euch zu Diensten.«

»Ehrwürdiger Maître«, sagte ich, »der König hat mich, in aller Vertraulichkeit, beauftragt, mich über den Prozeß zu informieren, den Universität und Pfarrer gegen die Jesuiten angestrengt haben. Ich habe mich bereits kundig gemacht, und über diese Sekte und ihre Doppelnatur, über ihre verführerischen Lehrmethoden, über den annehmlichen Ablaß, welchen sie den Großen erteilt, und ihren unersättlichen Appetit auf Legate habe ich manches Beunruhigende vernommen, doch bislang nichts, was die Verbannung ihrer Gesellschaft rechtfertigen könnte. Ihr werdet selbst festgestellt haben, Maître, da Ihr namens der Universität gegen sie plädiert, daß diese ihnen bitter ankreidet, ihre Privilegien gebrochen und ihre Lehranstalten durch ihre eigenen hervorragenden und kostenlosen Schulen ruiniert zu haben. Was die Pfarrer angeht, so verwünschen sie die Jesuiten, weil sie ihnen die reichsten Penitenten rauben, und die Bischöfe rasen, weil ihre Weisungen von ihnen mißachtet werden. Wer aber sieht nicht in beiden Fällen nur Futterneid von Butike zu Butike und fragt sich nicht, ob das große Rühren gegen die Jesuiten sich nicht nur daraus erklärt?«

Nicht ohne einen gewissen Hintergedanken machte ich mich derweise zum Advocatus Diaboli, wußte ich doch, daß etliche namhafte Herren – der Herzog von Nevers, Herr von O, Epernon, der Prokurator La Guesle, Antoine Séguier und die gute Hälfte des Hohen Gerichts – in dieser Angelegenheit räsonierten wie ich und heftig am Rade drehten, um den Prozeß zu vertagen. Ich meinte also, Antoine Arnauld durch Widerspruch hinlänglich gereizt zu haben, um seinen Zorn zu entfesseln, auf daß ich Klarheit erhielte. Was auch geschah.

»Ha, Monsieur«, rief er mit Donnerstimme und hämmerte mit beiden Fäusten auf den Tisch, der uns trennte, »wie Ihr redet! Aber ich bin fest überzeugt, daß Ihr das selbst nicht glaubt! Denn es ist derart unwissend, ungenügend und fahrlässig, daß es in Anbetracht der Wahrheit dem Schaum auf dem First einer stürzenden Woge gleicht: ohne jede Haltbarkeit, Kraft und Substanz. Glaubt Ihr, ich wäre mit Leib und Seele in diesen Kampf eingetreten, wenn es sich in meinen Augen um einen elenden Streit kleinlicher Interessen handelte? Nein, nein! Die Affäre hat ein ganz anderes Gewicht, das weit über Universität und Geistlichkeit hinausreicht. Hier geht es um das Leben des Königs, um den Frieden in diesem Land und die Zukunft der Nation, ja Europas.«

»Ehrwürdiger Maître!« sagte ich, »wenn die Sache von derart kapitaler Bedeutung ist, dann, bitte, klärt mich auf! Nichts wünsche ich so sehr, wie unterrichtet zu werden und diesen Prozeß im wahren Licht zu sehen.«

»Herr Marquis«, fuhr Maître Antoine Arnauld mit so kraftvoller Stimme fort, als spräche er vor Gericht, »Ihr habt, wie man mir sagte, Heinrich III. gedient und dient Heinrich IV. mit dem bewundernswertesten Eifer, Ihr müßt also wissen, daß Philipp II. von Spanien, mit seinem überseeischen Gold im Rücken, nicht geringe Hoffnungen hegt, sich durch List und Gewalt zum Herrscher und Imperator des Okzidents zu machen. Und daß der größte Teil besagter List auf eine vorgetäuschte Verteidigung der katholischen Religion gegen die reformierte hinausläuft, wohl wissend – dieser Fuchs! –, wie stark religiöse Fragen die Geister beeinflussen. Aus diesem Grunde kaufte er den größten Teil des Vatikans durch opulente, an die Kardinäle gezahlte Pensionen und bekam, mit Ausnahme von Sixtus V., hinfort ihm ergebene Päpste. Da aber der Vatikan zu schwerfällig und zu seßhaft war, brauchte Philipp II. leicht bewegliche Leute, die sich an allen Ort einnisteten und überall verbreiteten, um die Dinge Spaniens voranzutreiben. Diese Leute sind die Jesuiten.«

»Was, ehrwürdiger Maître?« rief ich, »seid Ihr dessen sicher? Sind sie denn gänzlich in spanischer Hand?«

»Wie sollte man das bezweifeln?« fuhr er fort. »Das erste und hauptsächliche ihrer Gelübde ist, ihrem General *perinde ac cadaver*, wie ein Leichnam zu gehorchen.«

»*Perinde ac cadaver!*« sagte ich, »wie finster diese Metapher klingt!«

»Und noch finsterer ist die Tatsache, daß dieser General unabänderlich ein Spanier ist und erwählt wird vom spanischen König.«

»Ich dachte, vom Papst?«

»Keineswegs! Dem Papst – das ist ihr viertes Gelübde – schwören die Jesuiten absoluten Gehorsam, aber ihr General wird von Philipp II. ernannt.«

»Besteht dann nicht die Gefahr eines Konflikts zwischen dem absoluten Gehorsam gegenüber dem Papst und dem Kadavergehorsam gegenüber ihrem General?«

»Die Gefahr«, sagte ernst Arnauld, »besteht zum gegenwärtigen Zeitpunkt nicht, weil der Papst unter stärkster Einflußnahme Philipps II. gewählt worden ist.«

»Fahren wir fort, Maître«, sagte ich. »Ihr meint also, daß die Jesuiten das hauptsächliche Herrschaftsinstrument Philipps II. in Frankreich sind?«

»In Frankreich und in Europa.«

»Verzeihen Sie«, sagte ich und zog zweifelnd eine Braue hoch, »wie beweist Ihr das?«

»Zum ersten damit«, sagte Arnauld, »welchen beträchtlichen Anteil die Jesuiten an der Rebellion der Franzosen gegen ihre Könige haben.«

»Aber!« sagte ich, »was alles in Frankreich sich zu den Ligisten rechnete, verfolgte doch ganz unterschiedliche Interessen: Die Großen, wie Guise, Mayenne, Nemours, hatten einzig die französische Krone im Auge. Andere wollten keinen Hugenotten zum König, schlossen sich ihm aber an, sowie Henri sich bekehrt hatte. Andere wieder huldigten ihm, nachdem er Paris eingenommen hatte.«

»Ja, ja«, sagte Arnauld, »aber die härteste, extremste und unbeugsamste Fraktion der Liga wurde von den Jesuiten unterstützt: die ›Sechzehn‹.«

»Noch einmal, wie beweist Ihr das?«

»Mit der Tatsache«, sagte Arnauld, »daß die geheimsten Beratungen der ›Sechzehn‹ nicht im Stadthaus abgehalten wurden, sondern in einem Saal des Collège de Clermont, Rue Saint-Jacques, und in Gegenwart des Rektors der Jesuiten. Was meint Ihr wohl, Marquis«, fuhr Arnauld, die Arme breitend, rhetorisch fort, »welche dieser beiden Parteien die andere beeinflußt hat?«

»Die Jesuiten«, sagte ich. »Das versteht sich von selbst, die ›Sechzehn‹ waren ein Sammelsurium grober und unwissender Wirrköpfe.«

»Zumal die Jesuiten eine Theologie ausgeklügelt und verbreitet hatten, nach der es den Untertanen freistünde, ihren König zu töten, sobald man ihn als Tyrannen betrachten könne oder er vom Papst exkommuniziert worden sei. Und auf wen zielte das?«

»Auf die lutherischen deutschen Fürsten, auf Prinz von Oranien, genannt der Schweiger. Auf die englische Königin Elisabeth. Auf Heinrich III. nach der Ermordung des Kardinals von Guise – und obwohl er Katholik war. Und nunmehr auf unseren jetzigen König.«

»So«, fuhr Arnauld fort, »und nun haltet Euch vor Augen, wie die neue Theorie der Jesuiten über den Königsmord sich auf wunderbare Weise in Taten niederschlug. Am 11. Juli 1584 – aber das wißt Ihr besser als ich – tötete ein Mann namens Balthasar Gérard den Prinzen von Oranien zu Delft durch einen Pistolenschuß. Dieser Gérard war in seinem verbrecherischen Unterfangen außerordentlich ermutigt worden von einem Jesuiten, dem er zu Trier begegnet war. Im selben Jahr konspirierte der englische Edelmann William Parry unter dem Einfluß des Jesuiten Codreto gegen das Leben von Königin Elisabeth. Zwei Jahre später führte Babington eine neue Verschwörung gegen Königin Elisabeth an: Diese Verschwörung war angeregt und gelenkt worden von dem Jesuiten Ballard, der festgenommen, eingekerkert und hingerichtet wurde. Im Jahr 1589 schließlich wurde Heinrich III. in Saint-Cloud durch einen Messerstich getötet.«

»Aber von einem Jakobiner«, sagte ich, »nicht von einem Jesuiten.«

»Was nur ein Zeichen dafür ist«, sagte Arnauld, »daß ihre Theorie über die Rechtmäßigkeit des Königsmordes Anhänger gefunden hatte. Doch bei dem Attentat Barrières auf Heinrich IV.

begegnen wir bereits wieder einem Jesuiten, der *in effigie*[1] hingerichtet wurde. Reicht das nicht, Herr Marquis«, fuhr Arnauld mit starker Stimme fort, »Euch zu überzeugen, daß die Jesuiterei ein satanischer Verein ist, in welchem sämtliche Mordanschläge ausgeheckt worden sind, die innerhalb der letzten zehn Jahre auf exkommunizierte Könige Europas verübt wurden – wobei diese Könige ganz zufällig in jedem Fall auch das Haupthindernis für Spaniens Beherrschung des Okzidents darstellten? Wißt Ihr, daß die Jesuitenpater am Pariser Collège de Clermont, alles echtbürtige Franzosen, sich weigern und ihren Schutzbefohlenen verbieten, für den König von Frankreich zu beten?«

»Ich weiß es.«

»Dafür aber beten sie morgens und abends *pro rege nostro Philippo*[2]. Kann man sich eine monströsere Verkehrung der Religion vorstellen, wenn befohlen wird, sich gegen das eigene Vaterland zu stellen, und nicht etwa zum größeren Ruhm Gottes, sondern um für ein anderes einzutreten, das der Feind des Landes ist, in dem man geboren wurde, und das nach nichts so sehr trachtet wie nach dessen Unterwerfung? Die Jesuiten, Marquis, geben nicht Gott, was Gottes ist, und Cäsar, was Cäsars ist. Sie geben Cäsar, was Gottes ist.«

---

1 (lat.) in Form eines Bildes.
2 (lat.) für unseren König Philipp.

SECHSTES KAPITEL

Dieser letzte Satz Antoine Arnaulds hallte den ganzen Tag in mir nach, sogar in der Nacht noch, die unserem Gespräch folgte, mehrmals hatte ich entsetzliche, von bangem und beklommenem Wachen unterbrochene Träume, in welchen ich Henri Quatre wie seinen Vorgänger unter den Stichen eines fanatischen Mönchs zusammenbrechen sah.

Als ich aber im Wachen das ganze Problem überdachte, schien es mir, daß Arnaulds Satz über die Jesuiten, nämlich daß sie »Cäsar gäben, was Gottes ist«, nicht ganz den Kern der Wahrheit traf. Sicherlich bestand kein Zweifel, daß die sogenannte Gesellschaft Jesu in Spanien von einem spanischen Hauptmann gegründet worden war und daß sie seit ihrer Gründung ihrem vom spanischen König ernannten General *perinde ac cadaver* gehorchte. Doch waren ihr im Lauf der Zeiten zahllose Jesuiten beigetreten, die in anderen Königreichen sich an anderer Milch genährt hatten, so daß der Orden auf die Dauer gewiß »entspanisiert« worden wäre (wie meine liebe Herzogin sagte), wäre die katholische Kirche durch die reformierte Religion nicht bis in ihre Grundfesten in Frage gestellt worden. Von da an, und gerade weil der Glaube der Jesuiten so unanfechtbar und fanatisch war, stellten sie sich, auch wenn ihnen dies die blutigsten Taten abverlangte, in den Dienst desjenigen Herrschers, der in Europa Schild und Schwert der römischen Kirche verkörperte.

Mehr noch: Der weltliche Arm zählte bei ihnen schließlich mehr als das geistliche Haupt und der von Philipp II. erwählte spanische General mehr als der Papst. War es nicht bezeichnend, daß sie dem Oberhirten in Rom Gehorsam erst an vierter Stelle gelobten, während sie ihrem Ordensgeneral gleich mit dem ersten Gelübde ihren Kadavergehorsam schworen? Und das kam, weil sie, ihren eigenen Begriffen gemäß, *in illo* (in ihrem General nämlich) *Christum velut praesentem agnoscant*[1].

---

1 (lat.) gleichsam Christus als anwesend erkennen.

Eine sonderbare Vergötzung und die eine Seite derselben Medaille, auf deren anderer ein Exkommunizierter überall vogelfrei war; jeder, der wollte, konnte ihn erschlagen im Namen Gottes, der doch den Mord verbot.

Gewiß stellten es die Jesuiten längst nicht so roh an wie jener Jakobiner, der meinem geliebten Herrn, König Heinrich III., das Messer in den Leib gestoßen hatte. Sie jagten einem exkommunizierten König das Eisen nicht selbst in die Eingeweide, sie trieben andere zu der Bluttat an. In ihren Collèges lehrten sie, daß es löblich sei, einen *erwiesenen Tyrannen* zu erschlagen. Auf den Kanzeln gingen sie sogar noch weiter. Sie riefen einen Ahod[1] herbei, auf daß er besagten Tyrannen vernichte. Und wo immer in ganz Europa sich ein Tollkopf fand, der ihnen das glühende Verlangen beichtete, einen protestantischen Fürsten umzubringen – Wilhelm von Oranien, Königin Elisabeth oder Heinrich IV. von Frankreich –, so ermutigten sie ihn auf dieser verbrecherischen Bahn, indem sie ihm die ewige Glückseligkeit verhießen. Daß Henri Quatre sich zum katholischen Glauben bekehrt hatte, verschlug ihnen wenig: Sie erkannten seine Bekehrung nicht an.

Ich weiß noch, daß ich am Morgen nach dieser Nacht der Alpträume sehr erregt von düsteren Vorahnungen war und mit Monsieur de La Surie lange erwog, ob wir nicht hinreiten und den König warnen sollten – der noch immer zu Laon weilte und die Huldigungen der nördlichen Städte entgegennahm. Denn nach alledem, was ich über die Jesuiten und ihre enge Verbindung zu Philipp II. in Erfahrung gebracht hatte, war es völlig klar, daß der König von Spanien, nachdem Henri seine Armeen zu wiederholten Malen geschlagen hatte, diesen jetzt nur mehr überwinden konnte, indem er den Dämon des Mordes losließ. Monsieur de La Surie riet jedoch von einer solchen Reise ab, indem er mir vorstellte, daß der König in seinem Feldlager von einem machtvollen Heer und wachsamen Hauptleuten umgeben wäre und man sich mit dieser Warnung Zeit lassen könne, bis er wieder in Paris sei. Das überzeugte mich wohl, aber dennoch blieb ich bedrückt, grüblerisch und stumm.

»Moussu«, sagte Miroul darum, »soweit ich weiß, sind Trübsal und Trauer jetzt nicht am Platz. Der König ist gesund

---

1 Ahod, eine biblische Gestalt, tötete den Tyrannen Eglon, den König von Moab.

und munter, und wie ich höre, genießt er zu Laon seinen Sieg, ergötzt sich an der Jagd, am Paumespiel, am Ringelstechen, an der Liebe seiner schönen Gabrielle. Moussu, was sollen wir hier um ihn weinen, wenn er dort glücklich lacht, und seiner mit Seufzen und Schluchzen gedenken, wo er so guter Dinge ist und sich voll und ganz des Lebens freut? Moussu, wenn Ihr erlaubt, Euch einen guten Rat zu geben ...«

»Gib, Miroul, gib!«

»Wieso geht Ihr nicht nach dem Mittagsmahl dorthin, wo Ihr jeden Nachmittag hinzugehen pflegt und von wo Ihr jedesmal so erquickt und fröhlich wiederkehrt, daß es eine Freude ist, Eure Miene zu sehen? Glaubt mir, schickt die schweren Sorgen für jetzt zum Teufel, und badet Eure Seele in dem reinen Quell, an dem Ihr Euch so gerne labt.«

»Das hast du schön gesagt, mein Miroul, und aus gutem Herzen. Ich werde deinen Rat befolgen.«

Doch, ach! anstatt meine Sorgen zu zerstreuen, mehrte dieser Besuch sie nur. Denn kaum hatte ich den Schlüssel, den Catherine von Guise mir anvertraut hatte, in die kleine grüne Tür gesteckt – die in einen Garten hinterm Hause führte und mir erlaubte, ungesehen ins Hôtel Guise zu gelangen –, als ich zu meiner nicht geringen Verwunderung merkte, daß er zwar glatt ins Schlüsselloch hineinging, dort aber feststeckte, ohne daß die Zunge sich auch nur im mindesten bewegte, ich mochte es noch so oft und so energisch versuchen. Des Kampfes müde und schweißbedeckt, zog ich schließlich den Schlüssel heraus und legte mein Auge ans Schlüsselloch, wo ich denn am frischen Glanz des Metalls und an gewissen Spuren im Holz erkannte, daß das Schloß ausgewechselt worden war. Mir klopfte das Herz so heftig in der Brust, und meine Beine zitterten so sehr, daß ich, um nicht umzusinken, mich mit beiden Händen am Türrahmen festhielt, bis Körper und Geist mir wieder gehorchten, war ich doch hin und her gerissen zwischen dem Glauben an das Zeugnis meiner Sinne und der unfaßbar grausamen Bedeutung dieses Schloßwechsels. In meiner Ratlosigkeit steckte ich den Schlüssel aufs neue ins Schloß, und von jäher Raserei geschüttelt, drückte ich ihn mit solcher Kraft, daß er zerbrach: der Bart blieb drinnen, ich hatte nur den Schaft in der Hand.

Ich fühlte mich so dumm und kläglich mit diesem völlig unnützen Schlüsselrest in Händen, daß ich ihn in den Rinnstein warf, sogleich aber über die Torheit meines Betragens bestürzt war und durch die Scham hierüber ein wenig zur Besinnung kam. Auch bemerkte ich nun, wie ich angestarrt wurde von Gaffern, an denen es in den Pariser Gassen niemals fehlt und die stehengeblieben waren, um sich an meinen fruchtlosen Versuchen zu weiden. Ich glättete mein Gesicht, so gut ich konnte, und machte mich auf den Rückweg, nicht allzu sicher auf meinen Füßen und schnaufend, als wäre ich eine Stunde über Berg und Tal gerannt.

»Moussu!« rief Miroul, als er mich so kurze Zeit danach wieder erblickte, »Ihr seid ja kreidebleich! Bei allen Teufeln, was ist passiert? Moussu, setzt Euch doch, hier auf den Lehnstuhl. Ihr haltet Euch ja kaum auf den Beinen! Holla, Franz! Schnell, bring Wein!«

»Es ist nichts, mein Miroul«, sagte ich mit erloschener Stimme. Worauf ich in einem Zug den halben Becher leer trank, den Franz mir reichte.

»Mein Pierre«, sagte Miroul, indem er mich erschrocken musterte. »Was ist? Seid Ihr krank? Fiebert Ihr?«

»Nein, nein«, sagte ich und versuchte zu lächeln. »Das ist es nicht. Der Verstand leidet, nicht der Körper.«

Und da Franz den Raum verließ, erzählte ich Miroul, was mir begegnet war.

»Kurzum, mein Pierre«, sagte Miroul, »die Dame gibt Euch den Abschied.«

»Beim Ochsenhorn, Miroul!« fauchte ich, »mußt du mir das so sagen? Meinst du, ich hätte es nicht selbst gemerkt?«

»Nun, es gibt Abschied und Abschied«, sagte Miroul, »und dieser ist der ruppigste und unhöflichste, den man sich denken kann!«

»Gewiß«, sagte ich, »und das schmerzt mich am allermeisten, denn die Dame, die ihn mir gibt, ist ein Engel.«

»Ein Engel, mein Pierre?« sagte Miroul, und sein braunes Auge blitzte, sein blaues blieb kühl.

»Jawohl. Ein Engel!« sagte ich hitzig. »Dafür ließe ich mir den Kopf abhacken.«

»Das ist er schon«, sagte Miroul. »Die Dame könnte ihre Tür damit zieren.«

»Miroul!«

»Tausendmal um Vergebung, Moussu! Aber wenn ich mir's recht überlege, scheint mir, daß eine Frau, die vom Engel zum

Dämon wird, ja wohl einen mordsmäßigen Zorn auf Euch haben muß. Sagt, habt Ihr besagte Dame gekränkt? Habt Ihr womöglich ein bißchen an ihren Engelsflügeln gezupft?«

»In keiner Weise.«

»Um Vergebung, Moussu. Je länger ich nachdenke, desto mehr finde ich: Ein Schloß auswechseln, durch welches der Liebhaber einzutreten pflegte, ist das letzte, was man diesem antun kann.«

»Als ob ich das nicht wüßte, Cap de Diou! Mußt du es mir immer wiederholen?«

»Moussu, es läßt sich nicht länger bestreiten: Die Dame muß wildwütend auf Euch sein wegen irgendeiner Beleidigung, die Ihr ihr vermeintlich angetan habt, und hat für Euch nur mehr Haß und Verachtung.«

»Aber, beim Ochsenhorn! warum?« schrie ich. »Warum? Was habe ich verbrochen?«

»Moussu«, sagte Miroul, mit beiden Händen abwehrend, »das müßt Ihr sie fragen, nicht mich.«

»Was!« rief ich, »soll ich vor ihr auf Knien rutschen, nachdem sie mich so behandelt hat?«

»Es wäre nicht das erstemal«, sagte Miroul, mit halbem Munde lächelnd, »daß Ihr vor einer Dame auf Knien rutscht; der zu Reims hättet Ihr am liebsten die Füße geleckt.«

»Beim Ochsenhorn! Ist dies der Augenblick zu spotten? Ihr erschöpft meine Geduld!«

»Und Ihr erschöpft meine, Moussu. Um es rundheraus zu sagen, Ihr seid ein großer Tor, daß Ihr nicht zur Stunde hineilt und Euren Engel durch den Haupteingang aufsucht. Man muß das Eisen schmieden, um ihm die Kälte auszutreiben.«

»Sie aufsuchen? Nachdem sie mich so vor den Kopf gestoßen hat!«

»Moussu, Ihr wißt genau, wenn eine Frau unsereinen kränkt, kann sie es nicht erwarten, daß wir sie schnellstens um Verzeihung bitten.«

»Hiernach?«

»Seid Ihr nicht wenigstens neugierig, womit Ihr den ungerechten Zorn verdient habt? Wollt Ihr Euch nicht von ihren Verdächtigungen reinwaschen?«

»Ich denke nicht daran! Ich verachte, wer mich verachtet!«

»Ach, Moussu! Ihr habt kein Herz! Seht Ihr denn nicht,

durch die Mauern hindurch, wie die Ärmste in dieser Minute, da ich zu Euch spreche, bäuchlings auf ihrem Bette liegt, den Kopf in die Kissen vergraben, und sich die Seele aus dem Leibe schluchzt?«

»Sie weint?« rief ich. »Dieses Scheusal, das mich so entsetzlich leiden läßt, erlaubt sich zu weinen? Das glaubst du doch selber nicht.«

»Moussu! Wer wüßte nicht, daß Frauen seltsame Wesen sind. Bei ihnen läuft es andersherum als bei uns. Sie verwunden sich selbst durch das Böse, das sie uns antun. Aber ich wette mit Euch um mein Gut La Surie, wenn Ihr endlich hingeht zu ihr, findet Ihr sie mit rotgeweinten Augen und verquollenem Gesicht.«

»Ich wette, daß es nicht so ist!« schrie ich, »und jetzt gehe ich hin, um deine Behauptung zu widerlegen.«

Worauf mein Miroul schmunzelte und stillschwieg. Und, schöne Leserin, die Sie sich durch Schminke, Putz und Kleider für Begegnungen wappnen, die Sie folgenreich dünken, Sie mögen sich denken, daß ich, so unterschiedlich wir beide auch sein mögen – die Logik des Aristoteles hat in Ihrem zarten Busen und in meiner rauhen Brust nicht dieselben Regungen gezeugt –, daß ich, sage ich, in dieser Situation genau dasselbe tat, was auch Sie getan hätten: Ich begann, von Kopf bis Fuß Toilette zu machen, ließ mich im großen Zuber von Guillemette seifen, ließ mir von Lisette die Haare kräuseln, legte ein frisches Wams an, kurzum, ich glättete rundum mein Gefieder, parfümierte mich obendrein, um jede Spur des bösen Angstschweißes zu vertreiben, in den jenes Ärgernis mich getaucht hatte. Und zu Pferde, den Hünen Franz zur Seite, trabte ich zum Hôtel der Herzogin, vor welchem ich absaß, Franz die Zügel übergab und auf den Lakaien zutrat, der das Tor bewachte.

»Picard«, sagte ich, denn ich kannte ihn gut, »melde mich deiner Herrin.«

»Herr Marquis«, sagte Picard, auf dessen rotem Gesicht sich die größte Verlegenheit malte, »das kann ich nicht. Die Frau Herzogin ist nicht zu Hause.«

»Picard«, sagte ich leise, so wütend ich auch war, indem ich ihm näher rückte, »lüg nicht, oder, bei meinem Seelenheil, ich ziehe meinen Dolch und mache dich zu Klöppelspitze! Sie ist zu Hause! Ich weiß es.«

»Herr Marquis«, sagte Picard, und sein sommersprossiges Gesicht erblaßte, »es ist sehr unangebracht von Euch, mich zu bedrohen, denn ich bin ein guter Diener und sage nur, was man mir zu sagen befiehlt.«

»Heißt das«, sagte ich, »daß die Herzogin niemals mehr zu Hause sein wird, wenn ich an ihre Tür klopfe?«

Hierauf blickte Picard mich stumm und tief erschrocken an, doch sein Schweigen antwortete statt seiner, und ich, der ich ihm ins Gesicht starrte, hatte nicht übel Lust – ich schäme mich, es zu bekennen! –, ihn auf der Stelle niederzuhauen wie angeblich die römischen Cäsaren einen Boten schlechter Nachrichten. Was mich davon abhielt – soll ich auch das bekennen, so absurd es ist? –, das waren seine Sommersprossen, die mich plötzlich an meinen lieben Bruder Samson erinnerten.

»Ha, Picard!« sagte ich mit tonloser Stimme, den Kopf senkend, »es wäre wahrhaftig ungerecht, dir zu verübeln, daß du deinen Befehl erfüllst und deiner Herrin aufs beste gehorchst. Hier ist ein kleiner Obolus zur Entschädigung für den Schrecken, den ich dir eingejagt habe.«

Hiermit drückte ich ihm einen Ecu in die Hand, und strauchelnd und stolpernd stieg ich wieder zu Pferde und wäre, glaube ich, nicht nach Hause gekommen, wenn Franz, der meinen Zustand sah, nicht meine Stute beim Zügel gefaßt und geführt hätte.

»Ach, Miroul!« sagte ich, indem ich wiederum in den Lehnstuhl fiel, nun auf dem Gipfel der Verzweiflung, »alles ist verloren. Die Herzogin hat ihren Lakaien Order gegeben, mich am Tor abzuweisen.«

»Verloren!« sagte lächelnd Miroul, »aber pfui, Moussu! Nichts ist verloren, solange man das Leben hat. Wenn unser König Henri gedacht hätte wie Ihr, hätte er Laon niemals genommen. Die Schöne hat den ersten Sturm abgeschlagen. Also läßt man schnurstracks den zweiten folgen. Glaubt Ihr, man siegt, ohne einen Schlag abzugeben? Holla, Franz, bitte, bring Schreibzeug!«

»Und was soll ich ihr schreiben?« fragte ich mutlos.

»Daß Ihr sie um jeden Preis sprechen wollt, und sei es nur, damit sie Euch den Grund ihrer Ungnade nennt!«

Was ich sogleich tat. Und nachdem Miroul das Briefchen gesiegelt hatte, rief er einen Pagen und drohte, ihm den Hintern zu verbleuen, wenn er es nicht auf schnellstem Wege, ohne jedes Trödeln, ablieferte und sofort mit einer Antwort wiederkäme. Welch schrecklichen Drohungen ich das Versprechen eines Ecu hinzufügte, wenn er binnen einer halben Stunde mit der Antwort vor mir stünde.

»Ha, Moussu!« sagte Miroul, als der Schlingel fort war, »Ihr verwöhnt mir den Hallodri! Ein Ecu! Vergeßt Ihr, daß wir ihm Lohn bezahlen?«

Doch ich schwieg, den Kopf in den Händen, ich mochte mit Miroul nicht um einen lumpigen Ecu streiten, wo es um meine große Liebe ging. Miroul verstand es und setzte sich stumm an meine Seite. Und wahrhaftig, schöne Leserin, auch wenn Sie jetzt schlecht von mir denken, muß ich gestehen, daß die einzige Person auf der Welt, die mich in diesem Augenblick hätte trösten und aufrichten können, meine Louison mit ihren guten blauen Augen, ihrem frischen Gesicht und ihren lieben, runden Armen gewesen wäre. Doch ach, die Wahrheit war scharf wie Essig und bitter wie Galle: Ich hatte die Kammerjungfer der hohen Dame geopfert, und nun hatte ich beide verloren.

Die Minuten währten mir ein Jahr und die halbe Stunde ein Jahrhundert, bis der Page wiederkam und wortlos und schamlos vor mir stehenblieb, bis er seinen Ecu erhielt und Miroul ihm einen Tritt versetzte. Mir zitterten derart die Hände, daß ich endlose Zeit brauchte, das Siegel zu erbrechen und das Blatt zu entfalten, das von der Hand der Herzogin und in ihrer kuriosen Orthographie geschrieben war.

Meusieu
Ihr sait Ein Ungheur. Ich weis es genau. Un ich verbiede Euh auf ihmer mir su shreibben un Eur Ferätergesihd an meinr tür zuzeigen.

Catherine,
Herzogin von Guise

Nachdem ich den Brief gelesen hatte, gab ich ihn, wegen seines Inhalts zu keinem Worte fähig, Miroul. Der warf einen Blick drauf, dann brach er zu meiner Entrüstung in helles Lachen aus.

»Ungeheuer, du!« rief ich, »du bringst es fertig zu lachen?«
»Ach, Moussu, auch wenn ich ein Ungeheuer bin – aber nach dem Brief Eures Engels seid Ihr nicht besser –, so bin ich über dieses Briefchen doch herzlich froh für Euch.«

»Was sagst du, Verräter! Du weidest dich an meinem Unglück?«

»Ich weide mich an diesem Billett.«

»Was ist so weidlich daran?«

»Daß es große Liebe bezeugt.«

»Schluß mit deinem Gespött, Miroul,« sagte ich und kehrte ihm den Rücken, »du bist ein Hundsfott. Sei bitte still! Du würdest mich ernstlich verletzen.«

»Moussu«, meinte darauf Miroul, »stimmt es, daß Ihr die Frauen im gewöhnlichen Leben gut kennt?«

»Wenigstens sagen sie es.«

»So, und wie kommt es, Moussu, daß Ihr, wo Ihr liebt, plötzlich nichts mehr versteht? Springt es Euch denn nicht in die Augen, daß dieses Billett von einer geschrieben wurde, die außer sich ist? Und welche Leidenschaft kann eine Frau dermaßen außer sich bringen, wenn nicht die Eifersucht?«

Ich nahm ihm das Billett aus der Hand, las es, las es noch einmal und war baff.

»Moussu«, fuhr er fort, »angenommen, die Herzogin hätte Euch anderes vorzuwerfen als Liebesverdruß, sagen wir vielleicht, daß sie entdeckt hätte, daß Ihr die Reimser ermutigt habt, sich hinterm Rücken des jungen Herzogs Seiner Majestät zu unterwerfen, dann hätte sie Euch in zugleich kühlerer und höflicherer Form den Abschied gegeben. Ich denke, dann hätte sie Euch etwa in dem Stil geschrieben:

Monsieur,
man hat mir entdeckt, welche Abmachungen Ihr mit den Reimsern hinterm Rücken meines Sohnes getroffen habt, und da ich meine, daß man nicht gleichzeitig ein Freund dieser Rebellen und meines Hauses sein kann, wäre ich Euch sehr verbunden, wenn Ihr mein Haus künftighin mit Eurer Anwesenheit verschonen wolltet. Allein unter dieser Bedingung verbleibe ich, Monsieur, zu Hof und Stadt Eure ergebene Dienerin Catherine,
Herzogin von Guise

So etwa«, fuhr Miroul fort, »das wäre distanziert, verächtlich und unwiderruflich gewesen. Aber diese Worte ›Ungeheuer‹ und ›Verräter‹, die Euer Engel hier gebraucht, riechen auf zwanzig Meilen nach Liebesstreit. Übrigens, Moussu, habt

Ihr mich vorhin mit denselben Worten belegt, als mein Lachen Euch reizte.«

»Ha, mein Miroul!« rief ich, indem ich zu ihm stürzte, ihn in die Arme schloß und auf beide Wangen küßte. »Du bist der allerbeste, allerliebste Freund!«

»Ei, ei«, sagte er, halb lachend, halb bewegt, »irrt Ihr nicht, mich Verräter zu küssen?«

»Ha, Miroul!« sagte ich, »laß diese Reden! Sie tun mir weh.«

Ganz aufgemuntert indes durch seine scharfsinnigen Bemerkungen, spazierte ich auf und ab durchs Gemach, die Hände auf dem Rücken und den Kopf wieder obenauf; fühlte ich doch, daß ich meine Seele wieder in der Gewalt hatte und meinen Kahn aufs neue zu steuern wußte. Und plötzlich fühlte ich mich tatsächlich erzürnt gegen mich selbst, daß ich so lange so weinerlich und kopflos gewesen war. Und weil ich begriff, daß mein erstes Billett vielleicht zu sanft und flehentlich gewesen war, um den Zorn meiner Dame zu entwaffnen, entschloß ich mich, etwas mehr Härte und Hoheit in meine Stimme zu legen, damit sie mich erhöre.

»Herr Junker«, sagte ich mit liebreichem Lächeln, »hättet Ihr wohl die Huld, einmal zu vergessen, daß Ihr jetzt Monsieur de La Surie seid, und nach meinem Diktat einen Brief zu schreiben?«

»Monsieur de La Surie«, sagte Miroul, »erinnert sich mit Freuden, daß er einst Euer Sekretär war, und glaubt, sich nichts zu vergeben, wenn er es wieder ist.«

»Vielen Dank, Miroul. Dann schreib: Madame.«

»Wie?« fragte Miroul, »einfach Madame? Ohne ›Herzogin‹ dahinter?«

»Ohne ›Herzogin‹. Also:

Madame,
als der Herr Herzog von Guise kürzlich zu Reims dem Herrn de Saint-Paul seinen Degen in die Brust stieß und diesen seiner Hand entfahren ließ, wehrte das ›Ungeheuer‹, von dem Ihr sprecht, mit seiner Klinge die des Barons de La Tour ab und erhielt Euch den geliebten Sohn.

Was das ›Ungeheuer‹ angeht, auf das Ihr anspielt, so hat es im selben Moment, da Ihr ihm Eure Freundschaft schenktet, umgehend jedes andere Band gelöst, um Eurer Person ehrne Treue zu leisten. Wer immer Euch das Gegenteil sagt, der hat gelogen, und sowie ich seinen Namen erfahre, stoße ich ihm seine Lüge in den Schlund zurück.

Ich reise morgen nach meinem Gut Chêne Rogneux, wohin ich mich einer Krankheit meines Verwalters wegen begeben muß, um das Einbringen meiner Ernte zu überwachen. Wenn es Euch verlangt, vor meinem Aufbruch den Verdacht der Undankbarkeit und Ungerechtigkeit zu korrigieren, den ich nach wiederholten und ungerechtfertigten Kränkungen gegen Euch fassen mußte, so werde ich bis Ende des heutigen Tages in meinem Hause sein, und Eure Antwort wird mich als den finden, der ich bin und immer zu bleiben wünsche:

Euer ergebener, gehorsamer und Euch liebender Diener

Pierre de Siorac.«

»Ja! Das läßt sich hören!« sagte Miroul.

»Ich weiß nicht«, sagte ich. »Ist es nicht ein bißchen sehr schroff?«

»Ganz und gar nicht. Wie soll die Dame an Eure Unschuld glauben, wenn Ihr Euch nicht ein bißchen beleidigt zeigt? Trotzdem, wenn ich an Eurer Stelle wäre, würde ich diesen Brief eigenhändig schreiben. In einer so heiklen Angelegenheit könnte die Herzogin sich an meiner Handschrift stoßen.«

Ich stimmte ihm zu, schrieb das Billett mit eigener Hand, und wie ich zu meiner Genugtuung feststellte, zitterte diese nicht mehr.

Als Miroul nach einem Pagen rief, damit er den Brief überbringe, erschien diesmal Thierry, der hübsche Blondschopf, und bat ungefragt, sich ebenfalls einen Ecu verdienen zu dürfen, er werde auch im Nu zurück sein. Was ich ihm lachend versprach.

Doch während die Minuten nun verstrichen, gefror mir das Lachen auf den Lippen, ich wanderte hin und her durch den Raum und hatte nicht einmal mehr Speichel genug, um zu sprechen.

»Moussu«, sagte Miroul, »was ist das? Ihr redet kein Wort?«

»Miroul, ich kann nicht.«

»Moussu, leert Euren Becher. Er ist noch halb voll.«

Was ich tat.

»Geht es Euch besser, Moussu?«

»Nur wenig.«

Womit ich mich in den Lehnstuhl fallen ließ.

»Mir hämmert das Herz«, sagte ich mit kraftloser Stimme, »und mir zittern die Knie. Miroul, ist es nicht seltsam, daß man sich in solche Pein versetzen läßt von einer klitzekleinen Frau, die einen obendrein so schlecht behandelt? Cap de Diou! Mir das Schloß vor der Nase auszuwechseln! Mich auf der Straße stehenzulassen, den nutzlosen Schlüssel in Händen! Mich vor ihrer Tür abzuweisen! Mich ›Ungeheuer‹ und ›Verräter‹ zu schimpfen! Hätte ein Mann mir das anzutun gewagt, wäre er schon tausendmal tot!«

»Nur daß Ihr nicht einen Mann liebt!«

»Gewiß! Gewiß! Aber ist es nicht reine Tollheit, derart an einem Geschöpf Gottes zu hängen?«

»Richtig«, sagte Miroul. »Wir lieben viel zu sehr die Geschöpfe und viel zuwenig den Schöpfer. Ich werde auf der Stelle gehen und uns die zwei kahlsten Zellen im Augustinerkloster bestellen. Ha, Moussu! Wie köstlich, nur mehr im Gedanken an den Tod zu leben!«

Doch ich hörte kaum zu, mir lag nichts als der Streit mit meinem Engel im Sinn.

»Miroul, wie kommt es, daß diese Frau, die alle Welt und sogar der König für die sanftmütigste und liebreichste Dame am Hofe hält, zu mir so grausam ist?«

»Weil sie Euch liebt.«

»Heißt Lieben denn Grausam-Sein?«

»Moussu, das solltet Ihr eigentlich wissen.«

Doch kamen wir nicht dazu, weiter zu disputieren, denn herein flatterte Thierry mit einem gefalteten Blatt in Händen, das ich ihm entriß.

»Hier dein Ecu, Lerche!« sagte ich, indem ich ihm die Münze zuwarf, die er im Fluge fing, um sie nicht nur Luc zu zeigen, sondern, wie ich später hörte, dem ganzen Haus.

Ich erbrach das Siegel und las:

Ich awatc cuch
           Catherine

»Ha, gewonnen, Moussu!« rief Miroul, als ich ihm das Billett gab. »Sie erwartet Euch, so eilig hat sie es! Nicht einmal eine feste Stunde gibt sie an. Setzt auch den Titel nicht hinter ihren Namen. Dies schreibt ein Weib, nicht eine hohe Dame.«

Doch ich hörte schon nicht mehr. Kaum nahm ich mir Zeit, meine Krause zuzuknöpfen und meinen Degen zu gürten, und im Pferdestall, wohin ich eilte, stampfte ich vor Ungeduld, bis Pissebœuf mein Pferd gesattelt hatte und Poussevent das von Franz, der mir nachher erzählte, ich sei zu seiner großen Sorge über das regentriefende Pflaster galoppiert wie ein Verrückter.

Die Herzogin empfing mich nicht, wie ich es erwartete, in ihrem Prunksalon, sondern in ihrem Kabinett, das allerdings den Ohren des Hausgesindes ferner lag, auch weniger hell war, nur von ein paar Kerzen erleuchtet. Doch so begierig ich auch in ihrem Gesicht forschte, das überdies stärker geschminkt war als sonst, konnte ich nichts von den Spuren entdecken, die Miroul mir prophezeit hatte, und also nicht feststellen, ob sie sich wegen ihrer Härte gegen mich hinreichend gegrämt hatte, um sich die Augen auszuweinen. Ha, schöne Leserin! Wie seltsam die Liebe doch ist, und welche heimlichen Grausamkeiten mit ihr einhergehen! Ich, der diesen Engel mehr liebte als mich selbst, war regelrecht enttäuscht, daß die Trennung von mir sie nicht unglücklicher gemacht hatte!

Doch Schminke, Kerzen und Stolz waren nicht alles: Die Stimme mußte man hören, die meiner kleinen Herzogin jedoch zu versagen schien, denn sie machte mir nur ein Zeichen, auf einem Schemel Platz zu nehmen, dann sah sie mich lange bedrängten Busens und halboffenen Mundes an, doch ohne einen Laut von sich zu geben, wahrscheinlich war sie dazu außerstande. Und weil ich meinerseits stumm blieb, gingen unsere Blicke ein Jahrhundert lang hin und her, ohne daß ein Ton laut wurde, obschon wir beide mehr Worte für den anderen im Kopf hatten als ein Hund Flöhe. Was mich anging, Leser, das will ich dir freiheraus sagen: Als ich sie da vor mir sah, so hübsch und süß, hatte ich nur den einen Wunsch, sie in die Arme zu schließen und zu küssen. Aber du weißt ja, derlei geht leider nie ohne Ziererein, Vorreden, Wortgeplänkel ab, einem ganzen Zeremoniell. Ich bin noch keiner Frau begegnet, ob Kammerfrau oder hoher Dame, die darauf verzichtet hätte.

»Nun, Madame«, sagte ich endlich mit ziemlich steifer Verneigung und unsicherer Stimme, »Ihr habt mich erwartet. Hier bin ich.«

»Das sehe ich«, sagte sie kühl, doch ihre Stimme zitterte.

Worauf sie plötzlich die Stirn runzelte.

»Lange habt Ihr gebraucht!« setzte sie zornig hinzu.

»Madame«, sagte ich, baff über die schreiende Absurdität dieses Vorwurfs, »ich wäre schneller hiergewesen, hättet Ihr nicht das Schloß ausgewechselt, mich von Eurem Lakaien abweisen lassen und mir durch Euer erstes Billett ausdrücklich verboten zu kommen.«

»Monsieur«, sagte sie, jäh flammenden Auges, »Ihr hättet trotzdem kommen müssen!«

»Wie, Madame? Hätte ich mich mit Euren Lakaien prügeln sollen? Sie womöglich niederstechen, um mir Zutritt zu erzwingen, nachdem Ihr mich schwarz auf weiß einen Verräter, ein Ungeheuer genannt hattet?«

»Ihr hättet Euch von diesen Anschuldigungen schleunigst reinwaschen sollen!«

»Madame!« rief ich, »das ist pure Tollheit! Ich habe den Tag damit zugebracht, Eure Tür zu belagern!«

»Was heißt das schon, Monsieur«, rief sie, vollends außer sich. »Wenn Ihr mich wirklich liebtet, wärt Ihr durch Mauern gegangen!«

»Ich bin durch Mauern gegangen, und hier bin ich!« sagte ich, denn einem Toren soll man mit seiner Torheit antworten. Worauf ich vor ihr niederfiel und ihre Hände ergreifen wollte, aber sie entriß sie mir und begann mich mit den ihren zu kratzen und zu schlagen – Spielchen, mit denen sie mich so manchesmal zu süßeren Spielen gereizt hatte –, doch waren sie diesmal nicht voller Zärtlichkeit, und so ergriff ich die kleinen Tatzen und hielt sie auf ihren Knien gefangen, die ich wiederum mit meinen Ellbogen umschloß.

»Madame«, sagte ich, »Schluß mit diesen Garstigkeiten! Reden wir klar und rundheraus. Woher kommt das böse und schmutzige Wort ›Verräter‹, das Ihr mir an den Kopf warft?«

»Monsieur!« schrie sie. »Ihr fesselt mich! Das ist ungehörig! Vergeßt Ihr, wer ich bin? Laßt mich los, oder ich rufe meine Lakaien, damit sie Euch hinauswerfen!«

»Madame, Ihr habt ihnen schon befohlen, mich abzuweisen, dann, mich vorzulassen, und wenn Ihr sie jetzt heißt, mich hinauszuwerfen, was sollen sie dann wohl denken und überall herumerzählen?«

»Mir doch egal! Laßt mich los, oder ich schreie!«

Und weil ich dachte, daß sie bei diesem Grad von Unvernunft, in den sie verfallen war, auch durchaus schreien könnte, gab ich sie plötzlich frei, doch nicht ohne sofort aufzuspringen und einen Satz rückwärts zu machen. Woran ich gut tat, denn schon fuhren ihre beiden Tatzen wie wild auf mich los und verfehlten ums Haar mein Gesicht.

»Madame«, sagte ich ernst, indem ich einen guten Klafter Abstand zu ihr hielt und mich an die Wand lehnte, »dieses Geplänkel ist Eurer wie meiner unwürdig. Beim Ochsenhorn, Madame! Der Herr hat Euch eine Zunge gegeben, damit Ihr sie gebraucht. Sie wird Euch nützlicher sein als Eure Fingernägel. Ich wiederhole, Madame: Wer hat Euch eingeredet, ich hätte Euch verraten?«

»Eingeredet!« rief sie wütend, und ihre blauen Augen wurden wie Stahl, »ich weiß es felsenfest. Ich habe volles Vertrauen zu dem, der mir die Augen geöffnet hat!«

»Ach!« sagte ich, »dieser jenige muß mir ja äußerst zugetan sein! Und was hat der Verleumder Euch gesagt?«

»Daß Ihr aus Reims eine Küchenschlampe mitgebracht habt, mit der Ihr rammelt wie die Ratz im Stroh, seit Ihr wieder in Paris seid.«

Worauf ich hellauf lachte, so erleichtert war ich, daß ihr Groll nichts, aber auch rein gar nichts mit meinen Reimser Verabredungen hinterm Rücken des jungen Guise zu tun hatte.

Was soll ich weiter sagen? In Kürze hatte ich klargestellt, daß Louison durchaus keine Küchenschlampe war, sondern ein schönes, frisches Kind vom Lande, das längst wieder in Reims weilte, und mich überhaupt von jeglichem Verdacht befreit. Und was folgte, war so köstlich und so leicht zu erraten, daß es, glaube ich, eine Beleidigung meines Lesers wäre, würde ich seiner Phantasie nachhelfen wollen. Doch als wir wieder zu artikulierten Worten fanden, waren diese so interessant und so weit über meinen privaten Kasus hinausreichend, daß ich nicht umhin kann, sie auf diesen Seiten zu berichten.

»Meine Liebste«, sagte ich, indem ich mich auf einen Ellbogen stützte und die reizende Unordnung übersah, in welcher wir uns befanden, »Ihr schuldet mir noch den Namen des füchsischen Verleumders, der sich zwischen uns gemischt und uns beinahe auseinandergebracht hätte.«

»Mein Pierre«, sagte die Herzogin, größtes Unbehagen in den blauen Augen, »der Mann kennt Euch nicht, und Ihr seid ihm nie begegnet. Er hat Euren Namen und Euren Umgang mit dieser Magd nur angeführt als ein Beispiel der Sittenverderbnis, ohne jede Absicht, Euch zu schaden, dessen bin ich mir ganz sicher.«

»Mein Engel, Eure Leichtgläubigkeit entzückt mich, doch kann ich erst sicher sein, daß der Mann ohne Heimtücke gesprochen hat, wenn ich seinen Namen weiß.«

»Um Vergebung, mein Pierre, den werde ich Euch nicht nennen.«

»Hegt Ihr so große Freundschaft für ihn?«

»Nicht doch«, sagte sie lachend. »Ich habe nur Respekt vor ...«

»Wovor, mein Lieb?«

»Vor seinem Amt.«

»Mein Engel, wenn Ihr fürchtet, ich könnte ihm, sobald ich seinen Namen kenne, wie angekündigt an die Gurgel gehen, seid nur beruhigt. Damit würde ich Euch ja kompromittieren. Ich werde es nicht tun.«

»Diese Furcht hatte ich auch nicht«, sagte sie mit einem kleinen Blitzen in den Augen. »Der Mann gehört einem Stand an, den Euer Degen nicht erreicht.«

»Was? Ein Prinz?« fragte ich.

»Nein, nein!« sagte sie lachend, »ganz im Gegenteil!«

Und plötzlich fiel mir ein, daß Fogacer von den Geistlichen um Monseigneur Du Perron gehört hatte, daß ich mit Louison im Gefolge nach Paris zurückgekehrt war.

»Vielleicht ein Priester?« fragte ich daher in einem Ton, als wüßte ich schon den Namen.

»Ha, mein Pierre!« sagte sie mit süßer Miene, »ich bin wohl doch zu einfältig oder Ihr zu schlau, als daß ich Euch etwas verheimlichen könnte.«

»Ihr seid nicht einfältig, mein Lieb«, sagte ich, »Ihr habt mehr als Euer Teil an weiblicher Finesse. Euer einziger Irrtum ist, zu glauben, alle Welt sei ebenso gutherzig wie Ihr. Was besagten Menschen betrifft«, fuhr ich etwas ungehalten fort, weil sie mir seinen Namen noch immer nicht genannt hatte, »was gibt Euch Grund zu denken, daß er mir nicht schaden will?«

»Daß er ganz unschuldig gesprochen hat, ohne irgend etwas von meinem Umgang mit Euch zu wissen.«

»Was?« fragte ich aufs Geratewohl, »habt Ihr es ihm nicht gebeichtet?«

So gewagt die Finte war, sie traf. Meine Catherine kam aus der Deckung.

»Ach, Pierre!« rief sie, »haltet Ihr mich für so dumm? Für ihn seid Ihr ›ein wohlgeborener Edelmann‹, und fertig.«

Sieh einer an! dachte ich, die Lider senkend, finde den Rosentopf, und du hast den Dorn. Pater Guignard also! Der ehrwürdige Pater Guignard! Der Beichtiger mit den *wahr scheinenden Meinungen*, so geschmeidig, so angenehm! Aber was den Marquis de Siorac anging, plötzlich der hocherhabene Sittenrichter, der mich, wie mein Engel sagte, ganz unschuldig, lediglich als ein Beispiel, angeführt hatte. Ein Jesuit und unschuldig! Du lieber Gott!

»Mein Pierre«, sagte sie, »Ihr seid auf einmal so schweigsam.«

»Mein Engel, ich muß Euch eine wichtige Frage stellen. Hat Pater Guignard einmal mit einer Eurer Kammerfrauen gesprochen?«

»Oh, ja«, sagte sie und krauste die hübschen Brauen, »ich habe ihn des öfteren mit Corinne reden sehen, aber ganz beiläufig. Soll ich sie entlassen?«

»Keinesfalls«, sagte ich. »Schickt sie auf Euer Landgut. Und laßt unter Euren Leuten verbreiten, sie habe zuviel geschwatzt. Das wird die anderen lehren, sich gegenüber Euren Besuchern zurückzuhalten. Und noch eine Frage, mein Engel: Was meint Pater Guignard zu den Verhandlungen Eures Herrn Sohnes mit dem König, hinsichtlich der Übergabe von Reims?«

»Daß mein Sohn felsenfest bei seinen Forderungen bleiben soll und daß der König sie ihm zugestehen muß.«

»Liebste, wißt Ihr denn auch, was der Prinz von Joinville fordert?«

»Nein.«

»Dann will ich es Euch sagen: Er fordert, was sein Vater und sein Onkel besaßen, bevor sie zu Blois ermordet wurden, nämlich erstens das Amt eines Großmeisters des Königlichen Hauses. Zweitens das Gouvernement der Champagne. Drittens die Benefizien des Erzbistums Reims.«

»Kann ja sein, daß ich dumm bin«, sagte die Herzogin mit einem Anflug von Trotz, »aber mir scheint, daß das legitime Forderungen sind.«

»Mein Engel, sie sind völlig legitim und völlig unerfüllbar.«

»Warum?«

»Das will ich Euch sagen: Nachdem Heinrich von Guise und der Kardinal von Guise zu Blois ermordet waren, wurde Graf von Soissons Großmeister des Königlichen Hauses, das Gouvernement der Champagne wurde dem Herzog von Nevers verliehen und die Benefizien des Erzbistums Reims (die dem Kardinal gehört hatten) dem Herrn von Bec. Der Herr Graf von Soissons ist, wie Ihr wißt, ein Vetter des Königs. Der Herzog von Nevers die verläßlichste Stütze des Throns. Und Herr von Bec ein Verwandter der schönen Gabrielle. Wenn also Seine Majestät die Forderungen Eures Sohnes erfüllen wollte, schüfe er sich drei Todfeinde, deren nicht geringster seine Geliebte wäre. Und wenn Pater Guignard durch Euch Eurem Sohn empfiehlt, in seinen Forderungen fest zu bleiben, arbeitet er in Wahrheit daran, die Verhandlungen platzen zu lassen. Und weil er fürchtet, daß ich Euch im gegenteiligen Sinn beeinflussen könnte, schwärzt er mich gleichzeitig bei Euch an, um uns, Euch und mich, zu entzweien.«

Nicht nur, daß Catherine meinen Worten mit offenen Ohren lauschte: Sie schlürfte sie. Und ich war selbst überrascht, mit welcher Geschwindigkeit sie die Position ihres Jesuiten aufgab und die meine übernahm.

»Ha, das Ungeheuer!« rief sie, rot vor Erbitterung und Zorn, diesmal jedoch gegen Guignard. »Daß er mich mit seinen Lügen in dem Maße zur Verzweiflung getrieben hat! Den verbanne ich aus meinen Augen!«

»Ha, meine Liebste!« sagte ich, indem ich ihre Hände ergriff und mit Küssen bedeckte. »Hütet Euch! Die Beichte ist eine geladene Pistole, die der Penitent seinem Beichtiger gegen sich selbst in die Hände gibt. Guignard hat zu viele Pfänder von Euch in der Hand, als daß Ihr es mit ihm verderben dürftet. Empfangt ihn wie immer, aber vertraut ihm nichts Wichtiges mehr an, und mißtraut allem, was er Euch sagt. Zeigt ihm aber trotzdem gute Miene!«

»Gute Miene, ich!« rief sie. »Ihr wißt doch, daß ich nicht heucheln kann!«

»Madame, liebt Ihr Euren Sohn?«

»Was für eine Frage!«

»Und mich auch ein wenig?«

»Ein wenig«, sagte sie schalkhaft.

»Nun, meine Liebe, dann lernt täuschen, um die zu schützen, die Ihr liebt.«

»Ha!« sagte sie lachend, »Euch schützen! Meinen Sohn, ja, der immer noch so ein Kindskopf ist. Aber Euch, mein Pierre, der Ihr Euch so geschickt und klug auf das Leben versteht!«

Worauf ich keine Antwort gab, sondern meinen Kopf schweigend zwischen ihre Brüste bettete wie in ein Nest.

Zwei, drei Tage nach meiner Aussöhnung mit Catherine – die mich wenig über die Frauen, aber viel über die Jesuiten gelehrt hatte – hörte ich, daß besagten Jesuiten dank der Fürsprache des Herrn von O, Gouverneurs von Paris, vom Hohen Gericht zugestanden worden war, daß sie ihren Streitfall gegen die Universität und die Pariser Pfarrer in geschlossener Verhandlung verfechten dürften, was mir natürlich einen Strich durch die Rechnung machte, denn ich hatte den Verhandlungen doch unbedingt beiwohnen wollen, um Seiner Majestät darüber Bericht zu erstatten. Ich konnte aber Herrn von O nicht offen sagen, daß ich vom König mit diesem Auftrag betraut worden war, weil ich wußte, daß er sehr anders zu den Jesuiten stand als ich.

So besuchte ich denn Herrn von O, welcher mich im Bett liegend empfing, weil er an Harnverhaltung litt, was ihm große Qual bereitete und seiner Laune nicht eben aufhalf, die schon von Natur aus schwierig und hadersüchtig war. Und er zeigte sich tatsächlich unzugänglich, indem er mir klipp und klar sagte, geschlossene Verhandlung heiße eben geschlossene Verhandlung, das Hohe Gericht könne da keine Ausnahme machen, nicht einmal für einen Prinzen von Geblüt. Und als ich dies und jenes dagegen einwandte, wies er mir ein Schreiben vor, welches der König aus Laon an Kanzler von Cheverny gerichtet hatte und worin Seine Majestät die Hoffnung äußerte, daß die Plädoyers in dieser Affäre »ohne großes Aufsehen« verliefen, um nicht »die Geister aufzubringen und in der Öffentlichkeit Zwietracht zu schüren«. Aufgrund dieses Satzes hatte Cheverny, ein weiterer energischer Verteidiger der Jesuiten, deren Verlangen nach geschlossener Verhandlung unterstützt, was Herr von O beim Gerichtshof nur zu bereitwillig vertreten hatte.

Es war zu spät, beim König gegen diesen Entscheid zu intervenieren, der Prozeß sollte am 12. Juli eröffnet werden, und wie ich sah, war jeder weitere Versuch meinerseits vergeblich, Herrn von O von seiner Weigerung mir gegenüber abzubringen. Lächelnden Gesichts, doch im stillen kochend, verabschiedete ich mich und überließ ihn seiner Grätzigkeit und seiner geschwollenen Blase.

Als ich sehr ärgerlich nach Hause kam, traf ich im Eckturm auf Pierre de l'Etoile, der von Lisettens Kammer herunterstieg, mit bitterem Munde, wie stets, jedoch mit glänzenden Augen. Und nachdem ich ihn in mein Zimmer gebeten hatte, das sich, wie gesagt, im Oberstock befand, ließ ich meinem Groll auf Herrn von O freien Lauf.

»Ha!« sagte Monsieur de l'Etoile, »den liebe ich auch nicht. Es heißt ja, wenn von O am Blasenverschluß stirbt, will der König sich selbst zum Gouverneur von Paris machen. Und das ist gut. Nichts ist der königlichen Macht so abträglich wie diese Leute, die die Hauptstadt regieren, ob nun ein Vogt der Kaufmannschaft wie Etienne Marcel, ob während der Belagerung ein Gouverneur wie Nemours oder einer ohne jeglichen Titel wie Heinrich von Guise nach den Barrikaden. Paris ist eine so wichtige, so schöne und so zentrale Stadt, daß jeder, der hier besondere Autorität genießt, *ipse facto* eine Art kleiner König wird, der dem König von Frankreich seine Hauptstadt und sogar sein Reich streitig machen kann. Außerdem ist es ein Amt, das seinen Besitzer enorm bereichert, vor allem, wenn ihm zugleich die Staatsfinanzen unterstehen wie von O, der sich erlaubte, den König in Laon um Lebensmittel und Munition zu beschneiden, während er hier Gelage mit gewissen Damen abhielt, von denen er«, fuhr L'Etoile kopfschüttelnd fort, »eine stattliche Anzahl konsumierte. Der ehrwürdige Doktor Fogacer sagte mir gestern, daß man ihn von seiner Harnverhaltung nicht mehr heilen kann. Wenn das stimmt und der arme von O an seinem Schwengel sterben muß, wird man leider sagen können, er sei an dem gestorben, womit er gesündigt hat.«

»Sowenig ich ihn liebe«, sagte ich, »das wünsche ich ihm nun doch nicht. Es muß ein grausames Leiden sein. Trotzdem ärgert es mich gewaltig, daß ich an dem Prozeß nicht teilnehmen kann.«

»Wieso denn nicht?« sagte lächelnd L'Etoile. »Wißt Ihr nicht, mein lieber Pierre, daß man sich in manchen Angelegenheiten besser an die Heiligen wendet als an Gott? Mag der Kriminalleutnant diese Bezeichnung auch weniger verdienen, wird er Euch doch helfen können.«

»Was, Lugoli?«

»Lugoli, mein lieber Pierre, ist für Henri Quatre, was Tristan l'Hermite für Ludwig XI. gewesen ist. Es gibt kein Gesetz, das Lugoli nicht umgehen, keine geschlossene Verhandlung, in die er sich nicht einschleichen wird, wenn es nur dem König nützt. Und vielleicht«, setzte L'Etoile mit feinem Lächeln hinzu, »laßt Ihr ihn ja mehr als mich darüber wissen, welches lebhafte und spezielle Interesse Ihr an der Gesellschaft Jesu habt.«

Sowie L'Etoile gegangen war, schrieb ich an Lugoli die folgenden Worte, die Miroul über meine Schulter hinweg las:

Sehr geehrter Herr Leutnant der Stadtvogtei,
da ich Euch Seiner Majestät sehr ergeben weiß, würde ich Euch gern, ganz im Vertrauen, in einer ihr dienlichen Angelegenheit sprechen.

Euer sehr guter Freund
Marquis de Siorac

»Moussu«, sagte lachend Monsieur de La Surie, »dieses ›Euer sehr guter Freund‹ ist geradezu königlich in seiner Leutseligkeit!«

»Sehen wir«, sagte ich, »welche Wirkung es hat.«

Nun, diese Wirkung ließ sich so schnell nicht erkennen, weil Luc zwei volle Stunden für einen Botengang ausblieb, der zwanzig Minuten erfordert hätte. Weshalb Miroul ihm bei seiner Rückkehr mit einer Hand die Antwort abnahm, um sie mir zu übergeben, mit der anderen den Schlingel beim Ohr faßte und ihm zornig verkündigte, daß seine Bummelei ihm zwanzig Stockschläge einbringe. Darauf führte er ihn in den vorderen Hof und übergab ihn Pisseboeuf, unserem weltlichen Arm, der dem Delinquenten stracks die Hosen herunterzog, ihn übers Knie legte und mit der Exekution begann, nicht ohne daß ich zum Fenster stürzte.

»Aber nur, bis er rot wird, Pisseboeuf!« rief ich auf okzitanisch, »ich will kein Blut sehen!«

Worauf ich das Fenster schloß und die Antwort von Pierre de Lugoli las:

Gnädiger Herr Marquis,
da ich den Einwohnern dieser Stadt zu bekannt bin, um Euch aufzusuchen, ohne Ohren und Zungen Eurer Nachbarschaft in Bewegung zu setzen, wäre es das beste, sofern es Euch recht

ist, wenn Ihr mich gegen neun Uhr abends in meinem Privathaus, Rue Tirecharpe, besuchen kämt. Ihr erkennt mein Haus am Klopfer, welcher einen kleinen Teufel darstellt. Beliebt, zweimal zu klopfen.

In dieser Erwartung bin ich, Herr Marquis, Euer unterwürfiger und ergebener Diener.

Pierre de Lugoli

In dem Moment drang vom Hof lautes Geschrei zu mir herauf, ich öffnete das Fenster.

»Nicht so scharf, Pissebœuf!« rief ich auf okzitanisch, damit Luc es nicht verstand.

»Moussu lou Marquis«, rief Pissebœuf, »ich streichle ihn doch nur!«

Worauf all meine Leute, die okzitanisch verstanden, in Gelächter ausbrachen, nämlich mein anderer Gascogner Poussevent, der Kutscher Lachaise, der Koch Caboche und der Perigordiner Faujanet, der aus seinem Garten herbeigehumpelt kam, sich an dem Schauspiel zu erlaben.

»Pierre«, sagte Miroul, indem er mir die Hand auf die Schulter legte, »ich bitte dich, die Züchtigung nicht abzukürzen, wie du sonst immer tust. Die zwei Taugenichtse sind ganz unleidlich geworden, seit du sie für kleine Botengänge mit einem Ecu belohnt hast.«

»Ich verspreche es, mein Miroul«, sagte ich widerwillig, »aber unter der Bedingung, daß du Luc nach der Strafe von Greta salben und verbinden läßt.«

»Moussu, das sähe Franz nicht gern, der Junge ist sehr hübsch.«

»Dann von Mariette?«

»Moussu, das würde Caboche mißfallen.«

»Vielleicht von Héloïse?«

»Das würde Eure Gascogner aufbringen.«

»Also dann von Guillemette?« fragte ich verschmitzt.

»Moussu, da wäre ich eifersüchtig«, sagte lachend Miroul.

»Dann nimm, wen du willst.«

»Also Lisette«, sagte Miroul. »Monsieur de l'Etoile kann es nicht heiß machen, weil er's nicht weiß.«

Die Behandlung fand auf dem Gestell statt, auf dem Lisette die Wäsche zu bügeln pflegte, und natürlich ging ich nachsehen, ob Pissebœuf mit seinem »Streicheln« nicht doch bis aufs Blut gekommen war, in welchem Fall die Wunden nicht hätten mit Salbe bestrichen, sondern mit Weingeist betupft werden müssen. Nun, ich fand meinen Luc bäuchlings auf dem Brett liegen, mit runtergelassenen Hosen, aber gar nicht verquollenem Gesicht.

»Lisette«, sagte er soeben, als Miroul und ich eintraten, »ich ließe mich jeden Tag prügeln, den Gott werden läßt, wenn du mit deinen sanften Händen mich danach balsamieren würdest.«

»Hört Euch den Grünschnabel an!« sagte Lisette, indem sie uns scheinheilig zu Zeugen rief, »kaum aus dem Ei gekrochen und noch Eierschalen am Hintern, möchte er schon vögeln!«

»Was für ein Jammer«, sagte Luc, »wenn die Henne lauter kräht als der Hahn!«

»Ruhe, Luc!« sagte Miroul. »Willst du noch eine Tracht? Du weißt doch, daß es dir verboten ist, bei den Kammerfrauen Süßholz zu raspeln.«

»Ach nein, Herr Junker!« sagte die mitleidige Lisette, »nicht noch einmal Prügel für den Ärmsten. Er ist wund genug. Seht Ihr, schon fast bis aufs Blut. Und wenn seine Backen«, fuhr sie fort, indem sie andächtig darüber strich, »auch rund und straff und muskulös sind, hat er doch eine Haut wie ein kleines Mädchen.«

»Das reicht«, sagte Miroul, ganz wie einst Sauveterre. »Lisette, du hast ihn genug gesalbt. Luc, zieh deine Hosen hoch und verschwinde.«

Hätte ich nach dem Essen nicht meine kleine Herzogin besucht, wäre die Zeit auf bleiernen Füßen geschlichen, bis es neun Uhr abends war, so ungeduldig erwartete ich die Begegnung mit Lugoli – den ich nur vom Sehen und vom Hörensagen kannte – und seinen Entscheid, ob er mir wohl Zutritt zu der verwünschten geschlossenen Verhandlung verschaffen könnte. Doch ist es nicht seltsam, wie kurz die scheinbar so langsame Zeit auf einmal wird, wenn sie kurz vorm Ablaufen ist? So geht es wohl, denke ich, mit unserem Leben, wenn wir dem Tod ins Auge sehen.

Lugolis leibliche Erscheinung enttäuschte mich nicht, mittelgroß und doch stattlich, Züge wie auf einer römischen Medaille, dunkel an Haut und Haaren, darin aber klare und scharfe blaue Augen, ein lebhafter Mann in Wort und Bewegung, ganz soldatisch in seiner Rede, ohne Umscheife und Getue, und der offene Blick zugleich schlau und weise.

Kurzum, wir erkannten einander auf den ersten Blick. Und

als Lugoli sah, daß ich keine Absicht hatte, den Marquis hervorzukehren, schmolz seine anfängliche Zurückhaltung wie Schnee an der Sonne, und ich war herzlich froh, daß ein Mann von so gutem Metall so nahe und tagtäglich über das Leben meines Königs wachte.

»Ha, Monsieur!« sagte er, nachdem ich ihn gebeten hatte, den Marquis beiseite zu lassen und mich Siorac zu nennen, »wie freut es mich, Euch endlich kennenzulernen, habe ich doch soviel gehört und noch mehr erraten, welche guten Dienste Ihr in mancherlei Verkleidungen dem Thron erwiesen habt.«

»Was?« sagte ich lachend, »von meinen Verkleidungen habt Ihr auch gehört?«

»Und ob!« sagte er, »ich kann nicht genau verraten, durch wen, aber Ihr müßt wissen, daß ich zur Zeit der Belagerung einen Lauscher im Hause einer der Lothringer Prinzessinnen hatte, und es hätte mich sehr gewundert, daß ein Tuchhändler unsere Linien sollte durchbrochen und sich erkühnt haben, die Dame mit Proviant zu versorgen, hätte Seine Majestät mir nicht gesteckt, daß dies sein Mann wäre. Was mich beruhigte, doch da mein Spion die Prinzessinnen auch noch im Auge behielt, als der König in Paris einzog und sie in Eurer Begleitung besuchte, erfuhr ich, wer sich hinter jenem Vollbart verbarg. Das flößte mir für Euch, Monsieur, höchste Achtung ein, denn es hätten sich nicht viele Edelleute zu so erniedrigender Händlerexistenz bereit gefunden, um dem König zu dienen.«

»Die ich aber nicht als solche empfand«, sagte ich lächelnd. »Sie hat mir, im Gegenteil, allerhand Spaß gemacht. Ich hätte, glaube ich, als Komödiant geboren werden sollen, so sehr gefällt es mir, mich zu verkleiden.«

»Noch ein Zug, den wir gemeinsam haben«, sagte Lugoli, »denn sind es in der Vogtei auch vorwiegend Subalterne, welche die Haut wechseln müssen, verschmähe auch ich es gelegentlich nicht, mich für einen anderen auszugeben. Seht Ihr«, sagte er, indem er eine große Truhe öffnete, »da sind eine ganze Anzahl von Kostümen, in die ich schlüpfe, wenn ich Verbrechen auf die Spur kommen will.«

Wobei er mit raschem Griff mehrere der Kleider aus der Truhe zog, unter denen ich zu meinem Ergötzen auch eine Priestersoutane erkannte.

»Steht Euch die?« fragte ich lachend.

»Es geht«, sagte er. »Das viel schwierigere dabei ist, die richtige Miene aufzusetzen. Man macht immer zuviel oder zuwenig.«

»Monsieur«, sagte ich, »darf ich Euch etwas fragen?«

»Nur zu«, sagte er lächelnd, »aber vielleicht kann ich wegen meines Amtes nicht darauf antworten.«

»Das bleibt Eure Entscheidung! Wen belauert Euer Lauscher derzeit, Madame de Montpensier, Madame de Nemours oder Madame de Guise?«

»Monsieur«, entgegnete Lugoli mit verständnisinnigem Lächeln, »ich stelle Euch, hoffe ich, zufrieden, wenn ich sage, daß ich Eure Frage zwar nicht beantworten kann, aber vollkommen verstehe, warum Ihr fragt.«

Und weil ich meinerseits sehr gut verstand, lächelte ich ebenso zurück, war mir doch nun ein Zweifel genommen, der mich so lange geplagt hatte, nämlich ob ich zu Seiner Majestät beim Wiedersehen über meinen Umgang mit der Herzogin offen reden dürfte oder nicht. Wenn aber der König, wie Lugoli es mir soeben zu verstehen gab, über mein Verhältnis mit Catherine Bescheid wußte, war ich selbstverständlich an meinen Schwur ihr gegenüber, wenigstens was das anging, nicht mehr gebunden.

Ich kam nun auf den springenden Punkt und sagte Lugoli, wie sehr mich diese geschlossene Verhandlung störte, zu welcher Herr von O und Herr von Cheverny den Gerichtshof so gut wie gezwungen hatten, indem sie sich auf eine sehr einseitige Auslegung eines königlichen Schreibens beriefen.

»Könnt Ihr denn Herrn von Cheverny nicht sagen, daß Ihr vom König beauftragt seid, die Verhandlung zu verfolgen?« fragte Lugoli.

»Das könnte ich«, sagte ich, »wenn ich seiner Einstellung so sicher wäre wie der Euren. Aber Ihr wißt ja, der Jesuitenprozeß spaltet Frankreich in zwei Lager, und da ich ziemlich überzeugt bin, daß Herr von Cheverny nicht zur selben Partei gehört wie ich, möchte ich mich ihm lieber nicht entdecken, zumal der König in dieser Sache neutral bleibt.«

»Neutral?«

»Dem Anschein nach. Schließlich geht es um nichts weniger als um sein Leben.«

»Leider ja«, sagte Lugoli in plötzlich sehr besorgtem Ton. »Seit ich Barrière in Melun verhaftet habe, bin ich dessen völlig sicher, denn der Schurke hat mir zwar genug erzählt, um den Jesuiten Varade außer Landes jagen zu können, nicht aber auch jenen zweiten Jesuiten, der den Königsmörder ungeheuerlicherweise zur Disputation empfing, um seinem Mordplan die Grundlage zu liefern. Und obwohl ebenso schuldig wie Varade, lebt dieser frei und ledig, womöglich in Paris, vielleicht sogar am Collège de Clermont, und ist zur Stunde beschäftigt, eine neue Marionette zu schnitzen, die er im gegebenen Augenblick in Bewegung setzt und die bei der Festnahme nicht einmal seinen Namen preisgibt. Ha, Siorac!« fuhr er fort, »ich rase! Tausendmal lieber hätte ich es mit tausend Verbrechern zu tun als mit Fanatikern, die im Namen Gottes morden! Denn mit denen wird es nie ein Ende nehmen, solange die Sekte, die sie anstiftet, das Reich nicht verlassen hat!«

»Lugoli«, sagte ich, »glaubt Ihr, daß das Hohe Gericht sie dazu verurteilen wird?«

»Das Hohe Gericht, ha!« sagte Lugoli. »Wie Ihr wißt, ging nach den Barrikaden ein Teil nach Tours zu Heinrich III. Ein anderer Teil blieb in Paris und beugte sich der Liga, und unter diesen, auch wenn sie jetzt dem König anhängen, haben die Jesuiten zahlreiche Freunde, ob erklärte oder nicht. Was sage ich? Es gibt deren auch in der anderen Hälfte.«

»Der in Tours.«

»Ja, ja! Und es sind nicht die Geringsten. Ich brauche nur an den Kronanwalt Séguier denken. Und an den Generalprokurator La Guesle!«

»La Guesle!« rief ich ungläubig. »La Guesle, der in aller Unschuld diesen Jacques Clément nach Saint-Cloud gebracht und an jenem Unheilstag bei Heinrich III. eingeführt hat! Kann er denn ein zweites Mal so blind sein!«

»Daß die Jesuiten so viele Verteidiger haben«, sagte lächelnd Lugoli, »ist doch kein Wunder! Sie strotzen von Talenten, Tugenden, Tapferkeit, Glauben und Entsagung, kurzum, sie wären vollkommen bewundernswert, wären sie nicht gleichzeitig Agenten des Königs von Spanien. Aber, Siorac«, fuhr er fort (und ich bemerkte, daß er es genoß, mich einfach bei meinem Namen zu nennen, so als beglückwünsche er sich, mich nicht Monsieur anreden zu müssen), »da fällt mir etwas ein: Wenn Ihr den Verhandlungen nicht in Eurer wahren Gestalt beiwohnen könnt, müßt Ihr Euch eben verborgen daran teilnehmen.«

»Nämlich?«

»In einer Verkleidung. Als Sergeant der Stadtvogtei.«

»Sankt Antons Bauch! Und wenn man mich erkennt?«

»Drückt den Hut tief aufs Auge, und ich wette, Ihr geht durch! Wer dieser von der eigenen Bedeutsamkeit geschwollenen Mitglieder des Gerichtshofs käme darauf, einen kleinen Sergeanten zu beachten? Zumal ich dann an dreißig um mich haben werde, um die hohen Herren abzuweisen und hinauszubefördern, die versuchen werden, sich in den Bereich der Justiz einzuschleichen, um den Plädoyers zu lauschen.«

»Beim Ochsenhorn!« rief ich lachend. »Dann würde ich sie mit verscheuchen! Ein schöner Spaß! Trotzdem, ich fürchte, sie werden mich erkennen.«

»Und ich wette, es geht gut! Ein Sergeant der Vogtei ist für hohe Herren nicht mehr als ein Schemel oder eine Tapisserie. Wollt Ihr den Beweis? Seid morgen früh um sieben Uhr hier. Dann gebe ich Euch einen Sergeantenanzug in Eurer Größe, und wir gehen gemeinsam Leute besuchen, die mich nicht allzugern sehen werden. Bitte, kommt, Siorac! Ich kann Euch versichern, Ihr werdet es nicht bereuen!«

Hiermit lachte er augenzwinkernd und tat so geheimnisvoll, daß ich einwilligte, war es mir im Grunde doch gar nicht unrecht, die Kostümierung zu erproben, bevor ich mich damit ins Gericht wagte.

Als ich mich am hellichten Morgen wieder zur Rue Tirecharpe begab, legte ich mein Büffelwams und meinen ältesten Hut an und verzichtete auf mein Gefolge, denn ich dachte mir, wenn der Vogt die Liga ausspionierte, so spionierte diese wiederum, wer bei ihm aus und ein ging.

Lugoli schien mich hinter der Haustür schon erwartet zu haben, so schnell zog er mich zu einer Kammer, wo ich meine Sergeantenkleidung ausgebreitet liegen fand, in die ich sogleich schlüpfte, nicht ohne daß Lugoli und ich großen Spaß daran hatten und er mir einige gute Ratschläge gab.

»Siorac«, sagte er, »legt Eure schönen Ringe ab, und versteckt Eure gepflegten Hände in diesen Barchenthandschuhen, wollt Ihr Euch nicht verraten. Wechselt auch Eure Stiefel gegen diese gröberen aus. Und den Hut ...«

»Es ist mein schlechtester«, sagte ich.

»Trotzdem sieht man, daß er einmal sehr schön war. Nehmt

den grauen Filz hier. Nein! Ihr dürft ihn doch nicht so schräg aufsetzen wie ein Kavalier. Stülpt ihn Euch gerade auf wie ein Bauer, der frisch vom Land kommt. Und wenn Ihr geht, dann mit schwerem Tritt, und setzt die Füße auswärts.«

»Ha! Das kann ich«, sagte ich lachend, »das habe ich als Tuchhändler gelernt.«

»Ja, aber Ihr dürft nicht Brust und Bauch vorstrecken wie ein Kaufmann. Ein Sergeant, der für gewöhnlich direkt aus seinem Dorf gekommen ist, geht mit vorgebeugten Schultern, wie wenn er Egge oder Pflug zieht. Aber meine Sergeanten stehen sicherlich schon vor der Tür. Ich denke, Ihr seid Komödiant genug, um ihre körperliche Haltung sogleich vollkommen zu kopieren. Und nun, Siorac«, setzte er mit einem Blick auf seine Uhr hinzu, »ist es Zeit aufzubrechen, wenn wir unsere Vöglein im Nest antreffen wollen.«

Tatsächlich standen sechs Sergeanten mit geduldiger, stumpfer Miene vorm Haus, bewaffnet nur mit einem Degen, und ich betrachtete sie neugierig, um ihren schwerfälligen Gang nachahmen zu können. Wie ich sah, hatten sie alle rötere Nasen und Gesichter als ich, was meines Erachtens aber mehr von der göttlichen Flasche kam als von der Sonne, und ich nahm mir vor, für den Prozeßbeginn ein wenig Rouge aufzulegen, um ihnen ähnlicher zu sein.

»Siorac«, sagte Lugoli, »bitte kommt an meine Rechte, und laßt Euch aufklären, um welche Affäre es jetzt geht. Im Juni 1590, während der Belagerung, befahl Nemours, zugunsten der Armen von Paris einen Teil des Kronschatzes von Saint-Denis zu verkaufen, und so wurden ein großes Kruzifix aus massivem Gold und eine kaum minder schwere Krone zu Geld gemacht, was knapp tausend Ecus erbrachte und für so zahlreiches Volk eine armselige Hilfe war. Indessen war besagte Krone mit kostbaren Edelsteinen besetzt, die, Ihr werdet es nicht glauben, auf dem Transport verschwanden, darunter ein sehr großer Rubin von unschätzbarem Wert. Wie ich aus sicherer Quelle erfuhr, befindet er sich in gewissen Händen, denen ich ihn an diesem schönen Morgen gern entreißen möchte.«

»Und zu einer so gefährlichen Unternehmung«, fragte ich verdutzt, »nehmt Ihr nur diese paar schlecht bewaffneten Sergeanten mit?«

»Die Hände, von denen ich sprach«, sagte Lugoli mit verschmitztem Lachen, »sind unbewaffnet, auch wenn sie nicht ungefährlich sind. Aber«, setzte er in neckendem Ton hinzu, »mehr wird nun nicht verraten.«

Damit verstummte er, und wir setzten den Weg schweigend fort.

»Darf ich fragen, Lugoli«, begann ich nach einer Weile wieder, »woher Ihr wißt, daß besagter Rubin sich in besagten Händen befindet?«

»Vier Jahre nachdem er geraubt worden war, wollten diejenigen, die ihn haben, ihn an einen Juwelier vom Pont au Change verkaufen, und das war gestern. Der Juwelier prüfte den Stein unter der Lupe, erkannte den Rubin als ein Kronjuwel von Saint-Denis, und zwar das größte, das es im Reich jemals gab. Er bot sogleich einen hohen Preis, schützte aber vor, daß er Zeit brauche, um soviel Geld zusammenzubringen, und schob den Handel zwei Tage hinaus. Dann ließ er die Person von seinem Commis zu deren Haus begleiten und informierte mich umgehend, denn in solche schwarzen Wasser wollte er nicht einmal eine Zehenspitze stecken.«

»Aber«, sagte ich, »wenn Ihr nur das Haus dieser Verbrecher kennt, woher wißt Ihr dann, daß sie nicht bewaffnet sind?«

»Das Haus ist mir nicht unbekannt, und eine Minute noch, Siorac, dann kennt Ihr es selbst. Wir sind gleich da.«

»Was? Die Schurken wohnen in der Rue Saint-Jacques? Das ist mir ja ein schönes Viertel für Verbrecher!«

»Sie sind eben sehr betucht«, Lugoli lächelte, »und werden es immer noch reichlich sein, auch wenn ich den Rubin mitnehme. Da sind wir«, sagte er und blieb vor einem schönen Eichentor stehen.

»Wie bitte?« rief ich verdattert. »Aber das ist doch das Collège de Clermont!«

»So ist es!« sagte Lugoli, indem er den Klopfer kräftig in Bewegung setzte. »Hatte ich nicht versprochen, Ihr würdet nicht enttäuscht sein?«

Die Luke ging auf.

»Pförtner, du kennst mich«, sagte Lugoli in militärischem Ton. »Ich bin Pierre de Lugoli. Bitte öffne, ich habe ein Anliegen an den ehrwürdigen Pater Guéret.«

Die Tür ging auf, und hinein drängten Lugoli, die sechs Sergeanten und ich, worauf der Pförtner, auf so viele Besucher nicht gefaßt, ein wenig argwöhnisch wurde und sagte: »Ich melde Euch dem ehrwürdigen Pater Guéret«, indem er die Hand nach einer Glockenschnur ausstreckte. Doch Lugoli hielt seinen Arm mit der Linken zurück und setzte ihm die Degenspitze auf den Schmerbauch.

»Nicht nötig«, sagte er mit liebenswürdigem Lächeln, »ich kenne mich aus.«

Auf ein Zeichen von ihm ergriffen zwei weniger liebenswürdige Sergeanten den Pförtner, steckten ihm einen Knebel in den Mund, stellten ihn an eine Säule und fesselten ihn daran. Auf ein weiteres Zeichen schloß ein anderer Sergeant das Guckloch, verriegelte die Tür und stellte sich mit gezogenem Degen als Wache zu dem Pförtner. All das geschah sehr schnell und lautlos, dann gebot Lugoli uns mit einem Handzeichen, ihm zu folgen.

»Um diese Stunde«, raunte er mir zu, »sind die Jesuitenpatres im Refektorium, wir werden ihnen gute Mahlzeit wünschen.«

Lugoli brach nicht ins Refektorium ein, er betrat es mit höflichem Lächeln, den Hut in der Hand, während seine Sergeanten straffen Schrittes die beiden Türen und sämtliche Fenster besetzten.

»Ehrwürdige Patres«, sagte Lugoli mit einer Verneigung, »ich bin untröstlich, Euer Mahl stören zu müssen, doch erfuhr ich gestern aus sicherer Quelle, daß Ihr im Besitz eines großen Rubins seid, welcher zu jener Krone von Saint-Denis gehört, die im Jahr 1590 auf Befehl des Herzogs von Nemours zu Münze gemacht wurde, und ich bin hier, ihn zurückzufordern. Der Edelstein gehört zum Kronschatz unserer Könige.«

Diese Erklärung traf auf tiefes Schweigen, keiner der Patres rührte sich von seiner Bank oder hob auch nur die Augen von seinem Napf. Nach meiner Schätzung saßen ihrer dreißig an der langen klösterlichen Tafel, die einen kahl, die anderen beschopft, keiner jedoch tonsuriert wie die Mönche, und alle trugen Soutanen wie die Priester.

»Ehrwürdige Patres, habt Ihr mich verstanden?« sagte Lugoli, noch immer höflich, doch mit einem Anflug von Peitsche in der Stimme.

»Monsieur«, sagte ein Pater, der am Ende der Tafel saß und ihr vorzusitzen schien, »Euer Ersuchen überrascht mich, und ich wünsche aus Eurem Munde zu wissen, ob Herr von O hierüber informiert ist.«

»Der Herr Gouverneur von Paris«, sagte Lugoli im respektvollsten Ton, doch mit einem wenig freundlichen Licht in den blauen Augen, »muß hiervon keine Kenntnis haben. Ich empfange meine Befehle vom König. Ehrwürdige Patres«, setzte er nach einem Moment hinzu, »ich erwarte Eure Bereitwilligkeit.«

Hierauf antwortete der Pater, der gesprochen hatte, mit keinem Wort, sondern löffelte weiter seine Suppe, als wäre Lugoli Luft. Dieser Pater – später erfuhr ich, daß es Guéret war – hatte einen sehr schönen, schmalen Kopf, fein gebildete Züge, tiefliegende Augen und eine hohe Stirn.

»Was diesen Rubin angeht«, sagte plötzlich ein Pater mit rauher Stimme, »so wissen wir nicht einmal, wovon Ihr redet.«

Dieser Einwurf schien dem Pater Guéret einiges Unbehagen zu bereiten, er warf dem Sprecher einen mißbilligenden Blick zu und verkniff die Lippen.

»In dem Falle, ehrwürdige Patres«, sagte Lugoli, »bin ich genötigt, Euch hier festzuhalten und Eure Zellen eine nach der anderen zu durchsuchen.«

Obschon die Patres sich befleißigten, ruhig, stumm und undurchdringlich zu bleiben und das Gesicht auf ihren Suppennapf zu senken, war es mir, als ginge bei diesen Worten ein Beben durch ihre Reihen, und Lugoli muß es ebenso empfunden haben, denn anstatt das herrschende Schweigen zu brechen, wie er es anfangs getan, ließ er es nun dauern. Und damit irrte er nicht, denn eine gute Minute nach diesem Warten, einer Minute, die kurz ist auf dem Papier, die aber in der zwischen den Geistlichen und uns herrschenden Spannung sehr lang war, hob ein anderer Pater den Kopf und sprach; später erfuhr ich, daß er dies in einer für ihn höchst dramatischen Lage tat, und sein wenn freilich auch verdientes böses Geschick ließ mich nicht fühllos, trotz des Grolls, den ich gegen ihn hegte, weil er versucht hatte, zwischen mich und meine Herzogin einen Keil zu treiben. Besagter Jesuit – Guignard nämlich, um ihn endlich beim Namen zu nennen – war so dunkel an Haut und Haar, daß er schon beinahe maurisch wirkte, und hatte schwarze, vor Geist blitzende Augen, starke Gesichtszüge, doch nichts Niedriges in der Physiognomie.

»Herr Stadtvogt«, sagte er mit tiefer, wohlklingender Stimme, nachdem er Pater Guéret mit einem Blick befragt hatte, »derjenige, der soeben sprach, tat es in aller Unschuld. Er weilte 1590 noch nicht unter uns, als unsere Gesellschaft einen Rubin unbekannter Herkunft von einer Frau erwarb, die sich als Witwe mit vielen Kindern und gänzlich unbemittelt ausgab. Der Handel, den wir derzeit schlossen, wurde von wohltätiger Intention geleitet, und unser gutes Gewissen in dieser Sache kann nicht in Abrede gestellt werden.«

»Das ist auch nicht meine Absicht«, sagte Lugoli mit seiner kalten und gewissenhaften Höflichkeit. »Aber da Ihr nun aus meinem Munde die unstreitige Herkunft des Rubins erfahren habt, könnt Ihr ihn nicht widerrechtlich behalten, denn gemäß dem Edikt Franz' I. vom 29. Januar 1534, jedweden betreffend, der Raubgut annimmt und verhehlt, ereilen diesen dieselben Strafen wie Diebe und Räuber, wenn er die Herausgabe gestohlener Güter verweigert.«

Das Schweigen, das auf diese Worte folgte – die um so bedrohlicher klangen, als sie von einer beherrschten Stimme gesprochen wurden –, war drückend. Und an einem ungewollten Zusammenzucken, das der Reglosigkeit der Geistlichen folgte, sah ich, daß sie im Begriff waren, das Gefühl ihrer Unantastbarkeit einzubüßen, zumal die Ankündigung eines zweiten Prozesses um den berühmten Rubin den Ausgang der bevorstehenden geschlossenen Verhandlung ungünstig beeinflussen mußte.

»Herr Stadtvogt«, sagte Pater Guéret, das edle Haupt ein wenig zur Seite geneigt, »wenn ich mich recht entsinne, hat unsere Gesellschaft für diesen Rubin fünftausend Ecus bezahlt, und da wir ihn guten Glaubens erwarben, scheint es mir rechtmäßig, daß wir durch Herrn von O aus dem Schatz Seiner Majestät für diese Ausgabe entschädigt werden, wenn wir uns von dem Edelstein trennen.«

»Ehrwürdiger Pater«, sagte Lugoli, immer gleichermaßen höflich, »derjenige Eurer Gesellschaft, der den Handel mit jener Witwe schloß, war reichlich naiv, nicht ernstlich nachzuforschen, woher dieser Rubin stammte, der größte, den man jemals sah. Dafür jedoch bewies der Pater große Schläue, als er das Juwel mit einem Viertel seines Wertes bezahlte. Ihr büßt für diese Einfalt jetzt ebenso wie für diese Schläue, eine so unangemessen wie die andere. Wenn Herr von O Euch Eure Ausgaben erstatten will, so ist das seine Sache. Es ist aber in erster Linie Sache Seiner Majestät, welche sich schwerlich bereit finden wird, ihr Eigentum zurückzukaufen. Doch wie immer der eine oder der andere entscheiden mag, muß dieser Rubin mir augenblicklich ausgehändigt werden.«

Diese Worte des Stadtvogts hatten dieselbe Wirkung wie alle vorherigen: tiefes Schweigen. Und nichts war beeindruckender als die beharrliche Stummheit dieser etwa dreißig Geistlichen, welche den Rücken unterm Sturm strafften, sicher, daß er endigen werde und daß ihr vorübergehendes Scheitern nur den Weg ihres künftigen Triumphes pflastern werde, dessen sie gewiß waren, weil sie Gott dienten. Gemessen an dieser Elle, zählte nichts wirklich, nicht das Martyrium ihrer Patres in Indien, nicht die Todesqualen des Jesuiten Ballard zu London noch das Exil des Jesuiten Varade – nicht einmal der Verlust dieses Rubins, der ein so kleiner Teil der ungeheuren Reichtümer war, die sie angehäuft hatten, nicht etwa zu ihrem persönlichen Gebrauch – sie lebten ja nüchtern und enthaltsam –, sondern um der Erfüllung ihres planetarischen Ziels zu dienen, der Ausrottung jeglicher Ketzerei in der Welt, sei sie heidnisch oder protestantisch.

In diesem Schweigen schien es mir offenbar, daß Pater Guéret der Hauptmann dieser Soldaten Christi war, denn so beharrlich sie die Augen auf ihre Näpfe gesenkt hielten, glitten doch dann und wann verstohlene Blicke zu ihm hin, als erhofften sie sich eine letzte Ausflucht von seiner Klugheit. Worin sie nicht enttäuscht wurden.

»Herr Stadtvogt«, sagte Pater Guéret mit sanfter Stimme, »unsere Gemeinschaft kann über die Herausgabe eines ihrer Besitztümer nicht entscheiden, ohne daß alle ihre Mitglieder sich beraten haben. Nun sind aber bei weitem nicht alle Patres zugegen. Einige sind auf Mission. Andere predigen in den Provinzen. Wieder andere befinden sich auf unseren Landsitzen. Wir müssen sie also erst zusammenrufen, was gute vierzehn Tage dauern wird.«

Und in diesen vierzehn Tagen, dachte ich, überaus beeindruckt von der List dieses Aufschubs, wird das Hohe Gericht die Jesuiten entweder verurteilt haben, und sie sind den Weg der Verbannung gegangen – mit dem Rubin –, oder aber es hat sie freigesprochen, und der Rubin verschwindet im Nebel ihrer Unschuld.

»Ehrwürdiger Pater«, entgegnete Lugoli, dessen Augen ich ansah, daß er den gleichen Gedanken hatte und daß er mit seiner Geduld langsam am Ende war, in mehr spöttischem als scharfem Ton, »wenn Ihr einer Versammlung aller Eurer Mitglieder bedürft, um über die Herausgabe – Herausgabe, sage ich ausdrücklich, und nicht Abtretung – eines Eigentums der Krone zu beschließen, werde ich Euch behilflich sein, indem ich Euch sogleich, alle und jeden, in die Bastille verbringen lasse. Worauf ich die in den Provinzen verstreuten Patres zusammenholen und Euch zugesellen werde, auf daß Ihr Eure Beratung abhalten könnt.«

»Herr Stadtvogt«, sagte nun Pater Guéret wie entrüstet, »Ihr tyrannisiert uns.«

»Oh, nein, ehrwürdiger Pater«, sagte Lugoli, indem er sich verneigte, »ich erfülle nur meine Amtspflichten, und glaubt mir bitte, daß ich untröstlich bin.«

Doch konnte in seinem Gesicht von diesem Gefühl keine Rede sein, als Pater Guéret nun Guignard ein Zeichen machte, worauf dieser den Raum verließ und eine Minute darauf mit einem groben Jutesäckchen wiederkam, das mit einer Nadel verschlossen war. Lugoli öffnete es, tauchte die Hand hinein und zog den Rubin heraus, den er zwischen Daumen und Zeigefinger ins Licht hielt und der mir tatsächlich von schöner karmesinroter Farbe und fabelhafter Größe erschien. Doch hielt sich Lugoli mit dieser Betrachtung nicht auf, sondern beschloß seinen Besuch mit knappen Worten und einer Verneigung.

»Ehrwürdige Patres«, sagte er, »der König wird mit Euch zufrieden sein.«

Worauf sie, ohne zu antworten, mit so bekümmerten Mienen die Nasen hängen ließen, als trüge der Rubin in seinen schimmernden Facetten alles Blut ihres Herzens mit sich fort.

Nachdem der Pförtner losgemacht und wir auf der Straße waren, eilten wir zum Pont au Change, wo Lugoli dem Juwelier den Rubin in die Hände legte, damit er prüfe, ob es der echte sei.

»Ha! Monsieur«, sagte der Juwelier, als er ihn wiedergab, »dieser Stein ist unnachahmlich.«

»Mein lieber Lugoli«, fragte ich auf dem Rückweg, »wem übergebt Ihr den Edelstein, da der König nicht hier ist?«

»Genau das ist die Frage, die mich drückt«, sagte Lugoli, »denn ich gestehe, er brennt mich in meinem Wams, und ich möchte ihn schnellstens loswerden. Was meint Ihr, wem ich ihn anvertrauen könnte?«

»Ich weiß nicht«, sagte ich, den Schritt beschleunigend, so heftig schritt Lugoli aus. »Nach der Logik müßte es Herr von O sein, denn ihm unterstehen die königlichen Finanzen.«

»Herr von O«, sagte Lugoli, das Gesicht verziehend, »leidet schon an der Blase. Ich möchte nicht, daß er auch noch am Stein leidet.«

Worauf wir lachten.

»Und Ihr wißt«, fuhr er fort, »daß in die Taschen des Herrn von O viel hineingeht, aber nicht viel herauskommt für den König.«

»Nun, und wie wäre es mit Herrn von Cheverny?« fragte ich.

»Er soll ein redlicher Mann sein.«

»Das ist er. Aber er ist auch der Liebhaber von Gabrielles Tante.«

»Und?«

»Und – glaubt Ihr, daß er seiner Geliebten verheimlichen wird, im Besitz des größten Rubins der Welt zu sein? Und glaubt Ihr, daß besagte Geliebte es ihrer Nichte Gabrielle nicht sagt? Und glaubt Ihr, daß die schöne Gabrielle, um in seinen Besitz zu gelangen, nicht bei Tag und bei Nacht – bei Nacht vor allem – den König belagern wird? Wahrhaftig, dagegen dürfte die Belagerung von Laon ein Kinderspiel gewesen sein! Offen gesagt, Siorac, ich will den Edelstein den Jesuiten nicht aus den Soutanen gezogen haben, damit er den Busen einer Mätresse schmückt.«

»So schön er auch ist!«

»Der Rubin oder der Busen?«

»Beide.«

SIEBENTES KAPITEL

Pierre de Lugoli übergab das Kronjuwel dem Gerichtspräsidenten Augustin de Thou, von dem man sicher sein konnte, daß ein ihm zu treuen Händen anvertrautes Gut nicht in den Taschen seines Wamses sich verirren noch etwa in jesuitische Soutanen zurückfinden oder gar einen schönen Busen zieren werde. De Thou war kein Raffhals, kein Jesuitenfreund und kein ungetreuer Ehgemahl; er war ein Ehrenmann, der im Interesse des Staates dachte und handelte, und ein Mann von eherner Königstreue. Mit einem Wort, ein Franzose von altem französischem Schrot und Korn, keiner dieser spanisch- und papsthörigen Franzosen, von denen wir bis heute so viele unter uns haben, trotz der wiederholten Niederlagen der Liga.

Die geschlossene Verhandlung der Jesuitenfrage hatte am 12. Juli 1594 im Gerichtshof statt, und in meiner Kostümierung als einer der Vogteisergeanten oblag mir die Aufgabe, etliche Herren vom Hofe abzuweisen, die niemals auf die Idee verfallen wären, an einer solchen Verhandlung teilzunehmen, wäre sie öffentlich gewesen, die aber von dem Augenblick an, da sie es nicht war, sich etwas zu vergeben meinten, wenn sie nicht versucht hätten, sich hineinzudrängeln. Es mochten ihrer dreißig sein, welche abzuwehren die Sergeanten und ich alle erdenkliche Mühe hatten, beschimpften sie uns doch als »Rüpel«, »Flegel«, »Strolche«, »Gesindel«, »Unrat« und drohten, uns die Ohren abzuschneiden, uns Tritte in den Hintern zu versetzen, uns aufzuspießen, worauf wir jedoch keinen Ton erwiderten und sie nur Seit an Seite, in geschlossener Front, ohne jegliche Schonung aus dem Saal schoben. Das pikante war nun, daß ich dabei für eine Weile Nase an Nase oder eher Brust an Brust mit meinem Schwager Quéribus geriet, der mich, ohne mich zu erkennen, greulich beschimpfte und dem ich vor Entrüstung über sein Benehmen heimlich einen Knopf vom Wams riß, wohl wissend, daß nichts ihn so treffen werde wie ein solcher Verlust. Der Knopf, Leser, war nämlich eine ovale

Perle in einer Silberfassung, und als ich ihm diesen am nächsten Tag wiedergab, rieb ich ihm seine unverschämte Aufführung hübsch unter die Nase.

Endlich war die Tür hinter den Störenfrieden geschlossen, und der Prozeß begann mit einer lateinischen Rede des Rektors der Universität, Jaques d'Amboise, die wenig Aufmerksamkeit fand, nicht etwa, weil die Mitglieder des Gerichtshofes kein Latein verstanden hätten, sondern weil alle viel zu begierig auf das Plädoyer Antoine Arnaulds warteten, um den Ausführungen des Rektors Gehör zu schenken, der übrigens durchaus Angriffe gegen die Jesuiten richtete, viel härter aber noch diejenigen unter seinen Kollegen geißelte, die sich für sie eingesetzt hatten.

»Jene Überläufer aus unseren Reihen«, sagte der Rektor im Ton grenzenloser Verachtung, »verdienen es nicht, daß wir sie als die Unseren betrachten.«

Endlich erhob sich Antoine Arnauld, und die Versammelten, die während der Rede des Rektors sich in diesen und jenen privaten Plaudereien ergangen hatten, verstummten plötzlich, spannten das Ohr und hingen mit den Augen an dem Anwalt, der im Parlament nicht nur hohe Achtung genoß, sondern außerdem als auvergnatisches Pfropfreis einer angesehenen Pariser Bürgerfamilie sozusagen einer der Ihren war und in allen Tugenden und Talenten glänzte, die der Stolz unseres Amtsadels waren. Überdies erheischte seine Erscheinung schon an sich Aufmerksamkeit, und als er in seiner langen Advokatenrobe dastand, fand ich ihn ebenso gedrungen wie in seinem Kabinett, aber doch noch viel beeindruckender mit seinen flammenden schwarzen Augen und seiner machtvoll erhobenen Stimme. Übrigens verharrte er, bevor er den Mund auftat, erst einige Sekunden still und undurchdringlichen Gesichts, bis vollkommenes Schweigen eintrat, und in dieser Reglosigkeit machte er wahrhaftig den Eindruck einer unangreifbaren Festigkeit, weshalb Fogacer von ihm auch gesagt hatte, er sei aus jenem Basalt der Auvergne geschaffen, mit dem man die Straßen pflastert.

Dieses berühmte Plädoyer ist allbekannt – oder sollte es nicht besser Anklage heißen? –, und ich gedenke den Leser nicht zu langweilen, indem ich es hier voll und ganz wiedergebe, galoppiere ich in diesen Memoiren doch lieber, als daß ich artig Schritt gehe wie mit einem Damenzelter. Auch hat ja der Autor Sorge getragen, seinen Redetext anschließend zu veröffentlichen, um das unhaltbare Stillschweigen zu brechen, welches die in Abwesenheit des Königs durch von O und Cheverny eingefädelte geschlossene Verhandlung bewirkt hätte. Sagen will ich aber, welchen Eindruck die Rede auf die Richter machte und welchen auf mich, weil es durchaus nicht der gleiche war. Denn sichtlich ließen jene Goldschmiede der Rhetorik sich von Arnaulds zündender Redekunst in einem Maße mitreißen, daß sie vor Begeisterung gleichsam über ihren Sitzen schwebten, und die Blicke, Mimiken und Zeichen, die sie untereinander austauschten, bekundeten eine leidenschaftliche Bewunderung, die mit jedem Augenblick wuchs.

Was mich anging, der vor allem ja nach der Nützlichkeit fragte, so nahm ich die Dinge kühler und wußte mehr zu schätzen, was der Redner sagte, als wie er es sagte. Gewiß dachte ich, während ich ihm lauschte, dieser Mann ist ein Advokat von sehr hohem und einfallsreichem Talent, der von klein auf im Lateinischen zu Hause ist und seinen Cicero aus dem Effeff beherrscht. Hier ahmte er dessen Standpauke gegen Rullus nach, dort seine Philippika gegen Verres. Er brillierte mit mannigfaltigsten Anspielungen, Vergleichen und Metaphern. Die Jesuiten nannte er »Kriegsfanfaren, Fackeln der Verführung, Wirbelwinde, die keinen anderen Zweck haben, als Frankreich mit Sturm und Verwüstung zu überziehen«. Aber ich gestehe, schöne Leserin, daß ich an Arnaulds Stelle auf die Fanfaren und die Fackeln verzichtet hätte, die Wirbelwinde hätten genügt.

Wesentlich mehr überzeugte und ergötzte mich unser Advokat, wenn er beißende Ironie und Sarkasmus aufbot: »Die Jesuiten«, sagte er, »kamen nach Frankreich nicht mit offenem Visier. Dann nämlich wären sie gleich im Keim erstickt worden. Nein, sie nisteten sich in den Nebenkämmerchen unserer Universität ein, verlegten sich lange aufs Lauern und Lauschen, bis sie sich mittels Empfehlungsbriefen aus Rom an jene heranschleichen konnten, die in Frankreich Größe und Gunst genossen und die es nach Kredit und Ehre in Rom verlangte, eine Sorte Leute, die für die Dinge des Reiches seit je verheerend waren.« (Diese Seitenhiebe, Leser, gegen den Herzog von Nevers, den Herzog von Epernon, Herrn von O, Cheverny und andere Jesuitenfreunde entzückten mich geradezu: welch seltene Kühnheit bei einem Bürger des Amtsadels, die hohen Herren anzugreifen, auch wenn er sie nicht beim Namen nannte.)

Starke Worte fand Arnauld ebenfalls, um den Einfluß der Jesuiten auf die Jugend anzuprangern, indem er zunächst mit Staunen feststellte, daß die Franzosen so weit gelangt seien, einen jeden als schlechten Katholiken anzusehen, der seine Kinder nicht bei den Jesuiten in die Schule schickte. Aber was werde diese Kinder von den Jesuiten denn anderes gelehrt, als den Tod ihrer Könige zu wünschen? Die Patres machten sich die Tatsache zunutze, daß sehr junge Menschen den Irrtum schlürften wie ihre Morgenmilch, und verabreichten ihnen das Gift, in Honig gehüllt. »Nichts«, fuhr Arnauld fort, »ist so einfach, als schwachen Geistern jede Liebe einzupflanzen, die man will. Und nichts ist schwieriger, als ihnen diese wieder auszureißen.« Worte, deren ich mich mit Erschrecken entsann, als der junge Chatel seinen Anschlag auf das Leben des Königs machte.

Nachdem er die Gier der Jesuiten nach irdischen Gütern gegeißelt hatte und ihre verschlagenen Methoden, diese zu erlangen, wies Arnauld die Richter zum Schluß darauf hin, daß die Universität ja nicht den Tod des Sünders verlange, sondern nur seine Ausweisung, und er spottete über die gelinde Strafe: »Wenn Ihr, meine Herren, Euch erhebt, um Euren Spruch zu fällen, so vergeßt nicht, welch süße Strafe die Verbannung für jene sein wird, die so große Reichtümer in Spanien, Italien und Indien[1] besitzen.«

Besonders bei letzterem wurde gelächelt, wußte man doch, wie wenig die Jesuiten den Konquistadoren darin nachstanden, die armen Eingeborenen bei den Füßen zu packen und kopfunter zu schütteln, bis sie ihr Gold ausspien.

Als Pierre de l'Etoile am nächsten Tag seine Lisette besuchen kam, verzog er den Mund über das Plädoyer des Maître Antoine Arnauld, nannte es »samt und sonders gewaltig übertrieben« und meinte, hätte der Advokat maßvoller und weniger leidenschaftlich gesprochen, wäre ihm der Beifall all jener sicherer gewesen, die, wie auch er, die Jesuiten nicht liebten und »sie dorthin wünschten, wo der Pfeffer wächst, damit sie die Heiden bekehrten«.

---

1 So hießen damals die beiden Amerika. (Anm. d. Autors)

Ich sage es rundheraus: Diese Meinung teile ich nicht. Was mir an Arnaulds Anklage nicht gefiel, war ja gerade das, womit er die Gerichtsherren entzückte: Geschwollenheit und Rhetorik. Was aber die Mäßigung betraf, die L'Etoile vermißte, so frage ich, wie man denn wohl maßvoll über eine Bruderschaft sprechen sollte, die eindeutig den Tod eines Königs bezweckte, der die Spanier aus Frankreich verjagt hatte und der alles tat, unserem Land wieder Wohlfahrt und religiösen Frieden zu bringen.

Ich kann nur sagen, daß ich Arnaulds Ausführungen in allen Punkten bewunderungswürdig fand. Wenige Monate danach aber fand ich sie prophetisch, und heute, ach, heute kann ich sie noch immer nicht lesen, ohne daß mir ein Schauder über den Rücken läuft und ich bis ins Mark erbebe.

Arnauld hatte sich auch an Henri Quatre gewandt, als wäre er im Raum zugegen.

»Sire«, hatte er gesagt, »es geht nicht an, daß Ihr diese Verräter, diese Mörder mitten in Eurem Königreich duldet ... Der Spanier ist ein geduldiger und hartnäckiger Feind, der läßt seine Hoffnungen und Absichten auf Euren Staat nur mit dem Leben. All seine Machenschaften sind bislang gescheitert oder haben sich als zu schwach erwiesen. So bleibt ihm als letztes Mittel doch nur mehr, Euch durch seine Jesuiten ermorden zu lassen ... Sire, Ihr habt noch genug offene Feinde in Frankreich, in Flandern und in Spanien zu bekämpfen. Schützt Eure Flanken vor diesen hauseigenen Mördern! Weist Ihr sie aus, fürchten wir die übrigen nicht! Läßt man sie aber unter uns, Sire, können sie Euch jederzeit neue Mörder schicken, die sie zur Beichte vernehmen und zur Ermutigung kommunizieren wie Barrière, und nicht immer können wir wachen.«

»Moussu«, fragte Monsieur de La Surie, als ich ihm über die flammende Diatribe Antoine Arnaulds berichtet hatte, »wie verteidigten sich die Jesuiten?«

»Mit aller scheinheiligen Demut. Sie seien, sagten sie, doch bereit, dem König als ihrem natürlichen und legitimen Fürsten den Treueid zu leisten. Sie würden künftig die Reglements der Universität befolgen. Und sich auch nicht mehr in die öffentlichen Angelegenheiten einmischen.«

»Ach, die guten Apostel!«

»Was das Vergangene anbelange, sei es jedoch nicht gerecht, sagten sie, eine ganze Körperschaft wegen eines einzigen zu bestrafen.«

»Damit war Pater Varade gemeint?«

»Derselbe! Der, so sein Verteidiger, diesem Barrière doch gar nicht geraten habe, den König zu töten.«

»Ach!« meinte Miroul, »und warum hat besagter Varade den König dann nicht vor Barrières blutigem Plan gewarnt?«

»Die Begründung ist hübsch: Weil Pater Varade nach Barrières Gesicht, Blicken, Gesten und Worten zu dem Urteil gelangt sei, daß der Mann von Sinnen sein müsse; er habe in seinen Reden nicht Hand noch Fuß erkannt und ihn an einen anderen Jesuiten zur Beichte verwiesen, um ihn loszuwerden.«

»Aha, weil er toll war, war er nicht gefährlich! Eine seltsame Beweisführung!«

»So schien es auch das Gericht zu sehen.«

»Ihr meint also, das Parlament wird die Verbannung der Jesuiten beschließen?«

»Ich glaube, ja, mein Miroul, und ich wäre darüber unendlich froh, denn je mehr ich diese Leute studiere, desto unheimlicher erscheinen sie mir. In ihren Schulen säen sie weiter das Korn des Königsmordes und warten geduldig, daß die Saat aufgeht.«

»Moussu, was habt Ihr?«

»Ach, Miroul! Seit Monsieur de Rosny mich auf diesen Weg geschickt hat, erwache ich fast jede Nacht in Schweiß gebadet, und das Herz klopft mir wie wild. Ich sehe, wie ich dich sehe, einen neuen Clément oder Barrière auf den König einstechen und das Königreich aufs neue in einem Meer aus Massakern und Bürgerkrieg versinken, aus dem wir doch nach einem halben Jahrhundert gerade erst auftauchen.«

»Der Gedanke bewegt auch mich«, sagte Miroul, den Kopf gesenkt. »Ist es nicht sonderbar, wie sehr Wohlergehen und Glück eines großen Volkes am Leben eines Mannes hängen, das so gefährdet ist und dessen Faden ein Messer zerschneiden kann?«

Der Gerichtsprozeß hatte mich zwei volle Tage von meiner lieben Herzogin ferngehalten, und sowie die Richter in die Beratung gingen, eilte ich zu ihrem kleinen Kabinett und staunte, daß sie mich, wie jedesmal, von Kopf bis Fuß in ihre schönsten Gewänder gewandet und mit ihrem schönsten Schmuck geschmückt erwartete, denn es war ja klar, daß sie sich nur angekleidet hatte, damit ich sie auskleide. Doch glaube ich, daß sie jede Phase dieser Gewohnheit liebte: das Ankleiden und Erscheinen vor meinen geblendeten Augen ebensosehr wie das Auskleiden.

»Ach, mein Pierre«, sagte sie mit der reizendsten Schmollmiene, während ich ihr also als Kammerzofe diente, »Ihr vernachlässigt mich! Zwei Tage! Zwei lange Tage, ohne daß Ihr mich besuchtet! Noch ein Tag mehr, und ich hätte Euch vergessen!«

»Das glaube ich nicht, Liebste.«

»Sehe sich einer den Prahlhans an!« sagte sie, indem sie mir einen kleinen Nasenstüber gab.

»Liebste, ich prahle nicht. Ich beurteile Euer Herz nur nach dem meinen.«

»Ah! Das ist einmal nett!« sagte sie lachend. »Trotzdem, zwei Tage zogt Ihr mir die Gesellschaft dieser dickbäuchigen Richter vor.«

»Mein Engel, ich diente dem König.«

»Und wann dient Ihr mir?«

»Jetzt. Und bitte, mein Engel, hört auf mit Euren Stübern und Klapsen. Wie soll ich armer Geschlagener sonst mit diesen zahllosen Knöpfchen zu Rande kommen?«

»Das ist Eure Strafe. Ach, so liebe ich Euch: zu meinen Füßen und vor Ungeduld bebend.«

»Nicht zu Euren Füßen bin ich, nun, da alle Knöpfchen aufgeknöpft sind, vielmehr stehe ich hinter Euch und löse Eure Baskine, und den Teufel auch, wenn ich verstehe, wozu eine Schnur so viele Ösen braucht!«

»Diese weiblichen Geheimnisse gehen eben über Euren groben Männerverstand. Bitte, mein Pierre, macht schnell, diese verflixte Baskine bringt mich um.«

»Sie hat Euch aber nicht umgebracht, als man Euch schnürte.«

»Da dachte ich nur daran, schön zu sein.«

»Und jetzt denkt Ihr an anderes?«

»Erratet Ihr's nicht?«

Die Baskine war gelöst, der letzte Unterrock zu ihren Füßen niedergefallen, das Zwiegespräch verstummt. Was mich angeht, muß ich gestehen, ich liebe meine kleine Herzogin, wenn sie vergnügt ist. Ich liebe sie, wenn sie sich erzürnt. Und ich liebe sie, wenn sie von einer Minute zur nächsten von Fröhlichkeit zum Zorn wechselt – je nach ihrer kapriziösen Laune. An jenem Tag nun wurde sie, nachdem wir uns geliebt hatten, ganz fuchtig, als ich fragte, wie es denn inzwischen mit den Verhandlungen zwischen den Abgesandten des Königs und denen ihres Sohnes Charles stehe. Ich weiß noch, wie sie die Brauen runzelte und ihre kleinen Fäuste ballte.

»Gar nicht gut! Überhaupt nicht gut! Auf seiten meines Sohnes Charles, ja, da habt Ihr Rochette und Péricard, zwei teuflisch gute Männer. Aber auf seiten des Königs – die drei größten Schafsköpfe der Schöpfung!«

»Und wer sind die, Liebste?«

Sie nannte sie mir, doch vergib, Leser, daß ich ihre Namen hier nicht preisgebe, denn sie sind zu ehrenwerte Leute, als daß ich sie auf meinen Seiten so lächerlich dürfte figurieren lassen, wie meine kleine Herzogin sie darstellte – anfangs wütend, bald aber selbst von ihrem Spiel belustigt. Denn auf meine Frage, wodurch diese »Schafsköpfe« sie denn dermaßen ärgerten, erhob sie sich vom Lager, schritt nackend, wie sie war, durchs Zimmer und mimte die unglücklichen Objekte ihres Zorns.

»Mit den dreien, mein Pierre«, sagte sie, »kommen wir niemals zu Stuhle! Der eine zieht zu jeder Forderung meines Sohnes, die Péricard und Rochette vortragen, eine Schippe und zuckt mit bedeutsamer Miene die Achseln, ohne je anderes zu sagen als: ›Das werden wir sehen‹ oder: ›Das muß näher besehen werden‹ oder: ›Anders wäre es besser‹!«

Worauf ich lachte, so drollig war es, wie sie, so klein und rundlich – und in ihrem Aufzug –, jene gewichtige Persönlichkeit nachahmte, die ich gut kannte.

»Der zweite«, fuhr sie fort, »schwatzt endlos, nur versteht niemand, was er meint, auch er selber nicht. Er könnte hundertmal ›Abrakadabra‹ sagen, und es käme aufs selbe heraus.«

Und mit ernster Miene und hocherhobenem Haupte wandelte meine kleine Herzogin auf und ab, wobei sie ein dutzendmal »Abrakadabra, Abrakadabra« murmelte.

»Und der dritte?« fragte ich, Tränen lachend.

»Ha, der!« sagte sie, »der spielt den Wilden. Die Lefzen gerefft, das Fell gesträubt, knurrt er bald aus tiefster Kehle, bald bellt er wie eine Deutsche Dogge. ›Vergeßt nicht‹, fuhr er Rochette und Péricard einmal an, ›vergeßt nicht, daß Ihr samt Eurem Herzog Rebellen und Ränkeschmiede seid! Schlechte Franzosen! Spanier! Nicht einmal reden sollte man mit Euch, wuff! wuff! Nichts müssen wir Euch zugestehen, keinen Sou! Kein Amt! Kein Gouvernement! Ihr dürft Euch glücklich schätzen, daß der König Euch überhaupt anhört, wuff, wuff, ja daß er Euch am Leben läßt!‹«

Und so bekümmert sie über das langwierige Gehadere auch war, von dem das Schicksal ihres Hauses abhing, lachte sie, wieder in meinen Armen, genauso wie ich, soviel Spaß hatte sie selber an ihren Satiren.

»Mein Engel«, sagte ich, »wenn man es ›näher besieht‹, wie der erste Eurer drei ›Schafsköpfe‹ sich ausdrücken würde, scheint die Schwierigkeit darin zu liegen, daß die königlichen Beauftragten entweder die Forderungen Eures Sohnes als zu hoch ansehen oder daß sie ihm nicht wohlgesonnen sind.«

»Was ich weit eher glaube«, meinte sie.

»Mein Engel, dann hört meinen Rat: Sobald der König wieder in Paris ist, werft Euch ihm zu Füßen, netzt seine Hände mit Tränen, spielt ihm die kleine Komödie von den drei ›Schafsköpfen‹ vor, und bittet ihn, seinerseits andere Verhandlungsführer einzusetzen.«

»Ha!« rief sie und klatschte in die Hände, »dich, zum Beispiel! Dich, mein Pierre!«

»Oh, nein, nein!« sagte ich höchst verlegen. »Daran ist nicht zu denken. Mit solchen Dingen bin ich nicht vertraut. Ich meine vielmehr, daß Monsieur de Rosny der Richtige für Euch wäre. Er ist mit Euch verwandt und liebt Euch. Und der König weiß von vornherein, daß er Eurem Hause nichts abschlagen wird, als was«, setzte ich vorsichtig hinzu, »ganz ausgeschlossen und dem Staate schädlich ist.«

»Ha, mein Pierre!« sagte sie, »Ihr gebt mir doch wieder Hoffnung und Leben, anders als dieser boshafte Pater Guignard, der mir bei jeder Gelegenheit wiederholt, wir hätten von Henri Quatre nichts zu erwarten, höchstens …«

»Höchstens die Verbannung für ihn und seinesgleichen«, sagte ich zähneknirschend.

»Oh, nein, nein! Das glaubt er nun nicht«, sagte Catherine.

»Was sagt Ihr, Liebste? Er glaubt es nicht? Nach diesem Prozeß?«

»Im Gegenteil!« sagte sie. »Er ist fest überzeugt, wie er mir erst heute morgen sagte, daß der gegenwärtige Prozeß mit dem von 1565 zusammengefaßt und ohne Entscheidung auf unbestimmte Zeit vertagt werden wird.«

»Was?« sagte ich, »der Hohe Gerichtshof sollte ihn unentschieden vertagen?«

»Das hält er für so gut wie sicher. Der König, sagt er, hat sich nicht eingeschaltet, um auf das Gericht Druck auszuüben, und aus eigenen Stücken wird dieses niemals wagen, die wahren Glaubensstreiter des Landes zu verweisen.«

»Beim Ochsenhorn! Welch eine Arroganz! Und wie erklärt er, da er ja alles so genau weiß, daß der Rubin der Krone sich in Händen seiner Gesellschaft wiederfand?«

»Den soll Monsieur de Nemours ihnen während der Belagerung zum Pfand für große Mengen Wein, Weizen und Hafer gegeben haben, die sie ans Volk verteilten.«

»Meine Liebste«, sagte ich, »es ist wohl wahr, daß sie während der Belagerung einige ihrer Vorräte ans Volk verteilt haben, aber gezwungen von Monsieur de Nemours, denn als der ihr Collège vom Stadtvogt durchsuchen ließ, wurden Lebensmittel für ein ganzes Jahr entdeckt.«

»Für ein ganzes Jahr! Ist das die Möglichkeit? Und ich mußte hungern und wäre sicherlich Hungers gestorben ohne deine Hilfe, mein Pierre!«

Und von dieser Erinnerung bewegt, schmiegte sich meine kleine Herzogin an mich und küßte mir Brust und Hals wohl tausendmal. Doch die Stunde war vorgerückt, und Babette, ihre Zofe, meldete durch die verschlossene Tür, daß Madame de Nemours zum Besuch eingetroffen sei, so daß also die köstliche Schleckerei beendet werden mußte und ich durch die kleine grüne Tür verschwand. Tief beunruhigt indessen durch alles, was Catherine mir von der überheblichen Gewißheit des Paters Guignard hinsichtlich des Jesuitenprozesses gesagt hatte, machte ich einen Abstecher zur Rue Tirecharpe, um Pierre de Lugoli zu besuchen, den ich zum Glück auch antraf.

»Ja, leider, Siorac, leider«, sagte er, »hat Guignard einigen Grund zu denken, was er denkt. So schwach die Jesuiten dastanden in der öffentlichen Verteidigung, so stark sind sie jetzt mittels geheimer Übereinkünfte. Ha, Siorac, Ihr könnt Euch die Intrigen dieser Leute, ihre Ränke und Einflußnahmen nicht vorstellen, wie sie bald mit offenem Visier, bald durch Fürsprache aller jesuitischen Seelen, die sie sich in Paris geschaffen haben, Himmel und Erde für diesen Aufschub in Bewegung setzen. Wie sie gewissen gutgläubigen Herrschaften unter den Großen einen Schrecken einjagen, als ginge es darum, Jesus in seiner göttlichen Person selber aus Frankreich zu vertreiben und nicht die Gesellschaft, die sich in tolldreister Hoffart seinen Namen anmaßt.«

»Aber«, sagte ich, »wie kann man denn nach allem, was vor Gericht gegen sie vorgebracht wurde, die Entscheidung aufschieben und auf unbestimmte Zeit vertagen?«

»Ihr vergeßt, Siorac«, sagte Lugoli, »daß es am Gerichtshof viele ligistische Amtsträger gibt, weit mehr als jene, die Heinrich III. einst ins Exil nach Tours gefolgt sind. Und daß sogar königstreue wie der Generalprokurator La Guesle ...«

»Was? Der wieder? Genügte es dem Toren nicht, daß er selbst den Mörder Jacques Clément zu Heinrich III. geführt hat, muß er nun auch noch die Jesuiten unterstützen?«

»Nicht La Guesle allein«, sagte Lugoli, »es sind auch bedeutende Persönlichkeiten wie der Generalanwalt Séguier und einige andere.«

»Ich kann es nicht glauben«, sagte ich, »daß diese Gerichtsherren, die unter den ›Sechzehn‹ soviel zu leiden hatten, nicht erkennen, welche Gefahr die Jesuiten für das Leben des Königs sind!«

»Die einen«, sagte Lugoli mit spöttischem Lächeln, »geben vor, sie nicht zu erkennen. Andere sehen sie wirklich nicht. Wieder andere fürchten die spätere Rache der Jesuiten, wenn sie sich gegen sie stellen. Und noch andere sind geblendet von ihrem Ruhm. Und was die einen wie die anderen in dieser vorgeblichen oder echten Blindheit bestärkt, ist das unbegreifliche Schweigen des Königs. Es sieht so aus, als ob diese Sache, bei der es doch um sein Leben geht, ihn gar nicht betrifft.«

»Ihr trefft den Nagel auf den Kopf, Lugoli!« sagte ich. »Auch ich bin über diese Stummheit des Königs verwundert und wie jedermann überzeugt, daß ein Wort von ihm, ein einziges Wort ... Sankt Antons Bauch! Warum spricht er nicht?«

»Nun, Siorac«, sagte Lugoli, indem er mich beim Arm faßte und ihn kraftvoll drückte, »warum fragt Ihr ihn nicht? Ihr habt dazu den Beweggrund, die Möglichkeit, ja die Pflicht! Er hat

Euch beauftragt, den Prozeß zu verfolgen: Eilt hin und berichtet ihm alles! Erzählt ihm auch die Geschichte mit dem Rubin! Besser noch: Überbringt ihm den Stein! Ihr würdet mich von einer großen Sorge befreien, denn Präsident de Thou ist alt und gebrechlich. Und wenn er morgen stirbt, wie soll ich besagten Stein dann loseisen aus seiner Erbschaft, da die Aufbewahrung ja nicht amtlich erfolgt ist?«

Mit vierzig Bewaffneten, meinen und Quéribus' Leuten, und dem Rubin im Wams traf ich in Laon ein und hörte von Monsieur de Rosny, der König sei beschäftigt, mit den Abgesandten von Amiens die Übergabe der Stadt zu besiegeln. Seine Majestät empfing mich also erst am nächsten Tag um Mitternacht, zu Bette wie schon oft, denn dies war die Zeit seiner geheimsten Audienzen, weil Schranzen und Offiziere, die ihn zu umgeben pflegten, sich dann zurückgezogen hatten.

Mit dem fröhlichsten Gesicht, denn der Besitz Amiens' nahm ihm einen schweren Stein von der Seele, fragte er nach dem berühmten Prozeß und wie die Herren in den roten Roben die Sache sähen?

»Sire«, sagte ich, »um das Wie und Warum dieses Prozesses zu verstehen, dachte ich mir, wäre es das beste, erst einmal die Gesellschaft kennenzulernen, um die es geht, weshalb ich denn eine ganze Reihe Erkundigungen über sie einzog.«

»Das war gut gedacht, Graubart«, sagte lächelnd der König. »Rechtes Verstehen setzt rechte Kenntnis voraus. Alsdann, berichte!«

Was ich tat, indem ich alles aufführte, was der Leser schon kennt, auch die stolze Gewißheit des Paters Guignard, den Aufschub des Prozesses betreffend.

»Und woher weißt du, Graubart«, fragte der König, »daß Guignard sich derweise geäußert hat?«

»Von der Frau Herzogin von Guise.«

»Ah!« sagte der König und sah mich lauernd von der Seite an. »Siehst du meine Cousine Catherine öfters?«

Diese scheinbar harmlose Frage traf mich nicht unvorbereitet, Pierre de Lugoli hatte mir bereits angedeutet, daß der König in der Umgebung der Herzogin einen Lauscher unterhalte, so daß ich ihm über meine Beziehung zu ihr nichts mitteilen konnte, was er nicht schon wußte.

»Sehr oft, Sire.«

»Dann mußt du sie wohl sehr lieben«, sagte er lächelnd.

»Ja, Sire«, sagte ich. »Sehr. Doch nicht dergestalt, daß ich meine Pflichten gegen Eure Majestät jemals darüber versäumen würde.«

»Ich wüßte nicht«, sagte der König sprühenden Auges, »daß deine Treue gegen mich und deine Liebe zu meiner Cousine sich nicht vertragen könnten. Im Gegenteil. Was sagt sie denn zu den Verhandlungen zwischen ihrem Sohn und mir?«

»Die Verzögerungen bereiten ihr Ärger und Sorgen, und sie ist so zornig auf Eure Abgesandten, daß ich ihr riet, Euch zu bitten, Ihr möchtet sie durch Monsieur de Rosny ersetzen.«

»Ha, Graubart!« sagte lachend der König, »du hast es hinter den Ohren! Je länger ich dich beschäftige, desto mehr staune ich über deine Gewieftheit. Du bist sogar gerissen, wo du offen bist.«

Und als er meine Verlegenheit sah, setzte er halb ernst, halb spöttelnd hinzu: »Schade, Siorac, daß du ein so lauer Katholik bist, sonst würde ich dich zum Bischof machen.«

»Sire«, sagte ich, »nach Purpur trachte ich nicht. Außerdem bin ich verheiratet.«

»Stimmt«, sagte er. »Obwohl du es oft vergißt.«

Anscheinend fand er aber, daß er mich nun genug gefrotzelt habe.

»Übrigens, was meine teure Cousine angeht«, fuhr er in sachlichem Ton fort, »wüßte ich nicht, daß deine Liebe zu ihr unangebracht wäre noch ihre zu dir.«

»Ha, Sire!« sagte ich mit bebender Stimme, indem ich seine Hand ergriff und küßte, »dieses Wort Eurer Majestät freut mich mehr, als wenn Ihr mir zwanzigtausend Ecus geschenkt hättet!«

»Sankt Grises Bauch, Graubart!« sagte Henri lauthals lachend, »wenn jedes meiner Worte zwanzigtausend Ecus wert wäre, brauchte ich nicht mit zerrissenem Hemd Paume zu spielen.«

Was er am Vortag getan hatte, wie ich hernach hörte, und zwar zur Fassungslosigkeit des Hofes.

»Herr von O«, fuhr der König fort, der auf seinen Schatzmeister nie gut zu sprechen war, »hält nicht nur seinen Urin zurück, sondern auch meine Gelder. Außerdem läßt er meine hugenottische Schwester in Paris fast am Hungertuch nagen. Einige seiner Leute scheuen sich nicht, laut zu sagen, wenn sie sich weiterhin weigert, sich katholisch zu vermählen, werde man sie eben auf diese Weise in die Knie zwingen.«

»Ha, Sire!« sagte ich, »was für unerhörte und unziemliche Reden! Aber hier«, setzte ich hinzu, indem ich in die Geheimtasche meines Wamses griff, »habe ich etwas, wovon Ihr Euch wenigstens ein oder zwei Hemden kaufen könnt.«

Womit ich den Rubin hervorzog, und während er ihn bestaunte, erzählte ich, wie und wo Pierre de Lugoli ihn wiedergefunden hatte. Und weil ich meinte, Seine Majestät habe sich bei unserer Begegnung so viel auf meine Kosten lustig gemacht, daß ich ihm nun meinerseits eine kleine Bosheit auftischen könnte, sagte ich unumwunden und mit der unschuldigsten Miene, warum wir den Rubin lieber Monsieur de Thou anvertraut hatten als Cheverny, hätten wir doch »den jesuitischen Soutanen den kostbaren Stein nicht entrissen, damit er dann einen schönen Busen ziere«.

Der König nahm es nicht krumm.

»Ha, Graubart«, sagte er lachend, »ich sehe, deine Erklärung ist zweischneidig! Aber keine Bange! Dieser Rubin soll Junge hecken, und zwar blanke Ecus, und die blanken Ecus sollen meinen Soldaten Sold bringen und Munition für Mund und Waffen und mir ein paar Hemden! Graubart«, fuhr er fort, indem er ein Gähnen unterdrückte, »war das alles?«

»Nein, Sire«, versetzte ich und konnte vor Erregung kaum weitersprechen. »Das Wichtigste bleibt noch zu sagen. Wer immer im Reich die Augen offenhält, ist der Ansicht, daß, wenn der Jesuitenprozeß unentschieden bleibt, Euer Leben, Sire, nicht sicher ist. Und es läuft, wie die Dinge jetzt gehen, auf Vertagung hinaus, wenn Eure Majestät nicht Eure Zurückhaltung aufgebt und die notwendigen Worte spricht.«

»Die ich nicht sprechen werde«, sagte der König, indem er mir fest in die Augen blickte, »denn das hieße mich mit dem Papst verzanken, damit verlöre ich jede Hoffnung, daß er meine Exkommunikation aufhebt und meine Bekehrung anerkennt: Diese Anerkennung, Siorac, ist das Hauptziel meiner Politik. Nur wenn ich die erreiche, kann ich die Franzosen dauerhaft miteinander aussöhnen.«

»Aber, Sire«, entgegnete ich nicht ohne Glut, »wenn die Jesuiten im Land bleiben, lauft Ihr tödliche Gefahr. Die könnt Ihr doch nicht unterschätzen.«

»Davon ist keine Rede, Graubart. Aber diese Gefahr ist auch nicht schlimmer als die tagtägliche im Krieg, und den führe ich nun seit zwanzig Jahren wie eine Schildkröte in meinem Panzer. Graubart, ich stehe wie jeder andere in Gottes Hand. Er hat mich bis hierher vor schwersten Heimtücken bewahrt, er wird mich noch ein bißchen weiter beschützen, wenn es sein Wille ist. Gute Nacht, Graubart! Mich schläfert's.«

Ja, so sagte er, und nach so vielen Jahren noch kann ich mich seiner Worte nicht erinnern, ohne daß es mir die Kehle zuschnürt. Was für ein Jammer, daß ein so schönes und reiches und den Franzosen so nützliches Leben in der Vollkraft seiner Mannesjahre gefällt worden ist!

Monsieur de Rosny geruhte, mich und Monsieur de La Surie am nächsten Tag zum Mittagessen einzuladen, und was ich ihm dabei über den Jesuitenprozeß und über dessen sehr wahrscheinliche Vertagung berichtete, schmetterte ihn nieder. Doch hatte er selbst den König zu einem entscheidenden Wort in dieser Sache zu bewegen versucht und war an denselben, an sich vorzüglichen, Gründen gescheitert, die der Leser kennt, so daß Rosny mich nur in meinem Eindruck bestätigen konnte, Seine Majestät werde von ihrem Standpunkt nicht weichen und nicht wanken.

Der König hätte mich gern dabehalten, doch hatte ich zwei Tage vor meinem Aufbruch von Paris einen Brief meines Verwalters erhalten, der mich zur Ernte auf meinem Gut Chêne Rogneux erwartete, weil er diese nicht ohne Schaden länger aufschieben könne. Diesen Brief zeigte ich Henri und erhielt Urlaub, zusammen mit einem guten Reisegeld, denn er hatte das Kronjuwel glücklich verkauft, was er mir aber unterm Siegel der Verschwiegenheit mitteilte, aus Furcht, denke ich, daß Gabrielle es erfahre oder daß womöglich Herr von O, wenn er davon Wind bekäme, ihm die versprochenen Gelder nicht schicken würde.

Zurück in Paris, verweilte ich jedoch noch vier Tage, denn, wie es in der Bibel steht, »ein jegliches hat seine Zeit«, auch, was die Bibel allerdings nicht sagt, die Liebe. Erst auf ein zweites, dringlicheres Schreiben meines Verwalters löste ich mich aus den Armen meiner Circe und eilte nach Montfort l'Amaury, wo ich am späten Abend eintraf, müde, aber froh, wieder in meinem Landhaus zu sein, das meinen Mannesjahren das ist, was Mespech meiner Kindheit und Jugend war. Allein, ich fühlte mich seit der Entfremdung zwischen Angelina und mir dort nicht mehr so glücklich wie einst, denn war die Wunde mit der Zeit auch verheilt und die Bitterkeit freundlicheren Gefühlen gewichen, war doch die Narbe noch da und so empfindlich, daß ich es vermied, mit dem Finger daran zu rühren. Trotzdem und obwohl Angelina mir mit der Zeit eher Verwandte denn Gattin geworden ist, freue ich mich immer, sie und meine schönen Kinder wiederzusehen, die, Gott sei Dank, alle gesund und munter und tüchtig herangewachsen sind.

Während der ganzen Erntewochen mußten Monsieur de La Surie und ich mit dem Verwalter und meiner Eskorte ständig bewaffnet und zu Pferde von einem Feld zum anderen ziehen, um die Erntearbeiter vor den Überfällen von Räuberbanden zu schützen, die die bittere Not dieser Zeiten hervorgebracht hatte. Auch mußte ich bei jedem Feld einen berittenen Wächter postieren, auf daß er ins Horn stoße, um das Gros der Truppe zu Hilfe zu rufen, sowie am Horizont eine verdächtige Schar auftauchte.

Aus dem uns zunächst gelegenen Dorf Grosrouvre hatten so viele arme Leute meinen Verwalter um Erlaubnis ersucht, auf unseren abgeernteten Feldern zu stoppeln, daß er meinen Entscheid dazu hören wollte. Ich sagte, er solle sie auf unseren Gutshof bestellen, und staunte nun selbst, wie viele kamen, was schon an sich von der großen Not zeugte, in welche das Reich nach einem halben Jahrhundert Bürgerkrieg geraten war. Zuerst ließ ich alle mit Namen in eine Liste eintragen, dann sagte ich, wenn sie auf meinen Feldern und auf denen von Monsieur de La Surie stoppeln wollten, müßten sie es sich verdienen, dazu sollten sie die Felder vor der Ernte abwechselnd Tag und Nacht bewachen, mit Sicheln oder Forken bewaffnet, um die Räuber abzuwehren, und wenn ihrer zu viele kämen, mich durch einen Jungen benachrichtigen. Am Erntetag dann sollten sie, wenn sie hinter den Schnittern hergingen, ihr Gestoppeltes auf einen Karren laden, den ich ihnen leihen würde, damit mein Verwalter ihren Ertrag gleichmäßig unter sie aufteile, sonst trügen die Stärkeren auf Kosten der Schwachen den Löwenanteil davon; und ich versprach, wenn ich mit ihnen zufrieden wäre, solle jeder eine ganze Garbe zusätzlich erhalten.

Monsieur de La Surie beschwerte sich mir gegenüber ein

wenig über diese Großzügigkeit, doch hielt ich ihm entgegen, daß es nicht nur christlich sei, sich dieser Armen, die so nahe um uns lebten, zu erbarmen, sondern daß sie es uns gewiß auch danken würden, wenn sie sich das Ihre durch nicht einmal gefahrlose Arbeit verdienen könnten.

Meine lieben Nachbarn allerdings sangen mir ein ganz anderes Lied als Monsieur de La Surie, und so sang ich ihnen einen anderen Refrain.

»Bei Gott, Herr Marquis«, sagten sie, »Ihr verderbt uns das Bettelpack durch Eure unsinnigen Freigebigkeiten! Schon kommen die Unseren und verlangen für ihr Stoppeln das gleiche, aber weiß der Teufel, den Buckel werden wir ihnen verbleuen lassen.«

»Meine Herren«, sagte ich, »ein jeder gebiete auf seinen Feldern, wie er mag. Doch ich wette, daß ich auf meine Weise weniger bestohlen werde als Ihr.«

Worauf sie mich aus großen Augen ansahen.

»Wieso glaubt Ihr das?« fragte der alte Monsieur de Poussignot, der nicht ganz auf den Kopf gefallen war.

»Wir haben nicht Leute genug«, sagte ich, »das reife Korn, das vorm Schneiden noch eine Woche auf dem Halm stehen muß, bei Nacht zu bewachen. Das besorgen jetzt meine Stoppler.«

»Aber sie werden Euch bestehlen!«

»Was macht es, wenn sie hier und da eine Ähre nehmen, sie nehmen allemal weniger als der Dachs, von den Getreideräubern ganz zu schweigen.«

Ich weiß nicht, ob sie überzeugt waren, zumindest glaubten sie aber, daß ich aus Eigennutz so handelte, und zogen sich beruhigt zurück. Im übrigen waren es ja keine schlechten Leute; immerhin lebten sie auf ihren Gütern, inmitten ihrer Bauern, anstatt sich wie die hohen Herren ihr Korn und Holz in Seide an den Leib zu hängen und bei Hof umherzustolzieren, mochten ihre habgierigen Verwalter den Ackersmann auch auspressen, wie sie wollten. Das Gros der Beute findet nie in die Taschen des Herrn, wie jeder weiß.

Ich hatte auf Chêne Rogneux alle Hände voll zu tun, mein kleines Reich zu ordnen, und genoß die familiären Freuden und den frischen Sommer fernab vom stinkenden Paris. Doch am 7. September erreichte uns die verhängnisvolle Nachricht, daß eine Mehrheit am Gerichtshof für eine Vertagung des Jesuitenprozesses gestimmt hatte. Das hieß, die Sache war aufgeschoben zum Sanktnimmerleinstag! Diese törichte und gefährliche Entscheidung bekümmerte mich sehr, mir schien, daß der König dadurch viel mehr verlor, als er mit allen Städten seit dem Fall von Laon gewonnen hatte. Und als ich mich mit Monsieur de La Surie beriet, kochte uns der Zorn über dieses Ärgernis so im Herzen, daß wir beschlossen, umgehend nach Paris zurückzukehren. Nicht, daß unsere Rückkehr dringend notwendig gewesen wäre, die Niederlage der wahren Franzosen war nun einmal besiegelt durch einen kleinen Teil spanisierter und jesuitisierter Franzosen, die das Schweigen Seiner Majestät ausgenutzt hatten zugunsten der Reste der Liga. Doch aus einem Gefühl gegenwärtigen Unheils und der Furcht vor Künftigem wollten wir im Zentrum der Dinge sein.

Meine schöne Leserin verzeihe mir, daß ich hier so aufgebracht schreibe, ganz ohne meine gewohnte Mäßigung und Verbindlichkeit, doch kehren mir über diesen Zeilen all die Wut und Verzweiflung wieder, die mich bei der Nachricht erfaßte, daß das Hohe Gericht es nicht über sich gebracht hatte, diese mörderische Bande aus Frankreich zu verjagen! Noch einmal, schöne Leserin, vergeben Sie mir, aber nach so vielen Jahren noch kralle ich die Nägel in meine Hände und weine!

Ich war zwei Tage in Paris, als Pissebœuf mir zu später Stunde melden kam, da sei jemand am Tor, bis zur Nase in seinen Mantel gehüllt, und verlange mich zu sprechen, mich und niemanden sonst. Mit aller gebotenen Vorsicht näherte ich mich dem Guckloch und forderte den Mann auf, im Schein der Laterne, die Pissebœuf in die Höhe hielt, sein Gesicht zu enthüllen, auf daß ich erkenne, wer er sei. Er tat es, sobald er meine Stimme hörte, und im tanzenden Lichtschein erblickte ich das gute, runde Gesicht des Reimser Stadtleutnants Rousselet.

Ihn wiederzusehen nach alledem, was wir gemeinsam zu Reims durchlebt hatten, war eine große Freude, und kaum daß er zur Tür hereingetreten war, umarmte ich ihn und führte ihn in den Saal, noch ehe er ein Wort sagen konnte. Und da ich ihn sehr ermattet sah, ließ ich einen Imbiß aus Käse und Schinken auftragen, über den er, weiß Gott, herfiel wie ein hungriger

Wolf, war er doch seit zwei, drei Tagen galoppiert, fast ohne zu essen und zu schlafen, um ja rechtzeitig in Paris zu sein.

»Ha, Herr Marquis!« sagte er, »wie sehr es mich auch beschämt, hier mit vollen Backen zu kauen, bevor ich Euch eröffnet habe, welche wichtigen Angelegenheiten, Reims und den König betreffend, mich herführen, muß das arme Tier sich doch erst sättigen, wenn ich imstande sein will, einen klaren Gedanken zu fassen. Denn ehrlich gestanden, ich bin ganz gliederlahm und leer im Kopf.«

»Eßt, eßt, mein Freund«, sagte ich lächelnd, »und wenn Ihr wieder bei Kräften seid, höre ich Euch mit doppelter Aufmerksamkeit zu.«

Und, meiner Treu! nie sah ich einen Menschen so beherzt zulangen wie diesen Rousselet, höchstens den guten Poussevent, als wir im Wald von Laon die spanischen Karren erbeutet hatten. Voll Ergötzen sahen La Surie und ich in seinem breiten Mund riesige Bissen verschwinden, die er mit der Flasche Cahors-Wein netzte, die Franz ihm entkorkt hatte. Und besagter Franz brauchte mehr Zeit, den Schinken aufzuschneiden, als Rousselet, ihn zu verschlingen, er war jeweils um eine Scheibe im Rückstand. In der Zwischenzeit stopfte unser Reimser sich ein Ziegenkäschen nach dem anderen hinein und verdrückte derweise mindestens ein halbes Dutzend, als wär's eine kleine Leckerei.

»Herr Marquis«, sagte er endlich, nachdem er sich Mund und Hände mit der Serviette geputzt hatte, die Franz ihm reichte, »allerbesten Dank für diese Labe, die mir gewissermaßen das Leben gerettet und mir wieder Blut in die Adern gepumpt hat. Herr Marquis, darf ich aber vorher fragen, ob die Verhandlungen zur Übergabe von Reims zwischen dem Herzog von Guise und den Bevollmächtigten des Königs zum Abschluß gelangt sind?«

»Bisher nicht, soweit ich weiß«, sagte ich vorsichtig, »doch nähert man sich dem Ende.«

»Ha!« sagte Rousselet und stieß einen großen Seufzer aus, »bin ich froh! Dann bin ich, Gott sei Dank, zur rechten Zeit gekommen! Herr Marquis, beliebt zu beachten, daß nicht allein ich, Rousselet, Stadtleutnant von Reims, zu Euch spreche, sondern alle Reimser Bürger, die mich zu Euch senden, um Euch dies zu sagen: Die Stadt ist es seit langen Monaten leid, die friedlose Herrschaft der lothringischen Fürsten zu ertragen und wider Willen der Liga unterstellt zu sein, denn wir wissen, solange wir diesem Lager zugerechnet werden, können wir unsere Wolle nicht nach Paris verkaufen wie ehedem – was für die Stadt ein großer Jammer und Schaden ist und ihr Verderb –, und deshalb will sie, über den Kopf des kleinen Herzogs von Guise hinweg, sich dem König ergeben, wovon sie sich nicht nur ein Wiederaufleben von Handel und Wandel erhofft, sondern auch die Sicherheiten, Rechte und Freiheiten, welche der König all den Städten, die sich ihm unterwerfen, großzügig gewährt.«

Worauf Miroul und ich einverständige Blicke wechselten, belustigt, wie naiv die Reimser ihre Gründe aussprachen und wie spät sie sich auf ihren Nutzen besannen.

»Mein lieber Rousselet«, sagte ich, »um nicht hinterm Berge zu halten, es kann zwischen Wollen und Können manchmal ein Abgrund klaffen. Ich bezweifle durchaus nicht, daß Ihr Euch dem König als gute und loyale Untertanen ergeben wollt, die Ihr von jeher wart (wobei ich Miroul zublinzelte). Aber könnt Ihr es? Das ist der Punkt. Immerhin hat der Herzog von Guise eine Truppe.«

»Aber klein!« sagte Rousselet, »klein! Zu klein gegen ein ganzes Volk unter Waffen. Denn wißt, Herr Marquis, wir haben Tag und Nacht Wachkorps an den großen Plätzen, den Toren und auf den Wällen stehen. Herr von Guise hat es uns verbieten wollen, aber deshalb pißt er auch nicht steiler. Wir haben uns darüber hinweggesetzt, wir haben uns sogar geweigert, Truppen in die Stadt zu lassen, die er zu seiner Verstärkung kommen ließ. Ja, so steht es, und aufs erste Wort des Königs, das von ihm unterzeichnet ist und gesiegelt, mit besagten Zusagen an die Stadt Reims, sind wir bereit (hier blinzelte ich Miroul wieder zu), Herrn von Guise zu zwingen, daß er sich dem König unterwirft, oder aber uns seiner Person zu bemächtigen.«

»Alles schön und gut, mein Freund!« sagte ich. »Und ich habe Euch zu Reims auch versprochen, daß ich, wann immer Ihr in dieser Sache nach Paris kommt, Euch zu Monsieur de Rosny geleiten werde, der Euer Mann sogar in doppelter Hinsicht ist: Er hat das Ohr des Königs und ist zudem seit kurzem beauftragt, mit Guises Vertretern eine Übereinkunft auszuhandeln. Aber Monsieur de Rosny ist morgen nicht in Paris, Ihr könnt ihn also erst am Mittwoch sprechen (worauf mein Miroul mich verständnislos ansah). Inzwischen, so hoffe ich, mein Freund, werdet Ihr die Güte haben, Gast meines Hauses zu sein.«

»Herr Marquis«, sagte Rousselet, indem er rot anlief und sich tief verneigte, »Ihr erweist mir eine sehr hohe Ehre, aber ich habe mein Gepäck im Gasthof ›Zum Ecu‹ am Pont-Neuf gelassen.«

»Das macht nichts. Ich lasse es morgen holen.«

Und auf ein Zeichen von mir geleitete Franz, einen Leuchter in der Hand, den guten Mann zu der Kammer hinauf, die seit Louisons Fortgang traurig verwaist über meinem Zimmer lag.

»Mein Pierre«, sagte Miroul, als Rousselet den Raum verlassen hatte, »was soll das alles? Und warum sagst du, Monsieur de Rosny sei morgen nicht in Paris?«

»Um Zeit zu gewinnen.«

»Zeit wozu?«

»Um dieser Mine eine Kontermine zu legen.«

»Die Erklärung macht mich schlauer!«

»Morgen abend erfährst du mehr.«

Am nächsten Morgen, sowie der Tag alt genug war, daß ein Besuch möglich war, sandte ich Thierry mit einem Billett zu Catherine de Guise, worin ich bat, sie möge mich zur Stunde empfangen. Was sie auch tat.

»Mein Lieb«, sagte ich, indem ich vor ihr niederfiel und ihre kleinen Hände küßte, »ich muß Euch um Entschuldigung bitten, daß ich Euch vor der Zeit ins Haus falle, doch habe ich eine wichtige Nachricht, das Haus Guise betreffend, die Ihr unbedingt sogleich erfahren sollt.«

»Und welche?« fragte sie und sah mich erschrocken aus ihren großen blauen Augen an.

»Die Reimser haben zu Seiner Majestät geschickt, um sich aus eigenen Stücken zu ergeben, ohne Rücksicht auf Euren Herrn Sohn, ja, sogar gesinnt, ihn zu ergreifen.«

»Ha, die Verräter! Die Rebellen!« rief sie flammenden Auges und rang die Hände. »Könnte ich sie doch alle ersäufen! Nun ist es um mein Haus geschehen! Ach, armer Sohn! Ach, ich Arme!«

»Mein Engel«, sagte ich und stand auf, »verzweifelt nicht. Ihr steht jetzt mit den Reimsern gleich, aber Ihr seid am Zug.«

»Was soll ich denn tun?« rief sie, Tränen in den Augen, »was soll ich nur tun, mein Pierre?«

»Schreibt sofort an Péricard«, sagte ich, »er soll schnellstens mit Monsieur de Rosny abschließen – noch heute vormittag, wenn er kann –, indem er die drei großen Forderungen Eures Sohnes fallenläßt, die das Haupthindernis bilden: das Gouvernement der Champagne, die Benefizien des seligen Kardinals von Guise und das Großmeisteramt des Königlichen Hauses.«

»Aber die sind das entscheidende!« rief sie.

»Nein, Liebste, nein! Das entscheidende ist ein Gouvernement, gleichviel wo, eine Dotation von vierhunderttausend Ecus, um die Schulden des Herzogs von Guise zu begleichen, und die königliche Gunst. Schreibt an Péricard, ja am besten, ich nehme den Brief gleich mit, um sicher zu sein, daß er in seine Hände gelangt.«

»Gebenedeite Jungfrau!« sagte sie und fiel mir weinend in die Arme.

Voller Ängste vor der Zukunft für ihren Sohn, für sich und ihr Haus, setzte sich meine arme kleine Herzogin an ihren Sekretär, und weil sie keine zwei Gedanken zusammenbrachte, bat sie mich, ihr den Brief zu diktieren: was ich tat, indem ich alles darlegte, was der Leser schon weiß, doch selbstverständlich ohne Rousselets Namen zu nennen.

»Schöne Leserin, Sie rümpfen Ihr hübsches Näschen und mustern mich argwöhnisch von der Seite. Warum?«

»Weil ich wie Miroul fürchte, Monsieur, Sie spielen da eine etwas seltsame Rolle. Weil ich Ihre Machenschaften nicht im mindesten verstehe. Und weil ich mich frage, wem Sie eigentlich dienen. Dem König? Der Herzogin? Oder den Reimsern?«

»Ich diene dem König. Ich diene der Herzogin. Und, wider allen Anschein, diene ich auch den Reimsern.«

»Warum haben Sie Catherine verraten, was die Reimser gegen ihren Sohn vorhaben?«

»Damit sie auf die drei Forderungen verzichtet, an denen die Verhandlungen bislang gescheitert sind. Und tatsächlich kam der Vertrag hiernach zum Abschluß.«

»Sie haben Catherine also geschadet, indem Sie sie durch Ihre List zu Konzessionen nötigten?«

»Im Gegenteil. Catherines Interesse war es, daß der König mit Guise abschließe, sei es auch um den Preis eines Verzichts – und nicht mit den Reimsern.«

»Und warum haben Sie die Begegnung Rousselet – Rosny durch eine offensichtliche Lüge um einen Tag verzögert?«

»Damit Rosny nicht versucht werde, mit den Reimsern abzuschließen anstatt mit Guise.«

»Womit Sie also den Reimsern geschadet haben?«

»Nein! Denn nun erfährt der König von ihren löblichen Absichten und wird ihnen die begehrten Freiheiten gewähren.«

»Aber, Monsieur, wäre es nicht das Interesse des Königs, mit den Reimsern zu verhandeln? Es würde seiner Schatulle einen Aderlaß von vierhunderttausend Ecus ersparen.«

»Bravo, Madame, bravo! Sie sind nicht nur schön, Sie sind auch klug und legen den Finger an den einzigen Umstand, der mich hatte zaudern lassen. Doch nicht lange! Denn bedenken Sie bitte, schöne Leserin, vierhunderttausend Ecus sind wenig, sehr wenig, im Vergleich mit dem, was uns die schöne Gabrielle kostet und noch kosten wird, und ohne anderen Nutzen für das Reich, als Seine Majestät in Freuden zu erhalten. Was mich angeht, behaupte ich sogar, daß vierhunderttausend Ecus ein sehr niedriger Preis für die Unterwerfung des Herzogs von Guise unter den König sind.«

»Wie soll ich das verstehen?«

»Weil diese Unterwerfung ein politischer Akt von großer Bedeutsamkeit und großer Wirkung ist, in Frankreich sowohl wie in Spanien und im Vatikan. Ha, Madame, bedenken Sie, welch eine Ohrfeige es ist für Mayenne, daß sein Neffe ihn aufgibt, um sich dem König anzuschließen! Eine Ohrfeige für Philipp II., daß Guise – Guise, Madame, dieser machtvolle Name, nahezu gleichbedeutend mit der Heiligen Liga und mit der spanischen Allianz! – sich einigt mit dem Béarnaiser! Und eine Warnung an den Vatikan, daß er endlich aufhören möge, den König um Absolution betteln zu lassen.«

»Monsieur, ich glaube, Sie haben daran einen entscheidenden Anteil.«

»Ich, Madame, und Rousselet, und Rosny, und Péricard.«

»Sieh an! Auf einmal so bescheiden? Das ist mir neu!«

»Sie spotten, Madame! Indessen ist meine Bescheidenheit nicht vorgetäuscht. Ich meine damit nur, daß es in der Geschichte keinen noch so kleinen Akteur gibt, der durch seinen Geist, oder seine Blindheit, oder einfach durch glücklichen Zufall, nicht in ein Geschehen eingreifen kann, dessen unkalkulierbare Konsequenzen ihm völlig fern sind. Dafür nur zwei Beispiele: Eines sommerlichen Nachmittags, als es sehr heiß war, erging sich Rosny im Wald vor Laon, und durch diesen Spazierritt rettete er den König von Frankreich vor der Unehre, von Mansfeld gefangengenommen oder gar getötet zu werden, während er Pflaumen aß. Hinwiederum verdankte mein geliebter Herr Heinrich III. seinen Tod der unfaßlichen Dummheit des Generalprokurators La Guesle, der ihm Jacques Clément zuführte, ohne daran zu denken, ihn vorher zu durchsuchen. Und derselbe La Guesle hat seine fabelhafte Begriffsstutzigkeit soeben zum zweitenmal bewiesen, als er sich für die Vertagung des Jesuitenpozesses stark machte. Beim Ochsenhorn! Wenn seine Dämlichkeit den Tod Henri Quatres nach sich ziehen sollte, erschlage ich den Esel mit eigener Hand!«

Diesen blutigen Fluch – der ganz gegen meine Philosophie und meine Natur ist – entriß mir die Entrüstung. Ich entsann mich seiner ein Vierteljahr später, an jenem Tag, als der König von einer Reise durch die Picardie wiederkehrte, aus jenen Städten nämlich, die sich ihm ergeben hatten. Erst zur Nacht traf er in Paris an, im Fackelschein, begleitet von fünfzig Berittenen und ebensoviel Fußvolk. Bei seinem Einzug befand ich mich zufällig in der Rue de l'Autruche und folgte ihm bis zum Louvre, wo niemand – wahrscheinlich wegen der späten Stunde, der schwankenden Lichter und des Tohuwabohus –, niemand mich fragte, wer ich sei. So gelangte ich in seinem Gefolge bis in einen Saal im Louvre und versuchte, mich zu ihm vorzudrängen, was nicht einfach war, der Zustrom von Edelleuten war sehr groß. So tüchtig ich meine Ellenbogen gebrauchte, konnte ich den König doch nur über das Gewoge der Köpfe und Schultern hinweg und jeweils nur für Momente erblicken. Einmal aber sah ich ihn ganz, wie er noch in seinen hohen Stiefeln und Pelzhandschuhen (jener Dezember war bitterkalt) dastand und mit seiner Närrin Mathurine scherzte – einer sehr geistreichen kleinen Mißgestalt, die er lachend an sich drückte. Als ich mich, nicht ohne Schubse und Püffe auszuteilen und zu empfangen, weiter zu ihm durchkämpfte, sah ich die Herren de Ragny und de Montigny sich dem König nähern und vor ihm zum Handkuß niederfallen. Der König neigte sich mit seiner gewohnten Leutseligkeit, sie aufzuheben, wobei ich ihn aus dem Auge verlor, und als ich ihn eine

Sekunde darauf wiedersah, blutete sein Mund auf der rechten Seite. Er fuhr sich mit der Hand an die Lippe, und da er sie blutig zurückzog, schimpfte er auf Mathurine.

»Zum Teufel mit der Närrin!« rief er. »Sie hat mich verletzt!«

»Nein, Sire! Ich war es nicht!«

Es entstand große Bestürzung und großes Hin und Her unter den Anwesenden, als sie das Gesicht des Königs plötzlich blutverschmiert sahen. Die einen schrien, andere waren stumm und kreidebleich wie Monsieur de Rosny, alle aber starr vor Schrecken und wie gelähmt. Wenn der Attentäter jetzt sein Messer zu Boden hätte fallen lassen – was er tat – und still wie alle geblieben wäre – was er nicht tat –, wäre er vielleicht unentdeckt geblieben. Doch er wollte flüchten, und seine Hast fortzukommen verriet ihn. Zwei Schritt vor der Saaltür wurde er von Pierre de Lugoli ergriffen, der seine Hast und Wirrnis sah, ihn verhörte, Namen und Stand erfragte und, obwohl er zuerst leugnete, ihn des Attentats überführte.

Ich konnte den Schuldigen gut sehen. Es war ein junger Bursche, noch keine zwanzig, klein, schmächtig, hohlbrüstig, mit roten Lippen, sehr gut gekleidet, überhaupt nicht schäbig, aber für mein Gefühl eher schwul als der Weiblichkeit zugetan. Von Lugoli mit Fragen bedrängt, gestand er, die Augen gesenkt und mit leiser, bebender Stimme, er heiße Jean Chatel und sei der Sohn eines Tuchhändlers.

Inzwischen hatte der königliche Arzt die Wunde untersucht und erklärte sie für harmlos; es war nur die Oberlippe Seiner Majestät verletzt und ein wenig von einem Zahn abgebrochen, gegen den das Messer geprallt war. Man beruhigte sich, doch lag Entsetzen noch in dieser Beruhigung, denn es war klar, daß der Mörder, im Glauben, der König trage ein Kettenhemd unterm Wams, auf seine Kehle gezielt haben mußte – was er dann auch gestand. Daß er nicht getroffen hatte, lag nur daran, daß der König im selben Moment, da der Stoß geführt wurde, sich vorgebeugt hatte, um Ragny und Montigny vom Kniefall aufzuheben.

Indessen sprachen die anwesenden Edelleute wenig, denn sie wußten nicht, sollten sie sich freuen, den König heil zu sehen, oder sich entsetzen, daß sie ihn beinahe verloren hätten. Dieses halbe Schweigen wurde jedoch jählings ein ganz anderes Schweigen, als Jean Chatel auf Lugolis Frage gestand, daß er in den vergangenen drei Jahren bei den Jesuiten studiert hatte. Wie ich nun beobachtete, wurde diese Stille, je länger sie anhielt, um so bedrohlicher, überall begegnete man nur mehr entflammten Blicken, zusammengebissenen Zähnen, Händen, die sich um den Degenknauf krampften. Und, Leser, was glaubst du, was der König tat inmitten dieses anwachsenden Zorns? Er witzelte. Obwohl die Oberlippe ihn beim Sprechen schmerzen mußte, sprach er ganz ruhig, wie im Scherz, aber scherzend in einer Weise, daß an seiner Meinung kein Zweifel blieb.

»Es wollte so vielen angesehenen Leuten nicht über die Lippen, daß die Jesuiten mich nicht lieben. Sie mußten wohl durch meine Lippe erst überzeugt werden.«

Als der König diese zugleich witzigen und hintersinnigen Worte sprach, schien der Sturm sich in allgemeine Erleichterung aufzulösen. Und als ich sah, daß Pierre de Lugoli seinen Gefangenen abführte, beschloß ich, ihm zu folgen, dachte ich beim ersten Verhör des Unseligen doch mehr für meine Mission zu gewinnen, als wenn ich im Louvre blieb.

Zunächst folgte ich Pierre de Lugoli in einigem Abstand, doch hatte er mich schon erspäht und ließ mir durch einen seiner Leute ausrichten, ich solle zu seinem Haus gehen, dort meine Verkleidung als Vogteisergeant anlegen und dann mit dem Mann zur Bastille kommen, wobei ich mich nicht zu beeilen brauchte, er lasse dem Gefangenen erst Brot und Wein vorsetzen, ehe er mit dem Verhör beginne.

Was er dann tat, ohne Gewalt anzuwenden, ohne Drohungen und Folter, in ruhigem, beinahe liebevollem Ton, gewiß weil er meinte, daß Jean Chatel eher antworten werde, wenn man ihm einiges Mitgefühl entgegenbrachte – das übrigens bei Lugoli, wette ich, nicht pure Berechnung war, schließlich war der Täter noch so jung und zart und hatte noch so grausame Leiden vor sich, bis er Ruhe fände im Tod.

»Du sagtest mir im Louvre«, begann Lugoli, nachdem Chatel geschworen hatte, die Wahrheit zu sagen, und nichts als die Wahrheit, »daß das Messer nicht vergiftet sei. Ist das wahr?«

»Es ist wahr. Es ist ein Messer, mit dem man in meinem Vaterhaus Fleisch schneidet. Ich habe es von der Anrichte genommen und im Ärmel meines Wamses, zwischen Hemd und Haut, versteckt.«

»Wo wolltest du den König treffen?«

»In die Kehle.«

»Warum?«

»Weil der König wegen der Kälte dick bekleidet sein würde, dachte ich, und wenn ich in seinen Leib zielte, würde das Messer abprallen.«

»Hattest du den König vor heute abend schon einmal gesehen?«

»Nein. Aber ich befand mich bei seiner Rückkehr von der Picardie in der Rue de l'Autruche, und als das Volk auf der Straße schrie: ›Es lebe der König!‹, fragte ich einen Mann, welcher von den hohen Herren der König sei, und er sagte, es sei der mit den Pelzhandschuhen. Dann bin ich ihm in den Louvre gefolgt.«

»Ohne daß dir jemand den Eintritt verwehrte?«

»Niemand. Das Tor stand weit offen, und das Gedränge war groß.«

»Wie kommt es, daß du einen Menschen töten wolltest, den du nie vorher gesehen hast?«

»Ich hatte keine andere Wahl. Ich war überzeugt, daß ich als der Antichrist verdammt würde, wenn ich es nicht täte.«

»Wieso das?« fragte Lugoli, und auf seinem freimütigen Gesicht malte sich heftigste Verblüffung.

Hierauf schwieg Jean Chatel lange, und weil Lugoli geduldig auf die Antwort wartete, ohne ihn irgend anzuherrschen oder auf andere Weise zu zwingen, konnte ich den glücklichen Jungen in Muße betrachten, und als ich seine erschrockenen Rehaugen zwischen den Lidern rollen sah, seine fiebrigen Lippen, seinen vor jähem Entsetzen schlotternden Körper, sagte ich mir, daß er wohl ein von unendlichen Ängsten getriebenes, gehetztes, schwermütiges kleines Wesen sei, das bei jedem Windchen wie Espenlaub zitterte.

»Rede, Sohn«, sagte Lugoli milde.

»Herr Vogt«, sagte Jean Chatel mit tonloser Stimme und indem er mit verzweifelter Miene zu Boden starrte, »es ist so, daß ich einige abscheuliche und widernatürliche Sünden begangen habe. Und das Schlimmste ist, ich habe sie vor meinem Beichtvater geleugnet. So daß ich durch Beichte und Kommunion noch ebensoviel tödliche Schuld auf mich lud, ich bin ganz sicherlich verdammt.«

»Aber inwiefern betrifft das den König?«

»Insofern, als mir in meiner Verzweiflung darüber, daß ich verdammt bin, der Einfall kam, eine große Tat zu tun, welche der Heiligen Katholischen Kirche von großem Nutzen wäre. Ich dachte, daß ich im Jenseits schwerer büßen müßte, wenn ich stürbe, ohne den König zu töten, aber daß ich weniger gestraft würde, wenn ich versuchte, ihm das Leben zu nehmen. Ich meinte in der Tat, die geringere Strafe wäre eine Art Heil im Vergleich zu der schwereren.«

»Das ist mir eine ganz neue Theologie«, sagte Lugoli. »Wo hast du die her?«

»Ich habe sie aus der Philosophie gewonnen«, sagte Chatel mit stiller Überzeugung.

»Und wo hast du diese Philosophie gelernt?«

»Im Collège de Clermont, bei Pater Guéret.«

Hier wechselten Lugoli und ich scharfe Blicke, und Lugoli legte eine Pause ein, damit der Schreiber diese bemerkenswerte Antwort in Gänze niederschreiben könne. Inzwischen näherte ich mich Lugoli und riet ihm, Chatel zu fragen, ob er im Collège de Clermont einmal in die Kammer der Meditation eingesperrt worden sei. Was dieser heftig zitternd bejahte.

»Ich habe dort vielerlei Teufel gesehen, in immer anderen schrecklichen Gestalten, sie drohten mich zu ergreifen und fortzuschleppen.«

»Wie kam es, daß du so oft dort eingesperrt wurdest?«

»Ich hatte, wie gesagt, abscheuliche und widernatürliche Sünden begangen und sie in der Beichte gleichwohl geleugnet.«

»Welche Sünden?«

»Schwulität und Inzest«, sagte Chatel mit stockender Stimme, und Tränen rannen ihm übers Gesicht. »Aber den Inzest nur in der Absicht.«

»Mit wem?«

»Mit meiner Schwester.«

»Ist dir der Gedanke, den König zu töten, in der Kammer der Meditation gekommen?«

»Das weiß ich nicht. Zum Denken war ich viel zu entsetzt.«

»Was hat dich letztlich bestimmt«, fragte Lugoli, »den König töten zu wollen?«

»Ich hörte an mehreren Orten als wahrhaftige Maxime, es sei löblich, den König zu töten, weil er ein Ketzer sei, ein rückfälliger und fälschlich bekehrter Ketzer, der exkommuniziert worden ist.«

»Sind solche Vorsätze, den König zu töten, bei den Jesuiten üblich?«

»Ich hörte von ihnen, daß es löblich sei, den König zu töten.«

»Warum?«

»Weil er außerhalb der Kirche stehe. Deshalb müsse man ihm nicht gehorchen noch ihn als König ansehen, solange er vom Papst nicht absolviert sei, was aber niemals geschehen werde.«

Hier klopfte es, und ein Bote überbrachte Lugoli den Gerichtsbefehl, er solle den Gefangenen in die Conciergerie des Justizpalastes zum Verhör bringen. Lugoli hieß den Schreiber eine Kopie des Verhörprotokolls anfertigen, damit es dem Richter gleichzeitig mit Jean Chatel überstellt werde. Dann nahm er mich beiseite.

»Ich habe die Jesuiten sofort festsetzen lassen, nachdem ich im Louvre hörte, daß Chatel bei ihnen studiert hat. Ich gehe jetzt ins Collège de Clermont. Kommt Ihr mit? Jetzt sind die großen Beichtiger dran, zu beichten.«

»Wollt Ihr sie verhören?« fragte ich ihn unterwegs.

»Ohne Gerichtsorder darf ich das nicht. Bisher sind sie nur verdächtig. Außerdem, wer weiß, ob man mehr aus ihnen herausbekommt als herzzerreißende Seufzer und Märtyrergrimassen, nach dem Motto: Was können wir dafür, daß der unglückliche Junge so verdrehten Sinnes ist?«

»Was ja stimmt«, sagte ich, »nur daß er seine Verdrehtheit ihnen verdankt. Es hätte eines solideren Hirns als dieses schmächtigen Knaben bedurft, um dem Mahlwerk standzuhalten, dem er in der Klasse des Paters Guéret wie in der Kammer der Meditation unterworfen wurde. Mein Gott! Wenn ich bedenke, daß man ihm eingeredet hat, er sei verdammt wegen ein paar Schwulheiten, die er sich nicht zu beichten getraute! Nachdem man ihn so in Schrecken versetzt hatte, war es doch ein Kinderspiel, ihm zu suggerieren, er könne sich durch eine ›große Tat‹ zum Nutzen der katholischen Kirche freikaufen!«

»Ja, im Suggerieren, Nicht-ausdrücklich-Sagen«, versetzte Lugoli zähneknirschend, »darin sind die Jesuiten Meister! Niemand hat ihm gesagt, ›zwei und zwei sind vier‹. Die Addition überließ man ihm, und die guten Patres sind weiß wie Schnee!«

»Aber, Lugoli«, sagte ich, als wir in die Rue Saint-Jacques einbogen, »wie wollt Ihr die Jesuiten befragen, wenn Ihr sie nicht verhören dürft?«

»Indem ich ihre Zellen und ihre Papiere durchsuche. Könnt Ihr Latein, Monsieur de Siorac?«

»Einigermaßen gut.«

»Und ich einigermaßen schlecht. Ihr könntet mir eine große Hilfe sein, falls Euch die Aufgabe lockt.«

»Ha, Leser! Und ob sie mich lockte! Meinen letzten Taler hätte ich drangegeben für das fabelhafte Vorrecht, die Papiere dieser Leute zu durchstöbern!

Gleichwohl, in der Zelle des Paters Guéret, die wir als erste durchsuchten, sowohl, weil er unter den Jesuiten eine Art Prior oder Abt war, als auch, weil er Jean Chatel die bekannte Philosophie gelehrt hatte, fanden wir nichts, was ihn hätte belasten können, und auch in den zehn weiteren Zellen nicht, die von zwei Sergeanten und Lugoli persönlich sehr gewissenhaft durchforscht wurden, ohne daß ich einen Finger dabei rührte, weil das eine Geschicklichkeit erfordert, die mir abgeht.

»Lugoli«, sagte ich, ihn beiseite ziehend. »Haben wir beim Oberst nichts gefunden, ist bei den Soldaten auch nicht viel zu hoffen. Aber vielleicht haben wir beim Hauptmann mehr Glück?«

»Wen meint Ihr damit?«

»Pater Guignard.«

»Wer ist das, Pater Guignard?«

»Jener Pater, der uns hierselbst die schöne Geschichte vom Rubin der Krone erzählte, den man einer bedürftigen, kinderreichen Witwe abgekauft habe.«

»Und was bringt Euch auf die Idee, daß Guignard hier eine Art Hauptmann ist?« fragte Lugoli, seiner eingefleischten Gewohnheit zu verhören folgend.

»Die Schamlosigkeit dieser Fabel. Die Unverfrorenheit ihres Erfinders. Die Tatsache, daß er versucht hat, Catherine de Guise, deren Beichtvater er ist, in einer Weise zu beeinflussen, daß die Einigung des Königs mit dem jungen Guise hinausgezögert wurde.«

»Aha!« sagte Lugoli, »wenn er so ein Tier ist, sehen wir uns seinen Bau an!«

Und dieser Bau enttäuschte uns wahrlich nicht, denn in einer

Lade, die nichts Geheimes hatte, fanden wir, was wir suchten, nicht einmal lateinisch geschrieben, sondern französisch, und in einem guten Französisch. Denn Pater Guignard besaß Stil und hatte wohl die Schwäche gehabt, damit glänzen zu wollen, indem er schriftlich niederlegte, was die anderen Patres lediglich dachten und sagten.

Hier nun das Fundstück, und der Leser wird einräumen, daß es nicht übel geschliffen ist, sei es auch in seinem Inhalt noch so ruchlos und frevlerisch:

1. Wenn man im Jahr 1572, in der Bartholomäusnacht, die königlichen Sprosse zur Ader gelassen hätte (Guignard meinte: hätte man auch Condé und Heinrich von Navarra umgebracht, die aber, obwohl Hugenotten, von Karl IX. und Katharina von Medici verschont wurden, weil sie Prinzen von Geblüt waren), wären wir nicht vom Fieber in hitzige Krankheit verfallen, wie wir es erfahren mußten. Dadurch aber daß sie (Karl IX. und Katharina) dem Geblüt verziehen, haben sie Frankreich in Blut und Asche gelegt.

2. Der grausame Nero (Heinrich III.) wurde getötet von einem Jacques Clément, der simulierte Mönch (Anspielung auf Heinrichs Frömmigkeit) niedergemacht von der Hand eines echten Mönches.

3. Wie sollten wir als Könige ansehen einen Nero Sardanapal von Frankreich (Anspielung auf das Laster Heinrichs III.), einen Fuchs von Béarn, einen Löwen von Portugal, eine Wölfin von England, einen Greif von Schweden, einen Wildeber von Sachsen? (Es handelt sich sämtlich um europäische Herrscher, die Philipp II. von Spanien zu seinen Feinden rechnete. Ich überspringe die Punkte 4, 5 und 6, die Heinrich III. weiter schmähten und seinen Mörder priesen.)

7. Die Krone Frankreichs könnte und sollte einer anderen Familie als den Bourbonen übertragen werden.

8. Der nunmehr zum katholischen Glauben bekehrte Béarnaiser würde milder behandelt werden, als er es verdient, wenn man ihm die mönchische Krone in einem Kloster aufsetzte, wo er Buße tun müßte für all die Übel, die er Frankreich angetan hat.

9. Kann man ihn nicht absetzen ohne Krieg, so bekriege man ihn! Kann man ihn nicht bekriegen, so lasse man ihn ermorden!

»Gelobt sei Gott!« rief Lugoli und schwenkte triumphierend das verräterische Blatt. »Das Glück war uns hold! Mein Freund, mein Freund, wir sind dem Ziel nahe! Dieses Stück Beredsamkeit heißt zweierlei: für seinen Autor den Tod und für seine Bruderschaft die Verbannung! Monsieur de Siorac, beliebt, mich zu entschuldigen. Ich eile, diesen Fund, kostbarer als alle Rubine der Welt, Präsident de Thou vorzulegen, auf daß er den Verblendeten die Binde von den Augen reiße, die für eine Vertagung gestimmt haben.«

Leser, du magst dir vorstellen, wie das Volk von Paris schrie und schäumte, daß die Jesuiten seinen guten König hatten ermorden wollen und es selbst wieder den Schrecken des Bürgerkriegs ausliefern und der Demütigung durch spanische Besatzung! Am Hof wurde nur geschworen und geflucht, man solle sie alle in einen Sack stecken und in der Seine ersäufen, samt den letzten Ligisten. Und was jene Herren vom Gericht anging, die sich für die Vertagung des Prozesses ausgesprochen hatten, so mußte man sehen, wie sie mit niedergeschlagenen Augen und eingezogenem Kopf umhergingen. Der Generalprokurator La Guesle – der die Vertagung gemeinsam mit Séguier betrieben hatte – wurde schief angesehen auf Schritt und Tritt. Bis der große Dämlack sich schließlich bei Seiner Majestät dafür entschuldigte, daß er, »ohne sich etwas dabei zu denken«, es für gut befunden hatte, die Jesuiten in Paris zu belassen.

»Das kommt davon, Herr Generalprokurator«, sagte der König essigsauer. »Ihr habt den Tod meines königlichen Bruders verursacht, ohne Euch etwas dabei zu denken. Ihr hättet Euch auch bei meinem nichts gedacht.«

Hätte der König zu mir so bittere Worte gesprochen, ich hätte mich in einer Einöde verkrochen. Aber niemand hat ein so dickes Fell wie ein Dummkopf. La Guesle blieb und ließ alles über sich ergehen.

Wie hatte doch Graf von Brissac, der es wissen mußte, gesagt: Es liegt nicht an der Wetterfahne, wenn sie sich dreht. Es liegt am Wind. Und der wehte jetzt wohl aus der Gegenrichtung. Denn nie seit Menschengedenken kamen die Herren vom Gerichtshof so rasch zum Beschluß: Der Jesuitenprozeß, den sie vier Monate früher ohne Entscheid an den Nagel gehängt hatten, wurde unverzüglich neu aufgerollt. Und entgegen dem, was sie seinerzeit gemeint hatten, verurteilten sie die Jesuiten, das Reich ohne Widerruf zu verlassen.

Wie wunderbar schnell so ein Gericht doch sein konnte! Am 27. Dezember 1594 hatte Chatel sein Attentat auf den König verübt. Am Sonntag, dem 8. Januar 1595 – zwölf Tage später –, traten die Jesuiten den Weg in die Verbannung an.

Sie wissen, schöne Leserin, ich dürste nicht nach Blut, den Todesqualen des kleinen Chatel wollte ich nicht beiwohnen, auch nicht dem Galgentod Guignards. Aber den Auszug der guten Patres mit eigenen Augen zu sehen, das wollte ich mir nicht entgehen lassen, und so begab ich mich um zwei Uhr nachmittags in die Rue Saint-Jacques, wo ich inmitten großen Volksgedränges wartete – die Leute schimpften, schrien und waren von den Sergeanten kaum in Schach zu halten –, bis der Gerichtsdiener, einzig mit seinem Stab bewaffnet, erschien und dem Pater Guéret, der auf der Schwelle seines berühmten Collège stand, das Urteil verlas.

Als die Verlesung beendet war, öffnete sich das Kutschentor, und es kamen drei Karren heraus, darin die ältesten und gebrechlichsten Patres. Die übrigen folgten zu Fuß, am Schluß Pater Guéret auf einem Maultier. Ich zählte sie: Es waren ihrer siebenunddreißig. Alle hielten die Augen gesenkt, ihre Gesichter gaben nichts zu erkennen. Manche bewegten die Lippen, als ob sie leise beteten. Sie machten den Eindruck von Männern, die um ihres großen Glaubenseifers willen wenig acht hatten auf sich und ihr Leben. Und eigentlich wäre ihr Glaube etwas sehr Schönes gewesen, hätte er besseren Zwecken gedient.

ACHTES KAPITEL

Bei den auf das Attentat Jean Chatels folgenden Ereignissen übersprang ich ein scheinbar belangloses, das der Leser mir hier nachzuholen gestatte, weil es nicht ohne Bedeutung und Folgen für die neue Mission war, die der König mir im Januar übertrug.

Als Pierre de Lugoli mit dem entscheidenden Fund aus dem Collège de Clermont davoneilte und mich, der ich ja keine Amtsbefugnis hatte, zu meiner nicht geringen Verlegenheit mit seinen Sergeanten allein ließ, konnte ich nur zusehen, wie diese ihre Durchsuchung mit unvermindertem Eifer fortsetzten. Bald nun entdeckten sie ein Personenarchiv der Jesuiten, wußten jedoch nicht, ob die Papierstapel für den Prozeß von Nutzen wären, weil die Vöglein in diesem Nest lateinisch zwitscherten. Neugierig, was in diesen Akten wohl über mich stehen mochte, sagte ich, das würde ich feststellen, und schloß mich damit in einer Zelle ein. Dank der strengen, militärischen Ordnung, welche die Jesuiten von ihrem Gründer Ignatius von Loyola ererbt hatten, fand ich mühelos die Rubrik mit dem Buchstaben S.

Unter meinem Namen stand zunächst ein Bericht des Jesuiten Samarcas – der in der unglücklichen Existenz meiner Schwägerin Larissa bekanntlich eine große Rolle spielte. In boshaften Worten hatte er mich als bekehrten Hugenotten, dessen Bekehrung aber nicht zu trauen sei, und als ausschweifenden Weiberhelden charakterisiert. Über meine Tätigkeit am Hof Heinrichs III. wußte er jedoch nicht viel zu vermelden, weil er damals nach England ging, wo er zum Lohn für seine Intrigen gegen Königin Elisabeth ein schmähliches Ende erlitt. Hierauf folgten wenig ergiebige und nicht mit Namen gezeichnete Eintragungen, die mich als Leibarzt des Nero Sardanapal bezeichneten, der wahrscheinlich, ebenso wie der Leibarzt Miron, der königlichen Geheimdiplomatie diene.

Was mich indes erschreckte, war ein L.V. gezeichneter Bericht. Zu meiner Verblüffung erkannte ich die energische und gestochene Handschrift der Mademoiselle de La Vasselière, die mich einen Spion im Dienste der »englischen Wölfin« nannte – was falsch war –, der einen gewissen Mundane gerettet, geheilt und seinem Schutz unterstellt habe – was zutraf – und den besagte Wölfin mit der »unheilvollen Gesandtschaft des Herzogs von Epernon« ins Béarnais zu Henri de Navarra geschickt habe. L.V. bezeichnete diese Gesandtschaft als »unheilvoll«, weil sie, weit vor dem berühmten Treffen zu Plessis-les-Tours, das Bündnis zwischen dem letzten Valois und dem ersten Bourbonen einleitete.

Dieser Bericht verblüffte mich auch deshalb, weil ich der Vasselière, bevor sie im Duell von meiner Hand fiel,[1] die Behauptung nicht geglaubt hatte, sie gehöre einem religiösen Orden an. Hingegen zeigte ihr Bericht, daß sie mit den Jesuiten tatsächlich in enger Verbindung gestanden hatte.

Ich entschloß mich, die Berichte von Samarcas und von L. V. herauszulösen und zu vernichten und, damit es nicht auffiele, die nichtssagenden Vermerke über mich bestehen zu lassen für den Fall, daß das Archiv, soweit die Akten den Prozeß nicht berührten, den Jesuiten zurückgegeben würde. Da ich nicht bezweifelte, daß die Gesellschaft Jesu, auch wenn ihre Sekte aus Frankreich ausgewiesen war, fortfahren würde, ihre Bauern gegen meinen König vorzurücken, wollte ich nicht, daß diese mich sogleich einordnen könnten, wenn sich unsere Wege einmal kreuzen sollten.

Den König sah ich kurz nach der Ausreise der Jesuiten, wie üblich um Mitternacht. Nun, als ich das große Gemach betrat, wirkte er durchaus nicht so vergnügt und fröhlich wie sonst, und ich erlaubte mir zu sagen, daß er keine allzu glückliche Miene mache.

»Glücklich, Graubart?« rief er mit Vehemenz, »bei einem Volk, das so undankbar ist gegen seinen König? Tue ich nicht ihm zuliebe, was ich kann, und trotzdem veranstaltet es mir alle Tage neue Attentate! Sankt Grises Bauch! Seit ich wieder in Paris bin, ist von nichts anderem die Rede!«

»Sire«, sagte ich, »aber das Volk liebt Euch. Letzten Donnerstag, als Ihr in Eurer Karosse nach Notre-Dame fuhrt, hat es Euch zugejubelt, daß es jedermann nur so in den Ohren dröhnte.«

---

[1] Siehe den Band *Paris ist eine Messe wert*.

»Bah!« sagte Henri mit traurig versonnener Miene, indem er über das kleine schwarze Pflaster auf seiner Oberlippe strich, »wäre mein ärgster Feind mit Pomp und Karosse vorgefahren – es hätte ihm genauso zugejubelt. Ach, Graubart!« fuhr er seufzend fort, und in seinen sonst so geistsprühenden Augen war eine Müdigkeit, die mich frappierte, denn zum ersten und einzigen Mal las ich darin einen deutlichen Überdruß an seinen Untertanen und am Leben, »das Volk ist ein blödes Tier, vor allem das von Paris. Das geht jedem Bauernfänger und Scharlatan auf den Leim. Du hast es doch während der Belagerung gesehen!«

»Sire«, sagte ich, »das Volk ist Euch dankbar, daß Ihr ihm Frieden gebracht habt.«

»Wenn es darum geht«, sagte er, jäh in die alte Witzelei verfallend, »den hat es die längste Zeit gehabt: Morgen lasse ich in Paris ausrufen und anschlagen, daß ich Spanien den Krieg erkläre.«

»Ha, Sire!« rief ich, »das ist ein großer Entschluß! Endlich kann Philipp in diesem tückischen, erklärten Krieg gegen uns nicht mehr fortfahren, ohne daß Ihr ihm heimzahlt, was er Frankreich angetan hat, Heinrich III. und Euch! Bitte, rechnet mich zu den ersten Edelleuten, die sich rühmen dürfen, an Eurer Seite zu kämpfen!«

»Nein, nein, nein, Graubart!« sagte Henri, der mich noch immer so nannte, obwohl mein Kaufmannsvollbart längst wieder dem zierlichen Kinnbart des Edelmanns gewichen war. »Ich weiß wohl, du bist tapfer, und das wissen alle, die dich bei Ivry und bei Laon kämpfen sahen. Aber du bist mir zu kostbar, als daß ich dein Leben zwischen Schwert und Pike aufs Spiel setzte.«

»Sire«, sagte ich, »wer setzt sein Leben im Waffengeklirr denn aufs Spiel wie Ihr?«

»Das ist was anderes. Ich muß meinem Adel ein Beispiel geben, ich bin sein Anführer. Aber was dich angeht, Graubart, wenn du dich für mich schlägst, dann diesmal nicht gegen Gepanzerte, sondern gegen Roben.«

»Roben, Sire?«

»Roben, ja. Schwarze, violette, purpurne, weiße, was weiß ich!«

»Gegen Soutanen, Sire?«

»Gegen Soutanen, in Rom!« sagte er und lachte hellauf, weil ich so schwer von Begriff war. »Ha, Graubart!« fuhr er fort, indem er abermals nach dem schwarzen Pflaster griff, vielleicht weil die Wunde ihn juckte oder störte, »es tut mir ja sehr leid, dich deinem häuslichen Glück (bei dem Wort »häuslich« grinste er) auf lange zu entreißen.«

»Auf lange, Sire?«

»In Rom«, versetzte er seufzend, aber diesmal eher scherzend denn aus Melancholie, »in Rom dauert alles lange; alles unterliegt unzähligen Regeln, alles geht im Schneckengang, Schrittchen für Schrittchen. Als ich den Plan faßte, mich zu bekehren, schickte ich den Marquis de Pisany nach Rom. Aber er kam gar nicht bis dorthin, der Papst verbot ihm, von Florenz weiterzureisen, und wollte meinen Gesandten auf keinen Fall empfangen. Dann machten meine Bischöfe mich zum Katholiken, und ich schickte den Herzog von Nevers nach Rom, der zuerst übel behandelt, aber dann immerhin empfangen wurde, allerdings – als Herzog von Nevers, nicht als mein Gesandter, da staunst du, was, Graubart? Und von Absolution keine Rede! Dank dem Abbé d'Ossat schließlich – der ein echter Franzose ist, meine bienenfleißigste Biene in Rom und unermüdlich am Werk für den Erfolg meiner Sache – näherten wir uns langsam dem Ziel, und ich war im Begriff, Monseigneur Du Perron zu Seiner Heiligkeit zu entsenden, diesmal mit guten Aussichten, daß meine Bekehrung anerkannt würde, da zwingt mich das Messer des kleinen Chatel – ich sage ausdrücklich, zwingt mich –, die Jesuiten zu verbannen! Sankt Grises Bauch! Was für ein schwankender Grund ist der Vatikan!«

»Ich wette«, sagte ich, »daß der Papst schäumt.«

»Viel schlimmer«, sagte Henri mit feinem Lächeln, »er weint. Der Himmel hat Clemens VIII. die Gabe verliehen zu weinen.«

Worauf ich im stillen lächeln mußte, war diese Gabe Henri doch selbst nicht fremd.

»Sire, ist demnach alles verloren?«

»Nein, nein. D'Ossat versichert mir das Gegenteil. Aber um nicht all meine Eier in denselben Korb zu legen, brauche ich eine zweite Sicherheit, ehe ich Monseigneur Du Perron nach Rom schicke.«

»Was kann ich dazu tun, Sire? Wie ich höre, ist der Abbé

d'Ossat ein großer Diplomat, dem Reich treu ergeben und bestens eingeführt beim Papst.«

»Aber er ist ein Kirchenmann und seiner Kirche ebenfalls treu ergeben. Und obwohl es für mein Gefühl«, fuhr Henri lächelnd fort, »ebensosehr das Interesse der Kirche wie mein eigenes ist, daß das verlorene Lamm in den Pferch heimkehrt, zumal besagtes Lamm Herr eines mächtigen Reiches ist, könnte es doch sein, daß d'Ossat glaubt, was er glauben möchte, und sich über meine Chancen täuscht. Du bist kein Kirchenmann und wirst die Dinge klarer sehen.«

»Sire, darf ich Euch schreiben?«

»Nicht eine Zeile. Du schickst mir Monsieur de La Surie, und das Ganze läuft zwischen uns rein mündlich ab. Du wirst auch nur einen Brief von Königin Louise an den Abbé d'Ossat mit auf die Reise nehmen.«

»Von Königin Louise?« fragte ich verwundert.

»Du mußt wissen, Graubart, daß Königin Louise seit dem Tod Heinrichs III. beim Papst um die Rehabilitierung ihres seligen Gemahls nachkommt, weil seine Seele immer noch der päpstlichen Exkommunikation unterliegt. Von außen betrachtet, vertritt Abbé d'Ossat zu Rom lediglich die Interessen der Königin. Mit den meinen«, fuhr er mit verschwörerischem Lächeln fort, »hat der Abbé überhaupt nichts zu tun. Deshalb kann er den Papst so oft besuchen, wie er will, ohne bei den spanischen Kardinälen Verdacht zu erregen.«

»Sire, das scheint mir eine sehr vatikanische List.«

»Wofür du in Rom mehr als ein Beispiel finden wirst. Besagtes Rom ist nicht nur die Ewige Stadt, es ist auch der Ort, wo alle Listen der Welt versammelt sind. Du reist in drei Tagen«, setzte er in befehlendem Ton hinzu, »mit La Surie, der Eskorte von Quéribus und einem Wegegeld aus meiner Schatulle. Gute Nacht, Graubart.«

Und glaubst du es, Leser? Ich war ganz enttäuscht, daß er diesmal nicht hinzusetzte: »Mich schläfert«, so sehr gehörte dieser Ausdruck für mich zu ihm.

Mehr denn je schwirrte mir der Kopf, als ich mit meiner Suite heimkehrte ins Champ Fleuri und mich zu meinem vor Neugier brennenden Miroul und zu meinem Nachtmahl setzte. Zunächst beschränkte ich mich, während ich heißhungrig zulangte, aber auf die Mitteilung, daß die Lippe des Königs zwar noch gepflastert, aber bereits abgeschwollen sei und daß er seine Gabrielle in einer Woche wieder küssen könne.

»Das freut mich«, sagte Miroul und saß wie auf glühenden Kohlen.

Worauf ich die Augen senkte und wortlos fortfuhr zu essen und zu trinken. Und Miroul seufzte.

»Sagtest du etwas, mein Miroul?« fragte ich scheinheilig.

»*Niente*[1]«, erwiderte Miroul mit zusammengebissenen Zähnen.

»Miroul«, fuhr ich fort, indem ich aufstand, »ich gehe jetzt schlafen. Ich bin sehr müde. Gute Nacht, mein Miroul.«

»Gute Nacht, mein Pierre«, sagte er, auch aufstehend, mit ganz zerknittertem Gesicht.

»Mich erwartet ein anstrengender Tag«, sagte ich. »Hilfst du mir morgen, meine Siebensachen zu packen, Miroul? Ich reise in drei Tagen nach Rom.«

»Nach Rom!«

»Ja!«

»Allein?« rief er mit so untröstlicher Miene, daß ich mich schämte, ihn so lange auf dem Rost geschmort zu haben.

»Wieso allein?« entgegnete ich wie stutzend, »habe ich allein gesagt? Ist es nicht selbstverständlich, daß du mitkommst?«

»Ha, mein Pierre!« rief er halb grimmig, halb entzückt, »wie kannst du mich dermaßen zwiebeln! Warum hast du das nicht gleich gesagt?«

»Warum hast nicht gleich gefragt?« versetzte ich und wandte mich zur Wendeltreppe, hinauf nach meinem Zimmer.

Doch er folgte mir und preßte mich schamlos aus mit seinen Fragen, die ich, während ich ins Bett kroch, sämtlich beantwortete, so müde ich auch war, tanzte doch in seinen zwiefarbenen Augen die helle Freude, daß wir beide so bald in die weite Welt galoppieren sollten.

Dennoch, glauben Sie, schöne Leserin, ich wäre gleich eingeschlafen, als Miroul gegangen war? Ganz und gar nicht. Der Gedanke, den ich seit meinem Gespräch mit dem König entschlossen beiseite geschoben hatte, so verständnisvoll er auch darauf angespielt hatte, als er bedauerte, mich so lange meinen »häuslichen« Freuden entreißen zu müssen – jetzt packte er

---

1 (ital.) Nichts.

mich mit doppelter Macht, und vor allem mit einer Art Reue, wie wenn ich meiner großen Liebe allein schon dadurch untreu geworden wäre, daß ich im ersten Augenblick gar nicht mit Betrübnis an unsere Trennung gedacht hatte. Denn zum einen war ich überglücklich, dem König wieder in einer für ihn und das Reich hochwichtigen Angelegenheit zu dienen, zum anderen verlieh die Aussicht auf Reise und Abenteuer mir Flügel, die in meiner vorauseilenden Phantasie nicht sehr nach reinen Engelsflügeln aussahen, bei weitem nicht.

Und erlöste der Schlaf mich auch endlich von meiner Traurigkeit, erstand sie mit dem nächsten Tag doch unversehrt und bedrückte mich auf dem ganzen Weg bis zu der kleinen grünen Tür, ja bis in die Arme meiner Liebsten, in welchen ich sie zu verwinden trachtete, indem ich alle Lust ausschöpfte, die uns in zwei Tagen genommen sein würde, ohne daß meine Liebste es ahnte.

»Mein Pierre«, sagte sie, als unserem Getümmel jener köstliche Augenblick folgte, wenn der Körper gesättigt ist und das Herz freier spricht, »in Euren Augen, dünkt mich, ist etwas Grüblerisches und Melancholisches. Wißt Ihr nicht, daß Ihr um unserer Liebe willen Eure Sorgen mit mir teilen müßt?«

Weh! dachte ich, von Teilen, gerechtem Teilen, kann nicht die Rede sein, denn traf nicht sie das weit schwerere Los, wenn sie allein dasäße in ihrem Haus, während ich auf meiner abenteuerlichen Reise von den mannigfaltigsten Neuheiten abgelenkt wäre, von so vielen neuen Gegenden, Orten und Menschen, die ich zu sehen bekäme?

Das Herz hämmerte mir bei den ersten Worten, die ich mit fast erstickter Stimme, tonlos und stammelnd hervorbrachte, doch schließlich sagte ich ihr alles, wenn auch stockend, bis auf die Stadt, in die ich mich begeben sollte – meine Mission war ja geheim, auch für sie –, und ebensowenig, wie lange ich ausbliebe, weil ich es ja nicht wissen konnte.

Ha, schöne Leserin, da erlebte ich denn alles und mehr, was Sie von dieser so innigen, so leidenschaftlichen und im Leben so späten Liebe sich längst mögen vorgestellt haben: niedergeschlagenes Schweigen, steinerne Reglosigkeit, törichten Unglauben, Schreie, sinnlose Vorwürfe, Drohungen, sie wolle mich nie wiedersehen, Schwüre, sie werde sich erstechen oder in ein Kloster gehen, und nach ihrer kindischen Weise trommelte und schlug sie sogar auf mich ein, was sie dergestalt erschöpfte, daß sie wiederum in eisiges Schweigen verfiel, das sich plötzlich in eine Tränenflut löste, welcher ich meine Tränen gesellte, so sehr schmerzte mich das Leiden, das ich ihr bereitete.

»Mein Pierre«, fragte sie mit einer verzagten Stimme, die mir das Herz zerriß, »schreibt Ihr mir wenigstens?«

»Leider nein, mein Engel, es geht nicht: Ihr dürft nicht wissen, wo ich bin. Aber wenn ich Monsieur de La Surie zum König schicke, wie er es angeordnet hat, wird mein Miroul Euch ein Sendschreiben von mir überbringen, sofern Ihr versprecht, ihn nicht zuviel zu fragen oder ihm zu zürnen, wenn er nicht antworten darf.«

Sie versprach es, dann wollte sie wissen, wann ich reisen würde, erschrak, daß es so bald war, und als ich bat, sie am nächsten Tag noch einmal besuchen zu dürfen, sagte sie müde und verzweifelten Blickes, das solle ich halten, wie ich wolle: ob sie mich am nächsten Tag wiedersähe oder nicht wiedersähe, sei für sie einerlei, so sehr habe sie das Gefühl, mich schon verloren zu haben. Doch als wir uns trennten, umschlang sie mich mit einer Kraft, die ich ihren molligen Armen nicht zugetraut hätte, und flüsterte: »Bis morgen, mein Pierre.«

Um nicht in voller Winterkälte die Alpen zu überqueren, beschlossen wir, Miroul und ich, nachdem wir die Karten studiert hatten, zuerst bis Marseille und dann längs der Küste zu reisen: ein langer Umweg, aber hübsch und angenehm durch die milde Luft. Doch an der Verköstigung haperte es, weil es wegen des unfruchtbaren Gestades wenig Fleisch gab, bis auf Ziege und Lamm, gar keine Milch, Butter und Käse und lange nicht so viel Brot, wie wir wollten. Nur Fisch fanden wir reichlich, frisch und saftig, aber der war bei unserer Eskorte wenig beliebt, die sich beklagte, wir »hielten sie mager«.

Wir glaubten stark genug zu sein, um von Räuberbanden gemieden zu werden. Doch eine oder zwei Meilen hinter Nizza, einem hübschen kleinen Hafen am Mittelmeer, hörten wir vor uns auf dem Weg großes Geschrei, wütendes sowohl wie verzweifeltes. Und weil wir aus letzterem französische Wörter zu vernehmen meinten, gaben wir die Sporen und galoppierten mitten in ein wüstes Treffen von etwa zwanzig kunterbunt bewaffneten

Strauchdieben und ebenso vielen Pilgern, die sich in arger Lage befanden, weil unter ihnen fünf oder sechs Frauenzimmer waren, die zwar Dolche hatten, wie meine Schwägerin, Dame Gertrude de Luc, einen im Gürtel zu tragen pflegte, doch im Unterschied zu Gertrude getrauten sich die armen Fräulein nicht, diese zu benutzen, weil sie wohl weniger für ihr Leben als für ihre Tugend fürchteten.

Der Hinterhalt war schlau gelegt und der Ort gut gewählt, denn die Landstraße von Nizza nach Genua verlief hier zwischen schroffen Felsen zur Linken und einer steilen und steinigen Schlucht zur Rechten, die jäh abfiel zum Meer. Und die italienische Bande, die den Weg durch Felsbrocken versperrt und die Wallfahrer von hinten überfallen hatte, schnitt ihnen jeglichen Rückzug ab, wenn sie nicht in den Tod stürzen wollten.

Nicht, daß mehrere Männer der Pilgerschar sich nicht tapfer verteidigt hätten, namentlich ein langer Kerl von Priester, der mir den Rücken kehrte und der, als wir eintrafen, mit seinem langen Degen am nicht minder langen Arm treffliche Hiebe und Stiche jedwedem versetzte, der ihm zu nahe kam.

»Beim Ochsenhorn, Monsieur! Haltet durch!« schrie ich, indem ich mit einem Pistolenschuß einen Strolch erlegte, der von der Straßensperre her mit seiner Arkebuse auf ihn zielte. Doch bei unserem Anblick von unserer Anzahl, unseren Waffen, unseren starken Pferden erschrocken, ergriff das Gros der Lumpen die Flucht und glitt mit fabelhafter Behendigkeit den steinigen Hang abwärts, der zum Meer führte, vielleicht um eine Barke zu besteigen, die, von oben unsichtbar, in einer Bucht wartete.

Monsieur de La Surie hätte dem überstürzten Rückzug gern eine tüchtige Schießerei nachgeschickt, doch ich wollte es nicht. Zwei der Pilger waren verletzt, einer sogar ziemlich schwer, und was die Bande anging, so hinterließ sie auf dem Weg einen Toten, von ihren Verwundeten ganz zu schweigen, denn auf den Steinen der Schlucht, über die sie geflohen waren, glänzten düstere Blutspuren im Sonnenlicht. Ich verband die Verletzten, ließ allen Wasser ausschenken und befahl, den Toten auf ein Maultier zu binden, um ihn auf dem nächsten Dorfkirchhof zu begraben.

Da kam Pissebœuf zu mir.

»Moussu«, sagte er auf okzitanisch, »die Schnapphähne hissen da unten eine weiße Fahne.«

Tatsächlich, am Hang der Schlucht, hinter einem Felsen hervor, wurde ein weißgrauer Lumpen geschwenkt, ohne daß jemand sich zeigte.

»Was wollt ihr?« rief ich auf italienisch.

»Gnädiger Herr«, antwortete eine Stimme, »wir bitten Euch um die Erlaubnis, unseren Toten zu holen.«

»Das ist eine List«, sagte La Surie auf okzitanisch. »Ich würde diesen Burschen nicht trauen.«

»Kommt zu zweit«, rief ich, »ohne Waffen.«

Hierauf hieß ich am Rand der Schlucht zehn Arkebusiere mit gezündeter Lunte in einer Reihe niederknien und die Landstraße rückwärts und vorwärts von gleich starken Truppen bewachen. Auch lud ich meine beiden Pistolen neu, Monsieur de La Surie ebenso.

»Gnädiger Herr«, rief wieder die Stimme, »habe ich Euer christliches Ehrenwort, daß wir unbeschadet und unversehrt kommen und gehen?«

Dieses »christlich« aus dem Mund eines Galgenvogels machte mich schmunzeln.

»Du hast es«, rief ich, »im Namen aller Heiligen und der gebenedeiten Jungfrau! Aber spute dich! Wir können nicht länger warten!«

Nun kamen hinter dem Felsen zwei Männer hervor, die den steilen Hang mit bewundernswerter Geschwindigkeit erklommen, während ich, meine beiden Pistolen in Händen, sowohl sie als auch die Umgebung im Auge behielt und Pissebœuf und Poussevent den Leichnam vom Maultier losbanden und auf dem Weg niederlegten.

Inzwischen tauchten die zwei Männer in unserer Mitte auf, und der eine, anscheinend der Anführer, sah sich mit scharfem Blick, doch keineswegs angstvoll um, dann trat er ohne Zaudern auf mich zu und grüßte.

»Gnädiger Herr, vielen Dank für Eure Großmut. Catilina ist mein Name«, setzte er mit einer Würde hinzu, als müßte mir sein Brigantenname bekannt sein.

»Signor Catilina«, sagte ich, »ich hätte Euch lieber bei anderer Gelegenheit kennengelernt.«

»Das bringt der Krieg mit sich«, sagte Catilina mit derselben edlen Schlichtheit.

Es war ein Mann von mittlerer Statur, die große Energie und

Kraft verriet, mit schwarzen Haaren und dunkler Haut, doch das Gesicht war frei und offen, und ich dachte, daß der Aristokrat des antiken Rom, dessen Namen er trug, nicht viel anders mochte ausgesehen haben.

»Signor Catilina«, sagte ich, »Ihr habt Euer Leben gewagt, indem Ihr mir vertrautet. Der Kamerad, dem unser Scharmützel zum Verhängnis wurde, muß Euch teuer sein.«

»Er war mein Bruder«, sagte Catilina, die Lider senkend, »und die Ehre gebietet mir, seinen Leichnam in mein Dorf heimzuführen.«

Hiermit kniete er vor dem Toten nieder im Staub und legte weinend die Hände aneinander zum Gebet, so gesammelt und so voller Kummer, daß alles schwieg, die Pilger ebenso wie unsere Soldaten.

Dann erhob sich Catilina und bat mich mit derselben würdigen Ungezwungenheit, mit der er alles machte, zu erlauben, daß der Herr Abbé aus der Pilgerschar ein kurzes Gebet für seinen Bruder spreche.

Womit er auf jenen langen Priester zeigte, der so wacker gekämpft hatte und der in einiger Entfernung beschäftigt war, seinen blutigen Degen an einem Strauch zu reinigen. Der Geistliche schien Italienisch zu verstehen, denn er horchte bei Catilinas Worten auf, steckte seine Klinge ein und sagte mit wohlklingender Stimme: »Gern, mein Sohn.«

Worauf er sich umwandte, und verblüfft erkannte ich Fogacer.

Es war nicht leicht, in Genua einen Gasthof zu finden, der groß genug war, sowohl unsere Eskorte als auch die Wallfahrer aufzunehmen, denn diese waren durch den Überfall so verschreckt, daß sie gefleht hatten, sich unserer Gesellschaft anschließen zu dürfen bis Rom, was ich um so lieber gewährte, als ich wünschte, daß Fogacer bei mir bliebe, um unserer alten und unwandelbaren Freundschaft willen, vor allem aber, weil ich darauf brannte zu erfahren, was es mit seiner Reise auf sich habe.

Es ist in Italien wie in Frankreich: Für fünf Sous steckt einen die Wirtin zu mehreren in dieselbe karge Kammer und womöglich in ein und dasselbe Bett. Für einen Taler erhält man ein Gemach wie ein Bischof, dazu ein gesondertes Speisezimmer, abseits des lärmenden Wirtssaals. Und legt man, wie ich, noch fünfzig Sous obendrauf, wird einem ein Badezuber gebracht, und während man seine Mahlzeit einnimmt, füllen ihn zwei schmucke und kräftige Mägde mit dampfendem Wasser.

Ich war nach dem Tohuwabohu des Tages so müde und des Alleinseins so bedürftig, daß ich mein Lager nicht mit Monsieur de La Surie teilen mochte (während der ehrwürdige Pater Fogacer gerade darauf bestand, das seine mit seinem jungen Begleiter zu teilen). Doch schuldete ich es der Freundschaft, gemeinsam mit ihnen das Brot in dem kleinen Speisezimmer zu brechen, wo Pissebœuf und Poussevent uns der Stiefel entledigten und wir ausgehungert und wie zerschlagen in den Lehnsesseln hingen und tüchtig dem Fleisch und dem Wein zusprachen.

Da es schon spät war, brachte die dicke Wirtin unsere Nachtlichter und stellte sie auf den Tisch mit der Mahnung, nicht zu lange beim Essen zu säumen, denn sie könne uns keine neuen Kerzen aufstecken, daran sei sie knapp.

Und weil man in dem helleren Licht jetzt besser sah, fiel mir am Gesicht von Fogacers jungem Akoluthen etwas auf.

»Monsieur«, erlaubte ich mir zu sagen, »ich kenne in Paris eine kleine Kammerfrau, die bei einem ehrwürdigen Doktor der Medizin, einem Freund von mir, dient und die Euch frappierend ähnlich sieht: das gleiche Oval, die gleichen Augen, der gleiche Erdbeermund, sogar das gleiche bartlose Kinn ...«

»Herr Marquis«, sagte wimpernschlagend der Knabe, »das kann nicht verwundern, ist jene doch meine Zwillingsschwester Jeannette. Was mich angeht, so heiße ich Jeannot.«

»Wie hübsch, Jeannot«, sagte ich und äugte nach Fogacer, der dem Dialog mit gesteilten Brauen über den nußbraunen Augen lauschte, ohne einen Ton von sich zu geben. »Da Ihr dem Herrn Abbé Fogacer so trefflich zur Hand geht und weil Eure gute Miene mir gefällt, sollt Ihr an meinem Tisch bis ans Ende der Reise stets willkommen sein.«

»Besten Dank, Herr Marquis«, sagte Jeannot. »Eure Herablassung gegen mich vermehrt die Dankbarkeit, die ich Euch ewiglich bewahren werde, dafür, daß Ihr dem Herrn Abbé Fogacer das Leben gerettet habt und wahrscheinlich auch mir.«

»Sofern dir, mein Kind«, sagte Fogacer mit seinem langsamen, gewundenen Lächeln, »nicht ein schlimmeres Los gedroht hätte als der Tod ...«

Worauf Jeannot rot anlief und ein Engel, der vorüberging

und den Hintersinn dieser Bemerkung nicht englisch fand, entfleuchte.

»Herr Abbé«, sagte ich (und verzeihen Sie, schöne Leserin, aber all diese Reden erfolgten mit vollem Mund, mahlenden Kiefern und gluckernder Kehle, war ich doch auf Einweihung ebenso begierig wie auf irdische Nahrung), »darf ich Euch verraten, daß ich ob der Umstände unserer Begegnung größte Lust verspüre, Euch dies und das zu fragen?«

»*Mi fili*«, sagte Fogacer, »fragt nur, fragt. Was ich antworte und ob es wahr ist, das steht dahin.«

»Welche Bewandtnis, diese Frage brennt mir seit drei Stunden auf den Lippen, welche Bewandtnis, sagt, hat es mit dieser Eurer Soutane?«

»Wieso?« erwiderte Fogacer, die diabolischen Brauen wölbend, »ist sie nicht gut geschnitten?«

»Ich würde behaupten«, sagte La Surie, »daß diese Soutane Eurer Person vortrefflich steht, beinahe wie angeboren.«

»Mein Freund«, setzte ich erneut an, »ich meine: Habt Ihr diese Soutane verdient?«

»Das«, sagte Fogacer, »ist eine ernste Frage. Hatte der Erzbischof von Lyon, der es mit seiner Schwester trieb, seine schöne violette Robe verdient? Die Antwort weiß Gott allein.«

»Ich meine«, sagte ich, »ist die Soutane echt?«

»Ist die Soutane der Jesuiten echt«, fragte Fogacer, »die, wären sie ein regelrechter Orden, in Kutte, Strick und Sandalen gehen müßten?«

»Ich meine«, sagte ich wieder, »ist die Soutane eine Maske?«

»Jedes Kleid, das ich trage, ist eine Maske«, sagte Fogacer, diesmal weniger spaßend, »da es mir verboten ist, mein wahres Gesicht zu zeigen.«

»Ich meine«, sagte ich, »habt Ihr darin ein gutes Gewissen?«

»Mein Gewissen habe ich nicht in meinem Kleid«, sagte, gewunden lächelnd, Fogacer.

»Nun denn«, sagte ich, »mein letzter Versuch, da alle vorigen abgeschmettert sind: Wie trägt sich die Soutane?«

»Auf Reisen unbequem. Bequem am Ziel.«

»Euer Ziel ist Rom, vermute ich?«

»Wo mir«, sagte Fogacer, die Lider senkend und die Hände über seinem Teller faltend, »alle Vergebung zuteil werden wird, die ich bislang so grausam entbehrte.«

»Könnte es sein«, sagte ich, »daß Euer Pfeil und meiner, wenngleich von zwei verschiedenen Bogen abgeschossen, dieselbe römische Scheibe anpeilen?«

»Das ist mehr als wahrscheinlich«, sagte Fogacer. »Womit Ihr meinen Bogen kennt.«

»Ich kenne und ehre ihn«, sagte ich. »Nie diente ein Bischof dem König und sich selbst so trefflich.«

»Amen«, sagte Fogacer, und seine nußbraunen Augen sprühten. »Dieses italienische Weinchen ist nicht von den schlechtesten«, fuhr er fort. »Ich trinke auf das Wohl meines guten Herrn, Monseigneur Du Perron, auf den Erfolg seiner großen Mission und auf seinen künftigen Hut.«

»Was für einen Hut?«

»Monsieur«, sagte Fogacer, »soll ein Kardinal barhaupt gehen?«

Bei den letzten Reden war das Gespräch zum Gemurmel herabgesunken, und auf einen Wink, den ich La Surie gab, nahm dieser eins der Nachtlichter, schlich auf Katzensohlen zur Tür und riß sie auf. Dahinter war aber nur die Wendeltreppe zu sehen, die zu unseren Kammern führte, und er schloß sie wieder.

»Schön«, sagte ich, »da deine Zielscheibe, Herr Abbé, vermutlich ein gewisser anderer Herr Abbé ist und da man sich von Robe zu Robe kennt, solltest du mir ein Licht aufstecken.«

»Was willst du wissen, *mi fili*?« fragte Fogacer.

»Wo kommt er her, und wo will er hin?«

»Er kommt aus dem Dunkel einer schwarzen Robe, trachtet, so er ihn nicht schon hat, nach dem diskreten Schimmer einer violetten Robe, und so er den haben wird, nach dem Glanz einer Purpurrobe.«

»Ich meinte nicht seine persönliche Karriere, mich interessiert seine politische Rolle.«

»*Mi fili*«, sagte Fogacer halb frozzelnd und halb liebevoll, »denn jetzt bist du doppelt mein Sohn, nicht allein, weil ich dich in jungen Jahren an den sterilen Zitzen des Aristoteles genährt habe, sondern im geistlichen Sinn, aufgrund meines Kleides sozusagen. So wisse denn, seit je gibt es zur Vertretung der französischen Interessen in Rom einen französischen Gesandten und einen Kardinal-Protektor, welcher unter Heinrich III. zunächst der Kardinal d'Este war, der, als er seine Seele Gott anheimgab, seinem Nachfolger, dem Kardinal von

Joyeuse, wiederum jene unschätzbare Perle, seinen sehr ergebenen Sekretär, den Abbé d'Ossat, vermachte. Dieser«, fuhr er fort, indem er seine lange und feingebildete Hand hob, »stand in einem solchen Ruf der Redlichkeit, Entschlossenheit, Loyalität und diplomatischen Gewandtheit, auch in Frankreich, daß Heinrich III. d'Ossat zum Minister machen wollte, als er 1588 zu Blois die seiner Mutter ergebenen Herren entließ.«

»Beim Ochsenhorn! Das wußte ich nicht!« sagte ich.

»Die Kirche weiß alles«, sagte ernst Fogacer.

»Was für ein unglaublicher Aufstieg für einen kleinen Abbé!« sagte La Surie.

»Den er gleichwohl ablehnte«, sagte Fogacer mit seinem langsamen, hintersinnigen Lächeln. »Wenn Ihr, mein lieber Miroul, die Wahl hättet, Minister oder Kardinal zu werden, wofür würdet Ihr Euch entscheiden?«

»Minister kommen und gehen, Kardinäle bleiben«, sagte La Surie. »Ich nähme den Hut.«

»Gut gedacht. Außerdem, vergeßt bitte nicht, daß Heinrich III. mit seiner strikt antiligistischen und antispanischen Haltung in Rom verrufen war. Obendrein war er schwul. Zwar ist Schwulsein der Kirche nicht fremd, nur darf es keinen Skandal machen. Und schließlich wußte der stets gut informierte d'Ossat natürlich, daß der Kampf zwischen Guise und dem König[1] in Blois einen Punkt erreicht hatte, an dem der eine den anderen nur noch beseitigen konnte. Und was wäre nach dem Tod des Königs aus seinem Minister geworden? Und andererseits, was wäre nach dem Mord an Guise und seinem Bruder, dem Kardinal (für Seine Heiligkeit ein unerhörtes Verbrechen), aus dem Minister eines exkommunizierten Königs geworden? Also lehnte mein d'Ossat die Ehren in diesem zweifelhaften Kampf ab, blieb wohlweislich in Rom und wärmte sich an der Sonne der Christenheit.«

»Was für seine Vorsicht und Klugheit spricht«, sagte ich.

»Aber nun«, sagte Fogacer, indem er die schlanke Hand abwehrend hob, »was für seinen klaren Blick und seinen Mut spricht: Als Jacques Clément Heinrich III. ermordete und dieser auf seinem Totenbett Heinrich von Navarra als seinen Nachfolger anerkannte, trat Kardinal von Joyeuse, unser Bischof-Pro-

---

1 Das große Thema des Bandes *Noch immer schwelt die Glut.*

tektor zu Rom, ins ligistische Lager über, und Abbé d'Ossat, der dagegen war, sagte sich von ihm los.«

»Dann ist er Antiligist?« rief ich freudebebend.

»Und das seit langem. Daß die Liga in Frankreich dem König von Spanien genützt hat, heißt nach seiner Auffassung, daß sie in Wahrheit der katholischen Kirche geschadet hat.«

»Ich fange an, diesen kleinen Abbé zu lieben«, sagte La Surie. »Was machte er aber, so ohne Stellung in Rom?«

»Königin Louise erfuhr davon und nahm ihn in ihren Dienst. Wie Ihr wißt, wollte sie«, fuhr Fogacer mit einem kleinen Blitzen in den Augen fort, »daß der Papst für die Ruhe der exkommunizierten Seele ihres seligen Gemahls eine Messe singe.«

»*Sancta simplicitas!*« sagte La Surie.

»Das ist eine Tautologie!« sagte Fogacer. »Heiligkeit ist immer Einfalt ... Wißt ihr, daß d'Ossat, der indes gerieben ist wie Bernstein, König Henri Quatre in einem Brief angeraten hat, die Eroberung seines Reiches voranzutreiben durch ›Enthaltsamkeit von der Wollust, welche zeitraubend ist und von den Geschäften ablenkt‹?«

»Und was machte der König mit diesem unschuldigen Rat?« fragte La Surie.

»Er erzählte ihn Monseigneur Du Perron, und beide lachten Tränen.«

Worauf auch wir lachten.

»Meine Herren«, sagte ich, indem ich aufstand und einen der Leuchter ergriff, »bitte, leert diese Flasche ohne mich: Ich verschwinde.«

»Ich wette«, sagte mit neckendem Lächeln La Surie, »Euch ›schläfert's‹.«

»Nein. Ich will den letzten Rest Kerze nützen, um zu baden. Gute Nacht, meine Herren. Mein Zuber wartet.«

Worauf ich über die Wendeltreppe hinaufstieg nach meiner Kammer, vor der ich zu meiner Überraschung eine menschliche Gestalt liegen sah. Verwundert, wer sich da so unbequem und bei so ungnädiger Jahreszeit möchte gebettet haben, beugte ich mich nieder, konnte aber nur eine Nase erkennen, so dicht war der Schläfer in seinen Mantel gehüllt. Das flackernde Licht in der Rechten, lüftete ich die Kapuze und entdeckte inmitten schwarzer Locken ein hübsches Gesichtchen, das sich noch verschönte, als die Unbekannte die großen, blanken Augen aufschlug.

»Mädchen«, sagte ich, verwundert, daß sie bei meinem Auftauchen nicht erschrak, »was machst du hier? Warum liegst du nicht im warmen Bett?«

»Herr Marquis«, sagte sie, »ich bin ...«

»Wie, du kennst mich?«

»Gewiß«, sagte sie, »ich bin eine der Pilgerinnen, die Ihr heute vor den Räubern gerettet habt. Ich heiße Marcelline Martin und bin Witwe eines Gerichtsschreibers vom Pariser Gerichtshof.«

»Madame«, sagte ich, wußte ich doch, wie es eine Bürgerin freut, wenn man sie »Madame« tituliert, »es tut mir sehr leid, daß man Euch so schlecht untergebracht hat.«

»Ha, Monsieur«, sagte sie, »besten Dank für Euer Mitgefühl. Die Wirtin hat mir zwar ein Bett angewiesen, das ich aber mit zwei so dicken, so übelriechenden und schnarchenden Pilgerinnen teilen sollte, daß ich mich lieber hier niederließ.«

»Ha, Madame«, sagte ich, »wie dürfte ich zulassen, daß ein zartes Geschöpf auf hartem Fußboden schläft. Bitte, nehmt meine Kammer und mein Lager. Ich kann bei meinem Junker schlafen.«

Wie Sie sich denken können, schöne Leserin, gab es hierauf einen Strauß von wechselseitigen Höflichkeiten, den ich als Sieger bestand, worauf ich die kleine Witwe in meine Kammer führte.

»Ach, Monsieur! Ein Badezuber, und voll schönen warmen Wassers!« rief sie, indem sie eine Hand hineintauchte. »Nein, Monsieur, das ist zuviel! Nehmt wenigstens Euer Bad, bevor Ihr geht. Ihr braucht nur diesen Vorhang hier zwischen Zuber und Bett zu ziehen.«

»Madame«, sagte ich, »ich möchte Euer Schamgefühl nicht verletzen.«

»Aber bitte, Monsieur!« sagte sie, »wenn Ihr noch länger wartet, brennt Eure Kerze ganz herunter, und dann habt Ihr kein Licht mehr zum Baden.«

Was soll ich weiter sagen, ich ergab mich, entkleidete mich hinter dem Vorhang und stieg in das warme Bad, ein himmlisches Labsal nach dem Staub und der Müdigkeit des langen Reisetages.

»Monsieur«, fragte die kleine Witwe hinterm Vorhang, »fühlt Ihr Euch gut?«

»Wie im Paradies, Madame«, sagte ich.

»Nur daß im Paradies«, sagte sie seufzend, »Adam nicht allein war.«

»Ha, Madame«, sagte ich und schluckte, »das ist wahr!«

»Monsieur«, sagte sie, »ich möchte nicht, daß Ihr mich falsch einschätzt. Ich bin eine unbescholtene Person und halte auf meine Tugend. Deshalb wäre es mir eine unendliche Kränkung, wenn jemand davon erführe, daß Ihr in der Kammer, wo ich schlief, in Eurer Blöße gebadet habt.«

»Seid unbesorgt, Madame«, sagte ich mit etwas zitternder Stimme, »Freundlichkeiten von Damen plaudere ich niemals aus.«

»Monsieur«, begann sie wieder nach einem Schweigen, »wißt Ihr, daß ich Euch beneide? Ich hatte zum Waschen nur eine Schüssel mit einem Fingerhut Wasser. Ich kann Euer wohliges Plätschern gar nicht mit anhören.«

»Nun, Madame«, sagte ich, »dann kommt in den Zuber und plätschert mit.«

»Moussu«, sagte Miroul, als wir am nächsten Morgen Seite an Seite ritten, »ich bitte um Entschuldigung, daß ich heute früh in Eure Kammer einbrach, um Euch zu wecken: Wie konnte ich ahnen, daß Ihr Eurer Dame, drei Wochen nachdem Ihr sie verlassen, untreu würdet.«

»Monsieur de La Surie«, sagte ich kühl, »die Reue brennt mich genug, ohne daß Ihr mich auch noch sticheln müßtet. Außerdem, bist du solch ein Tugendbold? Weißt du nicht, wie eine Gelegenheit einem das Herz schwach machen kann?«

»Doch«, versetzte er, »besonders, wenn besagter Gelegenheit nachgeholfen wurde.«

»Wieso nachgeholfen?« fragte ich.

Und leise erzählte ich, wie die Prämissen waren, da er die Folgerung ja mit eigenen Augen sah.

»Moussu«, sagte Miroul, »wie Ihr die Dinge darstellt, scheint Ihr diesmal aus Naivität gesündigt zu haben. Denn es ist doch sonnenklar, daß die Person, als sie die Mägde Wasser in Euer schönes Zimmer tragen sah, sich absichtlich in Euren Weg gelegt hat, um Euch zu rühren und Kammer, Zuber und Bett mit Euch zu teilen. Wer den Käfig will, der will den Vogel.«

Ob Miroul nun recht hatte oder nicht, mir jedenfalls verliefen die kommenden acht Nächte sehr angenehm, die wir noch in mal schlechten, mal besseren Herbergen verbrachten, bis wir Rom erreichten.

Im Gegensatz zu anderen Städten des Landes, wo wir Einlaß begehrt hatten, war der päpstliche Zoll an den römischen Toren von eherner Strenge: Unsere Gepäckstücke wurden bis in den letzten Winkel durchwühlt, unsere Waffen exakt gezählt und unsere Bücher, meine und Fogacers, zur Visitation eingezogen. Was zwei volle Tage dauerte, dann erklärte ein dümmlicher Pater, der aber auf zwei Meilen nach Inquisition roch, er müsse Fogacers Stundenbuch beschlagnahmen, denn es stamme von Notre-Dame zu Paris und nicht von Sankt Peter zu Rom und sei folglich verdächtig. Noch mehr aber staunte unser armer Abbé, als ihm das Buch *Die Republik der Schweizer* weggenommen wurde.

»Wir haben nichts gegen seinen Verfasser Simler«, sagte der Pater, »der ein guter Katholik ist, noch auch gegen sein vollkommen unverfängliches Werk. Aber das Buch ist ins Französische übersetzt, und der Übersetzer ist ein Genfer Ketzer.«

»Pater«, sagte Fogacer bescheiden, »ich bewundere Eure Menschenkenntnis.«

»Die muß sein«, sagte der Pater. »Wir führen genaue Listen über die Hugenotten, namentlich über jene, die Bücher schreiben, müssen wir doch unsere Schäflein vor der Pest der Ansteckung schützen. Und deshalb, Signor Marchese«, setzte er, an mich gewandt, hinzu, »beschlagnahme ich auch die Essais von Montaigne, die Ihr erst bei Eurer Abreise zurückerhaltet.«

»Aber soweit ich weiß«, sagte ich, »hat Michel de Montaigne sein Buch Eurer Zensur bereits unterworfen!«

»Trotzdem hat er die beanstandeten Stellen bei der Neuauflage seines Werkes nicht geändert. Immer noch spricht er im ersten und zweiten Buch von George Buchanan als einem ›großen schottischen Dichter‹.«

»Und was ist daran verwerflich?«

»Signor Marchese«, sagte der Pater mit wahrhaft väterlicher Geduld, als spräche er zu einem Kinde, »Buchanan ist ein Ketzer. Also kann er kein großer Dichter sein.«

Das verschloß mir endgültig den Mund, außer auf diesen Seiten, und ich mußte die Essais missen, solange ich in Rom weilte.

Was sich innerhalb der Mauern befand, die Ewige Stadt nämlich, die aber in Wahrheit aus mehreren übereinandergeschichteten Städten besteht, so war ich, Leser, derart begierig, diese zu besichtigen, daß ich, aller Müdigkeit ungeachtet und kaum daß wir unser Gepäck abgeladen und unsere Eskorte im Gasthof »Zu den zwei Löwen« einquartiert hatten, gemeinsam mit La Surie die Runde machte, was etwa die gleiche Zeit dauerte wie eine Besichtigung von Paris. Beide Städte haben, glaube ich, ungefähr dieselbe Größe. Nur ist Rom längst nicht so reich an Einwohnern noch so dicht mit Häusern bebaut, wenigstens ein Drittel des Raums innerhalb der Mauern ist Brache. Dafür fand ich die Straßen und Plätze schöner als in Paris, die Häuser viel geräumiger, und allenthalben zeugten viele Kutschen und schöne Pferde von großem Reichtum. Sehr enttäuscht war ich jedoch, keine Händlerstraße zu entdecken, während es in Paris doch immer eine Lustbarkeit ist, zwischen wunderbar bestückten Butiken zu wandeln und rechts wie links zu schauen, selbst wenn der Beutel zu dürftig gefüllt ist, um zu kaufen.

Die Stadt liegt am Tiber (in dem tagtäglich ebenso viele Erschlagene schwimmen sollen wie in der Seine), und anders als London ist sie aufs linke wie aufs rechte Ufer gleichmäßig verteilt. Nichts aber, muß ich sagen, ist schöner als die Altstadt, die sich über den hügeligsten Teil erstreckt. Dort sah ich wunderschöne, geradezu prächtige Häuser, und als ich einen Passanten fragte, wem sie gehörten, erfuhr ich, daß ihre glücklichen Besitzer zumeist italienische Kardinäle sind.

»Signor«, sagte der Mann, »wenn diese Häuser Euch so gefallen, könnt Ihr Euch eines mieten. Zum Beispiel gehört jenes dort, wo die Läden geschlossen sind, dem Kardinal von Florenz, der lieber in seinem anderen Haus wohnt.«

Bei diesem Namen blinzte ich Miroul zu, war doch der Kardinal von Florenz der einzige Prälat in Rom, der Frankreich liebte und seinen Interessen diente.

»Aber«, sagte ich, »diesen Palast zu mieten muß doch ein Vermögen kosten?«

»I bewahre, Signor«, sagte der Mann, ein kleiner mit flinken Augen wie ein Eichhörnchen. »Nennt mir nur Euren Namen und Eure Adresse, und ich bringe Euch heute abend den Schlüssel.«

Den erhielt ich tatsächlich am selben Abend, und am folgenden Tag besichtigte ich das Anwesen des Kardinals in Gesellschaft des kleinen Mannes, der seine Rolle als Cicerone sehr ernst nahm und mir das Haus in allen Tönen pries. Was aber ganz überflüssig war, denn für fünfzig Ecus im Monat fand ich alles, große Ställe und geräumige Bedientenflügel für meine Eskorte und meine Pferde, einen schönen Garten, wenngleich in der Winterkälte erstarrt, und ein bezauberndes Wohnhaus mit Marmor, Säulen und Statuen überall, vier Empfangssälen nacheinander, mit vergoldeten Ledertapeten bespannt, die Zimmer ausgeschlagen mit Brokat und Seide: eine Pracht, wie ich sie nur vom Louvre kannte. Denn selbst im Hôtel meiner kleinen Herzogin, das in Paris immerhin als eines der schönsten gilt, gab es derlei nicht.

Am Tag nachdem wir uns in dem Kardinalspalast eingerichtet hatten, schickte ich Luc zum Herrn Abbé d'Ossat und ließ fragen, ob er mich empfangen wolle, was er bejahte, doch sollte ich erst auf den Abend kommen, mit kleinem Gefolge, ganz unauffällig. Was ich alles strikt beachtete.

Herr d'Ossat bewohnte in der Altstadt ein bescheidenes, aber sehr behagliches Haus; in dem Zimmerchen, wo er mich empfing, brannte ein helles Feuer, und die Wärme wurde erhöht durch die purpurne Samtbespannung der Wände: Ich wette, diese Farbe bestärkte den heimlichen Ehrgeiz des Abbé. Mir erschien er winzig in seinem mächtigen Lehnsessel, doch dieser Anblick dauerte nicht, denn kaum daß er mich gewahrte, erhob er sich behende und wies mir nach respektvoller Begrüßung seinen Lehnsessel, während er sich mit einem Schemel begnügen wollte, der ebenfalls mit purpurnem Samt bezogen war. Ich aber wollte seinen Sitz nicht annehmen, und so ergingen wir uns denn in Höflichkeiten, Respektsbezeigungen und christlicher Demut, bis der Abbé, dem es nicht an Mutterwitz gebrach, eine kleine Glocke läutete und seinen Leuten befahl, einen zweiten Lehnsessel herbeizubringen, in welchem ich nun Platz nahm und ihm das Sendschreiben der Königin Louise, das ich aus meinem Wams zog, überreichte.

Er las es, indem er mir übers Papier hinweg bisweilen einen scharfen Blick zuwarf, und ich betrachtete in Muße seine leibliche Hülle, die in der Tat unglaublich klein und zierlich war, dennoch aber mit einer erstaunlichen Energie geladen, so als hätten seine Lebensgeister, weil sie bei der Kürze der Gliedmaßen nicht viel Raum, sich zu regen und zu entfalten, fanden, in dem wenigen vorhandenen sich desto stärker geballt. Durch diese hohe Lebhaftigkeit wirkte der Abbé d'Ossat ein wenig wie ein Vogel, ein Eindruck, der durch die kleine Adlernase und durch die flinken, gleichsam hüpfenden Bewegungen nicht allein des Körpers, der Füße und der Hände, sondern auch des Kopfes noch verstärkt wurde, der beständig hin und her ging, als hieße es immer auf der Hut zu sein und beim mindesten Anzeichen von Gefahr auf und davon zu fliegen.

Die hohe Stirn war von spärlichem, flaumigem Blondhaar umkränzt, das sanft ins Weiße spielte, die blauen Äuglein blickten durchdringend, und auf der ganzen liebenswerten Physiognomie samt besagter Adlernase und einem weibischen Erdbeermündchen lag jener Schimmer von wohliger Selbstgefälligkeit und Zufriedenheit mit sich, wie man sie im geistlichen Stand oft beobachtet.

Als er den Brief der Königin Louise gelesen hatte, blickte er mich mit etwas ratloser Miene an und gab mir ohne Worte zu verstehen, daß er nicht begreife, wieso Königin Louise mir all die Kosten und Mühsal einer langen Reise über die Alpen zugemutet hatte, nur um ihm zu vermelden, was er schon wußte. Und so erleuchtete ich seine Laterne denn mit knappen Worten über den wahren Gegenstand meiner Mission.

»Ha, Monsieur le Marquis«, sagte er, »daß Seine Majestät in Unruhe ist und fürchtet, die Verbannung der Jesuiten habe die Sache seiner Absolution in Gefahr gebracht, verstehe ich gut. Und ich muß bekennen«, fuhr er fort, indem er die Ellbogen auf die Sessellehnen stützte und seine zehn Finger aneinanderlegte, »daß diese Befürchtung auch mich bewegte, als Seine Heiligkeit mich nach jenem unglücklichen Ereignis zur Audienz empfing.«

»Ich hörte«, sagte ich, »Seine Heiligkeit habe geweint.«

»Herr Marquis«, sagte d'Ossat mit feinem Lächeln, »man muß sich klarmachen, daß da, wo ein König zürnt und donnert, ein Papst, dem so unchristliche Bekundungen nicht erlaubt sind, sich nur betrüben, seufzen und weinen kann. Das erfordert sein Stand. Und was Clemens VIII. angeht, entspricht es meines Erachtens auch seinem Wesen.«

Diese Analyse entzückte mich, und ab jetzt sah ich d'Ossat mit anderen Augen an, was er sogleich bemerkte, denn er schenkte mir ein zweites Lächeln, nachdem er ein erstes sich selbst gespendet hatte, um sich zu seinem Esprit zu gratulieren.

Ich lächelte also zurück, und da wir uns derweise nähergekommen waren, erzählte er mit augenscheinlichem Vergnügen, meines Interesses gewiß.

»›Ich bin‹, sagte Seine Heiligkeit, ›über das Geschehene sehr betrübt ...‹ Beachtet, Herr Marquis, daß er nicht sagte, wem was geschehen ist, der Name des Ketzers wurde nicht einmal ausgesprochen. ›Aber‹, fuhr er fort, ›ich bin auch sehr betrübt‹, und ich würde behaupten, daß dieses ›sehr betrübt‹ unvergleichlich betrübter klang als das erste ›betrübt‹, ›über das Urteil, mit welchem der Pariser Gerichtshof die Jesuiten aus Frankreich vertrieben hat, obwohl Chatel nichts gegen sie ausgesagt hat.‹«

»Was habt Ihr hierauf erwidert, Herr Abbé?« fragte ich, verwundert über den Ausspruch des Papstes.

»Natürlich schwieg ich«, sagte d'Ossat. »Und was den Papst angeht, so fuhr er folgendermaßen fort, und ich bitte, jedes seiner Worte zu beachten, sie sind wohlerwogen: ›Wie um das Übel zu verschlimmern‹, sagte der Heilige Vater, ›hat der Pariser Gerichtshof die These der Jesuiten für ketzerisch erklärt, laut welcher der König nicht angenommen und anerkannt werden kann, solange er nicht die Absolution des Heiligen Stuhls hat. Das heißt doch aber‹, rief der Papst mit einem tiefen Seufzer, der ihm aus dem Herzensgrund zu kommen schien, ›daß die Absolution, die man von mir will, ohne jegliche Bedeutung ist! D'Ossat‹, fuhr er fort, die Hände gen Himmel erhebend, ›nun sagt doch selbst: Ist dies eine Art, die Dinge zu arrangieren, wie wir es wünschen und wie sie bereits auf gutem Wege waren?‹«

»Demnach sind also nicht alle Brücken abgebrochen«, sagte ich.

»Ganz im Gegenteil!«

»Und was sagte der Papst dann?« fragte ich lebhaft.

»Er seufzte wiederum und sagte, daß er unendlich betrübt sei.«

»Und was erwidertet Ihr, Herr Abbé?«

»Natürlich schwieg ich«, sagte d'Ossat. »ich sah doch, daß der Papst zu erregt war, um mir zuzuhören. Hätte ich etwas geantwortet, hätte ich ihn nur aufgebracht, ohne ihn zu überzeugen. In dem Moment«, setzte er hinzu, indem er den feinen Kopf hin und her drehte wie ein Vögelchen und mich lächelnd beäugte, »im Moment des reißenden, blutigen Schmerzes nimmt auch ein Papst die Vernunft nicht so leicht in Zahlung ... Warten wir, bis die ersten Aufwallungen sich ein wenig gelegt haben.«

»Ich kann mir denken«, sagte ich, »daß die Jesuiten in Rom großes Geschrei machen wegen der Ausweisung ihrer Gesellschaft.«

»Die Spanier noch viel mehr«, sagte d'Ossat. »Aber dieses Lärmen währt nur seine Zeit. Dann ergreife ich wieder mein Schiffchen und knüpfe meinen Faden. Am Ende steht der Erfolg.«

»Herr Abbé, ich bewundere Eure Zuversicht«, sagte ich.

»Ich sehe die Dinge mit klarem und kühlem Blick«, sagte d'Ossat. »Henri Quatre ist ein großer Heerführer, seine Armee ist mächtig und marschiert von Erfolg zu Erfolg. Nehmen wir an, er wäre der beste Katholik der Welt und täte tagtäglich Wunder, hätte aber kein Kriegsglück, dann würde Rom ihn nie und nimmer anerkennen. Er hingegen ist ein sehr mäßiger Katholik, gewinnt aber kraft seiner Waffen in Frankreich die Oberhand, und also wird Rom ihm die Absolution anbieten, die es ihm bislang verweigert hat. Rom hat durch diese Weigerung mehr zu verlieren als er.«

»Wie das?« fragte ich erstaunt.

»Kennt Ihr nicht«, sagte der Abbé lächelnd und mit einem Blitzen in den blauen Augen, »das Sprichwort: Wenn der Pfarrer zuviel Sperenzien macht, die Ostereier zu segnen, essen die Pfarrkinder sie ungesegnet.«

»Und das hieße in diesem Fall?«

»Daß der König gegenüber dem Papst weit im Vorteil ist: Er hat die Dinge in der Hand. Er vergibt Bistümer und Abteien, und die, denen er sie gibt, danken es ihm. Der Papst bleibt dabei außen vor, und seine Autorität verfällt. Damit, daß er den König von der katholischen Religion ausschließt, schließt er sich selbst aus dem ältesten Königreich der Christenheit aus und kann erst wieder hinein, wenn er Henri die Absolution erteilt. Beharrt er bei der Weigerung, heißt das – das Schisma!« rief d'Ossat plötzlich mit einem Schmerz, der mir nicht gespielt erschien. »Und Rom läuft die entsetzliche Gefahr, daß die gallikanische Kirche die päpstliche Vormundschaft abwirft, wie es die anglikanische Kirche unter Heinrich VIII. von England bereits getan hat.«

Diese Beweisführung dünkte mich so sinnvoll und wohlbegründet, daß ich sie eine Weile verdauen mußte, ehe ich antwortete.

»Wie die Dinge liegen«, sagte ich, »ist der Papst doch gezwungen, diese Gefahr zu erkennen. Warum zögert er dann so lange, den König zufriedenzustellen?«

»Der Spanier, Herr Marquis!« rief d'Ossat, »der Spanier! Das Hindernis ist der Spanier! Der Spanier, der in Rom beinahe mächtiger ist als der Papst! Den Beweis seht Ihr vor Euch! Um mir Audienz zu geben, muß der Heilige Vater so tun, auch vor seinen Domestiken übrigens, die sämtlich von Philipp II. gekauft sind, als spreche er mit mir lediglich über das Anliegen der Königin Louise.«

Vierzehn Tage darauf besuchte mich Fogacer, der trotz meiner Einladung nicht in meinem Kardinalspalast hatte wohnen wollen. Gemeinsam mit seinem Akoluthen nahmen wir ein italienisches Mittagsmahl ein – Koch und Feuerholz waren mir zusammen mit dem Haus vermietet worden –, und ich fragte ihn, ob er d'Ossat schon gesprochen habe.

»Nein«, sagte er, »das hebe ich mir zur Krönung des Ganzen auf. Vorerst habe ich eine Reihe Priester aufgesucht, die mit den Geheimnissen des Vatikans gut vertraut sind, und …«

Hiermit verstummte er, und da er seinen Satz unvollendet ließ, wobei er mich aus seinen nußbraunen Augen unter den diabolisch gespitzten Brauen ansah, spürte ich, daß er eine Art Handel mit mir schließen wollte, bevor er weitersprach.

»Soll ich vielleicht«, sagte ich, »ehe Ihr Eure gestoppelten Ähren in den gemeinsamen Korb werft, erst einmal die meinen vorweisen? Aber wenn sie Euch spärlich und kümmerlich im Vergleich mit den Euren dünken, werdet Ihr Euch dann womöglich bestohlen fühlen? Oder aber mir einen Teil Eurer Ausbeute vorenthalten?«

»Keine Knauserei, *mi fili*! Zeigt vor, was Ihr habt. Das Meine folgt, ohne daß ich irgend etwas zurückhalte. Mein Abbé-Ehrenwort!«

Hierauf erzählte ich Fogacer alles, was d'Ossat mir mitgeteilt hatte.

»Seine Zuversicht nimmt mich wunder«, sagte er. »Ja, wenn Clemens VIII. so hellsichtig und entschlossen wäre, wie es Sixtus V. war, würde er Henri sofort absolvieren, schließlich geht es um die Existenz der katholischen Kirche, darum, daß Frankreich ihren Schoß nicht verläßt und sich als gallikanische Kirche etabliert, und darum, daß Spanien dem Papsttum nicht länger seinen Willen aufzwingt. Deshalb hatte Sixtus V. sich ja auch geweigert, die Liga durch Waffen und Gelder zu unterstützen. Er hat es nicht überlebt.«

»Wollt Ihr damit sagen, daß er ermordet wurde?«

»Gut möglich. Gift kam in der Geschichte des Vatikans des öfteren vor. Erinnert Euch, wie die Prediger der Liga Sixtus V. von der Kanzel herab angriffen! Und wie ein Jesuit in Madrid sich nicht scheute, ihn als Navarristen und ketzerischen Unruhestifter anzuprangern!«

»Oh, welch ein Skandal«, sagte La Surie, »die Orthodoxie eines Pastes anzuzweifeln!«

»Aber welch ein Skandal war erst seine Nachfolge! Denn Philipp II. befahl dem Konklave, den neuen Papst unter sechs Kandidaten auszuwählen. Das heilige Kollegium bestand jedoch aus siebzig Kardinälen! Vierundsechzig schloß Philipp II. vom Pontifikat aus!«

»Mir schwirrt der Kopf vor soviel Päpsten«, sagte ich, »wer wurde gewählt?«

»Der schlimmste der sechs, Gregor XIV.«

»Der Uhrmacher«, sagte La Surie.

»Was, das wißt Ihr, Monsieur de La Surie?« sagte Fogacer voll Anerkennung. »Ja, Gregor XIV. hatte eine Leidenschaft für die Uhrmacherei. Er verbrachte seine Tage damit, Uhren zu reparieren, sie wurden ihm aus ganz Italien gebracht. Und sicherlich«, setzte Fogacer hinzu, indem er fromm die Hände faltete, »hat ihn diese Beschäftigung so kurzsichtig gemacht, daß er die zeitlichen Geschäfte nicht mehr überblickte. Er tat, was der Spanier wollte, und gab der Heiligen Liga in Frankreich zehntausend Soldaten und siebenhunderttausend Ecus. Die zehntausend Soldaten siechten unterwegs an einer Seuche dahin, der Vatikan war ruiniert. Und trotzdem war Gregor XIV. ein guter Mann.«

»Herr Abbé«, sagte La Surie, »Ihr seid sehr nachsichtig gegen den Uhrmacher.«

»Ich bin Kirchenmann«, sagte Fogacer mit seinem langsamen, gewundenen Lächeln, »und Wohlwollen ist des Priesters zweite Haut. Breiten wir also den Mantel des Schweigens über Gregor XIV. und seinen Nachfolger Innozenz XI., der zu innozent war, um diese Welt der Intrigen und Streitereien zu regieren, und von seinem Schöpfer ein Vierteljahr nach seiner Erwählung abberufen wurde.«

»Und wie steht es mit Clemens VIII.?«

»Meines Erachtens geriet er durch Irrtum auf die Liste der *papabili*: Philipp II. hätte wissen müssen, daß der gegenwärtige Papst von Sixtus V. zum Kardinal ernannt worden war.«

»Heißt das«, fragte ich voller Hoffnung, »daß Clemens VIII. Philipp nicht ergeben ist?«

»Nicht ergeben wäre zuviel gesagt, er ist ein vorsichtiger Mann, der alt sterben will. Im übrigen ist er sehr allein.«

»Allein, der Papst?« fragte La Surie.

»Hört gut her, La Surie: Von den siebzig Kadinälen des Heiligen Kollegiums verdanken mehr als die Hälfte Philipp entweder ihren Hut oder eine Pension. Und wenn im Konsistorium Henris Absolution zur Sprache käme, würde sie mit überwiegender Mehrheit abgelehnt werden.«

»Bei einer Gewissensentscheidung«, sagte ich, »muß der Papst sich nicht ans Konsistorium wenden.«

»Richtig. Aber jede Entscheidung, die er allein treffen würde, würde ihn der Rache Philipps aussetzen.«

»Trotzdem«, sagte ich, »Philipp hat den Krieg am Hals, den Henri ihm erklärt hat. Was kann er dem Papst da groß antun?«

»Viel. Philipp besitzt halb Italien. Er kann Rom den apulischen und sizilianischen Weizen streichen. Das hat er schon einmal getan. Er kann das päpstliche Gebiet mit sechshundert Spadassini überschwemmen. Auch das hat er schon getan. Er kann aufhören, die türkischen Piraten zu bekämpfen, die Italiens Küsten verheeren. Und schließlich kann er, wie gesagt ...«

»Ich wette trotzdem«, sagte La Surie, »daß Clemens VIII. nicht ganz ohne Unterstützung dasteht.«

»Allerdings, und es ist nicht die schlechteste. Venedig und Florenz halten zu ihm.«

»Warum gerade diese Städte?« fragte La Surie.

»Weil sie reich sind und viel zu verlieren haben. Und weil sie fürchten, daß der unersättliche Appetit des allerchristlichsten Königs auf weltliche Besitztümer sie eines Tages schluckt.«

»Venedig, Florenz, so kleine Stadtstaaten!« sagte La Surie.

»Ein Staat«, sagte Fogacer, anmutig den Zeigefinger hebend, »ist niemals klein, wenn er über Geld und eine gute Diplomatie verfügt. Dennoch«, fuhr er fort, »können Venedig und Florenz für Henris Absolution nicht mehr tun, als den Papst zu ermutigen. Das ist wenig, wenn es sich um einen so ängstlichen Mann wie Clemens VIII. handelt.«

»Fogacer«, sagte ich vorwufsvoll, »d'Ossat hat mir Hoffnung gemacht, und Ihr macht sie zunichte.«

»Was kann ich dafür?« sagte Fogacer und hob seine Spinnenarme. »glaubt Ihr, ich täte es gern? Die Lage ist, wie sie ist. Ich habe sie nicht geschaffen. Ich habe nur gesagt, was die Geistlichen in Rom dazu sagen.«

»Aber letztendlich«, rief ich nicht ohne Vehemenz, »ist es doch ein Gebot des gesunden Menschenverstands, der Vernunft, der schlichten Menschlichkeit, der Unabhängigkeit des Heiligen Stuhls, des wohlverstandenen italienischen Interesses, daß der Papst den König von Frankreich endlich absolviert.«

»Ha, *mi fili*, seit wann handeln die Menschen nach der Vernunft und nach dem Gebot der Geschichte?«

Als Fogacer gegangen war und es zu regnen aufhörte, warf ich mir einen Mantel über und wandelte im Garten die mit Marmor gepflasterte und von Zypressen gesäumte Allee auf und nieder. Als ich diese Allee zum erstenmal sah, war es bei Sonnenschein und blauem Himmel gewesen, und ihre Pracht und Anmut hatten mich bezaubert. An diesem traurigen Nachmittag aber erschienen die Zypressen mir düster, die Wolken schwarz und die Zukunft für meinen König und mich trübe verhangen. Denn jetzt sah ich dieser unglücklichen Affäre so viele Hindernisse entgegenstehen und ahnte, es würde Monate bis zu ihrer Lösung dauern, falls überhaupt eine Lösung zustande käme. Und was mich anging, so wäre ein langer Aufenthalt in Rom für mich ruinös. Vor allem mußte ich wie ein Verbannter leben, verbannt von Frankreich, von meinem Besitz, von meiner großen Liebe. Und ich dachte voll Schmerz an meine kleine Herzogin, daß mir die Tränen kamen; doch seltsam, sie linderten meine Traurigkeit, und diese erfüllte mich wie ein heimlicher Schatz.

La Surie gesellte sich zu mir, und weil er meine Stimmung erriet, ging er schweigend neben mir im gleichen Schritt, um mich durch seine stumme Zuneigung zu trösten.

»Was meinst du, mein Miroul«, sagte ich, mich aus meinem Grübeln lösend, »zu den Reden von Fogacer und denen von d'Ossat? Können zwei Glocken verschiedener klingen?«

»Ich meine«, sagte La Surie nach einiger Überlegung, »d'Ossat hat die Sicht von innen, und Fogacer die von außen. Ich baue auf d'Ossat.«

»Ich wünschte, ich könnte es auch«, sagte ich. »Ha! Wäre es doch möglich, diesen Papst von nahem zu sehen, von dem alles abhängt!«

»Das könnt Ihr, Moussu, und schon bald. Vorhin kam ein kleiner Geistlicher des Kardinals Giustiniani und sagte, Seine Eminenz erwarte Euch morgen um elf Uhr, um Euch Seiner Heiligkeit vorzustellen.«

»Gott im Himmel! Und wer ist Kardinal Giustiniani?«

»Der Besitzer dieses Hauses, Moussu! Habt Ihr das schon vergessen?«

NEUNTES KAPITEL

D'Ossat hatte mir zu verstehen gegeben, daß ich ihn der Vorsicht halber nicht zu oft besuchen dürfte; sobald sich ein Fortschritt ergäbe, ließe er es mich wissen. Und so war ich hoch erfreut, dem Kardinal Giustiniani zu begegnen, von dem ich annehmen durfte, daß er, ein Florentiner und Vertreter des Großherzogs von Toskana, der Sache Henris und Frankreichs günstig gesinnt war. Als ich seinen Palast betrat und zu ihm vorgelassen wurde, war ich zunächst dennoch sehr auf meiner Hut. Doch Giustiniani, der, wie um die Vorstellung Lügen zu strafen, die man in Frankreich von Italienern hat, blaue Augen, ein helles Gesicht und graublonde Haare hatte, die unter seiner Kardinalskalotte hervorsahen, steuerte unumwunden aufs Ziel zu und zeigte mir gleich zu Spielbeginn, daß er meinen Platz auf dem Schachbrett kannte und wußte, wes Königs Bauer ich war. Also kam ich aus meiner Reserve wie ein Dieb aus dem Busch und fragte ihn – nach den ersten Höflichkeiten, die abzukürzen er die Güte hatte –, ob die Jesuiten-Verbannung nach seiner Auffassung für die Sache der Absolution nicht sehr schädlich gewesen sei.

»Allerdings«, sagte Giustiniani, und dabei blitzten seine blauen Augen, »hat die Verbannung der Jesuiten Eurer Sache nicht eben gutgetan. Aber so groß, wie der Herzog von Sessa und die Jesuiten es gern wollten, war der Schaden nun nicht. Gott verzeih ihnen«, sagte Giustiniani mit einem Anflug von Ironie, »aber in ihrem Eifer gingen sie zu weit. Sie haben den Papst weidlich belogen, um Euren Fürsten anzuschwärzen. Marchese, ich schäme mich, diese Lügen zu wiederholen, so unverfroren sind sie. Ich müßte fürchten, Euch zu verletzen.«

»Vostra Eminenza«, sagte ich, mich verneigend, »hätte ich mich von den Lügen der ligistischen Priester verletzen lassen, die ich während der Pariser Belagerung zu hören bekam, bestünde ich jetzt nur noch aus Wunden.«

»Bene«, sagte Giustiniani mit einem Anflug von Lächeln,

»so hört denn: Die Jesuiten behaupten, ihre Verbannung sei auf einer Generalversammlung der Protestanten zu Montauban beschlossen worden.«

»Beim Ochsenhorn!« rief ich, »diese Versammlung hat vor zehn oder zwölf Jahren unter Heinrich III. stattgefunden.«

»Das wissen wir«, sagte Giustiniani und gab durch das »wir« zu verstehen, daß der Papst auf solche Behauptungen nicht hereinfalle. »Die Jesuiten sagen auch, nach ihnen kämen die Kartäuser, die Minimen und Kapuziner an die Reihe, aus Frankreich vertrieben zu werden; gute Katholiken wie Séguier hätten bereits ihr Amt verloren; der Marschall von Bouillon verwüste die Kirchen Luxemburgs und trete das heilige Sakrament mit Füßen. Kurz, die Religion liege in Frankreich jetzt schlimmer darnieder als in England.«

»Aber das ist samt und sonders falsch, daß man schreien möchte«, sagte ich.

»Oder weinen«, sagte Giustiniani. »Wir wissen zuverlässig, daß die anderen religiösen Orden in Frankreich durchaus nicht bedroht sind, obwohl der Fürst von Béarn (auch der Kardinal durfte nicht sagen: der König, weil der Papst ihn nicht anerkannt hatte) sich heftig verletzt fühlte durch ihre Weigerung, für die Erhaltung seines Lebens zu beten. Aber, Marchese, inzwischen haben wir dem Fürsten hierin Genüge getan; Sua Santita[1] hat den Kartäusern, Minimen und Kapuzinern erlaubt, für ihn zu beten. Allerdings hat er die Erlaubnis nicht schriftlich erteilt, sondern hat die Bevollmächtigten in Rom mündlich beauftragt, es den jeweiligen Orden kundzutun.«

Das freute mich nicht nur, und ich sagte es Seiner Eminenz, es ergötzte mich auch im stillen als schönes Beispiel vatikanischer Schläue, konnte man eine mündlich erteilte Erlaubnis doch leichter widerrufen, als eine schriftliche leugnen.

»Was den Marschall von Bouillon betrifft ...«, sagte ich.

»Das ist pure Verleumdung«, vollendete Giustiniani meinen Satz. »Sicher ist Herr von Bouillon Hugenotte, doch wissen wir auch, daß er einer der maßvollen seiner Sekte ist und daß es ihm gar nicht in den Sinn käme, eine katholische Kirche zu verwüsten. Kurzum, Marchese, diese Bosheiten und Verleumdungen haben mehr ihren Urhebern geschadet als der Sache

---

1 (ital.) Seine Heiligkeit.

Eures Fürsten. Zweifellos«, fuhr der Kardinal fort, indem er die Hände breitete, »ist Seine Heiligkeit den Jesuiten äußerst zugetan und hält es für einen großen Skandal, daß ihr Orden aus Frankreich verjagt wurde. *Ma ...*«

Und dieses »Ma«, was »aber« heißt, war sehr lang, sehr klangvoll moduliert und wurde durch eine große Gebärde der Hände und eine darauffolgende lange Pause noch verlängert, in welcher der Kardinal gen Himmel blickte und mir ein zartes Lächeln des Einverständnisses schenkte. Und wenn ich versuchte, Leser, dieses an sich nichtssagende »Ma«, das jedoch Bände sprach, seinem Gehalt nach zu deuten, würde ich sagen, daß Clemens VIII. vermutlich nicht sehr glücklich darüber war, daß der Jesuitengeneral von Philipp II. ernannt wurde und nicht von ihm; daß die Jesuiten laut den Ordensregeln des heiligen Ignatius zuerst ihrem General Gehorsam schulden und danach erst dem Papst; daß die Jesuiten seinen Gönner Sixtus V. mit Klauen und Zähnen bekämpft und sich nicht entblödet hatten, ihn »Navarrist« und »Ketzerbrut« zu schimpfen; und schließlich, daß den Jesuiten, ihrem Geschäftsgebaren nach, die spanischen Interessen mehr am Herzen lagen als die päpstlichen. Was alles selbstverständlich nicht hinderte, daß der Papst ihnen »äußerst zugetan« war und daß er über ihre Verbannung geweint hatte, aber auch, wie ich wenig später erfuhr, daß er ihrem General befohlen hatte, die Urheber jener »Bosheiten und Verleumdungen«, die ihn bekümmert hatten, aus Rom fortzuschicken.

Nach jenem in der Schwebe verbleibenden »Ma« (das ich in meinem Herzensgrund lange auskostete) sagte der Kardinal, es sei nun Zeit, sich zu Seiner Heiligkeit zu begeben.

Mit äußerster Herablassung und italienischer Höflichkeit bot Seine Eminenz mir den Vortritt, um seine üppig vergoldete Karosse zu besteigen, die von vier herrlichen Pferden gezogen wurde. Dann hieß der Kardinal einen Diener die Vorhänge im Innern der Kutsche schließen, was ja wohl bedeutete, daß er nicht in meiner Gesellschaft gesehen werden wollte. Ich wette, allein die Tatsache, daß man Franzose war, umgab einen in der Ewigen Stadt mit Schwefelgeruch, es sei denn, man war Ligist oder Jesuit.

Unterwegs belehrte mich der Kardinal, daß fremde Edelleute dem Papst üblicherweise von den Gesandten ihres Landes

305

vorgestellt würden, was in meinem Fall nun er übernehme, denn der Papst könne gegenwärtig keinen französischen Gesandten empfangen, weil er ja den Fürsten von Béarn nicht als französischen König anerkannte.

Ich bedankte mich und fragte, was ich Seiner Heiligkeit denn sagen solle.

»*Ma niente, niente*«,[1] sagte der Kardinal lächelnd. »Dies ist eine Vorstellung, keine Audienz. Der Papst wird Euch segnen und ein paar Worte sagen. Ihr hingegen bleibt stumm wie ein Standbild.«

»Und wie stelle ich mich vor?«

»Keine Sorge, Marchese«, meinte er, indem er mir mit seiner Hand aufs Knie klopfte, »das geht ganz einfach. Ihr braucht nur nachzuahmen, was der spanische Marqués macht, der vor Euch empfangen wird.«

»Und warum kommt ein spanischer Marqués vor mir dran?« fragte ich etwas gereizt.

»Ha! *Il puntiglio francese!*«[2] sagte Giustiniani und lachte. »Bitte, beruhigt Euch, Marchese. Wenn er vor Euch drankommt, so nicht, weil er Spanier, sondern weil er spanischer Grande ist. Er heißt Don Luis Delfín de Lorca.«

»Delfín de Lorca?« fragte ich verblüfft.

»Kennt Ihr ihn?«

»Ich habe einer Verwandten von ihm in Paris beigestanden.«

»*Bene.* Dann sagt es ihm. Auch wenn Spanien und Frankreich im Krieg miteinander sind, müssen Spanier und Franzosen sich in Rom nicht die Gurgel durchschneiden.«

»Vostra Eminenza«, sagte ich, mich verneigend, »das lasse ich mir gesagt sein.«

»Marchese«, fragte Seine Eminenz nach einer Weile unvermittelt, »wie gefällt es Euch in meinem Palast?«

»Wunderbar.«

»Wahrscheinlich fragt Ihr Euch, warum ich in Rom zwei große Häuser habe?«

»Vostra Eminenza«, sagte ich, »eine solche Frage zu stellen, würde ich mir nie erlauben.«

---

1 (ital.) Aber, nichts, nichts.
2 (ital.) Dieser französische Eigensinn!

»*Bene.* Die Antwort ist die: Ich habe nur einen, den, den Ihr bewohnt. Der, den ich bewohne, gehört Ferdinando di Medici, aus der Zeit, als er hier Kardinal war. Doch wie Ihr wißt, starb sein Bruder, und der Kardinal wurde Großherzog von Toskana und mußte, um seine Erbfolge zu sichern, den Purpur ablegen und eine Frau nehmen. Was ihm nicht wenig Kummer machte«, setzte Giustiniani mit feinem Lächeln hinzu.

»Soweit ich hörte«, sagte ich, »war Christine von Lothringen doch schön wie der helle Tag und gut wie ein Engel.«

»Das ist sie noch. Und nicht die Heirat machte dem Großherzog Kummer, sondern daß er auf den Hut verzichten mußte.«

»Aber ist es nicht«, sagte ich, »ein großer Vorteil für den Großherzog von Toskana, daß er aus seiner Kardinalszeit die Wege und Umwege der vatikanischen Politik von Grund auf kennt?«

»So ist es«, sagte Giustiniani, indem er mir einen bedeutungsvollen Blick sandte, »vor allem in der gegenwärtigen Lage.«

Der Kardinal verließ mich im Vorzimmer des Audienzsaals. Der Kämmerer des Papstes, sagte er, werde mich im gegebenen Moment holen kommen. Also faßte ich mich in Geduld und fragte mich, was wohl der arme Onkel Sauveterre denken würde, wenn er mich hier, im Herzen des »modernen Babylon«, auf den Augenblick warten sähe, wo ich mich vor dem »papistischen Götzen« niederwerfen und seinen Pantoffel küssen würde.

Doch konnte ich bei meinen Gedanken nicht verweilen, denn ein gutaussehender junger Herr in schwarzem Samt und spanischer Halskrause betrat das Vorzimmer. Und weil ich mir sagte, dies könne nur Don Luis Delfín de Lorca, der spanische Grande, sein, stand ich auf, lüftete meinen Hut und machte dem Herrn eine tiefe Verbeugung. Er schien zuerst verwundert, daß ein französischer Edelmann ihm solchen Empfang bereitete, und betrachtete mich voll Würde, dann lächelte er, offenbar zufrieden mit dem, was er sah, und entblößte seinerseits das Haupt: eine unendliche Herablassung, denn ein spanischer Grande zieht den Hut nicht einmal vor seinem König. Um ihm nun zu zeigen, wie sehr ich diese Ehre zu schätzen wußte, lächelte ich abermals und verneigte mich. Was er sogleich wieder mit Lächeln und Hutschwenken erwiderte. Und also bestürmten wir einander eine gute Minute mit Höflichkeiten, bis mir die Mundwinkel vom vielen Lächeln zu schmerzen anfingen und die Hand vom Hutabnehmen und Hutaufsetzen. In stillschweigender Übereinkunft ließen wir unsere Hüte endlich in Ruhe und wechselten zur gesprochenen Sprache über.

»Señor Marqués«, sagte ich auf spanisch, »ich bin entzückt, Euch zu begegnen, und betrachte dies als eine sehr hohe Ehre.«

»Monsieur le Marquis«, sagte er auf französisch, »die Ehre ist ganz meinerseits.«

Hier, Leser, vereinfache ich entschieden unsere Wechselreden, die gemäß der gängigen Mode unserer Länder sehr viel geschwollener abliefen, und verkürze unseren Dialog, der noch bedeutend länger war, wollte doch jeder von uns beweisen, daß ein Franzose nicht minder höflich sei als ein Spanier und ein Spanier nicht minder als ein Franzose. Und da dieser Beweis nach guten fünf Minuten zur beiderseitigen Zufriedenheit geführt schien, kam ich zu jenem Thema, das mir am Herzen lag.

»Señor Marqués«, sagte ich, »während der Pariser Belagerung beherbergte ich in meinem Haus eine Doña Clara Delfín de Lorca. Ist sie mit Euch verwandt?«

»Wie denn? Was denn?« rief Don Luis, die schwarzen Brauen wölbend, und betrachtete mich, als sei es ihm endlich vergönnt, mich nicht nur in meiner körperlichen Hülle, sondern auch in meiner geistigen Essenz zu erblicken, »ist das denn wahr, Marquis?« sagte er mit dem strahlendsten Lächeln, »Ihr seid also der famose Siorac, dessen Loblied Doña Clara von früh bis abends singt? Es gibt nicht eine Zofe, nicht einen Diener in meinem ganzen Hausstand (denn sie lebt bei uns und nimmt sich bewunderswert meiner Kinder an, seit meine Gemahlin krank darniederliegt), die nicht Euren Namen und Eure Verdienste kennte. Denn glaubt man ihr, seid Ihr von allen Edelleuten der Christenheit der beste und tugendreichste Mensch, den man sich denken kann.«

Zuerst dachte ich, er wolle sich über mich mokieren, und verspürte einiges Unbehagen, doch als ich in seinen Samtaugen nicht die leiseste Spur von Spott erkannte, sah ich, daß sein Wort Gold und nicht Kupfer war, und sagte mir, daß die Zeit mich im Geiste Doña Claras wohl veredelt haben müsse wie einen guten Wein. Denn in ihrem Abschiedsbrief hatte sie mir doch eher gespaltene Hufe verliehen als jene lieblichen Flügel, mit denen sie mich jetzt zierte.

»Señor Marqués«, sagte ich, »es freut mich überaus, daß Doña Clara in solcher Weise von mir spricht, und vollends entzückt bin ich zu hören, daß sie sich hier zu Rom in Eurem Haus befindet. Es tat mir unendlich leid, daß sie von Paris fortging, und wenn sie mich in meiner römischen Bleibe besuchen wollte, wäre ich überglücklich.«

»Ich richte es ihr gern aus«, sagte Don Luis.

Weiter kam er nicht, denn in dem Moment klingelte ein Glöckchen, der schwere purpurne Samtvorhang wurde beiseite geschoben, und der päpstliche Kämmerer erschien.

»Meine Herren, es ist soweit«, sagte er. »Don Luis Delfín de Lorca stellt sich als erster vor und dann Monsieur de Siorac.«

Nacheinander traten wir ein, und während ich neben dem Vorhang stehenblieb, fiel Don Luis, nachdem er zwei Schritte gemacht, ins Knie. Doch brauche ich nicht zu schildern, was er tat, denn als ich an die Reihe kam, ahmte ich jede seiner Gesten nach, wie Kardinal Giustiniani mir geraten. Trotzdem war meine Aufmerksamkeit geteilt, denn ich verfolgte nicht nur jede Bewegung von Don Luis, sondern beobachtete gleichzeitig den Papst mit sehr gespannter Neugier.

Sua Santità saß auf einer Art Thronsessel und zu seiner Linken, den Hut in der Hand, ein hochmütig blickender Herr, der wohl der spanische Gesandte, der Herzog von Sessa, sein mußte, der Don Luis dem Papst vorstellte. Selbstverständlich hafteten meine Augen mit aller Begier an ihm, wollte ich doch herausfinden, ob Seine Heiligkeit im gegebenen Moment wohl Stärke genug aufbrächte, um dem spanischen Druck zu widerstehen. Und ehrlich gesagt, ich wurde mir darüber nicht einig. Sein Gesicht dünkte mich, wenngleich etwas weich, weder geistlos noch ungütig. Wenn ich es jedoch mit der eindrucksvollen Physiognomie Sixtus' V. verglich, wie ich sie auf Gemälden gesehen, mit diesen flammenden schwarzen Augen und diesem schweren, machtvollen Kinn, schien mir das seines Nachfolgers höchstenfalls sanfte Beharrlichkeit zu verraten. Aber wenn man der Bibel glaubte, genügte diese Sanftmut ja vielleicht, um zu siegen?

Weil ich zu entfernt stand, hörte ich nicht, was Clemens VIII. zu Don Luis sagte, doch daß seine Vorstellung beendet war, erkannte ich, als der spanische Marquis sich erhob und, in Etappen rückwärts gehend, sich auf mich zu bewegte. Da ich seinen Rückzug zum Zwecke der Nachahmung genau verfolgte, verpaßte ich es, wie der spanische Gesandte davonging, und erschrak ein wenig, als ich im nächsten Moment an seiner Stelle Kardinal Giustiniani sitzen sah. Nun war also ich an der Reihe. Weil aber der Kämmerer mir ein Zeichen machte, noch zu warten, verharrte ich leicht klopfenden Herzens und sah neben mir mit blassem, ernstem Gesicht, gesenkten Augen und in sich gekehrter Miene, als käme er von der Kommunion, Don Luis Delfín de Lorca durch die Samtportiere entschwinden.

Der Kämmerer tippte mich an, nun war es an mir, meine Rolle in der Zeremonie zu spielen. Ich trat also zwei Schritt vor, fiel ins Knie und wartete, bis der Papst (der leise mit Giustiniani sprach) mich zu bemerken und zu segnen geruhte. Was er endlich tat. Ich stand auf und näherte mich dem Heiligen Vater, indem ich aber nicht geradewegs durch den Raum ging, sondern längs der Wand einen Bogen beschrieb wie vorher Don Luis. Auf halbem Weg fiel ich wiederum ins Knie, und wieder segnete mich der Papst. Nun durfte ich aufstehen und bis nahe vor seinen Thron treten, wo ich mich auf einem dicken, etwa sieben Fuß langen Teppich auf beide Knie niederzulassen hatte. Sowie Kardinal Giustiniani mich in dieser Positur sah, fiel nun er ins Knie und lüpfte das Gewand des Heiligen Vaters über dessen rechtem Fuß, der in einem roten Pantoffel mit einem kleinen weißen Kreuz darauf stak. Und weil dieser Pantoffel, wie ich wußte, mein Ziel war, rutschte ich denn, so gut es ging, auf beiden Knien über die ganze Länge des Teppichs. Indessen brauchte ich das Gesicht nicht bis zum Boden hinunterzusenken, der Heilige Vater hatte die Güte, seinen Fuß ein wenig anzuheben, um meinen Lippen entgegenzukommen, die ich auf das kleine weiße Kreuz drückte, nicht ohne zu bemerken, daß es von all den empfangenen Küssen etwas abgeschabt aussah.

Der Papst blickte voll großer Güte auf mich, nannte mich beim Namen und sagte mit milder Stimme auf französisch, ich solle festbleiben in Frömmigkeit gegen die Kirche Frankreichs und im Dienst für mein Königreich (ohne aber den König zu erwähnen), welchem er selbst, wo er könne, aus ganzem Herzen dienen wolle. Ich weiß bis heute nicht, ob diese an einen

Franzosen gerichteten Sätze einen politischen Sinn hatten oder ob sie nur gebräuchliche Höflichkeit waren.

Wie Giustiniani gesagt hatte, blieb ich »still wie ein Standbild«, und der Papst spendete mir einen dritten Segen, mit welchem ich entlassen war. Ich erhob mich und tappte rückwärts, um wie Don Luis den Raum zu verlassen, ohne den Blick von Seiner Heiligkeit abzuwenden, und erreichte mit einiger Mühe die Samtportiere. Hochrot und in Schweiß gebadet, ging ich hindurch, ziemlich gesträubten Gefieders und uneins mit meinem alten hugenottischen Gewissen. Der Kämmerer geleitete mich zur Tür des Vorzimmers, wovon ich zwar nichts hatte, aber er, denn brauchgemäß drückte ich ihm ein Stück Geld in die Hand, wobei mir der Gedanke kam, daß er einer der betuchtesten Männer Roms sein müsse, zumindest wenn dieses Bächlein ungeteilt in seinen Kasten floß.

Als ich in den Hof trat, sagte mir lispelnd ein kleiner, fetter Geistlicher, ich solle in der Karosse des Kardinals Giustiniani auf diesen warten, Seine Eminenz gedenke mich mit heimzunehmen. Und weil da etliche Kutschen standen, eine vergoldeter als die andere, zwischen denen ich verloren umherirrte, führte mich der kleine Fettwanst zu der seines Herrn, indem er mich auf das Florentiner Wappen hinwies, das inmitten hübschen italienischen Rankenwerks am Schlag aufgemalt war. Ich gab auch ihm ein paar Münzen, der Kutscher ließ den Tritt herunter, und erleichtert nahm ich Platz in dem samtgepolsterten Nest, heilfroh, der Kälte und dem scharfen Wind zu entrinnen.

Ich brauchte nicht lange zu warten, Giustiniani gesellte sich wenig darauf zu mir, und sowie der Kutscher anfuhr, klopfte er mir wiederum aufs Knie, was offenbar als freundschaftliche und ehrende Geste gemeint war.

»Marchese«, sagte er, »ehrlich gestanden, habe ich lange geschwankt, ob ich Euch Seiner Heiligkeit vorstellen solle. Aber zum einen wäre es seltsam erschienen, ihm einen französischen Edelmann Eures Ranges nicht zuzuführen, und hätte sogleich die Aufmerksamkeit der Spanier in Rom auf Euch gelenkt, die ihre Augen überall haben. Andererseits ist besagte Aufmerksamkeit, weil ich Euch vorgestellt habe, nun vielleicht etwas geringer.«

»Ist es so schlimm«, fragte ich, weil diese Finessen mich schleierhaft anmuteten, »das Interesse dieser Herrschaften zu wecken?«

»Im Gegenteil«, sagte der Kardinal, »denn sie haben Wind bekommen, daß die Unterhandlungen zwischen dem Fürsten von Béarn und dem Vatikan weitergehen, wissen aber nicht, durch wen. Für sie wird d'Ossat beim Papst nur wegen der Königin Louise und ihrer Seelenmesse vorstellig. Und es ist besser, wenn sie nicht ihn, sondern Euch verdächtigen, der geheime Mittler zu sein.«

»Heißt das, daß die Spanier mich jetzt Tag und Nacht ausspähen?«

»Vielleicht«, sagte Giustiniani mit liebreichem Lächeln, »versuchen sie sogar, Euch zu ermorden.«

»Offen gestanden, Vostra Eminenza«, versetzte ich kühl, denn allmählich schwante mir, welche Rolle Giustiniani und der Papst mir durch ihren huldvollen Empfang zuweisen wollten, »wenn ich, um meinem König zu dienen, auch bereit bin, den Köder abzugeben, so möchte ich in diesen winterlichen Zeiten doch nicht im eisigen Wasser des Tibers enden.«

»In dem Fall«, sagte Giustiniani, »solltet Ihr aber besser auf Eurer Hut sein.«

»Bin ich es nicht?«

»Ich weiß nicht. Vincenti sagte mir, Ihr hättet nicht bemerkt, daß er Euch von der Porta del Popolo bis zu meinem Haus gefolgt ist.«

»Wer ist Vincenti?«

»Der kleine Mann, der Euch mein Haus vermietet hat. Er steht in meinen Diensten.«

»Touché!« sagte ich und hob die Hand wie ein Duellant (innerlich allerdings ziemlich betroffen). »Vielen Dank für diese Warnung, Vostra Eminenza. Ich werde mich wappnen.«

»Marchese«, sagte der Kardinal, »darf ich Euch daran erinnern, daß es in Rom seit Sixtus V. bei Todesstrafe verboten ist, offen eine Feuerwaffe zu tragen. Ihr könnt natürlich eine kleine Pistole in Eurem Wamsärmel verstecken.«

»Ich vergesse es nicht.«

»Dennoch meine ich«, fuhr Giustiniani fort, »die beste Verteidigung wäre, über längere Zeit weder d'Ossat noch mich aufzusuchen.«

»Vostra Eminenza, was wird aus meiner Mission, wenn ich mich meiner Ohren beraube?«

»Vincenti wird Euch die seinen ausborgen. Und im übrigen«,

setzte Giustiniani mit einem Ernst hinzu, der mich baff machte, »wäre es gut, wenn Ihr zur Ablenkung viel ausgehen und den Lebemann spielen würdet.«

Als Giustiniani mich vorm Tor seines ehemaligen Palastes absetzte, sah ich dort auf dem einen Torstein einen Bettler sitzen, der nachdenklich das Kinn auf den Rücken seiner rechten Hand stützte, die er um einen Stock geschlossen hielt, und die linke mir entgegenstreckte.

»Signor Marchese«, sagte er in eher würdevollem als flehendem Ton, »*fate ben per voi*[1].«

Derlei hatte ich in Frankreich noch nie von einem Vagabunden gehört, und ergötzt hielt ich inne.

»Wieso um meinetwillen?« fragte ich.

»*Quas dederis, solas semper habebis opes.*«[2]

»Gebenedeite Jungfrau!« sagte ich, »ein Bettler, der sogar Latein spricht!«

»Ich war Mönch«, sagte der Mann.

»Warum bist du es nicht mehr?«

»Aus zwei Gründen: Erstens friert es sich besser in einer lustigen Stadt als in einem Kloster. Und zweitens bettele ich lieber für mich als für einen Orden.«

»Sehr vernünftig«, sagte ich. »Aber du siehst kräftig aus. Warum arbeitest du nichts?«

»*Il fare non importa, Signor, ma il pensare.*«[3]

»Und woran denkst du?«

»*All'eternità*«,[4] sagte er, indem er seinen Worten eine unerhörte Feierlichkeit verlieh.

»Ein unerschöpflicher Gegenstand! Und wozu der Stock?«

»Signor Marchese, sobald Ihr mir etwas gegeben habt, kommen andere Bettler und belagern Eure Tür. Das hier schafft klare Fronten.«

»Wie kommst du darauf, daß ich dir etwas geben werde?«

»Aus zwei gediegenen Gründen, Signor Marchese.«

»Sind deine Gründe immer zu zweit?«

»Wie ein Menschenpaar.«

1 (ital.) tut Gutes um Euretwillen.
2 (lat.) Nur den Reichtum, den du gegeben hast, wirst du für immer besitzen.
3 (ital.) Nicht Tun ist wichtig, Herr, sondern Denken.
4 (ital.) An die Ewigkeit.

»Also sprich!«

»Erstens: Ich amüsiere Euch. Zweitens: Ihr seid ein Mann, der zu unterscheiden weiß zwischen einem *mendicante di merito e un mendicante di niente*.«[1]

»Wenn dein lateinischer Spruch stimmt, bleibt dies also mein immerwährender Besitz«, sagte ich, indem ich ihm einige Münzen in die Hand legte. »Und ich werde dir ein altes Wams von mir bringen lassen, das du über deine Lumpen ziehen kannst. Es ist sehr kalt.«

»*Grazie infinite*, Signor Marchese! Aber, mit Verlaub, ich werd es unter meine Lumpen ziehen und nicht darüber. Ob Bettler, ob Kardinal – jeder Stand hat seine Kleidung.«

Ich lachte hellauf.

»Wenn ich dich recht verstehe, bist du ab jetzt mein Bettler vom Dienst.«

»*Sì*, Signor Marchese«, sagte ernst der Mann, »und der erste Dienst, den ich Euch erweisen werde, ist, daß ich der einzige bleibe: Vertraut meinem Stock.«

»Willst du mir noch andere erweisen?«

»*Che sarà, sarà*«,[2] sagte er aufblickend, weil er aber mit einer seiner Pupillen etwas lahmte, blickte nur sein rechtes Auge zum Himmel auf, das linke blieb am Boden haften. »Bitte, Signor Marchese«, fuhr er fort, »um unerfreulichen Mißhelligkeiten vorzubeugen, wollt doch Euren Leuten sagen, daß ich hier bin und daß ich ein Anrecht auf diesen Torstein habe.«

»Ich denke dran. Wie heißt du?«

»Alfonso della Strada.«

»Bei allen Heiligen«, sagte ich lachend, »bist du etwa von Adel?«

»Von falschem, wie viele in Rom. Den Namen habe ich mir selbst beigelegt, damals, als ich noch durch die ganze Welt zog. Jetzt verlasse ich Rom nicht mehr, mit dem Alter wird man häuslich wie ein Kater oder ein Kardinal.«

Von diesem spaßigen und drolligen Bettler wie von allem, was ich an diesem Tag erlebt hatte, erstattete ich Monsieur de La Surie bei unserem Mittagsmahl ausführlichen Bericht. Und Sie können sich denken, Leser, daß mein Miroul über den Kuß

---

1 (ital.) einem verdienstvollen Bettler und einem Habenichts.
2 (ital.) Was sein wird, wird sein.

auf den päpstlichen Pantoffel eine Bemerkung machte, die sehr an Onkel Sauveterre gemahnte, und bitter beklagte, wie ein Mensch derart vergötzt werden konnte, daß man ihm die Füße küßte und mithin einem Geschöpf eine Ehrfurcht erwies, die doch nur Gott zukam.

»Wenn man weiß«, fuhr er fort, »wie ein Papst von seinesgleichen gewählt wird, was für Berechnungen, Streitereien, Erpressungen und Bestechungen unter den Kardinälen dieser Wahl vorausgehen, wie kann man ihn dann als Stellvertreter Christi auf Erden verehren?«

»I was, mein Miroul«, sagte ich. »Das sind eben althergebrachte Zeremonien. Vor Henri beuge ich ein Knie, um ihm die Fingerspitzen zu küssen. Warum soll ich dann nicht auf beiden Knien den Pantoffel des Papstes küssen, der übrigens nicht wie Henris Hand nach Knoblauch stinkt. Um diesen Pantoffelkuß soll mir's nicht leid sein, mein Miroul, wenn Clemens nur dem König Absolution erteilt.«

»Glaubst du, er wird es tun?«

»Wenigstens bezweifle ich es nicht. Trotz seiner öffentlichen Tränen liebt der Papst die Jesuiten nicht. Und er fürchtet den Spanier weit mehr, als er ihn anbetet.«

»Wenn ich deinen Bericht recht verstehe, mein Pierre«, sagte La Surie, »dann hält Giustiniani die Mitte zwischen Abbé d'Ossats Zuversicht und Fogacers Verzweiflung. Aber was hat es mit diesen Drohungen gegen dich auf sich?«

»Ich denke, sie sind nicht ernster zu nehmen als anderes, was wir bei unseren Missionen erlebt haben. Aber aufpassen muß man.«

»Ich staune«, sagte La Surie nach einer Weile, »daß ein römischer Kardinal dir den Rat gibt, zur Ablenkung den Lebemann zu spielen.«

»Dieser Rat scheint von zwei berühmten Florentinern zu stammen: Machiavelli und Lorenzo de' Medici.«

»Was für ein Lorenzo?« fragte, wißbegierig wie stets, mein Miroul.

»Ein großmütiger Bursche, der Venedig von der Tyrannei seines Cousins, Alessandro de' Medici, befreien wollte. Um sein Vertrauen zu gewinnen, teilte er dessen Ausschweifungen, und dann erschlug er ihn.«

»Sankt Antons Bauch!«

»Gott sei Dank«, sagte ich, »brauchen wir nicht den Herzog von Sessa zu erschlagen: So weit gehen unsere Pläne nicht.«

»Aber Ausschweifungen sind hierorts auch nicht so einfach«, sagte Miroul, und sein braunes Auge blitzte, das blaue blieb kalt. »Ausschweifen in Rom, beim Ochsenhorn! Mit wem denn?«

Schöne Leserin, Sie werden sicherlich bemerkt haben, daß Giustinianis florentinischer Rat mir ja gar nicht gegen den Strich ging. Nur war er leichter anzunehmen, als zu beherzigen, denn die Römerinnen bleiben in der Öffentlichkeit derart gesondert von den Männern, daß man ihnen, sei es in einer Kutsche, auf Festen, im Theater oder in der Kirche, fast nicht nahe kommen darf, ohne Skandal zu erregen. Was um so quälender ist, als sie nicht mit einer Maske ausgehen wie unsere reizenden Damen in Frankreich, sondern ganz unverhüllt, und nicht nur ihre einschmeichelnden Augen zeigen, nein, auch bewundernswert schöne Gesichter, zugleich voller Süße und Majestät. Hinzu kommt, daß sie sehr reich gekleidet gehen; ihre Gewänder sind übersät mit Perlen und Edelsteinen, und sie schnüren ihren Leib nicht in unmenschliche Baskinen ein wie unsere eleganten Französinnen, die sich dergestalt ausnehmen wie Sanduhren und sich abgewürgt und gestelzt bewegen wie Automaten. Die Römerinnen hingegen geben sich um die Leibesmitte frei und gelöst, was ihrem Gang etwas Rundes und Wohliges verleiht, das weit mehr zum Herzen spricht.

Bemerkenswert ist auch, daß die Italiener, seien sie gleich von höchstem Adel und sehr betucht, sich weitaus schlichter und weniger kostspielig kleiden als wir in Frankreich, dafür aber schmücken sie ihre Gefährtinnen wie Idole. Was auch kein Wunder ist. Diese Männer leben nur für die Liebe, die sie für ihre Frauen empfinden, und für das beglückende Gefühl, das ihre Schönheit ihnen schenkt, während wir in Frankreich unser Gefallen an dem lieblichen Geschlecht mit viel zuviel Ehrenpunkten und Eitelkeiten befrachten, die dem Gefühl etwas Trockenes und Kleinliches verleihen. Was dies angeht, wäre ich viel lieber Italiener als Franzose, und ich verstehe sehr gut, daß die Männer unter besagten Umständen die Eifersucht auf ihr teuerstes Gut so weit treiben, daß sie Fremden verwehren, sich ihren Gemahlinnen zu nähern, mit ihnen zu sprechen, ihre Hand zu berühren. Was diesen, wette ich, nicht immer bequem sein mag, aber wenigstens wissen sie sich geliebt. Wenn ich übrigens nach ihren kühnen Blicken urteile, die um so freier sind, je eingeschränkter ihr Leben ist, würde ich meine Hand nicht dafür ins Feuer legen, daß sie im Innersten tugendhafter sind als die Französinnen. Aber wie sollten sie die peinliche Wachsamkeit von Vätern, Brüdern, Onkeln und Vettern überlisten, die wie Argus hundert Augen haben, von denen die Hälfte stets geöffnet sind?

Sie sehen also, schöne Leserin, auch wenn ich »viel ausging«, nun immer in starker Begleitung, und beinahe täglich die Wunder der Ewigen Stadt besichtigte, konnte ich doch kaum den »Lebemann spielen«, weil der Lebemann vergeblich nach der Lebefrau spähte, und mußte mich jener Enthaltsamkeit von »zeitraubender« Wollust bequemen, die der reizende kleine Abbé d'Ossat Henri Quatre so naiv ans Herz gelegt hatte. Doch mit der Zeit, muß ich gestehen, hatte ich mich satt gesehen an Kirchen, Gemälden, Bildfenstern, Skulpturen und antiken Monumenten, von denen diese Stadt überquillt, so daß sich Muße genug zur Liebe gefunden hätte, hätte sich nur irgendeine Gelegenheit geboten. Ja, hätte meine Mission mich noch zu jeder Tagesstunde voll und ganz in Anspruch genommen, wie das in Reims war, aber im Augenblick bestand sie einzig darin zu warten, weil die Unterhandlungen, von denen das Schicksal meines Herrn und Frankreichs abhing, jenseits meiner Augen und Ohren abliefen, zum Teil auch jenseits meines Begreifens, und das im Schneckengang.

So verging mir denn ein ganzer Monat in einem *dolce far niente*, das mir alles andere als süß war, vielmehr lastend bis zum Unerträglichen, war doch auch der Winter in Rom nicht so milde, wie man in Paris glaubt, sondern regnerisch, windig und stürmisch, so daß ich in meinem schönen Kardinalspalast, inmitten meiner Säulen, Statuen und Marmorbilder, kälteschlotternd und sehnsüchtig schmachtete und allein von Erinnerungen zehrte.

»Signor Marchese«, sagte mein Bettler vom Dienst, als ich einmal mit La Surie das Haus verließ und ihm mein tägliches Scherflein spendete, »es sieht mir aus, als trüge Euer schönes Antlitz *un'aria imbronciata*[1].«

»*Un'aria imbronciata?*« fragte ich. Mein Italienisch war seinem Ausdruck nicht gewachsen.

---

1 (ital.) eine düstere Miene.

»Mit anderen Worten, Signor Marchese, Ihr seht traurig aus wie ein Tag ohne Sonne.«

»Weil dieser Tag eben ohne Sonne ist«, sagte ich.

»Nein, nein, Signor Marchese, die Sonne fehlt in Eurer Seele. Ihr leidet in Wahrheit an der Krankheit aller Franzosen in Rom.«

»Und die wäre?«

»Sie sehen die schönen Römerinnen und dürfen sie nicht berühren.«

»*È la verità nuda e cruda*«,[1] meinte La Surie. »Der Marquis leidet in der Tat an der Krankheit der Franzosen. Und ich auch.«

»Es gibt aber ein Heilmittel dafür«, sagte Alfonso, indem er mit geheimnisvoller Miene zu Boden blickte.

»Alfonso«, sagte ich, »ich bin ganz Ohr.«

»Ich kenne *una bella ragazza*[2].«

»Ach!« sagte ich.

»*Una bellissima ragazza.*«

»Noch besser«, sagte La Surie.

»Mit der könnt Ihr eine Nacht schlafen für vier französische Ecus.«

»Warum französische Ecus?« fragte La Surie.

»Weil ihr die lieber sind als das päpstliche Geld.«

»Alfonso«, sagte ich abweisend, »mir liegt nichts an käuflicher Liebe.«

»Ha, Signor Marchese!« sagte Alfonso, beide Hände aufhebend, »Ihr mißversteht mich. Teresa ist keine Hure: Sie ist eine Kurtisane.«

»Wo ist der Unterschied?«

»Teresa hat keine Kunden. Sie hat Freunde. Einen ganz kleinen Kreis. Und sehr erlesene.«

»Wie, erlesene?«

»Aus der Geistlichkeit, unter einem Monsignore macht sie es nicht. Und beim Adel nicht unter einem Marchese.«

»Ich Armer!« sagte La Surie.

»Alfonso«, sagte ich, »und das soll ich glauben? Keinen reichen Bürger? Keinen betuchten Kaufmann?«

---

1 (ital.) Und die nackte Wahrheit ist grausam.
2 (ital.) ein schönes Mädchen.

»*Sì, ma furtivamente*«,¹ sagte Alfonso. »Sonst wäre sie ihren Ruf los. Trotzdem empfängt sie offen den Bargello, den Polizeichef, obwohl er von niederem Adel ist, damit ihre Freunde wissen, daß ihr Haus sicher und Tag und Nacht bewacht ist.«

»Vielen Dank, Alfonso, ich denke darüber nach.«

»Signor Marchese, denkt auch an das Prestige, das Ihr in Rom genießen werdet, wenn die *pasticciera*² Euch zum Freund nimmt.«

»Die *pasticciera*?«

»Bevor Signora Teresa ihren Kreis aufmachte, buk sie die besten Kuchen von Rom.«

»Ich wette«, sagte La Surie auf französisch, »sie fand es einträglicher, anstatt Teig zu kneten, sich selbst kneten zu lassen.«

Doch Alfonso hatte ihn durchaus verstanden.

»Signor«, sagte er, peinlich berührt, »sprecht von der Pasticciera nicht respektlos. Sie ist eine große Dame.«

»Leider«, sagte La Surie, »zu groß für mich, der ich von niederem Adel bin und auch nicht Bargello.«

»Aber Teresa hat eine Cousine«, gab Alfonso zu bedenken.

»Dann werde ich von der Cousine träumen«, meinte lachend La Surie.

Wir saßen auf und trabten davon, gefolgt von Pisseboeuf, Poussevent und vier anderen Männern, vor uns die beiden Pagen, alle mit Dolch und Degen bewaffnet, die Pistolen im Wams versteckt, und alle sehr wachsam, die Augen auf die Fenster rechts und links der Straße gerichtet, besonders auf solche mit durchscheinenden Läden davor, ob halb, ob ganz geschlossen, konnte sich dahinter doch leicht ein Musketenlauf verbergen. Allerdings waren unsere Vorsichtsmaßregeln, wie d'Ossat mir schrieb, zwar gut, aber unnütz, denn Morde am hellichten Tag und auf offener Straße, wie der an Admiral de Coligny, waren in Italien nicht Sitte, hier bevorzugte man verschwiegenere Methoden, oft sogar Gift.

»Moussu«, sagte La Surie an meiner Seite, »was haltet Ihr von Alfonsos Angebot?«

»Daß er seinen Vorteil sucht.«

»Versteht sich. Was weiter?«

---

1 (ital.) Doch, aber heimlich.
2 (ital.) die Feinbäckerin.

»Daß ich wenig Lust habe auf eine käufliche Liebe, und sei sie noch so vergoldet.«

»Moussu, in Eurer Jugend wart Ihr nicht so heikel, ich brauche bloß an eine gewisse Nadlerei in Montpellier zu erinnern.«

»Das war etwas anderes, die Thomassine habe ich nicht bezahlt. Wenn ich mich recht entsinne, war sie es, die mich aushielt.«

»Damals wart Ihr fünfzehn und trugt den Lenz auf den Wangen. Mit grauen Haaren kostet die Liebe.«

»Unsinn«, sagte ich pikiert. »Die hohe Dame, auf die du anspielst, kostet mich gar nichts.«

»Außer schrecklichem Herzklopfen dann und wann.«

»Wer wirft denn Herz und Beutel in eins?«

»Und Ihr habt wer weiß wie viele Ringe und Armbänder an wer weiß wie viele Mädchen verschenkt.«

»Aber freiwillig.«

»So freiwillig nicht: Denkt an die Gavachette, an Babette und einige andere!«

»Papperlapapp!«

»Würde man all das zusammenrechnen, es ergäbe einen hübschen Batzen.«

»Miroul, diese Geschenke machten mir Freude und ebenso denen, die sie empfingen. Aber den Gebrauch eines Körpers zu kaufen, Ecus auf die Hand gezählt, ach pfui!«

»Also nichts mit Teigkneten bei der Pasticciera! Und für mich«, setzte er leise hinzu, »keine Cousine!«

»Bedauerst du das sehr, Miroul?«

»Und wie!« sagte er nicht ohne Schärfe. »Aber so geht's einem, wenn man Junker ist! Jedenfalls ist mein Ehrgefühl nicht so kitzlig wie Eures.«

Unser Weg führte uns meist durch eine Straße, wo sich, so hieß es, um vier Uhr die schönsten Frauen Roms an ihren Fenstern zeigten. Bislang aber mußte ich die genaue Stunde stets verpaßt haben, denn nie hatte ich dort so viele Menschen angetroffen wie heute, ob zu Fuß oder zu Pferde oder in Kutschen – deren Verdeck trotz der Kälte aufgeschlagen war –, und fast ausschließlich Männer. Sie standen oder schlichen wie Schildkröten und hatten nur Augen für die Fenster ringsum, die tatsächlich, als die Turmuhr der nahen Kirche vier schlug, alle nahezu gleichzeitig aufgingen, und da sah man denn Damen mit unverhülltem Gesicht und prächtig geschmückt sitzen. Ehrlich gestanden, Leser, noch nie hatte ich soviel Schönheit an einem Ort versammelt gesehen, und nachdem ich die Straße in ganzer Länge durchritten, hatte ich mich längst noch nicht satt gesehen, so daß ich kehrtmachte, um mir noch einmal in umgekehrter Richtung die Augen auszugucken, völlig geblendet von all den Reizen, die es da zu schauen gab und die an Feinheit, Lieblichkeit, Glanz und Grazie alles übertrafen, was ich von Frankreich her kannte.

Beim zweitenmal gab ich nun auch auf die Menge der Männer acht, die dort in unglaublicher Dichte und Enge defilierten, ohne einen Mucks von sich zu geben, wie in tiefer Andacht vor ihren Göttinnen. Und als ich schließlich innehielt vor jener, die mich von allen die Schönste dünkte, und sie mit den Augen verschlang, beobachtete ich ein seltsames Schauspiel, denn alle Männer, die an ihrem Fenster vorüberzogen, entblößten vor ihr beinahe fromm das Haupt, sie aber erwiderte diese Grüße in der ganzen Zeit, die ich dort verweilte, nur drei- oder viermal mit einem Blick oder einem Lächeln, und ihr Gesicht blieb wie Marmor gegen alle anderen.

»Signor«, sagte ich zu einem Kavalier, der im Gedränge an meine Seite geraten war, »könnt Ihr mir bitte den Namen dieser Schönen nennen?«

»Wie, Signor, Ihr kennt sie nicht?« sagte er wie unwillig, ohne mich auch nur anzusehen, offenbar brachte er es nicht über sich, die Augen von dem Gegenstand seiner stummen Bewunderung zu lösen, »es kennt sie hier doch jeder!«

»Und wie kommt es«, fuhr ich fort, »daß sie von jedermann gegrüßt wird, sie selbst aber nur wenige wiedergrüßt?«

Worauf der Mensch so verstimmt war, als hätte ich ihn im Gebet gestört, sein Pferd wendete und mir den Rücken kehrte.

»Signore«, rief da eine helle Stimme unter mir.

Ich schaute hinunter und entdeckte in Höhe meines Steigbügels einen Jungen von etwa zehn Jahren, ums runde Gesicht einen schwarzen Lockenkranz.

»Was ist?« fragte ich.

»Nehmt mich vor Euch in den Sattel, und ich sage Euch, wie sie heißt.«

Lachend beugte ich mich hinab, ergriff ihn mit den Händen und hob ihn zu mir herauf.

»Francesco«, rief er einem anderen Jungen zu, der den Pferden zwischen den Füßen herumlief, »siehst du, wo ich bin?«

Dann wandte er seine dreisten Augen und sein strahlendes Gesicht mir zu.

»Die Schöne, die Ihr bewundert, Signore«, sagte er in feierlichem Ton, »das ist die Pasticciera, Gott segne sie! Und alle, die sie grüßt, sind ihre Liebhaber.«

Am nächsten Tag, um elf Uhr, besuchte mich Vincenti, der kleine Mann mit den Eichhörnchenaugen, der mir den Kardinalspalast vermietet hatte, und weil La Surie und ich uns eben zu Tisch setzen wollten, lud ich ihn ein zu unserem Mahl, wofür er sich mit einer Fülle von Floskeln und Formeln bedankte, die kein französischer Höfling gegenüber seinem König hätte aufbieten können.

Da die Pagen uns die Gerichte auftrugen, befragte mich Vincenti mit seinen beredten Äuglein, ob er trotzdem unverhohlen sprechen könne, was ich bejahte.

»Signor Marchese«, sagte er dann, »Seine Eminenz läßt Euch durch mich eine wichtige Nachricht zukommen: Der Neffe des Papstes, Giovanni Francesco Aldobrandini, ist soeben in außerordentlicher Gesandtschaft nach Madrid aufgebrochen.«

»Und«, fragte ich, »weiß man, um was es sich bei dieser Gesandtschaft handelt?«

»Die Diplomatie des Vatikans ist geheim«, sagte lächelnd Vincenti, »man ist also rein auf Vermutungen angewiesen.«

»Wie lauten diese?«

»Es gibt siebzig Kardinäle in Rom, Signor Marchese, wollte man sie alle befragen, erhielte man höchst unterschiedliche Antworten, vorausgesetzt, sie antworten.«

»Signor Vincenti!« sagte ich lächelnd, »bitte vergeßt nicht, daß der Himmel die Franzosen nicht mit soviel Finesse gesegnet hat wie die Italiener.«

»Signor Marchese«, sagte Vincenti, sich verneigend, »wenn ich Euch und Monsieur de La Surie sehe, kann ich das wahrlich nicht glauben. Doch ich beginne.«

»Und bitte, seid so gut und macht es recht einfach«, sagte La Surie.

»Ich werde mich bemühen«, wieder lächelte Vincenti und verneigte sich gegen mich und La Surie. »Die am häufigsten geäußerte Vermutung – vielleicht auf gewollte Indiskretionen des Vatikans gestützt – lautet, daß Giovanni Francesco mit Philipp II. über die Lage in Ungarn sprechen wird, die den Papst außerordentlich bekümmert, weil sie für die Christenheit doppelte Gefahr bedeutet.«

»Doppelte?« fragte ich. »Reicht es nicht schon, daß die Türken den größten Teil Ungarns besetzt halten?«

»Damit nicht genug«, entgegnete Vincenti und verschränkte die Hände. »Weit entfernt, den Islam einzuführen, begünstigen die Türken in den besetzten Gebieten teuflischerweise den Calvinismus. Damit ziehen sie die protestantischen Ungarn auf ihre Seite, und der Unabhängigkeitskrieg wird zum Religionskrieg. Machiavelli hätte es nicht schlauer anfangen können.«

»Demnach wird Giovanni Francesco Philipp II. also anflehen«, sagte ich, »die katholischen Ungarn mit Waffenhilfe und Gold zu unterstützen.«

»Sicherlich!« sagte Vincenti. »Aber Philipp kann nicht alle gleichzeitig bekämpfen: die englischen Piraten im Atlantik, die türkischen Piraten im Mittelmeer, die Calvinisten in Ungarn, die Geusen in Flandern und die Franzosen in Frankreich.«

»Mit anderen Worten«, sagte La Surie, »Philipp hat mehr angebissen, als er verdauen kann.«

»Was eine weitere Vermutung nährt«, sagte Vincenti.

»Nur eine?« fragte La Surie. »Und die siebzig Vermutungen der siebzig Kardinäle?«

»Nun werft mir bitte nicht vor, Signore, daß ich Euch zu Gefallen meine florentinische Finesse dämpfte.«

»Italienische, hatte ich gesagt«, warf ich lachend ein.

»Die Italiener haben ihre Finesse aus Florenz«, konterte Vincenti, ebenfalls lachend. »*Bene*. Die weitere Vermutung also lautet, daß der Papst Philipp II. ein Arrangement vorschlagen wird: Demnach hätte Giovanni Francesco zu erfragen, unter welchen Bedingungen Philipp mit dem Fürsten von Béarn Frieden schließen würde, und dann würde der Papst Euren Henri zur Annahme dieser Bedingungen bewegen.«

»Und dafür«, meinte ich mit einem verdatterten Blick zu La Surie, »würde der Papst ihn absolvieren?«

»*Sì*, Signor Marchese«, sagte Vincenti. »Unter der Bedingung allerdings, daß Frankreich seine Allianz mit den Türken aufgibt und seinen Bündnissen mit den Ketzern entsagt: also mit England, Holland und den lutherischen deutschen Fürsten.«

»Beim Ochsenhorn!« platzte es aus La Surie heraus.

»Ich traue meinen Ohren nicht«, sagte ich, bemüht, meine bebende Entrüstung zu zügeln. »Henri sollte alle seine Allianzen über Bord werfen und obendrein noch froh sein, daß Spanien ihm das Gesetz diktiert!«

Mehr durfte ich nicht sagen, es wäre zuviel gewesen, und wie ich sah, kochte auch La Surie vor Zorn, denn brüsk stand er auf vom Tisch und marschierte, die Hände auf dem Rücken, durch den Raum. Und als ich mir zur Beruhigung Wein nachschenken wollte, zitterte meine Hand derart vor Erregung, daß ich die Hälfte verschüttete.

Indessen wanderten Vincentis Augen zwischen La Surie und mir hin und her, und mir kam der Verdacht, daß Giustiniani ihm die Aufgabe, uns über die Gesandtschaft des Papstneffen zu informieren, nur anvertraut habe, um die Reaktionen der französischen Edelleute zu beobachten, die ja wohl die ihres Herrn Henri Quatre widerspiegeln mußten. Wenn das der Fall war, dürfte Vincenti, dachte ich, von der Heftigkeit unserer Erregung höchlich erbaut sein. Und wir brauchten nicht einen Ton mehr hinzuzusetzen: Unser törichter Zorn hatte für uns gesprochen und würde Giustiniani zweifellos hinterbracht werden und mithin dem Heiligen Vater.

Nachdem Vincenti gegangen war, faßte ich Miroul beim Arm und zog ihn mit in den Garten, wohin uns der erste Sonnenstrahl seit einem Monat rief.

»Der Papst faselt!« sagte La Surie zähneknirschend, als wir die zypressengesäumte Allee betraten. »Um mit Philipp Frieden zu schließen, soll Henri seine Bündnisse aufkündigen, die ihm ja gerade helfen, sich gegen ihn zu verteidigen!«

»Laß, Miroul«, sagte ich. »Der Papst unterhandelt, sucht, tastet. Wahrscheinlich will er Philipp die Idee von Henris Absolution schmackhaft machen, indem er ihn mit der Hoffnung auf einen vorteilhaften Frieden lockt. Auf jeden Fall, Miroul, ist es an der Zeit, denke ich, daß du nach Frankreich gehst und den König unterrichtest. Denn ich empfände es sehr kränkend für Seine Majestät, wenn er Monseigneur Du Perron nach Rom entsenden würde, während Giovanni Francesco in Madrid ist.«

»Dasselbe dachte ich auch«, sagte La Surie, doch mit sehr betrübter Miene, so widerstrebte es ihm, mich zu verlassen. »Aber ist dir auch klar, mein Lieber, daß, wenn ich nach Paris gehe, unmittelbar nachdem Giovanni Francesco nach Madrid abgereist ist, der Herzog von Sessa schlußfolgern wird, daß du der geheime Unterhändler zwischen Henri und dem Papst bist? Und dann magst du den Lebemann spielen, wie du willst – du wirst in großer Gefahr sein, ohne daß ich dir zur Seite stehen kann.«

Worauf ich meinen Miroul in die Arme schloß, klopfenden Herzens und bewegt von seiner unwandelbaren Liebe.

Um seine Abreise zu vertuschen, faßte er einen geschickten Plan, den wir Punkt für Punkt ausführten: Ich mietete eine Kutsche, und verborgen in dieser Kutsche, fuhren wir gemeinsam bis Florenz, wo wir acht Tage verweilten und die Stadt sowie umliegende toskanische Städte besichtigten. Dann brach La Surie bei Nacht mit unserer halben Eskorte nach Frankreich auf, im Mantelsack zwei Briefe von mir, einen an Angelina und einen an meine liebe Herzogin. Mit der anderen Hälfte der Männer kehrte ich, wiederum in der Kutsche und hinter geschlossenen Vorhängen, nach Rom zurück, wo ich erst bei geschlossenem Tor in meinem Hof ausstieg.

Hierauf hielt ich in meinem Kardinalspalast zehn Tage strenge Klausur, die ein unaufhörlicher Regen mir bedeutend erleichterte, der zudem meinen bestallten Bettler vom Torstein vertrieb.

Als endlich die Sonne wiederkam und ich meinte, Miroul zehn Tage Vorsprung vor möglichen Verfolgern gegeben zu haben, ging ich wieder aus. Und der erste, den ich erblickte, war Alfonso della Strada, der in seinen Lumpen majestätisch auf meinem Torstein saß, die Rechte um seinen Stock geschlossen, das Kinn auf dem Handrücken und den Blick so nach innen gekehrt in seinem Denken an die Ewigkeit, daß er gar nicht auf seine ausgestreckte Linke achtete, in die ich trotzdem meine Gabe legte.

»Oh, Signor Marchese«, sagte er mit feierlicher Miene, »erlaubt dem demütigsten Eurer Diener, Euch seinen Dank auszusprechen für dieses Almosen, das Ihr gemäß den zehn Regentagen zu erhöhen geruhtet, in denen ich verhindert war, Eure Tür zu zieren und zu bewachen. Ihr beweist damit *una meravigliosa delicatezza*[1].«

»Alfonso«, sagte ich, »es freut mich um so mehr, dich wiederzusehen, als ich schon fürchtete, du seist krank geworden.«

---

1 (ital.) ein wunderbares Zartgefühl.

»Nein, Signor Marchese. Aber wenn es regnet oder die Sonne zu heiß brennt, ziehe ich es vor, auf meinem Lager zu meditieren statt auf der Straße. Trotzdem«, fuhr er fort, »habe ich letzten Dienstag ein Nachlassen des Regens genutzt, die Pasticciera zu besuchen.«

»So gut bist du mit ihr bekannt?« fragte ich schmunzelnd.

»Sie ist meine Cousine«, sagte er in einem Ton großartiger Schlichtheit, so als hätte er mitgeteilt, der Papst sei sein Onkel.

»Alfonso«, sagte ich, »meine Gratulation, daß du in deiner Familie eine so vollkommene Schönheit hast. Ich habe sie an ihrem Fenster gesehen, und zwar mit allerhöchster Bewunderung.« (Der Leser beachte, daß ich mich allmählich dem italienischen Ton anbequemte.)

»Wer sie am Fenster sieht, Signor Marchese«, sagte Alfonso ernst, »der sieht sie nicht wahrhaft ... Wie dem auch sei«, fuhr er seufzend fort, »ich fand sie in Tränen: Einer ihrer Liebhaber ist an einem Magenleiden gestorben.«

»Wie traurig.«

»Ja. Zumal dieser Herr sehr zärtlich und sehr freigebig war.«

»Dann trauert sie um seine Zärtlichkeit wie um seine Geschenke«, sagte ich, ohne mir ein Lächeln zu erlauben.

»Bitte, Signor Marchese, haltet die Pasticciera nicht für habgierig und raffsüchtig. Sie ist das ganze Gegenteil. Aber sie hat eine zahlreiche Familie zu ernähren und dazu noch ein Haus zu führen, das ihrer Schönheit würdig ist. Und dabei liebt sie ihre Liebhaber von ganzem Herzen.«

»Das glaube ich gern«, sagte ich, »mich stört nur der Plural.«

»Ihr werdet nie ein richtiger Römer«, bemerkte Alfonso mit leisem Vorwurf, »wenn Ihr hierin nicht großmütiger denkt ... Die Pasticciera kann ihre Liebhaber lieben, denn sie hat sich liebenswürdige ausgesucht, und weil jetzt ein Platz in ihrem Herzen frei geworden ist, erlaubte ich mir, ein gutes Wort für Euch einzulegen.«

»Da hast du viel auf dich genommen, Alfonso.«

»Noch mehr sogar, Signor Marchese: Ich soll Euch ihr vorstellen, am kommenden Donnerstag um fünf Uhr.«

»Beim Ochsenhorn! Ohne mich vorher zu fragen?«

»Hat Kardinal Giustiniani Euch gefragt, bevor er Euch dem Papst vorstellte?« Alfonso verneigte sich leicht.

»Wie?« sagte ich baß erstaunt, »das weißt du?«

Doch blieb mir für diesmal keine Zeit zu längerem Staunen, denn ein spanisch gekleideter kleiner Page kam und erkundigte sich, ob ich wohl der Herr Marquis de Siorac sei, worauf er mir ein Billett aushändigte und verschwand, noch bevor ich ihn belohnen konnte. Schnell zog ich mich ins Haus zurück, vor den brennenden Kamin, denn über dem Gespräch mit Alfonso war mir kalt geworden, und auch das Briefchen war, wie ich rasch sah, nicht dazu angetan, mich zu erwärmen.

Monsieur,
von meinem Cousin, Don Luis Delfín de Lorca, der Euch im Vatikan begegnete, hörte ich, daß Ihr in bewegten Worten von mir spracht und daß Ihr mich einladen laßt, Euch zu besuchen. Ich bin wahrhaftig sehr gerührt, daß Ihr mir einige Zuneigung bewahrt, und nur zu betrübt, mir die Freude eines Wiedersehens versagen zu müssen. Doch dieselben Gründe, die ich Euch in meinem Abschiedsbrief des langen und breiten darlegte, sprechen entschieden gegen eine Erneuerung unserer Bekanntschaft. Zwar hörte ich, daß Ihr derzeit allein lebt, doch weiß ich aus leidvoller Erfahrung, daß Euer Alleinsein nie lange währt und daß Ihr in Rom, wie anderswo, bald eine Korona Frauen um Euch haben werdet, und es wäre einer hochstehenden Dame nicht eben ziemlich, sich diesen wohl oder übel beigesellt zu sehen.

Deshalb bleibe meine Freundschaft Euch besser aus der Ferne bewahrt, auf daß ich mich in aller Aufrichtigkeit, Monsieur, Eure geneigte und ergebene Dienerin nennen darf.

Doña Clara Delfín de Lorca

Ich bin mir durchaus bewußt, daß meine Leser und Leserinnen diesen Brief sehr unterschiedlich kommentieren werden. Erstere werden sagen: »So sind die Frauen. Kann sie mit ihm nicht das ganze Leben haben, gönnt sie ihm auch eine Besuchsstunde nicht!« Die anderen werden sagen: »So sind die Männer! In Paris hat er sie verschmäht, obwohl sie ihn in einem Maße anhimmelte, daß es schon unter ihrer Würde war, wie deutlich sie es ihm zeigte, und jetzt, da er allein und verlassen in Rom sitzt, stürzt er sich auf sie! Und mit welcher Scheinheiligkeit! Würde er sich nämlich eingestehen, was er im Hinterkopf hat, müßte er zugeben, daß er mehr von ihr will als die gute Freundschaft, mit der er sie locken wollte ...«

Bitte, hören Sie mit Ihren Vorhaltungen auf, schöne Leserin, ich gebe Ihnen ja völlig recht. Nur müssen Sie mir auch einräumen, daß ich für Doña Clara weit mehr Zuneigung empfand, als ich wollte, und deshalb immer bedauert habe, daß ich ihr aus Vorsicht (und Furcht vor ihren Krallen) aus dem Wege gehen mußte.

Gern bekenne ich, beim Ochsenhorn! so viele Hintergedanken, wie Sie wollen. Aber da ich nun einmal im Staub vor Ihnen liege, sollen Sie auch wissen, daß Doña Claras Brief mich so unglücklich und wütend machte, daß ich jäh aus dem Haus lief, zu Alfonso auf seinem Torstein.

»Alfonso«, sagte ich entschlossen, »du hast es sehr gut gemacht: Richte der Signora Teresa aus, daß ich es mir zu hoher Ehre anrechne, ihr am Donnerstagabend vorgestellt zu werden.«

An jenem Abend, an dem besagte Vorstellung statthaben sollte – es war der Tag vor Karfreitag –, hörte ich eine Stunde vor der vereinbarten Zeit an mein Tor klopfen, und Thierry meldete, ein römischer Edelmann namens Alfonso della Strada wünsche von mir empfangen zu werden. Ich glaubte mich verhört zu haben und ließ den späten Besucher hereinführen, denn es war schon sechs Uhr. Aber ich wußte mich vor Staunen kaum zu fassen, als wirklich mein Bettler vom Dienst erschien, den der Page nicht erkannt hatte, so vornehm sah er aus in einem schwarzen Sammetwams, bestimmt hundertmal teurer als jenes, das ich ihm geschenkt hatte, mit sorgsam gestutztem Bart, die weißen Haare fein geschnitten, und ich muß sagen, ohne seinen Augenfehler und mit einem Degen zur Seite hätte er eine recht schmucke Figur abgegeben.

»Bei allen Heiligen, Alfonso!« rief ich, »wie hast du dich verändert! Ist dir nicht bange um deinen Erwerb, wenn man dich so wohl ausstaffiert auf der Straße sieht?«

»Niemand wird mich sehen, Signor Marchese, denn Ihr und ich, wir fahren zur Pasticciera in geschlossener Karosse.«

»Karosse, Alfonso? Ich habe keine Karosse! Das weißt du doch.«

»Deshalb habe ich mir erlaubt, eine für Euch zu mieten. Sie

kostet Euch nur zwei Ecus und ist eines Herzogs oder Kardinals würdig.«

»Und warum die Ausgabe?« fragte ich stirnrunzelnd.

»Weil dies der Abend vor Karfreitag ist, die Römer strömen zu Tausenden nach Sankt Peter, und wenn wir von der Pasticciera kommen, würden diese Menschenmengen uns zu Pferde nicht durchlassen. Eine Karosse mit geschlossenen Vorhängen und starkem Gefolge hingegen wird respektiert.«

»Wie weltkundig du bist für einen entlaufenen Klosterbruder!« sagte ich staunend.

»Ich habe bei toskanischen Kardinälen gelernt, Signor Marchese. Und um es nicht länger zu verhehlen, ich war bestallter Bettler des Kardinals Ferdinando de' Medici, und als dieser Großherzog von Toskana wurde, vererbte er mich dem Kardinal Giustiniani, der, als Ihr kamt, mich samt seinem Palast wiederum Euch vermachte. Der Kardinal meinte, ich solle in gewisser Weise über Euch wachen.«

»Oder mich ausspionieren?«

»Mit Verlaub«, erwiderte Alfonso mit gepeinigter Miene, »wozu hätte ich Euch ausspionieren sollen, da Euer Fürst und der Großherzog von Toskana Freunde sind? Vergeßt nicht, ich bin Florentiner!«

Sankt Antons Bauch! dachte ich wie benommen, da werde ich, kaum in Rom angelangt, von dem kleinen Herrn Vincenti verfolgt, der dann zufällig zur Stelle ist, um mir den Palast des toskanischen Kardinals zu empfehlen, dem er dient. Tags darauf sitzt der bestallte Bettler besagten Kardinals vor meinem Tor, es zu »zieren«, wie er sich ausdrückt, und drängt mich, den »Lebemann zu geben«, ganz wie Kardinal Giustiniani es mir empfahl, dazu gesteht er, daß er über mich »wache«, aber wenn es regnet, bleibt er weg. Und obwohl die Toskaner über mich wachen, lenken sie, um d'Ossat zu schützen, die Aufmerksamkeit der Spanier auf mich, indem sie mich dem Papst vorstellen. Nun weiß ich freilich um die Bande meines Herrn zu ihnen, weiß, daß sie auf ihn bauen, um vor dem Appetit Philipps II. gerettet zu werden, und darf glauben, daß ihr Interesse an mir ein freundschaftliches ist. Trotzdem wünschte ich, ihr Verhalten mir gegenüber wäre nicht ganz so gewunden. Im übrigen ist auch meine Mission alles andere als klar; von allen, die mir bisher aufgetragen wurden, ist dies die langwierigste und heikelste: Da soll ich in dieser fremden Stadt nun beobachten, ohne recht zu begreifen, was, und laufe unsichtbare Gefahren, ohne daß ich mehr tun kann, als zu warten, bis ich klarer sehe, während andere im Hintergrund die Fäden ziehen. Und dieser undurchschaubaren und unerquicklichen Lage ausgesetzt, bin ich überdies auf wenigstens zwei lange Monate meines Mirouls beraubt und obendrein abgeblitzt bei Doña Clara.

Nun, die Karosse war tatsächlich nobel und golden wie die des Kardinals Giustiniani, die roten Samtpolster im Innern nagelneu: ein würdiger Schrein für Alfonso und mich, der ich in meinen schönsten Kleidern glänzte und sogar das Band mit dem Heilig-Geist-Orden trug, den der König mir nach Laon verliehen hatte.

»Was ist denn das?« fragte Alfonso, indem er auf das wunderbar gearbeitete Goldkreuz mit den Perlen an den Enden starrte. »Kann man sich Galanteres denken? Madonna, das erhöht Eure Chancen bei der Pasticciera!«

»Meine Chancen, Alfonso!« sagte ich lächelnd. »Besteht denn Gefahr, daß ich abgelehnt werden könnte? Bis jetzt hatte ich am Ausgang meiner Vorstellung keinerlei Zweifel gehegt. Daß ich mich diesem Hofmachen auf italienisch unterwerfe, sehe ich lediglich als eine Formalität an, die in meinen und wohl auch Teresas Augen einen schamhaften Schleier über das bare und blanke Geschäftsabkommen zwischen uns breiten soll.«

»Signor Marchese«, entgegnete Alfonso ernst, »erlaubt, Euch zu sagen, daß Ihr damit in einem großen Irrtum befangen seid. Sicherlich habt Ihr Chancen, aber für den Platz des verewigten Liebhabers seid Ihr nicht der einzige Bewerber, und keiner Eurer Konkurrenten ist geringzuschätzen.«

»Aber du unterstützt mich, Alfonso.«

»Ich unterstütze allein Euch, Signor Marchese, glaubt mir. Aber man muß bedenken, daß Teresa eine Frau ist und daß eine Frau oft nach Laune entscheidet. Einmal verwarf sie einen Bewerber, weil sie ihn zu unterwürfig fand, dann wieder einen, der ihr zu dünkelhaft war. Sie wägt die Verdienste eines Mannes auf einer Waage, die nur sie allein kennt.«

»Ich wäre untröstlich«, sagte ich, noch immer lächelnd, doch im stillen leicht beunruhigt, »schlüge das Zünglein ihrer Waage zu meinen Ungunsten aus.«

»Eure Chancen stehen gut«, versetzte Alfonso nach einer Weile. »Und das beste ist, daß Ihr Franzose seid. Die Italiener sind Frankreich von alters her in Zuneigung und Achtung verbunden, und der wachsende Haß auf die spanische Allgegenwart hat diese außerordentlich verstärkt.«

Das Haus der Signora Teresa war ein Palast, nicht viel anders als der Giustinianis, und ebensogut bewacht, denn Alfonso mußte aussteigen und am Guckfenster seine weiße Pfote vorweisen, bevor das Kutschentor sich meiner Karosse auftat. Es versteht sich von selbst, daß ich, um Alfonsos zahlreiche vorbereitende Anweisungen zu befolgen, im Hof erst einmal mehrere Hände gebührlich schmierte, dem Portier, dann dem, der augenscheinlich der Dienerschaft vorstand, dann der *cameriera*, die mich ins Haus führte, eine zierliche kleine Maurin, dunkel an Haut und Haaren, aber mit so blitzweißen Zähnen und so reizend, daß einem, noch bevor man der Herrin ansichtig wurde, das Wasser im Mund zusammenlief.

»Signor Marchese«, sagte sie zwitschernd, »meine Herrin ist bei ihrer Toilette und kann Euch erst in einem halben Stündchen empfangen. Bitte, nehmt inzwischen mit der Gesellschaft der Mamma fürlieb.«

Hiermit geleitete sie uns in einen kleinen Salon, kurz darauf erschien eine Signora von ungefähr fünfzig Jahren, klein, aber sehr stattlich, mit hoch gewölbtem Busen, muskulösen Armen, kurzen, stämmigen Beinen, das Gesicht voll und rund, der Mund füllig, die Stirn von walddichtem schwarzem Haar gerahmt, die großen Augen von dunklen Ringen umflort. Sie gefiel mir auf Anhieb, weil sie mich an meine geliebte Amme Barberine erinnerte, schien sie doch ebenso handfest gebaut, auch zornmütig vielleicht und kurz angebunden, aber im Grunde nicht ohne die Milch der Zärtlichkeit. Ich machte ihr eine schöne Verneigung und bat sie in höflichen Worten, ihr eine bescheidene Gabe überreichen zu dürfen, eine Brosche nämlich in einem Kästchen. Sie nahm das Kästchen und stellte es ungeöffnet auf einen Marmortisch. Dann kreuzte sie die rundlichen Hände vor dem Bauch und musterte mich aus scharfen Augen wortlos von Kopf bis Fuß. Nach beendeter Musterung bat sie mich, Platz zu nehmen, und fragte ohne Umschweife, wie alt ich sei, ob gesund und welcher Religion, vor allem wollte sie wissen, ob ich mit der römischen Inquisition zu tun hätte.

»Il Signor Marchese«, antwortete hierauf Alfonso an meiner Statt, »steht unter dem Schutz von Kardinal Giustiniani und wohnt in seinem Palast, wie ich der Signora Teresa zu sagen schon die Ehre hatte.«

»Schön, schön«, sagte die Mamma, und mit kleinem Lächeln und knappem Gruß ging sie. Man komme uns holen, sagte sie, sobald die Signora Teresa bereit sei.

»Beim Ochsenhorn!« entfuhr es mir, als sie fort war, »was für eine respektable Matrone, von ihr möchte ich nicht gezaust werden!«

»*Ma tutt'altro*«,[1] meinte Alfonso. »Ihr gefallt ihr gut, sie hat Euch zugelächelt.«

»Wenig.«

»So leicht verschenkt die Signora nichts, auch ein Lächeln nicht. Sie stammt vom toskanischen Land und ist hart wie das Leben, das sie geführt hat. Aber die Krume unter der Kruste ist gut.«

Hierauf bat er mit einer Verneigung, sich kurz zurückziehen zu dürfen, meiner Begegnung mit Teresa werde er beiwohnen.

Das »halbe Stündchen« hatte Bauch angesetzt, als Djemila, die kleine Maurin, mich holen kam und in einen Saal führte, den ich zunächst beschreiben will (obwohl ich ihn beim Eintritt gar nicht sah, weil ich Augen nur für Teresa hatte). Er war groß, die Wände mit vergoldetem Leder bespannt, die Decke reich bemalt, den Marmorboden deckte ein herrlicher Orientteppich. Da mein Blick an Teresa haftete, die zwar nicht auf einem Thron, doch auf einem vergoldeten Lehnstuhl saß, merkte ich erst nach einer Weile, daß hinter ihr, die drallen Arme auf der Rücklehne, die Mamma stand; rechts davon saß in edler Haltung Alfonso auf einem Schemel, und zur Linken, obwohl dort ein zweiter Schemel stand, kauerte Djemila im Schneidersitz auf dem Teppich. Die zeremoniöse Anordnung, ich kann es nicht leugnen, erinnerte mich an meinen Empfang beim Papst.

Ich schritt vor bis zur Mitte, zog den Hut und fegte, mich tief verneigend, den Teppich mit meinem Federbusch. Nicht ohne Belustigung dachte ich hierbei, daß ein Edelmann einen so tiefen Kratzfuß sonst nur einem Herzog erwies, einem regierenden Herzog wohlgemerkt, einem, den man »Eure Hoheit« anredet.

---

1 (ital.) Aber ganz im Gegenteil.

Signora Teresa dankte mir mit einem huldvollen Lächeln und neigte wahrhaft königlich das Haupt.

»Signora«, sagte ich auf italienisch, »es ist mir eine hohe Ehre, daß Ihr mich zu empfangen geruht. Und überglücklich wäre ich, wenn Ihr als Tribut an Eure wunderbare Schönheit dieses Geschenk von mir annehmen wolltet.«

Hiermit, schöne Leserin, zog ich aus meinem Wams ein weiteres Kästchen, das ein Armband in Form einer sich in den Schweif beißenden Schlange enthielt, die Augen zwei Rubine, der Leib feinstgeflochtenes Gold. Doch verharrte ich mit dem Kästchen, regte nicht Fuß noch Hand, sondern wartete auf den Entscheid der Pasticciera.

»Nimm es«, sagte sie zu Djemila.

Schlangengleich erhob sich diese, kam, nahm das Kästchen und legte es in die Hände ihrer Herrin, die es, auch ungeöffnet, der Mamma übergab, die es, abermals ohne zu öffnen, auf eine reichgeschnitzte Zedernholztruhe zur Rechten des Sessels stellte, wo es genauso vergessen wirkte wie vorhin das der Mamma auf dem Marmortisch.

»Signor Marchese«, sagte die Pasticciera mit dunkler, wohlklingender Stimme, »beliebt, auf diesem Schemel Platz zu nehmen.«

Ich gehorchte, und ein langes Schweigen trat ein, weil ich, von Teresas Schönheit überwältigt, nichts zu sagen vermochte. Indessen betrachtete sie bald mich, bald sich, in meinem Blick gespiegelt, und sah sich nicht gehalten zu reden. Nicht, daß sie mich etwa beschränkt anmutete, ihre Augen blickten, wie die der Mamma, lebhaft und wach, und um ihre Lippen spielte ein feines, undeutbares Lächeln, wie ich es bei der von Leonardo da Vinci gemalten Florentinerin Mona Lisa sah, deren Bildnis ich im Louvre, in den Gemächern des Königs, oft bewundert hatte. Doch damit endete die Ähnlichkeit auch schon, denn Teresas Augen waren schwärzer und schattiger und ihre straff gescheitelten Haare unvergleichlich üppiger. Und während die Gioconda ziemlich schlicht gekleidet war, war das Gewand der Pasticciera nichts als Brokat, Gold und Edelsteine und übertraf alles an Reichtum und Glanz, was ich vom französischen Hof her kannte, wenn ich von der schönen Gabrielle und den Prinzessinnen von Geblüt einmal absah. Und ebendies faßte ich denn endlich in ein wohlgedrechseltes Kompliment.

333

Worauf sie lächelte, ohne aber die Zähne zu entblößen, und wissen wollte, wer diese Gabrielle denn sei.

»Signora«, sagte ich, »sie ist die Favoritin des Königs von Frankreich.«

»Sie muß wunderschön sein«, sagte seufzend Teresa, und ich bestätigte es, indem ich hinzusetzte, gleichwohl zöge ich ihre, der Signora, Schönheit tausendmal vor.

»Beliebt dennoch, Signor Marchese, sie mir zu beschreiben.«

»Nun, Signora«, begann ich, »ihr Gesicht, sagen die Höflinge, hat den schimmernden Glanz einer Perle; ihr seidenes Gewand erscheint schwarz im Vergleich zu ihrem Busen; ihre Lippen sind Rubine, ihre Augen die Himmelsbläue und ihre Haare lauteres Gold.«

»Und was sagt Ihr, Signor Marchese?« fragte Teresa leicht amüsiert.

»Daß sie eine Schönheit des Nordens ist, Signora, blaß und schmachtend, daß sie sich die Brauen zupfen läßt, was ich nicht mag, daß ich wärmere Farben liebe und daß Eure Augen, Signora, wie ein Wald sind, in dem man sich verirren möchte.«

Hierauf lachte Teresa, ihre prächtigen Zähne zeigend, wandte den Kopf zur Mamma und wechselte mit ihr Worte in einem mir fremden Dialekt.

»Signor Marchese«, sagte sie dann, indem sie mir einen Blick aus ihren schönen schwarzen Augen sandte, »ich möchte, daß Ihr mir am kommenden Sonntag um zehn Uhr in San Giovanni in Laterano das Weihwasser reicht. Leider«, fuhr sie mit einem charmanten Seufzer fort, »empfange ich während der Karwoche niemanden, aber ich würde mich freuen, wenn Ihr am Dienstag danach zum Souper mein Gast wärt.«

Hierauf streckte sie mir mit ihrem mehrdeutigen Lächeln die vielberingte Hand hin, womit ich beurlaubt war und was in dieser vatikanisch geprägten Stadt, dachte ich, ja wohl dem dritten Segen des Papstes gleichkam. Ich fiel ins Knie, küßte mit allem erdenklichen Respekt ihre Hand, dann erhob ich mich, grüßte die Mamma und ging, und das Herz klopfte mir im Halse.

Als unsere Karosse den Torweg verließ, gerieten wir in ein Menschenmeer, das nach Sankt Peter strömte, sich aber artig teilte, um uns in der Gegenrichtung passieren zu lassen, was bei dem dichten Gedränge freilich nur im Schrittempo gelang.

Da marschierte nun alles einher, was Rom an Zünften hatte, unzählige nämlich, eine jede in ihrer Tracht, weiß, rot, blau, grün, und eine jede unter vielen Fackeln. Der Lärm war ohrenbetäubend, weil den Zunftgenossen jeweils eine Kapelle voranzog und alle gemeinsam fromme Lieder sangen.

Voller Verwunderung und Neugier, die mich Teresa ein wenig vergessen ließ, schaute ich durchs Karossenfenster auf die endlose Prozession, ergriffen auch von der großen Frömmigkeit dieses Volkes. Doch da hörte ich über die Gesänge hinweg dumpfes Schlagen, das mißtönend näher und näher kam, und bald sah ich, halb hinter meinem Samtvorhang versteckt, eine lange Kolonne von Büßern, blutjungen zumeist, die sich mit Peitschen und unter Schmerzensschreien den nackten Oberkörper geißelten, dabei aber – ich sah es im Fackellicht deutlich – waren ihre Gesichter friedlich, ja, sie lachten sogar.

Etliche reichten den Flagellanten Wein, den diese in den Mund nahmen, um zuerst einen Schluck zu trinken, dann aber besprühten sie damit die Enden ihrer Marterinstrumente, um sie zu strählen und weich zu machen, sobald sie vom geronnenen Blut verklebt waren, denn es waren nicht eigentlich Peitschen, womit sie sich schlugen, sondern Bündel von Hanfseilen an einem kurzen Griff.

»Wie kommt es«, fragte ich Alfonso, »daß sie anscheinend gar nicht leiden, vielmehr umherwirbeln, laufen, springen, schreien, einander zurufen und lachen, während sie sich Brust und Rücken aufreißen?«

»Es heißt, sie ölen sich vorher ein«, sagte Alfonso, »nur verstehe ich nicht, was das Öl nützt, wenn das Fleisch trotzdem aufplatzt.«

Und geplatzt war es, ich sah im Fackelschein nichts als blutüberströmte Oberkörper, wo das erstarrte Blut sozusagen die Grundierung für die Bächlein frischen roten Blutes abgab, die bei jedem neuen Schlag flossen.

So gut ich mich auch verbarg, erspähte mich doch einer dieser Büßer und warf mir, während er sich um sich selbst drehte und mit straffer Hand peinigte, einen Blick zu und ein Lächeln. Nach seinem Gesicht war er sehr jung, nach seinen Unterkleidern sehr arm.

»Freund«, sagte ich voller Mitleid, »bist du ein so großer Sünder vor Gott, daß du dich dermaßen geißelst?«

»Aber Signor«, antwortete er, von einem Ohr zum anderen lachend, »ich geißele mich doch nicht für meine Sünden.«

Sehr verdutzt hörte ich diese Antwort, und weil sein armer Rücken mich erbarmte, wollte ich ihm ein Geldstück geben, damit er sich beim Bader verbinden lasse.

»Signor«, sagte er, mein Geld mit entschiedener Hand abwehrend, »das kann ich nicht annehmen, ich habe meine Bezahlung schon erhalten.«

Mir blieb der Mund offenstehen, doch konnte ich den Jungen nicht mehr fragen, weil die Karosse weiterfuhr.

»Signor Marchese«, sagte Alfonso tadelnd, »wozu habt Ihr einen bestallten *mendicante*, wenn Ihr jedem erstbesten Almosen gebt? Außerdem hättet Ihr mich erst fragen sollen, dann hätte ich Euch gesagt, was hier jeder weiß, nämlich daß diese Burschen sich fürs Geißeln bezahlen lassen.«

»Sie lassen sich dafür bezahlen?«

»Aber gewiß doch!« sagte Alfonso lachte leise auf. »Dachtet Ihr, daß der Herr Graf Soundso, wenn er vor dem Herrn eine schwere Sünde zu büßen hat, sich selbst den zarten Rücken zerfleischen wird? Bewahre! Dafür bezahlt man einen Stellvertreter!«

»Aber Alfonso«, entgegnete ich, außer mir vor Staunen, »wie ist es denn gottesmöglich, auf dem Rücken anderer Buße zu tun?«

Doch Alfonso erwiderte nur mit einem Achselzucken und einem »*Ma*«, das in der Schwebe blieb.

ZEHNTES KAPITEL

Zog die Pasticciera mich anfangs durch ihre Schönheit in Bann, fesselte sie mich bald durch ihr wunderbar großmütiges und liebenswürdiges Wesen. Geld interessierte sie so wenig, daß sie leicht alles hergeschenkt und binnen kurzem im bloßen Hemd dagestanden hätte, hätte die Mamma nicht mit strengem Auge über die Haushaltung gewacht. Teresa war von Natur reich ausgestattet, von welcher Seite man es auch betrachtete. Sie hatte außerordentlichen Appetit auf Männer und schätzte sich glücklich, immer fünf, sechs gleichzeitig zu haben, und wäre sie häßlich gewesen – allerdings auch reich –, sie hätte sie ausgehalten. Jung und schön aber, angebetet vom ganzen Volk, fühlte sie sich Liebhabern um so mehr verpflichtet, als sie von deren Freigebigkeit lebte und diese ihr Vergnügen bereiteten; die Wollust, die sie selbst ihnen schenkte, zählte in ihrem gebefreudigen Herzen nicht.

Nicht nur, daß Teresa ihre Liebhaber liebte, sie wollte auch, daß sie einander liebten, und lud sie allesamt zum Souper am Sonntagabend, dem einzigen Tag, an dem sie aus frommem Skrupel auf irdische Wonnen verzichtete. Mich eingeschlossen, hatte sie der Liebhaber sechs. Als ich zugelassen wurde zu jenem Kreis, den Königin Elisabeth *the happy few*[1] genannt hätte, waren wir jedoch nur fünf, denn der sechste war ebenjener Papstneffe Giovanni Francesco Aldobrandini, den Seine Heiligkeit zu Unterhandlungen mit Philipp II. nach Madrid entsandt hatte. Nichtsdestoweniger war die Geistlichkeit unter den Gästen des Sonntagabends durch zwei Monsignori vertreten, deren Namen ich »aus gediegenen Gründen«, wie Alfonso gern sagte, in diesen Memoiren verschweige und die, aus denselben Gründen, der Pflicht enthoben waren, täglich zu Pferde

---

1 (engl.) die glückliche kleine Zahl. Der Ausdruck stammt aber nicht von Elisabeth, sondern von Shakespeare, aus seinem Drama *Heinrich V.*, das vier Jahre nach dem Italienaufenthalt Pierre de Sioracs uraufgeführt wurde. (Anm. d. Autors)

an Teresas Fenster zu defilieren. Dennoch waren ihre Beziehungen zur Pasticciera in Rom ein offenes Geheimnis, und kein Römer wäre auf die Idee gekommen, deshalb schlechter von ihnen zu denken, im Gegenteil.

Der dritte der Herren war, wie man schon weiß, der Bargello della Corte, der Polizeichef, ein Nachfahre jenes bedauernswerten Della Pace, den Papst Gregor XIII., um seine eigene Haut zu retten, einst feige dem revoltierenden römischen Pöbel ausgeliefert hatte. Obwohl nun dieser Della Pace uns anderen an Adel und Würden nachstand, machte er doch eine sehr gute Figur. Ein Profil wie ein antikes Bildwerk, das ihm einen zugleich sanftmütigen und entschlossenen Ausdruck gab, nahm von vornherein für ihn ein.

Der vierte war Don Luis Delfín de Lorca, den ich anläßlich meiner Vorstellung beim Papst bereits kennengelernt hatte, ein spanischer Grande, persönlich sehr angenehm, geistreich und liebenswürdig, ohne eine Spur des unnahbaren Charakters, den man seinen Landsleuten gemeinhin nachsagt.

Um das Inkognito der Monsignori zu wahren, werde ich mich hüten, sie in ihrer Leiblichkeit zu schildern. Beide waren sehr jung und ansehnlich, Nachgeborene aus sehr guter, altitalienischer Familie und, der Not des Erbrechts gehorchend, einem Orden beigetreten und durch päpstliche Gunst rasch bis zur violetten Robe aufgestiegen. Ohne ihre Diözesen je betreten zu haben, lebten sie von den Einkünften ihrer Bistümer in Rom ein höchst angenehmes Leben in jener »klerikalen Sorglosigkeit«, die Fogacer so beneidenswert fand. Von uns fünf, uns sechs vielmehr, wenn ich Giovanni Francesco mit einrechne, waren sie mit Abstand die jüngsten, lustigsten und leichtsinnigsten, die über die Maßen gern dem Wein zusprachen. Worauf ihre Reden eine leise Tendenz zum Gotteslästerlichen annahmen, wogegen Teresa in ihrer Frömmigkeit mit Klauen und Zähnen focht: Dann zogen unsere Monsignori rasch die Köpfe ein und wurden wieder lieb und brav wie Lämmlein an der Zitze. Denn war Teresa von uns sechsen auch die jüngste, ging von ihr, wenn sie der Tafel vorsaß, doch etwas so Mütterliches aus, daß wir uns vorkamen wie Welpen, die bei der römischen Wölfin die Milch des Lebens tranken.

Was nun mich angeht, so war ich, ohne daß die Erinnerung an meine geliebte Herzogin sich irgend verflüchtigt hätte – *tutt' altro* –, binnen Monatsfrist von der Pasticciera vollständig eingenommen, und während ich meine öden Tage in jenem schon erwähnten *far niente* hinbrachte, ohne eine Nachricht, ob von d'Ossat, ob von Kardinal Giustiniani – es war, als ruhe seit der Abreise Giovanni Francescos nach Madrid jegliche Unterhandlung –, träumte ich die meiste Zeit der Nacht entgegen, in der Teresa mich auf ihrem Lager empfing, jenen zwei Nächten, sollte ich besser sagen, denn freundlicherweise geruhte sie, in Giovanni Francescos Abwesenheit mir die Stunden zu schenken, die eigentlich ihm reserviert waren.

Wenn es in Rom auch nicht die schönen Einkaufsstraßen wie in Paris gab, fehlte es doch nicht an Händlern, wie überall, wo es einen Hof und einen Adel gibt, die ihre Mittel für Luxusdinge vergeuden, mochten die Läden und Butiken auch weit verstreut sein. Und entdeckte ich bei meinen häufigen Streifzügen durch die Stadt etwas, das Teresa gefallen könnte, so kaufte ich es voll der Vorfreude, es ihr schenken zu können, so daß ich kaum zu sagen wüßte, wer von uns dabei das größere Vergnügen hatte: der Geber oder die Empfängerin.

Als ich nach einem Monat nun meine Aufrechnung machte, war ich entsetzt über den jähen Anstieg meiner Ausgaben und entdeckte mit Schrecken, daß ich in diesem Zuge nicht fortfahren konnte, ohne plötzlich auf dem trockenen zu sitzen und nach Paris heimkehren zu müssen, um mich neu zu versehen. Das aber hätte ja (zu meiner großen Unehre) geheißen, die mir anvertraute königliche Mission im Stich zu lassen, so unnütz mich diese seit dem Fortgang Mirouls auch dünken mochte. Deshalb beschloß ich, besagtem Miroul zu schreiben, er möge einen meiner Wälder bei Montfort l'Amaury verkaufen und mir den Erlös mitbringen. Kaum jedoch hatte ich den Brief abgesandt, als mein hugenottisches Gewissen über dieses Antasten meines Grundbesitzes in Aufruhr geriet; auch meinte ich den entrüsteten Protest La Suries gegen diese Verschwendung zu hören, die er, wie man sich denken kann, dem Einfluß papistischer Prunkerei auf mich zuschreiben würde.

Am Abend jenes Tages, da ich den Brief abgesandt, dinierte ich allein mit Teresa in ihrem Gemach, denn sie hatte diese Nacht mir gewidmet, und weil sie mich beim Mahl grüblerisch und bedrückt fand, fragte sie nach dem Grund. Zuerst wollte ich ihr nichts sagen. Doch sie drang so liebreich und verständnisvoll in mich, daß ich ihr schließlich, nicht ohne Beschämung, meinen Kummer gestand.

»*Carissimo*«, sagte sie sogleich, indem sie mich im süßen Licht ihrer Augen badete, »das macht nichts! Ich liebe dich um deiner selbst und deines guten Wesens willen, nicht wegen deiner Geschenke. Wenn du knapp dran bist, gibst du mir eben nichts.«

»Mein Engel«, sagte ich, indem ich vor ihr niederfiel und ihre Hände küßte, »du bist wunderbar großzügig und gütig, aber so weit ist es mit mir noch nicht. Und was würde die Mamma sagen«, setzte ich lächelnd hinzu, »wenn ich plötzlich aufhörte, ihre Truhen zu füllen? Ich möchte nur, daß du dich nicht wunderst, wenn ich dich nicht mehr so oft beschenke, und etwa glaubst, ich wäre knauserig geworden oder liebte dich weniger. Denn in Wahrheit bin ich von deiner Schönheit vollkommen betört, nie werde ich es satt, dich anzuschauen und zu berühren, zu jeder Tagesstunde wünschte ich, auch die kleinste Stelle deines Körper abküssen zu dürfen.«

»*Carissimo*«, sagte sie, bei diesen Worten erschauernd, »deine Rede ist Gold wie dein Herz.«

Zugehörig jener gesegneten Gattung Weib, bei dem das Handeln die Schwester des Gedankens ist, faßte sie meine Hand und zog mich zu ihrem Lager, entkleidete sich im Nu und bot sich meinen reisenden Lippen dar.

Wohl eine halbe Stunde ergab ich mich diesen Wonnen und war im Begriff, selbst nun entflammt, unser beider Wollust zu vereinigen, da wurde an die Tür geklopft, und von Djemila gefolgt, tauchte die Mamma mit funkelnden Augen auf, kam, ohne sich irgend um meine Lage zu scheren, heranmarschiert und riß Teresa ein goldenes Marienbild vom Hals.

»Schamlose!« schimpfte sie, »wie kannst du es wagen, die Heilige Madonna in deine Sünde zu mischen!«

Sprach's, küßte wieder und wieder das Medaillon in ihren Händen und entschwand, Gebete murmelnd, Djemila in ihrer Spur. Meine arme Teresa brach in Tränen aus, lief mit reuiger Miene und kniete, nackt wie sie war, an ihrem Betpult nieder, betete, flehte und verklagte sich wie untröstlich ihrer Schuld.

Dieses Gebet dauerte gute zehn Minuten, was für eine Reue kurz sein mag, für meine Erwartung aber lang war. Endlich nun meinte sie Vergebung gefunden zu haben, bekreuzigte sich, trocknete ihre Tränen und kehrte zurück ins Bett, um die Liebe an dem Punkt wiederaufzunehmen, wo sie unterbrochen worden war.

Als sie neben mir schlummerte – für eine kurze Weile, denn unersättlich erwachte sie bald wieder wie Phönix aus der Asche –, entsann ich mich, daß sie die anderen Male, bevor sie mit mir schlief, stets das kleine Marienbild abgenommen, geküßt und der Mamma übergeben hatte. Doch ich war nie hinter den Sinn dieses Ritus gekommen, der, wie ich erst an diesem Abend begriff, darin bestand, daß sie ihren Katholizismus für eine Nacht ablegte und Heidin wurde.

Müßig und nutzlos, wie ich mich fühlte, ohne jede Nachricht von d'Ossat noch von Kardinal Giustiniani und selbst von Fogacer, weil die Verhandlungen seit Giovanni Francescos Aufbruch vermutlich auf Eis lagen, bemühte ich mich, mir das römische *far niente* durch einen geregelten Tagesablauf erträglicher zu machen.

Ich stand Punkt sieben Uhr auf, und nach schmalem Morgenimbiß focht ich über eine Stunde mit dem Waffenmeister Andrea di Giorgi, der mich als Schüler anzunehmen geruhte, weil er gehört hatte, daß Giacomi mein Lehrer und Schwager gewesen war und mich in das Geheimnis der Jarnac-Finte eingeweiht hatte, das ich nach dessen Tod nun als einziger auf der Welt noch besaß.

Nach meinen Übungen mit Andrea schaute ich – ohne mich anders denn mit einem Wort hier und da einzumischen – den Lehrstunden zu, die Pissebœuf den Pagen Luc und Thierry im Stockfechten erteilte, um sie zum Kampf zu rüsten. Dann badete ich in meinem Zuber, in wohlig warmem und klarem Wasser, das, Gott sei Dank, nicht aus dem Tiber stammte, sondern aus meinem hauseigenen Brunnen. Während ich mir's dort wohl sein ließ, stutzte mir Poussevent mit unglaublich leichter Hand, wie man es oft bei dicken Männern findet, mein Bartkollier und rasierte mir reinlich die Wangen.

Um neun Uhr erschien mit der Pünktlichkeit eines Uhrwerks Fra Filippo, ein gelehrter Mönch und mein Mentor in italienischer Sprache und Literatur, und übersetzte mit mir das *Decamerone* des Boccaccio, ein Werk von »betrüblicher Frivolität«, wie er sagte, das der gute Mönch aber gleichwohl als reinste

Quelle italienischer Prosa schätzte. Nach dem Übersetzen stellte er mir allerlei ergötzliche Fragen zu der Novelle, mit der wir uns beschäftigt hatten – der Frate war nämlich ein durchaus fröhlicher und witziger Geist –, und korrigierte meine grammatischen Fehler, meistenteils in der Konjugation der italienischen Verben, denn da haperte es bei mir.

Um zehn Uhr schlürfte ich eine Gemüsebrühe, die mein florentinischer Koch extra für mich bereitete, dann schrieb ich einen langen Brief an Teresa, und nach einem Rundgang durch den Garten, wenn das Wetter es erlaubte, setzte ich mich zu einem diesmal von Pissebœuf aufgetragenen, gehaltvolleren Mahl in Gesellschaft von Luc und Thierry, denen ich in La Suries Abwesenheit diese Ehre gönnte. Und gut entsinne ich mich, daß ich sie eines Tages lehrte, mit einer Gabel zu essen, was ihnen vom Elternhaus her noch völlig unbekannt war, so herrschaftlich dieses auch bei beiden war.

Nach dem Mahl zog ich mich zum Lesen zurück. Da mein Montaigne sich leider noch in Händen des päpstlichen Zolls befand, las ich, hin und wieder ein Wörterbuch konsultierend, den *Orlando furioso* des Ariost, voller Bewunderung, wie fein und leicht dieser geistvolle Schriftsteller seinen Stoff behandelte und sich liebevoll darüber lustig machte, ohne sich ihm je zu versklaven.

Um drei Uhr begann ich, Toilette zu machen, und ich gestehe ohne Scham, schöne Leserin, daß ich darauf durchaus nicht wenig Zeit verwandte. Dann dauerte es noch eine halbe Stunde, bis meine Pagen mir mein schönstes Pferd, gesattelt und geputzt, vorführten. Im Hof stand meine Eskorte bereit, die Tiere wieherten und stampften, doch ging ich erst noch ein paar Worte mit jenem wechseln, der meinen Torstein »zierte«, ehe ich mich auf meine Stute schwang. Luc hielt mir den Steigbügel.

Schlug es von San Giovanni in Laterano vier, war ich auch schon auf der Straße der Pasticciera, um den Moment nicht zu verpassen, wenn Djemila das Fenster ihrer Herrin öffnete und diese in ihrem prächtigsten Schmuck sich der Anbetung allen Volkes darbot, eine Göttin, wahrhaftig, an Schönheit und majestätischen Proportionen. Ich durchmaß das Gedränge bis vor Teresas Fenster, zügelte mein Pferd und zog, in den Steigbügeln stehend, meinen Hut, mit welchem ich in der Luft eine Acht beschrieb. Worauf sie mir samt einem einverständigen kleinen Augenzwinkern jenes mehrdeutige, geheimnisvolle und so reizende Lächeln sandte, dessentwegen ich sie mit der Mona Lisa verglichen hatte. Ein Vergleich, den ich bei näherer Überlegung ein wenig bedaure, könnte der Leser doch einen falschen Eindruck gewinnen, weil die Mona Lisa ja auch etwas Beunruhigendes und vielleicht sogar Kränkliches hat, während meine Pasticciera vor Kraft und Gesundheit strotzte und mit ihren junonischen Formen weit eher der *Venus vor dem Spiegel* des Tizian glich.

Nach diesem ersten Gruß ritt ich bis zum Ende der Straße, kehrte durch eine parallele Gasse zurück, und wenn ich nun aufs neue mit wirbelndem Hutschwenk vor ihr Fenster kam, abermals belohnt von ihrem betörenden Lächeln, zog ich einen Brief aus meinem Wams und zeigte ihn ihr von fern. Worauf sie, indem sie mir einen nun ernsten Blick aus ihren schönen, verheißungsvollen Augen sandte, die zu ihren Füßen kauernde Djemila ausschickte, mir den Brief aus den Händen zu nehmen. Obwohl meine Konjugation der Verben fehlerhaft war, liebte Teresa meine Briefe, und ich schrieb ihr einen an jedem Tag, auch wenn ich sie noch am selben Abend besuchte.

Nach diesem Ausritt wieder daheim, setzte ich mich in ein wunderschönes, mit rotem Samt ausgeschlagenes kleines Gemach, in welchem Kardinal Giustiniani sicherlich seine Vorlieben gepflegt hatte, und schrieb bei einem kräftigen Feuer im Kamin (es war noch immer kalt) an diesen Memoiren, bis es Zeit war zum Souper. Der erste Band, der meine Kindheit und Jugend auf Burg Mespech im Périgord erzählt,[1] ist in Gänze während jenes öden römischen Winters entstanden.

Seit Monsieur de La Surie nach Paris abgereist war, wurden Luc und Thierry für ihre Verfehlungen nicht mehr geschlagen, und merkwürdig, diese hatten dadurch nicht etwa zugenommen, ganz im Gegenteil, die Knaben bemühten sich sehr, sich mir von ihrer besten Seite zu zeigen. Die einzige Mißhelligkeit, die zwischen ihnen und mir auftrat, betraf einen häßlichen kleinen gelben Hund, den sie adoptieren wollten, der aber zu alt war, um noch dressiert zu werden, überall durchs Haus rannte und trotz der großen Bissen, mit denen die Pagen ihn fütterten, alles fraß, was ihm vors Maul kam.

---

[1] Robert Merle, *Fortune de France*.

Ich weiß nicht mehr, an welchem Tag im März es war, als ich um ein Haar diese wunderbare Welt der Wärme und der Bewegung verlassen hätte, die allein die Lebenden kennen und die ja auch die einzige ist, die sie wahrhaft kennen, denn was die ewige Glückseligkeit angeht, so haben wir darüber bekanntlich recht ungenaue Informationen. Doch ich wette, es war um den 23. März, weil ich mich später erinnerte, daß zwischen dem Tag, als ich den Fängen des Todes mit knapper Not entrann, und der Rückkehr Giovanni Francescos nach Rom am 16. April drei Wochen vergangen waren. Ich bin mir sogar gewiß, daß es an einem Dienstag war, weil die Nacht des Dienstags wie die des Freitags den bekannten Wonnen gehörte. Und wenn ich mich morgens beim Erwachen entsann, daß wir Dienstag hatten, erschien mir die Welt gleich saftiger und leuchtender, und ich sprang aus dem Bett wie ein Füllen auf die Weide.

Trotzdem versäumte ich meine täglichen Übungen im Fechten und in italienischer Übersetzung nicht, nur daß ich nicht ganz bei der Sache war. Fra Filippo, der den Grund erriet, machte darüber schmunzelnd seine Späßchen, anders mein Waffenmeister Andrea Di Giorgio, der mich dafür mit strenger Miene tadelte, Erbitterung in den tiefliegenden schwarzen Augen und im asketischen Gesicht.

»Signor Marchese«, sagte er, die Klinge senkend, nachdem ich ein paarmal schlecht pariert hatte, »mit dem edlen Waffenspiel ist es wie mit der Messe für den Priester: Besser, er liest sie nicht anstatt mit abwesendem Geist.«

So priesterlich sah Pissebœuf das Scharmützel der Pagen mit dem Stockdegen nicht, ihm ging es darum, daß sie nur wacker drauflosschlugen oder aber sich gehörig deckten, und wo nicht, schimpfte er mit derbem Witz, was der häßliche kleine Hund, der mir bereits einen Stiefel zerfetzt hatte und den die Pagen Tibère riefen, mit dem tollsten Gekläff begleitete. So floh ich schleunigst aus dem Waffensaal, hin zu meinem Zuber, wo der dicke Poussevent, während er mir die Wangen kratzte, die Früchte seiner Weisheit ausbreitete.

»Meiner Treu, Herr Marquis!« sagte er mit seinem heftigen okzitanischen Akzent, »nie werde ich glauben, daß es gesund ist, so oft zu baden wie Ihr, das weicht bloß die Haut auf und öffnet aller Ansteckung Tür und Tor.«

»Mein Poussevent«, sagte ich, »der große Mediziner Ambroise Paré gibt dir unrecht. Tägliche Waschungen hielt er für wohltuend, gesund und erquickend.«

»Mit Verlaub, Herr Marquis«, sagte Poussevent, tief aus seinem Wanst seufzend, »wie kann Wasser gut sein, von außen wie von innen? Im Gascognerland heißt es, daß ein Wohlgeborener sich nicht soviel waschen soll; was ein rechter Edelmann ist, dem triefen die Achseln und käsen die Füße. Sagt doch, woran erkennt man das Kommen unseres guten Königs Henri? An seiner Duftmarke!«

Worauf ich, statt weiter zu debattieren, lauthals lachte, das hohe Beispiel war zu schlagend. Und als Poussevent seine Bartschaberei beendet hatte, kroch ich in meinen Bademantel und ging zu Tisch, wo Pissebœuf mir den Napf mit meiner Brühe, in die Brot gebrockt war, auftrug. Weil nun die Brühe noch dampfte und um mir nicht den Gaumen zu verbrennen, wollte ich mich erst einmal am lodernden Kaminfeuer erwärmen (dieser römische März mutete eher nach Winter als nach Frühling an), fand aber dort den Hund Tibère hingeflätzt, und schwärzliches Wasser, das aus seinem Fell troff, bildete eine Lache auf dem Marmorboden.

»Thierry! Luc!« schrie ich zornig, »was hat der lausige Köter hier zu suchen? Habe ich nicht verboten, ihn ins Haus zu lassen?«

»Ich bitte vielmals um Entschuldigung, Herr Marquis«, sagte Luc mit graziöser Reverenz (die Thierry sogleich wiederholte, doch ohne den Mund aufzutun, er fühlte sich nicht zum Redner berufen), »aber während Ihr im Bad wart, goß es in Strömen, und Tibère war nicht nur völlig durchnäßt, er hatte sich obendrein in einer Pfütze gesielt, wie er's gerne tut, mit dem Resultat, daß wir ihn zitternd wie Espenlaub und halbtot vor Kälte unterm Torweg fanden.«

»Dann hättet ihr ihn in den Pferdestall bringen sollen.«

»Wo leider kein Feuer ist«, sagte Luc mit neuerlicher Verbeugung, nachgeahmt von Thierry.

»Wo aber auch kein Marmorboden zu verschmutzen ist«, entgegnete ich, »sondern gutes, trockenes Stroh, wo er sich einrollen kann.«

»Herr Marquis«, sagte Luc mit Trauermiene, »muß er unverzüglich in den Pferdestall?«

»Und ob!« sagte ich. Doch weil ich sah, wie der arme Tibère

vor Kälte schlotterte und obwohl er meinen Stiefel zerfetzt hatte, setzte ich hinzu: »Aber wartet, bis er getrocknet ist.«

Worauf Luc und Thierry mir zugleich ihren dritten Kratzfuß machten, mit dankbarem Leuchten in den Augen, und Tibère, als hätte er verstanden, daß er nicht aus dem Paradies vertrieben wurde, mit dem Schwanz wedelte. Ich wechselte also zu besagtem Suppennapf hinüber, und da ich eben den Löffel eintauchte, hallte starkes Klopfen an der Tür durchs Haus. Ehrlich gesagt, weiß ich nicht, ob es wirklich so stark war, wie es meiner Erinnerung erscheint, doch da Luc nachsehen ging und ich vom Eingang her laute Stimmen hörte, als gäbe es dort Streit, richtete ich meinen Bademantel und ging, von Thierry und Pissebœuf gefolgt, zur Tür, durch die ich Alfonso gellend schreien hörte: »*Vorrei vedere il Signor Marchese! Vorrei vedere il Signor Marchese!*«[1] Worauf Luc ihm durchs Guckfenster sagte, er möge sich gedulden, ich säße bei meiner Brühe, und Alfonso brüllte: »*Pazienza! Pazienza! La tua pazienza lo uccide!*«[2]

Sehr verdutzt, hieß ich Luc die Tür öffnen, worauf Alfonso aschfahl ins Haus stürzte und, ohne mich überhaupt wahrzunehmen, bis in den Speisesaal lief, am Tisch innehielt, dann kehrtmachte, mich jetzt erst erblickte und auf die Knie fiel.

»*Dio mio! Dio mio! Egli e salvo!*«[3] rief er, wobei er meine Hände ergriff und eine um die andere küßte.

»Alfonso, was ist denn?« fragte ich.

»Signor Marchese«, sagte er, noch immer bleich, die Augen wie aus den Höhlen getreten, »erlaubt, daß ich es Euch ins Ohr sage.«

Was er mir nun zuflüsterte, machte mich so baff, daß mir die Stimme versagte und die Füße am Boden festklebten. Verdattert starrten die Pagen, Pissebœuf und Poussevent, bis ich mich faßte.

»Poussevent«, sagte ich, »hole den Koch. Und ist er hier, dann gebt ihr anderen genau acht, was hier geschieht.«

Dieser Koch war ein Florentiner mit Namen Basilio, den Kardinal Giustiniani mir samt seinem Palast vermietet hatte. Und obwohl er vorzüglich kochte und gegen mein Gesinde sehr höflich war, mochte ich ihn weniger als meine übrigen Leute, und zwar aus einem Grund, der dem Leser frivol er-

---

1 (ital.) Ich will den Herrn Marquis sehen!
2 (ital.) Geduld! Geduld! Deine Geduld bringt ihn noch um!
3 (ital.) Mein Gott, mein Gott! Er ist unversehrt!

scheinen mag: Ich liebe es nicht, wenn ein Koch hager ist. Und das war Basilio. Dazu eine stete Leidensmiene, ein bitterer Mund, ein ewig verschleierter Blick, die Lider halb geschlossen, weshalb Alfonso ihn *la gatta morta*, die tote Katze, nannte, noch deutlicher: einen Heuchler.

Eine Minute darauf kam Poussevent, vor seinem mächtigen Wanst den dürren Basilio herschiebend, der beim Eintreten seine Mütze zog, unter halbgeschlossenen Lidern hervor einen scheelen Blick nach meinen Leuten und Alfonso und einen zweiten nach der Brühe auf dem Tisch sandte.

»Signor Marchese«, sagte er ohne jede Verlegenheit, »ich erwarte ergebenst Euren Befehl.«

»Basilio«, sagte ich. »Setz dich an meinen Platz, nimm den Löffel und iß meine Suppe!«

»*Ma*, Signor Marchese!« versetzte Basilio, indem er kreidebleich wurde, sich aber nicht von der Stelle rührte.

»Hast du gehört, Basilio?« sagte ich scharf.

»*Certamente*[1], Signor Marchese.«

»Nun, warum setzt du dich nicht, wie ich dir's befehle?«

»Weil es einem Koch nicht geziemt, sich vor seinem Herrn zu setzen.«

»Laß die Etikette! Bitte, setz dich!«

Er setzte sich.

»Und jetzt, Basilio, nimm den Löffel und iß.«

»*Ma*, Signor Marchese«, sagte Basilio mit zitternden Lippen, »ich habe keinen Hunger.«

»Wer braucht denn Hunger, um diese gute, duftende Suppe zu essen?«

»*Ma*, Signor Marchese«, sagte Basilio, indem er nach Luc, Thierry und Pissebœuf schielte, die wortlos Aufstellung an den Türen nahmen, »bitte entschuldigt, aber ich habe einen kranken Magen.«

»Eben darum«, sagte ich, »die Suppe ist gesund und wird dich heilen. Vielleicht heilt sie dich sogar für immer.«

Hier erhob sich Tibère von seinem Platz am Feuer, stellte sich auf und knurrte ohne anderen erkennbaren Grund, als daß meine Stimme ihn erregt haben mochte. Und Alfonso schlich sich hinter Basilio, seinen Stock waagerecht in beiden Händen.

---

1 (ital.) Gewiß doch.

»*Ma*, Signor Marchese«, sagte Basilio noch einmal nach einem Blick hinter sich und legte seine Hände neben den Napf, »ich habe überhaupt keinen Hunger. Ich kann wirklich nicht.«

Indem er dies sagte, streckte er wie zum Beweis seiner Rede beide Hände von sich, wobei er mit geschickt ungeschickter Bewegung den Napf vom Tisch stieß, so daß der zu Boden fiel. Sogleich schwang Alfonso seinen Stock über Basilios Kopf und drückte ihm diesen unters Kinn, auf den Adamsapfel, so daß er sich nicht rühren konnte. Gleichzeitig fiel Tibère über die vergossene Suppe her und schlappte sie ratzekahl vom Marmorboden.

»Tibère!« schrie Luc, zu ihm hinlaufend, und versuchte, dem Hund die Schnauze zu öffnen, um ihn zum Ausspeien zu bringen, doch vergebens, der Hund biß zu.

»Poussevent«, sagte ich, »gib mir deinen Dolch und geh einen Strick holen. Lauf schnell, mein Sohn!«

Inzwischen trat Pissebœuf herzu, der, so wie ich, fürchtete, Alfonso könnte den Mann nicht beherrschen, wenn er in letzter Verzweiflung aufspränge, doch der hockte mit gesenkten Lidern und schlaffen Schultern wie benommen, bis Poussevent wiederkam und er gefesselt und durchsucht wurde. Alfonso zog aus dem Schuh des elenden Wichts ein Messer mit gelbem Griff und aus seinen Strümpfen ein kleines leeres Fläschchen, das er mir übergab und das ich vorsichtig unter meine Nase hielt.

»Herr Marquis! Was soll ich nur tun?« rief Thierry, ganz blaß auf den Hund zeigend.

»Dasselbe, was du schon versucht hast«, sagte ich in energischem Ton. »Und wenn es nicht hilft, gebt ihm Brechwurz, aber ich habe keine im Haus. Und bis man das Mittel holen kann, ist der arme Hund tot. Pissebœuf, Poussevent«, sagte ich, denn der Anblick des sterbenden Tieres war unerträglich, »schafft den armen Tibère in den Pferdestall. Nein, du nicht, Thierry! Ich muß deine Hand verbinden. Luc, bleib auch, ich will zum Bargello schicken.«

»Signor Marchese«, sagte Alfonso erschrocken, »bitte, erlaubt, Euch vertraulich zu sprechen.«

Ich ging also in einen Nebenraum, wohin er auf meinen Wink nachfolgte.

»Bitte, Signor Marchese, laßt den Bargello aus dieser Sache heraus.«

»Warum?« fragte ich verwundert.

»Aus zwei Gründen: Erstens«, sagte Alfonso, »weil dieser Bastard von Koch Florentiner ist. Daß er sich dem Spanier verkauft hat, ist doppelter Verrat, an seinem Herrn, dem Kardinal, und an Florenz, denn er muß wissen, daß der Spanier nichts anderes im Kopf hat, als unser Vaterland in die Knie zu zwingen. Darum muß dieser Fall unter Florentinern bereinigt werden, damit haben die Römer nichts zu schaffen.«

»Und der zweite Grund?«

»Der ist noch dringlicher, Signor Marchese. Was macht der Bargello, wenn Ihr ihn ruft? Er steckt den Schuft in die Engelsburg, und die pontifikale Justiz macht ihm den Prozeß, ohne daß der Name des Herzogs von Sessa aus gediegenen Gründen auch nur erwähnt werden wird. Was ihn zu neuen Attentaten auf Euch ermuntern wird ... Wenn hingegen wir Florentiner diesen Teufelsbraten in der Hand behalten«, fuhr Alfonso mit frommer Miene fort, »dann machen wir ihn zu einer Waffe gegen den Herzog.«

»Du erwartest also«, sagte ich halb überzeugt, halb verdutzt, »daß ich ihn dir und deiner besonderen Justiz überlasse?«

»Wenn es Euch genehm wäre, Signor Marchese.«

»Es ist mir genehm, aber unter einer Bedingung: Da Basilio dem Kardinal untersteht, muß der Kardinal davon erfahren.«

»Der Kardinal«, sagte Alfonso, »wird davon erfahren, ohne davon zu wissen. Der Kardinal ist Florentiner, er weiß, was Worte ahnen lassen und was Schweigen bedeutet. Außerdem ist die Seele des Kardinals zu schonen. Was für mich nicht gilt, ich bin von vornherein absolviert, weil ich meinem Vaterland und der Kirche diene.«

»Alfonso«, sagte ich nach einer Weile, »wie kann ich dir meinen Dank ausdrücken? Ohne dich stürbe jetzt nicht nur der arme Tibère.«

»*Niente, niente*, Signor Marchese«, sagte er. »Ich habe Euch nur eine Warnung von Teresa überbracht, sie hatte Djemila geschickt.«

»Teresa!« rief ich, vor Staunen außer mir. »Woher wußte denn Teresa, daß mein Koch vom Spanier gekauft ist und mich vergiften wollte?«

»Von Don Luis. Ihr seht, Signor Marchese, es hat mehr Vorteile, als Ihr dachtet, den ›Lebemann zu spielen‹.«

Wie schon mehrmals gesagt, überspringe ich so mancherlei in diesen Memoiren, habe ich doch genug zu tun, von den unerhörten Begebenheiten meines Lebens wie auch von den großen Ereignissen zu erzählen, in die ich verwickelt war. Und so überlasse ich es dem Leser, sich vorzustellen, mit welcher überschwenglichen Zärtlichkeit ich es Teresa in der Nacht jenes Dienstags vergalt, daß sie mir das Leben gerettet hatte.

Am nächsten Tag schickte ich Luc zu Fogacer, um ihm sagen zu lassen, daß ich ihn dringend sprechen wolle, doch der Galgenstrick von Page kam erst zwei Stunden später zurück, was ihm unter Mirouls Regime die Peitsche eingetragen hätte.

»Luc«, sagte ich stirnrunzelnd, »was ist das? Habe ich euch nicht hundertmal verboten, in der Stadt umherzustreunen, wenn ihr auf Botengang geht? Zur Strafe wirst du zwei Tage, mittags und abends, nicht mit mir speisen.«

»Herr Marquis«, sagte Luc mit anmutiger Verneigung, »beliebt, Euer Urteil auszusetzen, bis Ihr mich gehört habt. Denn ich habe die Backen voll mit umwerfenden Neuigkeiten.«

»Ich höre.«

»Unterwegs zum Herrn Abbé Fogacer, kam ich an dem Palast vorüber, wo Seine Hoheit, der Herzog von Sessa, logiert.«

»Das war aber nicht dein Weg.«

»Zumindest nicht der kürzeste«, sagte Luc verschmitzt. »Ich hörte aber in der Nähe so großen Lärm und Aufruhr, daß ich den Umweg machte, und nicht etwa aus bloßer Neugier, sondern weil ich mir dachte, Herr Marquis, daß Ihr die Ursache eines solchen Tohuwabohus nicht ungern erfahren würdet.«

»Se la scusa non è vera, è ben trovata.«[1]

»Ma la scusa è vera«, sagte Luc, nicht auf den Mund gefallen. »Und die Geschichte ist, wie Ihr sehen werdet, Marquis, für Euch so bedeutsam, daß Ihr, anstatt mich zu bestrafen, mich dafür gerechterweise mit einem Ecu belohnen solltet.«

»Die Pest über deine Frechheit, Schlingel!« sagte ich halb zornig, halb ergötzt. »Es wäre Belohnung genug, wenn ich deine Strafe aufhöbe, denke ich. Doch nun rede, Junge, rede! Laß dich nicht länger bitten!«

»Wenn kein Ecu, Herr Marquis«, fuhr Luc mit reizendem

---

[1] (ital.) Wenn die Entschuldigung auch nicht wahr ist, ist sie doch gut erfunden.

Hutschwenk fort, »darf ich mir dann Euer Wohlwollen bezüglich einer Gunst erhoffen, um die ich Euch bitten wollte?«

»Warten wir's ab. Ich kaufe nicht die Katze im Sack. Wer sagt denn, daß ich deine Verspätung überhaupt belohnen muß? Sprich also, das weitere wird sich zeigen.«

»Nun denn, Herr Marquis, ich eilte, meinen Ohren folgend, zum Palast des Herzogs von Sessa und sah einen Auflauf wütenden Volks, das lautstark den Herzog beschimpfte, ihn, seine Sippschaft und seine Nation, das Steine gegen die Scheiben warf, die Diener schmähte, die in aller Hast die Fensterläden schlossen, und sogar einen armen Pagen molestierte, der aus dem Palast kam, vielleicht, um Hilfe zu holen. Ganz aufgeregt durch diese Empörung, fragte ich …«

»Ohne aber selbst Steine zu werfen?«

»Höchstens einen oder zwei!« sagte Luc mit unschuldigem Augenaufschlag, »dann besann ich mich, daß ich in Rom ja als Euer Page bekannt bin und es unklug wäre, in dieser Auseinandersetzung Partei zu ergreifen.«

»Späte Besinnung. Weiter.«

»Was denn die Ursache dieser Empörung sei, fragte ich also einen Nachbarn, der aber nicht antworten konnte, so beschäftigt war er, in einem fort zu schreien: ›*Fuori il duca!*‹[1], und mit dem Finger auf einen Mann zeigte, der im offenen Garten vor dem Palast an einem Pfahl stand. Ich näherte mich dem Mann und sah, daß er von oben bis unten mit Stricken an den Pfahl gefesselt war, mit gutem Grund, sonst wäre er nämlich umgefallen. Denn er war tot.«

»Tot?«

»Ihm stak ein großes Messer im Herzen, das ich sofort an seinem gelben Griff erkannte: Es war das Messer des …«

»Beim Ochsenhorn! Unser Koch!«

»Derselbe. Und mausetot. Und um den Hals trug er ein schimpfliches Schild:

Basilio,
cuoco,
avvelenatore al soldo
del duca di Sessa.«[2]

---

1 (ital.) Raus mit dem Herzog!
2 (ital.) Basilio, Koch, Giftmischer im Solde des Herzogs von Sessa.

»Sehr treffend, wahrhaftig!«

»Dazu war sein rechter Arm angewinkelt und hielt, kraft welchen Kunststücks weiß ich nicht, in der Hand ein leeres Fläschchen.«

»Das Kunststück«, sagte ich, »ist nichts wie Totenstarre. Man hat ihm das Fläschchen in die Hand gedrückt, als sie noch warm war. Diese Florentiner haben wahrlich einen Sinn fürs Theater. Und«, sagte ich, »um das zu sehen, hast du zwei Stunden gebraucht?«

»Ehrlich gestanden«, sagte Luc, die blonden Locken schüttelnd, »wollte ich sehen, wohin der Volkszorn wohl führen und ob die guten Leute am Ende gar Feuer an den Palast legen würden. Doch dazu blieb keine Zeit mehr, denn der Bargello traf mit seinen Männern ein, nicht zeitig genug, um den Tumult im Keim zu ersticken, aber nicht zu spät, bevor er ausartete.«

»Das hast du fein beobachtet, Sohn. Und was geschah dann?«

»Ich machte mich davon, um die Farben Eures Hauses nicht zu kompromittieren.«

»Gut gemacht«, sagte ich, indem ich am Feuer Platz nahm. »Trotzdem, deine Verspätung war ungehörig, und deine ›zwei, drei Steine‹ ärgern mich.«

»Mit Verlaub, Herr Marquis«, entgegnete Luc, »ich sagte ›ein oder zwei‹.«

»Oder zwei oder drei. Dennoch, mögen es auch drei gewesen sein: Ich hebe mein Urteil auf.«

»*Grazie infinite,* Signor Marchese! Darf ich Euch erinnern, daß ich Eurem Wohlwollen eine Bitte unterbreiten wollte?«

»Unterbreite!«

»Als ich vor dem Herzogspalast alles ausspähte, folgte mir auf Schritt und Tritt ein armer Hund.«

»Den du aber nicht angelockt, gestreichelt noch etwa mit Brot aus deinen Hosentaschen gefüttert hast?«

»So könnte man sagen.«

»Und den du adoptieren und ins Haus holen möchtest?«

»*Col vostro permesso*[1], Signor Marchese«, sagte Luc mit einigem Beben in der Stimme, und Thierry, der brav und stumm dabeisaß, blickte mich so bange wie erwartungsvoll aus großen Augen an.

---

1 (ital.) Mit Eurer Erlaubnis.

»Nun«, sagte ich endlich, »in den Bedientengebäuden gibt es einen kleinen Raum, den die Männer der Eskorte nicht benutzen, obwohl er einen Kamin hat. Vielleicht ist er ihnen zu klein. Dort könnt ihr den Hund einquartieren und ihm sogar Feuer machen.«

Noch während Luc ins Knie fiel, mir zum Dank überglücklich die Hand zu küssen, klopfte es, und Poussevent, der nachsehen ging, meldete mir, der Bargello wolle mich sprechen.

Gefolgt von zweien seiner Leute, trat er herein. Der eine seiner Begleiter schien der Schreiber zu sein, denn er war schwarz gekleidet und hatte Schreibzeug mit, der andere, in bürgerlicher Kleidung, war wohl eine Art Polizeisergeant.

»Signor Marchese«, sagte der Bargello mit schöner Verneigung, doch ohne mich zu umarmen, wie er's jeden Sonntagabend in Teresas Runde tat, »Ihr wißt sicherlich schon von Eurem hier anwesenden Pagen, daß er an dem Tumult teilgenommen hat, der sich gegen den Palast des Herzogs von Sessa richtete.«

»Er hat daran teilgenommen?« fragte ich mit zornigem Blick auf Luc.

»Kurze Zeit. Er warf drei oder vier Steine gegen die Fenster.«

»Drei oder vier?« fragte ich, die Brauen gewölbt.

»Vielleicht sogar vier oder fünf«, fuhr der Bargello ungerührt fort. »Doch einer meiner Männer, der die Dinge an Ort und Stelle beobachtete – Ihr seht ihn hier in Handwerkstracht –, raunte ihm zu, er solle die Farben Eures Hauses nicht weiter kompromittieren, und er hörte sofort auf. Angelo«, wandte sich der Bargello an seinen Spitzel, »erkennst du den Pagen?«

»*Sì*, Signor Bargello«, sagte Angelo, »es ist der blonde.«

»Wollt Ihr ihn bestrafen?«

»Das ist nicht nötig«, sagte lächelnd der Bargello. »Er wird aus der Unbesonnenheit seines Alters gehandelt haben, und die wird ihm mit der Jugend vergehen.«

Hierbei verneigte er sich mit sehr italienischer Eleganz, was ich ohne zuviel Plumpheit zu erwidern bemüht war.

»Was nun den Basilio angeht«, fuhr er fort, »dessen ausgestellte Leiche den Tumult auslöste: Trifft es zu, daß er Euer Koch war und versucht hat, Euch zu vergiften?«

Dies bejahte ich rückhaltlos, erklärte aber im weiteren, daß einer meiner Leute die für mich bestimmte Suppe durch ein Mißgeschick verschüttet habe, daß der Hund meiner Pagen daran verendet und Basilio geflohen sei.

»Geflohen?« fragte der Bargello, indem er zu Boden blickte.

»Bevor ich Rechenschaft von ihm fordern konnte, ja.«

»Habt Ihr ihn suchen lassen, Signor Marchese?«

»Nein. Ich glaubte nicht an den Erfolg solcher Suche.«

»Andere haben ihn statt Eurer gefunden«, meinte der Bargello kühl.

»So scheint es.«

»Signor Marchese«, fuhr der Bargello fort, »bei der Durchsuchung von Basilios Wohnung fanden wir eine Börse mit zehntausend Dublonen, was darauf hindeutet, daß er in spanischem Sold stand. Kennt Ihr Gründe, weshalb ein spanischer Herr den Basilio gekauft haben könnte, um Euch zu vergiften?«

»Keinen, Signor Bargello«, sagte ich und blickte ihm in die Augen.

»Marcello«, fragte der Bargello seinen Schreiber, »hast du die Antworten des Marchese festgehalten?«

»*Sì*, Signor Bargello.«

»Signor Marchese«, sagte der Bargello, »ich danke Euch unendlich für die Geduld, mit welcher Ihr meine Fragen beantwortet habt.«

Wir wechselten noch einige Höflichkeitsfloskeln, dann ging der Bargello mit seinen Leuten.

»Lausebengel!« sagte ich zu Luc, sowie jener fort war, »kümmere dich um deinen Hund, und daß du mir vor vier oder fünf Stunden nicht mehr unter die Augen kommst: für jeden Stein eine Stunde.«

Ich hätte auch »vier oder fünf Tage« sagen können, und der Leser würde mich vermutlich noch zu nachsichtig finden. Doch mir stand der Sinn nicht nach Strafen, hoch zufrieden, wie ich mit mir, dem Bargello und den Florentinern war. Mit letzteren, weil sie die Verwegenheit aufgebracht hatten, dem Herzog von Sessa seinen Giftpfeil zurückzuschicken, wobei ich weiß blieb wie Schnee; mit dem Bargello, weil er es verstanden hatte, seine Untersuchung mit meiner Beihilfe so zu führen, daß »ein spanischer Herr« beschuldigt wurde, ohne doch den Herzog von Sessa bloßzustellen – was äußerst gefährlich für ihn wie für den Papst gewesen wäre –, und schließlich mit mir, weil ich die Fabel von der zufällig verschütteten Suppe erfunden hatte, was Don Luis in den Augen des Herzogs von Sessa von jedem Verdacht reinwusch, mich gewarnt zu haben.

Als Fogacer mich auf den Abend mit seinem Akoluthen besuchte, erstickte er mich fast mit seinen Umarmungen.

»Ha, *mi fili*!« sagte er und umhalste mich mit seinen endlosen Armen, »ich hätte mich nicht zu trösten gewußt, hättest du heute den Löffel abgegeben. Gott sei Dank, bist du gerettet! Beschützt von Unterrock und Soutane!«

Ich entwand mich seinen Tentakeln und blickte ihn staunend an, nicht so sehr wegen der Soutane, denn mir war klar, daß Alfonso nicht ohne das – wenn auch stillschweigende – Einverständnis des Kardinals Giustiniani gehandelt haben konnte, doch wegen des Unterrocks, mit dem so offensichtlich Teresa gemeint war, daß ich lieber schwieg aus Furcht, zuviel zu sagen, wenn ich den Mund auftäte.

»Ei, *mi fili*!« rief Fogacer, aus vollem Halse lachend, »nun bist du stumm wie ein Fisch! Und vorsichtig wie ein Kater vorm Igel! Aber der Himmel ist mein Zeuge, daß deine Vorsicht ganz überflüssig ist. Mir sind die Rollen nämlich nicht unbekannt, die Kardinal Giustiniani, Teresa und Don Luis bei der Geschichte gespielt haben.«

»Don Luis!« rief ich, baff, daß er auch das wußte.

»Wer anders als Don Luis hätte denn wissen können, daß der Herzog von Sessa dich umbringen wollte?« fuhr Fogacer mit blitzenden Augen fort. »Wenn Kardinal Giustiniani es arrangierte, dich dem Papst am selben Tag vorzustellen wie Don Luis, und wenn er dir danach riet, ›den Lebemann zu spielen‹, dann doch wohl, damit Don Luis und du bei der Pasticciera gut Freund würdet.«

»Herr Abbé Fogacer«, sagte ich, lächelnd nur mit halbem Mund, »gibt es etwas, was Ihr über meine Vergangenheit, Gegenwart und Zukunft nicht wißt?«

»Was deine Zukunft angeht, *mi fili*«, sagte Fogacer mit seinem langsamen, gewundenen Lächeln, »kann ich dir prophezeien, daß du nicht in Rom von der Hand des Herzogs von Sessa sterben wirst.«

»Was heißt das?«

»Der Bargello hat dem Kardinal-Staatssekretär Cynthio Aldobrandini seinen Bericht erstattet. Daraufhin hat dieser, ohne den Vorfall mit einem Wort zu erwähnen, den Herzog von Sessa vorgeladen und ihn unterrichtet, daß Seine Heiligkeit Giovanni Francesco aus Madrid abberufen habe und daß er in Kürze den Gesandten Heinrichs IV. in Rom erwarte: Monseigneur Du Perron.«

»Das sind ja großartige Nachrichten!« rief ich. »Aber was haben sie mit dem Schutz meiner Person zu tun?«

»Wenn Du Perron nach Rom kommt und die Absolution des Königs von Frankreich aushandelt, dann bedarf es keines geheimen Unterhändlers mehr, und niemand braucht dich mehr zu ermorden.«

»Gelobt sei Aldobrandini!« sagte ich lachend. »Und gelobt auch der ehrwürdige Doktor-Abbé Fogacer ob seines Allwissens, von dem ich, wenn er mir noch ein wenig mehr davon gönnen wollte, zu gern wüßte, warum der Papst Giovanni Francesco von Madrid abberufen hat?«

»Das wiederum«, sagte Fogacer seufzend, »ist meinem Allwissen nicht mit Gewißheit bekannt. Ich vermute aber, d'Ossat hat den Papst überzeugen können, daß Henri Quatre Du Perron so lange nicht nach Rom entsenden wird, wie Giovanni Francesco in Madrid weilt, schließlich will der König nicht, daß seine Absolution in Rom von einem Friedensschacher mit Spanien abhängt oder abzuhängen scheint. Im übrigen, *mi fili*, ist nicht Monsieur de La Surie extra nach Paris gereist, um den König vor solch einem Schacher zu warnen, sobald du von der Reise Giovanni Francescos nach Madrid wußtest?«

»Touché!« sagte ich und hob die Hand. »Fogacer, du setzt mich in Erstaunen! Woher, bei allen Engeln Gottes, hast du das erfahren?«

»Nun«, sagte Fogacer, seine diabolischen Brauen steilend, »ich gehöre eben zwei gleich mächtigen Bruderschaften an, die über die Dinge dieser Welt bestens informiert sind. Der ersten gehöre ich an durch meine Soutane. Der zweiten durch meine Herren Schwestern. Und die zweite, nicht ohne gewisse Verbindungen zur ersten, ist die weitaus genauer informierte, wobei es freilich gilt, die Spreu vom Weizen zu sondern und die wahrscheinliche Wahrheit von hämischem Klatsch.«

»Nun, Fogacer«, sagte ich, »im Namen der wahrscheinlichen Wahrheiten, zu denen dein doppelter Status dir Zugang verschafft: Was prophezeist du für unsere nahe Zukunft?«

»Daß Giovanni Francesco von Madrid Mitte April zurückkehren wird, Monsieur de La Surie von Paris Ende April; Monseigneur Du Perron aber wird mit aller Gemächlichkeit und allem diplomatischen Pomp nicht vor Ende Mai in Rom erscheinen.«

Fogacer irrte nicht, was Giovanni Francesco und Monsieur de La Surie betraf. Doch irrte er stark hinsichtlich Du Perrons, der in unseren Mauern erst Mitte Juli eintraf. Sein Säumen beunruhigte den Heiligen Vater sehr. Nachdem er den Herzog von Nevers bekanntlich ja herb vor den Kopf gestoßen hatte, erwartete er den neuen Gesandten Heinrichs IV. mit ganz unbändiger Ungeduld, denn nun fürchtete er, daß der König, dem sämtliche französischen Kardinäle und über hundert Bischöfe sich verbündet hatten, es sich an der Absolution der gallikanischen Kirche könnte genug sein lassen, ohne die des Vatikans überhaupt noch zu erstreben, womit ein unheilvolles Schisma eintreten und die einige Christenheit gespalten würde, wie es schon durch die anglikanische Kirche unter Heinrich VIII. von England geschehen war. Kurzum, nachdem der Papst unseren König so lange aus dem Schoß der Kirche hatte ausschließen wollen, bangte er jetzt, selbst aus der Kirche Frankreichs ausgeschlossen zu werden.

Das Wiedersehen mit meinem Miroul war eine große Freude, denn wie sehr hatte mein anderes Ich mir gefehlt, mein immerwährender Gefährte seit nunmehr dreißig Jahren, so tapfer, klug und treu und im täglichen Leben so wohlgelaunt und vergnüglich, daß er den finstersten Tag mit seiner Sonne zu erleuchten vermochte. Übrigens langte er zu Rom an genau solchem Tage an, der trotz des nahen Frühlings von früh bis spät unter so schwarzem Himmel lag, daß man den Tag nicht von der anhebenden Nacht unterschied. Ich aber stellte meinem Miroul tausenderlei Fragen, nach Angelina, nach meinem Gut Chêne Rogneux, nach meinen Kindern. Er wiederum wollte wissen, was alles mir unterdessen begegnet war, und wie er mit jedem Satz meine Neugier steigerte, so ich die seine, dergestalt, daß wir den ganzen Tag zu erzählen hatten und auch die ganze Nacht, und den nächsten Tag abermals.

Es ging bei mir nicht ohne Tränen ab, auch aus schlechtem Gewissen, als er mir berichtete, mit welcher Aufregung Catherine meinen Brief gelesen und wiedergelesen und ihn, Miroul, mit unzähligen Fragen bestürmt hatte, wie sie, die hohe Herzogin, ihn sich zu Tische geladen, damit er von mir erzähle. Vor allem hatte sie hören wollen, wann ich zurückkäme nach Paris, was er ihr aber nicht sagen konnte, nicht einmal andeutungsweise, fürchtete er doch, das Geheimnis zu verraten, das der König selbst ihm auferlegt hatte, sowohl den Zweck meiner Mission wie ihren Ort betreffend. Und endlich hatte sie, rot, verlegen, Tränen am Wimpernsaum, ihn in kaum verhohlenen Worten gefragt, ob ich dort, wo ich weilte, ihr denn die Treue halte. Worauf La Surie in aller Aufrichtigkeit hatte beteuern können, daß dem so sei, denn bei seiner Abreise war ich Teresa noch nicht begegnet.

Monseigneur Du Perron wurde – und ich denke, nicht ohne Absicht – in einem Palast logiert, der zwar nicht neben dem meinen lag, von dem mich jedoch nur die Mauer zwischen seinem und meinem Garten trennte, die eine kleine, bislang verschlossene Tür barg, zu der sich nun plötzlich die Schlüssel einfanden. Alfonso erzählte mir, diese verschwiegene Pforte habe ein Jahrhundert zuvor einem gewissen toskanischen Kardinal erlaubt, seiner Nachbarin, der Marchesa von X, in ihren Andachtsübungen beizustehen, wenn ihr Gemahl auf der Jagd war, welchselbiger niemals unter drei Stunden ausblieb, ein Edelmann mit einem weiten Herzen, dem der Kardinal mehr als einmal die Schulden bezahlte.

Monseigneur Du Perron wohnte dort noch keine Woche, samt zahlreichem und glänzendem Gefolge natürlich, wie es sich für den Gesandten eines großen Königs geziemte, als er mir durch einen geistlichen Boten und ein Billett sagen ließ, wenn ich wolle, möge ich ihn doch an diesem Abend »von Nachbar zu Nachbar« durch die kleine Tür besuchen, zu der wir jeder einen Schlüssel hätten, und wenn es mir genehm wäre, würde er sich bei Gelegenheit desselben Mittels bedienen. Du Perron setzte hinzu, daß er seit dem Tag, da der König ihn zu dieser italienischen Reise bestimmt hatte, »als eine der süßesten Früchte seines Auftrags das Glück betrachte, Gespräch und Austausch mit einem Schöngeist wie mir zu genießen«. Und dabei war er doch einer der brillantesten Geister seiner Zeit!

Ich antwortete ihm unverzüglich mit allem ergebenen Respekt, daß ich ihn, da er es mir freistelle, nicht am selben Abend besuchen wolle (denn es war Dienstag, und der Leser weiß, mit wem ich an diesem Abend zu soupieren pflegte), sondern am folgenden Tag. Zehn Minuten später kam der kleine Geistliche wieder und sagte, Monseigneur erwarte mich also am Mittwochabend um neun Uhr, und als ich dann wirklich die kleine Tür durchschritt, stand auf der drübigen Seite schon derselbe Geistliche, nahm Thierry die Laterne ab und sagte, ich möge meinen Pagen nur heimschicken. Die kleine Tür wurde zwiefach abgeschlossen, dann führte er mich in Trippelschrittchen durch den Garten und in einen von Kerzen glanzvoll illuminierten Saal, wo ich zu meinem nicht geringen Erstaunen nicht eine, sondern drei Soutanen antraf. Die erste purpurn: Kardinal Giustiniani; die zweite violett: Monseigneur Du Perron; die dritte schwarz: der Herr Abbé d'Ossat.

Während ich einen jeden seinem Rang gemäß begrüßte und geziemend komplimentierte, beschlich mich im stillen ein ironisches Ergötzen, daß diese Leuchten der katholischen Kirche mich in ihrer Mitte zuließen, mich, den Hugenotten, der unter Heinrich III., um seinem armen geliebten Herrn besser dienen zu können, »die Segel gestrichen« hatte und der trotzdem immer wieder verdächtigt wurde, in seinem vom Protestantismus mangelhaft gereinigten Herzen Rückstände der Ketzerei zu bergen. »Ein Heringsfaß stinkt immer nach Hering«, hatte ja sogar meine kleine Herzogin gesagt.

Allerdings hatte Monseigneur Du Perron, seinerzeit Vorleser Heinrichs III., als ich dessen Leibarzt war, in jungen Jahren ebenfalls »die Segel gestrichen«; sein Vater war ein kalvinistischer Pastor jüdischer Herkunft namens Davy gewesen, der sich den Namen »Du Perron« in ähnlicher Weise zugelegt hatte wie einst mein geliebter Lehrmeister an der Ecole de Médecine zu Montpellier, der seinen Namen Salomon durch ein »D'Assas«, nach seinem Weinberg zu Frontignan, ergänzt und schließlich ersetzt hatte.

Mochte nun in den großen schwarzen Augen Monseigneur Du Perrons noch Jüdisches erkennbar sein, hatte seine Theologie das »Heringsfaß« doch so gründlich gereinigt, daß es nur mehr nach der reinsten Essenz römischer Orthodoxie duftete.

Du Perron war in seinen wilden Jahren Dichter gewesen, ein Freund Ronsards und der Schönheit, doch er entsagte der Dichtung wie der Welt, und seinen Genius nun mit gleicher Kraft umleitend in ein anderes Bett, machte er es sich in seinen Schriften, Predigten und öffentlichen Debatten zur Aufgabe, die Hugenotten zum Katholizismus zurückzuführen, und das mit so glänzendem Erfolg, daß man ihn in Frankreich nur den »großen Bekehrer« nannte.

Rom wußte ihm freilich keinen Dank, daß er Heinrich IV. in den Schoß der Kirche heimgeholt hatte, was Henri übrigens Du Perron mit dem Bistum Evreux vergalt. Ein Prälat, Sohn eines Ketzers, zum Bischof ernannt von Henri Quatre (selbst Ketzer und Sohn einer Ketzerin), der besagten Henri ohne päpstliche Absolution bekehrt hatte – da mußten ja die Engel weinen, wenigstens die Engel des Vatikans.

Doch als Henri Quatre dann Paris einnahm, beauftragte er Du Perron, den päpstlichen Legaten und Kardinal von Piacenza auf seinem Weg nach Italien bis Montargis zu begleiten, und dieser Aufgabe entledigte sich Du Perron mit höchstem Takt, zartesten Rücksichten und jener Liebenswürdigkeit im Umgang mit anderen, wie er sie soeben in seinem Einladungsbriefchen bewiesen hatte. Auf dieser Reise überzeugte Du Perron allgemach den Kardinal, daß alles, was er zu Saint-Denis getan hatte, einzig im Interesse der Christenheit geschehen war, um König und Reich Stufe für Stufe in den Schoß der katholischen Kirche zurückzuführen. Und gewonnen durch die einschmeichelnde Art des französischen Bischofs, bezaubert von seinen täglichen Aufmerksamkeiten und überzeugt durch seine Eloquenz, hatte der Kardinal von Piacenza, sobald er in der Ewigen Stadt war, nicht abgelassen, dem Papst sein Lob zu singen.

Man kann also getrost sagen, daß, als Monseigneur Du Perron nun selbst Mitte Juli nach Rom kam, der Ruf seiner Tugenden ihm vorausgeeilt war, so daß zu hoffen stand, es werde, nach all der zäh und unermüdlich im stillen geleisteten Vorarbeit des Abbé d'Ossat, der »große Bekehrer« sich nun auch noch den Ruhmestitel eines großen Versöhners erwerben.

Was die Person Monseigneur Du Perrons angeht – wenn es einem frisch gestrichenen, noch nach Heringsfaß stinkenden Hugenotten erlaubt ist, sich einmal an dessen Stelle und in dessen illustren Geist zu versetzen –, so würde ich sagen, daß diese Romreise ihm auch Gelegenheit bot, seinen anrüchigen Bischofstitel reinzuwaschen, gleichzeitig der Zukunft Sankt

Peters wie auch seiner eigenen zu dienen und seinen Aufstieg unter den Söhnen der Kirche zu sichern. Denn es wird Ihnen ja wohl einleuchten, Leser, daß, auch wenn der König von Frankreich Du Perron hatte zum Bischof ernennen können, doch nur der Papst den Bischof von Evreux mit dem Kardinalspurpur bekleiden konnte – was neun Jahre später tatsächlich geschah, so langsam ist Rom. Allerdings nicht in jedem Fall, denn der kleine Abbé d'Ossat, dessen schlichte schwarze Soutane sich an diesem Abend so bescheiden neben der schimmernden violetten von Monseigneur Du Perrons ausnahm, erhielt das Kardinalsamt schon vier Jahre früher. Freilich blieb Abbé d'Ossat nach Du Perrons Abreise in Rom, um die französischen Interessen zu vetreten, und im Vatikan, wie an allen anderen Höfen dieser Welt, erreichen einen die Strahlen der Sonne desto eher, je näher man ihrer Quelle ist.

»Herr Marquis«, sagte Monseigneur Du Perron zum Ende der Begrüßungszeremonien, »ich bin entzückt, Euch wiederzusehen, weiß ich doch, welch großes Vertrauen Seine Majestät in Euch setzt und welchen Anteil Ihr an der gegenwärtigen Verhandlung habt.«

»Aber keinen, Monseigneur, keinen!« sagte ich mit süßsaurem Lächeln, »außer mich umbringen zu lassen und Herrn Abbé d'Ossat unfreiwillig als Schirm und Schild zu dienen.«

»Signor Marchese«, sagte Kardinal Giustiniani mit ernstem Blick aus seinen blauen Augen, »Ihr unterschätzt Eure Rolle. Denn auf die Nachricht hin, daß der Heilige Vater Giovanni Francesco nach Madrid entsandte, schicktet Ihr umgehend Monsieur de La Surie nach Paris, um es dem König zu melden, worauf dieser unverzüglich die Abreise Monseigneur Du Perrons nach Rom aufschob. Dieser Aufschub aber bereitete dem Papst so große Sorgen, daß er Giovanni Francesco aus Madrid zurückkrief und von seiner strikten Ablehnung der Absolution nun ein wenig abzurücken beginnt.«

»Das ist wahr«, sagte schlicht d'Ossat, und er wirkte so zart und zerbrechlich im Vergleich mit der kraftvollen Statur des französischen Prälaten, wie ein kleines schwarzes Insekt neben einer dicken Hummel.

»Vostra Eminenza«, sagte ich, Kardinal Giustiniani zugewandt, »ich bin überglücklich zu hören, daß die Verhandlungen auf gutem Wege sind, und weiß Monseigneur Du Perron unendlichen Dank, daß ich gleichzeitig mit Euch und Herrn Abbé d'Ossat sein Gast sein darf.«

Diese Dankesbekundung, die zugleich eine unausgesprochene Bitte um Erklärung war, beantwortete Monseigneur Du Perron mit gewohnter Liebenswürdigkeit.

»Herr Marquis«, sagte er, »da Ihr an den gefährlichen Punkt geraten wart, in dieser Angelegenheit das Leben zu lassen, schien uns, Ihr solltet auch an den Hoffnungen auf Lösung teilhaben, die jetzt am Horizont aufscheinen. Im übrigen«, fuhr er mit einem Blick auf Giustiniani und d'Ossat fort, »weiß jeder von uns dreien, daß Euer Esprit der Sache sehr hilfreich sein kann, und es wäre uns lieb, wenn er uns über eine Widrigkeit hinweghülfe, mit der wir jetzt konfrontiert sind. Sie entspringt nicht so sehr der Verhandlung selbst – der Papst scheint gegenwärtig die Absolution so entschlossen zu wünschen, wie er sie zur Zeit des Herzogs von Nevers ablehnte – als vielmehr der erbitterten Gegnerschaft des Herzogs von Sessa.«

Ich war mir durchaus nicht sicher, daß ich zu größerer oder auch nur gleicher Hilfe imstande wäre wie die drei Geistlichen, die mich umgaben und die eine geradezu staunenswerte Summe an Wissen, Finesse und Erfahrung darstellten, selbst im Vatikan, wo immerhin viele ungewöhnliche Geister zusammentrafen. Doch um das Gespräch nicht durch einen Höflichkeitssturm zu belasten, beschränkte ich mich auf eine knappe Erwiderung.

»Meine Herren«, sagte ich, »ich weiß nicht, ob ich Euch irgend hilfreich und nützlich sein kann, doch werde ich, da es um Seine Majestät geht, alles in meiner Macht Stehende beitragen, damit unser Anliegen vorankommt.«

»*Bene*«, sagte Giustiniani, »und um eine lange Geschichte kurz zu machen, die Gräte in unserem Hals heißt Herzog von Sessa. Zuerst hatte er posaunt, Monseigneur Du Perron werde nimmermehr nach Rom kommen, doch seit unser lieber Freund hier eingetroffen ist, gebärdet sich der Herzog von Sessa in der Ewigen Stadt wie die Hornisse in der Flasche, streut überall Lügen und falsche Nachrichten aus und besucht sämtliche Kardinäle nacheinander, sogar zu nächtlicher Stunde, um sie für seine Sache zu gewinnen.«

»Zur Nachtzeit sogar!« sagte ich erstaunt.

»Ja! Sogar zur Nachtzeit sah man ihn von Tür zu Tür und

von Klopfer zu Klopfer eilen, und ohne sich mit einer Auseinandersetzung seiner Gründe aufzuhalten, lockte er die einen mit der Aussicht auf die Tiara, die anderen mit Benefizien für sich oder ihre Neffen – und mit Pensionen für alle.«

»Pensionen!« sagte ich. »Ist der Faden nicht ein bißchen grob gesponnen?«

»Leider«, sagte Giustiniani, »je gröber, desto fester ... Dem einen«, fuhr er fort, »bietet Sessa tausend Ecus, dem anderen zweitausend, dem dritten dreitausend, und es mangelt nicht an Kardinälen, die sich kaufen lassen, auch unter denen, die sich vorher zugunsten der Absolution ausgesprochen hatten.«

Ha! dachte ich, wenn mein alter hugenottischer Vater dies hörte, kämen ihm gewiß die Worte von La Boétie in den Sinn, die er oft und gern zitierte: Die katholische Kirche ist unvorstellbar korrumpiert durch endlose Mißbräuche.

»Kurz«, setzte Giustiniani hinzu, »der Herzog, endlich einer gefügigen Mehrheit unter all den Prälaten sicher, die er aufgesucht hatte, begab sich unverfrorenerweise zum Papst, stellte ihm abermals vor, wie feindlich sein Herr, der spanische König, der Absolution sei, und entblödete sich nicht, ihm hierin Zurückhaltung anzuempfehlen und die Stimmen des Konsistoriums einzuholen.«

»Und was sagte der Papst?« fragte Monseigneur Du Perron.

»Im Innern zwar kochend vor Entrüstung, daß man ihn als Befehlsempfänger Philipps II. behandelte, hörte der Heilige Vater alles mit sanftmütiger Miene an, doch bevor er dem Herzog von Sessa Segen und Urlaub erteilte, sprach er das einzige Wort: *Audivimus.*[1]«

Worauf uns alle ein kleines Lächeln ankam, begleitet von verschmitzten Wechselblicken, so entzückte es uns, daß der Heilige Vater dem arroganten Spanier mit diesem einzigen lateinischen Wort den Mund verschlossen hatte.

Giustiniani indes, der die Gefühle der anwesenden drei Franzosen wohl verstand und seinerseits lächelte, wechselte plötzlich zu vollem Ernst und klopfte mit Zeige- und Mittelfinger auf seine Sessellehne, wie er in seiner Karosse mir aufs Knie geklopft hatte, diesmal aber, um seiner Rede mehr Gewicht zu geben.

---

1 (lat.) Wir haben gehört.

»In einer Frage von so großer Wichtigkeit wie der Absolution des Königs von Frankreich kann der Papst natürlich nicht anders, als die Kardinäle zu konsultieren. Und wenn er beim gegenwärtigen Stand der Dinge die Sache dem Konsistorium vorträgt, ist sie nach meiner Berechnung verloren! Das, Signor Marchese, ist die unüberwindliche Mauer, der wir gegenüberstehen, und wir haben keinen Moses, der die Wasser teilte, so daß wir trockenen Fußes hindurchgehen könnten.«

Diese Erklärung löste tiefes Schweigen aus. Nur durch heftiges Augenzwinkern verriet Monseigneur Du Perron die Beklommenheit, in der er für den Erfolg seiner Gesandtschaft zu fürchten begann. Abbé d'Ossat drehte das schmale Köpfchen hin und her wie ein erregter Vogel, und ich wette, daß ihn der Gedanke erschreckte, seine ganze umfangreiche Vorarbeit könnte an dieser Klippe zuschanden werden.

»Kann denn der Heilige Vater«, sagte endlich Monseigneur Du Perron, »nicht allein entscheiden, ohne die Stimmen der Kardinäle einzuholen?«

»Ich wiederhole«, sagte Giustiniani, »in einer für die Christenheit so folgeträchtigen Frage wird dies kaum möglich sein. Zumal die Kardinäle sich auf flammende Erklärungen berufen könnten, die der Papst selbst vor zwei Jahren gegen die Absolution abgab, als er dem Herzog von Nevers den Empfang verweigerte.«

»Vostra Eminenza«, sagte ich, »darf ich fragen, welcher Art diese Erklärungen waren?«

»Beleidigend waren sie«, sagte Giustiniani, die Augen senkend. »Möge der Herr Abbé d'Ossat sie Euch wiedergeben. Aus französischem Mund schockieren sie vielleicht weniger.«

»Soweit ich hörte«, sagte Abbé d'Ossat, »hat Seine Heiligkeit behauptet, er werde niemals glauben, daß die Bekehrung des Königs aufrichtig sei, es stiege denn ein Engel vom Himmel herab, es ihm zu bestätigen.«

»Nun!« sagte Monseigneur Du Perron mit scherzhaftem Anflug, »nach zwei Jahren scheint der Engel ja doch herabgestiegen zu sein.«

Worauf man trotz allen Ernstes der Stunde lächelte, doch sehr zurückhaltend, waren uns die Fittiche dieses Engels doch wohlbekannt: Die Siege waren es, die Henri Quatre in diesen zwei Jahren über Liga und Spanien erstritten hatte. Doch dem kleinen Lächeln folgte erneutes Schweigen, denn ein jeder von uns stieß sich in seinem Kopf an dem unüberwindlich anmutenden Hindernis des Konsistoriums.

»Vostra Eminenza«, begann ich schließlich, »könnte es nicht sein, daß einige der Kardinäle, nachdem sie die Dublonen des Herzogs von Sessa angenommen haben und sich nun öffentlich gegen die Absolution erklären, dies gleichwohl nicht ohne geheimes Unbehagen tun, weil sie im Grunde ja wissen, daß besagte Absolution für das Papsttum segensreich wäre?«

»Signor Marchese«, sagte Giustiniani und sah mich aus seinen blauen Augen an, »Ihr rührt da an einen delikaten Punkt. So verirrt einige unserer Brüder auch sein mögen, wird man doch hoffen dürfen, daß ihr großer Hang nach den Gütern dieser Welt ihr Gewissen nicht gänzlich verdunkelt hat.«

»Nehmen wir einmal an«, fuhr ich fort, »der Heilige Vater lädt die Kardinäle einzeln vor, anstatt sie öffentlich im Konsistorium einzuvernehmen – was ja hieße, vor den Ohren des Herzogs von Sessa –, würde er dann nicht ehrlichere Aussagen zur Absolution erhalten, die seiner Haltung mehr entsprechen?«

»Das ist eine fabelhafte Idee!« rief Giustiniani, die Hände hebend. »Signor Marchese, mein großartiger Freund! Euch hat der Heilige Geist angerührt! Aus Eurem Munde spricht Weisheit! Statt eines Mose haben wir einen Salomon gefunden!«

Ich errötete unterm Schwall dieser Komplimente, wenngleich ich, wie ich bekennen muß, an die Eingebung des Heiligen Geistes mitunter schwerlich zu glauben vermag.

»Zu befürchten steht dabei nur«, sagte Monseigneur Du Perron, indem er nachdenklich seinen Bart strich, »daß die Kardinäle Aug in Auge mit Seiner Heiligkeit zwar weiß stimmen mögen, nach dieser vertraulichen Unterredung aber dennoch schwarz.«

»Deshalb«, so meinte Abbé d'Ossat mit seiner feinen Stimme, indem sein Vogelkopf hin und her ging, »müßte der Heilige Vater, nachdem er die Kardinäle einzeln, hinter verschlossener Tür, angehört hat, ihnen bei Strafe der Exkommunikation verbieten preiszugeben, was dort gesprochen wurde.«

Diese Idee, eine höchst sinnreiche Ergänzung der meinigen, wurde für ausgezeichnet befunden, und wir wechselten befriedigte und einverständige Blicke, die mehr besagten, als gesagt worden war.

Und, schöne Leserin, wenn Sie mich fragen, was ich damit meine, möchte ich Sie bitten, einige Phantasie aufzuwenden und sich an die Stelle des Papstes zu versetzen: Was würden Sie tun, wenn Sie die Kardinäle einzeln angehört und ihnen durch den angedrohten Blitz der Exkommunikation den Mund verboten hätten, am Ende aber feststellen müßten, daß Ihre Meinung nicht ganz mit der Mehrheit übereinstimmt, wären Sie dann im Interesse der Christenheit nicht versucht, eine fromme Lüge zu gebrauchen und – denn wer könnte Ihnen widersprechen? – die Ergebnisse umzudrehen?

»Monsieur, mir scheint, Sie sind furchtbar stolz auf Ihre ›fabelhafte Idee‹.«

»Gewiß, Madame! Und das um so mehr, als die Geschichte sie dem Kardinal von Florenz zuspricht, ebenso wie Monsieur de Vic der Tod des Chevalier d'Aumale zugesprochen wurde. Das ist eben der Nachteil geheimer Missionen! Man darf sich, zumindest im Augenblick, der eigenen Verdienste nicht rühmen.«

»Aber Monsieur, wollen Sie die Erfindung einer kleinen List, die man dem Papst einflüsterte, in den Rang besagter Verdienste erheben?«

»Madame, in der Politik kann man eine List nicht als klein bezeichnen, wenn sie große Wirkungen zeitigt.«

»Wie ist es nun, Miroul«, sagte ich, »hast du meinen Wald bei Montfort l'Amaury verkauft und bringst mir den Erlös dafür mit?«

»Ei verflixt, Moussu«, sagte er mit jener unschuldigen Miene, die bei ihm Spott verhieß, »den betreffenden Absatz Eures Briefes habe ich nicht verstanden: Wie solltet Ihr binnen Monatsfrist Euer Geld derart pantagruelisch verschwendet haben?«

»Ha, Miroul!« sagte ich, und mir war dabei recht unbehaglich zumute, »aus zwei Gründen, wie Alfonso sagen würde: Erstens warst du nicht hier. Und zweitens war ich derart trunken von der Schönheit der Pasticciera, daß ich von morgens bis abends nur an Geschmeide für sie dachte.«

»Moussu, habe ich Euch vor der Abreise nicht gesagt, wenn das Haar grau wird, kostet die Liebe?«

»Ach, schäm dich, Miroul! Diese Kosten machten keine vier

Ecus pro Woche aus, die mir den Beutel schmälerten! Die bewußten großen Ausgaben kamen von meinen freiwilligen Gaben.«

»Und warum so ausschweifende Geschenke, wenn Ihr Euch bei der Schönen nicht durch unsinnige Freigebigkeiten hättet einkratzen wollen?«

»Nein, nein! Sie liebt mich auch ohne Geschenke, und der Beweis dafür ist, daß sie kein bißchen erkaltet gegen mich ist, seit ich sie nicht mehr mit ruinösen Aufmerksamkeiten überhäufe.«

»›Ruinös‹ ist das treffende Wort! Ha, Moussu, das ärgert mich! Ihr seid großspurig geworden wie ein Papist. Erinnert Euch an Monsieur de Puymartins rauschende Feste im Périgord: Wie hat Euer Onkel Sauveterre ihn dafür getadelt, daß er in einer Nacht die Ernte eines ganzen Jahres zum Fenster hinauswarf!«

»Das ist etwas anderes. Puymartin wollte sich aufspielen. Hingegen, wenn ich bei einem römischen Juwelier einen reizend gearbeiteten goldenen Anhänger mit eingelegten Steinen entdeckte, stellte ich mir sofort vor, wie herrlich er sich an ihrem göttlichen Busen ausnähme, und ich konnte nicht widerstehen.«

»Göttlich, Moussu! Kraft welcher lästerlichen Idolatrie kann ein Busen göttlich werden? Und wie könnt Ihr dermaßen vernarrt sein in ein Weib, das Ihr mit fünf anderen Herren teilt?«

»Das Teilen tut nichts zur Sache«, sagte ich, verwundert über meine eigenen Worte. »Wenigstens lügt sie nicht! Und ich weiß nicht einmal, ob ich in sie vernarrt bin oder in ihre Schönheit. Für mich ist sie Tizians *Venus vor dem Spiegel*, die ihrem Rahmen entstiegen ist und mich auf ihr Lager nimmt.«

»Beim Ochsenhorn, Moussu!« sagte Miroul, »dieses Meisterwerk der italienischen Schule hat Euch reichlich geschröpft. Ihr hättet besser daran getan, das Gemälde selbst zu kaufen, oder wenigstens eine Kopie. Im übrigen finde ich, daß Ihr für einen Ruinierten einen reichlich kregelen Eindruck macht!«

»Zur Sache endlich!« rief ich, etwas lauter werdend, »hast du den Wald verkauft? Und wieviel hast du erlöst?«

»Nein, nein, nein!« rief er zum Echo. »Ich habe Euren Wald nicht verkauft!«

»Warum denn nicht?«

»Weil Eure Nachbarn, Moussu, die als einzige an dem Kauf hätten interessiert sein können, verschwenderische Großgrundbesitzer sind, die höher furzen als ihr Arsch und deshalb keinen baren Heller besitzen.«

»Miroul«, sagte ich, indem ich niedergeschlagen in einen Sessel sank, »bitte, nimm meine gegenwärtige Lage nicht auf die leichte Schulter! Weißt du, daß meine Barschaft nur noch für knappe vierzehn Tage reicht? Was heißt, wir müssen den Schauplatz verlassen, ohne zu sehen, wie diese große Affäre um die Absolution ausgeht.«

»Und Teresa verlassen?« fragte Miroul, ein Funkeln in seinem braunen Auge. »Es sei denn, Ihr holt Euch die Geschmeide zurück.«

»Pfui, Miroul! Wie ehrlos!«

»Nicht so ehrlos, wie Eure Mission aufzugeben.«

»Ach, mein Miroul«, sagte ich klagend, »wie kannst du mich so peinigen, genügt dir mein schlechtes Gewissen nicht?«

»Moussu«, sagte er und schritt auf und nieder im Raum, »um Vergebung, aber ich habe gekocht vor Zorn, als ich Euren Brief erhielt. Sankt Antons Bauch! Einen Wald verkaufen, Euren Besitz verringern, und das wegen eines Frauenzimmers! Wie soll man solchen Unverstand fassen? Und sowieso gebt Ihr immer zuviel, den Pagen, den Kammerjungfern, den Bettlern!«

»Dir ja wohl auch, als du noch mein Diener warst«, sagte ich.

»Mir auch«, räumte er nicht ohne Bewegung in Blick und Stimme ein.

Hiermit kam er und legte mir den Arm um die Schultern.

»Mein Pierre«, sagte er, »wir brauchen nicht vor der Zeit abzureisen: Ich habe dem König von der Schwindsucht in deinem Beutel erzählt, und er schickt dir durch mich zwanzigtausend Ecus.«

»Zwanzigtausend!« rief ich, in die Höhe fahrend, »zwanzigtausend! Warum hast du das nicht gleich gesagt?«

»Nun, Marquis, man mußte Euch doch erst ein bißchen in Essig stecken, damit Ihr den Honig recht genießt!«

»Beim Ochsenhorn, Herr Junker, mich so zu piesacken! Von allen Schulmeistern, Vormündern und Zöllnern dieser Welt seid Ihr der schlimmste!«

»Um Vergebung, Marquis, aber Ihr hinkt um einen Titel nach: Der König fand so viel Gefallen an meiner Person und meinem Bericht über unsere römischen Geschäfte, daß er mich zum Chevalier ernannt hat.«

»Ha, Miroul!« schrie ich, schloß ihn in die Arme und küßte ihm die Wangen über und über, »das wärmt mir das Herz beinahe mehr als die zwanzigtausend Ecus für meinen Beutel!«

»Das ist nicht dieselbe Wärme«, sagte lächelnd Miroul. »Und ich vergesse nie, wer mich einst dem Elend und dem Galgen entriß.«

Es war ein Mittwoch, an dem ich im benachbarten Palast besagten drei Soutanen zum Gespräch begegnet war und meine Idee von der Einzelkonsultation der Kardinäle gebar, die so beglückt aufgenommen wurde. Und als ich am Sonntag darauf wie gewohnt bei Teresa mit meinesgleichen speiste (was sie freilich nur durch unser gemeinsames Band mit der Gastgeberin waren), hatte ich mit zweien von ihnen je gesonderte Unterredungen, die es verdienen, hier angeführt zu werden.

Natürlich war das nicht möglich beim Souper, unter aller Augen und Ohren um die runde Tafel, an der uns Teresa gemäß einem sorglich erwogenen Protokoll plazierte, Giovanni Francesco, den Papstneffen, zu ihrer Rechten, den spanischen Granden zu ihrer Linken, neben diesem mich, den Bargello neben Giovanni Francesco und dann die beiden Monsignori.

Diese Hierarchie war von der Pasticciera wohl bedacht, und ein jeder der sechs fand sich gebührend gewürdigt, Giovanni Francesco als der höchste im Staat, Don Luis als der höchste nach der adligen Rangordnung, ich als der gelehrteste, der Bargello als der ansehnlichste und die beiden Monsignori als die launigsten und charmantesten. Weil Teresa wohl fürchtete, ich könnte mich ein wenig zurückgesetzt fühlen, flüsterte sie mir ins Ohr, daß ich der beste Liebhaber sei, doch das glaubte ich nicht, denn in unseren Nächten bot ich nichts auf, was die üblichen Praktiken der Menschheit überstieg. Vielleicht spendete sie in ihrer naiven Herzlichkeit dasselbe heimliche Kompliment ja jedem der *huppy few*.

Nach dem Souper begab man sich in einen Saal, wo sich im Sitzen, Stehen oder Wandeln freier miteinander plaudern ließ, Teresa selbst ging von einem zum anderen, immer achtend, daß sie keinen vernachlässigte und keinen privilegierte. An diesem Abend nun näherte ich mich Don Luis.

»Don Luis«, sagte ich leise, »ich gestehe, daß ich es bis

heute nicht gewagt habe, Euch auf ein Vorkommnis anzusprechen, bei dem ich, wie ich hörte, ohne Euer Eingreifen mein Leben gelassen hätte.«

»Señor Marqués«, sagte Don Luis ganz undurchdringlichen Gesichts, »da seid Ihr falsch unterrichtet. Die Person, der Ihr Dank schuldet, bin nicht ich, sondern meine Cousine, doch es wäre sehr unvorsichtig, für sie wie für Euch, ihr diesen Dank brieflich oder mündlich zu bekunden.«

»Wie das?« fragte ich erstaunt.

»Doña Clara scheint mit feinem Gehör ein Gespräch belauscht zu haben, das sehr bedrohlich für Euch war, und um sich nicht zu kompromittieren, indem sie an Eure Tür klopfte, lief sie und warnte Teresa. Ich erfuhr erst nachträglich von der Sache.«

»Doña Clara kennt Teresa?«

»Señor Marqués«, sagte Don Luis mit kühlem Lächeln, »Ihr kennt Doña Claras Frömmigkeit, ihren Stolz und die Gefühle, die sie für Euch hegt. Ihr werdet Euch also vorstellen können, wie sehr der Gedanke sie schrecken mußte, einer Frau wie Teresa überhaupt nahe zu kommen. Doch um Euch zu retten, überwand sie ihre Abscheu.«

»Don Luis«, sagte ich bewegt, »mich dünkt, diese Tat rührt ans Erhabene. Würdet Ihr Doña Clara nicht vielleicht sagen können, daß ich ihr dies niemals vergessen werde?«

»Gern, nur nicht gleich«, sagte Don Luis mit ebenso höflichem wie distanziertem Lächeln, »sondern erst, wenn wir heimgekehrt sind nach Spanien, was für mein Gefühl jetzt nicht mehr lange dauern wird.«

Mit diesen Worten verließ er mich, doch hatte er genug gesagt, um mir deutlich zu machen, daß das spanische Lager die Absolution meines Königs nicht länger glaubte verhindern zu können. Außerdem geriet durch diese neue Version der Tatsachen das Allwissen ins Wanken, mit dem Fogacer sich gebrüstet hatte, nach dem ja Don Luis das Instrument meines Heils gewesen sei und die Florentiner mich bei Teresa eingeführt hätten, damit ich sein Freund würde. Ein zwiefacher Irrtum: Der florentinische Rat, den »Lebemann zu spielen«, war gar nicht so weit vorausschauend gewesen, und Doña Clara hatte aus eigenem Antrieb gehandelt, ohne Wissen ihres Cousins. Ha! dachte ich, Fogacer, mein Bruder, mein lieber Freund! Künftig werde ich deinen Reden nicht mehr so fest vertrauen, ist doch manches offenbar aus der Luft gegriffen.

In solche Gedanken vertieft, sah mich Giovanni Francesco Aldobrandini und nahm mich lächelnd beiseite.

Giovanni Francesco war Diplomat im Pontifikalstaat und der Neffe des Papstes, wobei letzteres das erstere erklärte. Denn in Wahrheit charakterisiere ich ihn am besten, indem ich sage, er war nicht groß und nicht klein, weder dick noch mager, weder häßlich noch schön, weder brillant noch blöde. Und entwaffnete er die Böswilligen durch seine vergoldete Mittelmäßigkeit, gewann er die guten Seelen durch eine Freundlichkeit, die wirklich das einzig Bemerkenswerte an ihm war.

»Marchese«, sagte er, indem er mich unterhakte, »wie ich höre, habe ich der Entsendung Monsieur de La Suries nach Paris meinen Rückruf aus Madrid zu verdanken, und ich gestehe, daß ich Euch großen Dank dafür weiß, denn ich langweilte mich tödlich in besagter Stadt, erst recht aber im Escorial, der halb Kloster, halb Grabmal ist, ein Grabmal von allerdings gewaltigen Dimensionen; Philipp liebt die Maßlosigkeit. Was man übrigens auch an der ›Unbesieglichen Armada‹ gesehen hat, überhaupt an allen Unternehmungen, bei denen er mehr zu schlingen versuchte, als er schlucken konnte. Ebenso wie er mehr ausgibt, als er einnimmt; und soviel Gold seine indischen Galeonen ihm auch herbeischaffen, steht er doch dicht vorm Bankrott ... Außerdem leidet er schwer an der Gicht, und er droht am Star zu erblinden.«

Giovanni Francesco äußerte dies alles leichthin, wie man eben aus reiner Geselligkeit redet, nur ein kleines Funkeln in seinen schwarzen Augen mochte bedeuten, daß er womöglich doch nicht so unbedarft war, wie es den Anschein hatte, und mir wie beiläufig eine überaus kostbare Information, Philipps Bankrott betreffend, mitteilen wollte, die, sollte sie sich bestätigen, doch hieße, daß der Spanier den Krieg gegen meinen König mangels Geldern nicht mehr lange durchhalten konnte.

Doch während Giovanni Francesco so mit mir durch den Saal auf und nieder wandelte (nicht ohne daß Don Luis dann und wann argwöhnische Blicke nach uns warf), begriff ich, als er mit einemmal die Stimme senkte, daß er mir eine Nachricht mitzuteilen hatte, die an Wichtigkeit die vorige vielleicht noch übertraf.

»Eure Idee, Marchese«, fuhr er leise fort, »die Kardinäle einzeln, unterm Siegel der Verschwiegenheit, anzuhören, hat Seine Heiligkeit entzückt. Aller Vorteile dieser Methode bewußt (hierbei lächelte er), rief er gestern die Kardinäle zur allgemeinen Kongregation zusammen – Kongregation, sage ich, und nicht Konsistorium, denn in der Kongregation beraten die Kardinäle weder, noch stimmen sie ab – und setzte ihnen ausführlich seine Haltung hinsichtlich des Fürsten von Béarn seit Beginn seines Pontifikats auseinander, ebenso die Vergeblichkeit seiner Versuche, dessen Aufstieg zu verhindern, da besagter Fürst von Erfolg zu Erfolg schreitet. Des Krieges leid, sei er nun aber entschlossen, den Gesandten dieses Fürsten, der weiterhin seine Absolution wolle, zu empfangen. Sicherlich, fuhr der Heilige Vater seufzend fort, sei dies die größte und dornigste Affäre, die der Heilige Stuhl seit Jahrhunderten zu entscheiden habe. Er bat und beschwor also die Kardinäle, das Ganze wohl zu bedenken, alle Leidenschaften und menschlichen Interessen hintanzustellen, allein auf die Ehre Gottes zu sehen, auf den Erhalt der katholischen Religion und das Wohl der gesamten Christenheit. Es handle sich hier, fuhr der Heilige Vater mit neuerlichem Seufzer fort, nun einmal nicht um einen Privatmann, sondern um einen großen Herrscher, der Armeen und Völker befehlige; es gelte folglich, nicht so sehr seine Person zu betrachten als vielmehr seine Macht. ›Eure Eminenzen‹, schloß der Heilige Vater, ›mögen mir also, ohne Furcht und ohne Gunst, einer nach dem anderen und im Vertrauen sagen, wie sie hierüber denken, ohne besagte Meinung – bei Strafe der Exkommunikation – irgend jemandem sonst mitzuteilen.«

Ich hörte all dies, bebend von Kopf bis Fuß, schien es mir doch, daß wir uns den großen Wirkungen näherten, die mein König sich von dieser seit zwei Jahren so beharrlich erstrebten Absolution erwartete: die Unterwerfung der Liga und die Befriedung Frankreichs. Und der Chevalier de La Surie, dem ich meinen Vers noch am selben Abend daheim in seinem Gemach darbot, geriet in die gleiche tiefe Erregung.

»Ha, mein Pierre!« sagte er, eine Kerze in der Hand, auf seinem Lager sitzend, »das Ziel ist nahe! Uns winkt der Triumph! Und sofern eine spanische Suppe den Heiligen Vater nicht noch kurz vor Schluß dahinrafft, können wir Rom, die Absolution Henri Quatres in der Tasche, verlassen.«

Es hielt ihn nicht auf dem Lager, er sprang auf und wanderte im Schlafrock durch den Raum, indem er seine Brust mit beiden Händen umklammerte, als wollte er sich selbst umarmen.

»Mein Pierre«, setzte er nach einer Weile, auf einmal traurig, hinzu, »nun sieh, wie die Dinge gehen in dieser Welt, die man zu Recht eine niedere nennt, denn der Mensch ist, wie er ist: Da schwört der König ab, und nach jahrelangem Feilschen absolviert ihn der Papst. Weder die Bekehrung noch dieses Feilschen, noch die Absolution haben irgend etwas mit Religion zu tun.«

Auch wenn die Frage der Religion mir nicht so zu Herzen ging wie Miroul – als ich hörte, daß der Papst am 30. August die Kardinäle zum Konsistorium versammelt hatte, um zu erklären, nachdem er einen jeden einzeln vernommen, daß sich »fast alle« über die Absolution des Königs von Frankreich günstig ausgesprochen hätten, konnte ich über dieses »fast alle« nur insgeheim lachen. Zumal, als die den spanischen Dublonen am meisten ergebenen Kardinäle – und das waren nicht wenige – hierauf das Wort zu ergreifen und die Bedingungen der Absolution zu erörtern versuchten, in der Hoffnung, neue Stolpersteine und Verzögerungen zu schaffen. Aber der Papst erwiderte, er habe alles bedacht, und brachte sie damit zum Schweigen.

Die letzte Schlacht lieferte der Herzog von Sessa mit ihrem Beistand, als er dem Papst nahelegte, die Absolution nicht in Rom statthaben zu lassen, sondern durch einen Legaten in Paris. Das war sehr plump, und Kardinal Giustiniani, den ich an jenem Abend bei Monseigneur Du Perron traf, raunte mir mit sehr florentinischem Lächeln ins Ohr, er würde sich nicht darum reißen, dieser Legat zu sein, könnte ihm unterwegs doch mancherlei passieren.

»Eminenz«, fragte ich, »glaubt Ihr, daß Philipp es wagen würde, einen Kardinal zu beseitigen?«

»Allerdings«, war seine Antwort. »Denkt an all die Mönche, die der Allerchristlichste König bei der Eroberung Portugals hinmorden ließ.«

Obwohl dem Papst die Idee nicht übel gefiel, einen Legaten zu entsenden, und noch mehr die, selbst nach Avignon zu gehen und Henri dort zu absolvieren, brachten d'Ossat und Du Perron ihn davon ab, unterstützt übrigens durch das römische

Volk, das nur zu begierig war, eine so große Zeremonie in seiner Stadt zu erleben. Es entrüstete sich über die Verzögerungsversuche des Herzogs von Sessa (in Rom spricht sich ja alles herum), beschimpfte seine Leute auf den Straßen, warf Steine in seine Fenster und drohte, wie schon bei der Geschichte mit dem Koch, Feuer an seinen Palast zu legen.

Die Römer, Männer, Frauen und Kinder, waren also überglücklich und strömten am Sonntag, dem 17. September, in unübersehbarer Menge auf den Petersplatz, um der Absolution des Königs von Frankreich beizuwohnen. Ein einmaliges Schauspiel seit Menschengedenken, denn als Papst Gregor VII. dem deutschen Kaiser Heinrich IV. vergab, geschah dies zu Canossa.

Nach langem Warten erschien in all seinem Pomp der Papst, um ihn die Kardinäle, die in Rom anwesenden Bischöfe und die Offiziere seines Hauses. Ich hatte weidlich Trinkgelder verteilt, so daß ich mich in der ersten Reihe der Zuschauer befand, und sah die Kardinäle nicht etwa in Ernst und Andacht gesammelt, sondern wie schon bei anderer Gelegenheit lächelnd, plaudernd und sogar lachend wie ausgelassene Schüler, wenn der Schulmeister beschäftigt ist. Und beschäftigt war der Heilige Vater, denn auf ihm (und erst in zweiter Linie auf Monseigneur Du Perron und Abbé d'Ossat) ruhte alles Gewicht der Zeremonie.

Ein Herold in den päpstlichen Farben betrat die Szene, und offenbar eigneten ihm drei Tugenden: Er verstand Latein, war von herkulischer Statur und hatte eine Stentorstimme. Er gebot Schweigen, und wahrhaftig, so zahllos die Menschenmenge auch war, sie schwieg. Nun erschallten Trompeten und Trommeln, doch kurz, mehr zur Bekräftigung des Schweigens, denn um es zu brechen. Als dieses Schmettern verstummte, machte der Heilige Vater ein Zeichen, und Monseigneur Du Perron in seiner violetten Robe trat beeindruckend und majestätisch herzu, rechts neben sich den kleinen Abbé d'Ossat in seiner schwarzen Soutane, doch bevor jemand über die Disproportion von ihrer beider Wuchs und Umfang lachen konnte, knieten sie barhaupt vor dem Heiligen Vater nieder, auf einem kleinen Teppich, den man zu diesem Zweck vor seinen Thron gebreitet hatte.

Nun entspann sich ein lateinischer Dialog zwischen dem Papst und den beiden Franzosen, den der Herold nach jeder Replik ins Italienische übersetzte, und das Publikum lauschte mit einer Andacht, die man wohl als religiös bezeichnen durfte, da selbst die Kardinäle schwiegen und sich auf Blicke hier und da beschränkten.

»Wer seid Ihr?« fragte der Papst, dem seine Rolle vorschrieb, diese Frage zu stellen, auch wenn er die Antwort wußte.

»Heiliger Vater«, sagte Monseigneur Du Perron mit seiner wohlklingenden, tiefen Stimme, »wir sind die demütigen Untertanen Seiner Majestät Heinrichs IV., Königs von Frankreich, und ermächtigt, in seinem Namen bei Eurer Heiligkeit um Absolution von der Sünde der Ketzerei zu ersuchen und um die Aufnahme als gehorsamer Sohn in die römische, katholische, apostolische Kirche, indem wir in seinem Namen Unterwerfung unter die Gebote Eurer Heiligkeit geloben.«

Die italienische Übersetzung dieser Bitte wurde bekräftigt durch das »Amen« und das freudige Gemurmel der römischen Menge, die bekanntlich die Franzosen in gleichem Maße liebte, wie sie die Spanier verabscheute. Mir schien, daß der Herold diese Empfindungen teilte und der Freude gern weiteren Raum gelassen hätte, doch auf ein Zeichen des Staatssekretärs, des Kardinals Cynthio Aldobrandini, rief er mit einer Stimme, die ohne Anstrengung auf dem weiten Petersplatz widerhallte: »*Silenzio!*«, und es war still.

Aldobrandini überreichte dem Heiligen Vater nun ein Pergament, das unten mit einem roten Band und einem Wachssiegel geziert war. Der Absolutionserlaß, von beiden Parteien in allen Formulierungen sorglich erwogen und gemäß der vatikanischen Diplomatie abgefaßt, wurde von Clemens VIII. auf lateinisch mit fester, aber zu schwacher Stimme verlesen, um über die dritte oder vierte Reihe der Menge hinauszutragen, was sogleich wettgemacht wurde durch des Herolds Stimme und Übersetzung. Und als es zu Anfang des Erlasses hieß, die »angemaßte, Henri von einem französischen Prälaten erteilte Absolution sei null und nichtig«, lief, wie ich mich entsinne, einige Unruhe durch die Purpurreihen der Kardinäle, und spöttische Blicke trafen Monseigneur Du Perron, der vor dem Papst kniete, war doch er jener »französische Prälat«, dessen Henri erteilte Absolution für »null und nichtig« erklärt wurde, so daß man sich fragen durfte, ob Monseigneur Du Perron denn überhaupt Bischof war, weil ja Henri ihm diese Würde verliehen hatte.

Doch schloß Seine Heiligkeit die aufgerissene Wunde sogleich mit heilendem Balsam und erklärte: »Wir wollen jedoch, daß die religiösen, katholischen und unserer Zustimmung würdigen Handlungen, welche zum Zwecke jener Absolution vorgenommen wurden, gleicherwohl gültig seien und bleiben, so als hätten wir Heinrich IV. von Frankreich absolviert.« Auch dieser Satz rief Lächeln auf die Lippen der Kardinäle, denn der Papst schloß die religiösen Handlungen, die der französische Priester vor der Pseudo-Absolution vorgenommen hatte, damit rückwirkend in diese Gültigkeit ein, was ja bedeutete, daß hierzu auch die Erhebung besagten Priesters in den Kardinalsstand zu rechnen war.

D'Ossat und Du Perron, noch immer auf Knien vor dem Papst, sprachen nun im Namen des Königs die Formel der Abschwörung und das katholische Glaubensbekenntnis. Woraufhin der Papst seinem Neffen und Staatssekretär Aldobrandini den Absolutionserlaß wiedergab und ihn verlesen hieß, welche Bedingungen dem König zur Buße auferlegt wurden, und ich muß sagen, daß mich diese recht milde anmuteten, zumal der Papst sich dabei ganz auf Henris guten Willen verließ. D'Ossat und Du Perron sagten zu allem ja, und ein Schreiber, der ihnen nacheinander eine Feder reichte, legte ihnen besagten Erlaß zur Unterschrift im Namen des Königs vor.

Hierauf stimmte ein Mönchschor, der hinter den Kardinälen stand, das *Miserere* an, und ihre so mächtigen wie harmonischen Stimmen erfüllten den ganzen Platz. Mit Beginn des Gesangs reichte Aldobrandini Seiner Heiligkeit eine Rute, Haselnuß, wenn ich richtig sah, und mit dieser Rute – welche die Geißel ersetzen sollte, mit welcher man reuige Ketzer sonst auf den bloßen Rücken schlug – berührte der Papst während des ganzen *Miserere* zart und leichthändig die Schultern bald d'Ossats, bald Du Perrons. Und wieder lächelten einige Kardinäle, die sich vielleicht erinnerten, daß Du Perron, da er in jungen Jahren selbst dem Protestantismus abgeschworen hatte, diese Rute zum zweitenmal empfing, aber diesmal im Namen eines Königs.

Als das *Miserere* endete, gab der Papst die Rute Aldobrandini, erhob sich, und in einem Schweigen, daß man ein Blatt hätte fallen hören, sprach er mit ernstem Gesicht die Worte der Absolution. Er setzte sich wieder, Trompeten und Trommeln setzten zum triumphierenden Finale ein, und aus dem versammelten Volk ertönte ein einziger gewaltiger Freudenschrei, dem endlose Bravorufe und Beifall folgten, denn man stelle sich vor, daß nicht nur auf dem riesigen Petersplatz die Menschen dicht gedrängt standen, sondern daß sie auch noch die benachbarten Straßen verstopften. Und nimmermehr wären der Chevalier de La Surie und ich hernach zu unserem Palast gelangt, hätte Kardinal Giustiniani uns nicht freundlicherweise in seiner Karosse mitgenommen. Ich blieb auf der ganzen Heimfahrt stumm, das Herz noch übervoll von der außerordentlichen Bedeutung des Ereignisses, dem wir beigewohnt hatten.

»Nun«, sagte ich daheim zu La Surie, »was meinst du, Miroul? Ist dies nicht ein wunderbarer Tag für Frankreich? Die Liga ist vernichtet, Mayenne und die Großen sind zur Pflicht zurückgekehrt, das Reich ist befriedet ...«

»Ja«, sagte nachdenklich der Chevalier, »die unmittelbare Segenswirkung ist groß. Aber vielleicht wäre die Segenswirkung ohne Absolution auf längere Dauer noch größer gewesen. Denn würde die gallikanische Kirche sich gezwungenermaßen vom Papsttum unabhängig erklärt haben, hätte sie sich den Reformen der Protestanten weit mehr geöffnet, und der Geist der Franzosen hätte vielleicht eine tiefgreifende Wandlung erfahren.«

»Aber doch nur um den Preis endlos verlängerter Bürgerkriege«, sagte ich.

»Gewiß«, sagte La Surie, »es wäre ein sehr hoher Preis gewesen. Aber ...«

Mit diesem »Aber« verstummte er, und ich ließ es dabei, verspürte doch auch ich ein leises Unbehagen bei diesem Sieg, der ja gleichzeitig eine Ableugnung war, die für die Zukunft des Reiches noch unabsehbare Folgen enthielt.

ELFTES KAPITEL

Am Tag nach der Absolutionszeremonie verließ ich Rom, ohne die anschließenden Freudenfeiern abzuwarten. Monseigneur Du Perron gab mir einen Brief an den König mit, den er mich einsehen ließ und in dem er sich gegen den Vorwurf, der seitens der französischen Hugenotten zu erwarten stand, verwahrte, er habe dem Heiligen Vater zu große Zugeständnisse gemacht. Die Beauftragten – das heißt, er selbst und d'Ossat –, so schrieb er zu meiner Belustigung unter anderem, hätten bei ihren Unterhandlungen mit dem Vatikan »von der weltlichen Autorität des Königs nicht ein Haar preisgegeben«.

Voller Melancholie des so süßen wie traurigen Abschieds von Teresa gedenkend, kam ich nach Florenz, wo der Großherzog von Toskana, in seiner Freude über die Absolution des Königs von Frankreich und über den Schlag, der damit Philipp II. beigebracht worden war, geruhte, mich an seine Tafel zu laden und – vermutlich nicht ohne Hintergedanken – mich seiner Nichte, Maria von Medici, vorzustellen, der ich kniefällig die Hand küßte, ohne irgend zu ahnen, daß diese Prinzessin, die mir während der ganzen Mahlzeit ziemlich ungnädig und übellaunig erschien, eines Tages Königin von Frankreich werden würde. Gewiß aber dachte der Großherzog schon daran, war es doch sein ganzes Streben, seinen kleinen Staat durch die Allianz mit einem großen König zu sichern.

Daß ich Teresa vergessen hätte mit dem Moment, da ich französischen Boden betrat, kann ich nicht behaupten. Die Erinnerung an die Pasticciera ist noch heute, nach so vielen Jahren, in mir lebendig, eine Weile unterhielt ich sogar einen Briefwechsel mit ihr, der jedoch ob ihres sehr mangelhaften Vermögens zu schreiben versandete. Doch obwohl ich ihrem Andenken einen Winkel in meinem zärtlichen Herzen bis heute bewahre, versank sie ebenso wie Rom, das ich wahrscheinlich ja nicht wiedersehen würde, vorerst in die Vergangenheit, als ich die Grenze passierte. Auch auf die Gefahr hin, daß man mich wieder einmal der Flatterhaftigkeit zeihen wird, gestehe ich, daß von Nizza an, wo ich Italien auf immer hinter mir ließ, mein Sinn nur mehr von der bebenden, ja jubelnden Freude erfüllt war, meine kleine Herzogin wiederzusehen, mochte sich bei einigem Nachdenken auch ein wenig Reue darein mischen.

Am Tag nach meiner Ankunft in Paris, mit noch schmerzenden Lenden von dem wochenlangen Ritt, wurde ich im Louvre vom König empfangen. Er war, wie gewohnt, schon zu Bett, und nachdem er beim Kerzenschein den Brief Du Perrons und d'Ossats gelesen hatte, wollte er meinen kompletten Bericht der vatikanischen Intrigen um die Absolution hören, von dem Zeitpunkt an, als Giovanni Francesco von Madrid zurückgekehrt war; das Vorangegangene kannte er durch Miroul. Ich bemühte mich, alles, so konzis, klar, lebendig und ergötzlich ich konnte, darzustellen, wußte ich doch, wie sehr Seine Majestät Phrasen verabscheute. Hierauf stellte er mir einige genaue und scharfe Fragen, die mir den Gedanken nahelegten, er habe zur selben Zeit, da ich dort war, noch andere Informanten als mich, La Surie oder d'Ossat in Rom gehabt. Ich ließ es mich nicht verdrießen, Henri, das war bekannt, hörte in zivilen wie in militärischen Fragen seit jeher gern mehr als eine Stimme läuten.

Hierauf erzählte ich, welch gnädigen Empfang der Großherzog von Toskana mir in Florenz gewährt hatte, vergaß auch die Ehre nicht, daß ich Maria von Medici vorgestellt worden war, deren frischen und rundlichen Anblick ich lobte. Der König vernahm es mit einem gewissen Lächeln, ohne nach ihrem Charakter zu fragen, und so schwieg ich weislich hierüber. Denn es lag auf der Hand, daß Seine Majestät jetzt, da er mit dem Papst ausgesöhnt war, diesen um die Scheidung von Marguerite ersuchen würde, um seine Thronfolge durch eine neue Vermählung zu sichern. Es ging das Gerücht, er habe in seiner Schwäche der schönen Gabrielle die Ehe versprochen, doch regte sich im Staat bereits so starker Widerstand gegen diese Mesalliance, daß man annehmen durfte, Henri werde dem nicht trotzen, vielmehr an den europäischen Höfen Umschau halten nach einer geeigneten Prinzessin, die, gewiß, katholisch sein müßte, doch weder spanisch noch österreichisch, was die Auswahl schon erheblich einschränkte. Und die Florentiner standen in der Wertschätzung des Königs derzeit nicht nur wegen der großen Hilfe obenan, die sie uns in der Absolutionsaffäre erwiesen hatten.

Henri dankte mir in liebenswürdigen Worten für meine guten Dienste, sagte, sein Schatzmeister werde mir zehntausend Ecus auszahlen, doch mußte ich auf die Erfüllung dieses Versprechens zwei Jahre warten, denn der König bedurfte meiner erst wieder im März 1597.

Es war Anfang jenes Monats März, wie ich mich entsinne, als ich Madame, der Schwester des Königs, die leidend war, meine Aufwartung machte, wohl wissend, daß die Herzogin von Guise – mit welcher mein Umgang, weit entfernt, sich zu verlieren, mittlerweile so innig geworden war, daß ich nicht einmal mehr daran dachte, ihr untreu zu werden –, daß auch die Herzogin von Guise, sage ich, um die Vesperstunde dort sein würde. Und obwohl ich alleweil mit ihr zusammen war, wollte ich mich ihrer auch in Gegenwart anderer erfreuen. Außerdem empfand ich Hochachtung für Madame, die zwar keine Schönheit war (die lange, eingebogene Bourbonennase gereichte einer Frau nicht eben zur Zier), doch erstrahlte sie in diesem wirren Jahrhundert vor lauteren Tugenden, deren nicht geringste ihre eherne Treue zur reformierten Religion war, in welcher sie fest blieb wie ein Fels, obwohl sie seit der Bekehrung ihres Bruders einem unerhörten Druck ausgesetzt war seitens der Geistlichkeit, des Papstes, des Adels, der hohen Körperschaften des Staates und auch des Volkes.

Wie ich bereits anläßlich des Sterbelagers meines geliebten Herrn und Königs Heinrich III. anmerkte, ist bei Fürsten alles öffentlich: ihre Geburt, ihre Krankheiten, ja auch ihr Sterben. Und verböte es nicht der Anstand, würden die Höflinge auch zur Nachtzeit noch im Schlafzimmer ihres Königs darüber wachen, daß er tüchtig werke, dem Reich einen Thronfolger zu bescheren.

Das heißt, daß an jenem Abend im Gemach von Madame an die vierzig Herren und Damen versammelt waren, meistenteils Hugenotten, und nach meinem Kniefall zu Häupten der Prinzessin, die blaß und schmachtend in ihren Kissen lag, küßte ich Madame de Guise die Hand, die zur Rechten von Madame den einzigen Lehnsessel im Raum innehatte, und streifte sie scheinheilig mit einem rasch abgewendeten Blick, der indes Bände sprach und den sie, ohne sich sonst etwas anmerken zu lassen, mit verstohlenem Augenzwinkern erwiderte. Woraufhin ich mich zurückzog und derweise aufstellte, daß ich sie sehen und ihr mit den Augen dann und wann ein Zeichen senden konnte.

All diese Menschen, zusammengedrängt in einem nicht allzu großen Raum, taten für mein Gefühl nichts, als der armen Kranken Luft und Ruhe zu nehmen, derer sie doch bedurfte. Zumal ein jeder, nachdem er Madame gehuldigt, mit diesem und jenem über seine privaten Dinge plauderte, und mochte man sich auch noch so leise unterhalten, erzeugte dies doch ein anhaltendes und genauso störendes Geräusch wie lauthals geführte Gespräche. Und weil dieses dauernde Tohuwabohu Madame vermutlich ebenso lästig fiel, wie es sie durch seine Nichtigkeit ermüdete, hob sie die schmale, bleiche Hand, um Stille zu heischen.

»Vaumesnil«, sagte sie mit schwacher, doch wohlartikulierter Stimme, »spiel mir etwas, du weißt schon, was.«

Worauf Vaumesnil die Laute von seiner Schulter nahm und, in die Saiten greifend, den schwermütigen Psalm 79 anstimmte, der einer Frau sicherlich aus dem Herzen sprach, die sich bereits in den Fängen des Todes wähnte. Als nun diese den anwesenden Hugenotten vertrauten Klänge ertönten, murmelte Madame, ohne wirklich zu singen, die Worte mit, und derweise ermutigt, erhoben die Hugenotten ihre Stimme:

> Oh, hätt ich Engelszungen,
> Die Harfe Seraphins,
> Dein Lob ich wollte singen,
> Herr, du Erlöser mein.

Nicht, daß die Katholiken in dem Kreis, wenigstens ein gutes Dutzend, böse Miene machten – schließlich war dieser Gott auch ihrer –, doch stimmten sie nicht mit ein, und wiewohl mich die Lust dazu ankam, weil ich die Verse gut kannte, die mein Vater und Sauveterre so oft gesungen hatten und die liebe Erinnerungen an Mespech beschworen, blieb auch ich stumm, weil meine kleine Herzogin mich mit einem Blick ermahnte, klug zu sein, und dazu mit den Lippen, ohne es auszusprechen, das Wörtchen »Heringsfaß« formte. Und ebenso belustigt von der vertrauten Neckerei wie überzeugt, daß sie recht hatte – denn hätte ich mitgesungen, wäre ich den anwesenden Papisten auf immer verdächtig geworden –, hielt ich mich gleichfalls still, wenn auch aus sehr anderen Gründen.

In dem Moment trat der König ein, um seine Schwester zu besuchen, an der er sehr hing, gefolgt von Gabrielle – die er kürzlich zur Marquise von Montceaux gemacht hatte, ein wirklich geschwinder Aufstieg im Adelsrang, wenn ich des meinen gedachte, doch mochten dem König die kleinen Dienste, die sie ihm erwies, eben unvergleichlich erscheinen. Worin man ihm freilich beipflichten mußte, so schön war das Weib im blaßblauen Seidengewand, funkelnd vor Diamanten und Goldfäden in den langen blonden Haaren. Wie nun der König Madame die Wangen küßte, die, wie gesagt, leise den Psalter halb sprach, halb sang, mag dies bei ihm Erinnerungen an die gemeinsame Kindheit geweckt haben, oder er wollte die Hugenotten ein wenig aufrichten, die durch seine Bekehrung und sein beharrliches Bemühen um die päpstliche Absolution stark verunsichert waren, oder aber er wollte der geliebten Schwester beistehen in ihren Ängsten, jedenfalls fiel er mit sichtlicher Bewegung in den Gesang der anderen ein:

> Ich preise deine Liebe,
> Solang mein Mund noch spricht,
> Und segne deinen Namen,
> Solang mein Herze schlägt.
> Versagt mir dann die Stimme,
> Lobt noch mein Seufzen dich.

Wie erstarrten da die Katholiken und auch Madame de Guise! Die einen, weil sie sich fragten, ob der König plötzlich zurückfalle in Ketzerei, die Herzogin, weil sie voraussah, welchen Skandal dieser Verstoß gegen den katholischen Ritus bei den Feinden des Königs – der ja ihr Cousin war und den sie sehr liebte – *urbi et orbi* erregen würde. Hier nun bewies Madame de Montceaux, die Papst und Geistlichkeit um so mehr zu schonen trachtete, als sie nach der Scheidung des Königs von Margot ja Königin werden wollte, große Geistesgegenwart. Rasch streifte sie ihren Handschuh ab und legte, was sie als einzige im ganzen Reich sich herausnehmen durfte, dem König ihre schöne Hand auf den Mund. Er schwieg. Und da Madame ihren Bruder verstummen sah, fuhr sie in ihrem frommen Gemurmel nicht weiter fort, so daß schließlich auch die Hugenotten aufhörten zu singen, aber erregt, zornbebend, mit erzürnten Blicken auf jene Dalila, die vor ihren Augen den armen Simson schor, und es fielen Worte, die nicht so leise gesprochen wurden, als daß nicht alle sie hörten.

»Seht ihr, wie das Weibsbild den König hindern will, Gottes Lob zu singen?«

Und, beim Ochsenhorn! ich gab ihnen nicht unrecht. So schlichte Verse, so unschuldige Worte – wie konnten die Katholiken daran Anstoß nehmen? Der Herzog von Mayenne war ausgesöhnt mit dem König, Joyeuse hatte sich unterworfen, die Liga kämpfte nur mehr mit einem Flügel, und sah man von der Bretagne ab, war fast ganz Frankreich befriedet. Und da sollten wieder die Schwerter in den Scheiden zucken, nur weil ein Franzose die Messe hörte und der andere einen Psalm sang?

Es geschah am 11. dieses selben März, der Frankreich beinahe zum Verhängnis geworden wäre, wie ich erzählen will. Ich weilte im Louvre, im Gespräch mit Monsieur de Rosny, als ein Edelmann des Marschalls von Biron kam und sagte, sein Herr gebe zu Ehren des Kindes, das die Frau Herzogin von Montmorency-Damville geboren und das der König am 5. März übers Taufbecken gehalten hatte, einen Ball. Es seien aber bisher nur dreizehn Ehrengäste da, und um diese Zahl zu vermeiden, lasse der Marschall Monsieur de Rosny bitten, den vierzehnten abzugeben.

»Ich kann nicht gleich kommen«, sagte Monsieur de Rosny (der, Hugenotte hin oder her, kein Trauerkloß war und genauso gern tanzte wie jeder guten Mutter Sohn in Frankreich), »ich habe noch mit dem König zu sprechen, aber wenn Monsieur de Siorac bis Mitternacht Euer Mann sein wollte, könnte ich ihn danach ablösen.«

Worauf ich ein wenig die Nase rümpfte, denn seit dieser berühmten Taufe riß am Hof die Kette der Mummenschanzereien, Maskenfeste, Pantomimen, Spiele und Festmähler nicht ab, jeweils mit Bällen danach bis in den frühen Morgen, denn bekanntlich kommt nach dem Wanst der Tanz. Monsieur de Rosny sagte jedoch, als guter Kavalier und Freund der Damen dürfe ich diesen und auch dem Herrn Marschall doch keinen Korb geben, und so willigte ich denn ein.

»Siorac«, sagte Monsieur de Rosny, nachdem der Edelmann gegangen war, »es ist gut, daß Ihr angenommen habt, wenn auch ungern. Ihr hättet Biron sehr verletzt. Zumal Ihr ja wißt, für wen und was er diesen Ball veranstaltet.«

Natürlich wußte ich, schöne Leserin, daß der Marschall, der

mit seinen dreiunddreißig Jahren all sein Feuer ebenso im Kampf wie im Liebesspiel dransetzte, derzeit für eine der schönsten Damen[1] des Hofes entbrannt war, die einen alten Gemahl hatte, dessen Namen ich hier aus guten Gründen nicht nennen will, und er benutzte das Kindchen, das ihn im übrigen keinen Pfifferling scherte, zum Vorwand seines Festes, um jener Dame näherzukommen, sie von Angesicht zu Angesicht zu sprechen und seine kleinen Bataillone in Marsch zu setzen.

Kaum hatte ich das Hôtel Biron betreten, das von tausend Lichtern glänzte, suchte ich mit den Augen Madame de Guise, doch als ich sie nicht fand, verblaßte mir gleich alles, sogar die Kerzen schienen trüber zu brennen. Trotzdem, da ich ja einen Ruf zu verteidigen hatte, bemühte ich mich galant um einige Damen, wartete jedoch nur auf Rosnys Kommen, um mich von dem Fest zurückzuziehen. Um Mitternacht kam er dann, wie versprochen, ich verschwand und ging daheim gleich zu Bett.

Just da ich entschlummerte, schlugen die beiden Doggen in meinem Hof an, und es klopfte am Tor. Nach einer Zeit, die mich endlos dünkte, meldete mir der halb angekleidete Franz, der da wie toll ans Tor geklopft habe, sei Herr von Beringuen, er komme vom König und sehe ganz zerfurcht aus vor Angst und Gram.

Voller Sorge warf ich mich hastig in meine Kleider, eilte, ohne mein Wams zuzuknöpfen, die Wendeltreppe hinab und fand Beringuen wachsbleich und mit aufgelösten Zügen.

»Ha, mein Freund«, rief er und stürzte mir in die Arme, »welch ein Unglück! Welch ein schreckliches Unglück! Ach, der arme König! Alles ist verloren!«

»Was?« rief ich voll Schrecken, »liegt der König im Sterben?«

---

[1] Es handelte sich um Louise de Budos, und der »alte Gemahl«, der sie in zweiter Ehe geheiratet hatte und dessen Namen Pierre de Siorac diskret verschweigt, war niemand anders als der Konnetabel von Montmorency, der glückliche Vater jenes Kindes und derzeit dreiundsechzig Jahre alt. Er war sehr rüstig und starb erst 1614, mit achtzig Jahren, überlebte also um zwölf Jahre den Anbeter seiner Gemahlin, den Marschall von Biron, der 1602 wegen Hochverrats enthauptet wurde. Das Kind, dessen Taufe seit dem 5. März 1597 so reichlich gefeiert wurde, wurde beim Tod seiner Vaters seinerseits Konnetabel unter dem Namen Heinrich II. von Montmorency. In der politischen Intrige nicht glücklicher als der Galan seiner Mutter, wurde er 1632 auf Befehl Richelieus wegen Hochverrats ebenfalls hingerichtet. (Anm. d. Autors)

»Nein, nein!« sagte Beringuen stockend, »er ist, Gott sei Dank, heil und gesund.«

»Mein Freund, dann ist nichts verloren!« rief ich. »Doch redet, redet! Sagt mir, was das schreckliche Unglück ist, weshalb Ihr so zittert!«

»Ha, Monsieur!« sagte er, »vergebt mir! Der König hat mir verboten, ein Wort darüber zu sprechen, er will es Euch persönlich sagen und bittet Euch, zur Stunde in den Louvre zu kommen, auch Monsieur de Rosny, den ich aber leider nicht zu Hause antraf.«

»Ich weiß, wo er ist!« rief ich.

Hierauf hieß ich Franz meine Waffen zu bringen und Wein für Berlinguen, damit er sich ein wenig stärke, während ich meinen Anzug vervollständigte.

»Was denn, Beringuen«, sagte ich, »Ihr seid unbewaffnet? Habt Ihr eine Eskorte mit?«

»Nein, nein! Dazu war keine Zeit, der König schien mir zu sehr in Not.«

»Beim Ochsenhorn!« sagte ich, »um ein Uhr nachts in Paris und ohne Eskorte! Das ist Wahnsinn! Chevalier«, sagte ich zu La Surie, der eben hereintrat, »ruft schnell unsere Leute zusammen und folgt mir zu Pferde. Wir eilen zu Biron.«

Ich ließ Beringuen zwei Pistolen geben und zwei auch seinem Kutscher, und ohne die Eskorte abzuwarten, die La Surie im Hof versammelte, bestieg ich die Karosse. In meiner engen Rue du Champ Fleuri konnten die Pferde nicht ausgreifen, auf der breiten Rue Saint-Honoré aber steckte Beringuen den Kopf durch den Schlag und befahl dem Kutscher Galopp. Jedoch mußte er in der Rue de la Ferronnerie abermals Schritt fahren, so schmal ist die schon an sich enge Straße durch all die Läden geworden, die gegen königliches Gebot an die Mauer des Innozentenfriedhofs gebaut und bis auf die Fahrbahn vorgerückt sind, so daß Karren und Kutschen kaum einzeln hindurchkommen. Dort nun – und bitte, Leser, glauben Sie meinem Wort, so sonderbar das Zusammentreffen auch erscheinen mag –, dort nun, sage ich, just als ich dachte, daß man sich für einen Überfall keine bessere Stelle denken könnte, hielt die Karosse.

»Verflixt!« rief Berlinguen, »was ist los?«

»Monsieur«, sagte der Kutscher, »zwei Karren versperren die Durchfahrt. Ich gehe sie wegschieben.«

»Hüte dich!« sagte ich, »mach deine Waffen bereit, steig ab und öffne uns.«

Als wir drei auf dem Pflaster standen, entdeckte ich im Schein der Karossenlichter, die durch Regen getrübt waren, hinter jenen Karren mehrere Gestalten. Und als Beringuen in seiner Ungeduld schießen wollte, bat ich ihn leise, die Sache mir zu überlassen.

»Ihr Herren von der Ganovenzunft!« rief ich in dem frotzelnden Ton, den wir Franzosen, ob Gauner oder nicht, über alles lieben, »was ist euer Begehr?«

»Nicht viel«, sagte ein langer Kerl, der samt einem guten Dutzend Kniekehlenschneider hinter der Barrikade hervortrat, doch ohne auf uns zuzukommen, wahrscheinlich wegen unserer Pistolen. »Nicht viel«, versetzte also dieser Bursche im selben Ton wie ich, »nur die Karosse, die Pferde, Eure Börsen und, falls Ihr Widerstand leistet, Euer Leben.«

»Kamerad«, sagte ich, um Zeit zu gewinnen, bis unsere Eskorte eintraf, »deine Falle ist gut gestellt, aber das Wildbret, das du gefangen hast, ist ein bißchen zu groß für dich. Die Karosse gehört dem König, die Pferde auch, du kannst sie nicht verkaufen, weil alle sie kennen.«

»Bah!« sagte der Kerl, »erst mal die Börsen, dann sehen wir weiter!«

»Das ist vernünftig«, sagte ich.

Hiermit griff ich eine Handvoll Ecus aus meinem Beutel und streute sie unter die Karren, eine Taktik, die mir in jungen Jahren gegen die Räuber von Montpellier immer so trefflich gelungen war. Und tatsächlich, kaum klingelten die Münzen auf dem Pflaster, gingen die Strolche in die Knie und zankten sich um die Taler.

»So kommt Ihr nicht davon!« rief der Lange, der es verschmäht hatte, sich zu bücken. »Ich will alles!«

»Alles?«

»Eure Börsen, beide.«

Ich sah, wie Beringuen sich die eine seiner Pistolen unter den Arm steckte, um seine Börse hervorzuziehen.

»Laßt«, raunte ich ihm zu. »Haben sie erst unser Geld, wollen sie mehr.«

»Kamerad«, sagte ich laut, »deine Lage ist nicht ganz so rosig, wie du glaubst. Jeden Augenblick kann unsere Eskorte eintreffen. Und sobald hier eine Schießerei beginnt, kommen die Pagen und Diener aus dem Hôtel Biron gelaufen, dessen Fenster ich zwanzig Klafter hinter dir leuchten sehe.«

»Ein Grund mehr, das Geschäft abzuschließen«, sagte der Lange. »Alsdann, Messieurs, rückte Eure Börsen heraus, oder wir hauen Euch in die Pfanne.«

»Los, Siorac«, zischte Beringuen, »eröffnen wir das Feuer! Denen vergeht das Geschrei, wenn sie erst unsere Pflaumen schlucken.«

»Beringuen«, sagte ich leise, »es regnet. Können wir den Zündern unserer Pistolen trauen? Zwar habe ich trockene in meinem Wams. Aber bleibt uns die Zeit, sie einzulegen? Und wenn wir länger feuern, haben wir nur noch unsere zwei Degen gegen ein Dutzend Schelme.«

»Bei Gott, was aber dann?« sagte Berlinguen verzweifelt.

»Da hilft nur eins«, versetzte ich energisch, »Ihr werft auch eine Handvoll Ecus, und wenn sie sich bücken, laufen wir und verbergen uns hinter der Karosse.«

»Und ich?« fragte mit zitternder Stimme der Kutscher.

»Du auch.«

Beringuen streute, und entweder war seine Hand größer als meine, oder ihm war jede hugenottische Sparsamkeit, selbst unter Gefahr, ganz fremd, jedenfalls krochen und grapschten die Strolche so fröhlich an der Erde, daß unser Rückzug gelang und der Lange das Nachsehen hatte.

»Kamerad«, rief ich ihm zu, »laß uns passieren. Willst du ein tödliches Scharmützel um die paar Kröten riskieren, die uns noch bleiben? Hier warten sechs Pistolenläufe, vergiß das nicht!«

Beringuen, der Nase und Waffen um die Ecke der Karosse streckte, wollte mir etwas sagen, doch hieß ich ihn still sein, um hören zu können, was hinter der Barrikade geredet wurde. Tatsächlich schienen die Burschen der Meinung, genug gewonnen zu haben, um sich noch unseren Kugeln auszusetzen. Doch der Lange, schien es, blieb fest. Er wollte Kutsche und Pferde, vielleicht sogar weniger um des Gewinns als um der Ehre willen, dem König eine Karosse gestohlen zu haben und sich dessen bis an sein Lebensende rühmen zu können.

»Kutscher«, sagte ich leise, »krieche zwischen die beiden Vorderräder der Karosse, und schieß auf jeden, der deine Pferde anrührt.«

»Monsieur«, sagte der Kutscher, »zwischen den Rädern fließt aber der Rinnstein, und der ist, mit Verlaub, voll Pisse und Kot.«

»Hast du nicht gehört, was der Marquis de Siorac dir befiehlt?« herrschte ihn Beringuen an.

»Bei allem untertänigsten Respekt, Monsieur«, sagte der Kutscher, »ich gehöre nicht Euch, sondern dem König.«

»Kutscher«, sagte ich, »du hast recht. Hier sind zwei Ecus, davon laß dir deine Livree säubern.«

»Herr Marquis«, sagte er, »dafür leg ich mich eine Stunde lang in die Scheiße«, und tat es.

Ich spitzte die Ohren, um zu hören, was hinter der Barrikade beschlossen wurde, und auch rückwärts zu lauschen, ob nicht endlich das Hufgetrappel unserer Eskorte ertönte. Sankt Antons Bauch, dachte ich, wie kann Miroul mich in so abscheulicher Gefahr sitzenlassen! In dem Moment prasselte der Regen doppelt so heftig, und mir wurde um unsere Zünder bang.

»Monsieur«, flüsterte der Kutscher uns zu, »jetzt ziehen sie die Karren beiseite!«

»Sie wollen an die Pferde und die Karosse holen. Kannst du zielen?«

»Es geht.«

»Stütz deine rechte Hand mit dem linken Arm, aber schieß nur, wenn das Ziel sicher ist. Und triff nicht die Pferde.«

Dann war auf beiden Seiten so tiefe Stille, daß man die Musik aus dem Hôtel Biron und helles, fröhliches Frauenlachen hörte. Beim Ochsenhorn! dachte ich: Da tanzen sie, und uns geht es ans Leben!

»Biron, zu Hilfe!« schrie ich aus aller Kraft.

»Monsieur«, sagte hohnlachend der Lange, »Ihr glaubt wohl nicht sehr an Eure Eskorte!«

»Du wirst schon sehen«, gab ich zurück.

»Ich, ja, aber nicht Ihr, Monseigneur. Bis dahin machen wir Euch zu Venezianer Spitze.«

»Abwarten!«

»Monsieur«, flüsterte der Kutscher, »ich sehe zwei Beine zwischen den Hufen.«

»Dann schieß!«

Zwei Schüsse krachten gleichzeitig, seiner, der den Pferdedieb streifte, und meiner, der den Langen traf. Im selben Moment erdröhnte hinter uns das Pflaster von scharfem Galopp, und ein Geschrei ertönte, daß unsere Schnapphähne auseinanderstoben wie Küken im Hühnerhof, einer lag tot, dem anderen blühte der Strick.

»Beim Ochsenhorn, Chevalier!« rief ich, »warum so spät?«
»Und warum, bei allen Teufeln, verlaßt Ihr das Haus ohne Eskorte?« gab La Surie außer sich vor Wut zurück.

Es dauerte noch einmal eine ganze Weile, bis Beringuen mit dem vom Tanzen erhitzten Rosny aus dem Hôtel Biron kam. Und als wir an der Wache des Louvre anlangten, empfing uns Monsieur de Vic mit vorwurfsvollem Gesicht, lang wie Fasten.

Wir fanden den König, wie er, nur im Schlafrock, mit besorgter Miene, die Hände auf dem Rücken verschränkt, in seinem Gemach hin und wider stapfte; auf einem Sessel, die blonden Haare gelöst, saß, dicke Tränen weinend, die schöne Gabrielle, Marquise de Montceaux; und aufgereiht längs der Wand standen still und stumm ein Halbdutzend Räte Seiner Majestät. Doch was mich beim Eintritt am meisten frappierte, war das tiefe Schweigen in dem kleinen Raum, das nur durch das Geräusch von Henris Hausschuhen auf dem Parkett gestört wurde.

»Ha, Rosny! Ha, Siorac!« sagte er innehaltend, mehr sagte er aber nicht, so als fehle ihm der Atem.

Und als wir nacheinander vor ihm ins Knie fielen, behielt er Rosnys Hand in der seinen und legte seine andere Hand darauf.

»Ha, mein Freund! Welch ein Unglück! Welch furchtbares Unglück! Amiens ist gefallen!«

»Amiens!« rief Rosny. »Eine so große und mächtige Stadt, so dicht vor Paris! Aber, Sire, wie konnte das geschehen?«

»Ja, ja!« sagte der König. »Es ist eine Strafe des Himmels! Diese ach so armen Leute von Amiens, da haben sie die kleine Garnison abgelehnt, die ich ihnen geben wollte, und haben sich so schlecht geschützt, daß sie nun verloren sind.«

Mehr sagte der König für den Augenblick nicht, und was ich nachher darüber erfuhr, das will ich dir, Leser, erzählen, um dir wie immer ein Licht aufzustecken.

Als Amiens, das ligistisch gewesen war, sich dem König ergab, stellte es die Bedingung, daß keine königliche Garnison in seine Mauern verlegt würde, sowohl aus Knauserei (man wollte nicht für den Unterhalt dieser Truppe aufkommen) als auch aus eifersüchtigem Beharren auf der städtischen Selbständigkeit, wie man sie überall antrifft im Reich. Unsere guten Bürger wollen vom König beschützt werden, aber nicht dafür zahlen. Schlimmer noch, um die Mühsal der Wache nicht selbst auf sich zu nehmen, hatten die Bürger von Amiens diese lästige, undankbare und eintönige Aufgabe den Ärmsten der Stadt übertragen. Doch leider wird ein armer Hund nicht zum Soldaten, wenn man ihm einen Helm aufstülpt und eine Pike in die Hand drückt. Die Folge hat es bewiesen.

Kardinal Albert, Befehlshaber der spanischen Armee im nahen Flandern, der durch die in der Stadt verbliebenen Ligisten um diese Schwäche wußte, gab Hauptmann Hernantello fünftausend Mann Fußvolk und siebenhundert Mann Kavallerie, mit welchen dieser über Nacht von Doullens bis vor Amiens marschierte. In der Frühe schickte er als Bauern verkleidete Soldaten aus, die mit einem Karren voll Fleisch und Obst am Monstrecut-Tor Einlaß verlangten und erhielten. Und als besagter Karren unter dem hoch aufgezogenen Fallgatter hindurchfuhr, öffnete einer der Soldaten den Sack Nüsse, den er auf dem Kopf getragen, so daß viele Nüsse zu Boden fielen. Die armen Torhüter konnten der Verlockung nicht widerstehen, hockten sich nieder, sie aufzulesen und sich die Taschen zu füllen. Das nützte der Soldat, der den Karren führte, die Pferde aus dem Gespann freizulassen, diese liefen los, und der Karren blieb unterm Fallgatter stecken, man konnte es nicht mehr niederlassen. Die armen Wachen waren schnell zusammengehauen, das Gros der Spanier kam aus seinen Verstecken im Gelände gelaufen, und keine halbe Stunde, da waren Tore und Türme, die Festung, die Kirchen, Plätze und Kreuzungen besetzt, große Beute an Kanonen und Munition gemacht und die Bürger von Amiens so erbarmungslos erpreßt, ihr Leben um Lösegeld freizukaufen, daß die Toren, die sich die Kosten einer kleinen Garnison hatten sparen wollen, im Handumdrehen alles verloren.

Aber der König vergeudete keine Zeit mit Barmen und Jammern, wie ich soeben mit dem Erzählen dieser Geschichte. Er benannte die Tatsache und schwieg, nun erwartete er das Wort Rosnys und der Räte, mochten sie zeigen, wie fest und treu sie zu ihm standen nach dem bösen Schlag. Und zumindest Rosny enttäuschte ihn nicht.

»Nun, Sire!« sagte er mit heller Stimme, »was hilft es, andere zu schmähen oder sich selbst zu beklagen. Amiens ist gefallen. Also muß es wieder genommen werden! Grämt Euch nicht, Sire! Sammelt den Heerbann Eures Adels, und schwingen wir unseren Hintern in den Sattel!«

Ich stimmte ihm bei, und mit einiger Verzögerung erklärten die Räte sich ihrerseits für die Haltung Rosnys, mochte auch zweien oder dreien, deren Namen ich nicht nennen will, Frankreichs Unglück nicht so ungelegen kommen, weil sie im Grunde noch immer ligistisch und spanisch fühlten. Der König maß sie alle mit scharfem Blick, scheinbar mit ihrer Einmütigkeit zufrieden, doch vermerkte er die Nuancen sehr wohl.

»Dank, meine Freunde!« sagte er mit jener Beherztheit, die nur ihm eigen war. »Mit Tagesanbruch geht es los. Die Städte um Amiens müssen schnellstens beruhigt und gesichert werden, damit ihnen nicht das gleiche Schicksal droht.«

Und zur Marquise de Montceaux gewandt, die leise schluchzte, setzte er hinzu: »Liebste, ich war lange genug König von Frankreich, jetzt heißt es wieder König von Navarra sein.« Womit er er auf die Jahre anspielte, in denen er, gleich einer Schildkröte im Panzer, mehr Zeit zu Pferde als im Bett verbracht hatte, falls von Bett überhaupt die Rede sein konnte, und über Berge und Täler gestoben war, um sich seiner Haut zu erwehren.

Vor dem Aufbruch in den neuen Krieg nahm Henri sich jedoch die Zeit, sich mit Rosny und mir im Vertrauen zu beraten und eine folgenreiche Entscheidung sowohl für besagten Krieg als auch für die Zukunft des Reiches zu treffen: Er übertrug Rosny die Verwaltung seiner Finanzen, war er doch tief abgestoßen davon, wie Herr von O und andere sich auf seine Kosten die Taschen gefüllt hatten. Nachdem er berechnet hatte, daß er hundertfünfzigtausend Ecus im Monat benötigen würde, um die gewaltige Armee zu unterhalten, die er um die Mauern von Amiens zusammenziehen mußte, und weil der königliche Schatz erschöpft war – seine Schatzmeister kamen ihn teurer zu stehen als die Marquise de Montceaux –, erteilte Seine Majestät Rosny die Befugnis, alle Mittel und Wege auszuschöpfen, um aus dem Land soviel Geld zu ziehen wie möglich. So wurde denn auf eine alte, sehr alte Methode zurückgegriffen, die Heinrich III. verdammt, dann aber selbst benutzt hatte und die darin bestand, sowohl in Paris als in den Provinzen und Regionen die königlichen Ämter auf drei Jahre meistbietend zu verkaufen. Ein bedauernswerter Mißbrauch, welcher der Korruption im

Staat Tür und Tor öffnet, versteht es sich doch von selbst, daß einer, der sein Amt auf drei Jahre teuer erkauft hat, zum Beispiel ein Richter, sich schleunigst an den von ihm Abhängigen schadlos halten wird.

Was mich angeht, so wurde mir die heikle Aufgabe zuteil, Geschütze, Munition, Nahrungsmittel und Gelder allmonatlich oder gar zweimal im Monat von Paris nach Amiens zu transportieren, entweder indem ich den Zug anführte oder Rosny begleitete.

Nun, schöne Leserin, wenn Sie mir Ihr hübsches Ohr leihen wollen, dann erzähle ich Ihnen jetzt eine Geschichte, jene Gelder betreffend, die Sie nicht nur ergötzen, sondern vielleicht auch über die seltsamen Sitten der Mächtigen dieses Reiches aufklären wird.

Madame, die sich von ihrer Krankheit erholte und damit abfand, wenigstens noch einige Jahre die ewige Seligkeit entbehren zu müssen, lud uns, Monsieur de Rosny und mich, Ende März an ihre Tafel – eine hohe Ehre, gewiß, doch ein karges Mahl, die Prinzessin lebte spartanisch.

Was mich angeht, so gestehe ich, daß ich Catherine von Bourbon (trotz ihrer langen Nase) sehr gern hatte, denn ihre Naivität war rührend. Sie hatte recht schöne Augen, die natürlich an die ihres königlichen Bruders erinnerten, doch waren sie nicht so lebhaft, dafür aber wie von ihren Tugenden durchtränkt, die ihr den Ehegemahl ersetzten. Trotz ihres hohen Ranges, der sie zur begehrtesten Partie der Christenheit machte, war sie mit dreiundvierzig Jahren noch Jungfrau, weil sie einen katholischen Herrn nicht gewollt hatte und die Franzosen ihr einen protestantischen Prinzen nicht genehmigten.[1] Hierfür entschädigte sie der Himmel – und auch der Vorzug, daß sie nichts von den Schändlichkeiten dieser Welt wußte, nie Böses dachte und bei allem wie ein Nönnchen errötete, ein Vergleich, der ihr natürlich mißfallen hätte, ihr, der strengen Hugenottin.

Die Mahlzeit war zu Ende, Rosny und ich saßen noch hungrig an der Tafel, da meldete ihr Majordomus, daß ein gewisser Robin, ein Geldmann, untertänigst bitte, vorgelassen zu werden. Worauf Monsieur de Rosny, der, wie gesagt, emsig Reichsämter auf drei Jahre verkaufte, Madame bat, dem Wunsch dieses

---

[1] Madame heiratete schließlich im Januar 1599 den Herzog von Bar, Prinz von Lothringen, der Katholik war und dem es nicht gelang, sie zu bekehren. (Anm. d. Autors)

Robin zu willfahren, könnte der doch vielleicht eins erwerben wollen.

Ich fürchte, schöne Leserin, der Mensch wird in Ihren Augen keine Gnade finden, schön war er wahrlich nicht, dazu humpelte er auf einem Bein und schielte. Nach seinen endlosen Komplimenten gegen Madame, dann gegen Rosny und auch gegen mich zu urteilen (obwohl ich wette, daß er meinen Namen gar nicht kannte), schien seine ungefällige kleine Person mir eine Mischung aus widerwärtiger Demut und verschlagener Schamlosigkeit zu sein. Und in welches seiner Augen man auch blickte, das schielende oder das andere, blieb der Eindruck der Falschheit stets derselbe.

»Eure Hoheit«, sagte er, »ich bitte um Vergebung, daß ich Euch nicht den ziemlichen Kniefall erweise, aber (und hier seufzte er zum Steinerweichen) mein armes Bein macht ihn nicht mit.«

»Robin«, sagte Madame mit einem kühlen Blick, »ich lege keinen Wert auf Kniefälle, denn die gebühren für mein Gefühl nur dem Herrn im Himmel. Kommt bitte zur Sache, wir wollen die kurze Zeit, die uns in diesem Tal der Tränen vergönnt ist, nicht mit Bücklingen vergeuden. Um was geht es?«

»Eure Hoheit«, sagte Robin, »Euch zu dienen, es ist folgendes: Ich habe Hoffnung, daß die Herren des Königlichen Rates mir die Pacht der Ämter von Tours und Orléans für die Summe von fünfundsiebzigtausend Ecus zusprechen.«

»Rosny, was bedeutet diese ›Pacht‹?« fragte Madame, die, wenn sie etwas nicht wußte, so klug war, es ungescheut zuzugeben und sich zu erkundigen.

»Robin«, sagte Rosny undurchschaubaren Gesichts, »will vom Königlichen Rat das Recht erwerben, die Ämter von Tours und Orléans an unserer Statt zu verkaufen.«

»Und welches Interesse hat Robin daran?« fragte Madame.

»Ein enormes«, sagte Rosny, und seine Augen blitzten.

»Wieso?«

»Die Differenz zwischen dem Preis, den er beim Verkauf besagter Ämter einstreicht, und der Pauschalsumme, die er dem Königlichen Rat dafür anbietet, ist sein Gewinn.«

»Um Vergebung, Monsieur«, sagte Robin mit Heuchlermiene, »diese Summe wird nicht enorm sein. Sie wird mich gerade nur für meine Mühen entschädigen.«

Worauf Monsieur de Rosny lächelte, ohne etwas zu sagen.

»Aber, Maître Robin«, sagte Madame, »was haben wir mit der Sache zu tun?«

»Da ich hörte, Hoheit, daß die Königlichen Finanzen jetzt Monsieur de Rosny unterstehen, wünschte ich, daß er nicht verhindern wolle, oder daß Ihr ihn bittet, nicht verhindern zu wollen, daß meiner Person die Pacht der Ämter von Tours und Orléans vom Königlichen Rat zugesprochen wird.«

»Habt Ihr das dem Rat vorgetragen?« fragte Rosny.

»Noch nicht«, sagte Robin, die Augen senkend.

»Wenn ich recht verstehe«, meinte Rosny mit unmerklichem Lächeln, »seht Ihr in mir das Haupthindernis für Eure Pläne. Nun denn, Robin!« fuhr er fort, »da Ihr, scheint es, nicht unbemittelt seid, sagt, wie Ihr dieses Hindernis aus Eurem Weg zu räumen gedenkt?«

»Herr Baron«, sagte Robin, indem er sich ein wenig wand und aufs neue die Augen senkte, »ich wünschte, daß Madame und Ihr, Monsieur, mir die außerordentliche Ehre erweisen wolltet, als Unterpfand meines Respekts diese bescheidenen Präsente von mir anzunehmen.«

Hiermit zog er aus seinem Wams zwei Diamanten und legte sie auf die Tafel, und zwar, wie es der Zufall wollte, vor mich.

»Was ist das, Siorac?« fragte Madame, die etwas kurzsichtig war.

»Zwei Diamanten, Eure Hoheit.«

»Und welcher ist für wen, Robin?« fragte Rosny, der angesichts einer so unverfrorenen Schamlosigkeit sichtlich zwischen Entrüstung und Lachen schwankte.

»Der kleinere«, sagte Robin, »im Wert von zweitausend Ecus ist für Ihre Hoheit, und der größere, im Wert von sechstausend Ecus, ist für Euch, Herr Baron.«

»Robin«, sagte Rosny, der sich diesmal das Lachen knapp verbiß, »Ihr seid aber nicht sehr galant: Ihr hättet den größeren Ihrer Hoheit anbieten müssen.«

»Herr Baron«, sagte Robin bedächtig, »bei allem Ihrer Hoheit geschuldeten Respekt ist Ihre Hoheit doch nicht mit den königlichen Finanzen betraut.«

Worauf Madame und Rosny einen Blick wechselten, in Lachen ausbrachen, aber kurz und frostig und weit mehr aus Spott denn aus Vergnügen.

»Robin«, sagte Rosny in schneidendem Ton, »merkt Euch: Hier werden keine Handschuhe genommen.«

Ein kurioser Ausdruck, der mich aus seinem Mund verwunderte, denn er stammte aus Spanien und bedeutete »Trinkgeld nehmen«.

»Wahrhaftig«, fuhr er in strengem Ton fort, »der König würde bei Eurem Handel viel einbüßen. Und merkt Euch weiter, Maître Robin, daß ich die Hälfte der Ämter von Tours und Orléans bereits für sechzigtausend Ecus an verschiedene Personen verkauft habe und hoffe, die andere Hälfte für dieselbe Summe zu verkaufen, was insgesamt hundertzwanzigtausend Ecus ausmacht und nicht fünfundsiebzigtausend, die Ihr für die Pacht anbietet. Eine stattliche Differenz! Und mir ist es lieber, sie dient dazu, die königliche Armee vor Amiens mit Nahrung und Pulver zu versorgen, als Eure Taschen zu füllen! Steckt Eure Diamanten ein, Maître Robin«, fuhr er zornig fort, »und bringt sie denen, die Handschuhe nehmen. Auf, Maître Robin! Wir hier nehmen Geschenke nur vom König!«

Mit gesenktem Kopf und scheelem Blick zog Robin seine Diamanten mit einer Behendigkeit zurück, die zeigte, daß er im Einsacken gewandter war als im Auspacken. Und Respektsbekundungen stammelnd, wich er rückwärts, mit so vielen halben Bücklingen, als sein Humpelbein erlaubte. Trotzdem glaube ich, hätte man in dem Moment unter seine Schädeldecke sehen können, hätte man in seinem Hirn weder Verlegenheit noch Beschämung entdeckt, sondern nur Verachtung für diese verfluchten Hugenotten, die an der Spitze des Staates mit Ehrbarkeit handelten.

Ich entschuldigte mich rasch bei Madame, eilte Robin nach und hieß Luc, dem Maître unauffällig zu folgen und zu sehen, was er jetzt tun und wohin er sich wenden werde. Worauf ich zu Madame zurückkehrte und Rosny, der sich verabschieden wollte, bat, die Meldung meines Pagen abzuwarten. Wir mochten wohl ein Stündchen geplaudert haben, als mein Luc atemlos, aber mit blitzenden Augen wiederkam.

»Mein Kind«, sagte Madame, als er loszusprudeln begann, »atmet erst einmal durch, und dann sprecht klar und deutlich, und haltet Euch gerade.«

Auch wenn Luc blonde Locken und blaue Augen hatte, mußte man schon kurzsichtig wie die Prinzessin sein, um ihn

»mein Kind« anzusprechen, was Luc zugleich schmeichelte und ergötzte, denn er ging in sein sechzehntes Jahr und hielt sich schon für einen Mann.

»Eure Hoheit«, erwiderte er mit graziöser und tiefer Verneigung, »ich bin Euer gehorsamster Diener ...«

»Kurzum«, ermahnte Rosny, der kein Mann von Geduld war.

»Der Maître«, sagte Luc, »eilte von hier direkt zu Madame de Sourdis.«

»Sieh einer an!« sagte Rosny, mir einen Blick zuwerfend.

»Was heißt dieses ›sieh einer an‹?« fragte Madame.

»Daß Madame de Sourdis dem Kanzler Cheverny nicht fernsteht.«

»Nicht fernsteht?« fragte Madame.

»Madame«, sagte Rosny, »Eure Hoheit wird sich gewiß erinnern, daß vor drei Jahren der König und die Marquise von Montceaux Pate standen bei der Taufe des Söhnchens von Madame de Sourdis und daß die Marquise, als sie das Kind übers Taufbecken hielt, klagte, es sei fast zu schwer für sie. Worauf ein Spaßvogel, der hinter der Marquise stand, sagte, was Wunder, wenn das Kind so schwer sei, habe es doch Siegel am Hintern hängen.«

»Und was sollte das nun wieder heißen?« Madame machte große Augen.

»Ja, daß der Herr Kanzler und Siegelbewahrer von Cheverny der Vater des Kindleins war.«

»Mein Gott!« sagte Madame errötend, »wie abscheulich! Ein Ehebrecher! Allerdings ist mein armer Bruder ja selbst ...«

Sie ließ den Satz unvollendet und seufzte nur.

»Und das schlimmste ist«, fuhr sie fort, »es heißt, wenn er geschieden wird, heiratet er eine katholische Prinzessin.«

Worauf dieses »Schlimmste« ein halbes Lächeln auf Rosnys Lippen rief, Hugenotte hin oder her.

»Eure Hoheit«, sagte Luc, »bei allem Respekt, aber ich bin noch nicht am Ende.«

»So sprich denn weiter«, sagte Rosny.

»Ich weiß, wer bei Madame de Sourdis war und was der Maître in ihrem Haus machte.«

»Sankt Grises Bauch!« rief Rosny, der diesen Fluch von Henri übernommen hatte, »wie, zum Teufel, hast du das herausgefunden?«

»Nun«, sagte Luc scheinheilig, »ich bin mit der Zofe von Madame de Sourdis nicht unbekannt.«

»Und woher kennst du sie, mein Kind?« fragte Madame.

Ich warf Luc geschwind einen Blick zu, was aber unnötig war, der Schlingel sah durchaus, mit wem er es zu tun hatte.

»Eure Hoheit«, sagte er mit reizendem Kratzfuß, »das Mädchen diente früher in meiner Familie und hängt an mir.«

»Kurzum«, sagte Rosny.

»Kurzum, Herr Baron, ich erfuhr, daß Madame de Deuilly bei Madame de Sourdis war.«

»Haha!« lachte Rosny.

»Warum lacht Ihr, Monsieur?« fragte Madame.

»Weil Madame de Deuilly wiederum Monsieur de Fresnes nicht fernsteht.«

»Gott im Himmel!« sagte Madame, abermals errötend, »in was für einer Welt leben wir!«

»Weiter, Luc«, sagte Rosny.

»Laut dem Mädchen«, sagte Luc, »schenkte der Maître Madame de Sourdis einen großen Diamanten und Madame de Deuilly einen kleineren.«

»Und die nahmen sie?« fragte Rosny.

»Gewiß!« sagte Luc, »aber was sie dann redeten, verstand die Zofe nicht; der Maître sprach zu leise.«

»Herrgott!« sagte Madame, »hätte mir einer diese Geschichte vor acht Tagen erzählt, hätte ich sie nicht geglaubt, und ich würde sie noch heute nicht glauben, hätte ich diesen Robin und seine Steine nicht mit eigenen Augen gesehen.«

»Und morgen wird sich zeigen, welche Wirkungen seine Handschuhe bei anderen haben«, sagte Rosny mit der Miene eines, der einem Triumph entgegensieht.

Am nächsten Tag, als ich mit Rosny in seiner Wohnung erörterte, wie das von ihm angehäufte Gold am sichersten nach Amiens zu transportieren sei, ließ Kanzler Cheverny meinem Gastgeber durch einen Diener ausrichten, er möge doch gleich in den Rat kommen. Worauf Rosny sagte, er komme, und seelenruhig in unserer Besprechung fortfuhr.

»Geht Ihr nicht zum Rat?« fragte ich schließlich.

»Schnickschnack!« sagte Rosny mit spöttischem Lächeln, »sollen sie warten! Sie brauchen mich mehr als ich sie.«

Der Diener kam wieder und sagte, die Herren verlangten

augenblicklich nach Rosny, es gehe um ein Geschäft, bei dem der König, wenn es zustande käme, fünfundsiebzigtausend Ecus gewinnen würde, worauf Rosny mir einen verschwörerischen Blick zuwarf, aufstand und mir ins Ohr raunte, er werde mir nachher seine Unterredung mit den Herren samt Salz, Saft und Würze wiedergeben, ich möge nur auf ihn warten.

Was ich tat, hatte ich doch gründlich nachzudenken über diesen Goldtransport nach Amiens, den wohl etliche Banden gern in die Pranken bekommen würden, bevor der König etwas davon sah. Doch konnte ich nicht lange grübeln, wie ich diesen Gefahren am besten begegnete, denn Rosny kam eine halbe Stunde später zurück, entschuldigte sich allerdings, er müsse erst noch einen Brief an den König schreiben, was er eigenhändig tat, ohne einen Sekretär zu rufen – es mußte demnach ein sehr geheimer Brief sein. Dann schob er mit breitem Lachen, das seine schönen Zähne entblößte und seine blauen Augen funkeln ließ, den Brief in sein Wams.

»Siorac«, sagte er, »nie habt Ihr einen Rat wie diesen erlebt, und ich schwöre Euch, es war der letzte, wo Cheverny und Fresnes versucht haben, mir dumm zu kommen. Sankt Grises Bauch, denen habe ich den Schnabel gestopft! Das Gezeter begann, kaum daß ich eintrat. Der Herr Kanzler Cheverny sah mich strafend an und klopfte mit zwei Fingern auf den Tisch.

›Monsieur‹, sagte er, ›Ihr laßt sehr auf Euch warten! Zweimal habe ich Euch einen Diener geschickt! Der König schreibt aus Amiens Briefe, die um nichts als Geld schreien, und Ihr, den der König für seinen eifrigsten Geldbeschaffer hält, erlaubt Euch, hier als letzter zu erscheinen!‹

›Monsieur‹, sagte ich, gelinde empört über seine Sprache und Fingerklopferei, ›obwohl ich als letzter komme, bin ich doch nicht untätig. Ich habe heute morgen Geschäfte über sechzigtausend Ecus abgeschlossen.‹

›Was heißt denn das?‹ sagte Monsieur de Fresnes, ›unsere Geschäfte sind den Euren über! Wir haben heute morgen Ämter für fünfundsiebzigtausend Ecus verkauft, und das Ganze in barer Münze.‹

›Was für Ämter, Monsieur?‹ frage ich.

›Die Gesamtheit der Ämter von Tours und Orléans‹, sagt prahlerisch Kanzler Cheverny, ›wir haben Maître Robin aus Tours die Pacht für besagte fünfundsiebzigtausend Ecus überlassen.‹

›Hoho, Monsieur!‹ sage ich und sehe ihm scharf in die Augen. ›Ich sehe schon, wie hier der Hase läuft! Hätt ich die Handschuhe genommen, hätten andere sie nicht bekommen! ... Aber hier geht es um eine für Frankreich so wichtige Belagerung, bei welcher der König tagtäglich sein Leben riskiert, daß ich meine, es wird nichts weggegeben zum Schleuderpreis.‹

›Monsieur‹, sagte etwas erblassend Kanzler Cheverny, ›was meint Ihr mit diesen Handschuhen?‹

›Damit meine ich, Monsieur, daß ich bereits abgelehnt hatte, was dieser Robin danach Euch zuschob, weil ich besagte Ämter nämlich für eine Gesamtsumme zu verkaufen hoffe, die fast das Doppelte seines Angebots ausmacht.‹

›Aber das ist nur eine Hoffnung!‹ sagt Monsieur de Fresnes, sauer wie eine Zitrone. ›Und die ist mehr als fraglich. Wir werden ja sehen, ob der Rat sich an das hält, was er beschlossen hat, oder ob wir unseren Beschluß durch einen einzelnen ändern lassen.‹

»Worauf«, fuhr Rosny in seiner Erzählung fort, »jener einzelne, von dem die Rede war, aufstand, den Herren vom Rat seinen Gruß entbot und ging, und alle schauten baff. Und Ihr werdet sehen, Siorac, es wird nicht lange dauern, dann geht das Spiel in die nächste Runde. In Wahrheit will der Rat nämlich nicht, daß ich die Ämter ohne ihn verkaufe, weil einige der Herren sich daran gesundstoßen wollen, wie sie es immer gemacht haben. Aber ohne mich! Der König hat mir seine Finanzen anvertraut, und da wird kein Ecu sich in andere Taschen verirren und kein Diamant an einen fetten Busen.«

Er hatte kaum geendigt, als sein Majordomus ihm den Sekretär Fayet meldete.

»Siorac«, sagte Rosny, »tut mir den Gefallen, geht in das Kabinett nebenan, und laßt die Tür angelehnt, damit Ihr mit eigenen Ohren hört, was hier gesprochen wird.«

Der Sekretär Fayet, den ich gut kannte, war so dünn, daß ein Windstoß ihn umpusten konnte, er hatte ein hageres Gesicht wie ein Dreieck, spärliche graue Haare, eine Fistelstimme und einen komischen Gang mit zusammengekniffenen Hinterbacken, als wäre er schwul. War er aber nicht, denn er hatte zehn Kinder gezeugt, mit drei Ehefrauen nacheinander.

»Monsieur de Rosny«, sagte er mit seiner Falsettstimme, »der Königliche Rat schickt mich zu Euch, damit Ihr, wie die anderen

Mitglieder des Rates, die Urkunden unterschreibt, die Maître Robin die Pacht der Ämter von Tours und Orléans zuerteilen.«

»Ohne mich!« sagte Rosny.

»Wie, ohne Euch?« fragte Fayet, Augen und Mund groß aufgesperrt. »Was soll das? Was soll das? Monsieur, wollt Ihr damit sagen, daß Ihr die Urkunden nicht unterschreibt?«

»Ihr habt mich recht verstanden.«

»Aber Monsieur, der Akt wird nicht gültig, wenn Ihr nicht unterschreibt.«

»Dann wird er eben nicht gültig.«

»Monsieur, mit Verlaub, aber Ihr verstoßt gegen die Formen.«

»Dann verstoße ich eben.«

»Monsieur, was wird der König dazu sagen?«

»Genau das frage ich ihn«, sagte Rosny, »und zwar in einem Brief, den ich ihm in dieser Sache soeben geschrieben habe.«

»Hoho! Monsieur!« rief Fayet, und seine Stimme schrillte, »solltet Ihr Seiner Majestät einen Brief geschrieben haben, der den anderen Ratsmitgliedern schaden kann?«

»Je nachdem.«

»Monsieur! Monsieur!« rief Fayet, mit den knochigen Händen fuchtelnd, »wäre es nicht gerecht, wenn besagte Mitglieder den Inhalt dieses Briefes kennten, bevor er nach Amiens abgeht?«

»Ich wüßte nicht«, sagte Rosny eigensinnig, »daß ich verpflichtet wäre, dem Kanzler Cheverny und Monsieur de Fresnes die Briefe vorzulegen, die ich dem König schreibe.«

»Aber, Monsieur«, sagte Fayet (der Chevernys Kreatur war), »Ihr könntet ihn doch mir vorlesen, und ich würde ihnen den Inhalt übermitteln.«

»Und was brächte uns das?« fragte Rosny.

»Vielleicht könnten wir miteinander begradigen, was Ihr krumm fandet, ohne daß der König mit solchen Quisquilien[1] behelligt wird!«

»Schön, Monsieur«, sagte Rosny, der nichts anderes gewollt hatte, »Eure reizende Insistenz besiegt meinen Widerstand. Bitte sehr!«

Ha, Leser! Wie bedauerte ich, daß ich Fayets Gesicht nicht sehen konnte, als Rosny ihm mit schmetternder Stimme den

---

[1] Peanuts, würde man heute sagen. (Anm. d. Autors)

Brief vorlas, in dem er schonungslos berichtete, wie Madame und er Robins Diamanten zurückgewiesen hatten und wie dieser sie dann Madame de Sourdis und Madame de Deuilly verehrt hatte, mit den bekannten Wirkungen beim Kanzler und bei Monsieur de Fresnes, die Ämterpacht Robins betreffend.

»Monsieur! Monsieur!« rief Fayet, »man muß schon sagen, daß Ihr in Eurem Brief gegen die Personen nicht eben rücksichtsvoll seid.«

»Und auch nicht gegen die Wahrheit!« sagte Rosny trocken.

»Aber«, fuhr Fayet mit dünner Stimme fort, »es werden auch zwei Damen erwähnt …«

»Die Robins Diamanten unrechtmäßig genommen haben, wohl wissend, daß nichts umsonst ist.«

»Gewiß! Aber Monsieur! Ihr müßt doch bedenken, daß Madame de Sourdis immerhin die Tante der Marquise de Montceaux ist!«

»Die ja wohl«, erwiderte Rosny kalt, »Diamanten genug hat, um ihrer Tante einen zu schenken, wenn sie will.«

»Aber Monsieur, gibt es da nicht einen Ausweg?« fragte Fayet mit bebender Stimme.

»Doch, Ihr habt ihn selbst vorgeschlagen: Sollen die Herren begradigen, was krumm ist, und ich werfe den Brief in Eurem Beisein ins Feuer.«

»Aber Monsieur, werdet Ihr nicht einen neuen schreiben, wenn dieser verbrannt ist?«

»Fayet«, sagte Rosny bestimmt, »was mich angeht, ich habe nur eine Zunge. Im übrigen sind das ›Quisquilien‹, wie Ihr so treffend sagtet.«

Sehr erregt entschwand hierauf Fayet, um eine halbe Stunde später mit einem Brief von Cheverny wiederzukommen, in welchem ausdrücklich stand, daß der Rat den Beschluß zugunsten Robins kassiere und es künftig ausschließlich Rosny überlasse, die Ämter zu verkaufen, wie dies auch ganz im Sinne des Königs sei.

»Spät beugen sich die Herren«, sagte Rosny.

Und nach diesem Partherpfeil fuhr er fort: »Gut, ich bin befriedigt. Nun schafft auch Ihr Euch Befriedigung, Fayet, indem Ihr meinen Brief dort ins Feuer werft.«

Was Fayet tat, nicht ohne den Brief vorher zu lesen, um sicherzugehen, daß es wirklich der war, den man ihm vorgelesen hatte.

Als ich nach Hause kam, erzählte ich die ganze Geschichte dem Chevalier de La Surie, der lachte und eine ganze Weile brauchte, bis er sich ausgelacht hatte.

»Ich wette, mein Pierre«, sagte er dann, »du wirst die ganze Chose dem König erzählen, wenn wir mit dem Gold ins Feldlager vor Amiens kommen.«

»Wir, Chevalier?« fragte ich, baß erstaunt. »Habe ich gesagt, daß Ihr mich begleiten sollt?«

»Ach, pfui, Pierre!« sagte La Surie, »laß die Schrauberei! Ich weiß von Pissebœuf, daß du ihm die Nachhut der Eskorte geben willst und mir die Vorhut.«

»Die Pest über den Gascogner Schwätzer!« rief ich lachend. »Doch wie hättest du auch zweifeln können, Miroul? Ja, ich werde dem König die ganze Chose erzählen, zumal sie Rosnys Tugend in hellem Lichte zeigt und in so trübem die von Fresnes, Cheverny und den anderen Herrschaften, die nur daran denken, sich die Taschen zu füllen, während der König und sein tapferer Adel vor Amiens ihr Leben aufs Spiel setzen.«

»Nur eins«, sagte Miroul bedachtsam, »Rosny hat Fayet Stillschweigen versprochen.«

»Das hat er für sich versprochen, aber nicht für mich. Und warum, meinst du, hat er mich in das Kabinett geschickt, bei angelehnter Tür, wenn nicht, damit ich die Szene vor Henri bezeuge?«

»Beim Ochsenhorn!« sagte La Surie, »mir fällt es wie Schuppen von den Augen! Rosny gibt Fayet sein Wort, richtet es aber so ein, daß du zugegen bist ... Man kann nicht leugnen, daß dein Rosny ein wahrer Machiavell ist.«

»Mein Rosny ist ein redlicher, großer Mann. Aber weißt du das nicht wie ich, Miroul? Auch gute Politik ist niemals unschuldig.«

Mein Aufbruch nach Amiens verzögerte sich noch um eine Woche, weil Rosny einen Teil des angehäuften Goldes erst in Munition und Lebensmittel umwandeln mußte. Und ich nützte die Gnadenfrist, um meine Begleitmannschaft so zu verstärken, daß sie einem Überfall standhalten konnte und gleichzeitig wendig genug war, ihm von vornherein auszuweichen. Denn nicht das Kämpfen war entscheidend, sondern daß der kostbare Proviant den König schnellstmöglich erreichte. Deshalb verzichtete ich auf schwerfälliges Fußvolk und langsame

Karren, nahm lieber nur Reiter und Reisekutschen, die, selbst wenn sie so schwer beladen waren, daß die Achsen sich bogen, noch allemal leichter rollten.

Mitten in diesen fieberhaften Vorbereitungen mußte ich erleben, wie unfaßlich rasch der französische Geist sich wendete. Da Amiens genommen war, glaubte alles, der König sei verloren, die Monarchie besiegt und das Reich besetzt, ein jeder dachte nur mehr an das Seine. Die Großen begannen wieder mit ihren endlosen Streitereien, der protestantische Adel hielt sich dem König vor Amiens fern, die Überreste der Liga erwachten jäh zu neuem Leben. Die falschesten Gerüchte, deren Ursprung aber sicherlich nicht unbegründet war, erschütterten Paris und versetzten das Volk in Unruhe. Kein Tag verging, an dem man nicht hörte, es sei erneut eine große Stadt gefallen. Und als wäre Amiens nicht genug, verkündete man die Einnahme von Poitiers ... Die Heimtücke der Ligisten ging noch weiter. Sie verbreiteten das Gerücht, der König sei von einer tödlichen Krankheit befallen, seine Tage seien gezählt, man grabe ihm schon das Grab ...

Drei Tage vor meinem Aufbruch nach Amiens kam Pisseboeuf und berichtete mir zähneknirschend, als er letzte Nacht mit Poussevent in der Taverne »Zum Taler« eine Flasche geleert habe, hätten am Nachbartisch ein Halbdutzend Kerle auf das Wohl und den Erfolg des Königs von Spanien getrunken. Sodann hätten sie ihre Dolche gezückt und unter Flüchen und Drohungen den Wirt und seine Gäste gezwungen, ihnen beizustimmen. Da es nun Poussevent und ihm sehr am Herzen liege, Vergeltung zu üben, und da er von dem Wirt gehört habe, daß besagte Kerle allabendlich zur selben Stunde dort ihre Becher leerten, wolle er, wenn ich es erlaubte, mit Poussevent und vier oder fünf meiner Leute hingehen und diesen spanisierten Franzosen ein wenig den Rost reiben.

Was mich anging, der ich diese Erlaubnis weder verweigern noch ohne Einschränkung erteilen mochte, konnte dabei doch leicht einer zu Tode kommen, so beschloß ich, die Sache selbst in die Hand zu nehmen, indem ich aber einige Vorsichtsmaßregeln traf und als erstes Polizeichef Pierre de Lugoli über Ort und Stunde informierte. Des weiteren ließ ich meine Leute Kettenhemden unter die Wämser ziehen, und Faujanet mußte uns ein paar gute Knüppel schneiden, die einer meiner Leute vor Eintreffen jener Großmäuler im dunkelsten Winkel der Taverne verbarg. Ich selbst legte das Wams aus dickem Büffelleder an, das mir gute Dienste geleistet hatte, als ich nach der Einnahme von Paris den Lumpen Bahuet aus meinem Haus vertrieb.

Wir betraten bei Dunkelwerden die Taverne lange vor besagten Wirrköpfen, die in ihrer fanatischen Verblendung lieber unterm Joch des Spaniers und der Inquisition leben wollten als unter dem milden Gesetz ihres natürlichen Herrschers. Die Schenke war noch fast leer, ich setzte mich allein an den Tisch neben jenem, den diese ligistischen Banditen nach Angabe des Wirts einzunehmen pflegten, und versteckte meinen Knüppel zwischen den Beinen. Ebenso hielten es meine Begleiter, die, den Hut tief in die Stirn gedrückt, am Tisch hinter mir Platz nahmen, der Chevalier de La Surie, der lange, hagere Pissebœuf, der dicke Poussevent, mein Majordomus Franz und mein Kutscher Lachaise.

Da es eine Weile dauerte, bis die Ligisten eintrafen, trank ich einen halben Becher, scherzte mit der hübschen jungen Bedienerin und bat sie, mir eine zweite Kerze zu bringen.

»Liebe Zeit«, sagte sie, »fürchtet Ihr, der Becher findet Euren Schnabel nicht? Was gibt es hier viel zu sehen?«

»Dich«, sagte ich leise, »und deinen schmucken Busen.«

»Gebenedeite Jungfrau!« versetzte sie lachend, »ein netter Galan, der sich mit dem Ansehen zufriedengibt.«

Inzwischen traten andere Gäste herein, und das Mädchen eilte, deren Bestellungen entgegenzunehmen, nicht ohne mir dann und wann einen verstohlenen Blick oder ein Lächeln zu schenken.

Endlich kamen die erwarteten Ligisten und setzten sich neben mir um den Tisch, sieben Mann, die ich nach ihrem Aufzug für kleine Händler und Butiker hielt, wie sie unter den »Sechzehn« hochgekommen waren wie Schaum. Scheinheilige, die sich als Streiter für die wahre Religion gegen die Ketzerei ausgaben, in Wahrheit aber nur sich gute Stellen und spanische Dublonen ergattern wollten. Kurz gesagt, elende Verräter, denen Heinrich IV. nach der Einnahme von Paris edelmütig vergeben hatte, die ihn ebendarum aus niederer Seele haßten, sich seines Unglücks freuten und die Stunde gekommen glaubten, auf Frankreichs Trümmern ihr neues Glück zu gründen.

Je drei dieser Esel nahmen an den Längsseiten des rechteckigen Tisches Platz und an einer Schmalseite ein Fettsack mit dickem Hals, der mit puterrotem Gesicht und großem Maul sich als die Autorität der Runde aufspielte. Außer einem starken Messer, wie seine anderen Gefährten, trug er eine Pistole im Gürtel, was ich mit Sorge sah, denn auch das beste Kettenhemd hält eine Kugel nicht ab.

»Freunde«, sagte der Dicke mit dröhnender Stimme, »da unsere Dinge so gut laufen, pfeifen wir auf alle Knauserei! Nehmen wir jeder eine Flasche. Ein Schlappschwanz, wer sich raushalten will! Soll er sich zum Teufel scheren! Jaquette! Jaquette!« brüllte er nach dem Schankmädchen, »sieben Flaschen hierher, auf unseren Tisch! Und ein bißchen plötzlich, Dirne, sonst schlitz ich dir den Bauch bis zur Kehle auf!«

»Monsieur, was sind das für schmutzige und ungezogene Reden«, sagte Jaquette, die Krallen ausgefahren wie eine Katze. »Und was den Wein anlangt, so braucht es Zeit, ihn abzuziehen. Außerdem habe ich auch nur zwei Hände, um sieben Flaschen herbeizuschaffen.«

»Wirt!« schrie der Fettsack, »stopf diesem Weibsbild das freche Maul, oder, beim Arsch der Königshure, ich schling ihr ihre Gedärme um den Hals!«

»Mach, Jaquette, spute dich«, sagte der Wirt, seinen Ärger zügelnd, doch blickte er unter schweren Lidern hervor nicht eben freundlich nach dem Grobian.

Jaquette ging ohne jede Eile in Richtung Keller, drehte sich aber vor der Tür um.

»Meine Mutter sagt«, sprach sie, ohne jemanden anzusehen, mit gefährlich sanfter Stimme, »wer im Wirtshaus den Angeber spielt und ehrbare Leute aufschlitzen will, der zeigt im Kampf den Rücken.«

»Potzblitz!« brüllte der Dicke, »den Wein her, Wirt, oder ich lege Feuer an dein Bordell!«

»Ich gehe schon«, sagte der Wirt, der ja wußte, wozu meine Gefährten und ich dort waren, und das Scharmützel lieber uns überlassen wollte.

Bald kam er aus dem Keller herauf, aber nicht von dem Schankmädchen gefolgt, sondern von einer verhutzelten Alten, die drei Flaschen gegen ihren verdorrten Busen drückte, den Rest trug der Wirt.

»Holla, Wirt!« sagte der Dicke, »wo hast du das Teufelsweib gelassen? Ich schulde ihr ein paar gehörige Maulschellen.«

»Die hat sie von mir schon bekommen«, sagte der Wirt, die Lider über die dunklen Augen gesenkt.

»Von wegen!« versetzte der Fettsack und stand auf. »Du zeigst mir sofort ihre Kammer, daß ich sie für ihr dreistes Maul bestrafe.«

»Meister, in meiner Wirtsstube«, sagte der Wirt mit ruhiger Stimme, »mögt Ihr den Ton angeben. In meinem Haus bin ich der Herr.«

»Bah, laßt! Meister Martinet«, sagte einer der Ligisten, »trinken wir erst! Das Luder entgeht unserer Strafe nicht. Mit Wein im Blut prügelt sich's desto besser.«

Die Runde stimmte ihm bei, und nach kurzem Zaudern, knurrend wie eine angekettete Dogge, setzte sich besagter Martinet, weil ihn entweder noch mehr nach Wein dürstete als nach Rache oder weil die dunklen Blicke des Wirts ihm Eindruck gemacht hatten.

Die ganze Zeit dieses Geplänkels war ich still geblieben wie eine Maus, den Hut in die Augen gedrückt und die Nase im Becher, meine Leute hinter mir rührten sich ebensowenig. Und die übrigen Gäste da und dort in dem gewölbten und verräucherten Raum zeigten auch kein Verlangen, sich mit dem krawallierenden Fettwanst anzulegen, der Messer und Pistole im Gürtel trug. Besagter Martinet aber schien sich in der Herrschaft zu gefallen, die er über die Schankstube ausübte. Denn kaum hatte er seine Flasche leer, bestellte er die zweite und trank, eine Hand in die Hüfte gestemmt, indem er aus seinen Schweinsäuglein herausfordernd um sich blickte.

»Holla, Wirt!« schrie er, »bring mir ein Stück geröstetes Brot und den größten Becher, den du hast, ich will einen Toast ausbringen, um die Gesellschaft aufzuheitern, die sind ja alle trübselig wie der Furz eines toten Esels.«

Der Wirt war diesen Wunsch Martinets wohl schon gewohnt, denn augenblicks brachte er einen Humpen herbei, der bestimmt zwei Drittel einer Flasche faßte, und ein Röstbrot, das Martinet in den Humpen steckte, bevor er den Wein eingoß. Worauf er sich erhob.

»Kameraden!« rief er dröhnend, »wem bringen wir diesen Toast?«

»Dem König!« erscholl die Antwort seiner Gesellen.

»Und welchem König?« schrie triumphierend Martinet. »Nennen wir König etwa den Ketzer und stinkenden Bock von Navarra, Bastard der Hure Jeanne d'Albret?«

»Niemals! Niemals!« schrien die Gesellen.

»Alsdann, welchem König?« wiederholte Martinet.

»Dem Allerchristlichsten König!« schrie der Chor.

»Und wer ist der Allerchristlichste König, letzter Hort des Glaubens, frommer und wackerer Streiter für die Heilige katholische, apostolische, römische Kirche?«

»Philipp II. von Spanien!« schrie der Chor.

»Alsdann«, sagte Martinet, indem er sein Messer zog und es vor sich auf den Tisch legte, was die anderen ihm sogleich nachtaten, »ich bringe diesen Toast auf die Gesundheit und das Wohl Philipps II. von Spanien aus, auf seinen Sieg vor Amiens und seinen baldigen Einzug in Paris!«

Hierauf trank er einen Schluck und gab den Humpen an seinen rechten Nachbarn weiter.

»Jetzt du, Kamerad!« grölte er, »aber sei nicht so versoffen, daß du mehr trinkst als einen Schluck! Das muß für alle hier reichen! Und wer leer ausgeht, kriegt den Toast am Grund, und, bei Martinets Wort, wenn ich dem nicht eine Flasche für sich allein spendiere, sollen mich alle Höllenteufel lebendig aufspießen!«

Nachdem der Humpen rundum gegangen war, befahl Martinet dem letzten seiner Gesellen, ihn an mich weiterzureichen, der ich so allein danebensäße.

»Potztausend, Nachbar!« schrie er. »Ich bin kein Geizkragen! Wenn ich trinke, soll keiner zusehen müssen! Wenn ich furze, furzen alle! Los, Kamerad!« fuhr er fort, indem er mich aus seinen bösen Schweinsäuglein begaffte, »scheiß auf die Einsamkeit! Nimm den Humpen, und trink auf die Gesundheit, du weißt, von wem!«

Hierauf warf ich zuerst einen Blick hinter mich und versicherte mich, da ich meinen Miroul nicht sah, daß er Posten bezogen hatte.

»Vielen Dank«, sagte ich dann zu Martinet, »daß Ihr mir Gelegenheit gebt, einen Toast auf einen König auszubringen, den ich bewundere und verehre.«

Und indem ich aufstand, faßte ich mit der Linken den Humpen und packte mit der Rechten meinen Knüppel.

»So ist's recht!« rief Martinet, obwohl er etwas enttäuscht wirkte, daß er mich nicht terrorisieren konnte. »Das ist unser Mann!« erklärte er seinen Gesellen. »Der denkt richtig! Der weiß, was jetzt in Klöstern und Sakristeien geflüstert wird!«

»Alsdann«, sagte ich, indem ich mit Humpen und Knüppel zu ihnen trat, »ich trinke!«

Dann wechselte ich jählings Ton und Haltung, pflanzte mich auf meine zwei Beine, tat, als tränke ich, und stellte dann den Humpen ab.

»Ich habe«, rief ich mit starker Stimme, »auf die Gesundheit, das Wohlergehen und den Sieg meines Königs und natürlichen Herrschers getrunken, auf Heinrich IV. von Frankreich!«

Die Timpel starrten mich an wie betäubt.

»Meine Herren«, sagte ich lässig, meinen Stock in beiden Händen, »es greife keiner von euch nach den Messern, die ihr so wacker auf den Tisch legtet, oder ich breche ihm das Handgelenk.«

Die sechs Gesellen blickten auf ihren Anführer, als erwarteten sie seinen Befehl, und der, bei meiner jähen Attacke leicht erblaßt, faßte sich, da er mich allein stehen sah, denn meine Leute rührten sich nicht von ihrem Tisch, und brach in lautes Gelächter aus.

»Potzblitz, Kameraden, wir sind unser sieben! Und dieser verbohrte Ketzer will mit seinem Knüppel gegen sieben Messer und eine gute Pistole antreten! Dem puste ich seinen Hirtenstab aus der Hand, dann stechen wir ihn ab und schmeißen ihn in die Seine!«

»Meister«, sagte ich ruhig, »ich glaube, du scherzt! Du willst mich umbringen, weil ich, ein Franzose, auf den König von Frankreich trinke? Das wäre feiger und ehrloser Mord!«

»Haha!« rief lachend Martinet, »einen lausigen Ketzer zu töten ist doch kein Mord! Was glaubst du, wie viele ich in den Tagen und Nächten von Sankt Bartholomäus habe hopsgehen lassen? Und wie viele ich noch hopsgehen lassen werde, wenn Philipp II. Paris einnimmt! Armer Idiot du!«

»Gut«, sagte ich, ihm fest in die Augen sehend, »leg auf mich an, du Meisterschlächter, wenn du dich traust!«

»Klar trau ich mich«, sagte Martinet und streckte die Hand nach seiner Pistole, doch konnte er sie nicht ergreifen: Flugs war Miroul hinter ihm, lähmte seinen Hals mit der Zwinge seines Unterarms und fesselte besagte Hand.

»Du hast eine feiste Rechte, Meister Großmaul, aber Mirouls Messer ist gut geschliffen, das schneidet dir rein wie in Butter, wenn du nur zuckst!«

Einer der Gesellen – ein einziger von sechs, so mutig waren sie! – versuchte seinem Chef beizuspringen und sein Messer zu schnappen, doch kam seine Hand nur bis zum Tischrand, denn ich schlug ihm, wie versprochen, aufs Handgelenk. Die übrigen Hanswurste ließen sich von meinen Männern entwaffnen und binden wie Ochsen im Stall. Als die anderen Gäste es sahen, standen sie alle auf und schimpften, man solle die Taugenichtse auf der Stelle aufknüpfen. Franz und Lachaise drängten sie jedoch mit ihren Knüppeln zurück, und ich brachte die verspäteten Helden auf christlichere Gefühle, indem ich jedem eine Flasche auf Martinets Kosten anbot, wenn sie auf die Gesundheit des Königs trinken wollten, was sie mit Freuden versprachen.

Wie Deus ex machina erschien Lugoli mit seinen Sergeanten in der Taverne und fragte, ohne mich noch La Surie anscheinend zu kennen, nach dem Grund des Krawalls, den er im Vorbeigehen auf der Straße vernommen. Weder der Wirt noch die Gäste scheuten sich, das Vorgefallene zu berichten, wobei letztere Martinet noch schwärzer machten, als er schon war. Unsere Ligisten wurden mit hängenden Köpfen und sehr betroffenen Mienen, weil sie sich schon am Galgen sahen, abgeführt. Die Gesellschaft schrie aus voller Kehle: »Es lebe der König von Frankreich!« und trank wie zerlöcherte Stiefel.

Wer hätte gedacht, Leser, daß in einer Stadt von dreihunderttausend Einwohnern wie Paris sich das Pech Martinets und seiner Gesellen verbreiten würde wie ein Lauffeuer, vom Viertel Saint-Denis bis in die Cité und von der Cité bis nach Hulepoix, ja, daß mir die Sache am nächsten Tag zweimal zugetragen werden würde, einmal von Fogacer und ein weiteres Mal von Pierre de l'Etoile, der sich vor Lob und Freude nicht zu lassen wußte, daß das gute Volk in einer Schenke »ganz spontan« das großmäulige Geschrei dieser unausrottbaren Ligisten niedergeschlagen habe, die wie Quecken aus dem Mist unseres Unglücks sprossen. Dennoch, Leser, kann ich Ihr mitleidiges Herz beruhigen, die Farce endete nicht tragisch. Martinet und die Seinen mußten nicht ihren letzten Blick durch eine Hanfschlinge zum Himmel senden, sie saßen nur einige Monate in der Bastille ein, die zwar nicht der annehmlichste Aufenthalt ist, aber doch nicht so kalt wie die Seine, die sie mir zugedacht hatten.

ZWÖLFTES KAPITEL

Der Leser möge mir vergeben, daß ich ihm diese Schenkengeschichte erzählt habe, wird er doch zweifellos meinen, daß sie angesichts der Gefahr der Stunde eine Lappalie war. Das ist gewiß richtig, und trotzdem war sie eine gute Lehre für diese miesen Pariser Ligisten, die uns schon an den spanischen Spieß stecken wollten, ehe sie uns gefangen und gerupft hatten. Ganz nach dem Muster unserer Großen, etwa des Grafen von Soissons, dem der König zweimal vergebens schrieb, er solle zu ihm nach Amiens kommen; wie Graf von Auvergne, der den Hof mit der Begründung verließ, man habe ihn noch nicht zum Herzog gemacht; oder des Vicomte de Tavannes, der Seiner Majestät vor Amiens wutschnaubend vorwarf, Sie habe ihm das versprochene Marschallamt noch immer nicht gegeben, darauf stracks desertierte und in Paris Unruhe stiftete, so daß Monsieur de Vic ihn in die Bastille sperren mußte.

Was nun die Räuberei angeht, so sparte ich bei meinen Begleitzügen von Paris nach Amiens nicht an Vorsichtsmaßregeln, galt es doch, einen Berg Nahrungsmittel durch ein hungerndes Land zu transportieren und hundertfünfzigtausend Ecus mitten durch ein ruiniertes Königreich – und das über vierzig Meilen[1], was also nicht in einer Etappe zu machen war, auch in zweien nicht, und wahrhaft den Teufel herausfordern hieß. Wie schon gesagt, ich hatte eine Eskorte gewählt, die noch schneller war als stark, ohne Fußvolk, durchweg aus Kavallerie bestehend, aber leichter Kavallerie (die gleichwohl reichlich mit Feuerwaffen gerüstet war), und aus demselben Grund hatte ich anstatt von Lastkarren durchweg Kutschen genommen, deren Achsen ich verstärken ließ. Für den Fall drohender Schwierigkeiten von dieser Seite her nahm ich einen Wagner mit.

Und obwohl die Porte Saint-Denis für unseren Aufbruch aus

---

[1] Die Meile, deren Länge in den verschiedenen Regionen variierte, maß ungefähr vier Kilometer. (Anm. d. Autors)

Paris das nächstliegende Tor war, benutzte ich es fast nie, ebenso wie ich nicht den kürzesten Weg, über Clermont und Montdidier, nahm, außer auf der Rückreise, weil ich dann nichts zu geleiten und also keinen Überfall zu befürchten hatte. Vielmehr trug ich acht, unsere Strecke immer erst im letzten Moment festzulegen und sie jedesmal abzuändern, und anstatt in einer Stadt Rast zu halten, zog ich mit meinen Wagen lieber in eine Burg, die größere Sicherheiten bot, deren Besitzer ich hierüber aber erst kurz vorher benachrichtigte. Und ich garantierte ihm, daß unser Aufenthalt ihn keinen Heller kosten werde.

Meine Eskorte, also zweihundert Mann Reiterei, teilte ich in drei Teile. Die Vorhut, fünfzig Mann stark, die Monsieur de La Surie anführte, geleitete die leichteren Kutschen, das heißt die mit den Nahrungsmitteln. Das Gros der Kräfte, welches ich befehligte, umfaßte hundert Berittene und schützte das Gold. Der Nachhut schließlich, insgesamt fünfzig Reitern, die Pissebœuf unterstanden, war die schwerste Last des Zuges anvertraut, also die gesamte Munition, Pulver, Kugeln, sogar Kanonen auf Lafetten, die leider nicht in Kutschen verstaut werden konnten. Meine beiden Pagen, welche die Verbindung und Übermittlung zwischen Vorhut, Nachhut und mir herzustellen hatten, machten sich einen Spaß aus dem dauernden Hin und Her zwischen vorn und hinten, sie sirrten und schwirrten wie die Mücken.

Kurz bevor wir Schloß Liancourt erreichten, wo wir zu nächtigen gedachten, kam Thierry, der in der Nachhut neben Pissebœuf geritten war, zu mir mit der Meldung, die Karosse einer hohen Dame, die hinter uns gefahren war, habe ein Rad verloren und liege halb umgestürzt am Rain; die Dame sei unverletzt, aber in Tränen zerflossen und rufe mich, da sie meinen Namen gehört, um Hilfe an. Ich schickte sogleich Luc zur Vorhut, um La Surie zu sagen, er solle den Zug anhalten, und eilte in die Gegenrichtung, der Unglücklichen beizustehen.

Wie staunte ich, die schöne Madame de Sourdis zu erkennen, die ich allerdings ziemlich aufgelöst fand, doch ohne jegliche Wunden. Kaum daß sie mich erblickte, sank sie mir in die Arme und umschlang mich mit einer Vehemenz, die ich bei ihrer Schmerzensmiene nicht erwartet hätte, um mich unter Schluchzen und Seufzen ihrer ewigen Dankbarkeit zu versichern. Natürlich verstand ich, daß die Dame sich sehr erschrocken hatte, als ihre Karosse umstürzte, doch da sie heil und unversehrt geblieben war, hätte sie für mein Gefühl die größte Aufregung schon überwunden haben können. Sie streckte sie also offenbar, um sie länger auszukosten, und auszukosten in Gesellschaft eines Mannes, denn Männer liebte sie.

»Madame«, sagte ich, als sie mich freiließ, »ich habe mir Euer Rad angesehen. Es ist nicht gebrochen, mein Wagner macht es Euch in ein, zwei Stunden wieder fest.«

»Ein, zwei Stunden?« schrie sie weinend auf, »aber es dämmert schon! Soll ich in schwarzer Nacht allein bleiben mit meiner winzigen Eskorte? Monsieur, mein Freund, könnt Ihr mich hier sitzenlassen, nachdem Ihr mir das Leben gerettet habt?«

»Das verhüte Gott«, sagte ich. »Madame, ich habe unter den Pferden einen Zelter samt Zaum und Sattel, ein Geschenk des Königs für die Marquise von Montceaux, wenn Ihr den besteigen wolltet, Schloß Liancourt liegt eine halbe Meile von hier, dann reiten wir gemeinsam dorthin. Und sobald mein Wagner das Rad befestigt hat, können Eure Karosse, Eure Frauen und die Eskorte nachkommen, die ich durch zwanzig meiner Leute gern verstärke.«

Bei diesen Worten hoben die Zofen von Madame de Sourdis – es waren ihrer drei, was zeigte, daß die Marquise sich auf Reisen zu beschränken wußte –, hoben also die Zofen, sage ich, zu schreien und zu greinen an und plusterten ihr Gefieder.

»Wehe, Madame!« riefen sie kläglich, »sollen wir allein bleiben bei Nacht mit diesen groben Soldaten? Denn sobald Ihr den Rücken kehrt, fallen sie über uns her, daß wir ihnen zu Willen sind! Gebenedeite Jungfrau, Madame! Habt Ihr uns dazu mitgenommen in die Fremde, daß wir im Straßengraben kopfunter genotzüchtigt werden?«

»Still doch, ihr Dummchen!« herrschte Madame de Sourdis sie an. »Dieser Hauptmann hier«, setzte sie, auf Pissebœuf weisend, hinzu, »wird seine Soldaten wohl an der Kandare zu halten wissen.«

Nun kamen ihr bei den lüsternen Blicken, die Pissebœuf auf ihre Mädchen warf, aber doch wohl Zweifel an der Haltbarkeit besagter Kandare, und nicht fühllos gegen ihr Gesinde, zögerte sie. Ich half ihr aus der Verlegenheit, indem ich durch einen Pagen Monsieur de La Surie rufen ließ, der nach Kenntnis seines Auftrags auch gleich herbeigesprengt kam und nach dem ersten Blick auf die Frauen mit seiner Rolle recht zufrieden schien.

So ließ ich denn meinen Miroul bei den Mädchen als Tugendwächter zurück und trabte, Eskorte und Kutschen im Geleit, mit Madame de Sourdis nach Schloß Liancourt, wo der Majordomus von seinem Herrn, der mit dem König vor Amiens kämpfte, angewiesen war, in allem meinem Befehl zu gehorchen.

Ich ließ Madame de Sourdis das schönste Zimmer geben, und weil sie mir erzählte, auf Schloß Liancourt spukten böse Gespenster, nahm ich zu ihrer Beruhigung das ihr benachbarte Zimmer und erbot mich sogar im Scherz, ihr in Abwesenheit ihrer Zofen beim Auskleiden zu helfen, was sie zwar ablehnte, aber mit Entzücken quittierte. Und nachdem ich eigenhändig ein schönes Feuer in ihrem Kamin entfacht und die Fenster so dicht mit den Gardinen verhängt hatte, daß auch das dünnste Gespenst schwerlich hindurchgeschlüpft wäre, ließ ich sie allein, und sie sagte, gerührt darüber, wie gut ich mich ihrer angenommen hatte, ich sei der wunderbarste Mann und künftighin für sie »weit mehr als ein Freund«.

Ziemlich geschmeichelt von so liebreichen Worten, begab ich mich in den Schloßhof, wo Pissebœuf inzwischen alle unsere Kutschen hatte rundum stellen und auf dem Pflaster jeweils kleine Feuer hatte entzünden lassen, auch die Nachtwachen hatte er schon eingeteilt, pro Kutsche drei Mann. Hierauf ging ich nachsehen, ob meine Reiter alle mit Nahrung versorgt waren, denn wir bestritten alles aus eigenem Vorrat, um nicht unseren Gastgebern, und sei es nur für eine Nacht, die Verköstigung von zweihundert Ausgehungerten aufzubürden. Dann sah ich nach unseren Tieren in den Pferdeställen, wo in mattem Laternenlicht alles rührig war, die Pferde zu striegeln, zu füttern und zu tränken, und Hufschmiede von einem zum anderen gingen, um verlorene Eisen zu ersetzen. Das Feuer in der Schmiede loderte hell. Wie man weiß, habe ich für den Krieg nicht viel übrig, dafür aber, das gestehe ich, liebe ich unbändig diese Lager- und Biwakszenen, besonders zur Nacht, die ihnen zusätzlichen Zauber verleiht und wo man spürt, daß Mensch und Tier gleichermaßen froh sind, sich nach des Tages Mühsal und Plagen zu erquicken.

Ich kam just zurück in den Schloßhof, als die Karosse von Madame de Sourdis mit ihrer »winzigen« Eskorte und meinen Männern bereits einfuhr, und sah im Fackelschein, wie drei etwas zerstrubbelte Mädchen ausstiegen und wer noch, wenn nicht Monsieur de La Surie, der offenbar sein Pferd Poussevent übergeben und gemeint hatte, er könnte die Frauenzimmerchen am besten aus allernächster Nähe beschützen.

Ich schickte die besagten unter Lucs Führung sogleich aufs Zimmer von Madame de Sourdis, gefolgt von vier Männern – und die waren nötig! – mit den Kisten und Kasten der Marquise, die auf Reisen zwar an der Bedienung sparte, aber nicht an Kleidern und Putz. Als nun gerade der Majordomus fragte, wann wir zu Abend speisen wollten, antwortete ich, das viele Gepäck im Auge, nicht ohne einen Seufzer, es werde wohl neun Uhr werden, bis wir zu Tisch gehen könnten, doch nähme ich mit dem Chevalier de La Surie bis dahin gern eine Flasche Wein, etwas Brot und ein Stück Käse.

Als ich dem Wagner für seine schnelle Arbeit dankte, erwiderte der gute Mann, das sei ein Klacks gewesen, er habe alle Teile völlig unzerbrochen gefunden, gerade so, als hätte man das Rad von der stehenden Karosse abgenommen, nachdem die Damen ausgestiegen waren; denn wäre es in voller Fahrt abgesprungen, hätten Rad und Gefährt Schäden gelitten, und die Damen wären nicht ohne Beulen und Schrunden davongekommen. Ich hörte dies leicht verwundert und versprach dem Meister und seinen Gehilfen eine Flasche extra für den Abend.

Um halb neun ließ ich unserer schönen Dame durch Luc sagen, daß wir sie um neun Uhr bei Tisch erwarteten, doch dauerte es noch eine Stunde, bis sie erschien, berückend geschminkt, prächtig in mattrosa Seide gekleidet und mit Schmuck behängt wie ein Reliquienesel. Man muß schon zugeben, daß sie für eine Dame über Fünfunddreißig noch sehr ansehnlich war, mit hübsch rundem Busen und Hals, keinem Kinn zuviel und milchweißer Haut trotz ihres sehr brünetten Typs. Außerdem wußte sie wunderbaren Gebrauch von ihren großen schwarzen Augen zu machen, doch nicht künstlich, würde ich sagen, vielmehr entsprang ihr Augenspiel wohl ihrer heißblütigen Natur und verriet diese in einem fort, ganz ungeachtet ihrer Worte. Immerzu umkosten einen ihre glühenden Augäpfel so schmeichelnd und verheißungsvoll, daß man sich nach zehn Minuten Plauderei wunderte, noch nicht in ihrem Bett zu sein. Und ich bemerkte an ihrem Busen – der meine Aufmerksamkeit auch ohnedies gebannt hätte – einen herrlichen Diamanten, der in eine Art goldenes Netz gefaßt war, und gab Miroul durch einen Blick zu verstehen, daß dies wohl der von Robin gespendete Stein war, den nach erfolgter Ablehnung zurückzugeben man sich offenbar gehütet hatte. Allerdings wird der Maître sich mit Kanzler Cheverny schon geeinigt haben, waren sie doch beide Männer vom selben Schlag.

Die Kanzlerin, wie Madame de Sourdis in Paris bei boshaften Zungen hieß, verlangte, kaum daß sie Platz genommen hatte, daß man mehr Kerzen bringe, damit sie, wie sie sagte, »die schönen Edelherren am Tisch besser sähe«. Natürlich verstand ich, daß dieses »Sehen« nur ein Zwilling vom »Gesehenwerden« war, und ich beeilte mich, meine Komplimente nach gewohnter Art mit der Suppenkelle auszuteilen.

»Ha, Madame!« sagte ich, »was mich angeht, so wären mir alle Kerzen der Welt nicht genug, um meine Augen nach Herzenslust und, wenn ich so sagen darf, geradezu unersättlich an Eurer unvergleichlichen Schönheit zu weiden.«

Und als La Surie noch ein, zwei Steine zum Bau der Lobpreisung beigesteuert hatte und Madame de Sourdis sich von dieser Seite her voll bedient fühlte, begann sie sich auf der anderen Seite selbst zu bedienen und eine Menge an Fleisch und Wein zu verschlingen, die einem Halbdutzend Männern genügt hätte.

»Monsieur, mein Freund und Retter«, sagte sie, als sie ein wenig gesättigt war, »ich kann mir vorstellen, daß Ihr nicht ohne Zittern und Bangen eine so kostbare Last nach Amiens führt.«

»Sicher, Madame«, sagte ich, die Lider halb gesenkt. »Aber anders geht es leider nicht, solange Arkebusen nicht ohne Kugeln schießen und Soldaten nicht marschieren ohne Brot.«

»Noch ohne Sold«, ergänzte sie, indem sie mir einen lebhaften Blick sandte.

»Nun, was den Sold betrifft!« sagte ich und sah sie mit der unschuldigsten Miene an, »damit habe ich nichts zu tun. Monsieur de Rosny sorgt selbst für den Transport des Goldes, das er mit allen Mitteln zusammenrafft.«

Womit ich schamlos log, und meine schöne Leserin wird verstehen, warum.

»Nein, Monsieur, entschuldigen Sie, ich verstehe es nicht.«

»Aber, Madame! Dann lesen Sie nicht genau! Sicher weiß ich, daß diese Memoiren von Geschehnissen und Personen überquellen, und obendrein noch von endlosen Details, aber daß Sie dieses Detail vergessen haben, Sie, eine Frau! Bitte, lassen Sie mich trotzdem in meiner Erzählung fortfahren, ich glaube sicher, es fällt Ihnen wieder ein.«

Ich weiß nicht, wie wir nach dem kleinen Verhör über das Gold wie ganz natürlich auf die Schönheit von Madame de Sourdis zurückkamen, doch wir kamen drauf zurück, glaube ich mich zu erinnern, weil in dem Moment die Kerzen gebracht wurden und die Schöne wissen wollte, ob wir sie jetzt besser sähen.

»Besser, Madame! Wie könnte das sein?« rief ich. »So schön, wie Ihr seid, vermöchte selbst die Sonne Euch nicht mehr zu verschönen!«

Doch ich kürze ab, das folgende kann man sich denken. Jedenfalls, als Madame de Sourdis abermals diese ganze Milch geschlappt hatte, streckte die Reizende ein Pfötchen vor.

»Marquis«, sagte sie, »ist es Euch wirklich angenehm, so oft mit Monsieur de Rosny zu tun zu haben?«

»Es geht.«

»Er soll ziemlich schroff sein.«

»Dem widerspreche ich nicht.«

»Trotzdem geltet Ihr am Hof als sein enger Freund.«

Ich lachte.

»Warum lacht Ihr?« fragte sie, die Brauen gewölbt.

»Weil niemand der Freund von Monsieur de Rosny ist, wenn nicht er selbst. Monsieur de Rosny erkennt keinen als seinesgleichen an.«

»Haha!« lachte sie, »das ist gut gesagt!«

»Aber ich schätze ihn sehr.«

»Wer würde ihn nicht schätzen?« sagte sie, ihre Pfote einziehend. »Trotzdem, er ist so harsch!«

»Das ist er, aber dafür ist sein Wort Gold. Wie versprochen, so gehalten.«

Und worauf ich gerechnet hatte, gab dies unserer hübschen Füchsin sichtlich zu denken, die sich gut erinnerte, wette ich, daß Rosny dem Sekretär Fayet sein Wort darauf gegeben hatte, dem König nichts von der Diamantenaffäre zu erzählen. Jedenfalls, während sie fortfuhr, für vier zu essen und zu trinken, sah ich ihren Augen an, daß sie daran doch einige Zweifel hegte.

»Sicherlich«, fuhr sie, an mich gewandt, fort, »haben Eure schönen Freundinnen vom Hof Euch doch Briefe mitgeben wollen, diese für den Gemahl, jene für den Liebhaber?«

»Das wollten sie, aber ich nicht. Ich habe genug an meinen Pflichten. Ich muß nicht noch die Post ersetzen.«

»Wie denn! Und wenn ich Euch einen Brief an die Marquise

de Montceaux hätte mitgeben wollen oder Monsieur de Rosny einen Brief an den König?«

»Dann hätte ich es glatt abgelehnt, in Eurem Fall aber, Madame, in aller Höflichkeit.«

»Ach, Monsieur!« sagte sie, »das ist das schöne an Euch: Ihr macht alles höflich, und dazu seid Ihr von einer Verschwiegenheit, die mich entzückt.«

»Verschwiegen, Madame? Was meint Ihr damit?«

»Daß niemand am Hof bisher in Erfahrung bringen konnte, wer Eure Geliebte ist.«

»Weil es keine Geliebte gibt: Ich bin verheiratet.«

»Aber auch treu?« fragte Madame de Sourdis. »Mit diesen Augen, die jede Dame verschlingen? Wie ich hörte, hattet Ihr in Rom ...«

»In Rom, Madame, das verpflichtete zu nichts.«

»Monsieur, mein Freund«, versetzte sie, mit einem unglaublichen Blick, »darf ich Euch sagen, daß ich Euch bei näherem Kennenlernen geradezu vollendet finde? Ich liebe es, wenn ein Mann über die ihm erwiesenen Gefälligkeiten zu schweigen versteht und aus einer flüchtigen Schwäche unsererseits keine Verpflichtungen ableitet.«

Diese Wendung des Gesprächs überraschte mich nicht, und ich sah, daß meine Schutzbefohlene nun nicht mehr nur an ihren Auftrag, welcher es auch sei, sondern an sich selbst dachte.

Was soll ich weiter sagen, als daß dieses Geplänkel von La Suries stummen Blicken begleitet wurde – das braune Auge sprühte ein wenig, das blaue blieb kalt –, bis er es für geraten hielt, seinen Urlaub zu erbitten, der ihm von der Dame huldvoll gewährt wurde. Daß Madame sagte, sie habe, als sie an meinem Zimmer vorbeiging, gesehen, daß mein Kaminfeuer sehr viel besser als ihres brenne, daß mich dort eine gute Flasche erwarte, und ob es mir willkommen wäre, wenn sie bei einem Becher in aller Freundschaft sich noch ein wenig an meinem Höllenfeuer wärmen würde?

Ich verheimliche nicht, daß dieses freundschaftliche Bechern an meinem Höllenfeuer sich über gute drei Stunden hinzog, und ich bitte Sie, schöne Leserin, während ich derweise beschäftigt bin, zu erlauben, daß ich meinen Körper (nicht meine Seele) Madame de Sourdis überlasse und zu Ihnen zurückkehre, liegt es mir doch am Herzen, daß Sie mich nicht verdächtigen, die Dame grundlos über das Gold, das ich transportierte, belogen zu haben. Gewiß mögen Sie nach dem, was ich von meiner Unterhaltung mit ihr mitteile, wohl schon ahnen, daß ihre Absichten – bedenkt man ihren vorgetäuschten Unfall und ihre verfänglichen Fragen sowohl nach dem Gold wie nach den mir anvertrauten Briefen – letztendlich nicht ganz unschuldig waren. Und vielleicht entsinnen Sie sich jetzt auch, daß Pierre de Lugoli den Rubin der Jesuiten dem Kanzler Cheverny nicht nur deshalb nicht hatte anvertrauen wollen, weil der Kanzler der Geliebte von Madame de Sourdis war, sondern auch, weil diese die Tante – eine freilich sehr junge Tante – der Marquise de Montceaux war, deren Glück sie mit allem Eifer der Welt förderte, half dieses doch ihrem eigenen kräftig fort. Hätte also Madame de Sourdis von mir gehört, daß ich dem König hundertfünfzigtausend Ecus nach Amiens brachte, hätte sie es unfehlbar der schönen Gabrielle mitgeteilt, und diese hätte den König sogleich belagert, um davon ihren Zehnten zu erheben. Und das wollte ich keinesfalls, kostete die Liebliche das Reich doch so schon zuviel, besonders da das Geld für die Kriegführung schwer genug zusammengekratzt werden mußte.

Und der Fragen eingedenk, durch die Madame de Sourdis hatte herausbekommen wollen, ob ich nicht einen gewissen Brief an den König bei mir hätte, öffnete ich, bevor sie in mein Zimmer geschlüpft kam, rasch meine Reiselade, nahm das Sendschreiben, das Monsieur de Rosny mir für den König anvertraut hatte, heraus und schob es, indem ich mich auf Zehenspitzen reckte, auf meinen Betthimmel: ein Höhenplatz, den die kleinwüchsige Dame mit Sicherheit nicht entdecken konnte.

Die Schöne liebte die Männer, wie gesagt, und obwohl ihr Besuch bei mir nur ein Mittel war, dessen Ziel ich kannte, wurde ihr das Mittel, für eine ganze Zeit wenigstens, denn doch zum Zweck, so lustvoll und ungestüm gab sie sich ihm hin. Gleichwohl merkte ich, wann sie satt war und nur noch so tat, als sei sie es nicht, sowohl um ihr eigenes Vergnügen zu verlängern, als um meine Kräfte zu erschöpfen, damit ich entschlummerte. Mich reizte dieses Spiel, und ich setzte meine Ehre darein, nicht eher aufzugeben, bis ich mir einbilden konnte, in diesem hinterhältigen Kampf die Palme errungen zu haben. Als ich mich nun schlafend stellte, sah ich unterm Wimpernrand hervor, daß sie tatsächlich schlief, sehr reizend anzusehen mit ihren gelösten langen Haaren. Doch diese scheinbar schwache Frau hatte einen so starken Willen, daß es ihr gelang, aus ihrer glücklichen Erschlaffung just in dem Moment aufzutauchen, da ich der meinen erlag. Und so schlief ich wahrhaftig, als ein, wenn auch leichtes, Schüttern der Bettstatt, das ihr Aufstehen bewirkte, vielleicht aber mehr noch der jähe Entzug ihrer Körperwärme mich weckte, und durch meine halb geöffneten Lider sah ich, wie sie, das Nachtlicht in der Hand, vor meiner Lade kniete und ihren Inhalt sorglich durchforschte.

Sie schien mir unendlich erleichtert, den gefürchteten Brief Rosnys an den König nicht zu finden, der Seiner Majestät die Diamantengeschichte vermelden könnte. Offenbar schloß sie hieraus, daß Rosny sein Wort gehalten hatte, mit dem er Fayet Schweigen versprach, und daß auch ich nicht log, als ich sagte, ich hätte keinen Brief von ihm mit. Ihr schönes Gesicht, kurz zuvor noch sorgenzerfurcht, glättete und erheiterte sich. Leise schloß sie die Lade, und bevor sie in ihr Zimmer entschwand, kam sie auf Sammetpfoten und drückte mir einen zarten Kuß auf die Wange, wobei ihr ein kleiner Seufzer entschlüpfte, der mich wohlig bewegte. Und um es in aller Ehrlichkeit zu sagen, auch wenn wir uns nie mehr so nahe kamen wie in jener Nacht, bewahrte Madame de Sourdis mir hinfort ihre Zuneigung so wie ich ihr die meine. Und nachdem ich lange mit mir gerungen, beschloß ich, daß es sehr häßlich von mir wäre, wenn ich eine so charmante Dame beim König anschwärzen würde, indem ich ihm die Diamantengeschichte erzählte. Zumal Seine Majestät damit nichts Neues über Cheverny erführe, dem er ohnehin reichlich mißtraute und den er zum Siegelbewahrer nur gemacht hatte, um sich mit dem Vatikan auszusöhnen.

Als ich Monsieur de La Surie meinen Entschluß am nächsten Tag, als wir Seit an Seite ritten, mitteilte, nahm er ihn übel auf.

»Das ist doch wieder mal einer Eurer Bocksprünge! Müßt Ihr denn in jeden Apfel beißen, den eine Eva Euch reicht? Laßt Euch doch von einem Unterrock nicht zum Narren machen!«

»Den Eva nicht trug«, sagte ich lachend.

Doch La Surie ließ sich nicht bewegen, die Sache spaßig zu nehmen, die Kälte in seinem blauen Auge zeigte es.

»Vergeßt Ihr, daß sie Euch hintergangen und Euer Gepäck durchwühlt hat?« sagte er.

»Und ich habe sie zweimal belogen, wir sind quitt. Und

dafür, daß sie mir mein Nachtlager verzaubert hat, schulde ich ihr eine kleine Belohnung.«

»Lust für Lust: Ihr schuldet ihr gar nichts.«

»Doch: für den kleinen Kuß, bevor sie ging, als sie mich schlafend glaubte.«

»Bah! Auch eine Katze schnurrt, wenn man sie streichelt.«

»Aber eine Katze schnurrt nicht, wenn sie sich an das Streicheln erinnert. Ich meine, das kam der Dame von Herzen.«

»Von einem Herzenszipfelchen«, konterte La Surie verdrossen.

»Egal, es war rührend.«

»Ja, beim Ochsenhorn! Vergeßt Ihr denn, daß die Sourdis zum Raubtier-Clan dieses Cheverny und der Gabrielle gehört, die dem König Gelder, Ehren und Stellen abpressen, wo es nur geht?«

»Sicher nicht«, sagte ich seufzend, »aber der König gibt mir nun wahrlich ein schlechtes Beispiel: Er läßt sich erpressen.«

Leser, ich dachte gar nicht, wie sehr das stimmte. Denn als Rosny und ich im Juli eine neue Ladung Gold brachten, ließ der König sich überreden, einen Teil davon, und nicht den geringsten, für Gabrielle abzuzweigen! Und wie und warum, das will ich gleich erzählen.

Es war an einem Tag im Juli vor Amiens, als die Marquise de Montceaux mich durch einen Pagen in ihr Zelt bitten ließ. Verwundert über diese Bitte, welche die Galanterie mir zum Befehl machte, legte ich mein glänzendstes Wams an und ging sogleich hin.

Meine schöne Leserin glaube nun nicht, daß Gabrielle, als sie Paris mit dem Feldlager zu Amiens vertauschte, wo sie trotz Krieg und Kanonaden sich sicherer fühlen durfte als unter den Parisern, die ihr nicht eben wohlwollten, vom Palast in eine Kate gezogen wäre. Weit gefehlt! Ihr Zelt war alles andere als spartanisch oder militärisch, vielmehr überaus groß und von oben bis unten mit goldenem Leder ausgespannt. Parkett bedeckte die gestampfte Erde und das Parkett ein großer Teppich, der ihre hübschen Füßchen vom Boden isolierte. Zartgrüne Seide zierte ihr Faltbett, das man als Feldbett nicht hätte bezeichnen können, so üppig war es mit Kissen und Pelzen belegt, groß genug überdies, daß zwei Personen sich nach Behagen darauf tummeln konnten. Der Toilettentisch, der nach Maßen und luxuriöser Dekoration an zweiter Stelle kam, mit Goldbrokat und Brüsseler Seide behängt, zeigte vor einem kostbaren Spiegel eine ganze Batterie von Gefäßchen mit Cremes, Balsam, Parfüms und seidenfeinen Bürsten. An der einen Längsseite des Zeltes reihten sich verzierte Truhen, die, wette ich, all die Waffen bargen, mit welchen dieses sanfte Geschlecht unsere armen Herzen unter Beschuß nimmt: Seiden, Samte, Damaste, meine ich, Schnürleibe, Mieder, Ärmel und Reifröcke, von den großen Kragen aus Venezianer Spitze, dem Haarputz und den Pölsterchen für Magere ganz zu schweigen. Doch Gabrielle bedurfte solcher Unterstützung gar nicht, sie war »frisch und feist«, wie der König es ausdrückte, dabei von schlanker und schmiegsamer Gestalt.

Zwei geschnitzte und vergoldete Sessel, Thronen gleich, standen einer an der Schmal-, einer an der Längsseite des Falttisches, damit der König der Schönen beim Essen nahe genug saß, um ständig ihre Hand zu halten – was beide das ganze Mahl über einarmig machte, so daß keiner sein Fleisch schneiden konnte. Doch das tat wohl der Majordomus für sie, wie man sich denken kann.

Dieses Zelt war das einzige im ganzen Lager, das einen beim Eintritt nicht mit den Gerüchen von Leder, Schweiß, Pferd und Schießpulver empfing, sondern mit einem um süße Düfte bereicherten *odor di femina*, flatterten doch bei verschiedensten Tätigkeiten etliche Kammerjungfern umher, die Gabrielle, im Verlaß auf ihre eigenen unvergleichlichen Reize, ebenso jung wie hübsch um sich geschart hatte. Ach, Leser! Welches Zaubermittel vermöchte dem bloßen Anblick all der Weiblichkeit gleichzukommen, den dieses Zelt so überreich bot wie ein Bienenstock Honig! Mir verschlug es schier den Atem, als ich eintrat, und wie sprachlos verharrte ich an der Schwelle.

Die Marquise de Montceaux, die an ihrem Toilettentisch saß (eine Zofe kämmte mit einem Perlmuttkamm ihr goldenes Haar), gewahrte mich in ihrem Spiegel und reichte mir, ohne sich umzuwenden, ihre Hand zum Kuß.

»Ah, Monsieur de Siorac!« sagte sie mit lieblicher Stimme, »nur zu lange habe ich gesäumt, Euch vieltausendmal für die galante Hilfe zu danken, die Ihr meiner Tante Sourdis in ihrer Not erwiesen habt. Die ganze Zeit, die sie die Freundlichkeit hatte bei mir zu weilen, sang sie Euer Lob und sagte, Ihr wärt der vollendetste Edelmann der Schöpfung.«

»Madame«, sagte ich, »ich bin sehr gerührt, daß Madame de Sourdis so nobel von mir spricht, obschon es zuviel der Ehre ist. Denn in Wahrheit habe ich für sie nur getan, was jeder andere auch für eine Dame getan hätte.«

»Nein, nein, Monsieur! Sie erzählte mir, mit wieviel Fürsorge und zarter Aufmerksamkeit Ihr sie umgabt. Monsieur, keine Widerrede«, setzte sie lachend hinzu, »fortan seid Ihr gesalbt und geweiht als der höflichste Edelmann des Reiches. Übrigens sagt das auch Madame de Guise und rühmt in höchsten Tönen den vorzüglichen Dienst, den Ihr ihrem Sohn Charles zu Reims erwiesen habt.«

»Madame«, erwiderte ich mit gebotener Vorsicht, »so hoch ich Madame de Guise auch achte, hätte ich diese Mission zu Reims doch nicht übernommen, wenn Seine Majestät ihr nicht zugestimmt hätte.«

»Monsieur«, sagte Madame de Montceaux, indem sie ihrer Jungfer bedeutete, ihre Haare nun zu lassen, und auf ihrem Schemel anmutig herumschwenkte, so daß sie mir gegenüber saß, »ganz so verstand ich es auch, und würde ich Eure Dienstbarkeit jemals beanspruchen wollen, so nicht, ohne mich zuvor der Einwilligung des Königs versichert zu haben.«

Womit sie mich aus ihren himmelblauen Augen ernst anblickte und ich ganz betäubt war von ihrer Schönheit, besonders von ihrem unglaublich lichten, wie durchscheinenden Teint. Zudem fand ich ihre Antwort ebenso treffend wie klug. Doch wenn mich auch ihre Klugheit erstaunte, so mehr noch die Sanftheit ihrer Züge, die, wenn ich meiner kleinen Herzogin glaubte, nicht nur Schein war.

»Madame«, sagte ich, mich verneigend, »glaubt mir, daß ich unter diesen Bedingungen sehr glücklich wäre, Euch jeden Dienst, klein oder groß, zu erweisen, den Ihr von mir fordern wolltet.«

»Ha, Monsieur!« sagte sie, »wie liebenswürdig Ihr sprecht! Das ergänzt wunderbar das Porträt, das meine Tante und Madame de Guise mir von Euch zeichneten!«

Hierbei lächelte sie, und wieder frappierte mich, wie licht ihr schönes Antlitz war. Alles daran war hell und klar: das Lächeln, der Teint, die Augen, die Haare.

Es folgte ein Schweigen, sie schaute mich an, sah, in welchem Maße ich von ihrer Schönheit geblendet und von ihrer Freundlichkeit erobert war, und begriff, daß sie von mir fordern konnte, was sie im Sinn hatte, ohne eine Ablehnung fürchten zu müssen.

»Nun, Monsieur«, sagte sie mit einer Spur gespielter Vertraulichkeit, »da ich Euch nun so gutgesinnt gegen mich finde, möchte ich Euch bitten, bei meiner Freundin, Madame de Guise, ein gutes Wort einzulegen, damit sie mir einen Landsitz bei dem Dorf Beaufort in der Champagne verkauft, den sie ein wenig vernachlässigt hat, seit ihr Haus verarmt ist.«

Ich war etwas verdutzt über dieses sonderbare Verlangen, und weil ich mir nicht schlüssig wurde, sollte ich es abschlagen oder annehmen, blieb ich eine Weile stumm, ohne daß Gabrielle mir irgendeinen Ausweg aus meiner Verlegenheit bot, sondern mich nur sanft, freundlich und friedlich ansah, als zweifle sie nicht an meiner Zusage.

»Madame«, sagte ich schließlich, »ich wäre durchaus geneigt, mich in dieser Angelegenheit zu Eurem persönlichen Fürsprecher bei Madame de Guise zu machen, sofern Seine Majestät bestätigen wollte, daß Sie mich auch in dieser Rolle wünscht.«

»Monsieur«, versetzte Gabrielle mit hellem Lachen, »er wünscht es allerdings, er selbst hat mir Euren Namen ja genannt, weil er Euren Überzeugungskünsten voll vertraut.«

Ha, dachte ich, dieser listige Béarnaiser! Wie er doch aus allem Vorteil zu ziehen weiß! Da er als einziger am Hof durch seinen Geheimagenten um mein besonderes Band zu Madame de Guise weiß, benutzt er mich, sie zu einem Verkauf zu überreden, bei dem er aus naheliegenden Gründen nicht selbst in Erscheinung treten will.

»Übrigens«, fuhr die Marquise de Montceaux fort, »wird der König es Euch selber sagen, wenn Ihr von ihm Urlaub nehmt, denn wie ich hörte, kehrt Ihr in die Hauptstadt zurück.«

»Madame«, sagte ich, so freundlich ich konnte, »ich weiß nicht, ob Madame de Guise diesem Verkauf zustimmen wird, die Großen dieses Reiches hängen sehr an ihrem Landbesitz. Doch seid versichert, daß ich jedes Argument aufführen werde, damit sie Euch zufriedenstelle. Trotzdem ...«, fuhr ich fort.

»Trotzdem?« fragte sie, da ich meinen Satz unvollendet ließ.

»Nun, mich dünkt«, sagte ich zaudernd, »wenn Ihr der Herzogin von Guise ein Zeichen Eurer besonderen Freundschaft geben wolltet, könnte dies ihren Sinn günstig und Eurem Wunsch empfänglicher stimmen, wenn man zur Sache kommt.«

Sie überlegte, aber nur kurze Zeit.

»Monsieur«, sagte sie lächelnd, »ich ahne, daß Eure Gesandtschaft gelingen wird: Ihr kennt die Frauen. Louison«, rief sie, »bring meine Schatulle.«

Besagte Schatulle hätte besser Truhe geheißen, war sie doch so groß und schwer, daß zwei kräftige Jungfern sie nur mit Mühe tragen und vor Madame de Montceaux niederstellen konnten, die einem Säckchen ein Bund mit vier seltsam gezackten Schlüsseln entnahm, um den Deckel zu öffnen.

Endlich schlug sie ihn auf, und, schöne Leserin, da Sie nicht sehen können, was ich sah, hören Sie! Die Truhe war in zwei Fächer unterteilt, deren eines nach meiner Schätzung – möge die Hölle mich verschlingen, wenn ich lüge! – gut hundert Diamanten enthielt und das andere wohl an tausend Perlen. Sankt Antons Bauch! Wie diese Perlen schimmerten! Und die Diamanten blitzten und funkelten!

»Wählt aus«, sagte Gabrielle.

»Aber Madame!«

»Wählt, Monsieur!« sagte Gabrielle in einem Ton, der Gehorsam erheischte.

Es wäre, glaube ich, eine Beleidigung der freigebigen Dame gewesen, hätte ich mich für eine Perle statt einen Diamanten entschieden, und ebenso ungehörig wäre es für mein Gefühl gewesen, sich ängstlich mit dem kleinsten Diamanten zu begnügen wie auch, die Hand umziemlich nach dem größten auszustrecken. So wählte ich denn die Mitte.

»Dieser?« sagte ich mit fragendem Blick.

»Gut, dieser«, sagte Gabrielle, »er ist schön genug für eine Herzogin.«

Wie sie dieses Wort »Herzogin« auf ihrer Zunge zergehen ließ, das klang auf ganz bestimmte Weise in mir nach und beschwor in meiner Vorstellung mit aller Kraft die letzte Stufe einer Treppe, die zum Thron führte, und von dieser Vorstellung war mein Handkuß geprägt, als ich Urlaub nahm von der Marquise de Montceaux.

»Madame«, sagte ich, »beliebt, mir zu glauben, daß Ihr meine Skrupel beschwichtigt habt und daß ich mich unendlich geehrt fühle, einer hohen Dame zu dienen, die nicht nur über den König, sondern auch über alle seine Untertanen durch ihre unvergleichliche Schönheit herrscht.«

Worauf sie sich ein wenig rosig verfärbte, nicht so sehr ob des Kompliments als vielmehr, denke ich, ob dieses »herrscht«, womit ich sie zum Abschied gekrönt hatte.

Der König machte weniger Umschweife. Und wenn ich mich gefragt hatte, aus welcher Schatulle der Kauf der Landsitzes in der Champagne wohl bezahlt werden solle – aus seiner oder aus der doch sehr gut gefüllten von Gabrielle –, enthob seine Antwort mich jeden Zweifels.

»Was?« sagte er, mit gehobenen Brauen, »schon? Noch bevor Amiens genommen und der Krieg gewonnen ist! Und wo ich so knapp dran bin mit meinen Geldern! Sankt Grises Bauch! Wie eilig es die Frauen doch haben, aus einem Versprechen Münze zu schlagen!«

Und ich, die zehntausend Ecus, die er mir nach meiner römischen Mission versprochen hatte, im Sinn, aber noch immer nicht im Beutel, dachte, wie langsam Könige doch sind, ein Versprechen zu halten! Nun, Henri schien mir den Gedanken von der Stirn abzulesen, denn er schaute beiseite und fragte wie beiläufig, wie denn die Marquise de Montceaux mich empfangen habe.

»Sire, mit aller Liebenswürdigkeit.«

»Ja, so ist sie!« sagte er zufrieden. »Sanft, gut und freundlich, daß alle sie lieben.«

»Außerdem hat sie mir einen sehr schönen Diamanten für Madame de Guise geschenkt.«

»Ah! Das hat dich gefreut, wette ich«, sagte er, »und noch mehr wird es meine gute Cousine Guise freuen. Ja, Graubart!« sagte er in lebhaftem Ton, »es hilft nichts! Der Wein ist gezogen. Er will getrunken sein. Spute dich, einen Blick auf den Landsitz zu werfen, und tu, was du kannst, damit Madame de Guise ihn zum besten Preis verkauft.«

»Wie meint Eure Majestät das?« fragte ich, meine unschuldigste Miene aufsetzend, »zu recht mäßigem Preis oder zu rechtmäßigem Preis?«

Und da er hieraus ersah, daß ich keineswegs gesonnen war, »seine gute Cousine« auch nur um einen Ecu zu kurz kommen zu lassen, lachte er hellauf, dann bot er mir, ohne zu antworten, seine Hand zum Kuß und verließ eiligen Schrittes das Zelt.

La Surie führte ohne mich das Gros der Eskorte und die leeren Kutschen nach Paris, während ich mich mit dreißig Mann

Geleit in die Champagne begab und mehr als einen Blick auf den von unserer Schönen begehrten Landsitz warf, der mir, verwahrlost, wie ich ihn vorfand, nicht über hunderttausend Ecus wert schien. Ein Notar aus Troyes jedoch, den ich zu Rate zog, meinte, man mache kein schlechtes Geschäft, wenn man hundertzwanzigtausend Ecus dafür zahle, und so beredete ich denn meine kleine Herzogin, diese Summe zu fordern. Und ich tat gut daran, denn als nach mir ein Emissär der Marquise de Montceaux bei besagtem Notar vorsprach, der, ebenso wie ich, in eigener Sache anzufragen behauptete, hielt dieser es angesichts so vieler Käufer für geboten, im Interesse von Madame de Guise – und seines eigenen vermutlich – den Preis auf hundertvierzigtausend Ecus zu erhöhen. Demgemäß waren die Marquise und der König von meiner Forderung so freudig überrascht, daß sie sie unverzüglich annahmen.

Der Landsitz hieß nach dem nächstgelegenen Dorf Beaufort, und sowie die Marquise ihn »gekauft« hatte, erhob der König ihn zum Herzogtum, und Gabrielle erhielt Titel und Namen.

La Surie wußte sich vor Ärger über meine Rolle in dieser Affäre nicht zu lassen, auch noch, als die Herzogin von Beaufort mir aus dem Feldlager vor Amiens einen reizenden Dankesbrief für meine guten Dienste sandte.

»Dennoch«, sagte er, »dies ist das erstemal, daß Ihr eine Mission übernahmt, die lediglich einem Privatinteresse diente und nicht der Nation.«

»Ach, mein Miroul«, versetzte ich, »das ist wohl wahr, aber wie hätte ich ablehnen sollen? Ist es meine Schuld, daß die Herzogin von Beaufort mitten im großen Krieg ihren kleinen Krieg führt? Und wie könnte ich, ein einzelner, die Welt ändern, wo Männer die Dinge regieren und Frauen die Männer?«

Am Freitag, dem 19. August, nachdem ich am Tag zuvor mit einem besonders großen Lastzug eingetroffen war, stellte ich mich, bevor ich den Rückweg antrat, auf des Königs Geheiß um sechs Uhr früh in seinem Zelt ein, doch er war noch zu Bett und überaus müde, weil er in derselben Nacht zweimal durch Alarm geweckt worden war, der sich nachträglich jeweils als falsch erwiesen hatte. Und während er mir eine mündliche Botschaft an Monsieur de Vic, Gouverneur von Paris, mit auf den Weg gab, erscholl vom Eingang des Zeltes her plötzlich Lärm. Henri schickte einen Pagen hinaus, die Ursache zu erkunden, und dieser meldete ihm, ein Carabin, ganz staubbedeckt, verlange mit vielem Getöse, ihn zu sprechen, denn er habe im Dorf Quirieu eine starke Abteilung feindlicher Kavallerie gesehen. Und so ungläubig Seine Majestät es auch vernahm – immerhin war er in dieser Nacht schon zweimal durch falschen Alarm geweckt worden –, spitzte er bei dem Namen Quirieu doch die Ohren, denn besagtes Dorf lag keine zwei Meilen von seinem eigenen Quartier.

Der Carabin wurde also ins Zelt eingelassen. Weil ich meine schöne Leserin bei diesem fremden Begriff aber die hübsche Stirn runzeln sehe, beeile ich mich zu erklären, daß die Carabins in unserem Heer eine Art berittener Arkebusiere waren, deren Panzer auf der rechten Schulter eine Einkerbung hatte, um die lange und schwere Büchse anzulegen, die sie am Band auf dem Rücken trugen. Die Carabins werden zur Sicherung eines Rückzugs eingesetzt oder um Hinterhalte zu legen, manchmal schickt man sie auch beim Kampf in kleinen Trupps als erste ins Feuer, und trotz ihrer verschiedenen Aufgaben stehen sie nicht im besten Ruf, vielmehr gelten sie als ausgemachte Marodeure, Beutegeier und Abenteurer.

All diese Bezeichnungen hätten gut auch auf den befremdlich und verwegen anmutenden Schlaks gepaßt, der sich erkühnte, den König um sechs Uhr in der Frühe zu wecken, um ihm zu sagen, er habe in Quirieu den Feind gesehen. Und es sehr gebrochen zu sagen, denn weil er gebürtiger Hesse war, sprach er einen Mischmasch aus Französisch und deutscher Mundart. Doch er beteuerte mit so vielen »mein Gott!«, daß er die Wahrheit sage, und setzte hinzu, wenn er lüge, so wolle er glattweg gehängt werden, daß der König ihm schließlich glaubte und trotz aller Müdigkeit zu Pferde stieg, gefolgt vom Herrn Rittmeister, mir und einigen anderen Edelleuten. Auf dem Weg nach Quirieu passierte Henri das Quartier der Carabins, befahl ihnen, schnellstens aufzusitzen und ihm zu folgen, und als zwei Kameraden die Angabe des ersten Carabins bestätigten, ließ Henri den Konnetabel von Montmorency benachrichtigen, er möge wecken lassen und alles für einen Angriff bereitstellen, und Biron und Montigny, sie sollten ihm sofort mit leichter Reiterei nachkommen. Und als diese eintrafen, verfügte der König über hundertfünfzig Carabins und zweihundert Mann leichte Kavallerie, Montigny aber fand, das sei wenig.

»Es reicht, um zu erkunden, wieweit die anderen erkundet haben«, sagte der König.

Denn er dachte ja nicht, daß es ernst würde, weil das Tohuwabohu unserer sich in Kampfbereitschaft versetzenden Armee rings einen solchen Lärm verbreitete, daß Henri auch nicht den Schwanz einer spanischen Abteilung mehr in Quirieu vorfinden würde. Das hieß jedoch nicht mit der legendären Langsamkeit des Feindes rechnen, die in diesem Jahrhundert die Ursache all seiner Niederlagen war, zu Wasser wie zu Lande.

»Ist es nicht eigentlich unfaßlich«, sagte Montigny nach dem Angriff, »daß sie, nachdem sie Amiens genommen haben, fünf Monate haben verstreichen lassen, um es zu entsetzen, so daß Henri Zeit genug hatte, unser aller Mut aufzurichten, Gelder zusammenzukratzen und eine schlagkräftige Armee aufzustellen?«

Das war die Wahrheit, denn so lange sie brauchten, um anzugreifen, ihre Vorteile auszunutzen und unsere Positionen auszukundschaften, so lange brauchten sie auch, nachdem sie sie ausgekundschaftet hatten, sich zurückzuziehen. Leser, höre und staune: Zwischen dem Moment, da besagter Carabin gemeldet hatte, daß er sie gesichtet habe, und dem Moment, da der König und seine schwache Truppe Quirieu erreichten, war eine volle Stunde vergangen, und als wir eintrafen, waren sie immer noch da!

»Sankt Grises Bauch!« sagte der König, »die hatten es nicht eilig fortzukommen, und das nahe bei einer so ausgeschlafenen Armee wie unserer!«

Und ohne viel zu fackeln, ebenso rasch entschlossen, wie die Spanier langsam waren, fiel er über sie her wie der Blitz. Da sie nun glaubten, sie hätten es mit der ganzen französischen Armee zu tun, und weil sie, wie nachher die Gefangenen sagten, auch noch den König an seinem weißen Helmbusch erkannt hatten und sich nicht vorstellen konnten, daß er sie mit einer so schwachen Truppe angreife, machten sie kehrt, und der König jagte sie bis Encre, wo sie beim Überqueren eines Flusses von den Carabins gestellt wurden, die, im Verlaß auf königliche Unterstützung, beweisen wollten, daß sie mehr konnten als Marodieren, den Spaniern mit allem Ingrimm zu Leibe rückten und wenig Aufhebens von denen machten, die nicht rechtzeitig über den Fluß kamen.

Diese Aktion verwandelte den prompten Rückzug der Feinde

in wilde Flucht, alle Ordnung zerstob und zerstreute sich, der König verfolgte sie mit verhängten Zügeln bis eine Meile vor Bapaume und ließ nicht locker, ehe er nicht fünfhundert Reiter außer Gefecht gesetzt hatte, tot oder verwundet. Und dabei war dies für die Spanier nur ein Teil des Verlusts, denn die Bauern, auf gute Beute begierig, jagten und meuchelten dann noch die Verstümmelten und Verwundeten, die sich in die Wälder geflüchtet hatten.

Sosehr ich die Raschheit der Unseren bewunderte, die ihnen in dieser Affäre so trefflich zustatten gekommen war, so sehr fürchtete ich dennoch, daß sie zu einer gewissen Leichtfertigkeit verführen könnte, wie ich auch bestätigt fand, als ich dem Kriegsrat beiwohnte, der anschließend an diesen brillanten Kampf im königlichen Zelt zusammentrat. Es waren dort der Konnetabel Montmorency, Marschall Biron, Herr von Montigny, der schöne Saint-Luc, Großmeister unserer Artillerie, und schließlich der Herzog von Mayenne, der dem König seit der Absolution des Papstes loyal diente, weniger vielleicht auf Grund dieser Absolution als vielmehr aus Enttäuschung über das unzuverlässige Bündnis mit Philipp II., dem er so lange angehangen hatte. Und sein Dienst war dem König etwas wert, denn obwohl Mayenne ein gichtiger Fettwanst war, erwies er sich im Krieg doch als fähiger Hauptmann.

Der König fragte die Herren, wie nach ihrer Meinung die Operationen fortgesetzt werden sollten, und Biron, prahlerisch und großmäulig wie je, nahm als erster das Wort – noch vor dem Konnetabel.

»Potztausend, Sire!« rief er im Ton arroganter Selbstgefälligkeit, »ich denke, wir haben dem Spanier den Buckel so verbleut, daß er uns nicht noch einmal so nahe kommen wird und die Belagerung enden wird, ohne daß wir noch einen Schwanz von denen sehen!«

»Das sehe ich anders«, sagte der Konnetabel, der nicht nur über Birons Unhöflichkeit entrüstet war, sondern auch noch gram wegen der Aufmerksamkeiten, mit welchen der seine schöne junge Gemahlin in Paris bestürmt hatte. »Mich dünkt, Herr von Biron sollte als Kenner der Dinge den spanischen Hochmut besser einzuschätzen wissen. Kardinal Albert ist viel zu stolz, um sich mit dieser Niederlage abzufinden. Er wird auf Vergeltung sinnen.«

»Das glaube ich auch«, sagte der König. »Aber sich zeigen und angreifen ist zweierlei. Nachdem wir vor Laon dem Konvoi zum Entsatz der Stadt den ersten Schlag beigebracht hatten, kam der Herzog von Parma zwar aus der Deckung, um seine Stärke zu demonstrieren, aber er griff nicht an.«

»Man darf tatsächlich bezweifeln, daß Kardinal Albert es wirklich zur Schlacht kommen lassen wird«, sagte Saint-Luc mit seiner hübschen Lispelstimme (über die jedoch niemand im Lager spottete, so allbekannt war seine Tapferkeit). »Wir verfügen hier über zweiunddreißig Kanonen und Feldschlangen! Und Kardinal Albert kann aus Flandern nicht halb so viele heranführen.«

»Ich glaube auch nicht, daß er es wirklich drauf ankommen lassen will, selbst wenn er sich stellt«, versetzte Montigny. »Sire, sagtet Ihr nicht, daß Prinz von Oranien Euch versprochen hat, von Holland aus einen scharfen Angriff auf eine flämische Festung zu unternehmen, sollte der Kardinal Anstalt machen, nach Amiens zu ziehen? Wer wird denn mit solcher Bedrohung im Rücken in voller Stärke gegen Euch aufmarschieren?«

»Mayenne«, sagte der König, »was meint Ihr?«

Der dicke Herzog, der bis jetzt geschwiegen hatte, hielt die schweren Lider halb gesenkt und sah aus wie eingeschlafen.

»Der Kardinal«, sagte er mit langsamer, dumpfer Stimme, »hat in Flandern viele Truppen und gute Generäle. Er kann einen Teil in Flandern lassen, unter anderem Kommando, und mit den übrigen angreifen.«

»Das ist wahr«, sagte der König. »Aber weder seine Kavallerie noch seine Artillerie kommt der unseren gleich. Und das weiß er.«

»Trotzdem, Sire«, sagte Mayenne, »wir haben die Seite von Amiens unbefestigt gelassen, die nach dem Inneren Frankreichs hin liegt.«

»Weil die Seite von der Somme verteidigt wird«, sagte Biron mit seiner gewohnten Überheblichkeit.

»Die Somme läßt sich auch überqueren«, entgegnete Mayenne.

»Und wie«, fragte Montigny, »schafft man aus Flandern die dazu nötigen Kähne und Pontons heran?«

»Auf Karren«, sagte Saint-Luc.

»Die den Marsch beträchtlich verlangsamen würden«, sagte Biron.

Der Disput ging eine Weile so weiter, ohne daß Seine Majestät daraus eine Schlußfolgerung zog. Der Eindruck aber, den ich gewann, der ich als stummer und ehrerbietiger Zuhörer mit vier, fünf anderen längs der Zeltwand stand, war der, daß, außer vielleicht Mayenne – der seine Ansicht aber zu umständlich und schwerfällig ausgedrückt hatte –, alle anderen dachten, auch wenn Kardinal Albert käme, würde er, wie der Herzog von Parma vor Laon, seine Stärke nur zeigen, aber nicht gebrauchen. Und dabei schien Mayennes Zurückhaltung mir auch vornehmlich nur daher zu rühren, daß er die paar Truppen befehligte, die auf der nach Frankreich hin liegenden Mauerseite von Amiens verteilt waren, um Ausfälle der Belagerten abzuschlagen, ohne sich indes auf Gräben, Schanzarbeiten und andere Befestigungen stützen zu können. Eine erstaunliche Unterlassung, wenn man es recht bedachte.

Als ich das Wesentliche dieser Debatte La Surie wiedergab, war auch er baß erstaunt, daß diese kriegserfahrenen Männer den festen Glauben hegten, Kardinal Albert werde nicht angreifen, so als müßte die Belagerung von Amiens unbedingt genauso verlaufen wie die Belagerung von Laon und der Kardinal sich in allen Punkten verhalten wie der Herzog von Parma.

»Für mein Gefühl«, sagte La Surie, »ist es Leichtsinn, sich in Sicherheit zu wiegen, anstatt alle unterschiedlichen Hypothesen zu erwägen. Und ein schwerwiegender Fehler ist es, daß Amiens nicht vollständig umzingelt und die nach Frankreich hin gelegene Seite nicht befestigt wurde im Verlaß darauf, daß die Somme eine Grenze bildet und daß der Transport von Kähnen und Pontons den Marsch des Kardinals verlangsame. Als ob der Spanier, der fünf Monate bis zum ersten Scharmützel gewartet hat, sich vor Langsamkeit scheute!«

In Gesellschaft von Monsieur de Rosny traf ich am ersten September mit einem neuen Geleitzug vor Amiens ein, und am Tag nach unserer Ankunft hörten wir, daß der spanische Hauptmann Hernantello – der ein halbes Jahr zuvor Amiens genommen hatte – durch einen Arkebusenschuß von unserer Seite getötet worden war, und zwar als der Feind auf ungeschütztem Gelände Zelte aufschlug, um seine Soldaten unserem Blick zu entziehen. Eine unglückliche Idee, weil unsere Geschütze die Zelte sogleich unter Feuer nahmen. Wie wir durch Spione erfuhren, verstörte Hernantellos Tod die Belagerten sehr. Er soll ein kleiner Mann mit großem Geist und kühnem Mut gewesen sein.

Kurioserweise paßte diese Beschreibung auch auf Monsieur de Saint-Luc, der in jungen Jahren einer der Herzliebsten Heinrichs III. gewesen war und seit der Ermordung das Königs tapfer und treu seinem Nachfolger diente, so daß er von diesem zum Großmeister der Artillerie ernannt worden war. Saint-Luc, der mein Alter hatte, es aber nicht zugab, war ein wunderbarer Gefährte, schön und tapfer wie der Erzengel Michael, ein feiner und reger Kopf und allseits sehr beliebt.

Als er uns, Monsieur de Rosny und mir, an jenem vierten September im Lager vor Amiens begegnete, sagte er, unter zierlichen Verwünschungen und mit der lispelnden Aussprache, die bei den einstigen Günstlingen Heinrichs III., wie auch bei meinem Quéribus, in Mode geblieben war, er gehe jetzt in die Gräben, um seine Kanonen zu inspizieren.

»Bei meinem Gewissen!« sagte er, die Hände in die Wespentaille legend, »es ist undenkbar, mehr Kanonen als wir zu haben noch sie besser aufzustellen! Man möchte sterben!«

Ein Ausdruck, der bei besagten ehemaligen Günstlingen bekräftigen sollte, daß die erwähnte Sache das *non plus ultra*[1] sei.

»Monsieur de Rosny«, fuhr er fort, »Ihr interessiert Euch doch für die Artillerie, wollt Ihr mich nicht begleiten?«

Und Rosny bejahte und fragte: »Kommst du mit, Siorac?«

Doch ich konnte nicht, denn der König erwartete mich in seinem Zelt. Auf dem Weg dorthin mußte ich aber noch einen Streit zwischen Pissebœuf und den Berittenen unserer Eskorte schlichten, die seinem Befehl unterstanden. Ich brauchte eine gute halbe Stunde, die Gründe beider Parteien anzuhören und, nachdem ich sie gehört, den Zank beizulegen. Und als ich endlich ins königliche Zelt kam, fand ich alle dort Anwesenden ganz aufgelöst und ihre Gesichter verzerrt vor Kummer: Monsieur de Saint-Luc war in einem Graben tödlich getroffen worden, ein Arkebusenschuß von den Wällen hatte ihn gefällt. Und da Monsieur de Rosny, wachsbleich, zum König sprach, trat ich näher und sah, daß der König völlig außer sich war, bald Saint-Luc beweinte und pries, bald Rosny rüffelte, daß er sich ohne Not in solche Gefahr begeben hatte, er, dessen Leben

---

[1] (lat.) soviel wie: darüber geht nichts.

so kostbar war für das Reich und für die Fortführung des Krieges.

An jenem Tag sah man Tränen in aller Augen, am nächsten Tag aber, als man erfuhr, wen der König zum neuen Großmeister der Artillerie ernannt hatte, traten bei den hohen Offizieren Zorn und Groll an die Stelle der Trauer.

»Schockschwerenot, Siorac!« sagte Marschall Biron, und seine harten, tiefliegenden Augen stoben Funken, »habt Ihr das Neueste gehört? Monsieur d'Estrées ist Großmeister der Artillerie geworden! Der größte Trottel! Wahrhaftig, das kommt davon, daß wir dieses Weibsbild in seinem goldenen Zelt hier mitten unter uns haben! Wir dienen dem König, und sie bedient sich seiner, um ihre unverschämte Familie zu versorgen! Man sollte diese ganzen d'Estrées in einen Sack stecken und in der Seine ersäufen!«

Montigny war nicht so ausfallend, doch genauso bitter, als ich ihn traf.

»Ich bitte Euch, Siorac, was ist das für eine Wahl? Monsieur d'Estrées, der Dümmste von allen!«

»Hm!« sagte ich, »so dumm ist er nicht!«

»Ach, Siorac! Ihr wißt wie ich, daß er für dieses Amt zu blasse Fingernägel hat und daß ihm das Herz in die Hosen rutscht, wenn es darum geht, einen Fuß in die Gräben zu setzen. Zum Glück hat der arme Saint-Luc seine Hauptleute gut ausgebildet. Sonst könnte man diese Belagerung vergessen! Beim Donner, ich könnte rasen! Werden die Stellen neuerdings erschlafen? Und regiert uns jetzt ein Weiberarsch?«

Der Konnetabel, der alt und besonnen war, und Mayenne beließen es bei einem schiefen Maul und einer steinernen Miene. Und was Monsieur de Rosny anging, so kommentierte er die Sache nur mit Spott.

»Einen großen Artilleristen haben wir an dem! Den wird es nicht oft in die Gräben ziehen«, meinte er nur. »Und je mehr man diesem Weib gibt, desto mehr will sie.«

Am selben Nachmittag ließ das liebliche Ziel dieses großen Grolls mich in jenes »goldene Zelt« rufen, das Biron freilich viel weniger ein Dorn im Auge gewesen wäre, hätte es der eigenen Herzensdame als Schrein gedient, für die er im März seinen Ball veranstaltet hatte.

Ich mußte einige Minuten in einer Art Vorzimmer warten,

das am Eingang abgetrennt war, und als ich durch die Zeltwände dem Gezwitscher der Dienerinnen Gabrielles lauschte, vermerkte ich nicht ohne Belustigung, daß in ihrem Geplapper jedes zweite oder dritte Wort »die Frau Herzogin« war.

»Ha, Monsieur de Siorac!« sagte Gabrielle, als ich ihr kniefällig die Hand küßte, »wie freue ich mich, Euch mit eigenem Mund millionenmal zu danken, daß Ihr mir so gute Dienste geleistet habt beim Kauf von Beaufort, damit ich das schöne Stück Land für hundertzwanzigtausend Ecus bekam anstatt für hundertvierzigtausend, die man zuerst dafür forderte.«

»Aber Frau Herzogin«, sagte ich (denn ich spürte, daß ihr das Herzogtum noch so neu war, daß sie viel lieber mit »Herzogin« als mit »Madame« angeredet werden wollte), »Ihr hattet die außerordentliche Güte, mir dies schon nach Paris zu schreiben, und ich bin mehr als überwältigt von der Huld, mit welcher Ihr mir Euren Dank mündlich zu wiederholen geruht.«

»Aber, Monsieur«, sagte sie mit entzückendem Lächeln, »damit lasse ich es nicht bewenden. Ich wäre sehr undankbar, wenn ich nicht versuchte, Euch meinerseits bei Seiner Majestät zu dienen, sofern Ihr mir sagen wolltet, worin.«

»Frau Herzogin«, sagte ich, indem ich dieses Angebot, so entgegenkommend es auch war, doch nur als höfisches Weihwasser nahm, »ich habe den König um nichts zu bitten, als daß er mir weiterhin die große Freude vergönnen wolle, ihm nützlich zu sein.«

»Was!« sagte sie mit einem kleinen hellen Lachen, »Ihr habt den König um nichts zu bitten? Da wärt Ihr ja der einzige am Hof! Forscht nur in Eurem Gedächtnis, Monsieur! Nun?« setzte sie hinzu, als sie mich verwundert und verwirrt über ihr Beharren sah. »Gut, dann will ich Euch helfen. Hat Seine Majestät Euch vor zwei Jahren nicht zehntausend Ecus versprochen, als Ihr von Rom zurückkamt?«

»Madame«, sagte ich baß erstaunt, »das ist wahr! Aber woher wißt Ihr das?«

»Woher?« sagte sie, neuerlich lachend, »ja, von der Herzogin von Guise! Sie schrieb es mir beiläufig in einem Brief, worin sie ihre Freude um meinethalben bekundet, daß der König mein Beaufort zum Herzogtum erhoben hat. Ha, Monsieur!« fuhr sie fort, »man kann wohl sagen, daß Ihr an ihr eine sehr gute Freundin habt, die Euch wirklich liebt.«

Und ihr kleines Lächeln, als sie dies sagte, gab mir den Gedanken ein, daß der König meine Beziehung zur Herzogin vor seiner Favoritin wohl nicht so gut verschwiegen hatte, wie er hätte sollen. Doch Gabrielle sagte nichts weiter, und da ihr gemeldet wurde, daß der König sie in einer Viertelstunde besuchen werde, erhob ich mich, und an der Eile, mit der sie mich beurlaubte, ohne daß etwas entschieden war, merkte ich, daß diese Viertelstunde ihr viel zu kurz erschien, um sich schön zu machen.

Ich erzählte diese Begegnung meinem Miroul, und er platzte vor Lachen.

»Meiner Treu!« rief er, »da bist du also quasi zum Favoriten der Favoritin avanciert! Allerdings, was das Geld angeht, beim Ochsenhorn, das käme uns sehr gelegen! Ich erhielt nämlich gestern ein Sendschreiben deines Majordomus, der mir mitteilt, daß ein schönes Stück Land, genau zwischen meinem Gut La Surie und deinem Chêne Rogneux, für zwölftausend Ecus zum Verkauf steht. Und ich denke, daß wir es auf zehntausend herunterhandeln können, weil der Besitzer sich durchs Würfelspiel ruiniert und bankrott gemacht hat. Du könntest also deinen Besitz, anstatt ihn zu verscherbeln, wie du es Teresa zuliebe in Rom vorhattest, sogar vergrößern. Sankt Antons Bauch! Das nenne ich Gerechtigkeit! Da hätte ein Weib dich fast an den Abgrund gebracht, und ein anderes haut dich heraus!«

Dieses Gespräch hatte am vierzehnten September statt, und am nächsten Tag, wider alle Erwartung des Königs und seiner Heerführer, erschien Kardinal Albert in schönster Ordnung vor Amiens, und zwar mit einer stattlichen Armee, achtzehn Kanonen und vielen Karren, die, durch eiserne Ketten verbunden, sein Feldlager umschlossen und beladen waren mit Kähnen und Pontons, um eine Brücke über die Somme zu schlagen. Er umging unsere Befestigungswerke auf der Nordseite von Amiens, zog auf die südliche Seite und besetzte eine Höhe auf dem Weg nach dem Dorf Long Pré. Was uns natürlich in helle Aufregung versetzte, weil besagtes Dorf aus den genannten Gründen in keiner Weise gesichert worden war und obendrein flußauf über eine Holzbrücke verfügte, die wir selbst über die Somme geworfen hatten. So stand denn zu fürchten, daß der Kardinal, wenn er Long Pré einnähme, nicht nur den Fluß ohne Gegenwehr überqueren könnte, sondern auch auf kein nennenswertes Hindernis zwischen Long Pré und der Stadt treffen würde, so daß er diese ohne weiteres mit jeglichem Entsatz versorgen und unsere Belagerung zu einer ewigen, uns gänzlich erschöpfenden Angelegenheit machen konnte.

Dies also waren unsere Ängste, und wir entsannen uns der Wahrheit einer militärischen Maxime, die Monsieur de Thou einmal formuliert hatte: Wenn jede der beiden gegnerischen Parteien die Dispositionen der anderen kennt, können sie einander schwersten Schaden zufügen. Tatsächlich aber zeigte sich, daß Kardinal Albert von seinen Aufklärern mangelhaft unterrichtet worden war und nicht wußte, daß Long Pré überhaupt nicht befestigt war. Er glaubte in Wahrheit das Gegenteil, denn anstatt seinen Marsch trotz des königlichen Kanonenfeuers kühn bis zu besagtem Dorf fortzusetzen – das er mühelos eingenommen hätte –, hielt er zur Vesperzeit auf besagter Anhöhe und dachte nur mehr daran, für die Nacht Schutz vor unserer Artillerie zu suchen.

Und diese Nacht wurde seiner Unternehmung zum Verhängnis, denn der Herzog von Mayenne gönnte sich und seinen Männern keinen Schlaf, um das Dorf Long Pré zu befestigen, und der König schickte ihm zweitausend Mann und eine Menge Geschütze, so daß der Kardinal sich am nächsten Morgen die Nase brach.

Zwar versuchte er, etwas weiter oben eine Brücke aus Kähnen und Pontons über die Somme zu werfen, wurde aber zurückgeschlagen, die Brücke zerstört und ein Großteil der Angreifer getötet oder ersäuft. Hierauf trachtete der Kardinal nur mehr nach Flandern zurückzukehren, was ihm auch in schönster Ordnung, mit Langsamkeit und Methode gelang. Einmal verharrte er noch, um die Zähne zu fletschen, als die Unseren ihm zu hart auf den Leib rückten, indem er fünf Stunden auf dem Berg von Vignacourt standhielt, ohne jedoch anzugreifen. Und auch Henri verzichtete auf einen Angriff, denn sein Kriegsrat hatte ihn zu Recht überzeugt, daß er nichts mehr wagen müsse, der Rückzug des Spaniers überlieferte uns Amiens. Und wirklich ergab sich die Stadt drei Tage darauf. Der König hatte den Krieg zu unserer unbeschreiblichen Freude gewonnen.

DREIZEHNTES KAPITEL

Während zu Vervins die Friedensverhandlungen mit Philipp II. liefen, entsann sich auf einmal der König, dessen Gedächtnis hier zweifellos huldvolle Nachhilfe erfuhr, daß er mir bei meiner Rückkehr von Rom zehntausend Ecus versprochen hatte, und auf sein Geheiß wurden mir diese am 3. Januar 1598 von Monsieur de Rosny ausgezahlt, einen Tag bevor Seine Majestät in der Augustinerkirche zehn Herren, die ihm im letzten Krieg am besten gedient hatten, mit dem Heilig-Geist-Orden auszeichnete. Aus diesem Grunde wohl trug Monsieur de Rosny an dem Tag, als er mir die Summe mittels eines Gehilfen zuerteilte, eine melancholische Miene zur Schau, nicht etwa, weil er mir das Geld neidete, vielmehr sagte er ausdrücklich, ich hätte es wahrlich verdient, sondern weil er wußte, daß er, der seinem Souverän so treu ergeben war, niemals zu den Herren gehören würde, die der König alljährlich in diesen Orden aufnahm, der die Elite seiner Diener versammelte. Besagter Ritterorden war nun einmal ein katholischer, vom Namen wie von der Inspiration her, ins Leben gerufen von Heinrich III. und den kirchlichen Riten verpflichtet, obwohl der König ihn gerade mit dem Ziel geschaffen hatte, sich dadurch vor dem Haß, den Hinterhalten und Machenschaften der Fanatiker zu schützen.

Monsieur de Rosny, ein so großer Mann er auch war, war gleichzeitig ein kindischer Prahlhans und unersättlich auf Ehrungen versessen. Und weil er als Hugenotte die wunderbare Ordenskette niemals um den Hals gelegt bekäme, die aus feinbearbeiteten goldenen Täfelchen bestand und ein wunderhübsches, perlenbesetztes Kreuz trug, hatte er sich selbst einen Orden erdacht und anfertigen lassen, der allein ihm gehörte und der aus einer großen goldenen Medaille mit dem Bildnis Heinrichs IV. an einer Kette aus demselben Metall bestand, die vielleicht nicht so kunstreich gearbeitet war wie die der Ritter vom Heiligen Geist, unstreitig aber massiver und schwerer.

Kurze Zeit nach dem vierten Januar brach der König, um das Eisen zu schmieden, solange es heiß war und der Sieg zu Amiens noch in ganz Europa widerhallte, mit 14 000 Mann auf, dem Herzog von Mercœur die Bretagne zu entreißen. Und weil ich in diese schöne Provinz des Reiches bislang nie den Fuß gesetzt hatte, beschloß ich, sowie ich mein Geld zum Kauf des Landes zwischen La Surie und Chêne Rogneux verwendet hatte, Seiner Majestät mit dem Chevalier und einer Truppe von dreißig Berittenen zu folgen.

Der Anmarsch des Königs bestürzte die bretonischen Ligisten und belebte den Eifer von Marschall Brissac, der sie ja längst hatte bekämpfen sollen. Doch der Leser kennt diesen Fuchs bereits, der stets seinen Eigennutz im Auge hatte und einem Lager nur so lange treu blieb, als dessen Sieg ihn wahrscheinlich dünkte. So hatte er, der bekennende Ligist, dem König Paris ausgeliefert. Und als er von Seiner Majestät entsandt wurde, die Bretagne zurückzuerobern, hatte er Mercœur nur mehr mit einer Backe bekämpft, nachdem die Spanier Amiens eingenommen hatten: Denn schwankte die Macht Henri Quatres, schwankte auch er. Doch kaum hatte der König über den Spanier triumphiert, fühlte auch Brissac sich gespornt, bestürmte Dinan und nahm Stadt und Burg im Handumdrehen.

Nichts ist so erfolgreich wie der Erfolg. Nach der Einnahme von Amiens eilte Henri der Ruf des Unbesiegbaren voraus, und er brauchte auf seinem Marsch in die Bretagne kein einziges Mal das Schwert aus der Scheide zu ziehen. Je weiter er vorankam, desto mehr Städte schickten, noch bevor er sie erreichte, ihre Abgesandten, ihn untertänigst zu bitten, er möge sie gnädigst als seine ergebenen Untertanen anerkennen. Um ein Beispiel von Hunderten zu nennen: Der König war gerade erst in Angers, da ergab sich ihm auch schon Douarnenez.

In Angers war es auch, wo er den Besuch der Herzogin von Mercœur erhielt – oder, wie sie nach ihrem ruhmreichen Vater hieß, der Prinzessin Marie von Luxemburg –, die der Herzog von Rennes aus tapfer zum König entsandt hatte, auf daß sie mit Seiner Majestät eine Einigung aushandle. Da der König vor seinem Aufbruch in Paris gesagt hatte, er werde Mercœur »mit Gewalt oder mit Liebe« in die Knie zwingen, war der Herzog gut beraten gewesen, ihm seine Frau zu schicken, obwohl die Prinzessin, die trotz ihrer sechsunddreißig Jahre noch immer schön war, sich nicht mit Gabrielle vergleichen konnte. Der König empfing sie sehr gnädig, mit Scherz und Spaß, und kam mit ihr überein, daß der Herzog für die Summe von vier Millionen zweihundertfünfundneunzigtausend Livres auf sein Gouvernement Bretagne verzichten sollte. Doch da der Herzog sich gleichzeitig verpflichtete, seine einzige Tochter mit dem kleinen César zu vermählen, dem Söhnchen des Königs und Gabrielles, stand zu hoffen, daß dieses unerhörte Vermögen eines Tages den Bourbonen zufallen werde, denn das Kindlein war legitimiert worden und bereits Herzog und Pair von Frankreich.

Ich sah Marie von Luxemburg in Angers des öfteren, sie hatte wunderschöne blaue Augen, aber in einem gelblichen Gesicht. Und war es nun die unglückliche Hautfarbe oder der verkniffene Ausdruck ihres Mundes, ich muß gestehen, daß sie mir wenig gefiel: Ich fand sie zu dünkelvoll und erbittert auf ihr Interesse bedacht. Vermutlich mochte der König sie auch nicht besonders, und ich will sagen, warum.

Eines Tages traf sie Seine Majestät mit einer Schere in der Hand, im Begriff, dem kleinen César die Haare zu schneiden, und sie fing an zu lachen.

»Ha, Sire!« sagte sie spöttisch, »ist das denn möglich? Ein großer König wie Ihr spielt den Barbier?«

»Warum nicht, liebe Cousine?« entgegnete der König. »Ich balbiere hier alle. Habe ich es unlängst nicht gut gemacht bei Herrn von Mercœur, Eurem Gemahl?«

Der Hof lachte weidlich über den guten Hieb und ich zuallererst, hatte ich doch an tausend Kleinigkeiten bemerkt, daß die Dame habgierig und raffsüchtig war wie keiner guten Mutter Kind in Frankreich. So hatte ich die Gerissene stark im Verdacht, daß sie in dem Wissen, daß der König lieber zahlte, als das Blut seiner Untertanen in brudermörderischem Kampf zu vergießen, ihren Mann dahin getrieben hatte, sich seine Unterwerfung mit vier Millionen Livres vergüten zu lassen, die mir, je länger ich darüber nachdachte, desto querer im Halse steckten.

Ein Jahr später erhielt ich, leider unter sehr traurigen Umständen, den Beweis, daß die Dame ihre Gier und Habsucht in einem Maße übertrieb, wo alle Scham aufhörte. Im April 1599 wurde die arme Herzogin von Beaufort, die schwanger war, plötzlich von Krämpfen ergriffen, die ihr das Bewußtsein nahmen, und sie lag drei Tage wie tot. Am dritten Tag nun, als der

Ausgang keinen Zweifel mehr offenließ, auch für die Ärmste selber nicht, die wieder zur Besinnung kam und beklagte, daß ihr liebliches Gesicht ganz verschwollen und von ihrem Leiden entstellt war, und Madame de Sourdis, Madame de Guise und Madame de Nemours ihr zu Häupten weilten und heiße Tränen weinten, geschah es, daß Madame de Mercœur, einen Rosenkranz in den scheinheiligen Händen, an das Bett trat und die Sterbende mit frommen Tröstungen zu überschütten anhob, sie ermahnte, sich allen Heiligen und Engeln anzubefehlen, und im gleichen Zuge wie aus Mitgefühl ihre Hand nahm und ihr unmerklich alle Ringe von den Fingern zog und in ihrem Rosenkranz versteckte. Zum Glück wurde die Schlange von einer Kammerfrau ertappt, die Madame de Sourdis unterrichtete. Diese zwang sie, ihre Beute augenblicklich herauszugeben, und sagte ihr zornig, sie werde dem König für den Raub geradestehen müssen.

Meine kleine Herzogin, die mir diese schreckliche Geschichte erzählte, wobei ihr noch in der Erinnerung hieran Tränen über die Wangen rollten, sagte auch, die arme Gabrielle, die kaum mehr sprechen konnte, aber noch bei Bewußtsein war, habe es deutlich gespürt, als ihre Tante ihr die Ringe wieder ansteckte – von denen sie sich nicht einmal auf dem Sterbebett hatte trennen mögen. Sie habe ihrer Verwandten einen dankbaren Blick gesandt und ein »Danke« geflüstert. Wenig später habe sie abermals nach einem Spiegel verlangt und, indem sie hineinsah, mit matter Stimme gesagt, wenn sie ihre Schönheit verloren habe und den König, so sei es besser, auch das Leben zu verlieren. Hierauf wurde sie bewußtlos, und was man auch unternahm, es konnte sie nichts mehr beleben.

Manche sagten natürlich, sie sei vergiftet worden – nichts auf der Welt kann die Franzosen ja abhalten, draufloszuschwatzen, auch wenn sie gar nichts wissen. Doch ich habe Fogacer und die anderen Ärzte befragt, die die Unglückliche behandelt hatten, und denke hiernach, daß das Leiden, das sie dahinraffte, mit ihrer Schwangerschaft zusammenhing, denn es war nicht selten der Fall, daß bei Schwangeren Konvulsionen und schreckliche Magenkrämpfe auftraten und jähe Schwellungen ihr Gesicht entstellten. Wenige Monate vor Gabrielle war auf die gleiche Weise die schöne Louise de Budos, die Gattin des Konnetabels, gestorben. Ach, Leser! Welch ein Jammer, wenn die Frucht der

Liebe, die man für eine Frau hegt, sie umbringt in der Blüte und Schönheit ihrer frühen Jahre.

Doch um auf den Frühling 1598 und auf die Bretagne zurückzukommen, so wollte ich sie nicht verlassen, ohne sie bereist zu haben, und fand sie überall so schön, wie es ihrem Ruf entsprach, besonders an den Küsten, der wilden im Norden, der milden im Süden. Wie ich auf meinen Ritten beobachtete, hingen die Edelleute sehr an ihrem Land, verschmähten höfische Pracht und lebten in guter Verbundenheit mit ihren Bauern, mitunter nicht viel reicher als diese, die in manchen Gegenden völlig elend sind, ihren Priestern aber dennoch fromm ergeben. Gegenüber Fremden, Franzosen meine ich (deren Sprache nur die wenigsten sprechen), sind sie ruppig und ungehalten; doch kennt man sie besser, gutmütig und gerade, wenn auch oft zur Schwermut neigend. Von allen bretonischen Städten erschien mir Vannes zwar nicht als die schönste, so doch als die charmanteste im Kranz ihrer Wälle an einem Gewässer voll lachender Inseln; sogar die Luft, die man dort atmet, ist von unbeschreiblicher Süße wie sonst nirgends in Frankreich.

Mitte April kam ich nach Nantes, wo der König weilte, und fand den Hof in hellster Aufregung, weil Seine Majestät soeben ein Edikt erlassen hatte, das den Hugenotten volle Gewissensfreiheit gewährte (die Freiheit der Kultausübung war auf zwei Städte beschränkt), ihnen den Zutritt zu öffentlichen Ämtern zusicherte sowie an hundert befestigte Plätze. Offen gestanden, glich dieses Edikt fast wortwörtlich demjenigen meines geliebten Herrn und Königs Heinrich III., nur mit dem Unterschied, daß es seinerzeit das Papier nicht wert war, auf dem es geschrieben stand, weil der letzte Valois gar nicht über die erforderliche Macht gebot, es in Geltung zu setzen, während man nun spürte, daß unser Henri, der Überwinder der sogenannten Heiligen Liga, Sieger über den Spanier und unumstrittener Herr im Reich, es einhalten werde mit fester Hand. Was mich angeht, so sage ich unumwunden, mögen einige meiner Leser mich auch getrost dafür schmähen: Für mich ist dieses Edikt von Nantes ein Monument der Weisheit und Toleranz und das bedeutendste dieses Jahrhunderts. Jawohl! Und wäre ich reich genug, würde ich das Schloß, wo es unterzeichnet wurde, mit Gold umkränzen.

Gewiß, ich hatte mich mit der Zeit an die katholische Religion gewöhnt und hoffe, daß ihre »unendlichen Mißbräuche«, wie der Dichter La Boétie sagte, eines Tages »abgestellt« werden. Und trotzdem habe ich die Jacke nicht gewendet. Das Hugenottentum ist meinem Herzen von Kind auf mit allen Fibern eingewachsen, und ich fühle mich unaussprechlich glücklich, daß die Verfolgten nun aufhören dürfen, Verfolgte zu sein, und daß dieses mit dem Edikt verheißene Morgenrot des Friedens nach den entsetzlichen Wirren unserer Religionskriege endlich an Frankreichs Himmel erglüht.

Ich war noch keine vierundzwanzig Stunden wieder in Paris, als der Herr Pfarrer Courtil anfragen ließ, ob ich ihn empfangen wolle. Und gemäß meiner Antwort, daß ich ihn um drei Uhr gern bei mir sähe, erwartete ich ihn, indem ich mich fragte, was wohl hinter diesem ungewohnten Schritt stecken möge, denn obwohl ich mich gut mit ihm stand, sah ich ihn doch nur einmal im Jahr, wenn ich beichten ging und ihm mein Scherflein entrichtete.

»Die Sache ist einfach die«, sagte lachend Miroul, »es geht ihm um seine Talerchen und Eure Absolution.«

»Ich weiß nicht recht. Für gewöhnlich wartet er, bis ich komme, und fordert mich nicht dazu auf. Es ist doch sonderbar!«

Und wirklich schien der Gute, als er kam, mir seltsam verlegen. »Schien«, sage ich, denn seinem Äußeren nach gehörte er nicht zu jenen, die sich groß mit Sorgen und Skrupeln belasten. Sein breites Gesicht glänzte rot wie Schinken, und seine kräftigen Kiefer dünkten mich besser geeignet, Fleisch zu malmen, als Gebete zu memorieren.

Zuerst machte er mir eine Reihe Komplimente, die ich mit gelassener Miene entgegennahm, wenn auch innerlich einigermaßen gespannt.

»Herr Marquis«, sagte er endlich, »Ostern naht, und da ich weiß, daß Ihr zu dieser Jahreszeit zu beichten pflegt, wage ich zu fragen, ob es dabei bleibt?«

»Wie?« sagte ich verdutzt. »Dabei bleibt? Wieso sollte es nicht dabei bleiben?«

Bei meinem forschen Ton errötete Pfarrer Courtil und hob beschwichtigend die gedrungenen Hände.

»Nun«, sagte er, »das war eher so eine Redensart. Ich hege deshalb eigentlich keine Zweifel, Herr Marquis, und bitte mein Ungeschick zu entschuldigen. Ehrlich gestanden, bin ich derzeit in großer Verwirrung und weiß nicht mehr, wer in heutigen Zeiten noch guter Katholik ist und wer nicht.«

Da also lag der Hase im Pfeffer.

»Herr Pfarrer, seid ohne Bange«, sagte ich. »Wie Ihr mich letztes Jahr kanntet, bin ich auch dieses Jahr. Und da Ihr einmal hier seid, und damit Ihr nicht noch einmal kommen müßt, laßt uns in meine Betstube gehen, und ich beichte Euch gleich heute.«

Ich war auf höfliche Abwehr gefaßt, Pfarrer Courtil indes zeigte nichts dergleichen und ließ sich auf mein Anerbieten so beflissen ein, daß ich, während ich in meiner Betstube die Leier meiner Sünden hersagte – immer die gleichen, um es dir gar nicht zu verheimlichen, Leser –, mir den Kopf darüber zerbrach, was wohl der eigentliche Zweck seines Besuches war. In dem Moment machte ich mir klar, daß ich, hätte ich nicht einen Priester vor mir gehabt, sondern mein eigenes Gewissen, mich noch ganz anderer Fehler bezichtigen müßte. Anstatt zum Beispiel zu bereuen, daß ich der Fleischeslust außerhalb der Ehe nachgegeben (diese Reue war reine Routine), hätte ich meine Gewissensbisse gestehen müssen, daß ich meiner Angelina nicht öfter schrieb, wenn ich in der Fremde war, und daß ich sie, wenn ich in Paris weilte, nicht so häufig besuchte, wie ich konnte.

Nachdem ich meine Beichte abgelegt hatte, beobachtete ich wieder einmal, daß eine erwartete Überraschung denn doch erstaunt, wenn sie eintritt. Und diese war allerdings stark: Pfarrer Courtil erteilte mir nicht die Absolution. Statt dessen legte er beide Hände flach auf seine Knie.

»Herr Marquis«, sagte er, »darf ich Euch einige Fragen stellen?«

»Aber, bitte«, sagte ich etwas frostig. »Und ich werde antworten, wenn es nicht wider meine Ehre geht.«

»Ganz im Gegenteil«, sagte Pfarrer Courtil. »Herr Marquis, ich hörte, daß Ihr früher der sogenannten reformierten Religion anhingt.«

»Um genau zu sein«, sagte ich, »wurde ich von meiner Mutter in der katholischen Religion erzogen, von meinem Vater mit zehn Jahren gezwungenermaßen zum calvinistischen Kult bekehrt, und mit zwanzig Jahren beschloß ich, zur mütterlichen Religion zurückzukehren.«

»Und wart Ihr in den vergangenen zwanzig Jahren versucht, rückfällig zu werden?«

»Nein.«

»Herr Marquis, habt Ihr das Buch von Duplessis-Mornay über die Messe gelesen?«

Vielleicht erinnert sich der Leser, daß Duplessis-Mornay als der »Papst« der Hugenotten galt, ein Beiname, den er allerdings mit Abscheu von sich gewiesen hätte.

»Nein.«

Ich sah ihn so blauäugig an, wie ich konnte.

»Warum?« fragte ich. »Muß man es lesen?«

»Hütet Euch!« rief Pfarrer Courtil erschrocken und stieß beide Hände vor, wie um einen so teuflischen Gedanken abzuwehren. »Wenn Ihr es gelesen hättet, könnte ich Euch jetzt nicht die Absolution erteilen.«

Da haben wir's, dachte ich. Ich werde einer Art Inquisition unterzogen! Und das von meinem Pfarrer!

»Herr Marquis«, fuhr er nach kurzem Schweigen fort, »habt Ihr regelmäßigen Umgang mit Hugenotten?«

»Ich diene dem König«, sagte ich lächelnd. »Ich kann also nicht verhindern, den Hugenotten zu begegnen, die ihm ebenfalls dienen. Zum Beispiel Monsieur de Rosny.«

»Und Madame?«

»Ich habe Madame in der Tat zweimal in diesem Jahr gesehen. Das erstemal während ihrer Krankheit, das zweitemal, als sie Monsieur de Rosny und mich zum Souper lud.«

»An ihrem Krankenbett sollen einige Hugenotten Psalter gesungen haben.«

»Das ist wahr.«

»Habt Ihr mitgesungen?«

»Nein«, sagte ich.

»Man berichtete mir das Gegenteil.«

»Dann hat man Euch falsch berichtet, Monsieur!« sagte ich aufgebracht. »Und wenn Ihr mir den Namen dieses unverschämten Lügners nennen wollt, stopfe ich ihm seine Lügen in den Rachen!«

»Aber Monsieur, Monsieur, Monsieur!« rief Pfarrer Courtil erblassend. »Bitte, beruhigt Euch! Ich glaube Euren Worten.«

»Den Namen!« fauchte ich, indem ich aufstand, und gab mich weit zorniger, als ich es war.

»Den darf ich nicht sagen«, versetzte Courtil, auf seinem Sitz hin und her rutschend. »Die Person ist durch das Beichtgeheimnis geschützt. Herr Marquis, es tut mir sehr leid, Euch derart beunruhigt zu haben. Wenigstens aber bin ich in meinem Gewissen nun voll befriedigt, und wenn Ihr wieder an Eurem Betpult Platz nehmen wollt, erteile ich Euch jetzt die Absolution.«

Was er tat und ich, das gestehe ich, nicht in gehöriger Reue vernahm, meine Gedanken waren ganz woanders.

»Herr Pfarrer«, sagte ich, nachdem er geendet, »jetzt wüßte ich gerne, wer Euch zu den Fragen veranlaßte, die Ihr mir stelltet?«

»Wer sonst als mein Bischof«, sagte Pfarrer Courtil und schlug die Augen nieder.

»Was?« sagte ich. »So weit sind wir also! Die Kirche Frankreichs läßt sich zu Inquisitionen nach spanischem Muster herbei, und das, nachdem Philipp II. besiegt ist.«

»Ha, Herr Marquis!« rief Pfarrer Courtil, »versteht doch bitte, daß unsere unglückliche Kirche neuerdings ungemein schmerzlichen Prüfungen ausgesetzt ist. Wißt Ihr, daß der Papst auf die Nachricht hin, was zu Nantes beschlossen wurde, aufschrie: ›Das ist meine Kreuzigung! Dieses Edikt ist ein solches Unheil, wie man es sich gar nicht vorstellen konnte. Es erlaubt das Schlimmste auf der Welt: Gewissensfreiheit!‹«

Meine inquisitorische Einvernahme durch den guten Pfarrer Courtil war aber nur eine der Blasen, die in der Folge den brodelnden Kesseln in Kirchen, Klöstern, Sakristeien, in der Sorbonne und sogar im Parlament, unserem Hohen Gerichtshof, entstiegen, wo plötzlich eine Reihe Rebellen aufstanden – angefangen mit Präsident Séguier –, die alle schäumten und sagten, dieses unheilvolle Edikt werde nie und nimmer von ihnen registriert werden und also toter Buchstabe bleiben. Was die Prediger anging, so wagten sie keine offene Parteinahme gegen den König, um nicht aus Paris und aus ihren guten, einträglichen Pfarreien verbannt zu werden; sie verstärkten aber, ohne das Edikt ausdrücklich zu erwähnen, ihre Angriffe gegen die Ketzer. Bald versuchten einige das Volk aufzuhetzen, indem sie in deutlicher Anspielung auf die Bartholomäusnacht zu verstehen gaben, daß Frankreich alle fünfundzwanzig Jahre »eines guten

Aderlasses« bedürfe, um seinem Leib das schlechte Blut abzuzapfen; bald bemühten sie sich, die Trümmer der Liga neu zu beleben und den Herzog von Mayenne anzustacheln, daß er die Führung übernehme, was er nicht wollte; bald wagten sie sogar, den König anzugreifen, natürlich in verdeckten und scheinheiligen Reden, und sagten, daß »ein Heringsfaß immer nach Hering stinkt«, diesen Ausdruck, den der Leser, auf mich angewendet, schon kennt, aber doch nur als zärtliche Neckerei seitens meiner kleinen Herzogin.

Doch es gab Schlimmeres. Schon schwirrten Gerüchte durch Hof und Stadt, daß in der Provinz gewisse Burschen mit einem Kopf voll falschen Glaubenseifers sich nach Paris aufmachten in dem Vorsatz, sich auf einen Schlag den Himmel zu eröffnen: durch Ermordung des Königs.

Der erbitterte Widerstand des Parlaments gegen das Edikt – dessen Seele Séguier war, weshalb Henri ihn später als französischen Gesandten nach Venedig verbannte, ein goldenes Exil, das ihm sehr sauer schmeckte –, dieser Widerstand, sage ich, animierte nun auch die Pariser Fronde zu giftigen Sprüchen, Pasquills, Streit- und Flugschriften, worauf die guten Franzosen ja versessen sind, denn wenn sie ihre Könige auch lieben, finden sie sich doch nie gutwillig ab mit ihrer Macht. Diese Umtriebe, die Henri um so mehr beunruhigten, als er immer deutlicher merkte, wenn er nicht dagegen einschritte, würden die ebenfalls in Hitze geratenen Hugenotten erneut zu den Waffen greifen, aber diesmal gegen ihn – diese Umtriebe setzten sich durchs ganze Frühjahr fort, das sich übrigens eher winterlich anließ, mit Wind, Sturm und Regen, was viel Husten und Schnupfen und, als der Sommer kam, eine spärliche Obsternte zur Folge hatte. Allerdings war ich in diesem Sommer nicht in Frankreich, denn Henri schickte mich als Sondergesandten zu Philipp II. von Spanien, doch, wie man sich denken kann, natürlich nicht aus den Gründen, die Präsident Séguier vom Hof entfernten.

Der Frieden mit Spanien hatte in Frankreichs Flanke einen Dorn hinterlassen: die Affäre der Markgrafschaft Saluces oder Saluzzo, die der Herzog von Savoyen sich zur Zeit der Generalstände in Blois heimtückisch einverleibt hatte, damals im Jahre 1588, als die Macht und sogar das Leben Heinrichs III. in größter Gefahr waren. Wir hatten seinerzeit aufgeheult vor

Empörung. Doch in den darauffolgenden zehn Jahren waren unsere Zähne so stark beschäftigt, uns selbst zu zerfleischen, daß der Herzog von Savoyen, ohne jede Furcht vor unserem Biß, sich taub stellte und die Markgrafschaft unter seiner Tatze behielt. Nach der Rückeroberung von Amiens brachten unsere Unterhändler den Fall bei den Friedensverhandlungen zu Vervins zwar zur Sprache, doch da man ihn nicht zu lösen wußte, schob man ihn dem Schiedsspruch des Heiligen Vaters zu. Dem war aber dieser Zankapfel alles andere als willkommen, und klüger als der Schäfer Paris, lehnte er jegliche Entscheidung ab. Gewiß war der Herzog von Savoyen im Vergleich mit dem König von Frankreich ein Zwerg. Trotzdem schrak Clemens VIII. vor diesem Zwergenkönig mit seinem streitsüchtigen Wesen zurück, denn sein Herzogtum lag den päpstlichen Staaten allzu nahe. Und außerdem war Philipp II. sein Schwiegervater.

Daraus ergab sich meine Mission: Wir wollten erreichen, daß Philipp II. in seiner derzeitigen Schwäche, gichtkrank, halb erblindet und finanziell ruiniert, seinem Schwiegersohn – da er ihn bei einem Krieg gegen Frankreich nicht unterstützen konnte – ins Gewissen rede, Henri die strittige Markgrafschaft friedlich zurückzugeben oder aber ihn durch Abtretung einiger Grenzgebiete wenigstens zu entschädigen. Gleichviel, ob meine Mission nun scheiterte oder nicht, würde sie jedenfalls erweisen, ob man zum Schwert greifen müßte, um den Herzog zur Herausgabe zu zwingen. Zum erstenmal, seit ich in königlichem Dienst stand, haftete meiner Mission nichts Geheimes an, im Gegenteil, gerade ihre Öffentlichkeit sollte dem Geier von Savoyen zur Warnung dienen.

Nachdem ich Frankreich in ganzer Länge durchmessen und seinen Verfall und sein Elend mit eigenen Augen gesehen hatte, überquerte ich die Pyrenäen, um mich nach Madrid zu begeben, und das mit ungewohnt zahlreichem, glanzvollem und bestens gerüstetem Gefolge als auch hinreichenden Mitteln zu dessen Unterhalt. Ich hatte den Chevalier bei mir, ebenso Ehrwürden Abbé Fogacer, den ich mit seiner eifrigen Zustimmung und mit Hilfe des Königs dem Herrn Monseigneur Du Perron abspenstig gemacht hatte, damit er, zumindest nominell, meinen Kaplan abgebe (denn wer hätte mich in Spanien ernst genommen ohne einen Kaplan?), in Wirklichkeit aber meinen

Dolmetsch. Nicht, daß ich nicht imstande gewesen wäre, Spanisch zu verstehen und zu radebrechen, aber ich hatte in Italien beobachtet, daß ein Dolmetsch einem den kostbaren Vorteil bietet, seine Antwort länger überlegen zu können.

Zwei Meilen vor Madrid kam Don Fernando de Toledo, einer der Kammerherren Felipes II. (da er künftighin ja bei seinem iberischen Namen zu nennen sein wird), mir samt zahlreicher Suite entgegen, um mich im Namen seines Herrn mit aller spanischen Würde und Höflichkeit willkommen zu heißen. Und während er hierin kein Ende fand, erkannte ich zu seiner Rechten voll Freuden das lange, blasse Gesicht, die dunklen Augen und geschweiften schwarzen Brauen von Don Luis Delfín de Lorca. Weil aber der Empfang des Kammerherrn mich bei aller Komik so ungemein gestelzt und hoffärtig anmutete, zügelte ich meine französische Lebhaftigkeit, und anstatt Don Luis um den Hals zu fallen, wie ich es in Frankreich getan hätte, begnügte ich mich, ihm zuzuzwinkern und, sobald ich in seine Nähe gelangte, ins Ohr zu raunen, daß ich ihn gern bald im Vertrauen sprechen würde.

Don Fernando de Toledo sagte, er habe für mich und meine Eskorte eine Wohnung im Palast vorbereitet, doch bekäme ich Felipe II. dort nicht sehen, weil er schon nach dem Escorial, seiner Sommerresidenz, gereist sei, wohin der Kammerherr mich am nächsten Tag um neun Uhr begleiten werde. Und schon um acht, kaum hatte ich meine Toilette beendet und mich zu einem Imbiß niedergesetzt, wurde mir der Besuch von Don Luis gemeldet, der mich, sobald wir allein waren, in die Arme schloß und mir, wer weiß wie oft, auf Schultern und Rücken klopfte. Sein Empfang wärmte mir das Herz, denn Don Luis hatte mir von Anfang an gefallen, und ich war seinerzeit sehr betrübt gewesen, daß er mir bei der Pasticciera so frostig begegnete, als ich ihn auf den Giftanschlag hin ansprach, dem ich in Rom beinahe zum Opfer gefallen wäre. Doch gab er mir hierzu gleich von selbst eine Erklärung.

»Ha, Monsieur, mein Freund«, sagte er, »wie bin ich froh, Euch hier zu sehen und endlich sagen zu können, daß ich an jenem letzten Sonntag bei der Pasticciera mich nur deshalb so distanziert gegen Euch verhielt, weil einer von uns sechs vom Herzog von Sessa bezahlt war und ich nicht frei reden konnte.«

»Ach!« rief ich. »Könnt Ihr jetzt sagen, wer es war?«

»Einer der beiden Monsignori.«

»Gebenedeite Jungfrau! Und welcher?«

»Piero, der blondere von beiden.«

»Hatte der es nötig, sich kaufen zu lassen? Es hieß doch, er sei sehr reich!«

»Manche kriegen eben nie genug.«

»Und hat das Herrchen jemals erfahren, daß es Doña Clara war, die Teresa vor dem Anschlag auf mich gewarnt hatte?«

»Nein.«

Nach diesem »Nein« trat zwischen uns ein Schweigen.

»Wie geht es Doña Clara?« fragte ich, so natürlich ich konnte.

»Ihr seht sie morgen im Escorial. Sie ist Ehrendame Ihrer Königlichen Hoheit, der Infantin Clara-Isabella-Eugenia, geworden.«

»Ich wette, sie ist sehr glücklich über diese Erhöhung?«

»Ganz und gar nicht. Je mehr sie von der hohen Welt sieht, desto mehr widerstrebt sie ihr. Sie will in ein Kloster gehen. Manche sagen: *Es de vidrio la mujer.*[1] Aber ich würde eher sagen, Doña Clara ist aus Stahl.«

Worauf ich lächelte und schwieg, denn was sollte ich dazu sagen?

»Ich kann mir denken«, fuhr ich fort, »daß der spanische Hof sehr anders ist als der unsere in Paris.«

»Ein Hof«, versetzte Don Luis lächelnd, »ist ein Chamäleon. Er nimmt immer die Farbe desjenigen an, dem er dient. In Paris, hört man, ist er lustig und witzig. In Madrid ist er streng und wie erstorben. Jeden Tag, den Gott werden läßt in diesem Tal der Tränen, geht Felipe II. schwarz gekleidet. Man sagt, er trägt Trauer um sein eigenes Dasein. Übrigens hat er diese Manie von seinem Vater. Karl V. hat vor seinem Tod eine Generalprobe seiner eigenen Beerdigung abgehalten.«

»Mir beginnt zu schwanen«, sagte ich, »daß ich dieses hellblaue Seidenwams heute besser nicht angelegt hätte.«

»Ich wagte nicht, es Euch zu sagen«, erwiderte Don Luis, »aber in unserem düsteren Escorial würde die helle Farbe schreiend wirken ... Nehmt doch lieber den nachtblauen Anzug, den ich dort auf Eurer Truhe liegen sehe.«

---

1 (span.) Frauen sind aus Glas.

»Samt im Juli!«

»Ihr werdet nicht drin umkommen vor Hitze: Der Escorial liegt in fünfhundert Klafter Höhe[1] und wird vom Nordwind gekühlt. Und«, setzte er hinzu, indem er mit seiner langen, schmalen Hand das Goldene Vlies an seiner Brust berührte, »nichts würde Euch an unserem Hof mehr Gewicht und Bedeutung verleihen, als wenn Ihr das schöne Kollier mit dem Kreuz anlegtet, mit dem ich Euch einmal bei der Pasticciera sah.«

»Ihr meint den Heilig-Geist-Orden?«

»Ebenden«, sagte Don Luis. »Und betont nur recht laut und deutlich den Heiligen Geist! Ihr wißt doch, wir Spanier sind so katholische Katholiken, daß uns sogar der Papst bisweilen als Ketzer erscheint ... Monsieur, mein Freund, kleidet Euch nur erst um, ich warte.«

Ich ließ mir nebenan von Luc beim Umziehen helfen, und als ich fertig war, ging ich wieder zu Don Luis.

»Marqués«, rief er bei meinem Anblick, »wahrhaftig, jetzt gleicht Ihr beinahe einem Spanier in Eurem dunklen Samt! Und das Kollier macht Euch fast zu einem Kirchenmann! Aber Eure Miene paßt nicht zu dem Gewand. Ihr seht aus, als wärt Ihr glücklich zu leben.«

»Das bin ich auch!«

»Aber zeigen dürft Ihr es nicht!« rief lachend Don Luis. »Hier hat man das Leben als einen Kalvarienberg anzusehen, den Körper als Lumpenhülle, und wichtig am Leben ist nur der Tod. Dies alles muß Eure Miene durch gottesfürchtige Würde und einen gewissen Dünkel ausdrücken.«

»Warum Dünkel?«

»Da Ihr selbst Euch für nichts erachtet, sind alle anderen noch weniger als nichts. Übrigens sind Frömmler immer voll Verachtung für andere: Habt Ihr das nicht schon beobachtet? Ach, und darf ich Euch noch warnen, mein Freund, die Damen an unserem Hof nicht auf französische Weise zu beäugen?«

»Mein lieber Don Luis«, rief ich, »Ihr wollt mir doch nicht weismachen, daß es am spanischen Hof keine Liebesgeschichten gibt?«

»Es gibt sie, aber sehr verborgen, und meistens enden sie unglücklich. Ah, ein letztes Wort! Stellt den Herrn Abbé Fogacer

---

1 Ungefähr tausend Meter.

nicht als Euren Kaplan, sondern als Euren Beichtiger vor. Die Granden am Hof haben alle einen Beichtvater, der ihnen nie von der Seite weicht, um ihre Seelen alle Augenblicke von den Beschmutzungen des Lebens reinzuwaschen. Dem König folgt auf Schritt und Tritt Fray Diego de Yepes; dem Kronprinzen Fray Gaspar de Córdoba, der Infantin Clara Isabella Eugenia Fray García de Santa Maria. Mein Beichtiger – denn wie könnte ich als spanischer Grande auf einen verzichten? – wartet in Eurem Vorzimmer und macht sich sicherlich große Sorgen, daß alle Sünden, die Ihr vom französischen Hof mitbringt, mich anstecken könnten.«

»Don Luis«, sagte ich lachend, »Ihr erstaunt mich! In Rom spracht Ihr über diese Dinge nicht so frei.«

»In Rom war ich von Spionen umgeben und stand unter der strengen Vormundschaft des Herzogs von Sessa.«

»Was ist aus dem Herzog geworden?«

»Da er die Absolution Eures Königs durch den Papst nicht verhindern konnte, ist er in Ungnade gefallen. Wie ist es, Monsieur, mein Freund, droht Euch auch Verbannung, wenn Eure Mission scheitert?«

»Aber nein.«

»Ha!« sagte Don Luis, »dann bin ich erleichtert, denn sie wird sehr wahrscheinlich scheitern.«

»Wieso?« rief ich beunruhigt. »Hat Felipe so viel gegen unsere Sicht der Dinge?«

»Sagen wir, das Leben hat etwas dagegen: Er stirbt.«

»Was? Dann kann er mich gar nicht empfangen?«

»Ich bezweifle es.«

»Mein Gott!« sagte ich entgeistert, »dann habe ich diese ganze große Reise für nichts gemacht?«

»Nichts?« fragte Don Luis, und seine Miene zeigte einen Anflug von Hohn. »Ist es nichts, gegenwärtig zu sein, wenn ein großer König mit dem Ende des Jahrhunderts, das er beherrschte, erlischt?«

Auf mich allein gestellt, wäre ich zu früher Morgenstunde von Madrid aufgebrochen und hätte bei Einfall der Dämmerung den Escorial erreicht, denn der Palast lag nur sieben Meilen von der Hauptstadt entfernt. Das hieß jedoch, nicht mit Don Fernandos Langsamkeit, mit verspätetem Aufbruch, häufigen

Rasten und dem gemächlichen Trab zu rechnen, zu dem sein Gefolge und er die doch vollblütigen Tiere zwangen. So wurden wir denn unterwegs von der Dunkelheit überrascht und mußten in einem Dorf übernachten.

So ungehalten ich darüber auch war, so wenig bereute ich es am anderen Morgen, denn die Landschaft, durch die wir bei Sonnenaufgang zogen, war fremd und sonderbar: Zu beiden Seiten des felsigen Weges erstreckte sich eine endlose, dürre und steinige Einöde, mit seltenen Gräsern und etwas Buschwerk da und dort. Doch war diese Landschaft gar nicht so eben, wie es den Anschein hatte. Immer wieder faltete sie sich auf, und in den Falten lagen, wie Oasen in einer Wüste, kleine saftige und wohlbestellte Täler mit Weilern und dem tröstlichen Rauschen eines Bachs.

Gegen neun Uhr begann der Nordwind zu blasen, und er blies einem so stark und scharf ins Angesicht, daß ich trotz der Sonne aufhörte, mich wegen meines Samtwamses zu bedauern.

»Señor Marqués«, sagte Don Fernando, sein Pferd an meine Seite treibend, »wie findet Ihr den Wind?«

»Unglaublich stark.«

»Er wird abnehmen«, sagte er mit erstickter Stimme, »je näher wir der Sierra de Guadarrama kommen, deren schwarze Berge Ihr dort am Horizont erblickt. Die Mönche vom Escorial nenne diesen Wind den Atem des Bösen.«

»Es gibt Mönche im Escorial?«

»Mehr als hundert«, versetzte Don Fernando ernst. »Der Escorial ist in erster Linie ein Kloster.«

In dem Augenblick steigerte der Wind seine Heftigkeit und machte jede Unterhaltung unmöglich, Don Fernando konnte nur noch sagen, daß wir im nächsten Dorf halten würden, das in einer Schlucht liege und uns ein wenig vorm Atem des Teufels schützen werde.

»Nach der Stärke besagten Atems«, flüsterte La Surie mir ins Ohr, als wir absaßen, »scheint es der Höllenschmiede, jedenfalls von spanischer Seite her, nicht an Flammenkraft zu ermangeln.«

»Señor Marqués«, sagte Fernando, der sein Tier am Zügel hielt und ihm mit seiner hageren Hand das Maul tätschelte, »beliebt mich zu entschuldigen, wenn ich später zu Tisch erscheine, ich habe erst noch im Dorf zu tun. Don Luis wird Euch Gesellschaft leisten.«

Und da ich mich zu höflicher Antwort umwandte, frappierte mich seine Ähnlichkeit mit seinem Pferd, nur daß er hohle Wangen hatte. Überhaupt war dieser Herr ein sehr magerer und engbrüstiger Edelmann auf langen Stelzenbeinen.

Als reichlich mager erwies sich auch der Imbiß, doch ließen wir Tischgefährten – Don Luis, Fogacer, La Surie und ich – es uns trotzdem nicht verdrießen.

»Ich hörte von Don Fernando«, sagte ich, eine Scheibe Schinken kauend, der mich hart und dürr wie diese Ebene dünkte, »daß der Escorial, den ich für einen Palast hielt, vor allem ein Kloster sei.«

»Oh, nein«, sagte Don Luis im Ton gespielter Feierlichkeit, »der Escorial ist in Wahrheit eine Gruft.«

Wir sahen ihn mit offenen Mündern an.

»Eine Gruft, die Felipe erbauen ließ für seinen Vater, für sich und die königliche Familie. Die Mönche sind nur dazu da, den königlichen Leichnamen auf Jahrhunderte hin die Messe zu lesen und ihnen mittels der Kraft ihrer Gebete dereinst den Himmel zu öffnen.«

»Aber Felipe residiert doch zur Sommerzeit im Escorial«, sagte ich.

»Gewiß«, sagte Don Luis. »Felipe ist der erste König auf der Welt, der sich eine Gruft zur Sommerresidenz gemacht hat: So etwas fiel nicht einmal den Pharaonen ein. Groß ist der Escorial allerdings, die Längsseiten messen über hundert Klafter.«

Es war, wie Don Fernando prophezeit hatte: Je näher wir der Sierra de Guadarrama kamen, deren düstere Berge unseren Horizont begrenzten, verlor der scharfe Nordwind, der bisher mit solcher Gewalt über die Ebene gebraust war, der den Staub zu Wolken aufgewirbelt und die spärlichen Grashalme und Büsche zu seiten des Weges niedergedrückt hatte, mehr und mehr an Kraft, und als ich in dieser Windstille nun an einer Wegbiege vor einem steilen Abgrund innehielt, erblickte ich jäh den Escorial, und was ich aus dieser Entfernung von ihm sah, machte mich starr und raubte mir fast die Sinne.

Bislang hatte man mir von diesem Schloß mehr gesprochen als von Felipe II., so als wäre der Panzer wichtiger als die dazugehörige Schildkröte. Was vielleicht nicht falsch war. Auch gab es für mich keinen Zweifel, daß alles, was man mir gesagt hatte, zutraf. Daß der Escorial alles in einem war, Kloster, Königsgruft und Sommerschloß, glaubte ich gern. Aber niemand hatte auch nur mit einem Ton das Wesentliche dessen erwähnt, was mir da vor Augen erschien: seine überwältigende Schönheit.

Um es noch einmal zu sagen, was mich aus dieser Entfernung und in dem hellen Morgenlicht überwältigte, das waren zugleich die kolossalen Maße dieses Schlosses und die makellose Weiße, in welcher er sich vor den schwarzen Bergen des Guadarrama abhob, die ihn vorm Nordwind schützten. Und seltsam – trotz alledem, was ich von dem melancholischen und todessüchtigen Charakter seines Erbauers gehört hatte, erschien mir der Escorial, nicht nur wegen seiner Weiße, sondern auch mit seinen Domen, Türmen, Pfeilern und goldenen Kuppeln, wie ein weitläufiger orientalischer Palast, den ein begeisterter Wesir zu seiner Lustbarkeit oder für seine Lieblingsfrau erbaut hatte.

»Nun, Señor Marqués«, sagte Don Fernando, und sein ernstes Pferdegesicht verriet einige Genugtuung, mich in so andächtigem Staunen zu finden, »wir nennen ihn das achte Weltwunder. Was meint Ihr?«

»Ich kenne die sieben anderen nicht«, sagte ich, »aber ich weiß wahrlich nichts, weder in London noch in Paris, noch in Rom, was ihm gleichkäme.«

»Ja, es ist unstreitig«, sagte mit einem Lächeln Don Luis, »daß der Escorial, von hier aus gesehen, einen großartigen Eindruck macht.«

Sein Lächeln und seine Einschränkung hatten wenigstens das Verdienst, mich auf die Enttäuschung vorzubereiten, die mir wurde, als ich nach einer Stunde Trab als erster zu Füßen des Bauwerks anlangte. Ha, Leser! Der Escorial war groß, in der Tat, er war sogar riesengroß, aber die erbarmungslos nackte und eintönige Fassade mit ihren Hunderten gleichförmiger Fenster schmetterte das Auge nieder durch ihre trostlose Geometrie. Außerdem war er gar nicht weiß, sondern von trübsinnigem Grau mit schwarzen Sprenkeln. Wie weit entfernt war das von meinem orientalischen Palast mit seinen Lustbarkeiten und lieblichen Frauen, von der Phantasie und Anmut jener maurischen Paläste, von denen es, wie man mir sagte, in Spanien so wunderbar schöne gab! Kein Zierat, kein Ornament, nur sture, mürrische Reihung, die an Gefängnis oder Kaserne erinnerte, Orte, die niemand je geschmückt hat, weil dort niemand das Leben liebt. Für mein Gefühl war dieses Bauwerk am ehesten mit einem granitenen Grabstein zu vergleichen, den ein freudenfeindlicher Tyrann in die Vertikale erhoben hatte.

Sobald man mir im Escorial eine Wohnung angewiesen hatte, eine sehr kleine, ehrlich gesagt, die mich aber wenigstens nicht von meinen Gefährten trennte, kam Don Luis zu mir.

»Marqués«, sagte er in freundschaftlichem Ton, »ich hoffe, daß der klösterliche Anblick Eures Gemachs Euch nicht zu sehr entmutigt. Aber Felipe bewohnt selbst nur eine Zelle. Wir denken nun einmal«, fuhr er fort, das »wir« mit ironischem Ernst betonend, »daß der Körper nichts und die Seele alles ist; und wenn wir den Körper recht schinden, gelangt auch die schwärzeste Seele zum Heil, sofern sie nur Mönche, Messen und Reliquien in Reichweite hat.«

»Die schwärzeste Seele?«

»Wißt Ihr, wer rechts von Euch wohnt?« fragte Don Luis mit gedämpfter Stimme.

»Ehrwürden Abbé Fogacer.«

»Und links?«

»Der Chevalier de La Surie.«

»Und unter und über Euch?«

»Meine Gascogner.«

»Wie gut«, sagte Don Luis, indem er an das weit zur Sierra Guadarrama geöffnete Fenster trat und mich heranwinkte. »Die schwärzeste Seele, müßt Ihr wissen«, fuhr er in vertraulichem Ton auf italienisch fort, »weilt in einem Körper, der schon zu Lebzeiten verfault.«

Er sprach mit einem haßvollen Funkeln in den dunklen Augen weiter, das mir den verächtlichen, ironischen Ton erklärte, der mir seit unserem Wiedersehen zu Madrid an ihm aufgefallen war. »Habt Ihr einmal von Don Juan de Austria gehört?«

»Ja. Mein Herr, König Heinrich III., sagte mir einmal, daß er von allen Euren Prinzen der schönste, glanzvollste, tapferste und lebenslustigste war.«

»Kurzum«, ergänzte Don Luis zähneknirschend, »das ganze Gegenteil der schwarzen Seele, deren natürlicher Bruder er war und zum Kain dieses Abel wurde.«

»Ha! Monsieur, mein Freund!« entfuhr es mir, »was sagt Ihr da? Seid Ihr dessen sicher?«

»Völlig sicher! Don Juan weckte die Eifersucht und den Argwohn seines Halbbruders, als er insgeheim seine Vermählung mit Maria Stuart betrieb. Dieser Fehler, wenn es einer war, wurde ihm nicht verziehen. Zuerst ließ die schwarze Seele durch ihren Sekretär, Antonio Pérez, den Vertrauten Don Juans, Escovedo, umbringen. Dann verklagte sie denselben Pérez des von ihr doch befohlenen Verbrechens. Und als die Affäre nicht nach ihrem Willen lief, beschuldigte sie Pérez der Ketzerei und überstellte ihn der Inquisition, Ihr erratet das Ende. Und was Don Juan betraf, so wurde er, zum Dank dafür, daß er Flandern der spanischen Krone erhalten hatte, vergiftet.«

»Ist das wahr?« fragte ich entsetzt.

»Ebenso wahr«, sagte Don Luis, die Stimme abermals senkend, »wie daß die schwarze Seele Don Carlos, ihren eigenen Sohn, vergiften ließ und ihre zweite Gemahlin, Elisabeth von Frankreich. Dabei lasse ich noch die grausigen, aus politischen Gründen befohlenen Massaker in Aragón, in Flandern und in Portugal außer acht – wo der Allerchristlichste König zweitausend Mönche hinmetzeln ließ – und das entsetzliche Autodafé zu Valladolid, mit welchem er seine Herrschaft begann. Bedenkt aber, Marqués, daß er zur selben Zeit Ehebruch mit der Gemahlin seines Freundes, Ruiz Gómez, beging. Was mich angeht, so wette ich«, fuhr Don Luis fort, indem er mich beim Arm faßte, »daß er mit dem Autodafé den Herrgott besänftigen und sich die Vergebung seiner Fleischessünde verdienen wollte. Darin folgte die schwarze Seele getreulich der Spur ihres berühmten Vaters, Karls V., der zu Regensburg die arme Barbara Blomberg seiner Wollust unterwarf[1] und sich danach von seiner Schandtat reinwusch, indem er, Gott zu Gefallen, befahl, die protestantischen Frauen in Flandern lebendig zu begraben ... Daß ich, der Freund Don Juans«, fuhr Don Luis mit funkelnden Augen fort, »den Tyrannen nicht eigenhändig erdolcht habe, geschah nicht aus Angst vor dem Tod, sondern weil ich wußte, wenn mein Plan fehlschlüge, würde er meine Kinder umbringen, wie er es mehreren Adelsfamilien antat, die ich namentlich nennen könnte.«

---

[1] Dieser befohlenen Liebe verdankte sie einen Sohn, eben jenen Don Juan de Austria. (Anm.d. Autors)

Ich hörte all das wie gelähmt vor Grauen und starrte wortlos in das bleiche Antlitz von Don Luis, dem die Lippen zitterten und der sichtlich Mühe hatte, Zorn und Abscheu zu bemeistern.

»Vergebt mir«, sagte er endlich in ruhigerem Ton, »doch seit zwanzig Jahren ersticke ich daran, am Hof die Verehrung und Unterwürfigkeit zu heucheln, die dieses Ungeheuer erheischt. Gott sei Dank seid Ihr Franzose. Einem Spanier, und wäre es mein eigener Bruder, hätte ich nicht ein Viertel von dem sagen dürfen, was ich Euch sagte, denn wüßte er auch, daß ich in jedem Punkt die Wahrheit spreche, würde er mich dennoch für wahnsinnig oder vom Teufel besessen erklären. Ich weiß nicht, ob Ihr Felipe sehen werdet. Offen gestanden, ich bezweifle es, aber ich möchte, daß Ihr, mein Freund, wißt«, fuhr er fort, indem er mir seinen Arm um die Schulter legte, »was immer er Euch sagen, was immer er Euch auch versprechen möge hinsichtlich seines Schwiegersohns und der Markgrafschaft Saluzzo, der Betrüger wird nichts davon halten. Ob Freunde, Feinde, Günstlinge oder Diener – alle hat er seit je verraten.«

In dem Moment klopfte es, und weil ich mit Don Luis allein war und dieser mich zur Vorsicht ermahnte, öffnete ich die Tür nur einen Spaltbreit und erblickte einen winzigen Pagen, den ich zuerst für ein Mädchen hielt.

»*Señor Marqués*«, fragte er mit heller, singender Stimme, »*puede Usted acoger a mi amo el Gran Chambelán Don Cristóbal de Mora?*«

»*Cuándo?*«

»*Ahora, Señor Marqués.*«

»*Con gusto y honor.*«[1]

Hierauf wollte ich ihm eine Münze in die Hand drücken, doch er wies sie mit stolzer Geste zurück, indem er mir ein strahlendes Lächeln schenkte. Seiner dunklen Haut und den Augen nach dünkte er mich eher maurisch denn spanisch.

»Wer ist dieser Don Cristóbal?« fragte ich meinen Freund. »Und inwiefern steht er über Don Fernando de Toledo?«

»In nichts«, sagte Don Luis, »nur daß er ein Günstling ist, doch schien mir seine Gunst jüngst im Sinken begriffen. Ein

---

1 (span.) Herr Marquis, könnt Ihr meinen Herrn empfangen, den Großkämmerer Don Cristóbal de Mora? – Wann? – Gleich jetzt, Marquis. – Es wird mir ein Vergnügen und eine Ehre sein.

Glück für ihn, daß die Gesundheit seines Herrn noch schneller verfällt, sonst würde ihn womöglich noch das Los des Antonio Pérez ereilen.«

»Und was für ein Mensch ist er?«

»Eine Art Nachtigall. Wenn Felipe nicht an seinen eigenen Tod oder an den Tod anderer denkt, will er Röslein und Vögelein. Künstelei verträgt sich bei ihm mit dem Makabren.«

Hiermit umarmte mich Don Luis und ging, sicherlich, um nicht von Don Cristóbal bei mir angetroffen zu werden.

Als Don Cristóbal endlich erschien – denn er ließ eine reichliche halbe Stunde auf sich warten, in Spanien geht eben alles sehr langsam –, fand ich ihn nicht viel anders als Don Fernando gekleidet, da Schwarz oder doch Tiefdunkel nun einmal die Farben an diesem Hof waren, aber sein Gesicht, das poliertem Marmor glich, seine liebenswerten Manieren und besonders seine Stimme, die an das Geräusch kleiner Glaskugeln gemahnte, die in einem Ölbad aneinanderstoßen, schienen mir den Beinamen zu rechtfertigen, den Don Luis ihm gegeben hatte. Dennoch vereinten sich bei Don Cristóbal Rabengefieder und Nachtigallenschlag mit etwas Salbungsvollem, das hierorts die Regel zu sein schien, wo man mehr Mönche und Priester antraf als an jedem anderen Hof.

Der Leser kann sich denken, daß Don Cristóbal de Mora nicht der Mann war, Höflichkeitsfloskeln abzukürzen, vielmehr girrte er deren eine gute Viertelstunde lang in reinstem Kastilisch, und ich mühte mich, sie auf französisch zu erwidern, so gut ich konnte, obwohl ich einsehen mußte, daß meine Muttersprache nicht gleichermaßen eloquent war wie die seine noch meine Höflichkeit derart ausgefeilt. Man weiß ja auch, daß wir diese Dinge erst von den Spaniern gelernt haben, den Handkuß bei Damen zum Beispiel, ein charmanter Brauch, finde ich, zumindest wenn besagte Hand sauber gewaschen ist, was nicht immer der Fall zu sein pflegt, nicht einmal bei Prinzessinnen von Geblüt.

»Mein verehrter Herr Felipe II.«, sagte er endlich nach dieser langen Vorrede, »wünscht Euch augenblicklich zu sprechen, fürchtet er doch, es nicht mehr zu können, wenn er länger wartet, denn er hat diesen gesegneten Ort aufgesucht, um seinen Tod und seine Bestattung vorzubereiten. Seine Majestät fühlte sich schon in Madrid so schlecht und litt Tag und Nacht, daß ich mich ihm zu Füßen warf, um ihn anzuflehen, er möge sich die Reise nicht zumuten, könnte sie ihn doch das Leben kosten. Er indes verwies darauf, daß er dreißig Jahre seines Lebens auf den Bau und die Einrichtung des Escorial verwandt hat, damit das Kloster eines Tages seinen Leichnam aufnehme, wie es bereits die Seinen aufgenommen habe. ›Da es nun ans Sterben geht‹, setzte er hinzu, ›kann niemand meine Gebeine ehrenvoller dorthin tragen als ich.‹«

Obwohl diese Worte mich von jener *bravura* geprägt dünkten, die man den Spaniern für gewöhnlich vorwirft, murmelte ich einiges Beifällige. Worauf ich Don Cristóbal gespitzten Ohres, denn er war redselig, durch die Labyrinthe des Escorial folgte. Doch als wir einen Innenhof hin zur Basilika überquerten, fragte ich ihn, ob das Gespräch dort statthaben werde.

»Nicht eigentlich«, sagte er, »aber in der Sakristei, wohin Seine Majestät sich auf einem Tragebett hat transportieren lassen, um die Heiligenreliquien anzuschauen, die er sich aus den Niederlanden und aus Deutschland hat kommen lassen, um sie alle, oder fast alle, hier zu versammeln. Ihr wißt sicherlich, Señor Marqués, welchen besonderen Kult der Allerchristlichste König den Heiligen und den Reliqien der Heiligen weiht, ist ihm die teuflische Verachtung der Protestanten für diese doch ein Greuel. Und es scheint«, setzte er, gedämpfter girrend, hinzu, »daß Seine Majestät mit diesem Besuch der Sakristei Abschied nehmen will von den Heiligen, seinen Freunden, bis er sie wiedersieht in der Glorie.«

Abermals murmelte ich etwas Frommes, obschon Don Cristóbals Gewißheit mich recht gewagt anmutete, was die »Glorie« Felipes in der Ewigkeit betraf, da sein Erdenleben war, wie es war.

Beim Betreten der Sakristei tippte Don Cristóbal mich leise an und raunte, ich möge nicht weitergehen, er selbst dürfe zum König nur, wenn der ihn bemerke und rufe. Ich ließ meine begierigen Augen überall umherschweifen, ohne Seine Majestät irgendwo zu entdecken.

»Ihr könnt den König nicht sehen«, flüsterte mir Don Cristóbal zu. »Er liegt auf seinem Tragebett, und dieses ist Euch wie mir durch jene umstehenden Herren dort verborgen.«

Artig nannte er sie mir sogleich. Die drei Priester in Chorhemd und Stola waren die Beichtväter Seiner Majestät und der königlichen Kinder, Fray Diego, Fray Gaspar und Fray García. Der kleine Mann in Schwarz war der Leibarzt Don Juan Gómez de Sanabria; der Prälat in violetter Robe Don García de Loyosa, Erzbischof von Toledo und Großalmosenier der Krone. Und neben ihm der Prior des Klosters, der im selben Moment, da Don Cristóbal mir seinen Namen nannte, den König fragte:

»Sire, wie geht es Seiner Majestät?«

»Es geht mir nicht schlecht«, konnte ich Felipe mit schwacher, doch klarer Stimme sagen hören. »Wenigstens geht es meinen Händen besser. Die Wunden haben sich geschlossen. Ich kann ein Buch öffnen und die Seiten umschlagen.«

In diesem Augenblick trat der Erzbischof, dessen hohe und breite Gestalt mir den Kranken verbarg, beiseite, und ich konnte endlich den König sehen, dessen Kopf auf hohen Kissen ruhte. Und tatsächlich blätterte er, wenn auch sichtbarlich unter Schmerzen, mit seinen geschwollenen und gichtsteifen Händen in einem Buch. Sein Gesicht, in dem sehr fahle und in ihrer Fahlheit fast unmenschliche Augen fiebrig glommen, wirkte ausgehöhlt und sein Oberkörper, soweit sein Schlafrock es erkennen ließ, wie entfleischt. Doch durfte man sich angesichts seiner vorstehenden Unterlippe und des fest aufeinandergepreßten Mundes keiner Täuschung hingeben: An Willen mangelte es ihm nicht. Und obwohl von halber Erblindung die Rede war, schien sein Blick an Schärfe nichts eingebüßt zu haben.

»Herr Prior«, sagte er nämlich, »ich traue meinen Augen nicht: Da ist eine Spinne an der Wand!«

Unter den Umstehenden gab es konsterniertes Gemurmel, denn ein jeder kannte den manischen Reinlichkeitssinn des Königs. Der Prior erblaßte, als wäre er bereits zur Garrotte verdammt, und lief wie außer sich mit erhobenen Händen, das Insekt zu fangen.

»Zerdrückt sie nicht!« sagte Felipe scharf, »Ihr würdet die Wand beflecken.«

Die Spinne schien sich an der weißen Mauer selbst wie eine Ketzerin zu fühlen und versuchte, aufwärts zu entkommen, doch bevor sie die Decke erreichte, gelang es einem langen Mönch, sie mit der Hand zu erhaschen. Worauf er die Sakristei verließ, ich wette, um seine Beute im Hof den Mächten der Finsternis zu überliefern.

Diese Szene, die ziemlich lange dauerte, rief bei den Anwesenden eine Art Schreckenslähmung hervor, und die ganze Zeit sah ich auf den Gesichtern kein Lächeln, kein Schmunzeln.

»Sire«, sagte beflissen der Prior, wie um den Frevel auszuwetzen, daß er seine Basilika nicht so rein und makellos gehalten hatte, wie er sollte, »wir bekamen soeben eine Reliquie vom heiligen Vincente Ferrer herein und eine vom heiligen Sebastian. Wollt Ihr sie sehen?«

»Mit Freude und Verehrung«, sagte Felipe matt, anscheinend hatte die Entrüstung, die er beim Anblick der Spinne verspürte, seine Kräfte erschöpft.

Der Prior brachte ein sorglich verschnürtes Bündel herbei, das er so ungeschickt aufzuknüpfen begann, daß ein Edelmann des Königs, der die Ungeduld Seiner Majestät gewahrte, ihm helfen wollte. Doch mit einem Zornesrunzeln gebot Felipe ihm Einhalt, so als würde jener ein Sakrileg begehen, und hieß mit einer Geste seinen Beichtiger, dem linkischen Prior beizuspringen. Endlich war das Paket geöffnet, und zum Vorschein kam ein langer gelblicher Knochen, der mir aus der Entfernung ein Humerus, ein Oberarmbein, zu sein schien.

»Sire«, sagte der Prior mit tiefer Verneigung, halb vor dem König und halb vor der Reliquie, »dies ist der Arm des heiligen Vincente Ferrer.«

»Der rechte oder der linke?« fragte der König, indem er den Humerus voller Respekt in seinen gichtverkrüppelten Händen drehte und wendete.

»Sire, ich weiß es nicht genau«, sagte der Prior mit unendlich betretener Miene.

»Don Juan Gómez?« fragte Felipe den Leibarzt.

Don Juan Gómez näherte sich dem Humerus und betrachtete den Knochen, ohne ihn zu berühren.

»Der rechte, Sire«, sprach er feierlich.

Nun, ich hatte das Gefühl, daß er sich täuschte, was sich mir später bestätigte, als ich die Reliquie von nahem sah. Doch Felipe befahl: »Schreibt auf das Schild: Rechter Arm des heiligen Vincente Ferrer«, den Irrtum des Don Juan Gómez verewigend.

Die zweite Reliquie war kleiner, ein Knochen vom Knie des heiligen Sebastian, jenes Heiligen, den Seine Majestät ganz besonders verehrte, weil er meinte, infolge der Gicht in seinen Gliedmaßen ebenso stechende Schmerzen zu verspüren wie einst der von Pfeilen Durchbohrte.

»Herr Prior«, sagte er, »ich will, daß diese beiden Reliquien in das Repositorium kommen, ich will sie in meiner Zelle immer vor Augen haben ... Ich sage Euch noch, wie Ihr die anderen Reliquien, die ich hier sah, auf die einzelnen Kapellen der Basilika aufteilen sollt.«

Hierauf gewahrte er zum erstenmal Don Cristóbal und mich, oder er tat so, winkte mit seiner verkrüppelten Hand den Großkämmerer heran, sprach ihm etwas ins Ohr, und als dieser eifrig nickte, hieß er ihn mit lauter Stimme, mich herbeizuholen. Ich näherte mich also gesenkten Kopfes dem Tragebett und fiel ins Knie, worauf Felipe sich entschuldigte, mir seine Hand nicht zum Kuß darbieten zu können, weil sie zu sehr schmerze.

»Marqués«, sagte er leise, aber deutlich vernehmbar, »seid Ihr als ständiger Gesandter gekommen oder als Sondergesandter?«

»Als Sondergesandter, Sire, ich bin bevollmächtigt, Euch den Standpunkt meines Herrn und Königs Heinrich IV. in der Affäre der Markgrafschaft Saluzzo darzulegen.«

»Ich höre«, sagte Felipe, und seine hellen Augen hafteten an meinem Gesicht.

Ich stellte ihm das Problem in bündigen Formulierungen dar, die ich mit Fogacers Hilfe in gutes Kastilisch gefaßt und die ganze Zeit geübt hatte.

»Marqués«, sagte Felipe hierauf, »die Markgrafschaft Saluzzo war seit ihrer Gründung 1142 ein ständiger Zankapfel zwischen Österreich, dem Herzogtum Savoyen und der französischen Krone und nacheinander allen drei Ländern zu Lehen, bis König Heinrich II. von Frankreich sie annektierte. Mein Schwiegersohn, der Herzog von Savoyen, kann folglich behaupten, er habe das Anrecht Savoyens auf die Grafschaft lediglich wiederhergestellt, als er sie 1588 besetzte. Deshalb, Marqués, hat es bei den Friedensverhandlungen zu Vervins in diesem Punkt keine Einigung mit Eurem Land geben können.«

Wiewohl Felipe mit schwacher Stimme und sehr müdem Ausdruck sprach, konnte ich doch feststellen, daß er seinen Verstand voll beisammen hatte und ebenso seinen Haß, denn er sagte »französische Krone« und »Euer Land«, ohne meinen Herrn einmal beim Namen zu nennen, der in seinen Augen auch durch die päpstliche Absolution von der Sünde der Ketzerei vermutlich nicht reingewaschen war.

»Im übrigen«, fuhr Felipe fort, »ist Seine Heiligkeit um einen

Schiedsspruch ersucht worden, den sie jedoch ablehnte, was wohl beweist, daß das Recht in dieser Affäre zweifelhaft ist.«

»Sire«, sagte ich, »es wäre unendlich schmerzlich, wenn die Grafschaft zum *casus belli* würde zwischen meinem Herrn Heinrich IV., König von Frankreich und Navarra (ich ließ es mir selbstverständlich nicht nehmen, ihn samt all seinen Titeln mit einer eines Spaniers würdigen *bravura* aufzuführen), und Seiner Hoheit Karl Emanuel I., Herzog von Savoyen (des Gleichgewichts halber mußte ich dasselbe dem kleinen Geier gewähren), obwohl mein Herr dem Herzog anbietet, ihm die Markgrafschaft im Tausch gegen Gebiete an ihrer beider Grenze zu überlassen.«

»Marqués«, sagte Felipe, die Augen schließend, »wir sprechen noch darüber, wenn Gott mir die Zeit vergönnt.«

Felipes Antwort versetzte mich in große Verlegenheit, deutete er doch eine Ablehnung der französischen Vorschläge an, ohne sie aber gleich zu verwerfen, getreu hierin der vorsichtigen und hinhaltenden Manie, die ihm in seiner europäischen Politik so viele Rückschläge bereitet hatte. Und jetzt war ich das Opfer. Denn da Felipe gesagt hatte: »Wir sprechen noch darüber«, konnte ich ihn nicht verlassen und nach Frankreich zurückkehren, so sicher ich mir auch war, daß er seine Meinung nicht ändern werde noch daß er die Kraft aufbrächte, mich ein zweites Mal zu empfangen. So sah ich mich denn verurteilt, nutzlos im Escorial zu verbleiben – diesem an sich schon düsteren Ort –, bis seine Agonie das Ende erreichen würde.

Den Hof in Madrid lernte ich nicht kennen und weiß also nicht, wie vergnüglich er ist, aber den im Escorial habe ich erlebt und kann versichern, er war sterbenslangweilig, mit erdrückenden Frömmigkeitspflichten, die durch keine Spiele, keinen Sport aufgelockert wurden. Zudem zwängte das Korsett der Etikette die Geister in einem Maße ein, das jegliche Unterhaltung schwierig machte, zumal die Damen nicht die gleiche Rolle spielten wie in Frankreich, wo sie im Prinzip zwar untergeordnet, in Wahrheit aber die Königinnen sind. Hier dagegen schienen sie nur zum Anschauen dazusein, wundervoll geschmückt, gewiß, aber das untere Gesicht blieb verborgen, nicht wie bei den Maurinnen unterm Schleier, sondern hinter ihren Fächern, die nur ihre Augen sehen lassen, herrliche, sehr beredte Augen. Die meinen gingen oft auf die Suche in der

Hoffnung, Doña Clara zu erspähen. Es gelang mir nicht, woraus ich schließe, daß man eine Frau nicht, wie wir glauben, am Blick erkennt, sondern am Mund.

Den Edelleuten, die wie ich die Jagd nicht lieben (außer auf meinem Landgut, um Schädlinge vom Hühnerhof und von den Kulturen fernzuhalten), blieb nichts, als über die Ebene zu galoppieren, zu fechten und Mahlzeit zu halten. Und was letztere anging, Leser, so veranstalteten die Mönche halbtäglich pantagruelische Schlemmereien, mit Melonen, gebratenen Kapaunen, Leber am Spieß, Geflügelragout, Ochsenzunge, geräuchertem Schinken, von den Fruchtgelees und Konfitüren ganz zu schweigen, die sie in zahllosen Varianten in ihren Speisekammern hatten. Für Geistliche mag das angehen, die ja sonst kein Vergnügen haben, doch wie mein Herr Henri Quatre könnte ich rasen, wenn ich sehe, daß Menschen sich selbst zu Fettleibigkeit oder Schlagfluß verdammen, indem sie Fleisch in Batzen verschlingen. Ich weiß wohl, daß manche Ärzte die Podagra für erblich halten, und hörte im Escorial, daß Felipe II. die Gicht nur habe, weil schon sein Vater, Karl V., daran litt. Doch das bestreite ich und meine, Felipe hätte diesem Fluch durchaus entrinnen können, hätte er bei frugaler Kost gelebt, bei »mönchischer« will ich besser nicht sagen nach dem, was ich hier sah.

Obwohl ich stets nur ein Zehntel des üblichen aß, machten diese gewaltigen Mähler mich träge, schwer und melancholisch. Und ich wüßte nicht anzugeben, wozu sie mir anders getaugt hätten, als zur Vesper auf meinem Sitz in der Basilika dahinzudösen, wenn ich, vom Kerzenlicht auf dem Altar gebannt, vom Weihrauch betäubt und benommen vom Singsang der Choristen, mich jedes Gedankens und Willens gnädig entleert fühlte. Und ich glaube sicher, daß das Chorgestühl in den Kathedralen nur deshalb von hohen Rücken- und Seitenlehnen umschlossen ist, damit die Domherren wenigstens auf drei Seiten gehalten werden, wenn der Schlaf sie übermannt.

Was Doña Clara betraf, deren Name bei meiner Ankunft ein ungestilltes Verlangen in mir geweckt hatte, so hatte ich dieses gleich wieder im Keim erstickt, indem ich mir sagte, wenn die Dame mich in Rom nicht besucht hatte, wo es ihr soviel leichter gefallen wäre, dann erst recht nicht hier unter den wieselflinken Blicken der Mönche, die wie hundert Argusaugen wachten! Zumal der Ärmsten die Gruft des Escorial ja nicht einmal zu genügen schien, so daß sie sich sogar noch tiefer in einem Kloster begraben wollte.

Mein Wunsch, den Escorial auf immer hinter mir zu lassen, wurde immer stärker, und ich eröffnete mich hierüber Don Luis.

»Hütet Euch abzureisen«, entgegnete er gedämpft, »bevor der König seine Seele nicht, Ihr wißt schon wem, anheimgegeben hat. Ihr würdet den König, den Kronprinzen und die Granden tödlich beleidigen, denn Euer Aufbruch würde heißen, daß Ihr seinen Tod für unausweichlich anseht, was sich hier niemand offen einzugestehen wagt, höchstens sich selbst im stillen Kämmerlein seines Herzens.«

La Surie und Fogacer stimmten Don Luis bei, und widerwillig entsagte ich meinem Plan, der mir, ehrlich gestanden, selbst nicht sehr klug erschienen war. Eines Tages nun fand Fogacer Gelegenheit, den Leibarzt, Don Juan Gómez, über das Ergehen des Königs zu befragen, und das Ergebnis berichtete er mir in meinem Zimmer.

»Es geht ihm sehr schlecht«, sagte er. »Er hat starkes Fieber. Die Gliedmaßen sind steif, verzerrt, geschwollen und schmerzen. Im linken Oberschenkel, wenig überm Knie, hat sich eine Geschwulst gebildet. Man hat sie geöffnet, und ständig entfließt ihr Eiter. Zudem wird er stumpfsinnig behandelt: Man gibt ihm nichts zu trinken. Diese Esel von Medizinern sind der Auffassung, je schlimmer man den Patienten quält, desto besser für ihn. Als ob er noch nicht genug hätte an seinen Leiden, verabreichte man ihm jüngst eine gezuckerte Bouillon, von der er unstillbaren Durchfall bekam. Und weil er jedesmal gellend aufschreit, wenn man ihn anrührt, verzichtet man darauf, seine Laken zu wechseln, und so liegt er denn fest in seinem Unflat und seinem Eiter ... Ich meine, daß man ihn trotz seiner Schreie umbetten müßte. Doch niemand wagt es. Noch ist er der König, und er weigert sich hartnäckig. Was bei einem so reinlichen Menschen unfaßbar erscheint.«

»Warum, glaubt Ihr, weigert er sich?«

»Ich nehme an, er will sich durch seinen eigenen Gestank kasteien. Er denkt einzig nur an sein Seelenheil, betet unablässig und fordert Gebete von allen. Er läßt sich sämtliche Heiligenreliquien, eine nach der anderen, vor Augen führen, befiehlt, ihm alle heiligen Texte zu lesen, in denen es um die göttliche Vergebung geht, und lauscht inbrünstig seinem Beichtvater, der ihm die Klagen Hiobs auf seinem Misthaufen vortragen muß. Kennt Ihr sie, *mi fili*?«

»Ich habe sie mal gelesen.«

»Aber die Fäulnis und Verwesung aber, in welcher der Unglückliche dahinsiecht, ist so heftig, daß Geistliche und Ärzte gegen die Ohnmacht ankämpfen müssen, wenn sie ihm nahen, und ihm selbst schwinden immer wieder vor Ekel die Sinne.«

»Ein so großer Verbrecher er auch sein mag«, sagte ich schließlich, »kann ich mich doch des Mitleids nicht erwehren.«

»Ich auch nicht, *mi fili*«, sagte Fogacer, »und gleichzeitig schäme ich mich für dieses Gefühl. Was dieses Mannes absolute Macht an Tod, Mord, Verderben und Leiden über Europa und Amerika gebracht hat, spricht gegen ihn.«

»Hat man ihm enthüllt, daß sein Ende bevorsteht?«

»Der Schrecken, den er noch immer einflößt, ist so groß, daß keiner der Ärzte die Worte auszusprechen wagt, sie haben seinen Beichtvater, Fray Diego de Yepes, damit beauftragt, und sogar er zögert noch, obwohl sein Kleid ihn schützt.«

Es mag fünf, sechs Tage nach diesem Gespräch gewesen sein, als es gegen zehn Uhr abends an meine Tür klopfte. Ich öffnete und sah vor mir einen Mönch, der sein Gesicht unter einer dunklen Kapuze verbarg.

»Herr Marquis«, murmelte er, »wollt Ihr mich gnädigst einlassen?«

»Bitte sehr, Pater«, erwiderte ich, ziemlich verwundert.

Und um ihn hereinzuführen, faßte ich den Mönch beim Arm (der mir dünn vorkam), geleitete ihn zum einzigen Lehnstuhl meines Zimmers – oder sollte ich eher Zelle sagen? – und bot ihm nicht ohne Ehrfurcht Platz. Doch da er seine Kapuze aufbehielt und sich dem Licht der einzigen Kerze entzog, die auf einem Tischchen neben dem Lehnstuhl brannte, wurde ich mißtrauisch, zumal er beide Hände in den Ärmeln seiner Kutte steckenließ. Könnte er, dachte ich plötzlich, nicht jäh ein Messer zücken wie Jacques Clément? Zwar wußte ich gegenwärtig keinen Grund, weshalb mich jemand ermorden wollte, meine Gesandtschaft war eine öffentliche Angelegenheit, und trotzdem, das gestehe ich, seit mein geliebter Herr und König Heinrich III. zu Saint-Cloud ermordet wurde, sah ich eine dunkle Kutte nie ohne Unbehagen. Daher wich ich bis an meinen Nachttisch zurück und griff hinter meinem Rücken nach der

Pistole, die ich immer am Bett bereitliegen habe, doch ohne sie zu zeigen und gesinnt, sie höchstens zur Einschüchterung zu gebrauchen, denn ich sagte mir, auch wenn der Mönch ein Messer hätte, könnte ich ihn zuerst mit einem Fußtritt in den Bauch abwehren.

»Pater«, sagte ich, da der Mönch kein Wort sprach, nur mit gesenktem Kopf dasaß und wie in heftiger Erregung hechelnd atmete, »wenn Ihr etwas auf dem Herzen habt: Ich höre.«

»Das ist nicht leicht zu sagen«, hob endlich der Mönch mit leiser, zarter Stimme an.

Womit er aufstand und einen Schritt zur Tür hin machte, dann innehielt, sich wieder setzte, aber seltsam zitternd und bedrückt.

»Ha! Ich komme um!« sagte er, und unversehens zog er die Hände aus den Ärmeln und warf die Kapuze von seinem Kopf.

»Doña Clara!« stammelte ich.

»Gelobt sei Gott!« sagte sie mit einem Seufzer und sank zurück in den Sessel, »das Schwerste ist vollbracht! Ich dachte, ich schaffe es nicht. Monsieur, mich schwindelt ... Gebt mir Wasser, bitte.«

Was ich tat, auch half ich ihr zu trinken, indem ich den Becher an ihre Lippen hielt und ihren Nacken stützte, der wie leblos in meiner Linken lag. Als sie getrunken hatte, bewegten sich ihre Lider, und in ihr Gesicht kehrte ein wenig Farbe zurück. Ich wollte ihren Kopf an den Sessel lehnen. »Nein, nein«, sagte sie mit schleppender Stimme, »laßt Eure Hand, wo sie ist, es tut mir wohl. Ich bin so froh, Euch zu sehen«, fuhr sie fort, indem sie mich aus ihren tiefblauen Augen, gesäumt vom schwarzen Wimpernkranz, anblickte. »Bitte, gebt mir noch Wasser! Wißt Ihr, woran mich das erinnert? ... Wie Ihr mich während der Pariser Belagerung aufnahmt, als ich am Verhungern war: Ihr gabt mir mit Wasser vermischte Milch und flößtet sie mir mit einem Löffel ein. Ach, Pierre, wie gut und fürsorglich Ihr da zu mir wart!«

Und mit matter Stimme, immer wieder einen Schluck trinkend, zählte Doña Clara meine »liebenswerten Tugenden« auf, ganz wie damals in ihrem Abschiedsbrief, und ich fürchtete schon, sie käme wie dort auch auf meine »beklagenswerten Laster« zu sprechen, nämlich daß ich ihre freundschaftliche Neigung zurückgewiesen hatte, vor allem aber, daß ich zwischen

Kammerfrau, Bürgerin oder hoher Dame keinen Unterschied machte als ein Mann aller Frauen.

Zu meiner Erleichterung beließ sie es diesmal bei meinen Vorzügen, ohne den Honig mit auch nur einem Tropfen Essig zu vergällen, und schenkte mir über den Becher hinweg so zärtliche und warme Blicke, daß ich sie mit der herben Abfuhr nicht zu vereinbaren wußte, die sie mir in Rom erteilt hatte – wo sie mir gleichwohl das Leben rettete. Ich schwankte, ob ich ihr meinen Dank dafür aussprechen solle. Weil dies aber unweigerlich ihre Eifersucht neu entfacht hätte, müßte ich doch dabei die Pasticciera erwähnen, umhüllte ich sie nur mit liebevollen Worten und streichelte ihren Kopf und Nacken, sie hatte ja ausdrücklich gewollt, daß ich meine Hand nicht zurückzöge. Nach drei, vier Minuten indes bedeutete sie mir, daß sie genug getrunken habe, und erblaßte erneut.

»Alsdann, Monsieur«, sagte sie mit ersterbender Stimme, »ich habe Euch wiedergesehen. Genug denn, ich gehe!«

Damit erhob sie sich, doch so taumelnd und wankend, daß sie zu Boden gesunken wäre, hätte ich sie nicht aufgefangen. Und da ich sie an mich zog, damit sie nicht falle, fühlte sich ihr Körper in meinen Armen so weich an, daß mich jeder Wille verließ, sie gehen zu lassen – wäre ich dessen überhaupt inne geworden. Denn ich war von Sinnen. Dennoch streifte mich in meiner Trunkenheit der Gedanke, daß ich noch nie im Leben eine Kutte umarmt hatte, und mit welch einer Leidenschaft! Doch diese Frau hatte zu oft gegen mich gefaucht, als daß ich gewagt hätte, ihren Mund zu küssen. Sie aber erlöste mich aus allem Zaudern, indem sie mit ihren Lippen die meinen suchte. Ha, Leser! Ich frage mich, ob ich die Frauen wirklich so gut kenne, wie ich mir einbilde! Sie überraschen mich immer wieder ...

Obwohl Fogacer mein Nachbar war, hatte ich ihn mehrere Tage nicht zu Gesicht bekommen, und so war ich hocherfreut, als er eines Tages, während La Surie und ich beim Mittagsmahl saßen, meine Zelle betrat, endlos lang in seiner schwarzen Soutane und die trotz seiner grauen Schläfen noch immer jettschwarzen Brauen diabolischer gesteilt denn je. Was mich verwunderte, denn für mein Gefühl war er mit seinem geistlichen Stand nie so einig gewesen wie neuerdings, auch hatte er sich ja enthalten, seinen Akoluthen mitzubringen nach Spanien, ich denke, aus Furcht vor der Inquisition. Ich lud ihn sogleich ein, mit uns zu speisen, hätte das für zwei bestimmte Mahl doch glatt für zehn ausgereicht. Er sagte aber, er habe schon gegessen, zog eine kleine Pfeife aus der Tasche und fragte, ob er rauchen dürfe, eine Gewohnheit, die ich weder vor noch nach seinem Aufenthalt im Escorial von ihm kannte und die ihm, wette ich, seine Jeannette ersetzen sollte.

»*Mi fili*«, sagte er, »endlich ist es geschehen: Fray Diego de Yepes hat Felipe mitgeteilt, daß sein Ende nahe sei.«

»Und wie hat er es aufgenommen?«

»Als Felipe es hörte, sagte er zu seinem Beichtiger: ›Mein Vater, Ihr steht hier an Stelle Gottes. Vor ihm gebe ich kund, daß ich alles tun werde, was Ihr mich für mein Seelenheil zu tun heißt. Wenn ich also etwas versäume, so fällt es auf Euer Gewissen...‹«

»Mit anderen Worten«, unterbrach ihn La Surie: »›Wenn ich verdammt werde, seid Ihr schuld.‹ Das ist doch unglaublich!«

»Immerhin«, sagte ich, »ist es papistischer Brauch, seine Missetaten auf dem Buckel anderer zu büßen.«

»Mich dünkt«, sagte Fogacer, »hier liegt Heringsgeruch in der Luft. Sollte er andauern, meine Herren, müßte ich Euch verlassen, damit er mein Gewand nicht verpeste.«

»Wir ertragen ja auch Euren Tabaksqualm«, sagte La Surie.

»Die eigentlichen Wunden sind seelische«, sagte Fogacer, indem er aufstieß. »Man ißt hier zuviel«, fuhr er fort und rieb sich den Magen.

»*Y despuès, qué pasò?*«[1] fragte ich.

»Felipe hat gebeichtet.«

»Kein Wunder!«

»Aber die Länge der Beichte!« sagte Fogacer. »Sie hat drei Tage gedauert.«

»Mein Gott! Drei Tage?« sagte La Surie, »das ist lang, selbst für ein königliches Gewissen!«

»Der Mann nimmt es genau«, versetzte Fogacer. »Er muß in einem Winkel seines Gehirns eine Liste seiner Verbrechen geführt haben, und die wollte er samt und sonders vor Fray Diego abarbeiten, ohne ein einziges auszulassen, könnte doch gerade die eine Auslassung ihm die Hölle einbringen.«

---

1 (span.) Und was geschah dann?

»*Y despuès?*«[1]

»Nachdem er seine Beichte abgelegt hatte, ließ er sich aus einem Schrein das Kruzifix geben, das Karl V. in Händen hielt, als er starb, und sagte, er wolle es auch in den seinen halten, wenn seine Stunde gekommen sei. Dann befahl er den Mönchen, welche die Schlüssel vom *Panteón de los Reyes*[2] verwahren ...«

»Was?« rief La Surie, »die Särge haben Schlüssel?«

»Allerdings! Und Felipe befahl besagten Mönchen, den Sarg seines Vaters zu öffnen und nachzusehen, wie der ins Leichentuch gehüllt sei, er wolle genauso eingehüllt werden.«

»Makabre Pingeligkeit«, meinte La Surie.

»Er kann nicht anders«, versetzte Fogacer. »Dieser Habsburger war sein Leben lang seinem Vater gehorsam und will nicht einen Deut abweichen von dessen Spur. Ebenso gewissenhaft, wie er sich bemüht hat, das Reich Karls V. und die katholische Kirche zu bewahren.«

»Aber was ist das für eine Kirche, beim Ochsenhorn!« sagte La Surie. »Nichts wie Reliquien, Formalien, Gebete auf Befehl!«

»Chevalier«, sagte Fogacer mit einem Ernst, der nicht vorgetäuscht schien, »bedenkt bitte, daß das Christentum nur überleben konnte, indem es politisch wurde. Und als es politisch wurde, mußte es ...«

»Sich korrumpieren?«

»Es mußte sich wandeln. Aus der reinen und klaren Quelle, die es ursprünglich war, ist es zum großen Strom geworden.«

»In dem vielerlei mitschwimmt«, bemerkte trocken La Surie, »Mißbräuche, Aberglauben, zweifelhafte Praktiken ...«

Hier schüttelte Fogacer mehrmals den Kopf.

»Wie will man entscheiden«, sagte er dann leise, »wer am Ende mehr gewinnt: die Hugenotten, die sie abgeschafft haben, oder die Katholiken, die sie bewahren wollen?«

»Nun«, sagte ich, »in Rom hat mich der Papismus nicht so abgestoßen. Sicherlich traf ich auf eine eher zeremoniöse denn glühende Religion. Doch der Papst war ein zugänglicher Mann. Aber hier, gerechter Himmel, sieht man doch nichts wie Muckerei!«

---

1 (span.) Und dann?
2 (span.) Grabstätte der Könige.

»Ein Beweis dafür«, sagte Fogacer, »daß es auch in der Religion auf die Menschen ankommt. Aber was Felipe, angeht, so gibt es da noch etwas. Ich möchte nur den Heringsgeruch nicht verstärken...«

»Den Ihr erst riecht«, sagte La Surie, »seit Ihr Priester geworden seid. Mit diesem Kleid muß es eine magische Bewandtnis haben!«

»Weshalb es mir eine große Ehre ist, es zu tragen«, entgegnete Fogacer in etwas pikiertem Ton.

»Wollt Ihr damit andeuten«, sagte La Surie, »daß Ihr aus der reinen und klaren Quelle, die Ihr früher wart...«

»Ich war nie eine reine und klare Quelle«, erwiderte Fogacer bescheiden.

Dabei senkte er, die diabolischen Brauen wölbend, den Blick.

»Laß das, Miroul«, sagte ich. »Übertreibe es nicht! Fogacer, Ihr wolltet uns etwas Neues berichten.«

»Ja, von einer Verfügung in Felipes Testament.«

»Woher kennt Ihr es?« fragte ich.

»Mein Kleid«, sagte Fogacer, indem er sich leicht gegen La Surie hin verneigte.

»Laßt hören.«

»Ich frage mich nur nach allem, was ich von Monsieur de La Surie höre, ob ich ihn damit nicht noch mehr aufbringe.«

»Fogacer, nun mokiert Euch nicht über ihn!«

»Gut denn, *mi fili.* ›Ich befehle‹, sagt Felipe in seinem Testament – und nun merkt gut auf! –, ›ich befehle, daß nach meinem Hinscheiden in jenen Klöstern, die meinen Testamentsvollstreckern als die gottesfürchtigsten erscheinen, so bald als möglich dreißigtausend Messen für mein Seelenheil gelesen werden.‹«

»Dreißigtausend! Habe ich recht gehört? Dreißigtausend?«

»Jawohl, dreißigtausend! Nicht eine weniger und ›so bald als möglich‹!«

»Wie schwarz«, sagte La Surie, »muß sich einer in seiner Seele fühlen, wenn er sich nach seinem Tod eine so ungeheuerliche Weißwaschung verordnet!«

»Man muß schon sagen«, versetzte ich, »er tut es nicht mit dem kleinen Löffel, sondern mit der Schöpfkelle: dreißigtausend Seelenmessen, Sankt Antons Bauch! Das ist ja, als wollte er sich die Öffnung der Himmelspforte durch Masse erzwingen!«

»Aber Qualität will er auch«, sagte La Surie, »denn für sein Seelenheil dürfen es nur die ›gottesfürchtigsten‹ Messen sein. Nichts da mit dem Gebabbel dösiger Mönche! Felipe schreibt höchste Inbrunst vor!«

»Fogacer, Ihr schweigt«, sagte ich.

»Weil mich mein Stand«, sagte Fogacer mit einer Bewegung, die mich überraschte, »zu mehr Mitgefühl verpflichtet. Aus dieser Testamentsverfügung Felipes lese ich die Verzweiflung eines allmächtigen Königs, sein Seelenheil überhaupt jemals zu erlangen. Gleichzeitig gestehe ich, daß seine unerhörte Anmaßung mich bekümmert. Um seinetwillen dreißigtausend Mönche in Aktion zu setzen! Damit sie ihm durch Messen die enge Pforte öffnen! Wo ist da Demut? Wo ist da Reue?«

Das Gute am Memoirenschreiben ist, daß man tun kann, was sich im Leben verbietet: nämlich lästige Zeiten zu überspringen, und Gott weiß, wie sehr die Zeit im Escorial mir zur Last und alles dort zum Überdruß wurde, sogar Doña Clara. Denn je heißer sie mich umarmte, desto schriller verklagte sie mich hernach, erklärte unsere Körper samt ihrer Lust für sündig und nichtig und verbohrte sich immer starrsinniger in ihren Vorsatz, den Schleier zu nehmen, so daß ich mehr als einmal versucht war, ihr meine Tür zu verschließen.

Felipe II. starb am dreizehnten September, und vier Monate später war ich zu Hause. Und so wie ich meine Macht benutzt habe, jene unerquickliche Periode meines Lebens zu überspringen, möge der Leser erlauben, daß ich mit einem Satz auch die lange Reise vom Escorial bis ins Périgord abkürze (wo ich meinen Vater gesund und munter wiedersah), dann vom Périgord nach Montfort l'Amaury und von Montfort in die Hauptstadt. Wie atmete ich auf, als wir die Grenze überschritten und heimkehrten ins liebliche Frankreich! Wie ungleich wohler wurde mir zumute, so daß ich auch meinen Gefährten mehr Aufmerksamkeit schenkte. La Surie, den ich im Escorial oft gallig erlebt hatte, wurde wieder heiter und witzig, und Fogacer hatte seine Pointen zu schlucken. Doch setzte Fogacer mich mehr und mehr in Erstaunen, und wenn ich ihn so beobachtete, fühlte ich, daß seine Wandlung ihn mir fremder machte, obwohl ich ihn doch liebte wie je. War sein geistliches Kleid, wie ich vermutete, für ihn anfangs eher Schirm und Schild gewesen, schien es mir nun zunehmend die Hülle seiner Seele zu werden. Seine Reden wurden ernster, enthielten sich der Ironie, und ich sah, daß sein Herz weit mehr an der Kirche hing, als er zugeben wollte.

Gleich am Tag meiner Ankunft in Paris, dem 7. Januar 1599, noch bevor ich meine kleine Herzogin besuchte, eilte ich in den Louvre zum König. Ich fand ihn beschäftigt, mit dem kleinen César zu spielen, und trotzdem sprach sein Gesicht von Sorgen. Soeben hatte sein Generalprokurator ihm mitgeteilt, daß der Kapuziner Brulard vor zwei Tagen in Saint-André-des-Arts im Verlauf seiner Predigt gesagt hatte, all jene Richter, die dem Edikt von Nantes zustimmen würden, seien verdammt ... Ich hatte dies von Pierre de Lugoli erfahren, dem ich im Vorzimmer begegnet war, vor allem aber machte es mich sprachlos, daß das vor nunmehr neun Monaten unterzeichnete Edikt noch immer nicht vom Hohen Gerichtshof bestätigt worden war, daß die rebellierenden Richter, auf die Kampfansagen des Vatikans und das Geschrei des Klerus gestützt, sich das Pfaffengeschwätz zu eigen machten, Gewissensfreiheit für die Hugenotten sei das Schlimmste und Gefährlichste auf der Welt – wie Clemens VIII. höchstselbst es ja verkündet hatte –, und würde man ihnen diese zugestehen, so wäre es ein Unheil, die Hugenotten würden alsbald überhandnehmen, in die öffentlichen Ämter drängen und wie Gewürm den Leichnam des Staates und die Christenheit zersetzen.

Ich erzählte dem König, was ich im Escorial erlebt hatte, und er vernahm meinen Bericht, indem er auf seinen mageren Beinen hin und her durch den Raum wanderte, das Haupt vornübergeneigt, wie niedergezogen von seiner langen, zum Kinn herabgebogenen Nase, und mich dann und wann von der Seite mit durchdringendem Blick beäugte.

»Philipp«, sagte Henri, »hatte gewaltige Mittel, aber er hat sie schlecht genutzt, so erfinderisch er war, denn er war zugleich auch ein Zauderer und Pfuscher. Er fing alles an und brachte nichts zu Ende. Außerdem war er nicht gerade klug, er regierte durch Schrecken, anstatt zu überzeugen. Was den Herzog von Savoyen angeht, Graubart, so werden wir ihm gnädig eine Frist setzen, innerhalb deren er die Markgrafschaft Saluzzo zu räumen hat. Und läßt er die Frist untätig verstreichen, dann ziehen wir ihm die Hammelbeine lang. Alsdann, Graubart, die Herren vom Gerichtshof erwarten mich. Und ich werde die roten Roben nicht mit Samthandschuhen anfassen. Komm mit, und sieh es dir an!«

Damit verließ er so stracks das Gemach, daß seine Offiziere und ich Not hatten, ihm zu folgen. Und ohne sich ankündigen zu lassen, betrat er als erster den Saal, wo die Herren vom Gerichtshof dicht beisammenstanden und aufgeregt kakelten wie Hühner im Geflügelhof. Beim Erscheinen des Königs fuhren sie erschrocken zusammen. Und er stellte sich, die Hände in den Hüften, vor sie hin und faßte sie einen nach dem anderen ebenso huldvoll wie gebieterisch ins Auge … Ich bin mir sicher, daß er sich seine Rede reiflich überlegt hatte, dennoch sprach er wie aus dem Stegreif, in dem gleichen lebhaften und spontanen Ton wie im Gespräch.

Er begann mit einer äußerst geschickten *captatio benevolentiae*[1], in einem freimütigen und familiären Ton, der ihm zugleich den Anschein größter Leutseligkeit gab und in Wahrheit den Vorteil gewährte, alles sagen zu können, auch die härtesten Dinge. Und daran mangelte es seiner Rede nicht.

»Meine Herren«, sagte er, »Ihr seht mich hier in meinem Kabinett, und ich komme nicht in königlichem Ornat wie meine Vorgänger noch mit Cape und Degen, sondern im bloßen Wams wie ein Familienvater, der mit seinen Kindern ein offenes Wort zu reden hat.«

Nach diesem Honigseim machten sich die »Kinder« (einige hatten einen weißen Bart) auf Hiebe gefaßt, und die sollten sie bekommen.

»Was ich Euch vorzutragen habe«, fuhr der König knapp und entschlossen fort, »ist meine Bitte, das Edikt zu bestätigen, das ich den Reformierten zugebilligt habe. Ich habe das um des Friedens willen getan. Ich habe Frieden draußen gemacht. Ich will ihn auch im Innern. Ihr schuldet mir Gehorsam, und sei es nur in Anbetracht meines Amtes, und Ihr seid mir dazu verpflichtet wie alle meine Untertanen, im besonderen aber als Mitglieder meines Parlaments …«

Hier, schöne Leserin, erlaube ich mir, den König neuerlich zu unterbrechen, denn ich möchte, daß Sie gut auf die beiden folgenden Sätze achten, die einiger Erläuterung bedürfen, um voll ausgekostet zu werden.

---

1 (lat.) Gewinnung des Wohlwollens.

»Ich habe die einen«, sagte der König, indem er das Auge fest auf die Herren richtete, »wieder in ihre Häuser gesetzt, aus denen sie verbannt waren, und die anderen wieder in den Treuestand, den sie nicht mehr hatten.«

Mit den »einen« meinte der König jene Gerichtsherren, die Heinrich III. in Treue nach Tours gefolgt waren, nachdem die Barrikaden ihn aus der Hauptstadt verjagt hatten. Hierauf hatten die »Sechzehn« sich der Pariser Häuser jener Getreuen bemächtigt, aber der Henri hatte sie daraus vertrieben, als er Paris einnahm. Mit den »anderen« bezeichnete Henri diejenigen Herren, die dem König – zuerst Heinrich III. und dann ihm selbst – nicht die Treue gehalten hatten, die in Paris geblieben waren, um sich mehr oder minder auf die Seite der Liga zu schlagen, und die nach der Einnahme von Paris von Seiner Majestät begnadigt worden waren. Für mein Gefühl konnte man nicht taktvoller und mit feinerer Ironie an diese Begnadigung erinnern, als es der König tat, indem er sagte, er habe sie wieder in den »Treuestand versetzt«, den sie verloren hatten.

»Wie meinen Vorgängern Gehorsam gebührte«, fuhr der König mit starker Stimme fort, »so gebührt er auch mir, und sogar mit mehr Ergebenheit, denn ich habe den Staat wiederaufgerichtet. Gott hat mich erkoren, dieses Reich zurückzuerobern, das ich ererbt und mir erkämpft habe. Ich weiß sehr wohl, daß man im Parlament Sperenzien macht, daß aufrührerische Predigten gehalten werden, aber diesen Leute werde ich das Handwerk legen. Das ist der Weg, der bis zum Barrikadenbau und bis zur Ermordung des seligen Königs geführt hat. Vor derlei werde ich mich zu hüten wissen! Ich beschneide jede Parteiung an der Wurzel, jede Hetzerei und lasse alle einen Kopf kürzer machen, die Aufruhr stiften!«

Ich war über die Härte dieser Sprache gleichzeitig baff und froh, und als ich einen Blick auf die Männer warf, die wie ich hinter dem König standen, bemerkte ich, daß sie, so undurchdringliche Gesichter sie auch zu wahren suchten, über diese Entschlossenheit ebenso wie ich jubilierten.

»Ich habe Stadtmauern übersprungen«, sprach der König (eine Anspielung auf Laon und Amiens), »ich springe auch über Barrikaden, die sind nicht so hoch. Kommt mir nicht mit der katholischen Religion. Ich liebe sie mehr als Ihr. Ich bin katholischer als Ihr. Ich bin der älteste Sohn der Kirche. Ihr täuscht Euch, wenn Ihr denkt, Ihr stündet dem Papst nahe. Ich stehe ihm näher als Ihr.«

Hier machte der König einige Schritte auf und ab im Saal, und weil er spürte, daß seine letzten Behauptungen – die sogar mich etwas abenteuerlich dünkten – sein Auditorium nicht überzeugten, rettete er sich in einen bissigen Scherz.

»Wer dagegen ist, daß mein Edikt durchkommt, will den Krieg: Ich erkläre ihn den Reformierten, und Ihr mit Euren roten Roben fechtet ihn aus! Da sollt Ihr mal sehen!«

Er jagte unseren Pelzträgern seinen Spott unter die Haut und ließ seinen Pfeil drinnen stecken, um streng und ernst fortzufahren.

»Wenn Ihr das Edikt nicht passieren laßt, zwingt Ihr mich, zu prozessieren. Ihr seid sehr undankbar, wenn Ihr mich zu solch einem mühseligen Schritt zwingt! Ich habe dieses Edikt aus Notwendigkeit gemacht. Aus der gleichen Notwendigkeit, aus der ich früher Soldat war, und ich habe nicht bloß so getan. Jetzt bin ich König, und ich spreche als König und verlange Gehorsam. Es ist wahr, die Justiz ist mein rechter Arm, aber wenn in diesem rechten Arm der Wundbrand steckt, muß der linke ihn abhacken.«

Hier legte er eine Pause ein, schritt aufs neue auf und nieder, und um seinen Wendungen wie »einen Kopf kürzer machen« und »abhacken« nicht noch eins draufsetzen, nahm er auf einmal eine gutmütige Miene an und rieb den Rebellen im normalsten Gesprächston unter die Nase, daß ihnen, sollten sie die Liga neu gegen ihn beleben wollen, ein Anführer fehlte.

»Mein letztes Wort an Euch lautet: Nehmt Euch ein Beispiel an Monsieur de Mayenne! Man wollte ihn zu Machenschaften gegen meinen Willen bereden. Und er gab zur Antwort, dazu sei er mir zu sehr verpflichtet, so wie alle meine Untertanen, weil ich Frankreich wiederaufgerichtet habe, all denen zum Trotz, die es ruinieren wollten. Und wenn so der einstige Chef der Liga spricht, um wieviel mehr dann Ihr, die ich Euch wiedereingesetzt habe, jene sowohl, die mir geblieben sind, als auch jene, die ich begnadigt habe!«

Zum Schluß blickte er allen schalkhaft in die Augen und milderte abermals den Ton.

»Gewährt meinem Bitten, was Ihr meinen Drohungen nicht gewähren wollt. Es kommen keine weiter. (Das war ein Witz nach allem, was er ihnen gesagt hatte) Tut nur, was ich von Euch erwarte, oder vielmehr, worum ich Euch bitte. Ihr tut es nicht nur für mich, sondern ebenso für Euch und für einen guten Frieden.«

Nachdem er geendet, wie er begonnen hatte, mit einem Löffelchen Honig, meine ich, machte der König den Herren eine kleine Verneigung, und während sie sich tief verbeugten, verließ er raschen Schritts den Saal.

Als ich La Surie von dieser fabelhaften Standpauke berichtete, wußte er nicht, sollte er weinen oder lachen vor Freude über die feste Entschlossenheit, die unser Henri gezeigt hatte, um das Edikt durchzubringen, soviel im Reich auch dagegen geknurrt wurde.

»Ha, mein Pierre!« rief er, »wie glücklich bin ich, gesund und munter in dieses Jahr zu gehen, das letzte dieses Jahrhunderts! Es ist wahrlich nicht jedem gegeben, ein Jahrhundertende zu erleben! Und ein so gutes Ende, mit dem Tod des Despoten, der Europa durch seine tyrannische Inquisition unterjochen wollte, und mit einem Edikt, das den Hugenotten die Gewissensfreiheit gibt. Sankt Antons Bauch! Mein Pierre, laß uns trinken auf dieses Nie-Dagewesene, das in der Weltgeschichte ohne Beispiel ist: daß ein großer König zwei Religionen gebietet, Seite an Seite im selben Reich zu leben, ohne sich gegenseitig zu zerfleischen!«

Leser, ich entsinne mich gut, daß ich in der Nacht jenes siebenten Januar nicht schlafen konnte, sei es, daß ich von meiner überschwenglichen Freude noch zu erregt war, sei es, daß ich, von meinem Miroul angesteckt, mehr als gewöhnlich getrunken hatte. Doch anstatt mich im Bett wie wild hin und her zu wälzen, wie man das als Schlafloser zu tun pflegt, faßte ich mich in Geduld. Und als ich in der Stille der Nacht nun bedachte, daß mit dem endlich eingekehrten Frieden das Heldenkapitel meines Lebens schloß, erwog und wog ich in meinem Kopf, was in meiner Vergangenheit die guten Dinge waren und was jene, die mir zum Nachteil gereicht hatten.

Zu dem Zeitpunkt, da der König die Rede hielt, die der Fronde des Gerichtshofes ein Ende setzte, war ich achtundvierzig Jahre alt. Und da ich, Gott sei Dank, noch kaum ergraut, mit guter Körperkraft und frischen Farben ausgestattet war, konnte ich mich wahrlich einer besseren Verfassung rühmen als unser guter König Henri, der, obzwar um zwei Jahre jünger als ich, von den Anstrengungen der unaufhörlichen Kriege verbraucht war. Dabei darf ich sagen, daß auch ich in meiner bescheidenen Sphäre meine Kräfte nicht geschont und mich nicht vor Gefahren gedrückt hatte. Siebenundzwanzig Jahre in unablässigem Dienst der Krone trennten den Marquis de Siorac, Ritter vom Heiligen Geist, von dem mittellosen perigordinischen Nachgeborenen, der sich getraute, 1572 im geflickten Wams am Hof zu erscheinen. Es ist gar keine Frage: Andere sind schneller aufgestiegen, höher und mit geringerem Einsatz. Aber ohne auf gewisse Günstlinge Heinrichs III. den Stein werfen zu wollen, auch wenn mein Glück nicht so schwindelhaft wuchs, habe ich das meine doch auf eine Weise erworben, deren weder meine Nachkommen sich zu schämen brauchen noch meinesgleichen hinter vorgehaltener Hand spotten dürften.

Meine schönen Leserinnen wissen, denn ich habe es ihnen längst anvertraut, daß ich mein privates Leben für ebenso beschlossen ansehe wie meine öffentliche Laufbahn. Aber, was soll's! Ob Mann oder Frau, sobald wir verheiratet sind, werden wir Geiseln des Schicksals, denn unfehlbar gesellen sich zu unseren eigenen Schwächen die Unwägbarkeiten der Zweisamkeit und machen sie nicht besser. Von der Seite her hatte ich meine Dornen zu tragen wie jedermann und will nicht weiter darüber jammern.

Es ist nicht jedem gegeben, der Philemon einer einzigen Baucis zu sein, und wenn ich in dieser Hinsicht vollkommen versagt habe, finde ich doch mitunter, daß meine späteren Liebschaften mich mancherlei gelehrt haben, und das ist auch ein Trost.

In jener schlaflosen Nacht, von der ich spreche, faßte ich den Entschluß, weder den Hof zu verlassen – konnte ich dem König doch immer wieder von einigem Nutzen sein – noch mein Haus im Champ Fleuri und erst recht nicht meine kleine Herzogin. Da aber der Frieden mich um meine Missionen in fremden Ländern brachte, beschloß ich auch, mehr Zeit auf meinem Gut Chêne Rogneux zu verbringen, denn so konnte ich es besser bewirtschaften, konnte meinen Kindern helfen, sich auf die eigenen Füße zu stellen, Angelina zur Seite stehen, die das nahende Alter schreckte, und vielleicht meinen geliebten Bruder Samson aus seinem ehelichen Dämmerzustand wecken.

Auch faßte ich den festen Vorsatz, wenigstens einmal im Jahr nach dem Périgord zu reisen und den Sommer im »süßen väterlichen Dunstkreis« zu verweilen. Im Februar 1599, als die Herren in den roten Roben, den Tod im Herzen, das Edikt des Königs bestätigten, ging der Baron von Mespech unverwüstlich wie je in sein fünfundachtzigstes Jahr. Ich weiß nicht, wem ich dafür danken soll – Gott oder dem Teufel –, weil er mir bei jedem Wiedersehen sagt, daß er seine Kraft und Frische sowohl fleißigem weiblichem Umgang wie auch gesunden Körperübungen verdankt. Sosehr er einst unter dem Tod meiner Mutter gelitten hatte, sprach er doch wenig von ihr, viel aber von Sauveterre, mit dem er so manches Mal Zwiesprache hält, als ginge der alte Gefährte noch immer humpelnd und rechtend an seiner Seite. Dem Pfarrer von Marcuays, der ihn einmal fragte, ob er denn mit dem Alter nicht einmal »weiser und stiller« werden wolle, wie es im Sprichwort heißt, entgegnete er, er müßte sehr töricht sein, weise zu werden, wenn er damit seine Fröhlichkeit verlöre.

Weil es im Leben eines Mannes ein großes Projekt geben muß, das seinen Geist beschäftigt und ihm jeden Tag, den Gott werden läßt, neuen Daseinsgrund beschert, hatte ich in Rom, wo ich schon ahnte, daß Frankreichs Unglück bald ein Ende haben werde, mit der Niederschrift dieser Memoiren begonnen. Und heute, am vierten Mai 1610, Schlag Mittag, beende ich sie, denn ich sehe das Edikt von Nantes und den wiedergewonnenen Frieden als natürlichen Abschluß meiner Unternehmung an. Seit dem Edikt sind meine Tage so arm an Abenteuern und mithin an all den Verwicklungen geworden, in welche ich geriet, daß ich Franz wohl kaum noch einmal bitten werde, mir früh um acht Uhr mein Schreibzeug zu bringen, wie allmorgendlich in den verflossenen fünfzehn Jahren.